40

改革开放四十年文学丛书

军事文学

陈晓明 主编

上卷

作家出版社

出版说明

今年是改革开放 40 周年。40 年来,当代中国发生了翻天覆地的变化,社会经济繁荣发展,人民生活幸福美好,当代文学硕果累累。为了庆祝这一盛大的节日,展示改革开放 40 年来的文学创作成就,进一步树立文化自信和文学自信,推动中国文学创作的大发展大繁荣,根据中宣部和中国作家协会的部署,我们特别策划了这套规模宏大的"改革开放 40 年文学丛书"。

文学是时代的一面镜子。40 年来,中国当代文学在反映时代变化和人民精神面貌上做出了突出贡献,一大批反映改革开放伟大历程和人民精神风貌变化的作品涌现出来,真实地记录了改革开放 40 年来我们伟大祖国和人民所走过的不平凡的道路。因此,这套丛书的编辑出版一方面在展示当代文学 40 年的光辉历史,同时也展现改革开放 40 年的伟大成就。

在体例上,丛书以文学思潮和重大题材为纲,选取了改革开放 40 年中出现的比较有典型性和影响力的文学思潮和重大题材,以此为中心,遴选最能代表该文学思潮的作家作品。需要说明的是,这些文学思潮是历时性地交叉出现的,有一个更迭演变的过程,彼此之间在文学理念上各不相同又有诸多联系。受此文学环境的影响,作家们的创作也多是穿插于这些文学思潮之间的,许多作家在不同的文学思潮中有多个优秀的作品出现。但出于丛书体量和编排体例的整体考虑,我们每位作家只选取了一部作品并放置于某一个文学思潮的类目之下,这绝不是说该作家只有这一种类型的文学创作,而是为了显示其对某一个文学思潮的突出贡献,展现其创作的独特性。

入选丛书的作品经过了论证委员会的认真评审，专家评审从文学性、时代性、影响力等多方面进行综合考察，选取了最具代表性的作品。在一定意义上，这些作品构成了一部特殊形态的当代文学史，代表了当代文学40年的伟大成就。

40年来，中国文学始终与人民同心，与时代同行，文学既植根于时代生活的沃土，又以自身的发展融入时代的洪流，推动历史的前进。我们期待，丛书的出版能够实现对于当代文学40年光辉历程的展示，能够实现对于改革开放40年伟大成就的留影。更期待当代文学能够继续为人民美好生活的需要提供更多更优秀的精神食粮，为中华民族伟大复兴中国梦的实现贡献力量。

由于丛书体量有限，遗珠之憾在所难免，恳请读者朋友理解并谅解，同时更盼批评指正。

作家出版社

2018年10月

目 录

高山下的花环

李存葆

记不清哪朝哪代哪位诗人，曾写过这样一句不朽的诗——
"位卑未敢忘忧国"。

——作者题记

引 子

在哀牢山中某步兵团三营营部，在赵蒙生的办公室里，我和他相识了。

寒暄之后坐下来，便是令人难挨的沉默。赵蒙生是这三营的教导员。他出身于革命家庭，其父是位战功赫赫的老将军，其母是位"三八"式的老军人。三年前在对越自卫还击战中，他荣立过一等功。三年多来，他毫不艳羡大城市的花红柳绿，默默地战斗在这云南边陲。另外，他还动员他当军医的爱人柳岚，也离开了大城市来到这边疆前哨任职。

在未见到他之前，军文化处的一位干事简介了上述情况之后，对我说："你要采访赵蒙生，难啊！他的性格相当令人琢磨不透。他的事迹虽好，却一直未能见诸报章，原因就是他多次拒绝记者对他的采访！"

脾气怪？搞创造的就想见识一下有性格的人物！

见我执意要去采访，文化处那位干事给赵蒙生所在团政治处打罢电话，又劝我说："李干事，算了，别去了，去也是白跑路。团政治处的同志说了，三天前赵蒙生刚收到一张一千二百元的汇款单，那汇款单是从你们山东沂蒙山区寄来的。赵蒙生为那汇款单的事两宿未眠，烦恼极了！"

一张汇款单为啥会引起将门之子的苦恼，这里面肯定有文章！于是，我更是毫不迟疑地乘车前往。

此时，我虽见到了他，但他一句"没啥可谈"，便使我吃了"闭门羹"。

坐在我们一旁的是营部书记①段雨国。像是为了要打破这尴尬的局面，他起身给我本是满着的茶杯，又轻轻添进一丝儿水。

赵蒙生仍是一声不吭。他是个非常英武的军人。从体形到面容，都够得上标准的仪仗队员。显然是因为缺乏睡眠的缘故，此时他那拧着两股英俊之气的剑眉下，一双明眸里布满了血丝，流露着不尽的忧伤和悲凉。难道还是为那汇款单的事而苦恼？也许他也受不了这样的沉闷，他摘下了军帽。我这才发现他额角右上方有道二指多宽的伤疤。我正琢磨着该怎样打破这僵局，想不到他竟开口了："听口音，您像山东人？"

"对，对。我老家离沂蒙山不远呢。"

"您在济南部队工作？"

"我是济南部队歌舞团的创作员。"

"那么，您怎么会来这云南……"

我连忙告诉他，三年前的初春，在总政文化部的统一组织下，我曾有幸来过这云南前线跟随参战部队，经历了那场世界瞩目的对越自卫还击战。我这次来的目的，是想访问一些三年前在战场上涌现出来的英雄人物，如今又是怎样生活和战斗的……

"噢。"他出于礼貌点了点头。

见采访火候已到，我忙说："赵教导员，您能否给我谈一谈，您是怎样说服您的爱人柳岚同志来边疆的……"

"啥？让我瞎吹柳岚呀！那真是可悲可叹！"他连连摇头，自嘲地接上道，"柳岚休探亲假去了，她现已超假二十多天未归队！我们正准备打报告给她处分。小段，你证实，这可不是瞎说吧！"

---

① 营部书记是做文书工作的，相当于排职干部。

书记段雨国约有二十三四岁，白皙皙的脸蛋上挂着书生气。他很是认真地对我说："对。柳军医超假已二十二天了。可她有病假条。"

"那病假条绝对是骗人的鬼把戏！"赵蒙生愤慨地对我说，"柳岚军医大学毕业后分到我们这里还不到一年，就多次嚷着要脱军装转业，说这里绝对不是人住的地方。看来，要让她继续留在这边防，那是'蜀道之难，难于上青天'！"

他说罢，又陷入了痛苦的沉思之中。

眼下是三月，我临离开济南时刚见过一场大雪，而这地处亚热带的滇边，竟是酷热难当的。屋外，树上知了的叫声响成一片，我心中涌起阵阵燥热。看来，我这次采访也将是毫无收获了。

过了会儿，他竟又开口了："既然您是从山东来的，那么，先请您看看这……"

他递给我的，正是那张一千二百元的汇款单！汇款单是从山东沂蒙山区枣花峪大队寄来的。上面写有简短的附言：

　　蒙生：这是三年多来你寄给梁大娘的钱，现全部如数给你寄回，查收。

"汇款单是前天寄来的。我真搞不清梁大娘为啥把钱全部退给我……"赵蒙生用拳头捶了下头，脸抽搐着，痛苦异常。

沉默了一大会儿，他才静下心来对我说："在自卫还击战前前后后，我有过非同寻常的经历。也许有了那段经历，我才至今未离开边防前哨。"稍停，他望着我，"您要有兴趣的话，我倒可以把那段经历讲给您听听。"

我连连点头："好。您讲吧。"

他站起来："先请您看一下这两幅照片——"

我这才发现，他的办公桌上方的墙上，并排挂着两帧带相框的照片。他指着左边的相片说："这张放大了的六时免冠照，是我要讲述的故事中的主人公。他名叫梁三喜，老家在山东沂蒙山。他原是我们三营九连连长，在还击战中壮烈殉国。当时，我是九连的指导员。"

还未等我仔细端详烈士的遗容，他又指着右面那张十二时的大照片说："这是梁三喜烈士一家在他墓前的留影，这衣服上打着补丁的白发老人，是烈士的母亲梁大娘。这身穿孝服的年轻媳妇，是烈士的妻子韩玉秀。玉秀怀中抱着的是梁三喜未曾见过面的女儿，名叫盼盼。"

我们又坐下来。赵蒙生的表情仍很沉重。

我从旅行包里取出小型录音机，轻轻装上了磁带。然而，赵蒙生却向我摆了摆手："别急。在我讲述之前，我得向您提出三点要求，当您认为我的要求您能接受时，我才有可能对您讲下去。"

"哪三点呢?"我轻声问。

"其一，当您把我讲述的故事写给读者看的时候，我希望您不要用华丽的辞藻去打扮这个朴实的故事。要离部队的实际生活近些，再近些。文学是要有审美价值的，而朴实本身不就是美吗?"

想不到跟前这教导员竟如此有文学修养! 他说的全乃行家之言，我当即点头同意。

"其二，当前读者对军事题材的作品不甚感兴趣。我看其原因是某些描写战争的作品却没有战争的真情实感，把本来极其尖锐的矛盾冲突磨平，从而失去了震撼读者心灵的艺术力量。别林斯基说过，缺乏戏剧性的长篇小说，是生气索然而沉闷的。这话有道理。但有的作者为追求戏剧性，竟凭空编造故事，读来则更令人感到荒诞不经。这里先请您放心，我的亲身经历，本身已具备了戏剧性。不过，在我进行必要的铺垫和交代时，您开始会感到有点儿沉闷，但希望您不要打断我的讲述。我请求您耐心地听下去。您最终便会知道，这个真实生活中发生的故事，即使石头人听了也会为之动情，为之落泪的!"说罢，他望着我，"您能不加粉饰地把它记录下来吗?"

我再次点头表示从命。

"其三，在这个故事中，我和我妈妈都扮演了极不光彩的角色。您必须如实描绘生活中的'这一个'，如果您稍将'这一个'加以美化的话，这个故事不是大减成色，便是不能成立了。因此，这是三点中至关紧要的一点。"

我大感不解。

这时，书记段雨国对我说："在教导员讲述的故事中，我也是个很不光彩的角色。但我也诚恳地企望，您切莫对我笔下留情!"

呵，又出来一位"这一个"，我更不解了！"我提的三点，尤其是第三点，您能接受吗？"赵蒙生催问我。

我急于听到下文，连忙点头同意。

以下，便是赵蒙生的讲述——

一

我记得非常清楚，那是一九七八年九月六日。

我离开军政治部宣传处，下到九连任指导员。我原来的职务是宣传处的摄影干事，那可是既美气又自在的差事呀。讲摄影技术，我不过是个"二混子"。加上我跟宣传处的几位同志关系处得也不太好，我要求下连任职，是他们巴望不得的事。

我不多的家当，两天前就由团后勤处的卡车捎到了九连。当团里用小车送我到九连走马上任时，我随身只带着个小皮箱。皮箱里装着一条大中华烟，还有一架"YASHIKA"照相机。那架进口照相机，是我八月份回家休假时，妈妈托人给我从侨汇商店里买的。当我把公家的照相机移交之后，高兴时我还可以玩玩这"YASHIKA"。

当时，九连的驻地并不在这边防前哨，离这里少说也有千里之遥。营房也是设在阒无人迹的深山沟里。

我和梁三喜及九连的排长们第一次见了面。

梁三喜两手紧紧握着我的手，煞是激动："欢迎你，欢迎你！王指导员入校半年多了，我们天天盼着上级派个指导员来！"

看上去，梁三喜是个"吃粮费米、穿衣费布"的大汉，比我这一米七七的个头，少说要高出两公分。那黝黑的长方脸膛有些瘦削，带着憨气的嘴唇厚厚的，绷成平直的一线。下颌微微上扬。一望便知，他是顶着满头高粱花子参军的。

他望着我："指导员，有二十六七岁了吧？"

我说："咱可不是'选青'对象，都三十一啦！"

"这么说咱俩是同岁，都是属猪的。"他笑着，"可看上去，你少说要比我小七八岁呢！"

"连长，你也学会'逢人减岁，遇货加钱'啦!"站在我身旁的一位排长对梁三喜说罢，又滑稽地朝我一笑，"行啦，一个黑脸，一个白脸，你俩这一对猪，今后就在一个槽子里吃食吧!"

梁三喜忙给我介绍说："这是咱连的滑稽演员，炮排排长!"

"靳开来，靳开来!"炮排长靳开来握着我的手，"不是啥滑稽演员，是全团挂号的牢骚大王!"

梁三喜接着把另外三位排长一一给我介绍。

外表比我老气得多的梁三喜，又诚恳地对我笑着说："行呀，今后你吹笛儿，我捏眼儿，一文一武，咱俩配个搭档吧!"少停，他叹口气，"咳! 副连长进了教导队，副指导员因老婆住院回去探家了。这不，连里就我和这四员大将连轴转，你来了，就好了。要不然，今年我的假就休不成了!"

靳开来接上道："连长，干脆，明天你就打休假报告，争取下个星期就走! 别光给韩玉秀开空头支票了，让人家天天在家盼着你!"说罢，他转脸对我，"奶奶的，连队干部，苦行僧的干活!"

看来，我的搭档们都不是"唱高调"的人。这，还算是对我的心思。

紧急集合号声骤起。那唰唰的脚步声告诉我，要让我"宣誓就职"了。

"同志们!"梁三喜郑重地把我介绍给大家，"这是新来的赵指导员!"

如雷的掌声过后，队列里鸦雀无声。

我当摄影干事时曾下连拍摄过队列照片。但如此整齐的队列，我却第一次见到。四行队伍成四条笔直的一线，个个收颔挺胸，纹丝不动。连队是连长的镜子，我顿时觉得梁三喜可能是位带兵极严的连长……

"同志们，赵指导员是主动要求下到我们九连的! 他从大机关里来，文化高，有水平!"他用威严的目光扫视了一下队列，与适才那轻言慢语的声调判若两人，"同志们不要有丝毫的误解，赵指导员既不是下连代职锻炼，更不是到这里来体验生活的，上级正式任命他为我们九连的指导员! 他的行李和组织关系等等，全一锅端来了! 今后，大家遇事要向他多请示，多报告。军人么，服从命令是天职，大家要坚决服从指导员的指挥! 请指导员讲话。"

掌声又起。可爱的士兵们鼓掌也总是拿出拼刺刀的劲头!

"同志们！我……水平不高，我缺乏经验，我……愿和大家一起，把咱连的工作搞好。我……讲完了。"

我本是个侃侃而谈的人，但众目睽睽之下，我的"就职演说"却是如此简短。全连解散后，我仍觉得脸上热辣辣，心跳如鼓。柯涅楚克在《前线》一剧中塑造了一个绝妙的艺术典型客里空，眼下我在生活中正充当着客里空的角色。但我又缺乏客里空的演技——撒起谎来可以百倍认真而心不跳、脸不红。

演戏，我分明是在演戏！滑稽剧？恶作剧？还是真正的悲剧！指导员——党代表，我是在亵渎这神圣而光荣的称号啊！

有些城镇入伍的战士把参军当成"曲线就业"，我甘愿从军机关下到九连任职，玩的是"曲线调动"的鬼把戏。

我出身于军人之家。授衔时爸爸是少将，妈妈是中校。记得我上四年级时，我曾跟一位同龄的伙伴，为争论谁爸爸的官大而大动干戈："赵蒙生，别瞎吹，再吹你爸爸也是一个豆！俺爸爸是'双铁轨'，四个豆！"

"'双铁轨'顶啥用！"我反驳说，"我爸爸一个豆是金豆，是将军豆！你爸爸四个豆是银豆，是校官豆。银豆比起金豆来，差远了！"

"你瞎吹！"

"瞎吹？你回去问问你爸爸，我爸爸让他立正，他不敢稍息！"

于是乎，拳来脚往，俺俩打得不可开交。

这事让我爸爸知道了，我挨了爸爸一顿好揍，我从来没见爸爸发那样大的火。我哭着到妈妈怀中撒娇，谁知妈妈竟也一把推开我，让我站好，严厉地训斥我："什么官不官的，官再大也是人民的勤务员！记住，你是红军的后代，长大了要为人民服务！"……

那阵儿，爸爸妈妈对我要求极严。他们坐的小车从来都不让我坐，我穿的衣服也是姐姐穿下来之后改做的。妈妈经常给我讲述战争年代的艰辛生活和英雄人物，还有意识地给我买些这方面的画书。我印象最深的是《卓娅和舒拉的故事》，还有盖达尔的《铁木儿和他的伙伴》。读了之后，我和小伙伴们便像铁木儿那样去做好事。清晨送身残的同学上学，放学后给烈军属买粮食，大冬天到教室里帮助工友生炉子。每逢暑假，老师便带我们到郊外过夏令营。面对熊熊燃烧的营火，我们憧憬着未来，崇拜卓娅和舒拉，更崇拜董存瑞……

六五年军衔取消了。然而，用童心可以拥抱生活的岁月却变得浑浊了。

六七年我参军时，爸爸已被关押起来。几经交涉，妈妈领我见到爸爸。妈妈悄声对爸爸说："总算有门路了，蒙生可以当兵了！"

爸爸从铁栅栏里伸出手，颤抖地抚摸着我的脸："孩子，莫哭，战士有泪不轻弹嘛。去吧，到有枪声的地方去锻炼！要记住你为啥叫蒙生，要记住你是军人的儿子！"

就这样，我来到了这个军。这个军是当年从山东南下过来的。军、师、团三级现任领导中，不少人是我爸爸的老部下。我曾洒泪感激正直豪爽的军中前辈，在爸爸蒙难之时，他们念及战争岁月的生死之交，对我精心关照……

十年动乱，摧残了多少人才。权力的反复争夺，又使多少人茅塞顿开，学得"猴精"呀！人为万物之灵，极具谋求生存的本领，是适应性最强的动物。在那你死我活的政治漩涡中，心慈的变得狠毒，忠厚的变得狡猾，含蓄的变得外露，温存的变得狂暴……造物主催化万物的奥妙，是在一个"变"字呀！

职位再高的人也是人，人都具有可塑性。妈妈本是军区卫生部副部长，不知从何起，她已像"外交家"一样极善于周旋了。当五千年古国文明史上首屈一指的"演员"林彪摔死之后，我爸爸"华野山头黑干将"的问题澄清了，又恢复了职务。妈妈的"外交才华"，更是熠熠生辉……

妈妈的"外交内容"事无巨细，颇为繁杂。比如为老战友搞些难搞到的药品啦，补养品啦；又如哪位老同事想当候鸟，随着季节的变换要由北去南或由南去北疗养啦，妈妈便不遗余力地挂长途电话联系，把求上门来的老同事安排到称心之地……最能体现妈妈"外交才华"的是送女同胞参军。那阵儿，城里的父母们一面高呼"广阔天地，大有作为"，一面却在为子女们苦苦寻求出路。尤其是女孩子，不管是高墙深宅的闺秀还是普通人家的千金，大都把穿上军装当作梦寐以求的最高理想。我的姐姐是六二年凭考分进了上海军医大学的，用不着妈妈再操心。我的两个妹妹是同一天穿上军装，我们家一下便成了"全家兵"……

有人暗中估算过，说通过我妈妈的关系穿上军装的姑娘，足能编一个"红色娘子军连"。这实在太夸张了。我了解实情，妈妈送走的女兵也就是十多个，最多能编一个"娘子军班"。

"送走几个孩子当兵犯什么法？保卫祖国是她们神圣的权利和义务！"妈妈常在人面前这样说，"现在北极熊到处挑衅，当兵是去准备流血牺牲的！杨家将，一齐上。打起仗来，让你们瞧瞧俺赵家的全家兵！"

我当然不再相信妈妈的话是出自内心。但我却常常为有妈妈这样的大树作为荫庇，感到莫大的幸福和自豪！

然而，大也有大的难处。因我爱人柳岚上大学的事，妈妈竟遇上了难劈的柴。

七七年夏天，S军医大学来我们军招生。名额只有两个。原则上是通过推荐和考试择优录取。柳岚在军门诊部工作，妈妈费了好大的劲才使柳岚刚刚由护士提升为医助。这时，她又想上大学。于是，远在外军区的妈妈打长途电话来，把柳岚推荐上了。参加考试的有二十多位"娘子军"，柳岚考了个倒数第三，却被录取了。"娘子军"可是不好惹，一旦她们发现自己仅仅是些"陪衬角色"时，她们联名写信到处揭发，说柳岚提医助就是走的关系，这次上大学又走后门。什么"这次招生根本不是才华与智慧的选拔，而是权力与地位的竞争"，言辞尖刻得很。有人提出要组成联合调查组，揭开这次招生的内幕，坚决把柳岚追回来……

妈妈接到我的告急电话之后，像基辛格往返中东搞穿梭外交那样，火速赶到军里。

听我说明事态后，妈妈显得有点紧张，转眼便神态自若。她带着我，先后看望了爸爸的两位老部下。

"……老干部活到今天容易吗？是不是有人嫌我和蒙生他爸挨斗挨得还不狠，受罪受得还不够？是不是军里有人生个法子想整我们？群众有情绪，可以开导教育吆。柳岚的事我是不管，你们看着办！"临别，妈妈朝对方笑了笑，"哎，忘了对您说了。您那老三在我们军区司令部干得很出色呐，群众威信蛮高咪。听说快提副科长了。"

妈妈对爸爸的另一位老部下说："……柳岚考试分数是低了点，那还不是十年动乱造成的！她爸妈都是地方干部，前些年受的罪更是三天三夜也说不完。正因为柳岚文化差，才更应该让她上大学深造吆！不然，没有过硬的技术,怎能让她更好地为人民服务!这些话,你们当领导的得出面给同志们解释呀。"临别,妈妈握着对方的手,"呃,忘了跟您报喜了。您那四丫头在我们总院内二科,根本不用人操心,全凭自己干得好,前几天已入党了。对了,她可是到了找对象的年龄了。可怜天下父母心。这种事,我这当大姨的是得给你们老两口分点忧哪。放心,你们放心。"

一切都在谈笑之间。既不像低级说客那样赤裸裸地进行交易,更不像小商贩那样为头高头低去煞费苦心地拨弄秤砣。然而,我却深悉妈妈话中的潜台词:"外交关系"按惯例都是对等的,有来无往非礼也!

柳岚的事总算平息下去了。

前两年要不是活动和等待柳岚提升医助,我和她早就调回爸妈身边去了。当柳岚上大学之后,我的调动便列入了妈妈的"议事日程"。

谁知这时,人称"雷神爷"的雷军长在十年靠边站之后,又重新回到军里任军长了!

对他的到任,我曾喜出望外。因为妈妈给我讲过,在抗日战争期间,她曾拼死救过"雷神爷"的命。现在只要你"雷神爷"点个头,我赵蒙生可以大摇大摆地调回去!

哪知"雷神爷"一到军里,便电闪雷鸣,嘁里喀嚓,又是搞党委整风,又是抓机关整顿,那架势,即使是亲娘老子他也不买你的账!

团以下干部跨军区调动,在过去是极为罕见甚至是没有的事。可这些年,战士跨军区调动也不是奇闻了。按说,连职干部的跨军区调动,也是需要通过军区干部部的。可某些单位为了给某些人以方便,连职干部从师里便可直接调往外军区。这当然是违反规定的。鉴于这种情况,有人在电话上给我妈妈出点子,说我要想调回去,得赶紧离开军机关,躲开"雷神爷",千万不能在"雷神爷"眼皮底下干这种事!

干部处的花名册告诉我,这九连的指导员是空位。于是,通过关系,我便冠冕堂皇地来上任了。

这一切,连长梁三喜还蒙在鼓里呢!

吃过午饭,他领我围着营房到处转,看了连队的菜地、猪圈、豆腐房。边看他边给我当解说员。当他安排完下午各排的训练课目后,又回到连部给我介绍整个连队的思想状况……

他真的把我当成来九连扎根的指导员了!我俩面对面坐着,他轻言慢语地说，我装模作样地在小本上记……

不过，客里空的角色很难扮演，我真不知道这"曲线调动"的戏该怎样收场！

二

熄灯号响了。我和梁三喜隔着一张办公桌，各自躺在自己的铺上。

他告诉我：明天是星期二，早操课目是"十公里全副武装越野"。还说我乍从机关来到连队，怕一时难适应紧张的生活，他让我越野时只带上手枪就行，背包啥的就不必带了……

九连执行全训任务，是全团军事训练的先行连。步兵全训连队，往往比搞生产和打坑道的连队更艰苦，更消耗体力。对此，我当时既不甚了解，也没有吃大苦的思想准备。

我睡得正酣，猛觉有人在晃动我。听声是梁三喜："指导员，快，吹号了！"

我一骨碌爬起来，懵懵懂懂摸过军装穿上。想打背包也谈不上了，我连衣服扣儿都没顾上扣，提起手枪就蹿出连部。我已尽了最大努力，自认为动作也够麻利的了。可赶到集合点一看，梁三喜早已带着披挂整齐的战士们，像一队穿山虎一样嗖嗖远去了……

"指导员，连长让我留下等你。"说话还带着又尖又嫩的童音的司号员金小柱，边跑边不时回头呼唤我，"指导员，我认识路，快！"

启明星还没隐去，眼前黑魆魆的。蜿蜒山道，崎岖不平，看不清哪处高，哪处低。跑着跑着，我脚下打了个滑，一头摔倒了。全副武装的小金，不得不折回身来扶起我……

我在军机关里散漫邋遢是挂了号的。我天天早晨睡懒觉，有人开玩笑说我是政治部里的"一号卧龙"。我从来赶不上在机关食堂里吃早餐。柳岚从营养学的角度多次对我说，早饭特别重要。我也曾研究过人体每天需要多少热量，当然不会让自己的体内缺乏营养。每天睡足之后爬起来，先来一杯浓浓的橘子汁，再来两块美味巧克力或蛋糕啥的……咳！我"一号卧龙"啥时吃过眼前这种苦！不过，为了装装样子，我得咬紧牙关坚持一番……

当我跟在司号员小金身后，上气不接下气地爬到一架大山的半腰，离山顶还有一大截子路时，梁三喜已带着全连返回来了。

他在我面前停下，轻声对我说："比上次越野，又提前了两分多钟到达山顶。"

汗水已浸得我眼也睁不开。我抬起右臂用袖子抹了下脸，发现他携带着背包、挎包、手枪、水壶、小铁锹、指挥旗、望远镜等全副装备；另外，身上还挂着两支步枪，肩上还扛着一架八二无后坐力炮筒。

想不到这"瘦骆驼"样的连长，真能"驮"！

这时，三个掉队的战士赶到他身边，很难为情地把本该属于他们携带的铁家伙，从连长身上取走了。

全连一个个都像刚从河里捞出来一般。梁三喜让炮排长靳开来头前带队，他和我走在队伍的后面。

"别着急，慢慢就适应了。"他谦和地对我说，"人么，总是各有特长。今后，军事训练方面我多抓些，你集中精力抓思想方面的工作。"

看来，他是个很能宽容人的人。

"行。"我有点受感动，点头答应着。

我身上仅带着一支手枪，返回连队途中，却直觉得双腿像灌满了铅，身子像散了架。出现了低血糖症状，热量已消耗殆尽。

后来，我精确计算过，在全副武装越野时，连里步兵班战士的负重尚不值得惊叹，八二无后坐力炮班的战士，每人负重是八十九斤！他们如牛负重，还得像战马一样火速驰骋，拼命冲杀呀……

在我下连之前，连里已进行了两周时间的轻武器射击预习。按规定，连里的干部也要参加射击考核，并须掌握本连的各种武器。

我既怕打得太差丢人现眼，也想过一次"枪瘾"，便耐着性子和战士们一起，胸贴大地背朝天，苦苦地熬了三天。

星期五这天，第三季度轻武器精度射击考核开始了。

梁三喜第一个上阵，取得了"全优"成绩。然而，战士们谁也没有感到惊讶。看来，这是连长的拿手戏，大家早已多次目睹。

我过去喜欢摆弄手枪，那不过是玩新鲜。眼下却使我没丢大丑。手枪射击我"猎"了个良好，除了轻机枪射击不及格，别的都及格了。

梁三喜脸上漾着笑："指导员,你还行哩!就预习了三天,不错,打得还算不错!"

接着,从一排开始逐班进行考核。一班、二班打得很理想。临到三班打靶时,战士段雨国九发子弹,只打了十七环……

讲到这,赵蒙生转脸对段雨国:"喂,小段,你当时是个啥形象,你自己塑造一下吧。"

段雨国朝我笑了笑,说:"说起我当时的形象,那真是令人啼笑皆非。我是从厦门市入伍的,爸爸是工艺品外贸公司的经理,妈妈也在外事口工作。我当时哪能吃得了连队生活的苦哇!因我读过几部外国小说,便自命是连里的才子。甚至还曾妄想要当中国的雨果。我当时尤其看不起从农村入伍的兵,说他们身上压根没有半个艺术细胞,全身都是地瓜干子味。结果,大家便给满身'洋味'的我起了个绰号——'艺术细胞'。连里所有的人都不在我眼里。一次,王指导员给全连上政治课,我在下面听我的袖珍收音机,使课堂骚动不安。王指导员让我站起来,命令我关死收音机。我当即把收音机的音量放得更大,并油腔滑调地说:'听,这是中央台,是党中央的伟大声音!怎么,不比你指导员那套节目厉害得多吗?'……仅此一事,您就能想象出我当时是个啥德行!好啦,在这个故事中,我是一个很次要的小角色,还是让教导员接下去对您讲吧。"

赵蒙生淡淡一笑,继续讲下去——

当时,三班战士围着小段,一片讥讽。

"喂,请问'艺术细胞',你把子弹艺术到哪里去啦?"

"新兵老秤砣,每次打靶都拽班里的成绩!"

"呸!这种玩意儿还叫人,脸皮比地皮都厚!"

"嘴干净些!"段雨国抹了把他那在全连里唯一的长头发,用蔑视的目光望着众人,"不就是飞了几发子弹呟,老子不在乎!再说,打不准也不怪我,是枪不好!"

梁三喜走过来:"你的枪咋不好?"

"不好就是不好呗,准星歪了!"段雨国挑逗般地望着梁三喜,"怎么,能换支枪让咱再打一次吗?也像你们连干一样,过过子弹瘾!"

梁三喜那厚厚的嘴唇嚅动了几下，我猜他必该动怒了。

然而，他二话没说，一下从小段身上抓过那支步枪，把八发子弹压进弹仓。他没有卧倒在靶台上，举枪便对准靶子，采用的是更见功夫的立姿射击。

一声哨响，靶场寂然。

"叭！叭！叭叭……"他瞬间便射击完毕。

战士们眼睛不眨望着正前方，等待报靶员挥旗报靶。只见报靶员从隐蔽处跃到靶子前瞄了会儿，扛起靶子飞也似的跑过来……

"让，让中国的雨果先生……"报靶员气喘吁吁，"自己瞄瞄！"

战士们围着靶子，欢呼雀跃："七十八环！七十八环！"

"喂，'艺术细胞'，瞄瞄这是不是艺术呀！"

"可爱的雨果先生，过来，过来瞄瞄哟！"

面对战士们的讥笑，段雨国原地不动，故意把头歪在一边："打八十环也没啥了不起！"

"你说啥？！"随着一声吼，只见炮排长靳开来拨开围成圈的战士们，像头发怒的狮子立在段雨国面前。

靳开来中等偏上的个头，胖墩墩的。眉毛很浓，眼睛不大。眼神却像两道闪电似的，又尖又亮。他周身结实得像块一撞能出声的钢板，战士们说他是辆"轻型坦克"。他用两个指头点着段雨国的鼻尖儿："段雨国，又有啥高见，冲我靳开来说！"

段雨国眼皮一耷拉，不吱声了。

"说呀！"靳开来把两个指头收回，攥成拳头，"亏你段雨国不在我炮排！要是你在我炮排，两天内我不治得你'拉稀'，算我不是靳开来！"

是慑于"轻型坦克"的威力，还是识时务者为俊杰？段雨国乖乖地低下了头……

三

风吹日晒，摸爬滚打，我好不容易熬到星期六。

晚上，团电影组来连队放电影，片子是老掉牙的《霓虹灯下的哨兵》，我懒得去看。司号员小金帮我从伙房提来一大桶温水——再不冲个澡，我实在受不了啦！

下连六天来，尽管我流的汗水比连长梁三喜，甚至比战士段雨国都要少得多，但我的军装也是天天湿漉漉没干过。要不是昨天小金把我塞到床下的军装和内衣全洗了，眼下连衣服也没得换。

冲完澡，觉得身上轻松些了。我想把堆在地上的那全是汗碱的军装和内衣涮洗一下，但双臂酸疼懒得动手。我用脚把它们踢到床底下。也许明天小金又要抢去帮我洗，那就让他去学雷锋吧……

我晓得指导员应该是个艰苦朴素的角色。下连后我把抽烟的水平主动降低，由抽带过滤嘴的"大中华"降为"大前门"之类。趁眼下没人在，我打开我那小皮箱，先看了看那架"YASHIKA"照相机，又取出一盒"大中华"拆开。点上一支烟，我倚在铺上吸起来。闭上眼，那五光十色"小圈子"里的生活，又频频向我招手……

前不久，七八月份，在军医大学的柳岚放暑假，我也趁机休假了。我和她同时回到了爸妈身边，回到了那令人向往的大城市。

孩提时的伙伴和朋友，纷纷登门邀请我和柳岚，到他们那个"小圈子"里光顾一番。

在部队里，我和柳岚已被人们视为"罗曼蒂克派"。可跟那"小圈子"里的红男绿女一比，才深感自惭形秽，才知道我俩还不是"阳春白雪"，仍是"土八路""下里巴人"！

"穿'黄皮'吃香的年代早过去了，快调回来吧！"

"喂，两位'老解'，还在部队学雷锋呀，瞧瞧我们是怎样学的吧！"孩提时的伙伴们，很友好地戏谑我和柳岚。

"小圈子"里举行家庭舞会：探戈、伦巴、迪斯科、贴面舞……

"小圈子"里比赛家庭现代化：小三洋、大索尼、雪花电冰箱……

香水、口红、薄如蝉翼的连衣裙，使看破红尘的男女飘飘然；威士忌、白兰地、可口可乐，令一代骄子筋骨酥软……

我和柳岚眼花缭乱。她以"患流感"为由续假在家多玩了十天，我也以"发高烧"为借口晚十天才回到军里。

理性告诉我，那"小圈子"里的生活是赝足而又空虚，富足却又无聊。本能在向往：我和柳岚完全具备可以那样生活的条件，何乐而不为！

......

"指导员，快出来！"炮排长靳开来进屋便喊道，"来，甩老K！"

听来头是电影散场了。初来乍到，出于礼貌，我摸起一盒没开封的"大前门"烟，从内屋走出来。

梁三喜和另外三位排长，也都进来了。大家围着四张长方桌拼起来的大办公桌坐了下来。

"砰"，靳开来把两副扑克按在桌上，顺手摸起我的"大前门"抽出一支，又朝桌中间一拍："指导员抽烟的水平不低，弟兄们，都犒劳犒劳！"说罢，他从口袋里掏出一盒没启封的"三七"，也朝桌子中间一放："今晚两盒烟抽不完，这场老K不罢休！"

看来他很讲义气。我发现，这"轻型坦克"完全不是发怒时的样子了，面部表情很生动。

梁三喜早已点起一支小指头肚般粗的旱烟。他重重地吸了一口，说："算了吧，都挺累的，今晚上不甩了。"

"我知道看了这场电影，你就没心思甩老K了！"靳开来斜觑着梁三喜，"怎么，要早躺下梦中会'春妮'呀！"

梁三喜淡淡一笑，轻轻地吐着烟。

"指导员，你还不知道吧。要是《霓虹灯下的哨兵》在这里连放一百场，连长准会看一百次的。你知为啥？"靳开来先卖个关子，接上说，"别瞧连长这副穷样儿，命好摊个俊媳妇。媳妇姓韩名玉秀，长得跟电影上演春妮的演员陶……陶啥来？"

"陶玉玲。"显得最年轻的一排长说。

"对。全连一致公认，韩玉秀长得跟陶玉玲似的。心眼吆，比电影上的春妮还好。"靳开来朝我使了个眼色，"喏，你瞧，一提春妮，连长的嘴就合不拢了。"

的确，梁三喜的脸上已漾起美滋滋的笑。下连以来，我首次发现他的笑容是那样甜美。

"奶奶的！陈喜也不撒泡尿照照自己，摊上春妮那样的好媳妇还闹离婚！"靳开来仍饶有兴味地谈论刚看的电影，"要是咱摊上春妮那模样又俊、心眼又好的人当媳妇，下辈子为她变牛变马也值得！哪像咱那老婆，大麻袋包，分量倒是有！"

一排长"嘻嘻"地笑着:"这话要是叫你老婆听见……"

"听见咋啦?她充其量不过是公社社办棉油厂的合同工,我靳开来说的每句话,对她都是最高指示!"他说罢,抓起扑克,"不谈老婆了。来,甩老K!争上游?还是升级?"

见梁三喜和我都没有甩老K之意,靳开来把扑克又放下了。他一本正经地对梁三喜说:"连长,别苦熬了,你是该休假了。"

梁三喜看看我:"等指导员再熟悉一下连队情况,我就走。"

"要走你得早些走,韩玉秀可是快抱窝了。"靳开来笑望着梁三喜,掰着指头算起来,"小韩是三月份来连队的,四、五、六……嗯,她是十二月底生孩子。你等她抱窝时回去,有个啥意思哟!"他诡秘地一笑,骂道:"奶奶的!夫妻两地,远隔五千里,一年就那么一个月的假,早就旱死了,涝就涝死了!"

三位排长笑得前仰后合。

梁三喜说:"炮排长呀,你说话就不能文明点儿!"

"甩老K你们不干,谈老婆你又说不文明。那么,这星期六的晚上怎么熬?好吧,我说正事儿。"靳开来站起来,郑重其事地对我说,"指导员,你刚来还不了解我,我正想找你谈谈心。现在当着大家的面,我把心里话掏给你。你到团里开会时,请你一定替我反映上去,下批干部转业,说啥我靳开来也得走!为啥!某些领导对咱看不惯,把咱当成'鸡肋'!鸡肋呀,吃起来没啥肉很难啃,嚼嚼没有味儿可又舍不得扔。我靳开来不想当这种角色,等人家嚼完了再扔掉!转业回去不图别的,老婆孩子在一块,热汤热水!算了,不说了,回去挺尸睡大觉!"说罢,"牢骚大王"扭头而去。

不欢而散;另外三位排长见老K甩不成,也都走了。

梁三喜对我说:"炮排长这个人呀,别听说话脏些,作风很正派。他当排长快六年了,讲资格是全团最老的排长了。论八二无后坐力炮和四〇火箭筒的技术,在全团炮排长中是坐第一把交椅的。他对步兵连的战术,也是呱呱叫。管理方法虽说生硬了些,但他对战士很有感情。实干精神那更是没说的。"停了会儿,梁三喜叹了口气,"咳!这人就是爱发牢骚,爱挑上面的刺,臭就臭在那张嘴上。连里和营里多次提议,想让他当副连长,可上面就是不同意。"

我没吱声。梁三喜面部悒郁地愣了会儿神，说："以后慢慢就互相了解了。不早了，休息吧。"

我俩回到内间屋。他搬过一个大纸箱，打开翻弄着，说要找出衣服明天好换洗一下。

他连个柳条箱也没有，看来这是他的全部家当。纸箱里，他的两套军装全旧了，有一套还打着补丁。下连后我听战士们反映，步兵全训连队的军装不够穿，他这当连长的当然也不例外。我见他纸箱里有个大塑料袋，塑料袋里装着件崭新的军大衣，便问他："这大衣是刚换发的?"

"不是。是去年'十一'换发的。"

他这当连长的为啥连块手表也没有？他为啥总是抽黑乎乎的旱烟末儿？我已知道他老家是沂蒙山，而我也是在当年炮火连天的沂蒙山中出生的呀！按说，我们这一文一武有好多话题可闲聊。然而，既然他还不晓得我是高干子弟，压根还不知我为啥要颠到这九连来，我可懒得跟他去谈啥沂蒙山……

躺在铺上，我浑身酸疼睡不安宁。听他也不时轻轻翻身儿。他大概认为我睡着了，划火柴抽起烟来。像他这样的人并不怕吃苦，大概也是感到寂寞难熬吧？是想"春妮"了？我猜。

……我不知不觉地迷糊过去了。外面哗哗的雨声又将我唤醒。蒙眬中，我听见他下床了。那扎腰带的声音告诉我，他要冒雨去查铺查哨。

当他轻手轻脚地走出去后，我心中涌起阵阵恻隐之情。是的，像他这样的连长，以及那些土头土脑的战士，无疑都是忠于职守的。对他们，我可以表示同情，怀有怜悯，甚至还可以赞美他们！但是，要让我长期和他们滚在一块，我却不敢想象……

咳！这被称为"熔炉"的连队，这真正的"大兵"生涯！没有"苦行僧"的功夫，我该怎样继续熬下去！我又恨起"雷神爷"来，要不是为了躲开他，我何用"曲线调动"来九连"修炼"呀！

四

单兵爆破、土工作业、排连进攻、刺杀对抗、周末会操……团司令部下连按"操典"逐一进行验收，指导员竟毫无例外地要做一名战斗员接受考核。

文部建设、季度总结、"双学"评比、党团发展、谈心次数……团政治处要求政治工作渗透在练兵场，指导员的工作包罗万象，很难胜任。

最令我望而生畏的是每星期二，早晨那"十公里全副武装越野"，尽管我几次都没跑到过目的地，但每遭下来，小腿肚儿准转筋，有一次还差点虚脱过去。另外，可供转化为热量的一日三餐，也常使我感到度日如年。馒头、大米、玉米面倒可放开肚皮吃，就是副食太差。我真不晓得造物主赐给人的胃都一样，为啥梁三喜他们竟吃得那般香甜。我几次试图让炊事班长改善一下生活，炊事班长叫苦不迭。说伙食标准没增加，物价日见涨。要改善也只能做些"金银卷"（白面、玉米面合制），把碗中菜用皮儿包起来（大包子）。

连队驻在深山沟，我有钱也没处下馆子。一次，我到团部开会时从服务社买回两包点心。人面前不敢吃，每次都是趁人不在时慌忙吞两块，那滋味就跟偷了人似的……

掰着指头数日子，我下连差两天还不到一个月。照照镜子：脸黑了！摸摸腮帮：人瘦了！每次冲澡时我都发现，身上的皮一层一层朝下蜕……

我已两次给妈妈写信，让她尽快展开"外交攻势"。妈妈来信说，她那头好说，准备安排我到军区新闻科当摄影记者，只是我这头还不行。她已给师里有关领导同志写过信打过长途电话，得到的回音是：眼下不是前几年，调动之事切不可操之过急，过急了太显眼，太显眼容易出娄子。让我在连队干半年再调不迟……

天，半年？那我就熬成"瘦骆驼"了！

这天中午，我到营部开会回连，全连已吃过午饭。我到饭堂把炊事班留给我的饭菜胡乱吃了些，便回到宿舍倚在铺上想心事。

猛然间，紧急集合号响了。我忙扎好腰带，走出连部。

只见全连列队站在饭堂门前。梁三喜面对全连，脸上"乌云翻滚"："……不像话！简直是不像话！"

想不到他的脾气竟是这样大，我第一次见他如此动怒。我不知连里出了啥不像话的事，便悄悄站在队列里洗耳恭听。

"馒头，有人把雪白的一个半馒头扔进了猪食缸！"他用手拍了拍心口窝，"同志们，扪心问一问，感情，我们还有没有劳动人民的感情？还有没有?!"

我呆了！适才我吃午饭时，炊事班给我留了三个馒头在碗里，我只吃了一个半，便把剩下的扔进了猪食缸……

"解散！"梁三喜怒吼着，把手一挥，"现场参观！"

战士们围着饭堂旁边的猪食缸，叽叽喳喳地议论着。

靳开来把目标对上了段雨国："段雨国，你这花花公子，说，这是不是又是你干的！"

段雨国大眼一瞪："吃柿子单拣软的捏，你就看我好欺侮！面对上帝起誓，谁扔的谁是乌龟蛋！"

三班长出面证实，说中午吃饭时没见段雨国扔馒头。靳开来才不吱声了。

梁三喜余怒未息："谁扔的，可个别找班长、排长讲一下。今晚各班都要召开班务会，好好议一下这种少爷作风！"

也许我对"公子""少爷"这样的字眼尤为敏感，我当下便认定是梁三喜借一个半馒头整我，是想转着圈子丢我的丑。我心中拱着一团火，扭头急步回到连部，气鼓鼓地倒在铺上。过了会儿，梁三喜进来了。我怒气冲冲地对他说："连长同志，要整我，明着来！不必效仿'文化大革命'来个发动群众！一个半馒头，是我扔的！"

"指导员，我……不知你去营部开会已回来了。我确实不知那馒头是你扔的。要知道是你，我会同你个别交换意见的。"梁三喜尴尬地解释。

我"腾"一下转过身去，把脸对着墙壁，又听他叹口气说："指导员，千万别为这事影响团结。我不是表白自己，我这个人……还没搞过那种背后插绊子的事。我和原来的王指导员共事三年多，俺俩争也争过，吵也吵过，有时也脸红脖子粗。但俺俩始终如同亲兄弟，团结得像一个人。"

我仍不吱声。停了阵，他讷讷地说："我这就让司号员小金去通知各班，晚上的班务会，不……不开了。"

为这事我三天没理梁三喜。

这事发生后的一天中午，三班战士段雨国趁梁三喜不在时溜进了连部。

"指导员，别理那'七撮毛'！"段雨国察言观色地望着我，"大上个月我把吃剩的一块馒头扔进了猪食缸，也是挨了'七撮毛'一顿好整！"

"什么'七撮毛'！"

"嘿嘿……是我用艺术手法给连长起的绰号。"段雨国得意地笑着。他从梁三喜那破旧的绿色军用牙缸里取出一支牙刷，"指导员，你瞧瞧，他用的这支牙刷像从垃圾堆里捡来的。一撮，两撮，三撮……哟，不是七撮，是九撮……这不，又掉下一撮来，那么，就叫他'八撮毛'吧！"

我没搭腔。和梁三喜一个月的相处，我虽没数过他用的牙刷还剩几撮毛，但我早已觉得他是个地地道道的乡巴佬，连一分钱也舍不得乱花。

"每月六十元钱的军官，他连支新牙刷都舍不得买！"段雨国把那"八撮毛"的牙刷扔进牙缸里，"攒钱，就知道攒钱，典型的小农民意识！世界已进入高消费的时代，听说日本人衣服穿脏了连洗都不洗，扔进垃圾堆里就换新的。可咱这里，'八撮毛'竟然借一个半馒头整人，真是滑天下之大稽也！"

看来段雨国是来寻找"同盟军"，跟我搞"统一战线"来了。尽管我对梁三喜已怀有成见，但指导员这职务的最起码的约束，我也不会跟段雨国这样的战士搞在一起。

见我不吭气，他又搭讪道："指导员，你还不赶快调走呀！"

我一惊："你听谁说我要调走？"

他笑笑："这还用谁说，我自己估计呗！"

我沉下脸来："你……"

"这怕啥哟。"少停，他问我，"指导员，听说你爸爸的官挺大，是六级，还是七级？"

"你瞎说些啥！"我有些火了。

"嘿嘿……你的事我多少知道一点呢。"他仍嬉皮笑脸，"事情明摆着，咱们跟'八撮毛'这些乡下佬在一起，哪有共同语言？哪有共同向往？年底，我就打报告要求复员！"他说罢，又跟我套近乎道，"指导员，你要买大彩电和收录机啥的，给我说一声就行。我爸妈都在外事口工作，买进口货对我段雨国来说，是小菜一碟！价格嘛，保准比市面上便宜一半……"

"我啥也不会托你买！请回吧。"

见我冷冰冰的样子，段雨国才怏怏而去。

……

十月中旬，梁三喜的休假报告批下来了。他几次打点行装要动身回沂蒙山，但几次又搁下了。

想走又觉得不能走，我看出他的心情是极为复杂和矛盾的。显然，他早已觉出我是个十二分不称职的指导员，他担心他走后我会把连队搞得一团糟……

这天，他去团部参加为期一天的军训会议返回连里，已是晚上八点多了。

灯下，他把军训会议的精神简要对我讲了一下，说转眼就是年终考核，劲可鼓不可泄。说罢，他望着我："指导员，我想明天就动身休假。这样，回来还误不了年终考核。你看呢？"

"那就走呗！"我漫不经心地回答他。

他把黑乎乎的旱烟末卷起一支，吸了两口，很难为情地对我说："指导员，我这个人有话憋在心里怪难熬的。前些日子我就听说过，这次去团部开会，我又听到关于你要调走的风言风语。"

我打了个愣。

他接上道："我想，这也可能是有人瞎传。不过，你真要调走的话，这假我暂时不休了。如果没有那回事，那我明天就动身。"

事情既已点破，我也就不在乎了。我没好气地对他说："休不休假，你自己看着办！至于有人议论我，舌头长在他们嘴里，我任凭他们说长道短！反正组织上还没通知我，让我调走！"

他没有再说啥。第二天，他没有动身。以后，他再也不跟我提休假的事了。

我和梁三喜以及连里其他干部之间的隔阂，越来越明显了。每逢星期六晚上，连部里空荡荡的，他们早就不愿和我凑到一块甩老K、谈老婆，逗笑取乐了。

一天，这里进行正常性的战备教育。按团政治处拟定的教育内容是：把越寇近年来在我广西和云南边境多次进行的武装挑衅，综合起来给战士们讲一次，以激发大家的练兵热情。我便找来一些报纸，念了几篇有关这方面内容的消息、通讯，以及我外交部对越南当局的照会等等。我毫无个人发挥，完全是照本宣读……

下课后，炮排长靳开来竟一本正经地对我说："指导员，你讲得不错！飞机上挂暖瓶，你水平高得很咪！放心，啥时打起仗来，我们保证跟着你这当指导员的屁股后头，一个劲地往前冲！"

面对他的讥讽挖苦，我扭头而去……

我调动的事，妈妈抓得越来越紧了。每隔几天，我总会收到她的信。她在信中不断向我说明调动一事的进展，叹息她从来没遇到过这么难办的事……

我本想"曲线调动"的事连里是不会知道的。可世上没有不透风的墙。这时，尽管这里还没谁了解其全部内幕，但我来九连是为了调走这一点，不仅连里干部全知道，连消息灵通的部分战士也挤眉眨眼地晓得了。

我苦熬硬撑到十一月底。这天，我又收到妈妈一封信。她在信中告诉我，调动的事总算有眉目了。她让我一旦接到调令，务必尽快离开连队。她在信的结尾部分，煞是神秘地告诉我，说她听说我们这支部队可能有行动。但告诫我：切莫声张！切莫瞎传！

面对两个带叹号的"切莫"，我琢磨不透我们这支部队能有啥行动。不错，南边的形势是够紧张的，但那是小打小闹，枪声离我们这里还远着呢！我竟违背了妈妈的叮嘱，趁没人时悄悄把电话挂到师里那位帮我办调动的领导家里，当我把意思拐弯抹角地说明后，对方哈哈笑了起来，说他压根还没听到啥，说我妈妈的神经太过敏了……

我放心了。但我却一天也不愿在连队里熬了。我天天盼着调令来！

那是一个星期六的晚上，我心烦意乱地到山溪边散了会儿步返回营房。当我走到连部窗前时，听屋内梁三喜和靳开来在高声谈论，我便悄悄停下来。

靳开来："连长，除了那件大衣是新的，你总共就那么点破家当，又穷鼓捣啥！"

梁三喜："伙计，你也抽空拾掇拾掇吧，看来是快开拔了。"

靳开来："开拔？见鬼，往哪开拔？"

梁三喜："往南边！你不觉得该打一仗了？"

靳开来："仗看来是要打的。可全国这么多军队，你咋知我们这支部队要往前开？"

梁三喜："你别问了。等着瞧就行了。"

靳开来："连长，是不是上面已给你透风了？……怎么，对咱还保密呀！"

梁三喜："上面没谁给我透风。该咱连级干部知道的事，老百姓也差不多知道了。"

靳开来："那，你是……"

梁三喜："我是从指导员他母亲那里得来的消息。"

靳开来："活见鬼，那老娘们能给你啥消息！"

梁三喜："你真是个直肠子。你就没想想，为啥她对指导员的调动抓得那么急？我听团里的干部干事说，这些天指导员的母亲几乎天天往师里打电话……"

靳开来："嗯。有道理！听说那老娘们神通广大，她知道消息要比师长、军长还早呢！"

梁三喜："这不就得啦。我看部队在十天、八天之后要上前线！这事你千万要保密，决不能瞎嚷嚷。"

靳开来："奶奶的！只要是共产党坐天下，那老娘们胆敢在部队上前线时把她儿子调回去，看我靳开来不自费告状到北京！"

……

十天之后我终于拿到了调令！

然而，想不到梁三喜竟能料事如神！当我就要离开连队时，一声令下，我们这支部队果真要上前线，要开拔！

当天，炊事班一下便宰了四头猪，但却来不及吃了！

进亦难，退更难。我处在万分矛盾当中！

"滚蛋，你给我赶快滚蛋！"忠厚人梁三喜一下变成靳开来，他面对我劈头盖脸地痛骂，"奶奶娘！你可以拿着盖有红印章的调令滚蛋，我可以再请求组织另派一位指导员来！但是，养兵千日，用兵一时！军人，你不会不知道你穿着军装！现在，你正处在一道坎上，上前一步还好说，后退一步你是啥？有的是词儿，你自己去想！你自己去琢磨！"

五

长龙般的专列闷罐车载着武器和士兵，昼夜兼程。在九连坐的两节闷罐子里，有我这拿到调令没敢退却的指导员。

不用梁三喜直着骂，我当然也晓得，军人效命沙场，当应义无反顾。倘若我在这种时候离开这支部队，那将是对军人称号的最大玷污！众口啐我是"逃兵"算是遣词准确，破口骂我是"叛徒"也毫不过分……

部队开到云南边防线，大家才知道这所谓边防实际上是有边无防。可红河彼岸，我们用肉眼便可看到一个挨着一个的永备性、半永备性的碉堡工事。如果拿起望远镜，即能清晰地看见那瞄准我们胸膛的黑洞洞的射击孔。而我们这边，多年来却一直高喊把自己的国土，当作对方"最辽阔的大后方"……

如今，在迫不得已的情况下进行还击，一切都显得紧迫而仓促。一下拥来这么多部队，安营首先成了大问题。团以上指挥机关挤进了地方机关的办公室。连队则分散在深山沟里，用青竹、茅草、芭蕉叶和防雨布，搭成了各式各样的"营房"。为防空防炮，还常常住进那刚挖的又潮又湿的猫耳洞……

当我们九连听了边民有家不能归的控诉，现场参观了河口县托儿所被越寇用机枪横扫后的惨状后，求战书像雪片一样飞到连部。尽管上级不提倡写血书，连里还是有几位战士咬破了中指……可我这个当指导员的，人虽跟着九连来了，心里却仍在打小鼓。我懊丧自己自作自受，我后悔当初不该放着摄影干事的美差不干，来到这九连搞啥"曲线调动"！眼下，我唯一的希望是离开这战斗连队，回到军机关……

于是，我便悄悄找军里和我要好的同志，让他们侧面反映一下，以工作需要为名，把我重新调回军机关。恰在这时，军党委做出一个十分严厉的决定：凡在连队和基层单位的高干子女，一律不准调到机关里来。已经调的要坚决送回基层，个别因有利于打仗确实需要调的，不管他是干部还是战士，均需军党委审批才能调动。否则，按战时纪律予以追究。

我听后，心里凉了半截。

梁三喜对我的态度倒还够意思。在他骂我滚蛋时我没还嘴，见我跟着连队来了又没离开连队，他不仅没再向我投来鄙视的目光，反而像我刚下连时那样主动找我商量工作。我还觉察到，他已给连里的其他干部做过工作了；当我们坐着闷罐车朝前线开时，一路上靳开来曾不时地说些风凉话给我听。扬言说战场上他将瞟着我，一旦发现我有叛变的苗头，他会给我一粒"花生米"尝尝……而眼下，他见到我尽管脸还放不开，但大面上也总算说得过去了。

连队进入了临战前的突击性训练。为适应在亚热带山地丛林中作战，团里让我们九连练爬山，练穿林。这比那"十公里全副武装越野"，更够人喝一壶的。梁三喜累得嗓音嘶哑，眼球充血，嘴唇龟裂，那瘦削的脸膛更见消瘦了。就连被誉为"轻型坦克"的靳开来，脸颊也凹陷了。至于我，那就更不用提了。我累得晚上睡觉连衣服都懒得脱，常产生那种"还不如一颗流弹打来，便啥也不知道才好"的念头……

我和妈妈已有二十多天中断了联系。来到前线后，料她也无神通可施展了，我也就懒得再给她去信。这天，从后方留守处转来连队一批信件，其中有我三封。一封是柳岚从军医大学写来的，她在信中质问我为啥接到调令后还不回去，讥笑我是不是想当什么英雄了。她毫不掩饰地写道：现在的大学生宁肯信奉纽约伯德罗埃岛上的铜像（自由女神），也决不崇拜斯巴达克斯……另外两封信是妈妈写来的。头一封信她让我离开连队动身时给她拍个电报，她好派车到车站接我回家。第二封信她已觉出事情不妙，似乎也深知在这种时刻调我回去的利害关系。她问我是否因周围有不良反应才没走成，如果觉得实在不能调走，那就无论如何也得离开连队，重回军机关工作方为上策。

妈妈的"上策"和我的心思吻合了。

此时，我多么想赶快离开九连回军部啊！而重回军部的希望，只能寄托在雷军长身上。这时，我想起了妈妈多次给我讲过的她救过"雷神爷"一命的往事：

　　一九四三年秋。近三万名日寇纠合吴化文、刘桂堂（即刘黑七）等部的皇协军，对山东沂蒙山区进行大规模的拉网扫荡。当时，雷军长是山东军区独立团的一营营长，妈妈是团所属"地下医院"的指导员（因医院的所谓床位不过是一些堡垒户的炕头，故称地下医院）。一营在掩护山东分局机关和渤海银行机关转移时，被敌人包围了。人称"雷神爷"的雷营长，率全营四百余众与敌人展开血战。战斗从上午十时许打响直到黄昏，机关安全转移了。这时，"雷神爷"所率的四百余众尚存不足百人，而且大部挂了彩。"雷神爷"也多处负伤，奄奄一息倒在血泊中。担负救护伤员的妈妈，借着暮色的掩护，冒着纷飞的弹雨，在一片死尸堆里寻找还未死去的伤号。当妈妈用手一掐"雷神爷"的嘴，觉出"雷神爷"还有一丝呼吸，便将他背在身上，从死尸堆里一步一步爬了出来……

为躲过敌人的清剿，妈妈把"雷神爷"安置在一个非常隐蔽的山洞里。妈妈把一头乌发推成光头，从乡亲们那里借得一顶瓜皮式旧毡帽戴在头上，腰缠一根猪鬃绳腰带，扮成一个看山林的穷小子，日夜守护着"雷神爷"。妈妈千方百计地为"雷神爷"找药。没有绷带，她把自己唯一的一床被面用开水消毒后，撕成条条……

一个电闪雷鸣的雨夜，妈妈听到洞外有声声怪叫。出得洞来，借着一道闪电，妈妈发现有四五只狼睁着绿森森的眼睛，嗥叫着向洞口涌来。显然，是"雷神爷"的伤口腐烂，让野狼嗅到了味儿。妈妈将驳壳枪上了顶门火，但怕暴露目标又不敢鸣枪。她便抓过一把镐头立在洞口，与饿狼对峙，到天色破晓……

妈妈承受了一个女同胞极难承受的艰险，精心护理"雷神爷"，终于使"雷神爷"死而复生。

在"雷神爷"康复归队那天，他紧紧攥着我妈妈的手说："有恩不报非君子，我雷神爷走遍天涯海角，也忘不了你这女中豪杰！"

这真是生死之交！没有妈妈，你"雷神爷"能活到今天当军长吗?！

要知道，我是妈妈唯一的儿子，尽管你"雷神爷"摆出副"铁面包公"的架势，可妈妈在最关键的时刻求你点事，难道你真会不帮忙吗？再说，我本来就是军机关里的人，军机关也要参战，调我回去并不是啥出大格的事呹！只要你"雷神爷"说一句"这是工作需要"，那就名正言顺了！

想到这些，我忙给妈妈写了封信，火速发出。

我们在阵地上度过了春节。这时，各连的干部配备进行了较大的调整。我们九连的副连长调到团司令部侦察股任参谋去了。曾发牢骚说自己是"鸡肋"的炮排长靳开来，被任命为副连长……

一个星期又熬过去了。我估计妈妈已收到我的信，我盼着妈妈快写信给"雷神爷"！

战前的训练已停止，各连都在反复检查携带的装备，开始养精蓄锐了。

迟了！我调回军部的事看来是办迟了！

二月十四晚上（后来才知道，此时距十七日凌晨发起进攻，只有五十小时），师里组织排以上干部看内参电影《巴顿》。

看完电影，已是夜里十一点了。师参谋长通过扩音器大声宣布，说军长正忙着最后审定我们师的作战方案，让大家静坐等待，一会儿军长要来讲话。

"嗬，我们的巴顿要来讲话了！"不知是谁这样小声喊了一句。

我知道，在座的好多人看完《巴顿》后，是很容易把军长跟巴顿将军联想在一起的。

少顷，人们探头探脑地说军长来了。我一瞧，正是"雷神爷"驾到！

雷军长身高顶多有一米七〇出头，是个干练的瘦老头儿，绝没有巴顿将军的块头。但他却比巴顿更令他的同僚和部属敬畏。他平时走路也按"每步七十五公分"的"操典"进行，腰板笔直，目光平视，一举一动都显出军人的英武和豪迈，将军的自信和威严。

他捷步登上土台子，师参谋长忙把麦克风给他左右矫正了一下。

军长用目光环视了一下这设在山间的露天会场，那俯瞰尘寰的架势告诉人们，他，他统帅的这个军，永远是天下无敌的！

这时，只见他脱下军帽，"砰"地朝桌子上一甩，震得麦克风动了一下。

仅此一甩帽，会场便骤然沉寂。静得像无波的湖水，连片树叶儿落下也会听得见。

在我们军里，谁没听说过雷军长"甩帽"的轶事啊！

那是一九六七年"一月风暴"席卷神州之后，军机关所在地C市的左派要夺市委的大权，中央文革小组顾问康生亲自打电话给军里，让军方支持C市左派夺权，并指出军里可派一名主管干部，任C市"三结合"红色新政权的第一把手。在此之前，军里派出的支左观察小组已把得来的情况报告过军长，军长已知道参加夺权的那位造反派头头，是个偷鸡摸狗的人物；而准备参加"三结合"的那位革命老干部，则是军长早就一见就烦的"滑头派"……

军长主持召开军党委会，把军帽猛地朝桌上一甩："不怕罢官者，跟我坐在这里开会！对那帮乌合之众要夺市委的大权，我雷某决不支持！怕丢乌纱帽者，请出去！请到红色新政权中去坐第一把交椅！"……

甩帽的后果：他丢了军长的职位，被押进了学习班。

C市左派夺权后搞得实在太不像话。一年之后，连"中央文革"也不喜欢他们了。军长这才从禁闭式的学习班回到军里。但是，军长的职位早有人占了，他便成了个无行政职务的军党委常委。接着，林彪抓什么"华野山头"，他又一次在军党委会上甩帽，为陈老总评功摆好……

根据军党委会议记录，十年中军长曾四次甩过军帽。对于甩帽的后果，有几句顺口溜作了描述："军长甩军帽，每甩必不妙，不是蹲班房，就是进干校。"

眼前，这"雷神爷"为何又甩帽？人们目瞪口呆！

只见他在台上来回踱了两步又站定，双手抹腰，怒气难抑。

终于，炸雷般的喊声从麦克风里传出："骂娘！我雷某今晚要骂娘！！"

谁也不晓得军长为啥这般狂怒，谁也不知道军长要骂谁的娘！

他狂吼起来："奶奶娘！知道吗？我的大炮就要万炮轰鸣，我的装甲车就要隆隆开进！我的千军万马就要去杀敌！就要去拼命！就要去流血！！可刚才，有那么个神通广大的贵妇人，她竟有本事从几千里之外，把电话要到我这前沿指挥所！此刻，我指挥所的电话，分分秒秒，千金难买！可那贵妇人来电话干啥？她来电话是让我给她儿子开后门，让我关照关照她儿子！奶奶娘，什么贵妇人，一个贱骨头！她真是狗胆包天！她儿子何许人也？此人原是我们军机关宣传处的干事，眼下就在你们师某连当指导员！……"

顿时，我脑袋"嗡"的像炸开一样！军长开口骂的是我妈妈，没点名痛斥的就是我啊！

骂声不绝于耳："……奶奶娘！走后门，她竟敢走到我这流血牺牲的战场上！我在电话上把她臭骂了一顿！我雷某不管她是天老爷的夫人，还是地老爷的太太，走后门，谁把后门走到我这流血牺牲的战场上，没二话，我雷某要让她儿子第一个扛上炸药包，去炸碉堡！去炸碉堡！！……"

排山倒海的掌声淹没了"雷神爷"的痛骂，撼天动地的掌声长达数分钟不息……

军长又讲了些啥，我一句也听不清了。

那一阵更比一阵狂热的掌声，送给我的是嘲笑！是耻辱！！是鞭笞！！！

我差点晕了过去。我不知是梁三喜还是谁把我扶上了卡车，我也不知下车后是怎样躺进连部的帐篷的。

当我从痴呆中渐渐缓过来，我放声大哭。

"哭啥，哭顶个屁用！"梁三喜愤慨地说，"不像话，你母亲实在太不像话！她走后门的胆子太大了！"

我仍不停地哭。梁三喜劝慰我说："谁都会犯错误，只要你能认识到不对，就好。仗还没打，战场上有改正错误的机会。"

眼泪哭干了，我又处于痴呆的状态中。

天将破晓了，一片议论声又传进帐篷："军长骂得好，那娘们死不要脸！"

"战场上谁敢后退，就一枪先崩了他！"

是谁们在这样说呵，声音嘈杂我听不真。

"奶奶的！说一千，道一万，打起仗来还得靠咱这些庄户孙！"是靳开来在大声咋呼，"小伙子们，到时候我这乡下佬给你们头前开路，你们尽管跟在我屁股后头冲！死怕啥，咱死也死个痛快！"

"哼，连里出了个王连举，咱都跟着丢人！"啊，那又尖又嫩的童音告诉我，说这话的是不满十七岁的司号员金小柱！我下连后，小金敬我这指导员曾像敬神一般！可自打我拿到调令那天起，他常噘着小嘴儿朝我翻白眼啊……

"别看咱段雨国不咋的，报效祖国也愿流点血！咱决不当可耻的逃兵！"啊，连"艺术细胞"段雨国也神气起来了……

我麻木的神经在清醒，我滚滚的热血在沸腾！奇耻大辱，大辱奇耻，如毒蛇之齿，撕咬着我的心！

我乃七尺汉子，我乃堂堂男儿！我乃父母所生，我乃血肉之躯！我出生在炮火连天的沂蒙战场上，我赵蒙生身上不乏勇士的基因！我晓得脸皮非地皮，我知道人间有廉耻！我，我要捍卫人的起码尊严！我要捍卫将军后代的起码尊严！！

我取出一张洁白的纸，一骨碌爬起来冲出帐篷。

我面对司号员小金："给我吹紧急集合号！"

小金惊呆了，不知所措。

"给我紧急集合！"

梁三喜跟过来轻声对小金说："吹号。"

面对全连百余之众，我狂呼："从现在起，谁敢再说我赵蒙生贪生怕死，我和他刺刀见红！是英雄还是狗熊，战场上见！"

说罢，我猛一口咬破中指，在洁白的纸上，噌！噌！噌！用鲜血写下了三个惊叹号——"！！！"

说到这，赵蒙生两手捂着脸，把头伏在腿上，双肩在颤动。我知道，他已陷进万分自责的痛苦中。

"咔"的一声响，又一盘磁带转完了。过了会儿，我才轻轻取出录好的磁带，又装进一盘。

良久，赵蒙生才抬起头来，放缓了声调，继续对我讲下去……

六

我们团受领的任务是打穿插。即：在战幕拉开之后，全团在师进攻的正面上，兵分数路从敌前沿防线的空隙间猛插过去，揳入纵深断敌退路，在保证大部队全歼第一道防线之敌的同时，为后续部队进逼敌第二道防线取得支撑点。

我们三营任团尖刀营，九连受命为营尖刀连。这就使我们九连一下在全团乃至全师——居于钢刀之刃，匕首之尖的位置上！

上级交给我们九连的具体任务是：在战幕拉开的当天，火速急插，务必于当天下午六时抵达敌364高地前沿，于次日攻占敌364高地，并死死扼守该高地。

从地图上看：由无名高地和主峰两个山包组成的364高地，距我边境线直线距离有四十余华里。位于通往越南重镇A市的公路左侧，是敌阻击我南取A市的重要支撑点。

据情报得知：364高地上有敌一个加强连扼守，阵地前设有竹签、铁丝网，布有地雷，高地上有敌炮阵地，多梯次的堑壕和明碉暗堡……

是军长要实践他第一个让我炸碉堡的诺言，还是因九连是全团军事训练的先行连，才使这最艰巨的任务一下便落到我们九连的头上？（全营各连曾为争当尖刀连纷纷求战，而营、团两级几乎是毫无争议地便拍板定了我们九连，并说是军长点头让九连先上。）对于这些，我不愿去琢磨了。

全连上下都为当上了尖刀连而自豪。但大家更明白：摆在我们九连面前的，将是一场很难想象的恶仗！按照步兵打仗前的惯例：全连一律推成了锃亮的光头，一是为肉搏时不致被敌揪住头发，二是为头部负伤时便于救治。

炊事班竭尽全力为全连改善生活，并宣布在国内吃的最后一顿饭将是海米、猪肉、韭菜馅的三鲜水饺。我发现，即使每月拿六元津贴的战士，会抽烟的也大都夹起了带过滤嘴的高级香烟。连从来都抽劣等旱烟末的梁三喜，竟也破例买了两盒"红塔山"。靳开来对我已明显表示友好，他不知从哪里买来两瓶精装的"五粮液"，硬拉我和其他连、排干部一起醮一口……

人之常情呵，这一切都在告诉我，大家都想到将去决一死战，都想到这次将会流血牺牲。而在告别人生之前，要最后体味一下生活赐予人的芳香！这里已决定一排为尖刀排。党支部再次开会，商定连干谁带尖刀排。

团里搞新闻报道的高干事列席了我们的支委会。当上级把尖刀连的重任交给我们连之后，他便来到连里搜集求战书和豪言壮语。显然，一旦我们九连打出威风，那将是他重点报道的对象。

支委们刚刚坐下，靳开来便站起来说："这个会根本不需要再开吱！查查我军历史上的战例，副连长带尖刀排，已是不成条文的章程！既然战前上级开恩提我为副连长，给了我个首先去死的官衔，那我靳开来就得知恩必报！放心，我会在副连长的位置上死出个样子来！"

高干事没有往他的小本上记，这些牢骚话显然毫无闪光之处。

我沉痛表示："执行军长让我第一个炸碉堡的指示吧！这尖刀排，我来带！"

"指导员，你……"梁三喜严肃地望着我，"咋又提起那件事？尖刀排，哪能让你带！"

靳开来接上道："指导员，我靳开来已觉出你是个有种的人！已过去的事我不提了，也不准你再提起！从现在起，我们将患难相依，生死与共！指导员是连队的中枢神经，要死，第一个也轮不到你！"

他的话充满真诚的感情，我眼里一阵发热。

梁三喜刚提出要带尖刀排，就被靳开来大声喝住："连长，少啰嗦，要带尖刀排，比起我靳开来，你绝对没有资格！"

我和高干事都一愣。

靳开来接上对梁三喜道："当然，讲指挥能力，我靳开来从心里服你；论军事素质，你也比我靳开来高一筹！我说的资格是：我靳开来兄弟四个，死我一个，我老父老母还有仨儿子去养老送终，祖坟上断不了烟火。可你梁三喜，你家大哥为革命死得早，二哥为他人死得惨，惨啊！就凭这，不到万不得已，你梁三喜得活下来！"他转脸对我和高干事，"你们不知道连长家的事……咳！我这个人，就愿意把话说得白一些，尽管说白了的话怪难听。"

我心里沉甸甸的。下连这么久了，我竟对连长的身世一无所知！看来，连长家中不知遇到过啥样的不幸。而眼下我们已来不及去聊那些事了。

靳开来擦了擦发湿的眼睛："连长，我说句掏心话，全连谁'光荣'（前线战士把"光荣"作为牺牲的代名词）了，我都不会过分伤心，为国捐躯，打仗死的吆！唯独你，如果有个万一……你那白发老母亲，还有韩玉秀怎么办……咳！小韩该是早已经生了，可你还不知她生的是男是女啊！"

梁三喜摆了摆手，声音有些颤抖："副连长，别说那些了！"

我眼里阵阵发潮。怪我，都怪我这不称职的指导员，使连长早该休假却没休成！

"行了。别开马拉松会了。顺理成章，带尖刀排的事，听我的。"靳开来拍板定了音。

接着，我们又进一步设想行动后可能遇到的难题，议论着对付困难的办法。

散会时，靳开来对高干事笑了笑："喂，笔杆子！一旦我靳开来'光荣'了，你可得在报纸上吹吹咱呀！"说着，他拍了拍左胸的口袋，"瞧，我写了一小本豪言壮语，就在这口袋里，字字句句闪金光！伙计，怕就怕到时候我踏上地雷，把小本本也炸飞了，那可就……"

梁三喜："副连长！你……"

靳开来："开个玩笑吆！高干事又不是外人，怕啥？"……

一切都准备好了，但一切又是何等仓促。

二月十六日下午，从济南部队和北京部队调到我们团一大批战斗骨干，都是班长以下的士兵。团里照顾我们这尖刀连，一下分给我们十五名。显然，他们是从各兄弟部队风尘仆仆刚刚赶到前线。抱歉的是，我们既没有时间组织全连欢迎他们，甚至连他们的名字都来不及登记，就仨仨俩俩地把他们分到各班，让他们和大家一起去吃"三鲜水饺"去了！

夜幕降临，我们全连伏在红河岸边待命。

战斗打响前，最大权威者莫过于表的指针。人们越是对它迟缓的步伐感到焦急，它越是不肯改变它那不慌不忙的节奏。当它的时、分、秒针一起叠在十二点上时，正是十七日凌晨。

骤然，一声炮响，牵来万声惊雷，千百门大炮昂首齐吼！顿时，天在摇，地在颤，如同八级地震一般！长空赤丸如流星，远处烈焰在升腾，整个暗夜变成了一片深红色。瑰丽的夜幕下，数不清的橡皮舟和冲锋舟载着千军万马，穿梭往返，飞越红河……

此时，一种中华民族神圣不可侮的情感在我心中油然而生，我更感到自己愧为炎黄子孙！全连在焦急的等待中迎来了破晓。早晨七时半，冲锋舟把我们送到红河彼岸。

刚过河，就看到从前沿抬下来的烈士和伤员，连里几个感情脆弱的战士掉泪了。

靳开来不知从哪里搞来一把傣家大刀。他把银灼灼的大刀当空一抢："掉啥泪？哭个球！把哭留给吃饱了中国大米的狗崽子们！看我们不揍得他们鬼哭狼嗥！"说罢，他转脸对为我们九连带路的华侨说："老哥，你在身后给我指路，一排，跟我来！"

尖刀排沿两山间的峡谷朝前插去。梁三喜和我率领大家急速跟进。

刚插进不多远，便遇上一群被我正面攻击部队打散的敌兵。他们用平射的高射机枪、枪榴弹、冲锋枪，三面朝我连射击。

"卧倒！"梁三喜一把将我摁倒，厉声下达命令："三排，占领射击位置，打！"

梁三喜手中的冲锋枪打响了。少顷，三排的轻、重机枪一齐"咕咕咕"叫起来。

我刚端枪瞄准敌人，梁三喜转脸对我喊道："我带三排留下掩护，你带大家尽快甩开敌人！"

"我留下！"说着，我射出一串子弹。

"执行预定方案，少废话，快！"

梁三喜的话是不容反驳的！我的指挥能力，怎能同他相比啊！

我带二排和炮排匍匐前进躲过敌射界，纵身跃起，紧紧尾随尖刀排上前急插……

十时许，梁三喜才率三排跟了上来。他用袖子抹了抹满脸硝烟和汗水，沉痛地告诉我，有两名战士牺牲了，一名战士负了重伤。烈士遗体和伤号已交给担任收容任务的副指导员……

越南北部山区，草深林密，路少坡陡。杯口粗的竹子紧紧挤在一块，砍不断，推不倒，硬是像道道天然屏障。芭茅草、飞机草高达两米以上。草丛中夹着杂木，杂木中盘着带刺的长藤。节令刚过"雨水"，这里的气温竟高达三十四五度。这一切，都给我们急速穿插的尖刀连带来不可想象的困难。

我们心急火燎地沿无路可寻的山沟插进，只见尖刀排在前面停住了。跟上去一看，面前是三米多宽、两米多高的木薯林，钻过去无空隙，爬上去又经受不住人。靳开来手持傣家大刀，左右横飞，为全连砍通道路……

这时，营长在报话机中呼叫，问我们九连的位置，梁三喜忙展开地图，现地对照。一个扛着八二无后坐力炮的战士凑过来，瞄了几眼地图，一下用手在地图上指点说："在这儿，错不了，这就是我们九连的位置。"

梁三喜点了点头，看了看眼前这位昨天下午刚补进我连的战士，便对着报话机向营长报告了九连所处的位置。

报话机中传来营长焦急的声音："太慢！太慢！加快速度！要加快速度！"

"是！"梁三喜回答营长后，站定身对全连命令道："把背包、多余的衣服，统统扔掉！尖刀排继续头前开路，二、三排和连部的同志，协助炮排携带弹药！"

战士们立即照办了。梁三喜的决定无疑是十分正确的。步兵排每人负重六十多斤，炮排每人负重九十多斤，要加快穿插速度，是得扔掉一些不急需的玩意儿才行呵！当这一切办完之后，梁三喜问眼前那位识图能力极强的战士："你，是从哪个部队调来的？"

"北京部队。"

"叫啥名字？"

"嘿，说名字一时也记不准。我们刚补进来的十五名同志，就我自己是从北京部队来的。干脆，就叫我'北京'好了。"

这自称"北京"的战士，稍高的个头，长得挺秀气，浓眉下的眼睛一闪一眨，热情、深邃、奔放。显得煞是机灵聪敏。

"那好。你就跟在我身边行军。"梁三喜说。显然，他已觉得身边极需这位很有一套的战士。

我们加快了穿插速度。在通过一道山梁时，又两次遇到小股敌人的阻击。仍是由梁三喜率三排断后掩护，我们很快就甩开了敌人，拼死拼活地往前插……

营长不时地在报话机中询问我们的位置，每次都嫌我们行动迟缓。

下午三时许，营长又一次呼叫我们。战士"北京"又很快在地图上找到了我们的位置。

梁三喜向营长报告后，报话机里的营长火了："师、团首长对你们行动迟缓极不满意！极不满意！如不按时抵达指定位置，事后要执行战场纪律！执行战场纪律！！喊赵蒙生过来对话。"

梁三喜移动了一下，我蹲到报话机边。

"赵蒙生！赵蒙生！你战前的表现你清楚！刚才军长在报话机中向我询问过你的表现！你要当心，要当心！政治鼓动要抓紧，要抓紧！不然，战后你跳进黄河洗不清，洗不清！……"

我的头皮又飕飕发麻。梁三喜推开我。

"营长同志，政治鼓动很重要，很重要！但是我们没空多啰嗦！有啥指示，你快说！"

"梁三喜，你别嘴硬！战场纪律，对谁都是无情的！"

营长的喊话停止了。从尖刀排位置折回身来的靳开来，牢骚开了："娘的！让他们执行战场纪律好了！枪毙，把我们全枪毙！他们就知道用尺子量地图，可我们走的是直线距离吗？让他们来瞧瞧，这山，是人爬的吗？问问他们，路，哪里有人走的路！……"

"副连长，少牢骚！"梁三喜额角上的青筋一鼓一跳地蠕动着。

梁三喜厉声对战士们命令："武器弹药携带好，每人留下两顿饭的干粮，另外是水壶，水壶绝对不能丢！其余的，统统扔掉！"

……

没有亲身经历这场战争的人，压根儿想象不出我们这尖刀连在穿插途中的窘迫之状。为争取按时抵达指定地点，我们冒着酷热在亚热带高山密林中穿行，上山豁出命去爬，下山干脆坐下连滑加滚，一个个衣服全扯碎了，身上青一块、紫一块……

太阳沉下去了，四周影影绰绰，我已辨不出东西南北。腿早已不打弯了，我跟着大家死死地往前蹿。当听见梁三喜说已到达指定位置时，我一头栽倒了。

梁三喜架起我做惯性运动。我定了下神，见全连绝大部分战士也都倒在了地下。

梁三喜边架扶着我边命令："都起来，互相协助，活动一下。"他突然松开我，轻声呼唤，"小——金，小金！"

我一看，只见司号员小金栽倒在面前的草丛中。

梁三喜晃动着小金："小金！金小柱……"

听不见小金的声音。

我和梁三喜忙把小金身上的装备卸了下来：冲锋枪、子弹带、十二枚手榴弹、飘着红缨穗的军号、两包压缩饼干、水壶。另外，还有沉重的四发八二无后坐力炮弹——显然，这是他在穿插途中，遵照连长的指示，从炮排战友身上，背到了他的背上……

梁三喜坐下把小金扶起，让小金倚在他怀中。他取过小金的水壶晃了下，听见有点响声，便将水壶对上小金的嘴："小金，醒醒，喝点水……"

小金嘴唇紧闭，毫无反应。

我忙给小金做人工呼吸，但无济于事。

我用手一摸，小金的心脏已停止了跳动！

梁三喜眼中涌出滴滴泪珠。他用毛巾擦拭着小金脸上的泥垢和汗渍。小金那长长的睫毛垂了下来，胖乎乎的两腮上，各有一个浅浅的小酒窝……

他还没来得及为全连进攻吹响冲锋号，他没能杀敌立功，就这样安详地睡去了，永远地睡去了。

事后，我反复想过，如果小金不给炮排背那四发炮弹，他也许不会……也许因为他太年轻，也许他的心脏或身体的某个部位本来有点小毛病，使他承受不了如此剧烈的穿插。啊，这位不满十七岁的士兵是累死在战场上的！

此刻，我抚摸着他那圆鼓鼓的手，抽泣着。我下连后，就是这双手，曾天天早晨给我打好洗脸水，把牙膏都给我挤在牙刷上；就是这双手，曾给我一次次地洗军装；也是这双手，在那"十公里全副武装越野"时，将摔倒的我扶了起来……我年龄几乎比他大一倍，可我……小金呀，原谅我吧，我不会是个永远都不称职的指导员，更不会成为"王连举"！

战争期间，时间是以分秒计算的。当我们到达364高地前沿时，已是晚上八点零二分。比上级指定的到达时间，误了一百二十二分钟！

然而，我们九连是问心无愧的。

七

　　梁三喜命令各班检查了装备，武器弹药没有丢损。只是大部分战士已把水壶和干粮全扔在穿插途中了。他让各排把仅有的干粮和水集中起来分配。吃了一顿半饥不饱的共产式的"大锅饭"之后，全连基本上粮尽水绝了。

　　我的水壶和干粮也在穿插途中扔掉了。梁三喜塞给我半包压缩饼干我没接，我瞒他说自己还有吃的。他把小金留下的水壶硬是塞给了我。我怎忍心喝小金留下的水啊！我把那半壶水连同小金为炮排背来的四发炮弹，一起交给了炮排……

　　夜，黑得像看不到边、窥不见底的深潭。

　　山崖下的灌木丛中，梁三喜召集各班、排长围拢在一起，研究下一步的行动。他在暗夜中铺开地图，借着圆珠手电笔那圆圆的光点，用手点了点由无名高地和主峰两个山包组成的364高地。接着，他让那位带路的华侨，谈一谈364高地敌人设防的情况。

　　我们的向导，是位三十四五岁的庄稼汉。穿插途中，我们派两位体格最棒的战士空手拉扯着他，才使他和我们一起赶到目的地。他是在越南当局反华、排华时蒙难回国的，他原来的家离这364高地不远。但遗憾的是，他对敌军事方面的布防所知甚少。他仅告诉我们，从七四年春开始，就看到有越南鬼子在前面的两个山包上构筑碉堡和工事。别的，他啥也不知道了……

　　面对敌人苦心经营的364高地，大家思忖着。

　　梁三喜已把战士"北京"视为连里的"高参"。此时，他对挨在他身边的"北京"说："'北京'同志，先谈谈你的想法吧。"

　　"那好。我先谈点不成熟的设想，以便抛砖引玉。"战士"北京"说，"我连现已脱离大部队，孤军揳入敌腹。在缺乏强有力炮火支援的情况下，要攻占面前的两个山头，谈何容易！敌人居高临下，以逸待劳，颇有'一夫当关，万夫莫开'之势。这就决定了我们的打法，切莫强攻，必须巧取。"

"说得很有道理。"梁三喜催促,"继续说下去。"

"现在我连已断粮缺水,一时又不能补充,行动必须迅速。趁敌尚未察觉我们,我建议战斗不应在明日,而宜在今夜展开。先拉开一个小小的战斗序幕。"

"序幕?"梁三喜问。

战士"北京"接上说:"对。孙子云,'知己知彼,百战不殆。'这小小的序幕是:一、先设法破坏敌阵地前沿的雷区,撕开一道豁口,以便全连接敌;二、以步兵排实施火力佯攻,引敌暴露火力点的位置;三、我炮排和步兵排的爆破组,借暗夜接近敌火力点。在隐蔽好自己的前提下,离敌火力点愈近愈佳。这样,待明晨拂晓,便可以迅雷不及掩耳之势,夺下无名高地,取得立足点。然后,才有可能考虑下一步。"

想不到这年轻的战士"北京",竟对兵家之事如此谙熟,我颇有些折服了。

大家小声议了一阵,一致认为战士"北京"的设想,切实可行。

这时,"北京"又说:"入伍后,我一直在步兵连八二无后坐力炮班当战士。在北京部队时,我参加过几次师里组织的山地进攻实弹演习。要讲摧毁敌火力点,'八二无'堪称一绝。它最大射程一千米,绝就绝在进行肩炮直瞄发射时,我们可以把炮口当刺刀!山地作战,每块岩石下都可隐蔽自己。我打过多次百米内肩炮射击,根本不需瞄准,其准确程度如同把枪口直指敌人的肚皮,百发百中。眼下,我们是山地攻坚,如果采用远射程射击,倘若一炮打不准,敌碉堡里的机枪饶不了冲锋的步兵战友!我看,四〇火箭筒也定要在百米、甚至是五十米、三十米的距离上发射,做到弹无虚发。可别小瞧越南鬼子,他们打了多年的仗,拼起来是些亡命徒!因此,我们非得冒风险,下绝法子治他们不可!"

梁三喜说:"'北京'同志说得十分有理。'八二无'和四〇火箭筒发射时要近些,再近些!必须做到一炮摧毁一个敌碉堡!不然,后果大家都清楚。一排长,行动还是从你们尖刀排开始,你们先用成捆的手榴弹,引爆敌人的地雷……"

靳开来急不可待:"娘的!说干就干!先来十捆手雷,每捆十枚!"

梁三喜按住要行动的靳开来,又周密地进行了具体分工。

末了,梁三喜对我说:"指导员,战斗要提前打响,按说应该报告营里。可在敌人鼻子底下用报话机呼叫，那就等于把我们的行动报告给了敌人。你看怎么办？"

我当即说："不必报告了。两座山头反正得我们去攻，早攻下来总比晚拿下来好！"

战士"北京"说："指导员说得极是。将在外，君命可有所不受。"

行动开始了。

靳开来率尖刀排把一捆捆手榴弹甩往雷区。随着手榴弹的爆炸，引来阵阵地雷的爆炸声……

迎着爆炸后呛人的梯恩梯味儿，全连在炸开的豁口上，迅速、安全地爬过了雷区。

这时，实施火力佯攻的三排，轻、重机枪早已一齐响起来。无名高地上敌各处的火力点喷吐出火舌。霎时间，山上山下一片枪声……

我默数着敌火力点，对梁三喜说："十二个，有十二个敌火力点。"

"不，还多，最少是十三个。"

按打响前的分工，梁三喜和我各带炮排的两个班和步兵排组成的爆破组，从无名高地左右两侧朝前运动，去潜伏到敌人的碉堡下。

靳开来和我一起行动。有他在，我心里坦然多了。此时，他这炮排长出身的副连长，手握着火箭筒，身背着火箭弹，跃跃欲试要去炸碉堡了。

三排的轻重机枪打打停停，各处的敌碉堡不时喷吐出火舌，为人们指引着行动的目标……

我正向前爬着，靳开来扯扯我的衣服，悄声对我说："别慌，你跟在我后面！"

近了，不时喷出火舌的碉堡，离我们越来越近了……

午夜时分，无名高地上完全静了下来。

"啾儿，啾儿……""唧唧，唧唧……"纺织娘，金钟儿，蛐蛐儿，还有一些不知名的虫儿，轻轻奏起了小夜曲。

我和靳开来偎依在山岩下的茅草丛中。

他是个不甘寂寞的人。他贴着我的耳根问："指导员，你，在想啥？"

"我……没想啥。"

他突然冒出一句："你，没想你老婆吗？"

"这种时候,我可顾不上想她了。"

"你老婆肯定很漂亮吧?洋味的?"

"带点洋味。不过,还是土气点的厚道。"

过了会儿,他又悄声自言自语:"我那小男孩四岁了,长得跟我一个熊样。下月六号是他的生日。咳……真想能抱过他亲他几口。"

我们开始闭目养神。这时,我才觉出,被汗水多次浇透的军装已硬似铁甲,双腿沉得像两根木橼一样不能打弯,周身热辣辣地胀痛。

"叮铃铃……"头顶上传来电话铃声。接着是咿里哇啦的喊叫声。噢,是敌堡里的敌人打电话。神经一收缩,身上的疲惫感顿然消失了。

置身于敌人的碉堡之下,我才深深地感到,这里已绝对没啥将军后代和农民儿子的区分了。我们将用同样的血肉之躯,去承受雷,去承受火,去扑向死神,去战胜死神,一起去用热血为祖国写下捷报!

八

乳白色的晨雾像纱幔一样轻轻飘散,东方显出了朦胧的光亮。三颗红色信号弹腾空而起,梁三喜发出了冲锋的信号!

这时,卧在我身边的靳开来早已跃起身,他倚在岩石一侧,肩扛四〇火箭筒,眨眼间便扣响了扳机。但闻"轰"的一声巨响,敌碉堡刚喷出一缕火舌,便腾空飞上了天!

几乎是同时,离我有三十余米远的战士"北京"也肩起"八二无",只见他身子一动。肩后便喷出长长的火龙(八二无后坐力炮发射时两头喷火,从后面喷出的火柱长达二十五米)。

"指导员,隐蔽!"随着靳开来的喊声,我忙卧倒在岩石下。被炸碎的敌碉堡水泥块儿,像雨一般唰唰落在四周。

一声声巨响接二连三地传来,无名高地上腾起一股股硝烟气浪。显然,从左侧接敌的梁三喜他们,也进展顺利……

靳开来和战士"北京"朝前跃进,我率火力掩护组迅速占领了有利地形。这时,无名高地顶端右侧,又有两个碉堡喷出火舌……

"打!"我趴在轻机枪后扫射着,掩护组一齐压制敌火力,把敌人的火力引过来了。

靳开来和"北京"各扛着自己的家伙，分别绕到敌堡一侧，真是炮口当刺刀，他们离敌堡都只有五十米左右的样子。只听两声巨响，又见两个敌堡飞上了天！

声声巨响过后，我们纷纷跃起身，饿虎扑食般冲上了无名高地。这时，从左侧出击的梁三喜他们也扑过来了。

扼守在堑壕中的敌人想负隅顽抗，我们劈头盖脸便是一顿猛扫，既来不及喊啥"诺松空叶"（缴枪不杀），也来不及呼啥"宗堆宽洪毒兵"（我们宽待俘虏），当敌人还没明白过来咋回事时，便死的死，窜的窜……

战斗进行得如此干净利落，前后只用了十多分钟！梁三喜激动地拍着战士"北京"的肩说："行！真不愧是从北京送来的战斗骨干！战后，我们首先为你请功！"说罢，他大声命令大家："赶快清理阵地，进入堑壕，防敌反冲锋！"

大家立即进入敌人遗弃的堑壕，做好战斗准备。

我当时万万没想到，战斗从这时起便进入了极其残酷的时刻。事后，我们才清楚，仅这无名高地上就驻有敌一个加强连，而主峰上则是敌人的团属迫击炮连的炮阵地。

眼下，主峰上的敌人把一发发炮弹倾泻到无名高地上。炮弹呼啸着，在我们占领的堑壕周围炸开。浓密的烟雾，像一团团偌大的黑纱，遮住了太阳，遮住了蓝天，罩在我们头顶上。泥土、石块、敌人丢弃的枪支，合着炮弹片的尖叫声，狂飞乱迸……

每当炮击过后，敌人便从三面发起冲锋。

由于我们取得了立足点，敌人的头两次反扑被我们压下去了。但是，连里已有八名同志牺牲，十一名同志负了伤。

敌人又一次极为疯狂地炮击之后，第三次反扑开始了。

我和靳开来每人抱着一挺轻机枪，带领一排扼守在阵地西侧。这时，三十余名敌人在他们的火力掩护下，喊着、叫着，分梯次向我们扑来。

我们向敌猛烈扫射。因敌三次反扑的时间相隔太短，不大会儿，我们的枪管都打红了，不能继续射击了。

"快，拿手榴弹来！多，要多！"靳开来把帽子一丢，亮出了光头。

幸好，敌人丢弃的阵地上，到处是成箱的弹药和横七竖八的枪支，而且全是中国制造。我忙搬过一箱手榴弹，递给靳开来几枚。

"拧开盖，全给我拧开盖！"靳开来吼叫着，顺手便甩出了几枚手榴弹，"换枪，都快换枪！"

眼前有靳开来这样的勇士，懦夫也会壮起胆来！是的，越怕死越不灵，与其窝窝囊囊地死，倒不如痛痛快快地拼！我把手榴弹盖一个个拧开，靳开来两手左右开弓，把手榴弹"嗖嗖"甩向敌群。战士们抓紧时机换了枪……

敌人射来的子弹暴雨般在我们面前倾泻，蝗虫般在我们身边乱跳。有几个战士又倒在堑壕边牺牲了。每分钟内，我们都承受着上百次中弹的危险！

……战争，这就是战争！它把人生的经历如此紧张而剧烈地压缩在一起了：胜利与失败、希望与失望、亢奋与悲恸，瞬间的生与死……这一切，有人兴许活上十年、五十年。不见得全部经历到，而战争中的几天、甚至几小时、几分钟之内，士兵们便将这些全部体味了！

阵地前又留下一片横倒竖歪的敌尸，敌人的第三次反扑，又被我们打退了。

主峰上的敌人已停止炮击，战场沉寂下来。

我和靳开来走至堑壕中间地段，碰上了梁三喜，见他左臂上缠着绷带，便知他在刚才打退敌人反扑时挂花了。我和靳开来忙察看他的伤口，他抬起左臂摇了摇："还不碍事，子弹从肉上划了一下，没伤着骨头。"

战士们把烈士遗体一个个安放在堑壕里。初步统计，全连伤亡已接近三分之一……

没有人再流泪了。是的，当看惯了战友流血时，血不能动人了！当看惯了生命突然离开战友时，活下来的人便没有悲伤了！只有一个念头，复仇！！

这时，梁三喜见三班战士段雨国倚在三班长怀中，便问："怎么，小段也负伤了？"

"没有。"三班长说，"他晕过去了，渴的。嗨，小段也算不简单，拂晓进攻时，他只身炸了一个敌碉堡。"

"看不出这小子也算有种！"靳开来不无夸奖地说。

我们坐了下来。梁三喜把他的半壶水递给三班长："快，全给他喝下去。"

三班长不接，梁三喜火了："战场上，少给我婆婆妈妈的！"

三班长把水壶里的水慢慢倒进段雨国的嘴里。过了会儿，段雨国苏醒了。

三班长对小段说："这是连长的水，全连就他这半壶水了！"

段雨国慢慢睁开眼，望着梁三喜。他的嘴嚅动着，泪水顺着脸颊淌下来……

我们尝到了上甘岭上的那种滋味。

在敌人反扑的间隙。梁三喜已两次派出战士在这无名高地周围到处找水，找吃的。别处均没发现有水，就敌人营房旁边有口井，但是，经过卫生员化验，井中已放上毒了。敌人已撤离的营房里，大米倒不少，一麻袋一麻袋的，麻袋上全印着"中国粮"的字样。可没有水，要大米有啥用啊！

时已中午，赤日当头，烤得我们连喘气都感到困难了。

三班长望了望我和梁三喜，嗫嚅地说："山脚下……有一片甘蔗地……"

靳开来像是没听见三班长的话，朝我伸出手："指导员还有烟吗？娘的，我的烟昨天穿插时跑丢了！"

我摇了摇头。出发前我带着两条烟，穿插时被我扔掉了。

梁三喜掏出他的"红塔山"，一看，还剩两支。他递给靳开来一支，将另一支折一半给了我。

靳开来点起烟，贪婪地吸了两口："指导员，是否让我去搞点'战斗力'回来？"

我当然知道他说的"战斗力"是什么，便站起来说："让我带几个战士去吧，搞它一大捆来！"

靳开来站起来把我按下："还用你去！你当指导员的能有这个话，我就高兴！这犯错误的事，我哪能让你们当正职的去干！反正我靳开来没有政治头脑已经出名了，如果不死在这战场上，回国后宁愿背个处分回老家！"

战前，上级曾严厉地三令五申：进入越南后，要像在国内那样，坚决执行三大纪律八项注意，不准动越南老乡的一针一线。违者，要加倍严肃处理。

靳开来又牢骚开了："自己的老百姓勒紧了裤腰带，却白白送给人家二百个亿！今天，奶奶的，我不信二百个亿就换不了一捆甘蔗。"说罢，他转脸对三班长，"带上三班，跟我走！"

靳开来跃出堑壕，带三班走了。

我和梁三喜有气无力地在堑壕里走着，察看各班、各排的情况。全连又有三个伤号，因流血过多和缺水牺牲了。活下来的同志们个个口干舌燥，偎依在烈日下的堑壕里，连说话的劲都没有了……

渴得要命。水，在这种情况下，不也可以说是战斗力的重要组成部分吗?！

梁三喜也坚持不住了，他和我坐下来。他倚在堑壕边上，长吁了口气。

猛然间，从高地右下方传来"轰"的一声响，我和梁三喜认为是主峰上的敌人又要进行炮击前的试射，忙一下站起来，让战士们进入射击位置，做好击退敌人反扑的准备。可等了会儿，却不见一点动静。

这时，三班长扛着一大捆甘蔗，跑进堑壕："不，不好了！我们回来的路上，副连长踩响了地雷！他……他干啥事都非得他走在前头不行，他……"三班长放声哭了。

不大会儿，三班的战士们把靳开来抬到堑壕边沿，我和梁三喜忙上前把靳开来接进堑壕里。

他躺在地上，左脚被炸掉了，浑身到处是伤。我们忙为他包扎。

他极度痛苦地翻了下身，把我们推开："不，不用包扎了……我，不行了。让……让大家吃……甘蔗吧……"

"副连长，你……"梁三喜一头扑在靳开来身上，抽泣起来。

靳开来用手抓摸着梁三喜的肩："连长，你……多保重！我……死了也没事，还有他们弟兄三个……"

"副连长……"我呜咽着。

靳开来侧脸望着我："指导员，我……是个粗人，说话冲，你……多原谅……"

"副连长……"我哭出声来了。

他吃力地用手指了指他左胸的上衣口袋:"指导员,帮我拿……拿出来,不是什么豪言壮语,是……是全家福……"

我脑中倏地闪过他跟高干事说过的话,忙将手伸进他的口袋,拿出一看,是一张照片。照片上有他、他的妻子和一个四岁左右的小男孩……

我含泪忙把照片拿到他眼前,他用颤抖的手接过照片:"我……要去了,让我最后再……再看一眼……"

赵蒙生哽咽着,讲不下去了。

过了会儿,他擦了擦泪对我说:"副连长靳开来就是这样牺牲的。现在想起他来,使我揪心难过的并不全在于他的死。"

段雨国插话:"回国后评功评模,指导员多次向团里为副连长请功。但是,副连长连个三等功也没能立上!"

赵蒙生接上说:"如果按个人取得的战果评的话,我们副连长绝对可以评为战斗英雄!如果他口袋里果真有一小本豪言壮语,那就更能宣扬出去!可当我们如实把他在战场上的英勇表现写成材料报到团里,团里有人说:'靳开来此人,思想境界一贯不高,是个牢骚大王。战前提他当副连长,他说让他去送死!再说,他是为一捆甘蔗死的,严重地破坏了三大纪律八项注意且不说,死得不值得呀!'"

"值得,他死得完全值得!"段雨国嚷起来,"是人都会有缺点,他发牢骚也不是没缘由的!不管别人怎么说,副连长在我们九连的心目中,永远是大义凛然的英雄!没有他搞来的那捆甘蔗,我们当时都渴晕了,我们能攻上364高地主峰吗?!"

我们仨人都沉默了。

过了一大阵子,赵蒙生长叹了口气,接下去讲述这场未完的战斗。

九

战斗愈来愈残酷了。

当我们每人分到的两根甘蔗刚刚嚼完,主峰上的敌人居高临下,又一次向我们实施炮击。这次炮击比前几次更疯狂，更凶狠，炮击持续了长达半小时之久。无名高地上，我们作为依托和立足点的堑壕，前后左右，到处弹坑累累。扑面的硝烟使我们睁不开眼，浓重的梯恩梯味儿呛得我们喘不出气。

炮击刚停，主峰山半腰的两个敌堡，用平射的高射机枪、轻重机枪，向我们这无名高地扫射……

显然，敌人是要从南面反扑了！

"三排，压制敌火力！"梁三喜大声喊道。

我们刚从堑壕里探出头，便见一群敌人已爬上堑壕前的陡崖，离我们只有十几米了！"打！"梁三喜边喊边端起轻机枪，对着敌群猛扫！全速奋起向偷袭过来的敌群开火，瞬间，阵地前的敌人便被我们打得如同王八偷西瓜，滚的滚，爬的爬……

这群敌人是从主峰上下来的。他们趁炮击时我们无法观察，便越过主峰和无名高地间的凹部，偷袭到我们的阵地前沿。真险啊，如果我们稍迟几秒钟发现他们，他们就扑进我们的堑壕里来了！

当敌人的反扑又被我们打退后，敌我双方又平静下来。

这时，报务员跑到梁三喜跟前，说营长在报话机中呼叫九连。

梁三喜极其简要地向营长报告了我们攻下无名高地的经过。营长在报话机中告诉我们：营指挥所和营所属另外三个连队，离我们这无名高地直线距离还有十公里左右。预定的穿插计划因战局发展被打乱，他们已不能按预定方案按时到达预定位置了。眼下，三个连队正分头扼守山口要道，阻截从第一线溃逃下来的敌兵，保证大部队全歼逃敌。因此，他们一时腾不出兵力来支援我们。营长还收回了他昨天对我们的批评，并传达了师、团首长对我们九连的嘉奖令，说我们昨天的穿插速度是相当惊人的！……

是的，当他们也在我们昨天的穿插路上走一走时，他们便会晓得我们九连为啥误了一百二十二分钟！

"困难，你们有啥困难吗？"营长问。

"伤亡已超过三分之一，断粮断水！"梁三喜喊道，"水，主要是缺水！"

"坚持，你们想办法坚持！要坚持到明天头午，我们才能上去！"稍停，营长喊道，"团首长指示，如果攻下主峰有困难，你们就坚守在无名高地上，等我们上去再说！"

"不行，我们不能在这无名高地上坚持！要死，也只有到主峰上去死！"

"怎么？你是梁三喜还是靳开来，牢骚不轻呀！"

"报告营长，靳开来已经牺牲，我是梁三喜！"梁三喜脸色铁青，"主峰上有敌人的迫击炮炮阵地，一个劲地朝我们头上打炮，如果在这无名高地上坚持到明天头午，九连必将全连覆没！"

跟营长通罢电话，梁三喜对我说："指导员，召开个党员会吧。"

我忙通知党员开会。这时，一些不是党员的战士，也纷纷把他们早写好的火线入党申请书递到我手上，问我可不可以列席参加党员会。我眼里一热，忙说："可以，绝对可以！"

此时要求入党，绝不是去领取一张谋取私利的通行证，而是准备向党献出一腔热血！

梁三喜对围拢过来的党员、非党员说："我们不能再被动挨炮了，要主动出击！我提议组成党员突击队，去拿下面前的主峰，去占领敌炮阵地！"

战士"北京"接上说："连长的话极有道理。看来主峰上敌兵力并不多，他们主要是靠炮来杀伤我们。只有我们站在敌炮阵地上，我们九连才能有点安全感。"

梁三喜望了望众人，宣布了两道命令，任命战前刚晋升的炮排长为代理副连长，任命战士"北京"为代理炮排长。

说罢，他问我："来不及碰头商量了。指导员，你看怎样？"

我连连点头同意。眼下让谁升官，既不需升官者为自己"走后门"，更不需有人为升官者当说客，说文了叫"受命于危难之际"，说白了便是靳开来的话，给你个带头去死的差事！

战士"北京"对梁三喜说："连长，这种时候我是不会说虚的。说实话，让我指挥一个炮排，我还是颇能胜任的。不过，我用'八二无'去炸敌碉堡还有点绝招，因此，我觉得让我作为一名炮手去行动，更能见成效。"

梁三喜一听有理，点头同意了"北京"的要求。

以党、团员为主的突击队组成了。

梁三喜当即决定：由新任命的代理副连长和他带队，分头从主峰左右侧去攻占主峰。他让我和三排留下扼守无名高地，掩护他们出击……

"连长，你的胳臂已负过伤了！"我吼了起来，"如果你觉得我赵蒙生还有种，这突击队由我来带！"

"少废话！你有没有种，战场上大家不都看到了吗！"梁三喜的眼里射出不容分说的光，"可讲指挥能力，你还不过关！行了，趁敌还未炮击，要分秒必争！"他转脸对战士"北京"一挥手，"带足炮弹，你和弹药手们先是顺坡滑下去，速度越快越好！"

无名高地和主峰间是个"U"形，我阵地面前的坡崖坡陡七十多度，而坡崖又完全暴露在主峰之敌的射界下。当战士"北京"抱着"八二无"炮身，和弹药手们急速从坡崖上滑下去时，主峰山半腰的两个敌碉堡，便开始不停地封锁扫射……

"三排，压制吸引敌火力！"梁三喜命令。

三排对准敌碉堡开火，但狡猾的敌人并不理会，仍不时地朝我面前的坡崖实施拦阻扫射……

要通过这完全暴露在敌射界之下的坡崖，谈何容易啊！

梁三喜皱起眉头。稍停，他对突击队员们大声喊道："看着点！都按我的样子办！"

说罢，只见他把一挺轻机枪抱在怀中，趁敌射击间隙，飞身跃出堑壕，猛地朝山下滚进，滚进……

我惊呆了！一个基层指挥员在战斗最紧要的关头，他把忠诚、勇敢和智慧所包含的全部内容变为沉着，继而从沉着中又产生出这果断而不惜赴汤蹈火的行动！

他成功了。

突击队员们学着他的样子，瞅准敌射击间隙，一个个先后"噌噌"跃出堑壕，滚进，急速朝坡崖下滚进……

过了会儿，敌人停止扫射。无名高地上安静无事，我心中越发不安。我问自己："你不是立誓要血洗自己的耻辱吗？那你为啥不像梁三喜那样去冲锋?!"

敌人又开始拦阻扫射了。我抓过冲锋枪抱在怀中，对三排喊道：

"你们坚守，我过去！"

我大步跨出堑壕，横身倒在坡崖上，拼命往山下滚进……

我当时想的是：都是爹娘生的，连长梁三喜是人，我也是人，他能去做的事，我这当指导员的也应照着去做。才算称职！

也怪，滚到山间，除了感到周身麻木外，竟觉不得疼。

主峰上下全是一人多高的芭茅草，一接近它，便躲过了敌人的射界。我火速爬着赶上了梁三喜他们。梁三喜见我来了，也没责怪我。

三排仍不时向敌人射击，敌人也不断还击。我们在草丛中攀缘而上，去接近敌堡……

爬了一大阵子，猫起腰便看见敌堡了。

战士"北京"对梁三喜说："连长，距离最多有五十米。放心，绝对不用打第二炮，干吧！"

梁三喜点头同意。

战士"北京"当即把炮弹装进炮膛。少许，他肩起"八二无"炮身，"噌"地站起来，勾动了扳机！然而，没见炮口喷火！

战士"北京"一下卧倒在地。敌人的子弹"嗖嗖"从我们头顶上飞过……

"怎么？是臭弹？"梁三喜问。

"嗯。是发臭弹。""北京"说着，忙把臭弹退出炮膛。弹药手赶忙又递给他一发炮弹，他又将炮弹装进了炮膛。

稍停，他又肩起炮，猛地站起身，又一次勾响了扳机，却又一次没见炮口喷火！

"哒哒哒哒……"敌人一串子弹射来，战士"北京"一头栽倒在地上！

"'北京'！'北京'同志……"我和梁三喜同声呼唤着。

一切都发生在瞬息之间！

战士"北京"倒在血泊中，身上七处中弹。中的是平射过来的高射机枪子弹，处处伤口大如酒盅，喷出股股热血……

呵，倒下了，一个多么优秀的士兵又倒下了！他连哼一声也没来得及，眨眼间便告别了人生！他二十出头正年轻，芬芳的生活正向他招手！他是那样机敏果敢，他是多么富有才华！昨天晚上，他还以将军般的运筹帷幄，为我们攻打无名高地献出了令人折服的战斗方案！可此刻，他竟这样倒下了！他从北京部队奔赴前线补到我们连，到眼下才刚刚两天，我们还不知道他叫啥名字啊！五十米的距离上，他不瞄准也绝对有把握一炮一个敌碉堡！可臭弹，该死的两发臭弹！！

梁三喜怒对爬到眼前的弹药手："他的死，你要负责任！"

弹药手沉下头不吱声。我知道，梁三喜这是由极度悲恸产生的激怒，而激怒又变为这无谓的埋怨！在同生共死的战场上，有哪位弹药手愿意出现臭弹啊！

"怎么两发都是臭弹？哎！"

"早晨打无名高地时，就已出现过一发臭弹。"弹药手伤心地回答梁三喜，"为啥是臭弹，你看看弹身上的标号就晓得……"

梁三喜从战士"北京"身下的血泊中，取过那发退出膛的臭弹看了一眼，递给了我。我一看，只见弹身上印着：一九七四年四月出厂。

弹药手嘟囔说："批林批孔的年月里出的东西，还能有好玩意儿！那阵儿，到处都停工停产搞大批判，军工的工人也都不上班……"

啊，我心里一阵冷飕飕！那令人不寒而栗的动乱年月，不仅给人们造成了程度不同的精神创伤，还生产出这样的臭弹！如今臭弹造成的恶果，竟让我们在这生死攸关的战场上来吞食！

"奶奶的！"梁三喜气得像劈开来那样骂娘了，"要是再为了争权夺利，今天你搞他，明天他整你，甚至连死了两千多年的孔老二也拉出来批，我们就没个好！不用敌人打咱们，自己就把自己搞垮了台！"

这时，山左侧传来一声令人振奋的巨响，不用问，那是新上任的代理副连长带着战友们，把敌碉堡炸掉了！我们上面敌堡中的枪又急骤地响起来，一串串子弹从我们头顶上掠过……

梁三喜问弹药手："还有几发炮弹？"

弹药手说："还有九发。有六发是七四年四月出厂的。"

"真他娘的见鬼！扔了，把那六发全给我扔掉！"梁三喜气极了，厉声对弹药手，"你动作快点，给我拿发好弹来！"

梁三喜从战士"北京"身下双手摸过血染的炮身，把那发还在炮膛中的臭弹猛一下退出来。忿然甩出老远！他接过弹药手递过来的炮弹，一下装进了炮膛。

梁三喜肩起炮身。说时迟,那时快,他猛地站起来,眨眼间便见炮口喷火!炮弹"轰"地炸开,敌碉堡被炸得粉碎……

碎石泥尘还在唰唰下落,我们便跃起身,迎着硝烟气浪向前扑去!

上来了!上来了!从左右两侧出击的突击队员,还有从主峰正面待机冲锋的步兵一排,一齐呐喊着,冲上了山顶!

我们,终于站在了364高地主峰上!

"注意搜索残敌!"梁三喜命令说。

我放眼望去,山顶上敌堑壕里一片狼藉,空无一人。位于山顶右侧的炮阵地上,有十几门横倒竖歪的120迫击炮,遍地是待发的炮弹,还有那一箱箱未开封的炮弹箱摆在周围……这时,我才更觉出梁三喜判断的准确,决策的正确!如果不攻占这炮阵地,我们坚守在无名高地上是会全连覆没的!

山顶上到处是巉岩怪石。我们沿着堑壕南边向西搜索。

段雨国兴冲冲地来到我和梁三喜身边:"连长,指导员,胜利啦,我们终于胜利啦!这次战斗,能写个很好的电影剧本!"

我望着段雨国那副乐样儿,真没想到他也攻上了主峰!

"隐——蔽!"只听身后的梁三喜大喊一声,接着我便被他猛踹了一脚,我一头跌进堑壕里!跟着传来"哒哒哒"一阵枪响……

当我从堑壕里抬头看时,啊!梁三喜——我们的连长倒下了!

我不顾一切地扑过去。

"连长!连长!"我一腚坐在地下,把他扶在我怀中……

他微微睁开眼,右手紧紧攥着左胸上的口袋,有气无力地对我说:"这里……有我……一张欠账单……"

一句话没说完,他的头便歪倒在我的胳臂弯上,身子慢慢地沉了下去,他攥在左胸上的手也松开了……

我一看,子弹打在他左胸上,打在了人体最要害的部位,打在了他的心脏旁!他的脸转眼间就变得蜡黄蜡黄……

"连长!连长!"战士们围过来,哭喊着。

"连——长!"段雨国扑到梁三喜身上号啕起来,"连长!怪我……都怪我呀……"

梦,这该是场梦吧?战斗就要结束了,梁三喜怎么会这样离开我们！当理智告诉我，这一切已在瞬息间千真万确地发生了时，我紧紧抱着梁三喜，疯了似的哭喊着……

讲到这，赵蒙生两手攥成拳捶打着头，泪涌如注。他已完全置身于当时的场景中了。

我用手擦着不知啥时流下的泪，为梁三喜的死感到极为惋惜和沉痛。

过了良久，赵蒙生才抬起泪脸，喃喃地对我说："子弹，是一个躲在岩石后面的敌人射过来的。显然，梁三喜最先发现了敌人，如果他不踹我那一脚的话，他完全来得及躲开敌人，可是为了我，他……"

段雨国内疚地哽咽说："怪我，都怪我啊！怪我当时让胜利冲昏了头脑，才使指导员先顾了跟我说话，才使连长他……"

停了会儿，赵蒙生接上说："痛哭过后，我想起梁三喜临终前没说完的那句话，我从那热血喷涌的弹洞旁边，从他那左胸的口袋里，发现了这……"赵蒙生说着，从一本硬皮日记本里，拿出一片纸，用瑟瑟发抖的手递给我，"你……你看看……"

我接过一看，这是一张血染的纸条。这纸条是三十二开笔记本纸的小半页，四指见方。烈士的笔锋刚劲，字迹虽被血浸染过，但依然清晰可辨。只见上面写着：

我的欠账单
借：本连司务长 120 元
借：本团刘参谋 70 元
借：团后勤王处长 40 元
借：营孙副政教 50 元
……

梁三喜烈士留下的这张欠账单上，密密麻麻写着十七位同志的名字，欠账总额是六百二十元。

我顿感头皮麻飕飕的！眼下，我虽还不知梁三喜为啥欠了这么多的账，但我已悟出，为啥赵蒙生在前面的讲述中，一再讲到梁三喜抽的是黑乎乎的旱烟末，连块手表也没有，用的牙刷只剩"八撮毛"……

赵蒙生叹息了一声，对我说："三年多来，这血染的欠账单一直像沂蒙山中那古老的碾盘一样，重压在我的心上。每每看到它，我便百感交集。我常常这样想，梁三喜临终前那句没说完的话是：'这里有我一张欠账单，我欠的账还没偿还，还没偿还啊……'"

我们又陷入沉默中。

过了会儿，我问："那么，最后战斗是怎样结束的？"

赵蒙生仍在擦泪，没有回答我。

段雨国说："当时，一串子弹射来之后，我见连长倒在地上，我误认为连长是就地卧倒隐蔽。我抬头一望，见前面岩石上有个黑影，一晃便不见了。我跑过去一看，也没见敌人在哪里。这时，又过来几位战士，我们一齐搜索，才发现岩石右下侧有个洞口。我返回身来想报告连长时，见连长已牺牲在指导员的怀中。我扑上去就哭起来……当我含泪告诉指导员敌人已钻洞，指导员疯了般地站起来，喊着要手榴弹……"

赵蒙生摆手制止段雨国："算了，算了！不必讲那些了！"

"实事求是吆！总得让如实记录这个故事的作者同志，对这场战斗有个大概的了解。"段雨国接上对我说，"……指导员把十几枚手榴弹捆在一起，谁也拽不住他，他像疯了一样跑到洞口边，一下就钻进洞去。过了会儿，我们先是听到一阵枪声，接着是闷雷般的巨响。当时大家心想，指导员肯定牺牲了。我们打着手电，一个个钻进洞中，先把指导员抬了出来，见他额角上流着血，臀部也负了伤，他人事不省了。接着，我们呼啦啦拖出九具敌尸，洞中的九名敌人，全让指导员那捆手榴弹给报销了！……"

"行了，别塑造我的形象了！"赵蒙生内疚地说，"比比梁三喜、靳开来、战士'北京'、司号员小金，我算个啥！我不过是让军长和战友们骂上战场的懦夫而已！如果说我还没有愧为炎黄子孙，那是烈士们用热血净化了我的灵魂。"停了停，他望着我，"不过，使我的心灵受到更大更剧烈震动的事情，还不是在战场上，而是在打完仗之后发生的。那石头人听了也会为之动情的故事，我当时万万想不到，你现在也绝对猜不到。让我给您继续讲下去吧——"

十

我们九连就打了这一仗。

当我抱着手榴弹闯进敌洞时，洞内漆黑啥也看不见。我贴着洞壁朝前摸，摸进十几米，才听见里面有动静。敌人显然也听到我进来了，射来一串子弹，却没有打中我。我便将一捆手榴弹拉了弦，扔了过去。之后，我就啥也不知道了。

后来，是代理副连长带领大家，像掏老鼠洞一样又掏了两个敌洞，又炸死了十三个敌人，战斗便胜利结束了。

我是被自己甩出去的那捆手榴弹炸晕的，伤得并不重。这时，我们营的七连奉命赶到364高地，接替了我们九连。

我先是被送到师战地医院，接着又转到国内。十几天后，我的伤就痊愈了。

整个部队班师回国，凯旋门前是人海鲜花，颂歌盈耳；庆功宴上是玉液琼浆，醇香扑鼻。当活下来的我重新体味生活的美好和芳香时，一想起连里殉国的英烈们，我的心情分外沉重。

部队展开了评功活动。军里决定报请军区，授予我们九连为"能攻善守穿插连"的荣誉称号。经过群众评议，我们九连党支部决定报请上级党委，分别授予梁三喜、靳开来，还有不知姓名的战士"北京"为战斗英雄称号……

对梁三喜和"北京"同志，团里没有争议。对靳开来，不管我们党支部怎样坚持，却连个三等功也不批！这时，有人竟提议授予我英雄称号，说我在战斗最困难的时刻，第一个只身闯进敌洞炸死九个敌人，称得上什么"模范指导员"！

我被刺眼的镁光灯和接踵来访的记者包围了。

记者们对我好像尤其感兴趣，连我的名字也具有特别的诱惑力。有位记者说我当年出生在沂蒙战场上，现在又在战场上立了功，很值得宣传。他以抢新闻的架势找到我，对我进行单独采访。并说他已想好了一篇通讯的题目：正题是《将门生虎子》，副题——记革命家庭熏陶下成长起来的英雄赵蒙生。他让我围绕着这个题目提供材料。我当即把我参战前后的情况如实给他说了一遍，一下打乱了他的构思。但他仍坚持要宣扬我，并说了一大套理由：什么报道要有针对性啦，用材料要去芜取菁啦，因此不需面面俱到，要以正面表扬为主……

我坚决拒绝了他："要写，就真真实实地写，别做'客里空'式的文章！"

是的，战争刚刚打罢，烈士尸骨未寒，我怎敢用烈士的鲜血来粉饰打扮自己！

评功活动完结后，接着进行烈士善后工作。我们连在全团是伤亡最大的连队。团里派出专门的工作组，来帮助我们做这项工作。

烈士善后工作进行极为顺利。烈士的亲属们深知亲人是为国捐躯，个个深明大义，没有谁向我们提出过任何超出规定的要求。他们最关心的是亲人怎样牺牲的。我向他们一一讲述烈士的功绩，并把授给烈士的军功章捧献给他们……

但是，当我面对靳开来的妻子和那四岁的小男孩时，我为难了。我向烈士的遗妻和幼子，讲述了副连长怎样带尖刀排为全连开路，怎样炸毁了两个敌碉堡，又怎样坚守无名高地消灭敌人。当然，我省去了副连长带人去搞甘蔗的事，我只说副连长在阵地前找水踩响了地雷……

当靳开来的遗妻抬起泪眼望着我，对这位来自河南禹县一个公社社办棉油厂的合同工，我已无言安慰。所有烈士亲人都有一枚授予烈士的军功章（大部分是三等功）。唯独她没有……

我拭泪把我的一等功军功章双手捧给她："收下吧，这是我们九连授给一等功臣靳开来烈士的勋章！"

这位憨厚纯朴的女合同工，双手接过军功章捧在胸前凝望着。过了会儿，她才把这军功章连同靳开来烈士留下的那张全家福一起包进手帕，小心翼翼地珍藏起来。

她带着那四岁的小男孩，不声不响地离开了连队。

谢天谢地，她并不晓得连队是无权决定给谁立功的（哪怕是记三等功）！我默默祝愿，祝愿那枚军功章能使她在巨恸中获得一丝慰藉，也企望那四岁的孩童在晓明世事之后，能为父辈留给他的军功章而感到自豪！

烈士亲属们都一一返回了。唯独不见梁三喜和"北京"同志的亲属来队。团政治处已给山东省民政部门发了电报和函件，请他们尽快通知梁三喜烈士的亲属来队。战士"北京"的真实姓名，在部队回国后我们通过查找对号，得知他叫薛凯华。参战前一天从兄弟军区火速赶来的那批战斗骨干，团军务股存有一份花名册。当时把他们急匆匆分到各连后，几乎所有的连队都没有来得及登记他们的姓名。因此，全团有好几个连队都出现了烈士牺牲时不知其姓名的事情……

团、师、军三级党委，决定重点宣传梁三喜的英雄事迹。让我们连多方搜集梁三喜烈士的遗物、照片、豪言壮语以及有宣传价值的家信等等，以便送到军区举办的英雄事迹展览会上展出。

当我着手组织搞这项工作时，确实作难了。

梁三喜的遗物，除了一件一次没穿过的军大衣外，就是两套破旧的军装。团里派人把两套旧军装取走了，因那打着补丁的军装，足能说明烈士生前身先士卒，带领全连摸爬滚打练硬功。团里听说梁三喜有支"八撮毛"的牙刷，又派人来连寻找，因那"八撮毛"的牙刷，足能说明烈士生前崇尚俭朴。然而，很可惜，在那拼死拼活的穿插途中，梁三喜已把牙刷、牙缸全扔在异国的土地上了……

至于照片，我们到处搜集，也没能找到梁三喜生前的留影。最后，我们从师干部科那里，从干部履历表中，才找到一张梁三喜的二时免冠照。这为画家给烈士画像，提供了唯一的依据……

我是多么悔恨自己啊！我曾身为摄影干事，下连后还带着一架我私人所有的"YASHIKA"照相机，却未能为梁三喜摄下一张照片！

至于梁三喜写下的豪言壮语和信件，我们也一无所获。梁三喜是高中二年级肄业入伍的，按说他应该写下很闪光的文字。但是，我们只找到一本他平时训练用的备课笔记本，全是些军事术语，毫不能展现烈士的思想境界……

参战前后，他在戎马倥偬中为我们留下的，就是那张血染的欠账单！

这天，我把欠账单拿到团政治处，想让团领导们看一下。然而，无独有偶。团政治处的同志告诉我，这样的欠账单并不罕见。在全团牺牲的排、连干部中，有不少烈士欠着账。五连牺牲了四个干部，竟有三个欠账的。这些欠账的烈士，全是清一色从农村入伍的。他们欠账的数额不等，其中，梁三喜欠的账数额最多。

看来。我对从农村入伍的排、连干部，以及那些土里土气的士兵们的喜怒哀乐，还是多么不知内情啊！

时间又过去了几天，仍不见梁三喜烈士的母亲及妻子来队。我多次催团政治处打听联系。这天，政治处来电话告诉我，他们已数次给山东省民政部门去过长途电话，查问的结果是：梁三喜烈士的母亲梁大娘、妻子韩玉秀，她们抱着个刚出生三个多月的女孩，起程离家已十多天了。

呵，十多天了？乘汽车、坐火车，再乘汽车……我掰着指头算行程，她们祖孙三代早该赶到连队来了呀！莫不是路上出了啥事？那可就……

我后悔自己工作不细，恨当初为啥不建议团政治处，让连里派人赶往山东沂蒙山，去接她们祖孙三代来连队……

我们连驻地不远有公共汽车停车点，我派人到停车点接了几次没接到，我更是忧心忡忡，日夜不安……

这天中午，师里的丰田牌轿车开进连里。我一看，是妈妈来了！

我忙把妈妈迎进宿舍里，给她倒了杯水："妈……今天刚赶来？"我不知说啥是好。

"咳！坐飞机，乘火车，师里派车在车站接到我，我到师里坐了一会儿，就来了。"

我与妈妈相对而视，沉默无语。

妈妈比我临下九连回家休假见她时，明显消瘦了。她脸上失去了往常那乐悠悠的神采，眼圈周围有些发乌。

"你……怎么不给妈写信？"

"回国后事情太多。"

"你……你知道妈这些日子是怎样熬过来的呀！"妈妈眼泪汪汪，"妈是从报纸上……看到你们九连……妈才知道你没……"

我无言对答。

"那天晚上，妈要了三个多小时的电话，才……才好不容易要到'雷神爷'。谁知，竟挨了他一顿……臭骂，打那儿，妈就夜夜做噩梦，一会儿梦见'雷神爷'用手枪指着你，让你去……去炸碉堡，一会儿又梦见你满脸是血，呼唤着妈妈……"妈妈抹着泪，"妈知道在那种时候打电话也不应该。可'雷神爷'他……他也太不讲情面了！妈是快往六十岁上数的人了，生来也不是怕死鬼！可妈就你这么一个儿子呀，要死，妈宁愿替你去死！"妈妈伤心地抽泣起来。

我该说啥呀？我没有资格责怪亲爱的妈妈！

妈妈的老家在皖北。早年间外祖父一家一贫如洗，妈妈八岁上就卖给了地主当丫头。一九三八年，国民党政府为躲过日寇南逃，炸开了花园口黄河大堤，造成了豫东、皖北骇人听闻的黄泛。咆哮的洪水使外祖父一家全部丧生。妈妈当时十六岁，她是抱着地主家一只洗衣的木盆，才大难未死！当年秋，她只身流浪到沂蒙山投身革命，后来当过团卫生队的卫生员、护士长、"地下医院"的指导员，师卫生科长……再后来她随大军打济南，战淮海，长驱南下……妈妈参加过上百次战斗，满满一手帕勋章闪耀着她光辉的历程。她那九死一生的传奇经历，能写一部比砖头还厚的书啊！……

而我，只不过刚刚参加了一次战斗！

我感到心中燥热难挨，便摘下了军帽。

"天！这……这是怎的？"妈妈发现了我额角上的伤疤，"是……是枪伤？"

"不是。是被手榴弹片儿划了一下。"

"天呀！一点点……只差那么一点点就……"妈妈的声音在打抖，"疼，还疼吗？"

我摇了摇头。

望着不时拭泪的妈妈，我心中像打翻了五味瓶。妈妈是那样宠我，疼我，爱我，到眼下还把我当成小伢儿一般！我也曾为有这样的妈妈，感到无比自豪、幸福、温暖！可眼下，妈妈的一举一动，竟使我有种说不出的滋味。就连戴在妈妈手腕上那块"欧米茄"坤表，和那熠熠生辉的表链，过去我觉得那样受看，眼下却觉得有些刺眼了。

"蒙生呀，咱不穿军装往回调啦，省得央这个，求那个！"妈妈擦干泪说，"血，你也为祖国流了，问心，咱也无愧了！边境线上看来还安稳不了，干脆就脱了军装转业吧！"

我摇了摇头。

妈妈吃惊地望着我："怎么？你……"

"……"我不知该如何回答妈妈。

此时，我只是觉得：母爱是神圣的，也是自私的！

十一

我妈妈来队的第二天傍晚。

我正和妈妈一起在宿舍里吃晚饭，段雨国急匆匆地闯进来："指导员，快，连长的一家来队了！"

我扔下碗筷，赶忙跟着段雨国来到接待烈士亲属住的房子里。

战士们正你出他进地忙乎着。见我进来，梁大娘和韩玉秀站了起来。床上睡着那刚出生三个多月的女娃。

段雨国对梁大娘说："大娘，这是我们指导员！"

老人直朝我点头："唔，唔。让你们操心了……"

梁大娘看上去年近七十岁了。穿一身自织自染的土布衣裳，褂子上几处打着补丁。老人高高的个儿，背驼了，鬓发完全苍白，面孔干瘦瘦的，前额、眼角、鼻翼，全镶满了密麻麻的皱纹。像是曾患过眼疾，老人的眼角红红的，眼窝深深塌陷，流露出善良、衰弱，接近迟钝的柔光，里面像藏着许多苦涩的东西。如果是在别的地方偶然遇上，我怎会相信这就是连长的母亲啊！

我连忙双手扶着老人："大娘，您快坐下吧。"

我把大娘扶到床沿坐下，转脸对韩玉秀："小韩，您也坐下。"

玉秀刚坐下，床上的孩子醒了，哇哇直哭。玉秀忙转过身去给孩子喂奶，轻声哄着还啥事不知的孩子："盼盼，好闺女！莫哭，莫哭……"

"大娘，听说你们上路十几天了。怎么才到……"

没待我说完，段雨国贴着我的耳朵告诉我，大娘她们下了火车，是步行赶来连队的！

"啥?!"我心里打了个寒噤。

从火车站到连队驻地一百六十多华里，难道这祖孙三代是翻山越岭，一步一步挪来的？这时，我发现大娘和玉秀的鞋上、裤脚上全沾满了南国殷红色的泥巴。昨天刚落过一场雨，路该是多难走哇！段雨国对梁大娘说："大娘，下了火车站不远就是汽车站，汽车能直接开到我们连的山脚下。怎么？你们没打听着有长途汽车站！"

玉秀小声说："打听着了。"

大娘接过话："庄稼人走点路，不碍事。"

"你们在路上走了几天呀？"段雨国又问。

"四天带一过晌。"玉秀边给孩子喂奶边说，"要不是老打听路，走得兴许还快些。"

我忙给段雨国递个眼色，不让他再问了。

在邀请烈士亲属来队时，团里已寄去了足够用的路费。这祖孙三代下了火车步行而来，是将路费用在别的事上了，还是为了省出几块钱?！梁三喜留下的那六百二十元的欠账单，足以使我晓得梁大娘一家的日子过得该是有多难……

炊事班长带着几个战士，端着刚出锅的面条和四碟儿菜走进来。他们把面条盛进碗里，让大娘和玉秀坐到桌前吃饭。

这时，大娘从床上摸过一个包干粮的包袱。包袱是用做蚊帐用的那种纱布缝的，沾满了旅途上的尘埃。大娘解开快空了的包袱，我一看，里面包着的是些黑乎乎的碎片儿，还有几个咸萝卜头。大娘用手抓着那些碎片儿，朝面条碗里放……

炊事班长上前抓住大娘的手："大娘！别吃这烂瓜干做的煎饼了！瞧，都挤成碎渣渣了……"

"带在路上吃没吃完。孩子，吃了不疼撒了疼，用汤泡泡还能吃。"大娘说着，又把那煎饼渣儿往碗里捧……

我眼里湿了。此时，只有此时，我才真正明白，梁三喜生前为啥因我扔掉那一个半馒头而大动肝火啊！

……

大娘和玉秀安歇后，我打电话报告团政治处值班室，说梁三喜烈士一家已来到连队。

接电话的是搞报道的高干事。他告诉我，一个月前，团政治处已给梁大娘和韩玉秀去过两次信，让她们来队时一定带上梁三喜生前的照片和写的家信。高干事让我务必抓紧时间问一问照片和家信带来了没有。因为军区举办的"英雄事迹展览会"即将开馆展出，梁三喜烈士的照片和遗物都太少，军、师政治部已多次来电话催问此事……

次日早饭后，我又去看望大娘和玉秀。

屋内已坐着几位战士和几位班、排长。玉秀去年（七八年）三月间曾来过连队，他们跟她早就认识。

玉秀显得很是年轻，中上等的个儿，身段很匀称。脸面的确跟靳开来生前说的一样，酷似在《霓虹灯下的哨兵》中扮演春妮的陶玉玲。秀长的眉眼，细白的面皮，要不是挂着哀思和泪痕的话，她一定会给人留下一种特别温柔和恬静的印象。她上身穿件月白布褂，下身是青黑色的布裤，褂边和裤脚都用白线镶起边儿，鞋上还裰了两绺白布（后来我才知道，她是按古老的沂蒙风俗，为丈夫服重孝）……

见我进屋，她站起来点了点头，脸上闪出一丝笑容，算是打招呼。然而，那丝笑就像在暴风雨中开放的鲜花一样，转眼便枯萎了，凋谢了，令人格外伤感。

大家都默默地抽烟，好像都不知该对烈士的老母和遗妻说啥才好。

昨天晚上，我已对全连讲过，关于梁三喜留下"欠账单"的事，谁要是有意无意地透露给烈士亲属知道，没二话都要受处分！大家含泪拥护我定的"军法令"……

此时，我琢磨着该怎样把话题引出来。我想应该先向大娘和玉秀介绍连长在战场上的英雄壮举，然后再问及照片和家信的事。但一看见床上躺着的那才三个多月的女娃和低头不语的玉秀，我的心就隐隐绞痛。

如果不是我下到九连搞"曲线调动"，上级派别的指导员来九连的话，梁三喜怎会休不成假啊！那样即使他在战场上牺牲了，他与妻子不也能最后见一面吗？再说，战场上梁三喜如果不是为了救我，他也不会……

"秀哪，队伍上不是打信说要三喜的照片啥的。"大娘对玉秀说，"你还不赶紧找出来。"

玉秀忙站起身，从床上拿过个蓝底上印着白点点的布包袱，从衣服里面找出半截旧信封递给我："指导员，别的没有啥。他就留下过这两张照片。一张是他五岁那年照的，一张是他参军后照的。"

我接过半截信封，先摸出一张照片，一看是梁三喜的二吋免冠照，这和从他的干部履历表中找到的照片，无疑是一个底版。

当我取出第二张照片看时，那变得发黄的照片使我一怔：照片上有位三十五六岁的农家妇女，墨黑的头发，绾着发髻，慈祥的笑脸，健康丰满。在她的怀前，偎依着两个一般大的小男孩。照片上方有行字：

大猫、小猫和母亲合影留念1953年5月于上海

"啊！"我像触了电一样惊叫一声。这照片我不也有一张吗？就夹在我上高小时用的那本相册里……

我脑子嗡嗡响，转身对着梁大娘："大娘，这照片上……"

大娘探过身来，用手指着照片："这边这个孩子叫大猫，就是俺那三喜。那边那个孩子叫小猫，是队伍上的孩子。这照片，是大娘俺有一年到上海去送小猫时，抱着两个孩子照的……"

霎时，我觉得眼前一阵发黑，周身像处在飘悠悠的云端里！呵，命运之神，你安排过芸芸众生多少幕悲欢离合啊……

在我十几岁之前，妈妈不止一次对我讲过：那是一九四七年夏，国民党向山东沂蒙山区发动了重点进攻。孟良崮战役之后，为彻底粉碎敌人的进攻，我主力部队外线出击去了。

这时，我出生了。妈妈生下我第三天，她患了"摆子病"（沂蒙土话：即疟疾），一点奶水也没有。我饿得哇哇直哭。地方政府派人把妈妈和我送到蒙山（沂蒙山是由沂山和蒙山两道纵横几百里的山脉组成的。）脚下的一个山村里。村中有位妇救会长，是当时鲁中军区的"支前模范"。她也生了个小男孩，那男孩比我大十天。就这样，那位妇救会长用两个奶头喂着两个孩子。为躲过还乡团的搜查，她把她的孩子取名大猫，叫我是小猫，说大猫小猫是她生的一对双胞胎……

妈妈也曾多次对我说过，那妇救会长待人可好啦，有奶水先尽我这小猫哂，宁肯让大猫饿得哭。妈妈在那妇救会长家中过了满月，治好了"摆子病"，接着又随军南下了……

直到我将近六岁时，那妇救会长才把我送到上海，送到爸妈身旁。当那妇救会长带着大猫悄悄走了之后，有十几天的时间，我天天哭着找娘，哭着找大猫哥哥……

"指导员，你……"

"指导员，你怎么啦?"

恍惚中，我听见战友们在喊叫我。

"大娘!"我呐喊了一声，扑进了梁大娘怀中。

大娘轻轻推开我："孩子，你……你这是咋啦?"

"大娘，我……我就是那个小猫!"

"啥?!"大娘一下放开我，用手擦擦红红的眼角，望望我，摇了摇头："不，不会……吧。"

"是! 大娘，我真是那个小猫!"我哭喊着。

"你……你真格是当年赵司令的孩子?"

"嗯。打孟良崮时，他是纵队司令员。"

"你妈姓吴? 叫……"

"嗯。她名叫吴爽。"

大娘又愣了会儿，当我又伏进她怀中时，她用手抚摸着我的头，喃喃地说："梦，这不是梦吧……"

我伏在梁大娘怀中，心潮翻涌：呵，梁大娘，养育我成人的母亲! 呵，梁三喜，我的大猫哥! 我们原本都不是什么龙身玉体，我们原本分不出高低贵贱! 我们是吃一个娘的奶水长大的，本是同根生啊!……

十二

这意外的重逢，使我的心灵受到多么剧烈的震动，是可想而知的。

当我拿着那颜色变得发黄的照片让妈妈看时，她也蓦然惊呆了。

妈妈让我领她来到梁大娘一家住的房子里。

梁大娘慢慢站起来，和妈妈对望着。显然，她俩谁也很难认出谁了!

一九五三年五月，当梁大娘把我送交爸妈身边后，头几年我们两家还常常有书信往来。逢年过节，妈妈总忘不了给梁大娘家寄些钱。我家也常常收到梁大娘从沂蒙山寄来的红枣、核桃、花生等土特产。后来，妈妈给梁大娘家写信逐年减少。十年动乱开始以后，更是世态炎凉，人情如纸，两家从此便音讯杳然，互不来往了……

"梁嫂，您……"颇具"外交才华"的妈妈，此刻竟笨口结舌了。

"老吴，果真是老吴不成？"梁大娘满脸皱纹绽出了笑容，"当年，你管俺叫梁嫂，让俺喊你爽妹子，是吧？"

"是。"妈妈应着。

"老吴！"梁大娘上前挪动了两步，用枣树皮般的双手，激动地抚摸着我妈妈的两只胳臂："前些年那么乱腾，你能好胳臂好腿地活过来，不易哪！那帮奸臣，天打五雷轰的奸臣，可把你们整苦了哇……"

妈妈无言以对。

梁大娘上下打量着我妈妈："一晃眼快三十年没见了。嗯，你没显老，没显老呀。赵司令（她称的是我爸爸当年的职务），他也好吧？"

"嗯。好。"妈妈点头应着。往常，每当别人说起爸爸挨斗的事，妈妈可总是滔滔不绝呀。

"只要你和老赵都好，俺和村里人也就放心啦。"梁大娘叹口气，"咳！刚乱腾那阵，有人到俺那里调查你和老赵，问你们是不是投过敌，俺当场就没给他们好颜色！沂蒙山人嘴是笨些，可不会昧着良心说话呀。在俺那一块，谁不知你和赵司令！好人，你们是天底下难寻的好人呵。打天下那阵，你们流过多少血哪……唉……唉……"梁大娘撩起衣襟擦了擦眼睛。

"梁嫂……您，坐下吧。"妈妈扶着梁大娘坐下。

我和玉秀也坐了下来。

此时，我看出妈妈的神情是极其复杂的，梁大娘对我们越是无怨言，我和妈妈越觉不是味。

妈妈望着梁大娘："梁嫂，您一家也都……"

"这不，俺一家子都来了。"梁大娘心平气静地说，"这坐着的是儿媳妇玉秀，那睡着的是孙女盼盼。"

沉默。

"唉——"梁大娘长叹一声，对我妈妈说，"俺那老大你没见过他，可你知道他。他小名叫铁蛋，当儿童团长时起大号叫大喜。大喜八岁就给咱八路跑交通，十二岁叫汉奸抓了去……"

梁大娘不朝下说了。

这时，我想起童年时，妈妈曾给我绘声绘色地讲述过那铁蛋送信的故事。铁蛋八岁就当小交通员，送过上百次信，没出一次差错，老交通和首长们常夸铁蛋机灵。铁蛋十二岁那年，一次送情报让汉奸发现了。当铁蛋把纸条儿搓成团吞进肚里时，让汉奸抓住了。鬼子逼铁蛋的口供，汉奸用锤子把铁蛋满口的牙一个个全敲掉了，铁蛋没吐一点风声。鬼子把刺刀戳在铁蛋的鼻尖上，说再不开口就挑死他。铁蛋挺着啥也没说，被鬼子用刺刀活活地挑死了……

呵，沂蒙山的母亲！你不仅用小米和乳汁养育了革命，你还把自己的亲骨肉一个个交给了民族，交给了国家，交给了战争啊！

半晌，妈妈又问梁大娘："梁嫂，您不是还有个比蒙生他们大两岁的儿子，叫……叫栓……"

"你说俺那栓牢呀，他大号叫二喜。"梁大娘转脸对玉秀，"秀儿，二喜他是哪一年没的？"

"六七年'反逆流'的时候，二喜哥他……"

"这流那流俺说不上来，反正是那年夏天。那阵沂蒙山中老虎拉碾，一下子乱了套！老干部一个个都挨批挨斗，越是庄户人觉得好的老干部，越是没个好。你要不是跟他们击反啥流，他们就把你往死里搋！庄户人看不过，便护着老干部，成群结队地沿着沂河往南奔，躲进了大南边的马陵山①……

"一天深夜，当年在俺家住过的张县长躲进俺家来了。家里哪能藏住他，二喜便护着他连夜走了。他俩白天藏，夜里赶，一块上了马陵山……

"没多久，从济南府用大卡车拉来了'棒子队'，说是要剿灭'上了马陵山的土匪'②。那'棒子队'多得看不到头，望不见尾。那架势，比蒋该死当年重点打咱沂蒙山半点也不差，甩了手榴弹，动了机关枪，也放了大炮。二喜是让人家用炮打死的。听说那一炮就打死了十多个庄

---

① 马陵山位于鲁南和苏北交界处。
② 1967年，篡夺了山东大权的第一把手在全省发动了所谓反逆流运动，首先把黑手插进了临沂地区。一大批干部和群众被迫上了马陵山。当权者便把这些干部和群众诬蔑为马陵山游击队土匪集团，下令从山东各地抽调了大批武装起来的棒子队，开进了沂蒙山区。当权者提出的行动纲领是：不打则已，打则必歼。据1978年12月2日《大众日报》载，当时临沂地区有四万多人被抓捕、关押、惨遭毒打，其中有五百多人被打死，有九千多人被打伤致残。当地驻军因不支持反逆流，有两千多名指战员也横遭毒打，有的被活活打死，有的被打伤致残。革命老根据地沂蒙山受到空前的浩劫，成为十年动乱中山东有名的重灾区。

稼汉，就地挖坑埋了。到现今，连二喜的尸首也不知埋在哪里……

"唉，不细说了。过去了，这些都过去了。唉……"

也许梁大娘的眼泪在早年间已经流尽，也许是因二喜的惨死已时隔十余年，老人轻声慢语讲这些事时，毫不像诉说她自己的命运，而像在讲述古老的《天方夜谭》。

妈妈用手帕擦了擦泪汪汪的眼。过了会儿，她声声发颤地对梁大娘说："难道梁大哥他，他也是在……动乱中……"

"你说三喜他爹呀。他是在杀树挖坑那一年……"

玉秀轻声打断婆婆的话："是批林批孔，不是杀树挖坑。"

"不管是咋说法，反正是'割尾巴'杀枣树那年春天，三喜他爹才得的气臌症。"梁大娘转脸对我妈妈说，"老吴，蒙生离开俺枣花峪时还小，记不得事。你知道俺枣花峪为啥叫枣花峪，就是仗着枣树多。光村南半山坡上那枣林子，就有两千三百多棵枣树。每逢枣花开时，喘口气都是香喷喷的。那片枣林子是俺村的命根子，当家的打油买盐指望它，大闺女小媳妇扯块花布也指望它呀……

"老吴，你知道，俺家三喜他爹推着小车往淮海运军粮时，腿上挨过蒋该死的炮弹片儿。办初级社后，他别的重活干不了，就一直在村南半山坡上看枣林子。那片枣林子，大炼钢铁时被伐了一些炼了铁，但还没有挖坑刨根。后来又栽上了枣苗，那片枣林子越长越喜人了……

"可到了杀树挖坑那年，上面派来了'割尾巴'小分队，硬逼着俺们伐了枣树修大寨田。眼看着枣树一棵棵被伐倒，三喜他爹心疼地趴在地上嗷嗷大哭。山上有棵最老的枣树，是蒋匪军当年上山伐木修工事时漏下的，村里人都叫它'老头树'。三喜他爹搂着那棵'老头树'，说啥也不让人家伐，说他宁可跟'老头树'一块遭斧头。结果，人家一脚把他蹬了个大轱辘子，他滚到一边就爬不起来了。他当场气晕了……

"左邻右舍用门板把他抬回家，打那他就得了气臌症。天天躺在炕上，'噗——噗——'，一口一口，不停地朝外捯气……

"转年夏天，一场大雷暴雨下来，全村老少修了一年的那大寨田，被大雨冲了个溜溜光。泥土全随着雨水流进了沂河，别说再回过头来栽枣树，山坡上连棵草也不爱长了……

"这事，村里人谁也没敢告诉三喜他爹。他躺在炕上一个劲地捯气。

他一病就是两年多，可把在队伍上的三喜拽拉苦了。三喜一心想把他爹的病治好，一次次邮钱来，让我给他爹去抓药。那阵，三喜跟玉秀还没成亲。可多亏了玉秀忙里忙外地跑呀。洋药吃了又吃中药，熬了多少中药，玉秀最清楚不过了。到头来，钱花够了，三喜他爹也咽了气……"

啊，直到眼下，我才明白，梁三喜为啥会留下那六百二十元血染的欠账单！

停了会儿，梁大娘对我妈妈说："三喜他爹临死那阵还叨念，说杀枣树那当口，如果赵司令在就好了。按赵司令那脾气，准会给那帮人一顿匣子枪不可。"

我和妈妈都没做声。即使我爸爸当时在场，他又有啥法子呢？我清楚，这些年来，我爸爸也说过不少违心话，办过不少违心事啊！他当年那带棱角的"脾气"，早已在"大风大浪"中磨平了。像雷军长那样一次次敢"甩帽"的战将，毕竟是少见的啊！

"老吴，一见面，俺不该给你提这些陈芝麻烂谷子的事，让你听了也伤心。"梁大娘望着我妈妈，"好啦，现在好啦！听说是毛主席过世时留下话要抓奸臣，托他老人家的洪福，共产党总算把奸臣抓起来了，一个个都抓起来了！往后，庄户人又有盼头，有盼头啦！"

这时，睡着的盼盼醒了，哭了起来。

玉秀忙起身把盼盼抱在怀里，给盼盼喂奶，盼盼仍不停地哭。

妈妈忙站起来："怎啦，别是孩子生病吧？"

"不是生病。"玉秀说着，用手轻轻拍着怀中的盼盼，"好闺女，莫哭，莫哭……"

梁大娘说："是缺奶水。玉秀刚出满月，就听到了三喜的事。打那，奶水就不够孩子吃了。"

妈妈和梁大娘一家见面后，又看了梁三喜留下的欠账单，她难受得直掉泪。让我脱军装转业的事，她再没提起过。

对梁大娘一家，我和妈妈商量该怎样帮助她们。妈妈这次来，身上没带几个钱，因我一直想调回去，手头上也没有存款。

这天下午，炊事班长要到团后勤跟卡车进城拉菜，我便将我的"YASHIKA"照相机交给他，让他想法到委托商店里卖掉。我还让他以连队的名义先从团后勤借一千元现金，我有急用。

妈妈一再嘱咐炊事班长："呃，别忘了，买十袋奶粉，买四瓶橘子汁，再买个奶锅、奶瓶。"……

新建的烈士陵园就在我们九连驻地的山腰间。梁大娘一家来队的第三天上午，我和连里的同志们，陪梁大娘祖孙三代去瞻仰了梁三喜烈士的墓。她们婆媳俩像所有的烈士亲属来队时一样，只是默默地站在亲人的墓前，没有当着我们的面流一滴眼泪。所不同的是，梁大娘和怀抱着盼盼的玉秀，像举行仪式那样，围着梁三喜的坟，左转了七圈，右转了七圈。后来，我才明白，那是她们按沂蒙山古老的祭俗，给亲人"圆坟"……

两天后，炊事班长回来了。他把从团后勤借来的一千元现金和买来的奶粉等物全交给了我。加上手头上还有的一点钱，我留出六百二十元准备为梁三喜烈士还账，又凑够五百元，准备交给梁大娘。

我和妈妈又来到梁大娘一家住的屋子里。

妈妈拿过一袋奶粉拆开，给玉秀讲着奶粉和水的比例应是多少。然后，她往奶锅里倒一点奶粉，开始调制。弄好后，她将奶装进奶瓶，试了试冷热是否合适，便抱起盼盼，给盼盼喂奶。

盼盼大口大口地咂奶……

梁大娘站在旁边，乐了："在家时听他们年轻人说城里有这玩意儿，俺还不信哩。啧啧，这玩意儿是好……啧啧，人可真有本事，造的那奶头跟真的一样……啧啧，是好，是好……"

不大会儿，盼盼便咂饱了。妈妈把盼盼放在床上。盼盼睁着乌亮亮的眼睛望着我们，咧开小嘴，甜甜地笑了……

梁大娘更乐了，转脸对玉秀："秀哪，这下可不愁了，不愁了！"

此时，梁大娘愈是高兴，我愈是心酸。毋庸讳言，现代文明离梁大娘她们，还是何等遥远啊！

过了会儿，我把那五百元钱拿出来，放在大娘面前："大娘，这点钱，请您收下。"

"孩子，这……这可使不得！"梁大娘用那枣树皮样的手拿起钱，"使不得，这可使不得！"她硬是把钱塞回我的口袋里。

我三次把钱掏出，梁大娘十分执拗地又三次把钱塞还给我。

"梁嫂……"妈妈伤心地说，"您如果……还看得起我和蒙生，您就……把钱收下吧！"

"老吴呀，这你可就把话说远了！"梁大娘忙说，"你给盼盼买来了这么多奶粉，这就帮了俺的大忙了，哪好再花你们的钱。庄户人过日子好说，俺手头上还行，还行。不缺钱。"

当我和妈妈离开这屋时，我又把那五百元钱放在了床上。

玉秀火急地追出屋来："指导员，不行，这可不行。不但俺婆婆不依，俺也不能收。快，您拿着……真的，俺还有钱，有钱。"

我回到自己的屋里，有种说不出的难受。

妈妈讷讷自语："山里人，山里人的脾气哪……"

呵，山里人！难道我们不都是从山沟沟里出来的吗？我们的军队，是在山沟里成长壮大；人民的政权，是从山沟里走进高楼。山沟里养育出我们的一切啊！

前些年我曾一度把拜金主义当作圣经。此时，我才深深感到，人世间总还有比金钱和权势更珍贵的东西，值得我加倍去珍爱，孜孜去追求。

极度内疚中，我看了看另外那准备为梁三喜还账的六百二十元，我心中掠过一丝儿慰藉。然而，这慰藉很快又变为更难言状的悔恨。

是的，梁三喜烈士欠下的钱，我有财力悄悄替他偿还。可我和妈妈欠沂蒙山人民的感情之债，则是任何金钱珠宝所不能偿还的呀！

十三

这天下午，高干事骑着自行车来到连里。

一见面，他车子还没放稳，就很激动地对我说："大有文章可做，大有文章可做呀！"

丈二和尚摸不着头脑，我不知他为何如此兴奋。

"战士'北京'的亲属找到了！"

"在哪里？"我急问，"薛凯华的亲属来队了？"

"你先猜猜，你们的英雄战士'北京'，也就是薛凯华烈士……"高干事非常神秘地望着我，"你猜他的爸爸是谁？"

我摇头不知。

"雷军长！薛凯华是雷军长的儿子！"

"啊！！"我大为震惊。过了会儿，我有些不解地问："凯华咋姓薛？"

"军长的老伴姓薛呀，凯华是姓母亲的姓！"高干事滔滔不绝地说，"我听军里一位干事说，军长有四个女儿，只有凯华一个儿子。军长的大女儿和凯华姓薛，另外三个女儿姓雷。军长的大女儿姓薛，是因为战争年代，军长的家乡曾多次遭敌人的血腥屠杀，凡是军属都在劫难逃，所以他的大女儿便随了外祖父家的姓氏。至于凯华为啥姓薛，听说是因为军长对他唯一的儿子管教极严，当儿子上学取大名时，军长问儿子是喜欢爸爸还是喜欢妈妈，儿子毫不含糊地说喜欢妈妈。军长哈哈大笑了一阵，说：'那好，像你大姐一样，你也跟你妈姓吧！'于是，便给儿子取名薛凯华……"说到这，高干事突然问我，"呃，军长到你们连来了。怎么，你还没见到他？"

"没有。"

"这就怪了。"高干事愣了会儿，"军长乘吉普车先到的团里，他离开团时说要到你们九连来，我是跟在他的吉普车后头，一个劲地蹬车赶来的！"

我一听，忙和高干事走出屋，围着营区转了一圈，既没见有吉普车，也没见军长的影子。

回到连部，高干事这才顾上蘸湿了毛巾，擦了擦满脸的汗。

"听说军长早就得知凯华牺牲了，但直到眼下，他还没把儿子牺牲的消息写信告诉老伴。"稍停，高干事接着对我说，"凯华同志留下了一纸遗书，遗书是师里烈士收容队在埋葬他的遗体时，从他的上衣口袋里发现的。因遗书上署名只有'凯华'两字，当时谁也没想到他是军长的儿子。遗书原件现已在军长手里，这里有师宣传科的打印件。"说着，高干事拉开采访用的小皮夹，把一纸遗书递给我，"你看看吧，一纸遗书才华横溢，内涵相当深，相当深！"

我接过薛凯华的遗书，急切地读下去。

亲爱的爸爸：

  我从北京部队赶赴前线，与您匆匆一见，未及细述。儿知道，爸爸战前的时间，可谓分秒千金也。

遵爸爸所嘱，我已来到这担任穿插任务的九连。等待我们九连的将是一场啥样的恶仗，现在不管对您还是对我们九连来说，都还是个"X"。

去年冬，爸爸在《军事学术》上读到我写的两篇千字短文，来信对我倍加鼓励，并夸我有可能是个将才。不，亲爱的爸爸，您的凯华不瞒您说，我不但想当未来的将军，更想成为未来的元帅！

嗬，您二十一岁的凯华口气多大呀！不管此乃"野心"也罢，雄心也好，反正我极推崇闻名世界的这一兵家格言："不想成为将军的士兵不是好士兵。"诚然，绝非所有的士兵都能成为将军和元帅。举目当今世界，眼花缭乱的现代物质文明，对我们这一代骄子有何等的诱惑力呀！但是，我的信条是：花前月下没有将军的摇篮，卿卿我我中产生不出元帅的气质；恋栈北京的士兵，则不可能成为未来的元帅！未来的元帅应出自深悉士兵含义的士兵，应来自血与火的战场！基于此种认识，我才请求离开京都，奔赴前线，来做一场"未来元帅之梦"。

亲爱的爸爸，您去年推荐我读的几部外国军事论著，我大都早已读过。爸爸年已五十有七，尚能潜心研究外军，儿感到可钦可佩。爸爸在写给我的信中云："一介武夫，是不可能胜任未来战争的！"此语出自爸爸笔下，儿感到尤为振奋！有人把军人视为头脑最简单的人，错了，大错特错了！且不说张翼德的丈八蛇矛和关云长的青龙偃月刀，即便小米加步枪的时代也一去不返了！现代科学技术日新月异，世界列强又把科学尖端首先运用于军事。小小地球，日行八万里，转速何等惊人！现代战争，向我们的元帅和士兵，提出了多少全新的课题！如果我们的双脚虽已踏上波音747的舷梯，但大脑却安睡在当年的战马背上，那是多么危险呀！前些年儒家多遭劫难，但我却企望，我们的元帅和将军，个个都能集虎将之雄风和儒家之文采于一身！

亲爱的爸爸，写到这里，我不能不对我的父辈们怀有隐隐怜心。当新中国的礼炮鸣响之时，你们正值中年，如果从那时，你们便以攻克敌堡的精神去攻占军事科学高峰，那么，现在的你们则完全会是另一番风采！然而，一场场政治运动的角逐，一次次"大风大浪"的漩涡，既卷走了你们宝贵的年华，也冲走了中华民族多少物质的和精神的财富啊！更有甚者，有人乱中谋私利，把人民交付的权力当作美酒啜饮，那就更令人可悲可叹了！

爸爸，我知道，用牢骚去对待昨天是无济于事的。那么，让你们老一代带领我们新一代，赶紧去抢救明天吧！

亲爱的爸爸：马上就要集合了，您戎马生涯大半生，打仗意味着什么，毋庸儿赘言。如果战场上我作为一名士兵而献身，当然不需举国为我这"未来的元帅"举行葬礼。不过，能头枕祖国的巍巍青山，身盖南疆殷红的泥土，我虽死而无憾，也无愧于华夏之后代，黄帝之子孙了。

此次战争胜券稳操，凯旋指日可待。

祝爸爸健康长寿！

您的爱子：凯华敬上

1979年2月16日下午四时

爸爸：参战前连里包的"三鲜"水饺，眼下尚未出锅，容我再赘几笔：假如我在战斗中牺牲，望爸爸缓一些日子再把我牺牲的消息告诉我最亲爱的妈妈。如果说爸爸那种"棍棒底下出孝子"的严厉父爱不会使儿沦为纨绔子弟的话，那么，妈妈的拳拳慈母之情，则更使儿倍觉人间的温暖。此时，一想起妈妈，儿就泪湿信笺，在爸爸蒙难之时，是妈妈带我闯过了生活的险关驿站！妈妈的心脏不太好，她实在承受不了更多的压力了。

另：妈妈曾多次让我改为父姓，一旦我牺牲，儿愿遵从母命。望爸爸转告组织。

再：当爸爸站在我墓前的时候，我望爸爸切莫为儿脱帽哀悼，只要爸爸对着儿的墓默默望几眼，儿则足矣！这是因为，爸爸脱帽容易使儿想起爸爸"甩帽"。"十年"中，爸爸每次"甩帽"都横遭雁难！儿在九泉之下，祝愿爸爸永远发扬"甩帽"精神，但儿却惧怕那常常惹爸爸"甩帽"的年月会卷土重来！不过，谁要再想给中华民族酝酿悲剧，历史已不答应，十亿人民也决不会答应。看来，我的担心又是多余的。

儿：凯华又及

一纸遗书，令我荡气回肠！"赵指导员，你……"高干事见我热泪滴滴，有些不解。我并非感情脆弱，我在战场上目睹了凯华的大智大勇，此时的激动，是局外人根本不能体会的呀！

屋外传来吉普车响。我和高干事出屋一看，正是军长坐的吉普车，却不见军长在车中。司机告诉我们，军长从团里又到了营里看了看，他现在已到烈士陵园去了，一会儿就到连里来。

我和高干事沿着新修起的路，直奔山腰间新建的烈士陵园。

只见军长站在写有"薛凯华烈士之墓"的石碑前，默默为薛凯华致哀。许是遵照儿子的遗言，他没有脱帽。过了会儿，他后退一步，庄重地抬起右手，为长眠的儿子致军礼。良久，他才把右手缓缓垂下……

我和高干事轻轻走过去，只见军长老泪横流，大滴大滴的泪珠洒落在他的胸前……

"遵照凯华的遗愿，你们给团政治处写份报告，把凯华的姓……改过来吧。"军长声音嘶哑地对我说，"另外，我拜托你们，给凯华换一块墓碑，把'薛'字改为'雷'字……"

我擦了擦泪眼，连连点头应着。

这时，高干事打开照相机，要为军长在烈士墓前拍照，被军长挥手制止了。

"你，是团里的报道干事？"

"是！"高干事立正回答。

"宣传凯华一定要实事求是。"

"是。"

"不要在凯华改随父姓上做文章，报道中还是称他为薛凯华。"

"是。"

"凯华就是凯华，文章中不要出现我的名字。半点都不要借凯华来吹捧我。"

"是。"

"关于九连副连长靳开来没有立功的问题，请你给我搞份调查报告。"

"是。"

"十天之内寄给我。"

"是。"

"战场上，靳开来打得不错吆。"

"是。"

"你俩先回去吧，"军长对我们说，"我在这里再停一会儿……"

我和高干事离开了烈士陵园。当我俩走出十几步回头望时，只见军长低头蹲在凯华的墓前，一手按着石碑，浑身瑟瑟颤抖。当我们转身朝山下走时，隐隐约约听见军长在抽泣……

十四

我把凯华是军长之子的事告诉了妈妈，妈妈先是愕然，后是叹息，半晌没说一句话。

我从妈妈住的屋里走出来，站在营区外的路旁等候军长。不大会儿，军长从山上下来了。

军长先看望了梁大娘一家，才来到连部坐下。他让我向他汇报了梁大娘一家的遭遇，并看了梁三喜留下的欠账单。他指示让我抽空多跟梁大娘和韩玉秀唠唠家常，连里要尽量帮助梁大娘一家解决些具体困难，有些长期需要解决的问题，可通过部队组织反映给地方政府……

开晚饭时，军长亲自去把梁大娘一家请到连部里，陪着梁大娘一家吃饭。军长让我喊我妈妈一块来就餐，但妈妈推说她身体不舒服，没来……

吃过饭，军长让我带他到我妈妈住的屋里。

"吴大姐，大驾光临，有失远迎呀！"军长进门便嚷道，"不过，我知道你吴大姐是有意躲开我！"

半倚在床上的妈妈忙坐起来，朝军长点了点头。

"我这次到九连来，一是想在凯华的墓前站站，但主要还是想见见你这吴大姐！不过，有言在先，我老雷可不是来负荆请罪的！"军长说罢，坐了下来。

妈妈尴尬无语。

"吴大姐，老实对你说，我老雷早有思想准备。准备打完仗后，你哭着来跟我算账，跟我来要儿子！"军长点起一支烟，重重地抽了一口，"蒙生虽没死在战场上，但也是九死一生吆！"

"老雷，您别……"

"不。你听我把话说完。不错，我在电话上臭骂了你一通，我那是忍无可忍！你可以恨我'雷神爷'不近人情，但我老雷至今不悔！吴大姐哪，你的胆量可真不小呀！你出面打电话，你为啥不让我那指挥千军万马的老首长跟我打交道？他可以给我下指示，让我执行吆！但是，我谅他不会，也谅他不敢！那种时候，你竟敢占用我前沿指挥所的电话，托我办那种事，你……你，你就没想想其中的利害关系吗?!"军长激动地用手指"咚咚"敲打着桌面。压了压火，他接上说，"要是时间后退三十几年，如果我'雷神爷'托你大姐办那种军人最忌讳的事，你会咋办？骂我一通，扇我两耳刮子，那是轻的！给我一粒枪子，算我活该！当年是个啥样情景？'母亲叫儿打东洋，妻子送郎上战场'吆！那首歌，还是你吴大姐一句一拍教我唱会的，唱得热血沸腾吆！"

"老雷，您别说了……"妈妈啜泣起来。

"不。我今晚的话多着呢！你这次来，我满足你的要求。我老雷没有忘记我当年说过的话：有恩不报非君子！没有你吴大姐把我从死尸堆里背出来，我'雷神爷'能活到今天当军长吗?!"军长一下拧死烟蒂，站了起来，"行呀！只要蒙生本人也同意，你这遭来可以把他领回去！穿着军装回去可以，脱掉军装回去也行！我老雷办事图干脆，这次，我签字！我画圈！"

"老雷……"妈妈哭出声来了。

"但是，签字画圈之后，我的吴大姐呀，我老雷得让你扪心问一问！那么办了，是报你的恩呢，还是把你往泥坑里推呢？那么办了，死去的烈士会不会答应？养育我们的人民能不能答应?！别的不说，单说四三年秋在沂蒙山的那场突围战，我带的那个营是整整四百人哪！可一仗下来，当吴大姐你把我从死尸堆里背回来后，活下来的有多少？只有四十三个幸存者，刚过十分之一呀……"

军长的声音沙哑了。他掏出手帕擦了擦发湿的眼睛，又坐了下来。他又点起一支烟，轻轻地喷吐着。

妈妈不停地拭泪，军长看看她，放缓了声调："在延安整风的时候，我们曾学过郭老写的《甲申三百年祭》。那时候体会还不深。现在回过头来看，打天下，坐天下，居功骄傲，贪安逸，图享受，会毁掉一切的！前些年我靠边站，得空啃了几本古书，我反复诵读过杜牧的《阿房宫赋》，杜牧就秦王朝的灭亡，发出这样的感叹：'秦人不暇自哀，而后人哀之。后人哀之而不鉴之，亦使后人而复哀后人也。'我们党作为工人阶级的先锋队，当然不可与历代农民起义相提并论。不过，两千多年封建特权的劣根性，资产阶级腐朽发霉的毒菌，在我们党内还是很有些市场呵！我们还有没有'倒退'之虞呢？是否还要让我们的后人来'哀'我们呢？这完全取决于我们自己！"军长抽了口烟，看看我，"经过十年动乱后，现在有人指责青年一代'看破了红尘'。那么，我们这些老家伙中有没有所谓'看破红尘'的？依仗权势，胡作非为，互开后门，损公肥己……发展下去，不得了哇！老百姓有句土话，叫作上梁不正下梁歪。我们这些老家伙不做出样子来，咋去教育青年一代？蒙生现在是功臣了，我不好再批评他。他过去之所以那样，固然有他自己的原因，可吴大姐呀，难道你这当妈妈的就没有责任吗？"

妈妈含泪点了点头。

军长望着我妈妈："你八岁卖给地主当丫头，我七岁就给东家放牛。现在给青年人忆苦思甜，怕是起不到明显作用了。但我们这些老家伙常想想过去的苦。那还是很有好处的。'忘记过去，就意味着背叛'，列宁算是把话说到家了！"军长弹了弹烟灰，又吸了口烟，"六五年我到北京开会时，和陈老总进行过一次长谈。当谈到我们当年在山东时，陈老总意味深长地说，在他进棺材之前，他忘不了山东父老！当然，我们的陈老总不单是指山东父老，他指的是人民！要说报恩，我们要一辈子报答人民的大恩大德，而不是把我们当成人民的救世主！革命，是人民用小米喂大的；胜利，是人民用小车推出来的呀！"

一弯月儿在窗棂上探出头来，投进点点银辉，屋内，静极了。

"今天见到梁大娘，别提我心里是啥滋味儿。"军长深沉地说，"吴大姐，你的蒙生是吃着梁大娘的奶长大的。可你看看梁大娘穿的那身衣裳，你再看看梁三喜留下的那欠账单，你就不难想象出，她们还过着啥样的日子啊……"

军长的眼里闪着泪光，妈妈也在抹泪。

"不错。吴大姐，十年动乱中，你我这些老家伙都吃过苦，挨过整。可我要说，受苦受难最厉害的不是我们，是梁大娘那样的老百姓！不必隐讳，就是我在蹲班房时，我吃的用的也比梁大娘她们好得多，甚至可以说没法比。……咳！"军长喟然长叹一声，"我那凯华十五岁时和他四姐一起，到延安延川县插队，住在我当年的一个老房东家里。七七年春那阵我还没复职，我专程去米脂县看望我那老房东。谁会相信呀，老房东全家八口人，却只有五个吃饭的碗，他们连吃饭的黑碗都买不全。当时，我……延安，那更是养育革命的圣地啊！"

"老雷，别……别说了……"

"我……不说了。说起来我真想大哭一场！前些年老百姓身上的肉早已不多，可'尾巴'倒不少，一个劲地割，割，割！自己'出有车，食有鱼'，过得舒舒服服的，咋就不睁眼看看老百姓？别说党性了，问问我们的良心何在？！革命，共产党因为穷才革命。治穷，本是共产党人的天职啊……"

屋内的空气又凝结了，沉重得像铅块，压得我透不过气来。

我轻声对军长说："这次打仗，我们团里有许多烈士留下了欠账单，他们都是从农村入伍的。"

"这件事情，我们是要向中央报告的。"军长说，"极左路线，可把老百姓害苦了。"

过了五六分钟，军长的情绪才平静下来。这时，他问起我们九连的战斗情况，我一一作了汇报，并向他重点介绍了梁三喜和靳开来参战前后的表现……

军长听罢又站起来："这真是位卑未敢忘忧国！像梁三喜他们，尽管十年动乱给他们留下了难言的苦楚，但当祖国需要他们的时候，他们一个个都以身许国！"军长激动地挥着右手，"我们的民族是伟大的，这

就是伟大之所在！我们的事业是有希望的，这就是希望之所在！鲁迅说
'惟有民魂是值得宝贵的'，梁三喜他们，真正称得上是我们的民族之
魂！"过了会儿，军长又坐下来。他看了看表，"不早了，夜深了。"

他又简单地问起凯华牺牲时的情况，我回答了他。但那两发臭弹
的事，我却压根没敢告诉他。我不忍心让这位虎将再怒发冲冠地"甩
帽"了。

这时，炊事班长推门进来，慌慌张张地对我说："指导员，韩玉秀
不见了！"

我一听，急忙奔出屋。见梁大娘站在院子里，我问她是咋回事，她
说她打了个盹，拉开灯睁眼一看，就不见玉秀了……

边境线上时有越寇的特工队员潜进来活动。我顿时慌得六神无主。
战士们也都起来了，我忙带大家在营区周围寻找，也没见玉秀在哪里。

"玉秀她，会不会到三喜的坟上去了。"梁大娘对我说，"自打听到
三喜没了，玉秀怕俺伤心，她没敢当俺的面哭过……"

我忙带着几个战士赶到烈士陵园。

一钩弯月斜挂中天。当我们离梁三喜的坟还有十几米远时，见一个
人趴在坟上。无疑。那是玉秀。我让大家停下来。

山崖下，竹林中，草丛里，传来虫儿的声声低吟，却听不见玉秀的
哭声。

过了一大会儿，我们才轻轻走近梁三喜的坟前，只见玉秀把头伏在
坟上，周身战栗着，在无声地悲泣……

"小韩，您……哭吧，哭出声来吧……"我呜咽着说，"那样，您会
好受些……"

玉秀闻声缓缓从坟上爬起来："指导员，没……没啥，俺觉得在屋
里闷……闷得慌……"她抬起袖子擦了擦泪光莹莹的脸，"没啥。俺和
婆婆快该回家了，俺……俺想来坟上看看……"

满天星斗像泪人的眼睛，一闪一眨。苍穹下的一切，在我面前全模
糊了。

十五

次日，军长离开连队到军区开会去了。临行前他又一再嘱咐，让我们好好关照梁大娘一家。

梁大娘和韩玉秀在连里又住了一个星期，便说啥也待不住了，非要回去不可。我知道是无法挽留她们了。再说，住在连里，举目便是烈士新坟，这对她们也是精神的折磨。我想，一切留待今后从长计议吧，让她们早些回去，或许还好些。团里也同意我的想法。

梁大娘一家明天早饭后就要离开连队了。

这天下午，团政治处主任来到连里，一是来为梁大娘一家送行，二是要代表部队组织，问一下梁大娘家有哪些具体困难。因为，对于像梁三喜烈士这样不够随军条件的直系亲属及子女，抚恤的事需部队和地方政府联系商量。据我们了解，在农村中，对家中有劳力的烈士父母，一般是可照顾可不照顾；对烈士的爱人及子女，按各地生活水准不同，有的每月照顾五元，有的每月照顾八元……情况不等。团里想把梁大娘一家无依无靠的情况，充分向地方政府反映一下，以取得民政部门对梁大娘一家特殊的照顾。

梁三喜烈士没有给他的亲人留下什么遗产。他的两套破旧军装被作为有展览价值的遗物征集之后，团后勤又补发了两套新军装。再就是他生前用塑料袋精心保管的那件军大衣。

我拿着那件军大衣和两套新军装，准备交给韩玉秀。

当我和政治处主任走至梁大娘一家住的房前时，玉秀正坐在水龙头下洗床单和军衣。这些天，不管我和战士们怎样劝阻，玉秀不是帮炊事班洗笼屉布，就是替战士们拆洗被子，一刻也不闲着。

"小韩，快别洗了。"我对玉秀说，"快进屋来，主任代表组织，要跟您和大娘谈谈。"

玉秀不声不响地站起来擦擦手，跟我和主任进了屋。

我把那两套新军装和塑料袋里的军大衣，放在玉秀的床上："小韩，这是连长留下的……"

玉秀用手一触那盛军大衣的塑料袋，"啊！"地尖叫一声，扭头跑出屋去。

我忙跟出来："小韩，您……怎么啦？"

玉秀满脸泪花，两手插在洗衣盆里，用劲搓揉着盆中的衣服。

"小韩……您？主任要跟您谈谈。"

她上嘴唇紧咬着下嘴唇，没有回答我。

"蒙生啊，你让她洗吧。"屋内的梁大娘对我说，"早就跟同志们唠叨过，玉秀要干活，你们谁也别拦挡她。她啥时也闲不住的，让她闲着她心里更不好受。洗吧，让她洗吧。明日她想给同志们洗，也洗不成了……"

从玉秀身上，我看到了中国女性忍辱负重、值得大书特书的传统美德！可此时，梁三喜留下的军大衣为何引起她那般伤痛，我困惑不解……

"蒙生，别喊她了。有啥话，你们就跟俺说吧。"梁大娘又说道。

我和主任面对梁大娘坐了下来。

主任把组织上的意图，一一给梁大娘讲了。

大娘摇了摇头："没难处，没啥难处。"

我和主任再三询问，大娘仍是摇头："真的，没啥难处。如今有盼头了，庄户日子好说。"

面对憨厚而执拗的老人，我和主任无话可说了。

梁大娘望着我和主任："有件事，大娘想请你们帮俺说说。"

"大娘，您说吧。"主任打开小本，郑重地准备记下来。

"咳！"梁大娘叹了口气，"说起来，俺梁家真是祖上三辈烧过高香，才摊上玉秀那样的好媳妇呀！你们都见了，要模样她有模样，要针线她有针线。家里的事她拿得起，外面的活她拢得下。她脾气好，性子温，三村五疃都夸俺命好有福……"大娘撩起衣襟擦了擦眼，"可一说起玉秀，大娘心里就难受，俺这当婆婆的对不起她呀！她过门前，三喜他爹病了两年多，俺手头上紧……她过门时，别说给她做衣服，俺连……连块布头都没扯给她，她就嫁到俺梁家来了……"

梁大娘难受得说不下去了。

停了阵，梁大娘又断断续续地说："……去年入冬俺病了，病了一个多月。俺本想打封信让三喜回去趟，可玉秀怕误了三喜的工作，说来回还得破费，就没给三喜打信说俺病了。那阵玉秀快生了，是她拖着那重身子，到处给俺寻方取药，端着碗一口一口喂俺吃饭……又擦屎又端尿的……唉，大娘这辈子没有闺女，就是亲生的闺女又会怎样，也……也比不上她呀！眼下，媳妇待俺越是好，大娘俺心里越是难受……"

梁大娘不停地用衣襟擦着眼角，我心里涌起阵阵痛楚。良久，她抬起头来看着我和主任："玉秀她今年才二十四岁，大娘俺不信老封建那一套。再说，三喜也留过话，让玉秀她……可就是有些话，俺这当婆婆的不好跟媳妇说。你们在外边的同志，懂的道理多，你们帮俺劝劝玉秀，让她早……早寻个人家吧……"

"娘！您……"玉秀一下闯进屋，双膝"扑通"跪在婆婆面前，猛地用手捂住婆婆的嘴，哭喊着："娘！您别……别说……俺伺候您老一辈子！"

梁大娘紧紧抱着儿媳："秀哪，那话……当娘的早晚要……跟你说，娘想过，还是……还是早说了好……"

"娘！……"玉秀又用手捂着婆婆的嘴，把头紧紧贴在婆婆怀里，放声哭着。

"秀，哭吧……把憋在肚里的眼泪全……全哭出来吧……"梁大娘也流泪了，她抚摸着儿媳的头发，"哭出来心里就好受了……"

玉秀戛然止住哭声，抽泣起来。

主任已转过脸去不忍目睹，他手中的记事本和笔不知啥时落在了地上。我用双手捂着脸，只觉得泪水顺着指缝流了下来……

……

炊事班长三天前便得知梁大娘一家要回去，他借跟团后勤的卡车进城拉菜的机会，买回了连队过节也难吃到的海米、海参、木耳、冰冻对虾等，准备做一餐为梁大娘一家送行的饭。

是的，世上任何山珍海味，珍馐佳肴，大娘和玉秀都有权利享用，也应该让她们尝一尝！

翌日晨。团里派来吉普车，要把梁大娘一家直接送到火车站。

营首长来了。我妈妈也过来了。各班还选派了一个代表，和大娘一家一起就餐。桌子上摆着二十多盘子菜。炊事班长说"起脚饺子图吉利",还包了不少水饺。

我妈妈替玉秀抱着盼盼,用奶瓶给盼盼喂奶。

我们不停地把各种菜夹到大娘和玉秀碗里,让大娘和玉秀多吃点菜。但是,夹进碗里的各种菜都冒出了尖,大娘和玉秀却没动一下筷子……

在场的人谁心里都明白,这桌菜并不是供大家享用的,其作用只不过是借劝饭让菜,来掩饰大家心中的伤感罢了。

在大家一再劝让下,大娘只吃了两个饺子,喝了几口饺子汤。玉秀只吃了一个饺子,喝了一口汤,便说她早晨吃不下饭,她不饿。她饱了。

战士们已陆陆续续来到连部,要为大娘一家送行。昨晚,我已给大家讲过,在大娘一家离开连队时,让大家把眼泪忍住……

这时,段雨国竟第一个忍不住抹起泪来。他一抹泪,好多战士也忍不住掉泪了。

梁大娘站起来:"莫哭,都莫哭……庄稼人种地,也得流几碗汗擦破点皮,打江山保江山,哪有不流血的呀!三喜他为国家死的,他死得值得……"

大娘这一说,段雨国更是哭出声来,战士们也都跟着哽咽起来。有人捅了段雨国一下,他止住了哭。大家也意识到不该在这种时候,当着大娘和玉秀的面流泪。

屋内静了下来。

"秀哪,时辰不早了。别麻烦同志们了,咱该走了。"停了停,大娘对玉秀说,"秀,你把那把剪子拿过来。"

玉秀从蓝底上印着白点点的布包袱里,拿出做衣服用的一把剪子,递给了梁大娘。

大娘撩起衣襟。这时,我们发现,大娘衣襟的左下角里面缝进了东西,鼓鼓囊囊的。大娘拿起剪子,几下便铰开了衣襟的缝……

我们不知大娘要干啥,都静静地望着。

只见大娘用瘦骨嶙峋的手,从衣襟缝里掏出一叠崭新的人民币,放在了桌上!

我们一看,那全是十元一张的厚厚一叠人民币,中间系着一绺火红的绸布条儿。

接着，又见大娘从衣襟缝隙里，摸出一叠发旧的人民币，也全是十元一张的……

大娘这是要干啥？我惊愕了！大娘身上有这么多钱，可她们祖孙三代下了火车竟舍不得买汽车票，一步步挪了一百六十多里！

大娘看看我，指着桌上的两叠钱说："那是五百五十块，这是七十块。"

这时，玉秀递给我一张纸条："指导员，这纸条留给您，托您给俺办办吧。"

我接过纸条一看，是梁三喜留给她们的欠账单！这纸条和那血染的纸条是一样的纸，原是一张纸撕开的各一半……

顿时，我的头皮飕飕发麻！

梁大娘心平气静地说："三喜欠下六百二十块的账，留下话让俺和玉秀还上。秀，你把三喜留下的那封信，也交给蒙生他们吧。"

玉秀把一封信递给了我。

呵，我们在此时，终于见到了梁三喜烈士的遗书！遗书如下：

玉秀：

你好！娘的身子骨也很壮实吧？昨天收到你的来信，内情尽知。因你的信是从部队留守处转到这里的，所以从你写信那天到眼下，已过去一个月的时间了。

你来信说你很快就要生了。那么，我们的小宝贝眼下该是快出满月啦。我遥遥祝福，祝福你和孩子都平安无事！娘看到她的小孙子（小孙女）呱呱问世，准是乐得合不拢嘴了。

秀：从去年六月开始，我每次给你写信都说我很快就回家休假，你也天天盼着我回去。然而，由于种种原因，眼下新的一年又过去一个月了，我并没能回去。尽管你在来信时对我没有丝毫的抱怨，但我从心里觉得，我实在对不起你！一个月前，我给你去信时说我们连要外出执行任务，别的没跟你多说。现在我告诉你，我们连离开原来的驻地，坐火车赶到这云南边防线来了。来到一看，越南鬼子实在欺人太甚，常常入侵我领土，时时残杀我边民！我们国家十年动乱刚结束，实在腾不出人力、物力来打仗，但这一仗非打不可了！别说我们这些当兵的，就是普通老百姓来这里看看也会觉得，如再不干越南小霸一家伙，我们作为中国人的脸是会没处放的！

当你接到这封信时，我们就已经杀上自卫还击的战场了！

秀：咱俩出生在同一个山村枣花峪，你比我小八岁，虽说不上青梅竹马，可也是互相看着长大的。自咱俩建立关系和结婚以来，只红过一次脸。你当然会清楚地记得，那是去年三月你来连队后的一天夜里。我跟你开了个玩笑，说我说不定哪一天会上战场，会被一颗子弹打死的。想不到这话惹恼了你，你用拳头捶着我的胸膛，说我"真狠"，"真坏"！之后，你哭了，哭得是那样伤心。我苦苦劝你，你问我以后还说不说那样的话，我说不说了，你才止住了泪。你说："两口人，谁也不能先死，要死，就一块死！"秀：我知道你爱我爱得那样无私，那样纯真，那样深沉！

但是，军人毕竟是战争的产儿，没有战争就不会有军人！秀：现在我可不是跟你开玩笑了，我不得不告诉你，这极有可能是我写给你的最后一封信了！

秀：咱俩结婚快三年了。连我回家结婚那次休假在内，我休过两次假，你来过一次连队。我们生活在一起的时间，总共还不到九十天！去年你来连队要回去的最后一个晚上，你悄悄抹了一夜泪。（眼下看来，那很可能是我们最后一次见面和最后一次在一起了。）我知道你是那样舍不得离开我，我也很想让你多住些天。但你既挂着咱娘一个人在家不行，又惦着农活忙，还是起程了。当你泪汪汪一步三回头地上了车，我当时心里也说不出地难受。艰苦并不等于痛苦，平时连队干部的最大苦衷，莫过于夫妻遥遥相盼，长期分居两地呀！我当时想过，干脆转业回老家算了，咱不图在部队上多拿那点钱，那点钱还不如你来我往扔在路上的多！家中日子虽苦，咱们苦在一处，不是比啥都好吗？！但转念一想，如果都不愿长期在连队干，那咋行？兵总得有人带，国门总得有人守，江山总得有人保啊！秀：我赤条条来到这个人世间，吸吮着山村母亲的奶汁长大成人。如果从经济地位来说，我这"土包子"连长同他人站在一起，实在够"寒碜"人的了！但我却常常觉得我比他人更幸福，我是生活中的幸运儿！之所以有这样的感觉，那是因为有了你，我亲爱的秀！每当听到战友们夸奖和赞美你时，我心里就甜丝丝的。又岂止是甜丝丝的，你，是我莫大的自豪和骄傲！但是，每当想起你，阵阵酸楚也常常涌上我的心头。一是因为我家的那些遭遇，更是因为咱的家乡还太贫穷，你跟上我，没过一天宽裕日子呀！尽管我是被人们称为"大军官"的人，又是个月薪六十元的连职干部，可我却没能给你买过一件衣服，更别说什么像样的料子和尼龙了。然而，你却常常安慰我："有身衣裳穿着就行了，比上不足，比下咱还有余呢！"……秀：此时想起这一切，我真不知该怎样感谢你，我只能说，你对我，你对俺梁家的高恩厚德，我在九泉之下也绝不会忘记的！头一次给你写这么长的信，但仍觉话还没有说尽。营里通知我去开会，回来抽空再接上给你写。

玉秀：如果我在战场上牺牲，下面的话便是我的遗嘱：当我死后，你和娘作为老革命根据地的人民，深信你们是不会给组织和同志们添麻烦的。娘只有我这么一个儿子了，她本人也曾为革命做出过贡献，一旦我牺牲，政府是会妥善安排和照顾她的。她的晚年生活是会有保障的。望你们按政府的条文规定，享受烈士遗属的待遇即可。但切切不能向组织提出半点额外的要求！人穷志不能短。再说我们的国家也不富，我们应多想想国家的难处！尽管十年动乱中，有不少人利用职权浑水摸鱼已捞满了腰包（现在也还有人那么干），但我们绝不能学那种人，那种人的良心是叫狗吃了！做人如果连起码的爱国心都没有，那就不配为人！

秀：你去年来连队时知道，我当时还欠着近八百元的账，现在还欠着六百二十元。（欠账单写在另一张纸条上，随信寄给你。）我原想三四年内紧紧手，就能把账全还上，往后咱们的日子就好过多了。可一旦我牺牲，原来的打算就落空了。不过，不要紧。按照规定，战士、干部牺牲后，政府会发给一笔抚恤金，战士是五百元，连、排职干部是五百五十元。这样，当你从民政部门拿到五百五十元的抚恤金后，还差七十元就好说了。你和娘把家中喂的那头猪提前卖掉吧。总之，你和娘在来部队时，一定要把我欠的账一次还清。借给我钱的同志们大都是我知心的领导和战友，他们的家境也都不是很宽裕。如果欠账单的名单中，有哪位同志也牺牲了，望你务必托连里的同志将钱转交给他的亲属。人死账不能死。切记！切记！

秀：还有一桩比还账更至关紧要的事，更望你一定遵照我的话办。这些天，我反复想过，我们上战场拼命流血为的啥？是为了祖国人民生活得更美好！在人民之中，天经地义也应该包括你——我心爱的妻子！秀：你年方二十四岁，正值芳龄。我死后，不但希望你坚强地活下去，更盼望你美美满满地去生活！咱那一带文化也是比较落后的，但你是个初中生，望你敢于蔑视那什么"忠臣不事二主，烈女不嫁二夫"的封建遗训，盼你毅然冲破旧的世俗观念，一旦遇上合适的同志，即从速改嫁！咱娘是个明白人，我想她绝不会也不应该在这种事上阻拦你！切记！切记！不然，我在九泉之下是不会瞑目的！！

秀：我除了给你留下一纸欠账单外，没有任何遗产留给你。几身军装，摸爬滚打全破旧了。唯有一件新大衣，发下两年来我还一次没穿过，我放在一个塑料袋里装着。我牺牲后，连里的同志是会将那件军大衣交给你的。那么，那件崭新的军大衣，就作为我送给你未来丈夫的礼物吧！

秀：我们连是全训连队，听说将担任最艰巨的战斗任务。别了，完全有可能是要永别了！

你来信让我给孩子起名儿，我想，不论你生的是男是女，就管他（她）叫盼盼吧！是的，"四人帮"被粉碎了，党的三中全会也开过了，我们已经看到了未来美好的曙光，我们有盼头了，庄户人的日子也有盼头了！

秀：算着你现在已出了月子，我才敢将这封信发走。望你替我多亲亲他（她）吧，我那未见面的小盼盼！

　　顺致

军礼！

三喜

1979年1月28日

　　捧读遗书，我泪涌如注，我怎么也忍不住，我号啕起来……

　　我用瑟瑟发颤的手拿起那五百五十元抚恤金，对梁大娘哭喊着："大娘，我的好大娘！您……这抚恤金，不能……不能啊……"

　　屋内一片呜咽声。在场的人都已完全明白，是一桩啥样的事发生了！

　　段雨国大声哭着跑出去将他的袖珍收音机拿来，又一把撸下他手腕上的电子表，"砰"地按在桌子上："连长欠的钱，我们还！"

　　"我们还！"

　　"我们还！！"

　　"我们还！！！"

　　……泪眼中，我早已分不清这是谁，那是谁，只见一块块手表，一把又一把人民币，全堆在了我面前的桌子上……

　　当一片撕心裂肺的哭声渐渐沉下，我嗓音发哽地哀求梁大娘："大娘，我是……吃着您的奶长大的……三喜哥欠的钱，您就……让我还吧……"

　　梁大娘用手背抹了抹眼睛，苍老的声音嘶哑了："……孩子们，你们的好意，俺和玉秀……领了，全都领了！可三喜留下的话，俺这当娘的不能违……不然，三喜他在九泉之下，也闭不上眼……"

　　不管大家怎样哭劝，大娘说死者的话是绝对不能违的！她和玉秀把那六百二十元钱放下，上了车……

　　我妈妈已哭得昏厥过去，不能陪梁大娘一家上火车站了。战士们把东倒西歪的我，扶进了吉普车内……

　　走了！从沂蒙山来的祖孙三代人，就这样走了！

　　啊，这就是我们的人民，我们的上帝！

尾 声

赵蒙生讲述的往事，已深深把我打动了。

我们啜泣着，谁也不再说话。

良久的沉默过后，赵蒙生擦了擦发红的泪眼，声音发涩地对我说："就是因为那些，三年多来，我一直把梁大娘视为亲娘。我每月领到薪金后的第一桩事，便是给梁大娘写一封问安的家信，并汇去三十元钱。自然，我是有条件一次给大娘汇去上百元、甚至几百元的，但我没有那样做。我知道梁大娘并不稀罕别人的钱，我之所以这样，是为了让大娘得到些精神上的安慰，让她老人家时时知道，边防线上还有一个她当年用奶汁喂大的儿子，还月月没忘了向她老人家尽一点点孝心呀！可眼下，大娘她……"赵蒙生拿起放在桌上的那一千二百元的汇款单，用手拍了下头，"为啥？大娘为啥把钱全给我退回来了？难道大娘一家的生活，真的不需要点添补吗？不是，不是啊……"

段雨国望着我，轻声说："去年春天，我那阵还在九连当文书，连里推选我当代表，让我和教导员一起，专程去沂蒙山看望过梁大娘一家。由于实行了生产责任制，经济政策放宽了，梁大娘一家不再为吃犯愁了，穿得也比过去好些了。但是，我和教导员也都看到了，大娘家铺的炕席，竟有十几处补着蓝布补丁。大娘和玉秀，连领新炕席都舍不得花钱买呀！"

"为啥？这到底是为啥？"赵蒙生面对汇款单，又大声自问，"难道大娘是不宽恕我这不肖子孙吗？不会，不会的！再说，这三年多来，我没有啥事瞒着过大娘呀……"

"那是绝对不会的！"书记段雨国对赵蒙生说罢，转脸对我说，"李干事，你回山东后快去采访梁大娘吧，梁大娘真是有颗菩萨般的慈母心啊！去年春上，我和教导员去看望她老人家时，甭提大娘对我们有多好啦。吃，她怕我们吃不好；睡，她怕我们睡不宁。顿顿尽力给我们做好吃的，还悄悄把那下蛋的母鸡也宰了两只！不然，我和教导员还会多住两天的，怕再住下去把大娘累垮了，我们才不敢多停留。"

赵蒙生对段雨国说："小段，你再帮我琢磨琢磨，大娘她为啥把钱全给退回来啊？"

段雨国长长的睫毛忽闪了两下："前几天，我读过一篇小说。小说中的主人公说过：'接受施舍会使人变得卑微，被人怜悯是最痛苦的事情。'梁大娘和韩玉秀是很有骨气的人，会不会……"

"啥？！"赵蒙生霍地站起来，一把抓住段雨国胸前的衣扣，"你这小知识分子，你说的啥？！你……你……"

面对骤然狂怒的教导员，段雨国结结巴巴地说："教导员，我……我……"

赵蒙生放开段雨国，满脸火辣猩红："施舍？怜悯？别说我小小赵蒙生，我要放声问，谁，谁有权力施舍梁大娘？！谁，谁有资格怜悯梁大娘？！天经地义，她早就应该过上好日子，顺理成章，她有权利也有资格享受幸福的晚年！"

说罢，他一下坐在椅子上，两手按着额头，又痛苦地沉默了。

段雨国低下头，自责地说："教导员，我……我说错了。"

吃晚饭的时间早过了。这时，通信员进来送给赵蒙生几份报刊和一封信，催我们去吃饭。

赵蒙生拆开信看了会儿，把信递给我："您，看看这封信吧。"

信是赵蒙生的母亲吴爽同志寄来的。大意是：柳岚这次超假，确系患病。柳岚患的是急性肺炎，已住院二十天，绝不是通过关系开啥病假条欺骗组织。这，她当妈妈的愿以老党员的党性来证实。信中说柳岚现已病愈，近几天便可归队。但说柳岚的思想问题仍很严重，一心想脱军装回城市。当妈妈的希望赵蒙生不要光是吹胡子瞪眼，要多做柳岚的思想工作。吴爽同志还写道，她已办了离休手续，近些天她准备起程到沂蒙山，去看望梁大娘一家……

见我看完信，赵蒙生说："去年夏天，柳岚从军医大学毕业时，一心想分配到爸妈身边。我和她进行了反复的思想交锋，甚至闹到要离婚的地步，她才不情愿地来到这边防前哨。在这件事上，我妈妈还是起了好作用的，她提前把柳岚要回城市的后门全堵死了。我对柳岚的态度，也许有些过火。别说她，就是我本人又怎样呢？我也毕竟是生活在现实中的人啊！三年多来，在脱不脱军装转业回城的问题上，我也动摇过，彷徨过。但是，一想起牺牲的烈士们，一想起梁大娘一家，我就感到无地自容。不过，要让柳岚也住这里待下去，看来是难，难哪！"

我在营部住了一夜。九连的营房离营部只有一溪之隔。第二天，赵蒙生带我来到九连。头午，我召开了个座谈会。过午，全连停课采集花卉，我也参加了。

明天是清明节，九连要用鲜花扎成花环，敬献到烈士墓前。

云南边陲，四季花事不败。清明前后，又是花事最盛的时节。山上山下，路旁溪边，到处是花儿绽蕾舒萼。风里飘着幽香，空气里含着甜汁。傍晚时分，采集花卉的战士们汇集到溪边来了。

晚霞映照着从深山中流来的一泓清溪，溪中溢红流彩。大家坐在溪旁，用火红的攀枝，洁白的山茶，金黄的云槐，天蓝的杜鹃，还有一束束颜色各异的野花，扎成一个个五彩缤纷、群芳荟萃的花环。然后，大家把扎好的花环立在溪中，将一串串珍珠般的溪水，洒落在花环上……

段雨国从营部跑过来，对赵蒙生说："教导员，梁大娘来信了！信我已看了，那汇款单的事……干脆，让李干事先看看吧！"

我接过信，读起来：

蒙生：

你身体好，同志们的身体也都好吧！每次给你回信，都是玉秀写。这次因为大娘要说到她的事，就让俺村小学的孙老师给俺写这封信。

前两天，大娘托人到邮局把你三年多来汇给俺的钱给你寄回去了，总共一千二百元，你收到了吧？蒙生：俺村老少没有不夸你的，说你心眼好，一直没忘了你大娘。大娘把钱给你寄回去，你可别多心呀。

一是因为大娘家的日子，现在是确实好过了。公家每月发给俺、玉秀、盼盼每人五元钱，合起来就是十五元。加上现在搞责任田，大娘一家三口包的地，收的也不少。村里有拥军优属小组，你大娘家包的地，都是种时先种，收时先收，不等俺和玉秀动手，他们就抢着给干了。老解放区，有这么个传统。现在你大娘不但不欠钱了，左邻右舍急着用钱时，还常常从你大娘这里拿几块呢!

二是前线上一直还不安稳,你们风里雨里站岗放哨,多么不容易啊!三喜当连长回家时对俺说过,连里有不少战士有困难,家里遇上啥病呀灾的,有的战士就犯难。可三喜那时手头上紧巴,拿不出钱来帮他们救急。所以大娘掂量来掂量去,还是把你三年多来寄来的这一大笔钱给你寄回去。万一哪个战士家遇上难处,你把这些钱铺排在他们身上,让他们安心保国,大娘觉得更合适。

蒙生:往后你可千万别再给大娘寄钱了。你心里有你这个大娘,大娘俺就觉得啥也有了。

另外,去年大娘打信跟你要柳岚的相片,你寄来了。大娘一瞧她那俊眉俊眼的模样,就喜得受不了,你来信说她在前线不安心,你说她的那些话,大娘俺不依你!你可别虎二呱叽地老训她。女人家比不上你们男子汉,夜里你可别让她去站岗!别说她是城里长大的,连俺玉秀都说,让她在那深山老林里住,她夜里都害怕。这些,你可得依着大娘的话去办!

再就是,这些日子大娘遇上了顶欢喜的事,玉秀的事已有着落,见眉目了。俺村里有个民办教师小陈,两年前他父母都过世了。小陈还没成家,他和俺玉秀是同岁。小陈心眼实,人长得也受看,配俺玉秀正合适。村里人撮合着要把玉秀许给小陈,小陈挺愿意,还说要上门来养俺的老。可就是玉秀心里还总惦念着三喜,一直不点头。也算巧了,你妈最近来信说她退休了,就要来看俺,俺本不想让你妈来回破费,但眼下俺盼着你妈来。她来了让她开导开导玉秀。只要你妈一来,大娘俺不管玉秀她点不点头,由俺和你妈给她做主,立时就欢欢喜喜地把她的婚事办了,到那时,你大娘这辈子就啥心事也没有了,没有了……

……

朝阳,头顶着一抹橄榄色的云冠,露出了慈祥的笑脸。霞光给青山绿水披上了斑斓的彩衣。

赵蒙生带领着九连全体同志和我，抬着一个个用鲜花编织成的花环，缓缓来到烈士陵园。

大家把花环一个个敬献在烈士墓前。

松柏掩映的烈士陵园里，到处有人工精心培育的花丛。在梁三喜烈士的墓前，是一簇叶茂花盛的美人蕉。硕大的绿叶之上，挑起束束俏丽的花穗，晨露在花穗上滚动，如点点珠玉闪光……

和梁三喜烈士的墓碑并排着的是：九连副连长靳开来烈士的墓碑、八二无后坐炮班战士雷凯华烈士的墓碑、不满十七岁的司号员金小柱烈士的墓碑……

默立在这百花吐芳的烈士墓前，我蓦然间觉得：人世间最瑰丽的宝石，最夺目的色彩，都在这巍巍青山下集中了。

……

西线轶事

徐怀中

一

有线电连由于多了六名女电话兵，显得格外有生气，无形中强化了连队生活的基调。

一讲要缩减部队编制，往往首先想到的就是女同志们。如果人们到九四一部队去，了解一下有线通信连女子总机班的情况，就会感觉到，把穿裙服的看作是天然的"缩减"对象，这种看法至少是过于狭隘了。

九四一部队女子总机班一共是六名战士，人们称为六姐妹。作为连队里一个正正规规的建制班，她们完全适应了从早到晚整齐划一的紧张生活，适应了随时随地面对各种严格的要求，适应了多少条成文不成文的纪律规定。当然，要把从家庭带来的各种各样的习惯统一到领章帽徽下面来，要把平均年龄二十岁的一群女孩子的心收拢来，是要有一个过程的。女兵班刚刚编起来那段时间，没少让连里干部伤脑筋。比如说，其中有几个总是嘴不闲着，坐在床上吃葵花子，从窗户里吐皮儿出去。男兵送了她们一个外号，叫"五香嘴儿"。给人起外号是一种不良倾向，连里批评了他们。不过，自从叫出了这个外号，女兵班窗户里再没有葵花子皮儿飞出来了。又比如另一位女战士，在幼儿园就是个爱哭出了名的。老师说她眼窝太浅，存不住泪水。现在穿上了正二号女军服，还是照常爱哭。芝麻大的一点事儿，绝对用不着哭的，她可以大哭一场。一次，正要出发去野外训练，她忽然抹起眼泪来了。为了什么事情？天晓得。连长见她没完没了地哭，在她面前放了一个小板凳说："你坐下慢慢哭，哭够了我们再去训练。"她倒不哭了，仰起头，站到队列里去了。可见泪水要存是存得住的，不在乎眼窝是深是浅。

照部队规定，当战士的是不准谈"个人问题"的。这一条历来很明确，没有任何含糊的余地。干部常在队前讲话说：

"有空余时间，你宁肯去看看蚂蚁搬家，也别往那一方面去动心思。动也白动。"

令行禁止，应该说是没有问题的。不过，服兵役的年龄，正是怀着大胆的幻想，而又战战兢兢开始去探索"个人问题"的年龄。如同鸡雏儿要冲破蛋壳，天数足了，怎么能阻止得了呢？总机班就曾经有人想要试试，能不能在严守秘密的前提下，比别人先走一步。指导员在全连同志面前严厉批评了这件事。他只讲是"个别同志"，没有点出名字来。这位"个别同志"在知青点的时候，和一位男同学一起担任看守甘蔗田的任务。他们搭了一个很高很高的草棚，坐在上边向四处瞭望。甘蔗林仿佛是一片波涛汹涌的湖水，那草棚正如一只随波逐流的小船。那些日子里，给她留下了多少值得回味的记忆呵！片片断断的，正像是一节节熟透的甘蔗。她应征入伍了，约定了要常写信。谁知对方来信太勤，她觉得不大好，让他不要总用一种信封。落款地址也要变换着，让人看着不是一个人写来的。这一下弄巧成拙，信封和寄信地址虽然变换不定，可是信上的邮戳始终没有变。指导员找她谈话了，说个人之间通信是宪法保护的，别人无权过问。问题是信件的内容超没超出一般范围，这就全靠自觉了。组织上没有把有关规定讲清楚，那是组织的责任。三令五申讲了，偏偏还要违反，这是什么性质的问题？此后，那种神秘的书信就完全断绝了。这件事情，给了女兵班全体战士一个明确的警告，她们私下里议论说：

"算了，趁早别去找那个麻烦。要么等脱了军装再讲，要么穿上了皮鞋再考虑。"

脱了军装再讲，显然是说等到复员以后。穿上了皮鞋再考虑，这个话恐怕外界的人就不明白了。部队规定，战士只准穿胶鞋、布鞋、塑料凉鞋，提升了干部才准穿皮鞋。这就是说，在没有取得穿皮鞋的自由之前，"个人问题"只能是明智地放到一边去。

九四一部队医院和业余文艺宣传队，也都有一部分女兵。因为工作上无法分开，男女同志之间接触很平常。连队里就不是这样了。工作、训练、学习、课外活动，女兵班总是自成格局，几乎和其他班排没有什么联系。尽管如此，男兵们随时都意识到了六名女电话兵的存在。明显的是他们很注重服装整洁，再热的天，不打赤膊。还有些细微的情形，表面上不大容易察觉。编到这个连里来的兵，活泼的更见活泼，庄重的越发要显示自己的庄重。有线电连和无线电连赛篮球，本来实力差着一大截，可是运动员们一个比一个要强，总是全场人盯人，一拼到底。拼下来看，输也输不了几分。他们倒不是一定要和无线电连争个高低，明知是拼不赢人家的。主要是谁也不甘心在本连留下一种过于窝囊的印象。总之可以这样说，有线电连由于多了六名女电话兵，显得格外有生气，无形中强化了连队生活的基调。像是电话线路上加了"增音"，音量扩大了好多倍。

无论从哪一方面看，女兵班在全连都算是靠前的。理论考核不用讲，电工学、电话学，难不住这六名高中生。内务卫生是女同志的擅长，队列也蛮像一回事的。劳动种菜又不比男兵差劲，在知青点打下了底子，两大桶粪，挑起来颤颤悠悠地在田埂上走。就说训练吧，五百公尺的放收线，不敢说速度上能和男兵打平手，可是论起收线的均匀、紧密、垂直和平整，女兵班要更符合教范的要求。军区召开的有线电全程协作经验交流大会，邀请女子总机班作过表演的。不过，假如你和有线连的男同志谈论起女兵班来，他们往往是笑一笑，颇有点不便评论的样子。说自己心服口服，他们不乐意，说不服气吧，多不合适，只好笑笑。还是有个别嘴快的，忍不住说：

"女同志嘛！电话上声音绵绵的，口齿又清楚，谁不欢迎。等打起仗来再看吧！"

二

我们为什么要送孩子到部队上，就是为的让他们穿起军服，神气活现地去照相，四吋六吋去放大吗？

一九七九年二月十七日凌晨，对越南的自卫还击作战打响了。九四一部队也奉命完成了一级战备，随时可以开赴前线。

中国政府公开向世界宣布，这次还击从时间到作战地域都是有限的，中国无意占领越南一寸土地。一次惩罚性的有限战争，不过是在古往今来战争史的长河中，归入一支小小的细流。但这是一次震动了世界的，具有一定程度的现代化的战争。在中越人民友好往来的历史乐谱上，这只是一个小小的插曲。不过，两国军队在面对面的严重时刻，只能是借用对方的语言，大吼"缴枪不杀"！

女子总机班听到了"透露社"的消息，说上级已经决定不让她们上前线去。大家急了，吵吵嚷嚷要去问连长，凭什么不让去。班长严莉不主张去问。她说，到目前为止，并没有谁正式宣布，说不让去，是小道透露出来的。连里要问，怎么会知道不让你们去的呢？倒还不好回答。不管他的，反正女兵班向党支部送了决心书，先抓紧轻装准备。万一真是那么决定的，到时候再去闹也不迟。这个意见得到了一致的赞同，都说，还是班长有主意。

其他班排都去理发，一律推了光头，为的是头部受伤便于救治。女兵班有的人主张照男兵办理，也推光头。有人觉得那样未免太出洋相。原来她们多数留的是两个小鬏鬏，用猴皮筋扎着，一晃脑袋，像两把刷子在肩膀上摩挲着。她们上街，每人花了两角钱，变了一个样子回来，都剪成了"运动头"。以后早上起来，岔开五指梳拢几下就完事，连猴皮筋也用不着了。

连排长们到各班检查轻装情况。女兵班轻装很彻底，干部都表示满意。连长是结了婚的人，知道的多些。他清了清嗓子，郑重其事地向女兵班指出：

"该轻的轻，该带的还是要带。像纸呀什么的，可以多带一点，要用的时候没有，到哪儿找去！小镜子那些，能不带就不带了。"

干部们一走，六姐妹高兴得一个个拍着手跳。既然这么认真地检查了她们的轻装情况，说明不让女兵班上前方的话，纯粹是谣言。

很快就要上火线了，总机班的女战士在想些什么呢？她们先是在自己心里搁着，交谈起来才知道，原来大家想的全都一样。用一个字说，死！至于各人将会在什么样的情况下完成一死，谁都没有作过具体的设想。只有一点是十分明确的，谁都不想还可以活着回来。人们也许觉得这是不是太丧气了。在部队里，谁也不会笑话谁的。大家都没有打过仗，没有打过仗的人，往往首先肯定的就是自己要牺牲。虽然如此，她们在谈论这个问题的时候，神情都是那么自然，语调是那么平静，随随便便，连说带笑的。

班里有几个人，家在本省，她们要求挂个电话，对妈妈讲一声。虽说已经是一名军人了，有话还是找妈妈，而不是找爸爸讲。她们很自觉，电话不长，大致是这样的：

"喂！妈！我们要外出执行任务了。"

"噢！我已经想到了，看报上的动向，知道部队可能要出去。你们哪天出发呢？"

"不知道，在等命令。"

"好！到前边要服从命令听指挥，一定要保证电话通畅，不要像在家里，胆小害怕可要不得，那么多首长和同志，又不是你一个人。你能立功更好，怕不是每个人都有那种机会的。至少你可不能让我和你爸爸脸上挂不住。你记住了没有？"

"记住了。"

"到时候你得机灵点，听着炮弹的响声。人家说，从头上飞过去的炮弹，和冲着你落下来的，响声不一样……"

"妈！你别啰嗦，不能老占着线。"

"你等等，还有……"

妈妈的声音开始发颤，耳机里传来极力克制着的抽泣。随后，一点声音也听不到了，显然是妈妈把送话器捂起来了。

"喂，喂！妈妈！你看你，你还有什么话说没有，没有就挂了吧！"

"好吧！我和你爸不能去送你了。等完成任务回来，赶忙先来个信。"

和妈妈通过了话，几个人一交换情况，禁不住笑了。这几位妈妈岗位不同，互不相识，却像是用了一份统一的电话稿，她们的话几乎一句也不差。几位妈妈无一例外，都在电话上哭出了声。要不怎么是妈妈呢？

只有陶坷没有给妈妈挂"长途"。小陶的妈妈劳动改造八年，把身体彻底改造垮了，放出来直接就进了医院。最近刚刚出院，还在全休，说定了这一两天到部队来看望女儿。所以小陶用不着打电话了。

第二天，小陶的母亲果然来了，她带来一大包麻辣胡豆，这是女儿最喜欢吃的。来队亲属带的吃食，向来都是当众公开的，谁赶上有谁的份儿。总机班的姑娘们一起围上去，抓一把麻辣胡豆吃着，和母亲说呀笑的。小陶不作声，在一边待着。指导员对母亲说：

"你看，好像这一大群都是你的亲生女儿，只有小陶是一个外人。"

小陶就是这样，喜爱沉默。她高兴起来，什么都忘了。一张粉团团的脸儿，稚气地笑着，并不言语。她常常一个人静静地待在一边，细长的眼睛稍稍眯缝着，久久地遥望天边。她在追寻着什么？她在探求着什么？她在迎接着什么？这时候那张粉团团的脸就变得十分严正，十分深沉，似乎还流露出几分怒气。开始，同班战友们不了解她的习性，嘀嘀咕咕议论她说："就像是谁借了她米还了糠。"

谈起"九四一"的行动，小陶妈妈问连长：

"现在领导上怎么说，是不是已经定了总机班全体到前边去？"

连长说："问题不大。"

女电话兵一起嚷叫起来："什么叫问题不大，定就是定了，没定就是没定。"

"反正我们心里有数，让去也要去，不让去也要去。"

"要上就是全班上去，少了一个也不干。"

母亲笑了，说："你们先别吹，要不是我这个军属大妈替你们说话，准不准许你们上去还真是难说哩。"

前天，九四一部队的几位领导同志到省城去参加作战会议，抽空去看望了陶坷的妈妈曾方同志。谈到对女子总机班，通信部门有几种方案。第一种是让她们全体上去锻炼锻炼。第二种是全不上去。第三种是挑选几个身体好的去，其余有几个干部子女，体质较差，就留守了。

曾方问："照第三种方案，留守的人里是不是包括陶坷在内？"

回答说小陶是其中之一。又向她解释说，这并不是专门照顾干部子女。反正后方需要留人守总机的，连里的猪也得有人看，谁体力差就留下谁。

曾方说："现在的事情就是这样，不准请客，照样请，说不是请客，是加菜。不准走后门，照样走，说不是后门，是前门儿。该有什么手续办下来了，该有什么图章盖上去了。不让陶坷她们到前边去，还怕找不出几条现成的理由？"

这么一说，大家都笑起来。

曾方又说："我看第一种考虑是正确的，后两种方案恐怕欠妥当。当然，部队的事用不着征求我的意见。不过我也有一点发言权的，至少我那一个不能留下来。我们为什么要送孩子到部队上，就是为的让她们穿起军服，神气活现地去照相，四时六时去放大吗？现在要打仗了，把这一个战士拉下来，让另一个战士顶上去，想都不应该这样想的。哪一个战士不是人生父母养的！真的这样，等欢迎部队凯旋的时候，我心里会是什么滋味？你们得站在我的地位，替我想一想呐！"

这位老同志态度是那么诚恳，她的意见无疑是对的。"九四一"的几个干部都说，有必要确定一条原则，干部子女原来在什么位置上，作战期间还应当在什么位置上，不得以任何理由向后方调动。

三

等过了若干年，向后辈儿孙们讲起这些事情来，你会感到很难使他们完全理解。

小陶妈妈不愿意住招待所，在连里住下了。严莉告诉小陶，晚班不用上机，陪妈妈睡，和妈妈说说话。等屋里只剩了母女二人，曾方才有时间上下打量着小陶，拉住了女儿的手，问长问短。小陶一边搭话，不好意思地抽回了手，女儿大了。

妈妈说："我原讲是来看看你，现在是送你上前方了。"

"我本来想打个电话，让你别来了。还是想见见妈，就没有打。"

"要是姥姥能和我一起来送你，你就该高兴了。她上了年纪，怕路上不方便，我没有让她来。"妈妈似乎是带了一些妒意说，"陶坷！你承认不承认，你喜欢我，不及喜欢姥姥的三分之一。"

"妈！瞧你，又来这一套了。"

在妈妈和妈妈的妈妈之间，很难说小陶跟谁更亲近。她在外祖母身边比在母亲身边的时间还要长些，无形中对外祖母更熟些，这是事实。

我们现在讲，对某些事情不必说长道短，留给后代去作出评价好了。这是可以的。不过，等过了若干年，向后辈儿孙们讲起这些事情来，你会感到很难使他们完全理解。不要以几位数字计算的那么多干部，阴阳头一剃，成了"牛鬼蛇神"。有的人还可以说是让抓住了几条什么。曾方是毕业于太行山抗日中学的一个农家女，历史清白无瑕。她既没有在高呼口号的时候精神不集中，喊错了什么话，又没有在旧报纸上随意写画，不提防墨水渗过去，弄脏了背面的照片。可是，查出了她丈夫一九五九年在病故前不久曾经攻击过"小土群"，和彭德怀的言论很相似。丈夫死了，便宜了他，妻子不能再白白放过去。于是曾方进了"牛棚"。随后被转送监狱进行劳改，一改就是八年——整整是抗日战争所耗用的时间。以后放出来又挂了三年——够进行一次解放战争的。曾方有思想准备，进"牛棚"前写了信给母亲，请老人来把七岁的外孙女儿接到农村去了。

小陶初次见到姥姥有些害怕。城里的孩子，没有接触过农村装束的老年妇女，她看着姥姥很像小人书上的"狼婆婆"。现在妈妈顾不得她了，不跟"狼婆婆"走，到哪里去呢！

公社起先不知道情况，以后外调回来，立即宣布撤销了这位老人贫协委员的资格，让她交代和女儿女婿的关系。外孙女儿原来是有临时口粮的，也宣布取消。

取消口粮，姥姥倒也没有当一回事。就是不取消，反正也别想能拿回一粒粮食来。公社通知说，因为两年大旱，田里无收，返销粮也早完了，今冬的问题由社员自行解决。外出找生活，可以给出证明。连年旱灾害苦了群众，同时也搭救了另外一些人。这样，可以顺手把造成大面积饥荒的罪过完全推给老天爷，他们则仍然可以心安理得，也仍然悟不出一个极为简单的道理——革命高调不能当饭吃。

一天，姥姥用白布口袋装了一个饭盒，一双筷子，拿给陶坷，打发她和队里一些半大孩子一同出门。小外孙女儿愣住了，迷惑不解地望着老人，她问：

"姥姥！我们现在不是在新社会吗？"

一个似懂事不懂事的孩子，她还没有学会掩饰自己的内心活动，她天真地向外祖母提出了一个相当尖锐的问题。换了别人，也许根本不回答孩子这样的问题，只是喝叫她不要胡说。姥姥觉得应该对外孙女把话讲清楚，尽管这话是很难讲清楚的。老人顺理着外孙女儿的头发说：

"孩子！姥姥怎么跟你讲呢？要说我们不是新社会，不对！要说新社会就是如今这样子的，也不对。新也罢旧也罢，肚子饿得咕噜咕噜那种滋味是一样的。这就得要你挺着些了，姥姥就是这么挺过来的。这也有好处，让你知道知道什么叫作没饭吃。那年你烧破了衣服，你妈骂你说：'再这么胡闹，没有你的饭吃。'你说：'没饭吃我吃包子。'孩子！不过你也不用总那么愁眉苦脸的，该高兴还是高兴。眼面前的事情，你全当是闹着玩的，不是当真的。不怕的，这阵子风就要刮过去了。你去吧，姥姥等着你回来。你们沿着铁路走，听见火车响，早点靠边等等。"

陶坷和一群小伙伴上路了，结成了一支长长的队伍。树枝上的小鸟唧唧啾啾欢乐地叫着。它们看见，和它们很熟识的这群孩子，沿着铁路只管往前去，越走越远了……

孩子们来到一个疗养地，看见一所庭院的铁栏杆里边，有一位白头发的解放军坐在躺椅上晒太阳。这是一位将军，不过当地人只知道他是一个养病的老头。其实，将军本来没有多大的病，林彪把持军委期间，不明不白地叫他靠边疗养。林彪完了，他可以出去工作了。不想，住疗养院几年，真的住出了几样要紧的病来，只好仍然留在这里。将军无可抱怨，在他这一茬穿军装的"老家伙"里，他算是够幸运的了。

陶坷隔着栏杆，远远向将军伸出一只干瘦的小手。这样的事将军经过得多了，他知道这小姑娘要什么。他一面在衣袋里翻找零钱和粮票，一面问小姑娘叫什么，哪里人。小姑娘低着头，始终不说话。将军又问她：

"你怎么不在家好好上学搞生产，自己跑出来？"

"我有证明。"小姑娘终于开口了。

小姑娘掏出皱皱巴巴的一张纸，将军接过来看，上面写着：

> 兹有我队社员陶坷（女）因事外出，望沿途有关单位放行为荷。此致文化大革命战斗敬礼……

一两行字，将军反复在读。从二万五千里长征到抗美援朝，几次战争都在这位老战士身上留下了纪念。他抖抖索索看着那封证明信，心里在说：我这是为的什么？就为的是在新中国成立二十多年以后，还照样让我们的孩子"因事外出"吗？两行热泪扑扑答答掉在信纸上。

陶坷忙收回了信，她像在哄小孩似的对军人说：

"解放军爷爷！您别这样，您别这样。我姥姥说了，全当这是在闹着玩的，不是当真的。"

小姑娘安慰白发将军的话，实在让他受不了。已经有些人开始围过来，想知道这里发生了什么热闹的事。将军觉得他就要痛哭失声，双手掩面，连忙离开了。他忘记了把零钱和粮票拿给小姑娘。

说到陶坷在姥姥家度过的几年艰难生活，妈妈又心酸起来。她原以为把小女儿送到乡下去会好一些，不想让孩子吃了更大的苦头。用一句严谨的话说，是让孩子受到了更大的锻炼。曾方为了排遣自己的伤感，她洗了脸，随后以愉快的语调对女儿说：

"算你们运气，人家也当兵，一茬一茬地复员了，都没有赶上打仗，偏偏让你们这一茬的赶上了。"

"我们班已经向上送了三次决心书，政治部还把我们的决心书摘了一段登在简报上了。"小陶自豪地说。

母亲笑笑说："决心书有写得好的，有写得一般的。不过，上简报是一回事，上了战场又是一回事。"

"那倒是。"小陶同意说。

"陶坷，你们弄没弄懂，为什么一定要打这一仗？你在姥姥家经历过那样的几年生活，你更应当懂得，我们不能再丧失时间，不能再没有一个平静的建设环境了，只讲这一点，这一仗就非打好不可。"

陶坷庄严地向母亲点点头。

曾方从旅行袋里取出一个纸包，对女儿说："现在报上讨论干部子女应不应该继承父母的遗产。你爸爸给你的遗产全在这儿，我给你带来了。"

小陶打开纸包，是一副草绿色粗布绑腿。

这副绑腿是爸爸在八路军一二九师时发的，妈妈一直保存着。造反派抄家，抄出了爸爸和妈妈许多来往书信，用绑腿捆着拿走了。那些书信要归档，剩回了这副绑腿。

"这是爸爸留给我们的纪念，我怕弄坏了，还是妈妈保存着吧。"女儿说。

"你到前方去，打在腿上，才是实际的纪念哩。"母亲又说，"你怕还没有学过怎么打法吧，来！你看着。"

曾方踩着床边，把裤脚裹紧，开始熟练地打起绑带。每绕一圈，或正或反打一个褶儿，小腿外侧打出一排"人"字儿。妈妈讲解说：

"我打的这是单'人'字，还有打双'人'字的。有人喜欢打花，有人不加花儿，各有所爱。要领是脚脖上可以紧些，到了腿肚松紧要适当。松了往下秃噜，太紧走起来腿疼。"

曾方兴致勃勃地讲解着，已经打好了绑腿。顺手扎上了小陶的皮带，在屋里来回走了几转给女儿看。小陶惊奇地发现，妈妈一下变了一个人。一对细长细长的眼睛，那么明亮，脸上焕发出青春的光彩。胸脯挺起来，腰身自然地扭动着，那步伐姿态是别人学不来的。曾经在哪里看见过妈妈这样子的？是在照相册上。那是一个漂亮的女八路，短短的头发在军帽下边蓬松着。皮带一扎，鲜明地勾勒出了苗条的身材，绑腿打得那样规整自然。看上去既有着严正的军人风度，又充分保留了女性的魅力。

陶坷欣赏着妈妈，上前抱住妈妈说："妈！你怎么还是像照片上那样好看。"

母亲推开小陶说："滚一边去，没有见过你这样的，拿自己亲娘老子开心。"

曾方侧过身，在窗户玻璃上看到了一张忧伤苍老的面容，看到了那染霜的鬓发。如果来谈论，一场迫害夺去了我们许多女同志的美丽俊俏，未免不够严肃。多少人被夺去了生命，还说谁的容颜外貌。不过，有多少人在骤然之间变得那么苍老不堪了，一头青丝在短短几天之内，以至是在一夜之间变化为霜雪。这也是对十年浩劫所作的忠实的记录之一。可以平反昭雪，可以恢复名誉，但是人们外形上留下的这种明显的印记是无法改变的了，正如内心受到的创伤很难平复一样。

晚上，小陶和妈妈挤在一张小床上睡。床边帮了一条长板凳。吹熄灯号很久了，母亲还在讲话，小陶熬不住了，迷迷糊糊地搭着腔，翻个身睡着了。曾方在昏暗中望着女儿侧身睡卧的姿态。圆圆的肩头从绿棉被下露出来，臀部高高隆起，小时候瘦得两条腿像麻秆儿，正长个儿的那些年一直缺营养，不想几年来发育得这么好。母亲疼爱地望着女儿，她将怎样去迎接战火纷飞的考验呢？

"红河！红河！过红河了！"小陶在睡梦中欢乐地呼喊起来。

母亲笑了，这孩子够性急的，刚合上眼，已经跨过了红河天险。

四

在战场上，一切都是用最严格的尺度来衡量的，不讲任何宽容，不作降格以求。

●

红河发源于云南省崇山峻岭间，在中国境内叫作元江。红河从老街地方进入越南，流经越南北方腹地，向东南入海。

九四一部队在老街附近渡舟桥，跨过了红河。几天以前，兄弟部队过河开辟了战场，现在他们可以驱车向前开进了。

越南北部边境，和我们的滇南河口一线，都属于亚热带山岳丛林地带，自然环境本来是没有多大差别的。河口地区是我国橡胶产地之一，三叶树环绕山丘，一行行，一层层，郁郁葱葱。胶林深处，可以望见国营农场的楼房，红瓦白墙，烟囱耸立。米轨小火车沿着溪流隆隆驰过，留下一缕烟云。这遥远的边疆，向战士们展示了它的富饶美丽。一过红河，就是另一番风光了。六姐妹挤在电话车窗口留意观察着，她们明显地感到，已经置身于异国的土地。

虽是旧历正月，到中午颇有点盛夏的味道。电话车闷热得要命，几个人吐了，愉快的笑声停止了。不一会儿，浓雾漫卷过来，热风里带着雨丝，灰蒙蒙的。十多公尺以外，听见汽车响，却看不见。班长严莉查了地图，说此地是黄连山山脉。山脊又高又陡，有的地方突然形成断裂，下边是乱石嶙峋的深渊。公路两旁覆盖了灌木竹林，茅草刺藤相互盘绕，密不透风。女电话兵们不免有些犯愁了，要在这样的地形条件下执行架线任务，从哪里下手呢？

傍晚，部队接到命令，原地宿营待命。一路上没有下车的机会，现在停下来了，战士们都就地在解手，并不避讳。弄得总机班的女兵一直不敢抬起头来，她们小声地骂道：

"这些家伙，没脸没皮的！"

她们很快就知道了，男同志们挨骂实在是冤枉。这里公路的内侧是悬崖，外侧是深谷，要上上不去，要下下不得，窄窄的一条路，到处是人，谁也躲不开谁。女电话兵们团团打转，只好去问连长，要上厕所怎么办。连长笑一下，就把脸背转过去，不再看她们，这就是给她们的一种切实的答复了。严莉叫两三个人在电话车旁遮挡着，大家轮流上了厕所。谁也没有意料到，到前线来遇上的第一个困难竟是这样一个问题。

有线电通信连保持着行军序列，原地宿营了。女兵班夹在男同志当中，在公路上占据了几公尺地段。雨渐渐沥沥下着，她们盖着防雨布，鞋也不脱，枕着背囊和衣睡下。谁能睡得着呢？不知哪个部队还在往前去。她们感觉到，那急促的脚步，总像是踩着了自己的头发。

通信科一位参谋来传达首长命令，要求迅速架设下属各部队线路。连里决定开用电话车总机，指挥机关内部线路由总机班负责架通。

总机班的女战士们，忘记了震耳欲聋的炮声，在听候班长严莉下达任务：

"陶坷、吴小涓、杨艳，跟我去架线。肖群秀、路曼守机，注意机线装设，搞好固定。今晚的口令是'山茶'，回令是'海棠'，执行吧！"

严莉、陶坷各负责架一条线，五分钟以内都架通了。杨艳和吴小涓两人负责首长的一条线，遇到了麻烦。她们正往前走，闻到一股臭味，是从来没有闻到过的一种特别的气味。天快亮了，可以模模糊糊看见，小路上横的竖的倒着三具越军的尸体。肚子膨胀起老大，周围是一摊黑血。不要说见到死人，平时看见一只死老鼠她们也怕，肉唧唧的，让人头发根儿发炸。她们向旁边试探，想找地方绕过去。在刺藤草棵里钻进钻出，帽子刮掉了，脸也划破了，无论如何也钻不过去。想到自己架的是首长专用线，登时觉得一身都在冒汗，再耽搁不得了。只好横了心，还是由原路过去。吴小涓望着几具尸体问杨艳：

"你怕不怕?"

杨艳说："要是三个活的，我倒不怕。"

吴小涓说："要真是死的，总还好办。我怕他们是装死，等我们到了跟前，一下坐起来了。"

"那倒没有什么，他们流了那么多血，就是活着也剩不下多少力气了。不等他坐起来，拿手榴弹在脑袋上敲他几下。"

"好！我们分个工。看着不对，我上去按住他们，你用手榴弹猛砸，不要让抱住了我们的腿。"

她们相互为对方壮了胆，从三具尸体上跨步过去了。至于三个越军是不是有过要坐起来的意思，她们不清楚。她们沉着地迈过了最后一具尸体，撒腿就跑，没有再回头去看。

突然是哪里一声喝："口令!"

两个女电话兵冷不防的，一紧张，早把口令忘得一干二净。对方不见回答，哗的一下冲锋枪子弹上了膛。

吴小涓连忙说："别打，别打，是我们。"

"什么你们我们，口令!"

"干吗那么凶，你听不出我们是总机班的!"杨艳厉害起来了。

隐蔽在树丛里的哨兵压低声音笑了。哨兵一指，原来已经来到了首长的掩蔽部门口。

她们撩开门上的雨布钻进去。掩蔽部里点了几支蜡烛，还是昏昏暗暗的。几位首长正跪在地铺上，查看拼起来的作战地图。小涓和杨艳把单机摆在一个压缩饼干箱子上，手脚麻利地接好了线，一摇，通了。

一号首长见两个女电话兵淋得全身透湿，缩着身子，他取过一个军用水壶说：

"冻惨了吧？来，一人喝一口，这是'气死茅台'——习水大曲。"

"不！不！我们不冷。"杨艳和吴小涓往后退缩着。

"叫喝就喝，服从命令听指挥。"

她们两个推托不过，对着壶嘴呷了一小口。她们品味不出，习水大曲何以能"气死茅台"，只辣得打哆嗦。

这是吴小涓和杨艳到前方来第一次完成架线任务，而且是为"九四一"最高指挥员架的线，她们对自己感到相当满意。两个人已经说定，将来参加文科高考，就把这次出境作战第一次执行任务作为自选的写作题目。这个题目算是选对了，很有可写的哩。

吴小涓虚岁十九，是从学校应征入伍的。有些同学劝她说，"当兵热"过去了，现在正是"大学热"，何必再到部队上去绕一个大弯子呢！吴小涓终于没有能克制住想穿穿国防绿女裙服的那股"狂"劲儿。她中学功课很好，爸爸妈妈都是师范学院的教师，有得天独厚的补习条件，所以她有把握在复员后的当年考入大学。杨艳的情况不同，她在学校是全班最能死用功的一个，考试名次却往往成反比。爸爸对她的学业抓得很紧，他唯一的办法就是打，没头没脑地打。隔壁邻居都看不下去，批评他身为公安干部，抓住小偷流氓尚且讲教育，这么大的女孩子了，动不动就打，未免太不像话。他争辩说，是个小子倒可以随他去，女娃儿不严一点不行，等她要上了男朋友，打也来不及了。杨艳没少挨揍，功课还是老样子。不过她并不悲观，和吴小涓一起补习，她相信准能上去。她们抓紧了一切属于个人可以支配的时间，还买了麦乳精，补充营养。她们希望到时候能够一举攻克旦新闻系。

两个女电话兵军帽在树丛里刮丢了，还是向首长行了举手礼，欢欢喜喜退出了掩蔽部。出门不远，听见一号首长在电话上说：

"喂！你是有线连连长吗？怎么搞的，指挥所离你们没有几步路，整整二十六分钟才把线架来。以后这样不行，要你们这些电话兵干什么吃的！"

小涓和杨艳失神地往回走去。她们心里又是委屈，又是丧气，感到负疚难过，悄悄流泪了。她们开始体会到，在战场上，一切都是用最严格的尺度来衡量的，不讲任何宽容，不作降格以求。对于女战士们也如此，并无不同。

五

尘土飞扬中，一张白净的面孔现出了坦然愉快的笑容。那笑容是让人永远也不会忘记的。

拂晓时分，九四一部队继续开进。这条路上还有几个部队同时往前去，步兵、坦克兵、自行火炮、辎重车队、民工担架队，交错在一起。发生了堵塞，互不相让，彼此威胁说，要把对方的车子顶下山沟去。交通哨戴着红袖箍，前后奔走，哪里有问题急忙去解决。新战士们以为，打仗本来就应当是这样红火热闹的，不知道是地理条件所限，没有第二条路，只好都挤着一条公路用。离前沿越来越近了，可以清楚地听得见枪声。道路堵塞的情况也越来越严重，九四一部队干脆提前下了车，急行军赶上去。

行军速度很猛，总机班六姐妹一个个走得歪歪倒倒的。虽然经过严格轻装，除了穿在身上的，吃进肚里的，个人的东西几乎全都"轻"下去了，平均负荷还在三十斤以上，压得够呛。加之发的防刺鞋又是男式的，太大，像是穿了一对箩筐，脚都打泡了。六姐妹没有一个掉队，也没有一个愿意接受男同志的"互助"。

走得最狼狈的要算路曼了，主要是遇上她来例假。她每次来，肚子疼几天，像大病一场。昨天夜里，她想到只有身上的一条军裤，怕睡着以后弄脏了穿不出去，就脱下长裤，裹着雨衣睡下。想是受了风寒，一下子发起烧来。肖群秀摸她脸，滚烫滚烫，本来要报告班长的，路曼不让她讲。

"你讲了，以后不和你好啦！"路曼威胁说。

"可你这么硬撑怎么行呐。"小肖着急地说。

"你和班长讲了，还不是她悄悄替我值机。你看不出，班长也来了。"

小肖只好替路曼打着掩护。

路曼家乡在山区，能用上这种软绵绵的经过了消毒的卫生纸，觉得够好的了。可是连续几小时急行军，腿磨得受不了，迈出一步，都得拿出点决心来。

部队到达了位置，谢天谢地！女电话兵们全副武装就地一歪，觉得再也爬不起来了。连长却不得不以毫无同情心的语气命令她们起来，立即开设电话站。

总机刚开不久，一号首长从前沿部队要回电话来：

"喂！总机班，找你们连长讲话。怎么搞的，我和指挥部刚通两句话，线就没有了。要你们这些电话兵干什么吃的！"

一查，原来通往指挥部的线，有一段是明放在公路上的，被坦克轧得一节一节的。有的地方被民工队的骡马和着青草嚼烂了，粘在一起，成了饼饼。连里决定这条线改为高架。是路曼、肖群秀架的这条线，还是由她们来完成这项任务。

她们两个一路把线改架在竹子上，或是挂在岩石上，让骡马够不着。来到公路边，敌人正从对面山上向公路射击。来势很凶，又是轻重机枪，又是八二迫击炮、四〇火箭筒、反坦克榴弹，又是高射机枪打平射。抗美战争期间中国援助的武器全都用上了。由于武器弹药充足，构成了越军作战的一个显著特点。他们把武器弹药分散藏在各处，这里打一阵，顶不住了，空着手就跑，枪啊炮的全不要了。换一个地方，就地又有现成的，抄起来就打。早上我们部队搜索过去，这股敌人化军为民，隐藏到丛林里去了。现在又冒出来，居高临下封锁了公路。我们的后续部队和担架民工，被压制在公路排水沟里不能动。路曼和小肖焦急万分，想尽快改架好这条线，保障指挥，狠狠教训一下敌人，不能由着他们狂。不凑巧的是近处没有高大的树木，无法把电话线高架跨过公路。好不容易发现一棵木棉树可以利用，正要过去，隐蔽在茅草中的部队喊她们趴下，说木棉树那里太暴露，去不得。她们俩只管猫着腰跑过去了。

如果有悬线杆，事情很简单，把线挑到树杈上就行了。如果带了脚扣和护腰带，要上树也好办。她们两手空空，什么也没有，这就难了。女兵班没有学过四肢攀登，连里把这个项目给取消了。她们试了几次，怎么也爬不上去，又搭人梯，路曼蹲下，让小肖踩着她的肩膀上去。一个人站在肩上，本来不算什么，谁知路曼身子软得像面条，忽忽悠悠刚要起来，又缩下去了。只见她脸上直冒虚汗。肖群秀这才想起来，路曼有特殊情况。

换了小肖蹲下，让路曼上去。按规定要求，高架线路必须在四米以上。她们搭的两节人梯，高度达不到。小肖拼命向上踮脚尖，差着老高的一截，踮脚尖顶什么用呢。

隐蔽在路边草棵里的一个战士，跳起来扑向木棉树。他很不礼貌地拍拍小肖的腿，叫她分开腿站好。战士弯下腰，让小肖骑在他脖子上，他猛地挺身站立起来。现在变成了三节人梯，高度足够了。

敌人发现了他们，机枪拼命向这边扫射，殷红殷红的木棉花纷纷扬扬落下来。小肖觉得下边战士身子忽然一抖，差点倒下去，随后又稳住了。路曼忙把电话线在树枝上绕了两圈，打了一个双环结，欢快地叫道：

"好啦！"

两个女电话兵下了地才看到，这个战士高高大大的，身材很匀称，像个跳高运动员。皮肤那样白净，两道浓密的眉毛黑骏骏的。

"同志！你太好了，帮了我们大忙。"电话兵表示感激。

"用不着你们表扬，表扬不过是两句空话。"战士大胆地望着两个姑娘说。

"那，我们应当怎么感谢你呢？"

"也不需要感谢，我只要求赔偿损失。"

战士扯起他的军服给她们看。军服下摆穿了几个洞，军用水壶的背带也被子弹打断了，断头处燎得黑黑的。路曼和小肖明白了，刚才她们觉得他一抖索，要倒下去，原来是这位战士险些被打中。他没有作声，也没有躲闪，一直等她们把线架好了。

"怎么样？伤着没有？"路曼、小肖顿时紧张起来。

"我觉得腰上烫了一下，一摸，没事儿，是吓唬我的。"

肖群秀拿过军用水壶，放出了富余的一节背带，把两个断头一并，打了一个丁字结，交还给了战士。那结儿打得又牢靠又好看，电话兵受过这种专门训练的。彼此问起来才晓得，原来这个战士也是"九四一"的，在营里当步话机员。路曼亲热地说：

"弄了半天，还是同行。只不过我们是有线儿的，你是无线儿的。"

步话机员说："怎么敢和你们相提并论呢，你们是'九四一'的中枢神经，我是神经末梢。好了，回去请代问总机班各位同志好。"

"你认识我们班谁吗?"

步话机员支吾了一下,随后说:"认识不认识,问候一下总得罪不了人吧。"

"怎么替你问好呢?我们不知道你叫什么名字。"

"就说一名'无线'战士,向'有线的'战友们致以亲切的问候。"

"还是告诉我们你的名字吧!"

"告诉你们有什么意思,反正你们也不会给我写信的。"

两个女电话兵没想到对方会这样说话,不由得脸红了。接着咯咯咯地笑起来,没有回答是不是会给他写信。

指挥部调上来一个坦克中队,打掉了山半腰敌人的火力点。公路恢复通行了,长长的车队不停地向前流动起来。路曼、小肖站在路边,看见那个没有留下姓名的步话机员,高高地坐在一辆弹药车上。弹药车是严禁抽烟的,他抽着烟。她们高声地向步话机员打招呼:"喂!再见,再见!"

"得啦!再见面怕你们就认不出我是哪一个了。"

两个女电话兵一时没有反应过来,不懂这话是什么意思。随后明白过来,这是他在说笑之间为自己作出的一个不祥的预言。汽车开出好远了,步话机员还扭回头来望着她们。尘土飞扬中,一张白净的面孔现出坦然愉快的笑容,那笑容是让人永远也不会忘记的。

六

不能因为第一次飞翔遇到了乌云风暴,从此就怀疑有蓝天彩霞。

我们应当正视现实,不必以海市蜃楼里的绿洲,去覆盖地上的沙漠。

几天以后,这位步话机员为自己所作的预言竟成了事实。

九四一部队基地指挥所,设了伤员和烈士遗体转送处。烈士遗体要在这里进行登记,清洗过了,换过新军服,然后上汽车送回国。转送处人员不多，主要是九四一部队文艺宣传队的女同志担任这项工作。总机距离这儿不远，女电话兵们下了机也常来帮助照料伤员，清洗烈士遗体。

这天，陶坷、路曼、小肖几个人又到转送处来了。见刚抬下来一位烈士，他的担架上放着一个军用水壶。水壶背带是断过的，打了一个电话兵们所熟悉的丁字结。路曼和小肖一惊，烈士的脸几乎整个缠着绷带，无法辨认。跟担架的一个小战士，失神地蹲在旁边。路曼问小战士：

"这个水壶，是他的吗？"小战士点点头。路曼又问："他是不是当步话机员的？"

"怎么，你认识我们步话机员？"小战士反问说。

路曼和小肖抚弄着水壶背带，好久不言语。随后她们向小战士问起这位烈士姓名。

"他叫刘毛妹！"小战士回答说。

听到这个名字，站在后面的陶坷禁不住倒吸一口气，几乎叫出声来。大家连忙让开，陶坷扑上去，凑近脸去看，极力要在这张缠满了绷带的面孔上，辨认出她所熟悉的某些特征来。

陶坷和刘毛妹从小住一个院，相互看着长大的。在户口本上，刘毛妹登记的并不是这样一个十足女性的名字。因为生得白净，头发卷卷的，又是那么文静，活活像个小姑娘，院里的人都喜欢喊他"毛妹"，喊来喊去成了正式的名字了。同院还住了几个干部，几家的孩子都很要好，连小人书都是一起商定了买的，交换来看，决不会买了重样的。粉碎"四人帮"以后，小陶和妈妈到原先住过的院子里去看，住户们全都不认识。一群孩子用惊疑的目光瞪着她们，问她们找谁，母女俩没说话，回身走了。

以后打听到，毛妹的爸爸刘伯伯死得很惨。让他烧锅炉，他从几十米高的烟囱上跳下来，五脏俱裂。刘伯伯搞过白区工作，在国民党监狱里表现很英勇，是党组织想办法营救出来的，如今他们硬要打他是叛徒。其实，刘伯伯的问题，只要他自己能撑下来，也就没事了。问题出在毛妹的妈妈苏阿姨身上，苏阿姨不但不安慰刘伯伯，鼓励他坚持斗争，她还以毛妹两兄弟的名义写标语贴出来，表示坚决和"大叛徒"划清界限。严刑拷打可以忍受，骨肉亲人加给的打击和侮辱，是难以忍受的。不是这样，或许刘伯伯还不至于走上绝路。陶坷小时候觉得苏阿姨一向待人和气可亲，早晚见面总是笑着，不想她是这么一个人……

陶坷同幼年的朋友一直没有联系，入伍到了新兵团，意外地遇到了刘毛妹。第一次见面，部队在集合，只匆匆握了个手。小时候他们多少次脊背贴着脊背比过个儿，始终不差上下。现在毛妹一下蹿到了一米八二。小陶觉得，刘毛妹除变得人高马大以外，其余什么也没有变。和她握手，涨红了脸，还像个怯生生的女孩子。随后又有几次见面，小陶才感觉到，同她一起长大的这个年轻人变得完全陌生了。那一对眼睛，蒙蒙眬眬的，失去了原有的明彻光亮。当孩子的时候，衣服总是整整齐齐的，现在倒很不讲军风纪，常常是解开两个纽扣，用军帽扇着风。抽的是五角以上一包的烟，一连串地吐着烟圈儿。无论说起什么事情，他都是那样冷漠，言语间带出一种半真半假的讥讽嘲弄的味道。不像小时候，对任何事情都有着强烈的兴趣，有着十足的热情。谈起小学的同学，某人某人现在搞什么工作，刘毛妹说：

"无所谓，我的看法是干什么都行。因为什么都不干好像是不行。"

小陶问他："既然这样，你何必一定要到部队上来呢？"

"既然你可以来，为什么我不能来呢？"

他们谈起了争取入团、入党的事情，刘毛妹感叹地说：

"'一年团，二年党，三年复员进工厂'。在知青点上的人和那些没有着落的社会青年看来，这当然是很够羡慕的了。其实又有多大的意思，没劲！"

小陶有几次试着给她幼年的朋友一些劝告，她说：

"我看见一篇文章上讲，'不能因为第一次飞翔遇到了乌云风暴，从此就怀疑有蓝天彩霞'。你就是这样，因为不相信有蓝天彩霞，干脆剪掉了自己的翅膀。毛妹！别太悲观，我们需要振作起精神来。"

"我也在报上看过一篇文章，上面说：'请正视现实，不必以海市蜃楼里的绿洲，覆盖地上的沙漠。'"刘毛妹逼视着小陶。

"毛妹！瞧你的眼睛，别那么盯着我好不好。我不是样板戏里穿一身大红的女主角，'站在高坡上，伸手指方向'，教导你'向前看，再向前看！'我并不是让你缩成一团，胳膊肘拐一下，生怕碰着了谁。你心里有岩浆，喷出来好了……"

刘毛妹打断了小陶的话："恐怕现在需要的不是岩浆，是温吞水，六十来度，还赶不上二锅头的度数。看来，我们这些小字辈的还是尽可能'正统'一些好。"

"经常听人讲到'正统'这个话，究竟你是指的什么呢？"陶坷问。

刘毛妹想了想说："确切的意思是什么，没考证过。所谓'正统'思想，别人一定可以作出种种美好的解释。不过照我看，这似乎是意味着服服帖帖，得意于迷信愚昧的一副精神枷锁，意味着一本正经，拿腔作调，俨然是一位不食人间烟火的超人。岂不知这种人够多么可怜，等于一个有血有肉有毛孔的机器人就是了。"

他们谈到小时候一起读过的那些小人书，陶坷愉快地回忆说：

"小人书上画的那些英雄人物，有些连胳膊腿都安得不是地方，我们总一篇一篇过细地看，翻完了又从头看。有几本现在拿来看，我还是很喜欢。"

刘毛妹嘲弄地笑笑说："你还是依赖于幻想生活，需要从童话里吸取营养。我不再需要依赖于什么。如果一定要说有什么需要，我希望能得到一点人间的温暖。"

陶坷越来越感到很难和他谈得拢。可是，每次见面以后，她总是怀着急切的心情，在等待着下一次见面的机会。

一天晚上，部队在广场看电影。放映中间等跑片，解散休息。刘毛妹悄悄约陶坷去走走，小陶觉得不大好，还是跟他去了。转悠到营房背后，他们避开路灯，走在浓密的树荫下。刘毛妹一下抓住了小陶的手。他一双大手热乎乎的，那么有力，像两把铁钳。小陶心慌意乱之中，已经感觉到抽烟人口里的那种气息。她极力向后仰着脸，躲避不开，双手被紧紧抓住，就用头在刘毛妹宽大的胸脯上嘭嘭地撞击着。刘毛妹只好放开了她。陶坷跳到灯光下面去，整了整衣服，沉静地说：

"我可知道你希望的是什么温暖了。毛妹！难道我们相互温暖一下，或者说是让我来温暖温暖你，一切就会好起来了吗？"

陶坷扭头走了。从此他们没有机会再见面，也没有通过信……

陶坷竟能忍住了眼泪，默默地听那个跟担架的小战士讲述刘毛妹牺牲的经过。

"昨天攻打三号高地，我们二连是主攻，营里要配一个步话机员给我们连。别的几个步话机员都争着报名，刘毛妹不作声，在一边卷着烟抽。他心里有数，配属给主攻连，肯定是要过硬的，报名不报名也是他的事儿。可不是吗，最后营里派了他，跟我们突击排上去了。

"本来决定偷袭，到了高地下面，踩响了地雷，副连长只好命令我们强攻。这个垭口高地，是316A师的重点设防阵地，修了三道环形堑壕，两侧十多个山包的火力都可以支援这里。冲过第一道堑壕的时候，副连长牺牲了，一句话都没有来得及说。出发前副连长指定了一排长作他的代理人。刘毛妹找到一排长，跟上他继续往上冲。不一会儿，一排长又受伤，流血过多，不行了。他指定的代理人是副排长，刘毛妹又跟上副排长继续战斗。副排长拿着话筒，正和指挥所通话，重机枪一阵风地扫过来，他当下牺牲。步话机也被打坏，不能再用了。由于指挥中断，部队开始有些稳不住了。三班有几个战士，把钢盔压得低低的，遮住了自己的脸，要往下撤。步话机员虎势地上去，一脚把走在前头的一个踹倒了。他直直地瞪着他们，火光下看见，那两只眼睛好瘆人哪！三班的几个人不敢再动了。步话机员跳到堑壕上面，大吼一声说：

"'大家不要慌，现在听我指挥！'

"当时我们嘴上不说，心里嘀咕着。你能行吗？不是干部，又不是党员。

"看样子硬冲是不行。刘毛妹分派了两个战斗组，从两侧佯攻，故意弄得竹子哗哗啦啦响，吸引敌人火力。他带着部队，顺环形壕绕到高地背面，突然发起攻击，冲过了最后一道堑壕。

"不想刘毛妹胸部和腹部受伤，右腿膝盖骨也打断了，小腿活活甩甩的。用了七个救急包，才包住了他那些伤口。同志们要背他下去，他说什么也不干。我强把他背起来，他老实不客气，在我肩膀上狠咬了几口，我只好把他放下来。讲好了让他在原地休息，等我们一离开，他就拖着一条断腿向山顶上爬。后来我去看，他爬过的地方茅草伏倒了，草叶上挂着一珠珠鲜红的血。

"连长和指导员带着二、三排支援上来，占领了三号高地。这时候听见，什么地方有人用越南话在连声地呼叫。翻译说，他呼叫的是'向我开炮！向我开炮！'原来这是越军的一个报话兵，他看高地已经完全失守，隐藏在一蓬竹子里，呼唤他们的炮群，想把我们主攻连全部盖在高地上。正赶上刘毛妹爬到这里，他悄悄过去，冷不防一下卡住了那个报话兵的脖子。那家伙抡起手榴弹，砸在刘毛妹下巴骨上。可他硬是不松手，等我们赶上去，敌人报话兵已经完了。越军装备的报话机也是中国给的，和我们部队用的是一个型号的。刘毛妹把敌人的机子调了一下，拿起话筒想要呼叫。下巴骨和牙床砸得稀碎，哪里还能叫出声来。他发出唔唔呵呵的声音，可以猜得出，他在向指挥所报告：

"'二连占领三号高地！二连占领三号高地！二连……'

"他丢下话筒，正了正军帽，把长头发掖进帽子里，又扣好了风纪扣。认真地整过了自己的军容以后，他闭上了眼睛，像是过于疲劳，一下睡着了。"

七

《义勇军进行曲》不是我们的国歌了。是不是说，我们再不能从这首歌曲里汲取一点有意义的东西了？

沉默了好大一阵，小战士又接上说：

"我们步话机员这个兵，不是这次到前方来，恐怕人们是不容易真正了解他。只在平时看，你可能觉得他有些特别。怎么个特别法呢？说不出，你只能说，他就是他那么一个人。要讲聪明，人可真是够聪明的。在报话机训练班，别人都发愁密语背不会，白天黑夜地背。他呢，从来不怎么用心去背，到了密语考核，一、二名里总少不了他。

"出发之前，别人都忙着订杀敌立功计划，写决心书，他不写，说没时间。可是他花了那么多时间，在写一封长信，不许人看。牺牲以后，在他身上找出来了，是写给他妈妈的。"

"信呢？给我看看好吗？"陶坷伸出手要。

小战士从衣袋里取出信来，说连里特别交代他要保存好，一定要交给烈士的母亲。信是步话机员原来包好的，怕湿了雨水，包了两层塑料纸。

陶坷捧着字迹潦草的信，急切地读下去。

亲爱的妈妈：

我以前很少写信，现在想好好写封信给妈妈，可是时间紧张，我只能抓空子陆陆续续写一点。一过红河，恐怕就一个字也不能写了。

前年入伍，我是有过犹豫的。听人说，批准我入伍有照顾的因素在内。我一想到自己享受照顾，心里很不舒服，这是爸爸用他的惨死替我换来的呀！不过我还是到部队来了。我当时也没想到在我服役期间可以捞到打仗，只是觉得在知青户太闷人了，想换个环境，新鲜新鲜。现在马上要开赴前线，我才清楚意识到我是一个革命军人了。这次出去，比起您和爸爸经历过的几次战争，算不了什么，但是我总算参加了战争。

在吹哨子，要讨论动员报告，暂时止笔。

我接着昨天写。营长一再讲，要保证睡眠，准备参加战斗。可是这几天我一直睡不好。不知怎么，好像总有人翻来覆去在我耳朵边唱着《义勇军进行曲》里的一句词——"中华民族到了最危险的时候"。这支歌曲写在中华民族几乎被日本人蛇吞的历史危亡关头。现在越南人在边境地区整我们，情况不像那时候严重。不过，越南当局为什么竟敢于如此，竟觉得欺侮一下十亿人口的中国也并没有什么不可以呢？这实在是值得想一想的。同志们谈起来，都说内心隐隐地有一种危亡之忧。这种感觉并不完全出于神经过敏。"四人帮"粉碎了，工作重点转到实现四个现代化上来了，说中华民族还处在"最危险的时候"，似乎是说不通的。其实，力争四化，这本身不正是回答中华民族生死存亡问题的吗？这个世界，你站在落后地位上，也就是站在危险的地位上。同时别忘了，有人曾经对周总理和一些老同志说过，"十年以后见"，这才过去了几年？我很担心，不要在"高举"的名义下，又来个几月风暴，把人们一切美好的希望给吹个无影无踪。谁知道呢！我怕了。古老的中华民族，经不起再一次被推到这种危险的边缘了。不能让我们的人民再一次"被迫着发出最后的吼声"了。现在已经有了新的国歌，为了填写新国歌的歌词，成千上万的文艺工作者贡献了自己的艺术才能。《义勇军进行曲》不是我们的国歌了。是不是说，我们再不能从这首歌曲里汲取一点有意义的东西了？

前些年，"四人帮"任意歪曲宣传党史和军史，已经出了不少文章批驳他们。我想，无论从正确的或是错误的观点去看，有一个事实总没有疑问，那就是除去自然死亡之外，先烈们是在两种情况下牺牲了自己生命的。一种是倒在同敌人厮杀的战场上，一种是倒在内部阴谋的残害中。看来这是一条规律，古今中外都是如此。爸爸在第二种情况下离开了我们，我这次则有条件占据第一种情况。我的好妈妈！如果这样，您一定不要难过，不必像哭爸爸那样为我流泪。您的泪水早流尽了，再为我哭，眼睛里流出来的一定是血。妈妈！您可能觉得我写这些，口气不小，似乎一定可以做出什么引人注目的事情。不是这样，在火线上这很难讲，也许我的心脏正巧碰上一颗流弹，一秒钟之内一切都结束了，随便一个小小的任务也来不及去完成。这就是战争，在意想不到的任何情况下，都可能有人付出他最大的代价。即使这样，我也觉得心安了。

妈妈这次来信，又一次说爸爸等于是您害死的。为什么您总是把我们家的不幸归罪于自己呢？可能是因为我从来不愿和妈妈谈及这些，使您误解了，以为做儿子的直到现在还不愿意谅解母亲。

营长要求再检查一下机器，我晚饭后再来写。

好妈妈！您不必这样。别人议论，讲些难听话，那是自然的，莫非我也不了解爸爸的"案"情吗？您对爸爸的那些做法，无非是表示划清了界限，为了我和弟弟的前途不至于受到无可挽回的影响。爸爸心里也不会不明白。

当然，最好是妈妈不那样做，不给爸爸那样的刺激。您来信中引用了鲁迅的几句话谴责自己："死于敌手的锋刃，不足悲苦，死于不知何来的暗箭，却是悲苦。但最悲苦的是死于慈母或爱人误进的毒药。"如果可以这样比喻，我认为那是您自己服下了一种可以使人全身麻痹的慢性毒药，同时也误进给了爸爸。这种慢性毒药，就是我们中国人逆来顺受的封建传统的旧意识。中华民族是一个有着优秀历史遗产的民族，培育了我们人民许多美好的品德，善良温顺，忠实敦厚，谦恭忍耐。到了共产党人身上，这些品德发出了新的光辉。这就是坚强的党性，严格的组织观念，维护领导，信任同志，讲团结，讲让步，讲顾全大局。这如同古老的中国宫灯，将蜡烛改换了明亮的碘钨灯泡。这些美德既带着古老历史的光照雨露，它和两千年封建主义传统思想的影响也就不会绝缘。在我看来，两者不过是相隔着一道细细的田埂，这边是温顺，迈一步过去，就是屈辱。妈妈！在对待爸爸的问题上，您迈过了田埂。我并不特别责怪自己的母亲。你们这一辈人里，固然有敢于拍案而起的。但有很多比妈妈革命历史更长、职务更高的人，包括我们一向尊敬的某些老同志，由于那种慢性毒药在他们身上起着作用，在封建专制的高压下，也不免是那样软弱顺从。他们仿佛是在雪线以上的稀薄空气中生活久了，已经适应了不民主的缺氧状况。妈妈可以说是彻底划清了界限，在您的"结论"里仍然写的是"叛徒、走资派、现行反革命分子的臭老婆"。一些人说到这个结论，觉得拗口，往往简单地说成"现行的老婆"。我因为受不了人们这样侮辱母亲，和别人家孩子打过多少架，鬓角落下了一道道伤疤。假如这次我在前方被炮弹地雷炸着，那不算是受伤，那叫作挂花，只有我鬓角的疤痕，才真正是受伤留下的。

亲爱的妈妈！我一个晚生后辈，也许不合适给您写这些的。我是想让您相信，您不见得比别人应当受到更多的内心谴责，没有什么理由说明，唯独您不能得到谅解。

就写这些了，我并不打算寄出，如果您收到了这封信，那一定是战友们替我收检遗物找出来的。

代问弟弟好，已经没有时间，不另外写信给他了。

祝妈妈愉快，再见了！我希望能像外国电影里那样，跪下来吻别您，生我养我的母亲。

您的儿子毛妹

于登车出发前

刘毛妹留给母亲的信，陶坷看了两遍。信的内容对她不成为主要的了，主要的一点是信中竟没有一句话提到她。这对她是一个难以接受的沉重的打击。小陶终于忍不住伤心落泪了。不过她很快就镇定下来了。宣传队的两个女同志为步话机员刘毛妹清洗遗体，她们默默地退后，让小陶上前去。小陶用纱布蘸着清水，先擦洗刘毛妹的脸。她时不时停下来，注视着死者的眼睛。她觉得刘毛妹是怨恨她，闭着眼睛，不愿意看她。在擦洗手的时候，陶坷几次痴痴呆呆地停下来，别人催她，她才又开始擦洗。她想起小时候他们手拉着手过马路。赶上看什么热闹，人挤得凶，刘毛妹始终紧紧拉着她的手。他是男孩子，自然地担负起了保护女伴的责任。陶坷又想起在新兵团看电影那天晚上，刘毛妹大胆地抓住了她的手。在刘毛妹的一生中，这是他第一次，也是最后一次企图亲吻一个异性。他一双手是那样有力，完全可以达到这个欲望的，他还是失败了……

步话机员的军服、绑带、鞋袜，没有一处是洁净的。泥水和着血，凝结在肉体上，没法子脱下来。小陶用剪刀完全剪碎了，花了很长时间，轻轻地一块块把衣服鞋袜撕下来。她不让别人动手，似乎是怕别人手脚毛躁，触痛了步话机员。清洗过遗体之后，数过了伤口，大大小小挂花四十四处，这个数字，正好是烈士的年龄乘以二。

八

电话站四周一片寂静，似乎没有任何声息。哪里知道，在两层军毯覆盖下，九四一部队的"中枢神经"在高度活动中。

送走烈士遗体，陶坷她们回到电话站，才知道敌情有些紧张。侦察连抓到了一个越南人，他自称是附近班通林场的工人。在他身上搜出了一个铅笔头，一张草草画出的地图，图上标明了九四一部队指挥所的位置。审讯结果，他承认自己是青年冲锋队员，供出敌人准备当天夜里来偷袭指挥所。司令部通知说，机关留的警卫部队很少，不能分散使用，要求各小单位加强警戒。还特别通知了总机班，电话站一定要严格控制声音灯光，避免暴露。

连里干部都下去了，总机班一切只能靠自己应付。不过女电话兵们并不显得那么着慌。不怕，没什么大不了的，有班长在呐！

在人们印象中，严莉似乎是经过专门培训，预先为女兵班准备好的这样一个各方面都很成熟的班长。严莉今年二十二岁，是总机班的大姐。她脸微微有点黑，黑翠黑翠的。她在班里的地位，多少像是她在家庭里所处地位的延续。严莉弟妹多，快够一个班了，爸爸妈妈管不过来，干脆撒手交给老大来管着。爸爸是一个团职干部，照规定应该吃中灶的，他除了偶尔陪陪客人，总也不到中灶食堂去。从将近二十年前第二个儿子出世，爸爸的薪金再没有涨了，生活上不能不精打细算。在大女儿的统筹安排下，他们家竟然并不比谁家显得紧张到哪儿去。弟妹们都很懂事，从不和别人家孩子比吃比穿，不过该有什么也还是少不了他们的。人家的孩子穿衣服，老二接老大的，老三接老二的。严莉的衣服谁也接不上，她脱下身的，就实在不能再补再改了。每次分到各人名下的糖块冻柿子什么的，大姐总是留着自己的一份，过后不定会便宜了哪一个小的。严莉在家庭中的作用，形成了她实际上的一家之长的权威。弟妹们不怕爸爸妈妈，全都怕着大姐几分。严莉把管理弟妹们的艺术运用到总机班班长的职务上来了。别人遇事可以耍点小脾气，她不行，她必须把自己的气性掩盖起来，从不发火。班里大大小小的事务，安排得有条不紊，分派公差勤务公平合理。赶上谁当班的时候有点私人的事，悄悄向她请个假，她就悄悄顶上去，多值一班。发生了什么纠纷摩擦，她拿出当大姐的权威，先把事态平息下来。然后召开班务会，民主一番，谁对谁不对当面"吵"清，决不马虎了事。说严莉显得特别成熟，完全是由于职务上的需要。人们知道，当得下女兵班班长可不那么简单。在连队里，这算得上是一个特种兵团了。

越南人可能来偷袭，电话站当然是一个突出的目标，情况不能说不严重。总机原是设在一个用茅草竹子搭起的棚子里，人来人往都看得见的。同志们建议，要赶快转移到隐蔽的地方去。

"不用动，照常工作！"严莉沉着地说。

等到天完全黑下来了，严莉才悄悄地布置，人员全部撤出草棚子，把总机转移到一个防炮洞里。洞是就着土坎挖的,挖进两三尺,向左右发展,对称构成了像猫耳朵一样的两个藏身的窝窝,战士们习惯叫作猫耳洞。这个猫耳洞有茂密的树丛遮掩着,严莉又叫把电话线从老远就开始埋设下去。所以,就是走到了跟前,指给你看,你也看不出这里是一个电话站。

总机班派出了自己的巡逻哨。有人主张,除了值机的人,其余人全部去站哨。严莉说:

"用不着,该睡的还是睡,换着班来。仗不是打一天两天,日子长了。"

她只派了陶坷和杨艳两个人担任警戒。班里唯一的一支冲锋枪交小陶使用,杨艳拿着两颗手榴弹。班长交代两名哨兵说:

"你们就绕着总机附近游动,不要乱走,以免和其他单位的巡逻哨发生误会。要找暗处站着,不要总在月光下面。有什么动静先问口令,可别慌慌张张地就开枪。问口令嗓门尽量粗一点,别让人听出来是女的。"

严莉确定由她自己担任守机。完成今晚的守机任务不比平常,要准备在最危急的情况下,一面战斗,一面坚持通话。猫耳洞里直不起腰来,只能把二十门交换机摆在地下,窝憋着工作。机子上不能开灯,号牌掉了看不见,全靠用手指不住地去触摸几排号牌,接转通话。为了完全控制声音,严莉用两层军毯,连人带机子一起蒙了个严严实实。电话站四周一片寂静,似乎没有任何声息。哪里知道,在两层军毯覆盖下,九四一部队的"中枢神经"在高度活动中。严莉不停地在高声呼喊着,呼喊着。部队向敌人侧背穿插过去,发展很快,电话线路一再延伸,已经远远超出了有效通话距离,虽然加了"增音",通话质量还是很差。往往下达的命令指示,向上报告的重要战况,要由严莉从中传送。她讲了一遍,怕有什么不准确,又复述一遍。严莉忽然觉得喉咙里咸咸的,有股腥味,知道嗓子出血了。这几天,几个女电话兵嗓子全都喊坏了,带来的清音丸已经吃完,没有什么防治的办法。多喝水会好一些,偏偏附近山地没有活水,找到一片积水,尽是小虫子在翻上翻下的,放几片净水剂澄清一下,那种怪味让人打哆嗦,喝不进去。部队里有一种奇妙的发现,凡是折断了青竹子,靠根部的几节里准定会聚存了水分。在竹节的地方穿通一个洞洞,就可以接到几口又纯净又清凉的水。这是很珍贵的，不容易弄到。严莉晃了晃她的水壶，还存有一点青竹的水。拧开壶塞儿，想喝几口润润喉咙。但她只是漱了漱口，吐出带血的水，又拧紧了壶塞儿。女兵班班长想到，水得留着，说不清班里谁又发高烧，或是受伤，一点水没有哪能行呢。

这天特别闷热。严莉一整夜钻在猫耳洞里，又蒙在两层毯子里，她热得什么样子，可以想象。摘下耳机，简直可以倒出水来了。第二天别人来换严莉的班，吃惊地看见，她像是刚刚参加了泅渡训练上来，人已经瘦了一圈儿。是谁发现严莉额头上爬着一条旱蚂蟥。经人这么一说，严莉尖叫起来，她跺着脚，紧张得不知怎么是好。同志们叫她别乱动，帮她脱下衣服来找，找到十多条。手指头缝里还隐藏了一条，她居然一点也没有感觉。吸饱了血的蚂蟥，圆咕碌碌的，拍打几下就掉了。还没有吃饱的，怎么也弄不掉，又不敢硬扯硬拽，怕扯断了，留下一半更难办。忽然想起来，出发前连里介绍过对付蚂蟥的办法。跑去找人要了一支纸烟来，点着了对着蚂蟥熏，不一会儿，它们就曲卷着掉下去了。蚂蟥叮过的地方，渗出血来，这也有一种妙法对付，捏一点树干上的青苔丝丝按上去，很快就不再出血了。几个女电话兵只顾帮着严莉止血，往地下一看，太可怕了，一条条大蚂蟥身子一曲一伸，正从四面八方向她们进军。她们赶忙用树枝扫荡了一番。旱蚂蟥天生有这种本能，大老远的能够感受到人的气息，找着你来。它们还有空降的本领，可以从树叶上滚落下来，正好掉在人身上。

因为人太少，巡逻哨也是一整夜没有替换。拂晓，陶坷模模糊糊看见几个人，弯着腰向这边摸过来。她忘记了应该装成男人的声音，尖着嗓子喊了几声口令。对方不应口令，还在往前来，小陶开了枪。她没有打过冲锋枪，不知道控制快慢，手指头一动，一梭子子弹出去了一大半。警卫部队的一位排长，听到枪声，带着几个战士赶来了。在树棵里搜索了好久，什么也没有发现。他们埋怨陶坷说：

"怎么搞的，乱打枪！"

"我看得清清楚楚，像是有几个人……"陶坷为自己辩解。

"算了，肯定是你自己紧张过度。"

"既然看得清清楚楚，嘟嘟了大半梭子，怎么连一个也没有撂倒？"

杨艳护着自己的人，说真是听到了有响动。打着没打着敌人，那是另外一个问题，开枪还是对的，不能说是乱打枪。等别人走了，班里悄悄议论，杨艳也倾向于小陶是看晃了眼。

第二天早上，把总机从猫耳洞搬回棚子里去。忽然，是谁"啊"地惊叫了一声，原来总机棚背后有一具越南人的尸体。这是一张孩子脸，最多十六七岁。他胸部完全浸在血泊中，两手紧攥着四枚揭掉了盖子的手榴弹。很明白，他是中弹以后坚持冲过来的，已经到了离总机棚只有两三步远的地方。如果他还有剩余的一点点气力，一定会把四枚手榴弹扔进棚子里去的。陶坷没有看错，和这个年轻的越南人一起来的还有几个，他们撤出战斗很及时，丢下一名英勇的同伴不管了。

九

女电话兵端着自动步枪紧逼上去，向对方现出了胜利者的微笑。

班通林场青年冲锋队的任务，是袭扰中国边防部队指挥机关和后勤，其中一项，就是窃听电话，破坏电话线。这给九四一部队有线通讯造成了很大麻烦。

总机上又传来了一号首长焦急的声音："喂！总机班吗？要你们这些电话兵干什么吃的，不是这里不通就是那里断线。命令你们连长、指导员，亲自给我查线去。"

不用首长讲，连长、指导员已经带着查线组出去了。总机站也派出了三名女电话兵，和男兵打乱编组，去协同维护哨巡查路线，尽快恢复畅通。

陶坷和架设排的两个新战士编成了一组，她是老兵，技术又强，自然担任了组长。为了不让人看出三个查线兵当中有一个是女的，小陶特意要了一个钢盔戴着。他们手揸着电话线往前跑，手心摩擦得火辣辣的，出了血泡，生疼生疼。跑出一段路，搭上单机一试，开端终端都不通。有鬼了，这一段线路是刚刚手揸着过来的，明明好好的，怎么开端也不通呢？陶坷想了想，她把通过水田里的一节线提起来，离开了水面，一试，通了。放下去，又不通了。这节线有好几处绝缘皮裂开，和大地接触，短路了。这是暗断，不容易察觉。小陶仔细查看，胶皮是新割开的。破坏电线的人巧妙地使用了自己的知识。

把水里的一节线换过了，又往前去，发现明断，线剪得一节一节的。他们一面骂着越南人，一面迅速接线。小陶十个手指那样灵活，像在水里翻腾的小鱼儿，看不清是怎么两绕三绕，一个蛇口结打好了。她顾不得用钳子剥掉线头的绝缘皮，就用牙咬。平时总机班的姑娘们是极力避免这样做的，牙用多了，会向外突出，难看死了。小陶哪里还管得了那么多，嘴被电话线钢丝扎烂了，牙根在出血。她忽然发现，旁边有敌人的一条电话线，和我们线路平行拉过去，看来是撤退得慌张，没有来得及收。这是一条中型线，三钢四铜，通话质量很好，肯定是过去中国支援他们的。她不再费力去接碎线，把敌人的电话线用上了两公里。

再往前去，接上了其他小组负责的地段。开端终端都摇出来了，任务完成得还算顺利。谁知正试着线，开端又不通了。返回复查，刚刚利用的敌人的中型线又被剪断了。显然是有人在和他们玩"躲猫猫"，见他们巡查过来，躲避一下，等他们过去又出来破坏。重新接好了线，陶坷忽然有了一个主意，她悄悄对两个同伴说：

"你们俩继续往前去，装着什么也没发现。我留在这儿，看看是怎么回事。"

"分散行动怕不大好吧，我们每人只有两颗手榴弹。"两个新战士有些担心。

"没关系，周围都是我们大部队，敌人是小偷小摸，他们才心虚哩。"

"要留，我们两个谁留下好了。"一个战士提议说。

"你们只管走，不怕。如果他们人多，我先不动。如果是一两个人，我一喊，你们马上返回来，收拾了他。"这是小陶的战斗部署。

两名新战士执行了陶坷的命令。他们脚步很重，故意弄出声响，让人知道查线兵已经继续前进了。

小陶隐蔽在一蓬竹子后面静候着，忽然发现右边不远的灌木里有什么东西微微在动，越来越近。先是一只手分拨开叶子，随后一个人探出头来，左右观察。小陶把手榴弹弦套在指头上，随时准备投出去。那人已经从灌木丛里走出来，是一个身材小巧的越南姑娘。长长的头发披在腰间，在后脖颈用手绢束着。披了一块美国军队的伪装尼龙布，穿的是没有领子的紧身月白色上衣，宽大的黑绸裤，光着脚丫子，自动步枪挂在左肩上。不用说，这是一个青年冲锋队员。陶坷注意看看后面，再没有别的人跟上来。照说，她应当按事先约定的，喊叫几声，通知两个战士包抄敌人。小陶完全忘记了自己的战斗部署。她想，既然对方也是一个女的，在身个上又是占着绝对的劣势，为什么我不能捉一个活的？

那个女冲锋队员取出一把钳子，就要动手去剪电话线，同时侧目向竹丛里看去，忽然看见在绿色的钢盔下面，一对明亮的眼睛正注视着她。越南姑娘脑子里闪过的第一个念头就是她走进了伏击圈，周围不知有多少双眼睛注视着她。她转身要逃，不想枪皮带挂在树上，树枝弹性很大，自动步枪被弹出老远。待她要去捡，发现枪已经端在竹丛里那个中国人手上。在她的眼中，这位中国军人长得是那样高大，加上一顶闪耀着红五星军徽的钢盔，越发显得威武雄壮。黑洞洞的枪口对准了她，她木木地站在那里，知道不能再动。又转念一想，开枪就开好了，我还等什么，她撒腿就跑。

小陶并没有开枪，她们一前一后，像两只蝴蝶在追逐着，一时在林中空地上出现，一时又飞进密林中。青年冲锋队员回头看看，她十分惊异，为什么在她背后紧追不舍的竟是一个女孩子呢？她即刻明白过来，刚才看见的那位威武的中国军人，主要就威武在那顶大钢盔上。钢盔跑掉了，露出短短的头发，原来是个女的。这当然就完全是另一回事了。她机灵地闪在一棵树后，屏住气等候着。只待追赶的人错过身去，就可以突然从背后抱住她。等了一会儿，还不见动静，只觉得冰凉的枪管已经触到脊背上来了。她一回手抓住枪，拼命抢夺。越南姑娘双臂向上，高高的胸脯完全暴露给了对手。陶坷闪念想到，她可以腾出一只拳头，猛击对方的胸部。她在什么书上读到过，说女人的乳房是一个致命处，经不起打的。小陶没有这样做，她竭尽全力扭动几下，拖带着越南姑娘旋转了几圈。横过枪，当胸一推，对方连连倒退十多步，仰面摔倒在地上。

女电话兵端着自动步枪紧逼上去，向对方现出了胜利者的微笑。她随后从衣袋里取出几张代言片扔过去。上面用中越两种文字印着："告诉你的同伴，不要做无谓的牺牲，赶快出来投降，保证你们生命安全。"

女冲锋队员捡起一张，装作在看，心里暗暗打定了主意，抓起一把土，冷不防向陶坷脸上撒过去。趁着陶坷抬起胳膊肘去遮挡，她转身钻进了丛林。陶坷揉搓几下眼睛，又去追赶。

逃命的只想逃命，追赶的只想着捕获自己的猎物，都不知道自己的衣服全被扯烂了。她们的头发散乱不堪，沾满了草叶，脸上和肩头尽是一道道的血痕。

眼前出现一条清澈的河水，河面不宽，夹在两山之间，水相当深。上游一带，正是九四一部队穿插分割越军316A师的战场，不时有越军的尸体漂流下来。女冲锋队员看见水流得那么急，又看见一个个泡得发涨的越军尸体，本来不敢下水的。可是背后人追得紧，不容她犹豫，她攀着野藤从岩头上滑下去，横了心，扑通一声跳下河去。她水性不强，一进入激流，几个浪头盖下来，就有些发晕了。自己感觉还在奋臂游向对岸，其实只是随着波浪一高一低漂流下去了。

陶坷把自动步枪背起来，紧跟着跳下了水。经过两年泅渡训练，她全副武装，加上一拐子线，可以横渡几公里宽的江河。陶坷注意到，顺着弯弯的河道，再往下游去，便是一道巨大的瀑布，河水陡然折断，整个儿跌落下去，在深谷里激起一片白茫茫的水雾。她很快游到前面去，拦截住女冲锋队员。对方还是极力挣扎，不让陶坷靠近。陶坷猛扑过去，把她按在水里，趁她被呛得不由自主，扯住她的长发，向岸边划去。陶坷一只胳膊拦腰抱住越南姑娘，一只胳膊紧紧勾住了从岸边弯到水面上来的粗大的树枝。回头一看，好险哪！她们已经到了瀑布将要向下跌落的地方。

越南姑娘精疲力竭，完全瘫软了，任凭陶坷拖带着游过去。她们刚爬上河岸，浑身的水还在往下流，只听有人用越南话喝令道：

"不许动！举起手来。"

陶坷忙要取枪，一看，围上来用枪逼住她们的，是连里派出来查线的几个电话兵。

战士们先都没有认出，从水里上岸来的是总机班小陶。两个姑娘的衣服一片片一条条留在树枝刺藤上了，剩下的不足遮体。几个战士不免目瞪口呆，不知如何是好。

小陶气愤地说："这些死人！只管看着干什么，还不把你们的雨衣扔过来。"

大太阳当顶照着，陶坷和她的俘虏严严实实地穿着雨衣，回到了指挥所。

十

她希望自己能成为一滴洁净的水。

三月五日，我国政府宣布，边防部队达到了惩罚越南侵略者的目的，决定撤回边界线我方一侧。西线的九四一部队和兄弟部队一起，在重创越军"王牌"316A师，圆满完成任务以后，采取倒卷帘的办法，梯次撤回国内了。

从红河浮桥一上岸，总机班的同志就把军用水壶里剩下的水倒掉，在"迎亲茶水站"灌满了凉茶，仰起脖子咕咚咕咚喝了个够。她们说：

"半个多月没有喝到我们自己的水了，好甜哪！"

在外面大家都说，一回国先倒头睡它三天三夜再讲。不想，现在谁也没有一点倦意。她们踏上了自己的国土，心里充满了对于祖国的亲切感，充满了一种往常不大容易体验得到的新鲜感，早把劳累困倦忘到一边去了。电线上落了一排麻雀，叽叽喳喳地在叫，是谁说：

"我们这边的小雀子叫的，比那一边的要好听多了。"

九四一部队在边境一线停留了一段时间，进行作战总结和评功庆功。陶坷参加转送女俘虏，提前回到祖国，在战俘管理所帮助了一段工作，也从俘管所回来了，总机班六姐妹会合在一处了。

一号首长是随后卫部队撤下来的，一回来，先跑到电话站来看望总机班的同志。连长、指导员陪着，大家都坐在线拐子上。一号笑呵呵地逐个儿望着六个女电话兵，使她们在那样亲切爱抚的目光下有些不好意思了，他才开口说：

"你们这些冒领男式大号鞋的，这半个多月怎么样？够受的吧？"

女战士们低下头，只是轻声地笑着。她们一向是用无缘无故的笑声来回答首长问话的。

一号兴奋地说："别的不敢吹，我可以这么说，'九四一'没有一匹不能上阵的马。行！真行！算我错看了你们。不知道通信科为什么到现在还不给你们请功。没关系，他们忘了。我和二号为你们请功，提到党委讨论。"

大家简直不敢相信一号的话。她们觉得，出国作战以来，一号对总机班不可能有什么好印象的。他几次在电话上大发脾气："要你们这些电话兵干什么吃的！"可是，看样子首长是从心里在夸赞她们，不是随便说一说的。

杨艳嘴快，她故意说："我们班任务完成得不好，一号别讽刺人。"

一号说："谁想找我这么讽刺他一下，我得考虑考虑咧，我这人可不是那么好说话的。"

"要是说我们任务完成得还可以，那也多亏了一号，是一号刮鼻子刮出来的。"

杨艳这话引得大家一起笑起来。

"我是不是骂了你们什么难听话？我可不记得了。"一号连忙表示了抱歉。

班长严莉说："不！线路出了问题，首长在电话上讲几句气话，我们心里倒还好受一点。如果首长一句话不讲，扔下'有线'，全用'无线'去了，那我们才受不了呐。"

一号嘿嘿地笑着说："你们听听，到底是当班长的，同样几句话，说出来就不一样。"

总机箱子上，放了路曼和肖群秀刚刚填写好的两张入党志愿书。一号拿起来看看，祝贺了她们。一号说：

"听！红河沿岸炮还在响。你们能在炮声里来填写入党志愿书，这是难得的。不比平时，谁在班里多扫了几次地，就算是过硬的条件，可以优先吸收入团入党。我晓得的，一个班就那么一两把笤帚，你早一点拿到了手，我就拿不到，不见得我的劳动观念就比你差。当然，抢着搞卫生总是个优点，我并不反对。"一号问严莉："你们班就是她们两个填了表吗？"

严莉说："在国外，支部就发给了小陶入党志愿书，她一直拖着，没有填。"

"为什么?"一号问小陶。

陶坷笑笑,总不作声。

"小陶以前写过申请的。现在总说自己条件不够,愿意过一段时间再讲。"严莉替小陶回答。

指导员说:"这次到前方来小陶是比较突出的,可是小陶总拿自己和刘毛妹烈士比。说既然刘毛妹都还没有能入党,那她就更……"

提起步话机员刘毛妹,一号首长立时现出了沉重的神色。他带着对于这位烈士深深的敬意说:

"大家都向党委提意见,说应该追认刘毛妹同志为正式党员。我们当然希望能这样,可是,他生前没有向党组织表示过这种要求。无论他是出于什么考虑,我们总是应当尊重他个人的意愿。"

陶坷解释说:"这个情况我知道。我是想着,既然自己各方面差得太远,就是勉强入了党,一想起他,心里会觉得过不去的。我们党内缺少的是他这样的人。"

一个战士,出于对自己更严格的要求,主动向党组织提出,宁肯先留在外面,这样的事情,在过去战争年代里倒是常见的。当初一号本人就曾经采取了这样的行动。本来满十八岁的时候就可以填表的,他主动推后了一年。那时候在部队里,大家都以刚够年龄就加入了组织为骄傲。一号虽然失去了这种骄傲,却从不感到遗憾。今天又看到有人这样,使这位有将近四十年党龄的老党员内心十分激动,感慨万端,觉得这是很不容易的事情。我们已经有了三千多万在各种情况下吸收进来的党员之后,再吸收一个党员,正如在激荡的湖水里又注入一滴水。这一滴水,即或是很不洁净的,也不至于给湖水里增添更多的沉淀物了。可是,女电话兵陶坷并不因此宽容自己,她希望自己能成为一滴洁净的水。

一号告诉连长,放总机班半天假,让她们下河去洗个澡。司令部在河里为女同志们划分出了一个地段。女电话兵们是迫切地需要洗涮洗涮了。出境作战以来,白天黑夜就是那么一身儿,又是雨又是汗,湿了干,干了湿。坐在一起,彼此闻得见的,除了和男同志们身上一样的酸臭,还多了一种男同志所没有的气味。

六姐妹在河湾里找了一个僻静的地方,派人站上哨,轮流下河去洗。她们轻装很彻底，现在可怜了，没有替换的衣服。只好先把衣服和小东西全部洗出来，晒在草地上，然后洗头洗澡。完了，扯几片芭蕉叶铺着，坐下来梳拢着水淋淋的头发，等着衣服干。

太阳就要落山了，六姐妹一字儿排开走回驻地。她们洗了个痛快，一个个头发蓬蓬松松，夕阳照耀下那红润的脸皮像是透亮似的。驻地生产队的妇女们抱着孩子站在路边上看，她们议论说："九四一部队招女兵，怕尽是要挑长得好看的，不好看的不要。"

汉家女

周大新

日影在一点一点地移。待检的新兵排了队，准备工作已经做好。于是，接兵的副连长宗立山，便伏在桌前，带一缕困意缓缓地翻着一摞体检表。这时，一个农家姑娘走进来，拍了拍他的肩。他以为又是哪个待检新兵的姐姐来提什么要求，就起了身，随她走。他被领进体检站旁边的一间空屋里，一迈过门槛，姑娘便把门无声地关了。

"找我有什么事?"他的声音颇矜持。

"听着!"姑娘喘着粗气，"俺要当兵! 俺晓得你们要接六个女兵。你不要摇头。俺家无权无钱，不能送你们东西，也不能请你们吃饭。可你必须把俺接去，你们既然能把公社张副书记那个近视眼姑娘接走，就一定也能把俺接走! 俺不想在家拾柴、烧锅、挖地了，俺吃够黑馍了!你现在就要答应把俺接走! 你只要敢说个不字，俺立时就张口大喊，说你对俺动手动脚。俺晓得，你们当兵的总唱'不准调戏妇女'。你看咋着办? 是把俺接走还是不要名声?!"

副连长的那点矜持早被吓跑，眼瞪得极大；白嫩的脸一会儿红，一会儿青，一会儿又白；两脚也不由自主地收拢，竟成了立正姿势。屋里静极，远处的狗叫从玻璃缝里钻进来，一声一声的。不知道过了多久，他才张了口，微弱嘶哑地问："你，叫……什么，名?"

"小名三女子，大名汉家女!"

这幕情景，发生在豫西南榆林公社的新兵体检站。时间是十六年前。

汉家女就这样当了兵。

刷痰盂，擦地板，揉棉球，给病号送饭，放下拖布抓扫帚，还总一溜烟儿地追着队长问："有啥活?"老队长慈爱地笑："没了，歇歇。""累不着，送三天病号饭，顶不上在家锄半晌地。吃的又是白馍。"

人勤快了还是惹人喜欢。当兵第三年，她提了护士。领到的工资多了，除了给娘寄，也买件花衬衣，悄悄地在宿舍里穿上，对着镜子照。少了太阳晒，脸也就慢慢地白。早先平平的胸，也一天一天高起来。原先密且黑的发，黑亮得愈加厉害。于是，过去不大理会她的那些年轻军官，目光就常常要往她身上移，个别胆大的，还常常走上前极亲切地问一句："汉护士，挺忙?""挺忙。"她嘟起丰润的唇，冷冷地答。于是，那军官就只好讪讪地走开去。老队长见状，曾蔼然地对她说："家女，中意的，可以和人家在一块谈谈。"但她总是执拗地摇头。

却不料突然有一天，家女红了脸，找到了老队长："队长，俺找了。""找了什么?"队长一时摸不着头脑。"是三营的，叫宗立山。"老队长于是明白了，于是就含了笑说："好!"

蜜月是在三营部度的。新婚之夜，客人们走后，家女推开丈夫伸过来的手，脸红红地说："讲实话，你当初在体检站把没把俺当坏姑娘?""没，没有!"丈夫慌忙摇头。家女这才把脸藏到丈夫的怀里，低而庄重地声明："除了你，没有一个男的挨过俺的身子!"

蜜月的日子过得真妙，但谁也料不到，就在蜜月的最后十天，家女会受个处分：行政警告!

处分来得有些太容易!那是一个早饭后，她在屋里打毛裤，听到隔壁七连长的妻子在哭，于是忙赶过去。一问才明白；有两个女儿的七连长的妻，还想再要一个儿子，就偷偷地怀了孕。风声走漏到团里，团里今天要派计划生育干事来"看看"她，怀了已经三个半月，一看自然要露马脚。女的于是就怕，就急，就哭；哭她的命苦，哭她家在农村，没男孩就没劳力。不一会儿就把家女诉得心有些软，哭得心有些酸。于是，家女便把手一挥："没事!这个干事刚从师里调来，不认识你，也不认识我。你去我家坐着，我来应付他!"

她在蜜月里穿的是便衣，就那么往七连长家一坐。待那干事来时，她便迎上去，开口就说："你是不是怀疑俺怀了孕来检查?你看俺像不像怀孕的?!"边说边拍着下腹,一只手还装着去解衣服。那干事见状,慌慌地摆手:"没怀就算,没怀就算!"急急地退出屋去。这事儿自然很快就露了馅,第三天她就得了个行政警告。

家女当时对这个处分倒没怎么在乎,笑着对女伴说:"俺也是好心。"一年之后,她丈夫调师里当参谋,她也提了护士长。料不到,后来调级时上级规定:受过处分的不调。要在平时,家女也许就罢了,可当时,她本打算和丈夫一块转业回河南宛城。这一级不调,一到地方,亏就要永远吃下去。她于是就吵,就闹,但级别到底没调。一怒之下,她下了决心:先让丈夫转业回宛城,自己把级争到手了再走。

也真是巧,就在她决定不转业的两个月之后,上边突然来了命令:全师去滇南参战!

那晚的月亮真圆。丈夫刚从宛城回来看她,一家三口正围桌吃饭,邻居刘参谋的妻子变脸失色地冲进来:"听说了没?部队要去打仗了!"家女听到这话,惊得好久都没把口中的筷子拔下。丈夫急急地催她:"还不快去问清楚!要是真的,就要求留守,我已经转业到地方,你一个人带个孩子咋去打仗?!"她愣了一霎,就拉了儿子星星的手,慢慢地向医院走。

见了院长,她刚说一句:"院长,俺星他爸转业了,星儿又正学汉语拼音,离不开我——"院长就打断了她的话:"我这会儿可没心听你说儿子学拼音,马上去通知你们科的人来开会。部队要打仗,你得把孩子交给他爸带回宛城去!"她顿时无语,就又拉了孩子回去。

进屋看到丈夫那询问的目光,她就叹了一口气:"罢了,该咱轮上,就去吧。这会儿要求照顾,说不出口,日后脸也没地方搁……"稍顿,又望了丈夫说,"我去了之后,有一条你要记住,你到地方工作,女的多,要少跟人家缠缠扯扯。给你说,俺的身子是你的,你的身子也是俺的,你要是敢跟哪个女的胡来,老子回来非拿刀跟你拼了不可!"

部队上了阵地不久,就爆发了一场挺激烈的战斗。伤员们不断地送进师医院,断腿的、气胸的、没胳膊的,啥样的都有。这情景先是骇得家女瞪大了眼,紧接着,伤员还没哭,她倒先呜呜地哭起来,边哭边护理,边护理边骂:"日他妈,人心就这么狠哟!把好好的人打成这样，天理难容呀！让他们也不得好死！"一开始她在骂敌人，后来，见伤员越来越多，她便骂走了口："不是自己的娃，不知道心疼是不是？人都伤成这样了，还不快点抬下来！日他妈！……"这些骂声刚好被来看伤员的一个副政委听到，副政委气了个脸孔煞白，立时就朝她训起来："你在胡骂什么?!你还知不知道这是战场？听着！马上给我写检讨！不然，小心处置你！"她被这顿训斥吓得有些呆。但当天晚上，她一边写着检查，一边挺不满地嘟囔："哼！为几句话，就训这么厉害？"

这场激战结束不久，后方就送来了不少慰问品，其中有一批男式背心和裤头。那天中午，男同志们排队领背心和裤头，家女竟也毫不犹豫地挤进了队。男同志们见状，就笑，就问道："你来干啥？"她理直气壮地答："领背心和裤头！""这是发给男兵的，你能穿吗？"男兵们笑声更高。"凭什么只发给男兵？你没看那背心上印着'献给南疆卫士'么？咋？就你们是卫士，老子不是?!我不能穿，晚点我儿子长大了给他穿！"领上东西回宿舍，几个女伴埋怨她不该去。她听后就很生气："咋？背心裤头，在商店里买三四块钱哩。凭啥只让他们男的沾光，不许咱沾？"女伴们直被她驳得哑口无言……

这之后，部队又打了一场恶仗。后方的亲属们便有些慌，接到前边亲人的信，也怀疑是别人模仿笔迹代写的。院领导就让每人都对着录音机向亲人说番话，再把磁带寄回去。

大家都觉这主意好，于是就轮流在院部的那台录音机前，向亲人说一磁带的话。轮到家女录音时，她把录音机拎到附近一个防炮洞里，谁也不让听到。助理员觉得好奇，收齐录音带准备去寄之前，悄悄地把家女的磁带放进录音机里听。这一听，使他又好笑又难受了几天。原来，那磁带上录的是：

　　星儿爸、星儿，你们可好？星儿胖了没？长高了多少？想我不想？平日闹人不闹？汉语拼音学得咋样？会不会拼出爸妈的名字？夜里睡觉前没吃糖吧？牙没有再疼么？夜里撒尿知道喊爸爸拉开灯吧？这一段时间尿床了没有？早饭你爸都让你吃些啥？给你订牛奶了没？晌午饭能不能吃下一个馍？我去年给你买的那双皮鞋还能穿吧？你的裤头穿上小不小？勒不勒屁股？你要觉着小了，就让你爸再给买一个！平日上街时要小心汽车！头发记着一个月理一回，理成平头就行！别玩弹弓，小心崩了眼睛！写字时看画书时记着头抬高一点！妈在这里很好，就是想你，（带了哭音）想得很！妈恨不得这会儿就回去看你，可是不行，仗还没打完，待一打完妈就回去看你。你好好在家，听爸爸的话。好了，星儿，你出去玩吧，妈和你爸说几句话。星儿爸，下边的话你一个人听，让星儿出去。（停顿）星儿爸，你说心里话，想我不？你要是不想你可是坏了良心！我可是想你！除了刚来那几天和打仗紧张时不想你，剩下的日子哪个夜里都想，每个月的下旬想得特别厉害。告诉你，不知道是因为这里气候的关系，还是因为我护理伤员太累了，反正这两三个月的例假总是往后推，已经推到下旬了，而且量少了，有时候颜色也不大对劲。不过你不要挂心，我会吃药的。我守着医院，没事的。你最近的身体咋样？胃病犯了没有？记着少吃辣椒，少吸烟，书也少看点，把身体养好！彩电买了没有？告诉你，我们这里吃饭不要钱，我的工资基本上都攒着，回去时差不多够买个电冰箱。日他妈，咱们以后也洋气洋气，过它几天排场日子。你现在就开始为我在宛城联系工作单位。我想部队一撤回去就转业，咱不要那一级了。我这会儿想开了，人家好多人的命都留到这里了，咱还去要啥级别？日他妈，亏就亏一点，只要咱一家人在一起就行了。最后还有一件事，我原想不说的，想想还是说给你。就是你现在宛城宿舍的隔壁，那家的女人好像不地道，两眼总在往你身上瞅。她男的在外地工作，你记着要少跟她说话，晚上不要去她家串门。我再说一遍，你要是胆敢跟哪个女人胡来，老子回去非拿刀杀了你们不可！你要把我这话记到心里……

仗，接二连三地打，医院也就紧紧张张地忙。家女身为护士长，自然忙得更厉害。看着那些血肉模糊的伤员，她常常流着泪给他们洗脚、擦身、喂饭、端大小便。有些伤员一点不能动，牙都不能刷，嘴老觉着没味。她就用棉球蘸了盐水，一颗牙一颗牙地给他们擦。累极了，她就倚墙坐在地上，垂了头睡。室内的伤员见状，便都涌出了泪，哽咽着喊一声："护士长，地下湿，快回去睡！"她吃力地睁开眼，笑笑，挣起身，晃晃地又去忙。听说医院要评功，十几个拄拐的伤员，就撞进院长的屋里叫："不给汉护士长记功，我们反了！"

一个报社记者听说她精心护理伤员的事迹，以为可抓住一个大典型，便兴冲冲地找她采访："护士长，你先谈谈来前线有些什么感想？"她默思片刻，极郑重地答："这地方拾柴可真方便！"记者有些发呆："什么拾柴？""你看，这满山的树和草，都能当柴烧锅。可在俺河南老家，拾一筐柴真不容易。俺小时候常拾不满筐，总挨娘的打。要是这儿离俺老家近，俺真想在这里拾两车柴！"

危重伤员转走后，家女好不容易得个空闲，便到附近镇上买东西。才进大街，忽听邮局门口有人在哭。原来，一个战士的妈妈从后方给他寄来五斤熟花生米，包裹单早收到了，来邮局领几次都说没有。今日那战士无意中发现，邮局女职工的孩子拎着玩的一个布袋，正是妈妈寄花生米的包裹袋。于是那战士就来论理，就委屈地蹲在那里抽泣。家女一听，这还了得！三下两下拨开众人，冲着那女职工就骂开了："好你个没脸的东西！人家在前边打仗，老妈妈几千里寄点花生米，你还把它吃下去，你还有没有良心？你不怕吃下去烂了肠子烂了肺？不怕再不会生孩子？！……"

街上人越围越多，丢花生的战士早走了，她却从邮局吵到镇政府，东西也忘了买，回到宿舍还生了半天闷气。直到傍晚，院长通知女兵们收拾一下，准备第二天参加誓师会，给即将出征的突击队员敬酒时，她才算把这事丢开。

那天傍晚，破例地雨止雾消。于是，天就很蓝；西天霞映过来，树叶便很红。一个女伴就讲：天哟，这些日子咱们只顾忙，身子总没擦，内衣也没换，身上都有味儿了。明日给出征的突击队员们敬酒，叫人家心里骂：都是些脏女人！咱们是不是弄点水洗洗？于是，便分工，哪几个抬水，哪几个烧水，哪几个用雨衣遮门窗。水烧好后，天也就黑了。一人一桶，轮流到木板房里洗。

家女是最后一个洗的。进了屋脱了衣服，她就在那里看自己的身子，估量着是胖了还是瘦了。自从那次丈夫附了她耳说：我特别喜欢你的丰满！她便暗暗地希望自己胖上去。刚洗了几把，忽觉一丝风吹来，抬头一看，发现窗户上遮着的雨衣掀了一条缝，缝里露出了一双眼睛。好个狗东西！家女只觉得气涌上心，呼地拿起旁边的一件雨衣穿上，猛地拉开门冲了出去。窗外那男的刚要扭头跑开，被她赶上，抓住耳朵，啪啪打了两个耳光。男的慌慌地挣脱逃走，但家女已认出：是七连二班长！狗东西！家女怕招人来，不敢高声骂，只好跺了脚在心里恨恨地咒："狗东西，叫鹰叼了你的眼！"

熄灯前，她按惯例到病房巡视一周，回来开宿舍门时，忽见门底下塞着一封信，展开一看，竟是那个七连二班长写来的——

汉护士长：

　　求您原谅我！我本是去医院同老乡告别的，从那个房前过时，听到屋里有撩水声，便鬼迷心窍地把雨衣掀了个缝。我求您宽恕我，千万不要报告我们连长。我参加了出击拔点的突击队，明天喝罢出征酒就出发。您知道，突击队员能活着回来的很少，倘您报告了连长，那我死后，上级肯定不会再给我追记功了。一个无功的阵亡者，又落个坏名声，父母是很难得到政府照顾的，日子咋过呢？求您看在两个老人的分儿上，宽恕我吧！我当时也知道不该偷看您洗澡，可想想自己长到十九岁，临死还没见过女的身子是啥样，看一下也不枉活了一场，就忍不住了……

家女看着那张信纸，身子一动不动，怔怔地坐在那里。

第二天开誓师会敬出征酒时，她手抖着，捧了一杯酒走到二班长身边，默默地把酒递到他的脸前。二班长慌慌地接过杯，手也在抖，一口喝下之后，就垂下了头。她低低地说了一句："散会后去我那里一趟！"二班长恐惧地抬起头，眼中露出了哀求。但这时她已转身，去给另外的战士敬酒。

会散了之后，二班长战战兢兢地推开了家女的宿舍门，他不知道怎样的惩罚要落到头上，但又不敢不来。

他进屋后，家女关上门，慢慢地朝他身边走。他慌慌地向后蹭着脚，以为巴掌立刻就要落到自己的脸上。却不料，家女突然伸臂把他揽到自己怀里，用颤抖的声音说："昨晚，我不该打你。现在，你可以亲我、抱我，来！"他在一瞬间的惊怔之后，忙惶恐地挣脱着自己的身子。这时，家女那带了泪水的脸已贴在了他的脸上。"咕"的一声，二班长朝她跪了下去……

那场出击作战过后，天气愈见热了，阵地上烂裆的战士也就更多。家女和另外一位男兵坐一辆救护车，去给前沿送治烂裆的药物。那几天战场比较平静，原本没有危险的，可她坐的车竟在一个山道转弯处翻了。车在山坡上滚了三下，家女的头撞在岩石上。

她死了。死在去前线的路上，没有什么壮举，没有追记什么功。

女伴们收拾她的遗物时，发现了一封没写完的信。十二个女伴含泪传阅着——

星儿爸：身子可好？

　　你上封信说，给我联系转业单位时，需要向人家领导送点礼。也巧，昨天我去师机关办事时，见管理科正在分发后方慰问来的"大重九"烟。这烟一般只送给师首长和最前沿的战士吸，很少分到我们医院里。我趁他们没留意，就偷偷拿了两条。反正我也在前线，慰问前线的东西我偷拿一点没啥不得了的。过两天我把烟捎回去，你拿上送给人家领导。听说这是好烟，会吸烟的人都喜欢。

　　下一步，还要打大仗，我们医院要上前沿开设救护所。我在想，万一我有个意外，对你可有一个要求：不要给星儿找后妈，有后妈的儿子太可怜。我一想到星儿有个后妈，心里就怕得慌。哪怕等到星儿能独立生活时你再找，也行。当然，我这只是说说，前线至今还没死过一个女兵，领导不会让我们去很危险的地方。

　　另外，有一件事我想告诉你，半月前，我亲吻过另一个男人，因为……

信没完。女伴们看过之后，一致决定：为了维护家女姐的声誉，为了小星儿和星儿爸，把这封信毁了。当那封信被火柴点着的时候，十二个已经结婚和将要结婚的女伴发誓："谁要对外人泄露一句，让她的丈夫和孩子不得好死！"

射天狼

朱苏进

一

　　电话兵通过轻型被复线，报话兵通过微微摇曳的鞭状天线，同时收到阵地信息，又同声复诵出："发射完毕!"

　　寂静最令人不安。此刻，一枚数十斤重的弹丸正在天空飞行。炮口距目标九千五百公尺，弹丸需飞行四十余秒，对于观察所指挥人员来说，这是个折磨，长得不堪忍受。谁知道将得到什么，远弹？近弹？命中弹？还是最讨厌的"不见弹"？肉眼根本看不见蓝玻璃似的天空会有一颗压满TNT炸药的合金杀伤大爆破弹。它一出炮口，人们就无可奈何它了，任何力量都不能使它停止飞行或是改变弹道。它按照火炮身管赋予它的方向和角度冲上天，然后不管人们愿意不愿意，都要落下来触地爆炸，迸出六七百块齿状弹片，疯狂地咬向敢于阻碍它的一切。因此，在实弹射击时，弹道所通过的地域常常没有居民地、公路和建筑物，目标区也设在一片大山里。处于弹道下方并抵近目标区的，只有炮兵观察指挥所，他们要观测这只没有翅膀的铁鸟。

　　可是为什么看不到爆光？这个散布死亡的东西飞到哪儿去了？

　　副团长颜子鹄放下望远镜——它虽然能使人望得更远，代价却是把人的视野限制在很小范围内。果然，他放下望远镜，视野开阔了，看到右前方褐色山坡后面窜出一股烟柱，接着传来沉闷的爆炸声，它大大偏出目标区域。根据响声判断，炮弹炸在松软的土地上。

观察所发出的一片混乱的惊叫，被颜子鹄的高声命令截断："查图，找出落弹区！"又朝三连连长罗怀牧下令，"停止射击！炮手脱离炮位，叫副连长逐炮检查。"

营长递过一比五万的军用地图，食指尖指着一处："这里。"地图显示，褐色山坡后面是大片农田。万一有人，可就糟了。

颜子鹄朝旁喊道："小车！"又催问罗怀牧，"查出来没有？"

罗怀牧脸色灰白，担任射击的是三连，射击指挥员就是他。他吃力地说："射击指挥无差错，问题出在阵地。副连长报告，三炮方向错了一百密位。"

如此大错！阵地上只有四门炮，却有五位连排干部。颜子鹄气道："我命令你们坐下来三天！"他喊上营长坐进小车，赶去查看事故后果。

小车从凹凸的山坡蹦跳着冲下来，拐上公路，高速驰向落弹区。颜子鹄去掉军帽，双手抓牢车把手，上身倾出车门，在急风中极力睁眼注视迅速滑后的田野。他忽然叫道："在这儿，停车！"

颜子鹄和营长跑下公路，从长满草藤的田埂旁边，扶起一位年约五十的农村妇女。她已经昏过去了，左肩和小腿处有血迹。蓝头布落在地上，旁边翻倒一个茶水桶，弹坑距她四十米，不知是否受到致命伤。颜子鹄和营长匆匆给她裹扎好伤处，把她抬进小车。远处，一个小男孩正朝村庄狂跑乱喊，十几位群众朝这里奔来。阳光下，一张张惶恐的、愤怒的、惊讶的脸越来越清晰，有人匆忙中还提着锄头和扁担；有人已经看清发生的事情，跑得更快，急声大呼……颜子鹄他们就要落入十分难堪的境地了。

营长道："阵地有军医，我们快把老人家送去吧。"

"好！"颜子鹄回答着，又望着拥来的群众，对营长说："你害怕吗？"

"不，我理解他们。但这时候什么都说不清楚。"

"那你就留下！无论人家动口动手，你都不准躲避，不准发作，不准辩解。否则，就处分你。告诉他们事故的真实原因，找到老人的亲属和大队领导，很快我就派车来接你们去看大娘。你这儿比较困难，不是低声下气就能取得群众原谅的，越那样人家越气。我们错了就是错了，要认账。但在大错之下也要体现革命军人的品格，你明白我的意思吗？"

"明白。"

颜子鹄把老人抱上车，关好车门，双臂把老人家拢在怀里。小车平稳地驰走了。他从后窗望去，群众围在大弹坑边上看了看，然后，慢慢地从三面围住营长。营长垂手站着……

小车停在三连炮阵地的通路出口，响了两声喇叭。颜子鹄钻出车，对快步奔来敬礼的副连长吴晓义道："拿担架，把老大娘抬下来，快把医生找来！"

"谁呀？"副连长吃惊地看着颜子鹄胸前的血迹。

"你母亲！"颜子鹄绷紧脸，无法控制自己了，"大家不是天天喊，我们是人民子弟兵、子弟兵吗！"

军医赶来半跪在地上为老大娘检查伤情，然后重新包扎。颜子鹄在他耳旁问："怎样哇？"声音微颤。

"还好。没有伤到动脉和骨头。不过要快送医院。向团里要救护车吧？"

"不等了。"颜子鹄对吴晓义道，"调一辆炮车，把火炮卸下来，把老人家抬上去。出事的是哪个班？"

"三班。"

"让三班撤出阵地，在车上轮流抱着老人家，立刻送医院。"

吴晓义在前，军医在后，抬着担架往阵地后面绕。颜子鹄喝道："干吗躲躲闪闪，想藏住自己的失败？不准绕，就从炮阵地上过去。"

所有炮手都笔直地站在炮旁，呆呆注视着担架通过。一看到颜子鹄的脸，好些战士心怯地转开目光。老人家醒了，呻吟着偏转头，恍惚地朝火炮和战士们望着。

"呜……"一位战士扶着火炮瞄准具大哭，接着，跳过火炮大架，钻到相思树林里去了，两个战士急忙跟去。颜子鹄估计他可能就是错了一百密位的瞄准手，低声问："入伍几年？"

吴晓义答："一年，工作不错，是党员。"

"现在入党真快，军事素质呢？你们要分工一名干部看护他，不能恶化他的情绪，也不能让他改行当一般炮手，他自己要求也不许。他还是瞄准手，下回实弹射击还是要上。"

颜子鹄是强忍着一团怒气走进阵地的，然而，沿阵地走了一遭后，恼怒便化为一种复杂的感情。他看到，炮车通路两侧的树林，竟无碰断一根树枝；田边必定要碾碎的几棵白菜，早已被战士们包着土挖出来，移到通路远处，准备撤出阵地后再栽回去。在重炮和大型牵引车的缝隙里做到这一点，需要多么严明的军纪和良苦的用心啊！用弹药箱板子钉成的语录牌，插在掩体最高处，写着大家最熟悉的毛主席语录和战斗口号。和一年前不同的是，没有林彪的语录了。不过，这能说明他的一切都埋进温都尔汗沙海了吗？群众纪律执行得很好，没损坏群众一针一线。阵地的政治气氛搞得很浓，简直像打一场灵魂仗。不过，他们疏忽了一点，阵地要隐蔽，要伪装，要和现场保持一致。本属于心灵的语言，不必在嘴上重复了千万遍还嫌不够，又制成语录牌竖在最明显的地方，使敌机在两千米高空都能看到。花架子！

颜子鹄走到阵地指挥所，用电话向政委报告了这里的情况。政委说："我马上到落弹区去做善后工作，你放心吧。问题出在三连，你看还打不打？"

"打，射击还没完嘛。"

"我也同意打，但是要你亲自掌握。另外，师里刚才问到明天一连的实弹射击。一连更难办啊。你看他们还打不打？"

政委是忧虑一连连长袁翰。袁翰返乡探亲已经超假，团里两次电报催归，还不见音信。这件事激怒了颜子鹄。连队临近实弹射击，连长居然无故不在位。颜子鹄和政委的最初决心是：就当袁翰"死了"，一连还是要打仗的，让指挥排长代理连长指挥射击。可是，三连出了事故，政委犹豫了：指挥排长毕竟没有指挥过全连呀。

"袁翰的超假，"颜子鹄通过电话说，"属于执意违背命令，性质比三连的偏弹更为严重，简直不像个军人，非处分不可。但连队的实弹射击，我的意见还是打。垮了连长，不能垮掉连队。打好打坏是一回事，不上炮场，这个连队的人心就散了。我坚持打！"

"知道了。"政委放下话机。

二

　　一连指挥排长坐在车内连长的位置上，这对他简直是过分的幸福，他将占领观察所，指挥全连火炮实弹射击。阵地指挥员副连长，虽是他的上级，也将逐字逐句地复诵和执行他的口令。每个炮手把他的意志填进炮膛，他将看到弹群按自己的意愿爆炸，仿佛是自己手臂延长了，伸过去捏碎了坚固的目标。热爱军事的人谁不珍重掌中的权力，这权力可以实现自己所追求、所热爱的意愿，和渺小的个人权力欲完全是两码事！尽管他嘴上也讷讷地道："副团长，我怕不行啊。"这是因为他觉得不谦虚一下就太不像话了，其实，他心里早把三连看矮了半截：哼！打个偏弹，练兵练到脑后去了？他储藏下的本事，使他忍住笑意接下重任，那一刻，他深深感激连长袁翰平时对他的培养。

　　他刚当排长时，袁翰就逼他学习连长的全盘指挥业务，说："一年以内，你必须成为全营指挥排长中最强的一个！别怕人家说你有当官的野心，那是蠢猪式的嫉妒。不但理解本职而且理解上级的职能，才能更灵活地完成自己的工作。满足于仅仅完成本职工作的指挥员永无出息。"好几次野外协同训练，实际指挥一连的是他这个指挥排长，袁翰只在边上传达口令，营指挥所都没察觉。有一回，袁翰竟然在"暂停"时睡着了，醒来后苦笑着说："我也会偷懒啦。说实话，这一套，六四年我当班长时就会了一半。如今当个连长，比那时候当排长还容易，老是这一套程式，好像敌人听我们调动似的。我要是当敌人的话，别人不敢说，咱们营长就会输给我。"

　　像那时的不少干部一样，军事上幼稚，阅人览世却过早成熟，（把心思都放在了争权夺利上，军事素质自然会大打折扣）小小年纪的指挥排长，因为袁翰急迫地要把他推上连长位置，竟狐疑起袁翰的用心："连长，上级要提拔你了吧?"

　　"天真。他们情愿提你，也不会提我。我是大比武出来的，和罗瑞卿握过手，沾上啦。"

　　"这是暂时的，"指挥排长很坚决地说，"什么单纯'军事观点'，什么'骄傲自大'，一打起仗来，人们就会改变看法了。"

指挥排长的坚定信念，使得袁翰对他特别亲近，甚至有些钦佩他。但袁翰的苦恼消散一阵后，重新聚结起来会更重。"算啦，谈起来心烦。你只要做到在任何时候都能指挥全连，就帮了我大忙了。"

"怎么是帮了你大忙呢？"

"等你顶上我的时候，连队不需要我了，我也可以脱军装了。唉，什么时候才有仗打！"

这是一段往事。现在，指挥排长膝头铺开军用地图，手指间夹着一支管状照明灯，不时探头辨认路旁墨堆似的山影，率车按照图上的开进路线奔向观察所。

指挥车跑着跑着忽然减速，驾驶员上身前倾："看，像是连长。"

果然是袁翰提着旅行袋，出现在公路拐角处，眼睛扛不住强烈车灯，偏开脸躲避着，脚步歪歪斜斜，差点走到路沟里去，好像刚刚从灾难中脱逃出来似的。

"闭灯，停车。"指挥排长很惊讶，连长怎么狼狈到这个程度！他跳下车奔过去。

袁翰几乎连上车的劲也没了，倒身坐在踏板上，背靠着车门，仰头闭目，享受着全身筋骨骤然松弛后带来的畅快。指挥排长"劈里啪啦"地拍去他身上的尘土，连连问话，但没有得到回答。车上的战士纷纷下来围在连长身边。

指挥排长朝报话班长道："快报告，连长归队了。"报话班长拿起话筒喊开了密语。指挥排长把地图摊在袁翰面前，手指在图上快速移动："这儿，是我连阵地，这儿是观察所，我们现在正行进到四十公里路标处。基准射向30-00，目标区在天马山北面，凌晨五时完成一切射击准备。副连长率战炮分队从这条路占领阵地了。指挥排齐装满员，'无线'正与上级和阵地保持联络，'有线'还没开设。"说到这里，他把指挥包交到袁翰怀里，"连长，你指挥吧！"

两道雪白的灯柱上下抖动着，一辆小车驰近戛然刹住。灯光灭了，但发动机没停转。颜子鹄在黑暗中质问："为什么停下来？"

指挥排长道："连长回来了。"

"那也不能停止前进。看你们，都在公路上窝成一团了。"

战士们迅速登车，袁翰端正军帽，上前敬礼。颜子鹄压低嗓音："你超假整整二十天，什么原因？"

"老婆生孩子。"

"就这个？"

"就这个。"

"这个我知道，你在请假报告上写了。我问你为什么超假？"

颜子鹄等待几秒，没听到滔滔不绝的申辩、对意外事件的渲染，或是絮絮叨叨的检讨。而这些，正是从超假干部口中常常听到的。他很想按亮手电筒照照袁翰的脸，这个违犯军纪的人究竟知不知愧！

"你等待处理。实弹射击仍然由指挥排长指挥，任务不变。"颜子鹄回到车上，重重地关上车门："开车！"

袁翰问指挥排长："他是谁？我没看清。"

"刚从军里调来的颜子鹄副团长，恐怕会当团长呢！"

袁翰从颜子鹄的语气和上下车的动作里，预料到事情不妙了。犯了错误，偏偏碰上个新官上任三把火的领导。

指挥排长抱住袁翰双肩，动情地急切地说道："连长，到底为什么超假？说啊，连我都不告诉？"

"确实是老婆生孩子。"

"都好好的吗？"

"好好的。"

"那你为什么超假？"

"唉，你没结婚，不懂什么叫老婆。车上有干粮吧？我饿一天了，身上只剩三分钱，买个面包都不够……"袁翰难堪地说不下去了。

"你的钱呢？"

"都摔给她了。"

车上战士赶忙递下馒头和咸鱼。指挥排长看见扔在车踏板上的瘪瘪的旅行袋，鼻眼酸涩。连长家庭生活困难，可是每回探家归来，也和别人一样带许多土特产让大家尝鲜，这是连队的不成文法。空手回来，真不好意思见人。连长这回只带来满身尘土和一副饥肠。看来他是被榨干了。

"再给块雨布吧，我实在走不动了，就在路旁山坡上歇一会儿，你们返回时喊上我。快走！副团长准保掐着秒表在前头等着。"袁翰连连挥手。车快开时，他突然跳上车踏板，对指挥排长说，"记住，别抢时间，保证精度。实弹射击比我俩平日练的那些射击法简单，不同的只是带个响儿。你只要不慌，一定能打好！"说完，他跳下车。

指挥排长双手扣紧指挥包，心安理得了，因为连长也愿意让他指挥。等待自己的将是一场痛快的钢铁格杀，等待袁翰的是什么？副团长的命令太冷酷了，连长既已归队，就该让他指挥全连嘛。指挥排长想到这里，激情已经冷却，而激情对于取胜是不可少的。他的信心碎裂成胡思乱想，对飞快的车速也有些恐惧："慢点，别慌。"其实他内心却很慌，总在想，自己指挥的这次射击可能比三连还要糟糕。

下车就找不到登山的小道了，地图上明明有嘛。指挥排长和战士们沿山脚急急搜索，蓦然，看到颜子鹄默立在前边，他身旁就是小道，可他偏偏一声不吭，准是在气恼指挥排长到得太晚。他看了看腕上的夜光表，大概没超出规定时间，所以仍然保持沉默。

指挥排长庆幸着：找到了路，还没开灯。否则，灯光一亮，准招来斥责。打得再好也要扣掉十分。

直至下午，实弹射击才结束。归途中，指挥排长在四十公里路标处寻找袁翰。他频频按响车喇叭，但不见袁翰出现。他跳下车跑过草坡攀上山顶，才见袁翰坐着雨布靠住一株歪头小松树酣睡。从这里可以远远望见射击目标区域。指挥排长意识到：不必向连长报告射击结果了，他什么都看到了，他刚刚睡着。

袁翰睁开滞重的眼皮，哑声问："全部命中，是不是？"

"除了首发试射，那是个靠近弹。其他嘛，时间、集火、齐射，都还可以。"指挥排长的语气仿佛说一件平淡小事。但他毕竟年轻，不善于把巨大欢乐禁锢在心里，笑意最初就流露在眼角，然后一点点扩大，终于变成"咯咯"的欢笑，把滑到身前的指挥包猛力甩到身后。"我做梦也想不到，咱们连打得那么好。不只是'命中'，完全是粉碎，对，粉碎！炮弹像被目标吸引过去，把目标都炸没了。真的，一点没剩下。真他妈的痛快！"

"别骄傲啊，沾上这个毛病就终生难改。"袁翰站起来叠好雨布，淡淡地问，"那位颜副团长有什么表示？"

"笑，笑！还给我追加四发炮弹，让我多打了一个转移射。"这是真值得骄傲的，全团指挥排长中，没有谁得到过这种幸运。

袁翰有些惊异："哟，这位副团长还真知道什么是对炮兵的最好奖赏。"

"哎呀，连长，"指挥排长叫道，"人家是火炮专家！秒表一掐，就知道了全连的协同情况。他看出你是有真本事的连长，要不就带不出这样的炮兵连。他问了我好多你的情况，还说：'一个连队失去连长仍然能打胜仗，正说明这个连长不平常。'他是在电话里对政委说的，我听到后高兴死了。"

袁翰快步走到前面，不能让指挥排长看出自己的激动。啊，有这句话就够了，完全够了。由他批吧、骂吧、处分吧，因为他有一双明辨贤愚的眼……袁翰真想立刻见到颜子鹄。

指挥排长在后面追赶着说道："连长、连长，你去见见颜副团长嘛，就在那边。他见到你准保高兴，你再把超假的事和他谈一谈，详细地谈一谈，他总有个家吧，还不理解你！"

"叫我了吗？"袁翰止步。

"干吗非要叫，你不会主动点。"

"不去！"

指挥车开到阵地，与炮车会合返回营区。

营区北头的一片营房就是三连，战士们正在炮场上擦炮——即使只打过一发炮弹，炮膛也需要擦洗数次。暗红色的洗刷杆在炮口出出进进，深黄的炮衣平铺在沙地上曝晒。一连的车炮接近时，他们都朝这边看，对各车厢的歌声和欢笑，对一连战士打去的手势和招呼，他们竟无一回答。

袁翰从车门伸出头朝车厢唤道："指挥排长，三连怎么了？"

指挥排长从车厢弯下身，胜利的欢乐还浅留在嘴角："噢，他们打了个偏弹，整整偏出去一百密位，伤了一位老大娘。"

"你……怎么不早告诉我？"袁翰发怒了。

"我忘了。"指挥排长声音很轻，只能从口型中猜出他是这么说的。

"你只想自己的事，"袁翰冰冷地说道，"通知各车，停止唱歌。"

"车距一百米，怎么通知呵？"

"发防空信号。"

指挥排长朝后面挥舞红绿旗，第二部车立刻平静了，同时把信号传到第三部车……整个车队无人高声说话，探出来的脑袋也全缩了回去。喇叭也不响了，各车减速，拉大距离，缓缓通过三连，仿佛是一路哀兵。

袁翰注视前方，白色的营区通路，无尽头地滑进车底。路两旁的小樟树是他带兵栽的，分别两月，好像粗了些，小树叶像人眼一样闪烁着脉脉神情……袁翰恍如进入一个陌生世界。"偏弹，伤人。"这几年来连队的军事水准，怎么下跌得这么厉害。他曾经在三连当过班长，是三连把他培育成射击指挥员。他心儿忽有所动，直到这时候，他才隐约地后悔自己不该超假。

三

窗内比外面晦暗许多，主要是因为几个烟鬼抽得太狠了。烟雾最初灰白色，还能飘出窗，后来越积越多，竟聚成凝重的蓝色，飘不动了似的悄悄扯起柔软而厚实的帷幕，遮住人们的脸，从而，使彼此不能从脸上看到心语。人们各自陷在自己的深沉情感里。

在这种地方，你不想吸烟也不行，烟能把你硬熏出瘾来。劣质烟草在猛吸中竟跳出一团团火苗，光块与暗影在脸上乱切乱拼，把人脸歪曲得不像个样子。不安的，忧虑的，没有一张脸是平日所熟悉的了。它们给人的印象比平日强烈数倍。面前的会议桌——除去球网的乒乓球台上，放着一张盖有两颗大印的公文纸，是上级对袁翰的处分决定。营长刚刚宣读完毕，大家等待着袁翰表态。

袁翰沉默许久，简短地说："我知错。我想好好考虑一下，再向支部汇报思想。"

营长说："还有两件事。刚才颜副团长打电话来问，你们谁向全连战士公布处分决定？"

"我。"袁翰拿过决定，他明白颜子鹄问话的意思：必须向全连做检讨。

"下午三点，全团在团部大操场集合，宣读上级关于三连实弹射击出现偏弹事故的通报。"营长望着袁翰,"时间快到了。"

"集合吧!"袁翰随即起身。指挥排长快步出门。袁翰先回宿舍喝了口水,让激动的心清凉下来,然后整好军容,走上炮场。

全连已成四列横队集合完毕,看战士们笔挺的身体和紧张的眼神吧,指挥排长一定先说过什么。

"立正!"

如果精密测量,可以发现袁翰是发令后第一个完成立正动作的。他酷爱此令,此令震人心魄。看,全连霎时凝聚成一群雕像。手足、腹部、脊椎、目光、表情甚至内心欲念,全部固定进条令规范,生命被此令锁住,力量压缩到临炸前的瞬间,每片衣襟驯服地贴在僵硬的躯体上,蚊蝇可以恣意蹿上他们的脸庞……这口令控制的一个整体,可以随你出征任何一个经纬点。

"稍息!"袁翰举起那张公文纸说:"上级决定。"全体立正。"炮兵团榴炮营一连连长袁翰,在今年九月至十月探亲期间,擅自超假二十天。为严肃军纪,教育本人,决定给予袁翰以行政记大过处分!听清楚没有?"

"清楚!"声音稀落。

"清楚没有?"袁翰高声问。

全连振奋地回答:"清楚!"

"今晚,我在全连大会上做检讨,现在到团部大操场开会。向右转,齐步走!"

一连进入大操场时,全团都朝他们望去。那毫无杂音、顿打地面的整齐步伐,袁翰响亮的口令和全连海潮汹涌般的复令,战士们帽檐阴影下一双双正视前方的眼睛,仿佛是来比武的。他们的威风与豪气竟使人们连呼吸也轻细下来。

袁翰很激动,这么好的队列,他当了五年连长也很少见到,他感激战士们,又觉得对不起他们。

"好啊……傲啊!"颜子鹄心内响着两个声音。

各连整队,上千人聚成方阵,颜子鹄站在与全团排面呈等腰三角形的指挥位置上,目光掠去,一眼就认出那一片是一连。他们普遍比其他连队的战士黑些瘦些,一声向右看齐,腹部回收,胸脯一概挺起来,胸兜里没有凸出香烟盒、打火机之类的杂物,也没有歪腰扭腚、抽动腮帮子的。这高质量的队列，就像一串环环相扣的铁链，胆小鬼夹杂其中也会勇敢起来。有的连队也笔直站立，也昂首不动，实际上差得远呢。严肃的面容下面，也许鼓个吃得太饱的肚子；宽大裤管里，可能有悄悄放松了的膝部关节。老兵熟谙此道，不用劲也站得挺像样。新兵只知憋足一股憋劲，脸儿让血冲得通红，身子明显倾歪，还以为自己站得最直。入伍第一课目就是队列，可是服役三年也未必能来个标准的立正，你也是一身军装，但绝不是完全合格的兵。没有对操场、对机械般动作的痴爱，没有指挥员的威力，就得不到一行真正的队列。

颜子鹄目光又回到一连，这个整体中最触目的部分。唉，这支连队虎威与熊力兼有，可惜也像公鸡那么骄傲。一些战士，甚至为获得骄傲的评语而骄傲。"你们想骄傲还骄傲不起来呐！"元帅和将军离他们太远，跟前最有本事的就是"咱连长"。袁翰好像生来就不信任太谦虚的人，手下几个班长都有点"傲骨"，外出执行任务，使得外单位领导喜忧参半，要使出通身本事才能领导他们。

颜子鹄的声音传至最后一排战士耳里，仍然有力有威："刚才各连入场，哪个连最好？"

"一连。"

"我最不满意的，是大部分带队干部的口令。"颜子鹄逐个望着队列前排的各连干部，"软声软调，破锣破鼓，男不男女不女，比我这半条喉咙差远啦（他的脖子挨过弹片）。一个炮兵指挥员，必须在炮声中把口令喊出去，还要保证每个炮手在炮声中听到，不仅是听到口令，还要从口令里听出你的必胜信心！我要求你们平时的口令要和战场上一样响，不然的话，到时候你就喊不出来。现在给你们一个标准。袁翰，站到这里来。"颜子鹄用脚跺跺立足点。

袁翰跑步出列。

"一套队列口令。开始！"颜子鹄下了命令。

袁翰采取立正姿势，根本看不到他鼓气、用力，便发出了音调不高但极有力度的声浪，仿佛是门小炮："立正！向右看齐！……"

全团都在执行他的口令。喊毕，他主动入列。颜子鹄回到指挥位置，大声道："下次全团集合，各连带队干部的口令，必须达到袁翰水平。回去，你们自己练！"

四

　　从团部归来，一连战士显得很安静，几乎没人到连部里走动，只从宿舍门窗朝这里望上一眼。好像都这么认为：连长遭难了，再像以前那样随意说笑，就太没良心了，连长现在需要静静待着。

　　袁翰闷坐在屋里，忽然感到说不出的难受——缺氧似的。他透过窗玻璃看到空旷的炮场、冷清的炮库和安静得有些反常的战士，这不是他熟识的连队了。孤独可真难受，他受不了别人用怜惜筑起来的墙来包围他。看看表，竟吃一惊，他快三小时没在班排露面了。他振作精神走出连部。

　　远处的岗哨有些懒散，像在晒太阳。袁翰瞟他一眼，他立刻振奋地持枪立正，钉住不动。进了排宿舍，战士们纷纷起立，有一位脑壳重重碰到上床铺板，疼得他咬牙红脸，却直直挺立着不肯揉一揉。班长抱怨地看他一眼，嫌他在这时候出丑，然后注视着连长。周围的瞳仁里都流溢着热切的关怀，像在问：有什么心事？说吧，瞧，我们都在这儿呢。

　　深沉而笨拙的安慰，更使袁翰心里难受。他在这世界上除开妻子，最难割舍的便是这些战士了，是他们把他从妻子那里夺了来。说实话，两道电报催归令，都不及来自他们的引力能量大。虽然，他可以随意指挥他们，像随意动弹自己的手指头，但他们一双双眼里，不也正向他的心发布命令吗？"你属于连队。"袁翰很想燃起快活的气氛，用坦然的笑容啦，又酸又辣的趣话啦，亲热地碰碰肩膀啦，让他们宽心，别为自己担忧，袁翰还是以前的袁翰。可惜他不会遮饰自己的感情，还容易被人家的感情感染，他常为此诅咒自己军人气质不足。

　　你看，通信员肩挎邮件包从营部归来了。袁翰矜持地转开脸，而脑后好像长了眼睛，感觉到通信员越走越近，心也随着那脚步越跳越紧。他焦急等待着，但通信员没唤他，略停顿一下便走过去了。没信，他心儿白白恍动了一阵，重被忧虑失望攫住。没信也好嘛，说明她们平安无事。嗯，明天肯定会有……自从他归队后，妻子一封信也没来过。

　　一位面容憔悴，看上去比实际年龄大五六岁的女人，散乱着头发，斜倚在床边，失神地望着床上两个睡去的婴儿，好像一直要望到婴儿大起来才罢休。这就是他妻子的形象，浮上心便难拂去。他月薪五十三元五角，妻子是半工资半工分的民办小学教师，家里有一位老人，还有一位在外地上学的妹妹，都依靠这些收入。袁翰像个一月只拿六元钱的新兵那样谨慎开销，把大部分薪金寄回家。干部们讨论应该给他困难补助费时，他好羞呵，没勇气看他们，也没有勇气拒绝那几十元钱，每年都要被这样折磨一两回。妻子四年不孕，今年居然生下一对双胞胎，都是女儿，只比袁翰的手掌大一点儿。姊妹俩给父亲的第一个感觉，就是世上竟有这么小的人！他不敢抱，怕她们从掌中掉下去，又怕捏痛了她们。他用手指头轻碰她们那细嫩的脸儿，手指简直没有触觉。他的心被一种猛烈的情感碰痛了，说不清是喜是忧。他甚至担心自己的呼吸会伤了她们，憋住气息，俯身下去，瞧精密军用地图似的瞧她们玩偶般小巧的鼻子、嘴儿。他分不出谁是老大谁是老二，左边那个蓦然啼哭，在襁褓里很有劲地划动手脚，袁翰吓了一跳，于是，便暗暗唤她"大姑娘"。婴儿的哭声是父亲心灵里的壮歌，在啼声中，他感到翻滚而来能够淹没一切的情感狂潮，恨不能朝什么凶神恶煞扑过来，捣碎了它，看护好两个可怜的小天使。

妻子心里一阵滚热，她从袁翰瘦脸上的爱怜猜到了自己的变化，于是投去感激的一笑。笑容停在嘴角，显出早衰的皱纹，反给丈夫留下一片苦涩。每当半夜，妻子给孩子喂奶，放下这个抱起那个，脸上涌出病态的红潮，两眼痴热地望着怀中婴儿，袁翰就很痛苦，恨自己不是女人……假期的最后一周，夫妻俩时常沉默，目光碰一下又躲开。一到黄昏，妻子就轻声叹息，终于，她提出来，让袁翰给部队发个请求延长假期的电报，即使不批准，等答复也可多住几天。主意很乖巧，但袁翰认为那是老兵油子拖延假期的手段，不肯办。妻子抱怨袁翰只顾自己的名声不管家，小女儿好像有病，吃了就吐，做父亲的能撂下就走吗？她气道："你要走，抱一个孩子去，我养不活这么多，血给她们喝也不够。"袁翰那几天累极了，肝火特别旺，顶撞道："养不了干吗一家伙生两个？"话刚脱口，他就被妻子晕眩的模样吓坏了。最后一天早上，袁翰起身，见妻子睁大两眼也要起来，他急忙按住她，"别动，我自己来，我什么都会。"妻子一动不动，只有眼睛随袁翰身子转着。袁翰点火、做饭，吃了些东西，提起旅行袋，走到床边和妻子告别，妻子却侧过身去："你走吧！"手护住两个睡婴。

南去的列车晚点了，烦躁中的时间就显得特别长，看谁都不顺眼，恨不得碰上个无理的人吵上一架。袁翰极力抑制着，规规矩矩坐在门旁靠椅上，看大墙上的车票价格表，计算路途花费，总是神不守舍，一会儿算多了，一会儿算少了。

"快呀，叫爸爸。"一位年青母亲把小女儿往前推，迎向一位高个儿、被海风吹黑了脸庞、畅快笑着的军人。这人提着两个鼓鼓的旅行袋，还有一挂香蕉，显然是刚下火车。小女儿正在受罪，小胖腿儿迈上一步，就回头求救地看母亲，母亲急声催促："快呀，快呀，别怕。"（这个"怕"字让袁翰心酸）军人等不住了，雄鹰似的展开双臂，接住小女儿。小女儿猛一挣扎，从军人怀里漏下去，跌进母亲怀里，小手死死揪住母亲的衣领，哭着往她身上爬。哭声惊扰了候车的人们，父亲狼狈地忍受着四面八方投来的目光。蓦地，他看到袁翰，认定这是个知音，便朝袁翰苦笑，以解脱窘境。袁翰呆子似的毫无反应。母亲抱着小女儿和军人一起走出候车室。小女儿在母亲怀里还竭力躲远那位军人，但不时从母亲脖子后头偷看。他们不知道，这短短的几个镜头激起袁翰的思绪翻腾。

车站广播喇叭又发出通知，袁翰要乘坐的那趟列车又要晚点到傍晚，又得等九个小时。他本不想回家，可是，在车站外烦乱地踱了几分钟后，忽然意识到：要再这么踱下去，就会引来行人的疑视、交通警的大喊，甚至医生的关注了。他下定决心，快步回家。

妻子从桌前扬起头，惊异的眼里满是泪水。她在给刚刚离去的狠心丈夫写信。

袁翰走近，她站起身扑过来，头顶着袁翰胸膛，撞了两下，靠住他肩膀，剧烈地啜泣。笔在桌面上滚了很远。"别哭，别……"袁翰安慰着，但妻子却止不住。唉，能在丈夫怀里哭，也是幸福的，你怎么会知道呢！

桌上半截信写着：

袁翰：我的救星，求你转业回来吧，做军人的妻子太痛苦了，一年十二个月，你只能给我一个月，刚刚熟悉共同生活，你又走了。就是这一个月里，头十几天痴狂，匆匆忙忙跟偿债似的。后几天发慌，老是想：你要走了，要走了。中间又有几天安稳日子！我是个弱女子，受不了没有依靠的生活。看见这两个小女，我好害怕，简直不知道怎样把她们养大。老是想：她们会从床上掉下去，会给什么东西咬一口，会发烧……总之会死在我怀里，真是怕极了！这些念头你在时我没有，你一走就冒出来，我是不是疯了。还有经济问题，今后几年我们会很困难，受不了两地生活的花费，还是苦在一处吧……

　　袁翰迈不动腿了，一拖就是二十天。他写过延假信，但写不下去，没有"过硬的"理由，又不肯编造或是夸张，于是，干脆不写。"写那个还不如写检讨报告呐！"他甘愿承担一切后果，也许因此转业，他隐隐有些高兴。

　　妻子把部队拍到她单位里去的两封电报，都藏了起来。袁翰在家的日子，她总觉得是自己偷来的，因此一点幸福感也没有。

五

　　整幢房子都用大块花岗岩石砌成，它是战士们自己采石盖的，笨厚牢固又显着威武，好像砌进了他们的某些性格。太阳已经西斜，花岗岩正在散发正午吸收的热量，靠墙便感到暖意。西头一大间是团党委会议室，全团战士每日的工作、思想，乃至梦里的部分内容，都会在这里被研究、被决定。会开完了，颜子鸪想去一连和袁翰谈谈，他在房外两株塔状扁柏之间踱步，等候小车到来。这几分钟时间里，他整理着对袁翰的印象。

　　去年，师司令部就要调袁翰去当作训参谋，团领导通过努力把他作为储备作训股长留下了，计划让他在副营长的位置上熟悉一下营的工作后，就负责作训股工作。档案材料都报上去了，政委准备他探家归队后找他谈话，正在这个节骨眼上他却超了假。师长很恼火地质问："炮团怎么搞的，刚刚报袁翰当副营长，马上又得处分他，你们怎么考察干部的？袁翰超假是什么原因，他到底想不想在部队干？你们要就这个情况，专门写个报告。"

袁翰的超假，使团里几位领导很伤心，他们的观察力和判断力显得太弱了。袁翰的超假不但损害了自己，也损害了看重他的人。

颜子鹄对袁翰感兴趣，接触时间虽然不长，但却在袁翰内心世界充分暴露的时刻。这时看上一眼，可能比相处几年更能了解一个人。"他会带兵。"颜子鹄最爱这点。一连的军事素质就是强于其他连，连队是连长的镜子。袁翰的优点和缺点都很明显。比如说骄傲，唉，有点本事的人怎么常有这个毛病呢？有的人藏住了，有的人藏不住，当然也有人纯粹因为别人强于自己，就送人家一顶骄傲的帽子戴戴。袁翰的超假完全是因为骄傲吗？似乎也不一定。他过去组织纪律性一贯不错，如今明知超假会受处分，他还是敢超，恐怕另有原因。也许他真是不想在部队干了？颜子鹄最担心的就是这点。不想干的人，任凭你有天大本事，也不能长久留用。

小车在一连炮场边刹住，颜子鹄透过有机玻璃车窗望去，一连副连长正组织炮场训练，各炮手无一被突然而至的小车所吸引。（没有被各种小突然吸引，是个好事，颜副团长为此欣慰）这个小细节让颜子鹄高兴：有些挺过硬的连队里的战士也常在一瞬间走神，这一瞬间常造成一百密位的误差。

颜子鹄用手势告诉副连长：干你的吧，不要中断。他走进连部找袁翰。

"我是想转业的。"袁翰垂下目光，不看颜子鹄眼睛，说话胆子更壮。他一直暗中期待颜子鹄来看自己，但头一句话就使颜子鹄心凉。"我不像有些人那样，成天叫唤'岁数大啦，放咱走吧'，其实他不想走，那是一种牢骚，是提醒领导：自己在这个职务上干了多年，再不提就不干了。我可真心想走。家里有困难，不走怎么办？像个别人那样闹，甩手不干工作，处处跟领导为难；或是老提一些你根本解决不了又是实际存在的问题，让你觉得刺头，不得不放……这些鬼名堂我比他们知道得还多，但实在做不来。对这次处分我完全接受，超假二十天再不处分简直没有军法了。如果我当领导，也许得给袁翰来个更重的处分。

干脆说吧，这个处分是我自找的，当时有个念头，处分就处分吧，不受这个处分，你们老觉得袁翰太好用了，没一点个人问题。"

"这个念头，和你说的闹转业的做法，性质一样。"颜子鹄严肃地说。

"但是我说出来了，难道要再来个处分？我原本可以什么都不说的，可以用其他办法达到走的目的，而且不受处分。"袁翰沉闷地扭开脸。

"这倒也是事实。说吧，我很愿意听大胆的谈话，好多年没听到了。既然连处分也不怕，总该有你自己的道理。"

"处分有什么了不起，失掉了什么？当兵以来，我立过三次功，立功又有什么了不起，又得到了什么？它们统统睡在档案袋子里。这是气话了，我知道这样看问题很不好，但我的经历就是这样。"袁翰朝营部方向伸出手指，"我们营长是个很好的同志，但他没经过严格训练，连炮兵营海湾战斗队形也摆不清楚。要论射击指挥，我的指挥排长在某些打法上也比他强。这样的同志带兵也可以打胜仗，不过十条命能拿下的山头，他要送出去三十条命，然后会说出了三十位英雄。当然不是有意掩盖失误，而是他确实不知道这个山头只需付出十条生命就可以拿下来。在他面前，我特别谨慎，他年轻，经验少，应该撑台，不能拆台。可不胜任的人在台上难受，台下的人也不轻松，我不是想当个什么官，我想走，心里闷哪……"

"想当官不一定不好，热爱自己事业的人，谁不希望手中有权。官和老爷是两码事嘛！懂军事的人不当指挥官，难道把战士交给不懂军事的人指挥？"

"对对，我为这个想法骂过自己。人哪，有时是会错骂自己的。嘿嘿……副团长，我不把你当领导说话了，行吗？"

"行，当然行。"

"你扛枪的时候，我连细胞还没有哩，而你现在仍然是个上了年纪的副团长，不会没有苦恼吧？苦恼是苦恼，干是干！你不用做我的思想工作，你的存在就能影响人的思想。可我也担心，这样干下去不会又是单纯军事观点吧？"

颜子鹄"哈哈"大笑。

袁翰急步在屋内走动，忽然站住，睁大眼："副团长，咱们偷偷喝两杯吧，已经开饭了。"

颜子鹄不语。

袁翰朝外唤道："通信员。"又从抽屉里拿出一本书，从中翻出一张十元钞票。"去，到小卖部买筒罐头，让炊事班长热一热。"

颜子鹄道："你这么干，老婆孩子吃不吃饭了？越穷越大方啊。"

"没事，没事。"

"还是说说吧，家里难到什么程度？"

"一个好军人，很难是个好丈夫。"袁翰叹息道，"能给她的都给她了，不能给的抱怨也没用。咱们归部队掌管，不是归自己掌管，这就要求她自立喽。可她偏是个胆小女人，我不在家，天一黑就关门，过年过节更不好受。再有，老子让她一胎生下两个，结果自己当甩手掌柜，扔给她抚养，一个月寄几十元钱就算完成任务了。其他事，就是天塌地陷，反正我看不着。"袁翰从床下摸出两瓶酒，晃晃道，"这是她酿的。"倒上两杯，望下门外，菜还没来，他等不住了："来！副团长，品品味。"举杯饮尽，然后轻轻吁口气，胸腔急剧起伏，脸上是饥渴的神情，粗声道："我们是军队，而军队又和战争分不开……"

颜子鹄举起另一杯酒，细细品咂着酒和话的滋味。

哦，战争，你在哪里？我们默默警惕着你，注视着天空、陆地、海洋……

都知道战争不可避免，也都在切齿痛恨它，即使今生不能消除，也愿把它推得远些，再远些。战争的产儿——军人，袁翰他们，便落入两扇感情的磨盘中。对于各种非正义战争的厌恶，他们一点不比世人少，那一杆枪，正是为了把它们驱入坟墓。正因为这样，他心热，神迷，像数学家爱古怪方程式；像雕塑家对着一尊精灵流泪；像老牛温柔地舔着嫩犊；像少女臆想着情人的胸膛……他有他的事业呀。

"有点冷。"颜子鹄扭动肩膀叨咕道。实际上想说的是：有点累。

"这儿有大衣。"袁翰站起来。

"不用，才十一月，穿什么大衣，站岗的都没穿嘛！"每每听到关切的话语，颜子鹄都感觉到另一种意思："你不行了，没几年干头了，歇着吧。"他自尊，像姑娘需要打扮得美貌些，他也需要显示自己的年轻。可是年轻人总用关切来刺激他，让他正视自然规律。

"不喝了，你也别喝了。"颜子鹄把杯盘推开，"第一，我们不考虑你的转业问题，希望你打消这个念头。第二，我们准备让你到三连去当连长，你一定要把三连带上来。第三，你们营长很尊敬你，想把你的一套本事全学过去，希望你既当好他的下级，又做好他的师傅。这三条，你好好想一想，我出去看看战士们，回头听你的想法。"

在袁翰呆直的目光中，颜子鹄走出房门。

一排二排正在炮场上拔河，每方十五人，拽住一根胳膊粗的拉炮绳。二排总是被一排拉垮。颜子鹄是这种观众：无论看什么比赛，总是希望弱队取胜，然后笑呵呵地把强队挖苦一顿。四班长对颜子鹄说："一排要参加师里比赛的，我们是陪练。"

颜子鹄大为不满："输就输在多了你。你下来，你们十四人和他们比比看。"

"我明白你的意思了，我们拿出勇气来赢他们。我就别下了吧，多个人多份劲，他们也是十五人嘛。"四班长分辩着。

"不不，你还是下来歇歇，多个人未必多份劲。"

四班长下来了，满脸委屈、不平的样子，心中盼望自己排输。再战，系在炮绳中央的红绸又渐渐拉向一排阵地。"顶住！"颜子鹄大喊，酒后的嗓子发出的声音格外刺耳。"一——二！一——二！"他在旁边竭力统一二排的动作。结果二排胜利了，他们把一排拉垮之后，统统摔倒在地上，喘息着，欢叫着。

颜子鹄回到连部，他相信袁翰会有一个正确态度，会干好新的工作，起码会强迫自己干好。但他不愿意完全靠命令的力量去推动一个人。他想和他深长地谈一谈，他基本上还没谈呐。

袁翰醉倒在床上，发出急迫、不匀的呼吸声。看来他不善饮酒，醉得这么厉害。颜子鹄把大衣轻轻盖在他身上，伫立许久。

六

三连的这些兵像屋里着了火，统统拥出房门，散到宽敞的炮场上，一个碰一个地往前挤，争着站在别人前头。有些人并不知道出来干吗，只不过见别人往前挤，他也就挤别人；别人一激动，他也有些气息不匀了。新兵一般不注意控制情绪，一瞧见什么，就吃惊地张大各种型号的嘴，眼球儿统统给冻住，怪可爱地发呆。穿破几套军装的老兵，矜持地居于后排，像大哥哥把好位置让给小弟弟那样。他们对新兵惊惊乍乍的事不屑一顾，否则就显得太浅薄了。这回可有些不同，他们虽然从人群里退了出来，可锐利的目光仍然射向连部。那儿停着一辆摩托，"吭吭吭"地咳嗽，全身不停地抖动。本来没有熄火，驾驶员还是用十分惬意的姿态猛蹬一下启动踏杆，摩托又雷霆般暴叫几声。他知道有许多人看自己，他尽可能地显示出不同于别人的样子。

排长们朝连部奔去，战士们纷纷让路。不一会儿，值班排长跑出来喊：

"注意军容，准备集合，新连长到了。"

新兵们判断事物的重要与否主要凭借老兵的脸色声调，这最保险。此刻，他们严肃起来，提前回屋扎上腰带，端正军帽，出门后彼此靠拢，会意地交换眼神。有几人腰带扎得太紧，把人束成了一只葫芦。偏偏有几位顶老的老兵，像是吃腻了这一套似的，别人越紧张，他们越随心漫意地走动。

副连长吴晓义把集合好的队伍带进饭堂，饭桌板凳都已退居墙角。袁翰站在场地左侧，纹丝不动。大家刚跑进屋时看不到他，然而看到后，就强烈感到他的位置和姿态都强化了他的权威。

吴晓义向袁翰报告全连集合完毕。袁翰打开花名册"晚点"。

全体立正。袁翰惊异地抬头，他听出：靠脚无力，声音杂乱。这是他到三连后的第一个印象：作风散漫。如果在一连，他非得重来一遍不可。此刻他忍住了，不想给战士一个急匆匆树立威信的感觉。他开始呼点姓名，结束后，开始自我介绍："有的同志可能听说了，我刚受过处分，有的同志可能还不知道，那就不用到处打听了，我把上级的处分决定再宣布一遍。"袁翰清晰缓慢地把处分决定背诵出来，然后谈自己犯错误的原因，向大家做了检查。"情况就是这样，来了个受过处分的连长，希望不伤害同志们的自尊心，我决心在工作中改正错误，希望同志们监督帮助我。但我这次调动工作和犯错误毫无关系，该管的我还是要管，绝不会因为自己犯过错误，就降低对同志们的要求。我也是有自尊心的，说实话，决心改正错误的连长，干起工作来可能更努力，也可能有过头的地方，请大家有个思想准备……"袁翰注视一位战士，正要唤他，一声闷响，那个战士跌倒在地上。周围人急忙扶他，再远些的人，扒在别人肩上伸长脖子望，一片惊异的议论：

"他病啦？"

"缺氧，快开窗子。"

袁翰已经看出那战士眼神发散，上身钟摆似的摇晃。这在未经过严格训练的部队中经常见到，体质弱，适应不了挺拔稳固的站立。使袁翰气恼的，不仅是昏倒一个人，而是昏倒一个人之后，竟然丧失了整个队列。他大声发令："立正！本班班长把他扶下去。还有谁感觉头晕，手脚发凉，立刻报告。"

"我。"又一位胖胖的战士在后排低声道。

"出列，不准躺下，到操场上去走三圈！"

袁翰再次整队，他一直笔直站立。

"条令规定，晚点名最长时间不超出三十分钟，现在只有二十五分。在十九分时倒下去一个，二十三分时又退下去一个。两个同志一个是连部的，一个是炊事班的，说明这两个单位很少出操。当然，责任主要在我们干部，我们要求不严。这两个同志不错，如果他俩在队列里马马虎虎动手动脚，就不会昏倒了。我重申队列纪律，在队列中，口令指挥一切。没有口令，不准乱动。明天的工作：早晨，全连出操……"

队伍带走后，后排剩下一人，是营长。他两眼有所思地、凝神地注视袁翰。袁翰很不自在，他受不了别人目光里的探究意味，特别是这位年青营长。他暗想：干吗要这样看人，领导者的特点？

营长坦率地回答他心中的疑问："三连长，我现在知道咱俩一块训练时，你为什么那么难受了。你应该像刚才对待战士那样对待我。那样，我可能学得更多更快些，你也不会感到难受了。对吗？"

营长这几日正跟袁翰学习射击指挥中的大间隔转移射。袁翰羞愧地笑了。其实，那样做更难，但他决心做到。他用营长刚才注视他的目光注视营长了。

七

三连原连长罗怀牧，已被命令转业，见袁翰和营长走过来，夸张地惊叫："哎——乖乖！"大笑着，头一个迎上前握手，探身在袁翰耳旁道："三连的救星到啦。"

干部们齐聚会议室后，罗怀牧却不进去，一手握住门把，一手摆动表示告辞："你们忙吧，我该退出了。"没等营长说话，他关上了会议室的门。

袁翰送走营长，刚回到宿舍，就听到窗外有人唤道："老袁，给你送来啦。"话音刚落，罗怀牧像端着一桌丰宴，用阔大的射击图版端着指挥包、望远镜、手枪、红绿旗、照明具……全套连长装备，步履轻快地走进来，往袁翰床上一倒，舒畅地道："我算解放啦，让它们跟你立大功吧！快点点，一粒子弹一把指挥尺都不少，我从来不把连队的东西带出连队。"

炮连长的装备里有不少美观精巧的小用具：三用照明笔，综合指挥尺。这东西军事上能用，地方工作也能用。每任连长移交时，上了簿册的大东西不会少，小玩意儿就很难说。也许是想带回家给孩子，也许是依恋太重，藏进怀里做终生的纪念物了。如同离开大海时采走一枝珊瑚，它是感情的凝结。

袁翰不肯点，意思是：你不会拿的，即使拿走什么也不要紧。罗怀牧受不了这种信任，逼着袁翰清点。袁翰在清理时发现，不但没少，还有好几样自己用有机玻璃制作的图版量具，做得那么精致，现在也乱糟糟地倒在自己床上。

罗怀牧坐下，感慨地说："三连的突出问题是军事素质差，素质！"他强调着，"这不仅是个时间和精度问题、战士问题，还有干部……你多大岁数？"

"三十。"袁翰有点意外地回答，接着也就明白他让罗怀牧失望了，作为连长，这个年龄无异于"年过半百，两鬓斑白"。

"你老人家有前途啊，"罗怀牧戳一下袁翰，"知道吧，差一点当作训股长呐！作训股长常常是参谋长的接班人，参谋长常常是团长的接班人……"罗怀牧一声响过一声。

"你饶了我吧，我当个连长不戴单纯军事观点的帽子就万岁了，别的啥也不想。"

"哈，想不想是你的事，"罗怀牧眯起眼，"把一支后进连队交给你，正是重用你的表示。我可以预告：第一，三连会在你手里改变面貌，我还不了解你！第二，改变面貌后，上面即使不提你当股长，也会提你当营长。"

"对下级来说，最宝贵的就是上级的信任，我真怕让上级失望。"

"你不该这么想，三连要靠你。你来了，我走得安心。"

"我想努力干两年，带出一支让领导满意的连队，然后转业回家。"

"矛盾就在这里，你干得越好，领导越留你干，年纪大了，再转业就不受欢迎，官越大越不好安排。就拿我来说吧，我要回去的那个厂子才二百来人，你知道有多少领导干部？党委书记、副书记、革委会主任、副主任，十几个呀！还不算没解放的老家伙，把我往哪放？亏我只是个小连长，塞到政工科就行了，可批走资派，批唯生产力论，批……谁知道以后还有什么花样，都得从头学呀。所以，让我走也好，趁还不老，到地方上可以重打鼓另开张。我惭愧的是，没有交出一支好连队，最后一次实弹射击，偏弹伤人。我打过十几回优秀，可是给人印象最深的是最后一弹……"见袁翰面容阴郁，他把话收住，"我真可恶，自己跑了不说，还干扰你的决心。你忙吧。我卸任后也忙啊，不过是为自己忙，以前没工夫啊！"

罗怀牧经过窗户时又站住，探进半截身子："哎，现在我是老百姓，咱俩是军民关系，所以，有些没把握的话我也敢说，供你参考嘛。你没来时，吴晓义以为他会当连长，我看出来了。这个同志好抓权，爱管事，我的方针是'让他管去'，管得越多越好，我和他相处得挺融洽。我看，你也要用这个方针才是。"

袁翰初到一连当连长时，曾有一位副连长是和他一样的强有力人物，两人磕磕碰碰特别多，过了好长时间才协调起来。两个强手相处如同两把同型号钢锯相对，配合不好，每个钢齿都顶在尖上，互相损伤；配合准了，每一个齿儿都可以嵌进对方的凹处，严丝合缝。这种人，有时嫌，有时想，友谊很难保持在一条水准线上，总是大起大落，崩溃了再重建，冷了的目光再热起来。袁翰沉吟一会儿道："放心，我不会把自己的尊严看得太重。"

"哎，听说你得了一对胖丫头，来来，拿照片让我欣赏欣赏。结实吧？漂亮吧？"

"没照片，真的没有。"袁翰又想起两个婴儿，她们不但瘦弱，而且更谈不上漂亮，营养不足呵。袁翰眼睛潮湿了，妻子到现在还不来信！

"我有两小子，咱们结亲家吧？"罗怀牧笑着走开了。他拨翻了人家的苦水，让人不得不再次吞咽，他全然不觉地大咧咧地离去。

袁翰迈下台阶，走到水泥篮球架下。这时，天完全黑了，明月在身后，把他浓黑的身影投到面前，他动，它也动，仿佛在给他引路。几颗星在寒气中颤抖，他望着它们焦虑地喃喃着："快来信吧，快……"

袁翰走进排宿舍，灯关着，战士们都已睡去。凡是军营，床位排列都是一致的，袁翰在黑暗中也不会撞着什么。但他恍如走进一个梦境，身子竟有些不稳了。"哧"的一声，他觉得踢走了战士一只鞋，于是蹲下身去摸，把它和另一只并列放好。万一紧急集合，战士起身就可以习惯地踩住两只鞋。袁翰稍稍平静下来，于是听见在四周起伏的、高低不同的鼾声。呵，战士的鼾声有一股奇妙力量，它使你身心宽解，感到夜的安宁。它像把你浸润在平缓的河流中，温柔而又轻盈地浮动着，忘却烦恼。

八

袁翰看着通信员的手伸进邮件袋，拿出来的不是信，而是封套上豁然印着两个大黑字的电报。通信员说："连长，你的。"

袁翰背过身拆开电报，上写：两女病重速归。"糟糕，两个呀，要毁了！"那一行字是黑色路标，总把他的思虑引向死亡的崖头。怎么办哪？不可能回去，只好用老办法——寄钱。袁翰把全部钱都找出来，只有十四元三角，向别人借吗？真不好意思，刚上任就借钱，这就是来改变面貌的连长？而且，只要你借过一回钱，别人就记住你了，干部们讨论困难补助时，目光自然转向你。原先领困难补助费的同志，因为你的到来，便反复推让。在一连受过的窘迫又要在三连继续下去，以至于你想改变也改变不了。再说各人觉悟水平不同啊，那几十元钱是烫手的。四周目光忽明忽暗、有冷有热……

他赶到邮局，在汇款单上填写"拾叁元"几个字时，不禁抬起左手遮挡着，继而又对这个动作感到痛楚。尾数既不是五也不是零，而且是寄给妻子的，这等于向她表示：我枯竭了，从而让她更加难受。妻子的同事会用怎样的神情把汇款单交给她呀，她接过去时能保持平静吗？霎时，袁翰竟想把"拾叁"改成"拾"，或者等下月薪金发下来后一块寄去，但这些念头都让他感到羞耻。

回到连队看到战士，袁翰才镇定下来，连队的事物和气氛令他高兴。侦察班从营部考核归来，正在擦拭观测器材。他走过去问："成绩怎么样？"

"咦，报告过你啦。4.9分，高水平的优秀。"胖胖的炮队镜手说。

"哦……我忘了。"袁翰歉然道，恢复了往日的带兵习惯，"那么，不足在哪里？"

"我们这次考得最好，最大误差才0.5密位。不足嘛……当然要继续努力。"后一句话也是习惯，仅仅是语言习惯。

"我来个小考。"袁翰觉察到他们的自满情绪，说，"占领观察所，通常是近敌隐蔽前进，而且要快。现在，前面那个小高地，大约五百米，就是观察所，够近的吧？实弹射击还难碰到这么近的观察所呐。跟我来。"

袁翰带着侦察班向前跑去。他开始速度并不快，后来越跑越猛，最后弯腰冲上小山包，命令道："基准射向15-00，架器材！"

侦察班一个没落，在袁翰两旁半跪着，一边喘息一边架设器材。赋予射向是一套精细动作，又是观测技术的基础，非要心静气平不可。两个战士连居中水泡也控制不住了，费了很大劲才架设完毕。袁翰又命令他们拆收器材，以更快的速度跑回连队炮场，重新架设器材。这时他们只有喘息之功，没有架设之力了。

"我有什么过分的要求吗？"袁翰问他们。

"没……有。"炮队镜手苦恼地拉长声调，"不过这样做，太难掌握了，最好有个具体标准。"

"有有，你跑瘦了，就达到了标准。说实话，炮队镜手不应该这么胖。以后任何一次外出训练，都必须跑出去，再跑回来。平日里少喝水，多打球，上场就要猛打猛冲。连队的球场不是为了出篮球健将，而是为了出强兵。"

袁翰在炮场边走边看，各种训练计划交替在脑海升现。他重新享受到事业带来的快感，两眼特别清爽，听觉特别灵敏，全身暖意涌流，这差不多是幸福了。……通信员又从旁边冒出来：

"连长，电报。"

袁翰呆了几秒钟才接过去，依然是背转身拆开：两女病危速归。

统共才几小时啊，死神就来找他两次，都是在任新职的第二天。他默默走出炮场。开饭哨响了，声浪震动他耳鼓，但他似乎没有听到。他已经明白，很快，也许就是今天，还会接到第三封电报，上面写着他多次默语又竭力躲避的字眼。既然要来就快些来吧，大痛之后会有复苏，希望总是跟在困难后头。然而来之前的时间怎么度过呀，他在无人处不停地走着。

山洼里响起枪声，袁翰眼里闪出微弱的光亮。

修理所两位同志刚完成一挺机枪的大修，正在这里试射，二百米处插着一个墨绿色全身靶。袁翰从左前方出现，一人对着他大叫："没看见小红旗吗？退后退后，小心飞弹。"

袁翰走上来低声请求："让我打几发吧。"语调和神情让人心软。

"想过个瘾？行啊。"

袁翰卧倒，端起枪把，"哒哒哒……"但他心里断续响着这个声音："会毁掉的，会的。"十几发子弹射完，又接上弹带，他扣动扳机，枪身发狂地抖动，渐渐发热，暗红色火舌不停地从枪口喷射出去。靶子下方一块水牛般大的黑石头，被子弹打得碎渣四溅，出现了许多白点，渐渐密布，相连，扩大，最后大石头上只剩几个黑点了。子弹打光了，着靶的无几。他听到修理所同志喝止的声音，爬起身来。

"你是一连的袁连长吧？"他们仍唤他两天前的职称。

"是的。"

"打炮还不错，打枪真差劲。"

"是的，差劲。"

袁翰感谢了他们，平静地往连队走去。营长站在门前正焦急地四处观望，见袁翰回来了，便关心地问："情况我们都知道了。你的意见呢?"

袁翰明白,只要自己说一声"回家看看",营长也会说一声"好吧"。但袁翰想了又想,说:"我离不开,这里更重要。我是连长,不是医生。"

"你回去吧,我可以来代理你的职务。"

袁翰急于工作,再不想什么电报了。对于自己无能为力的事,苦恼越久损失越大。中午,他列出了下一季度军训方案,拿着它去找罗怀牧商量。一路暗暗叮咛:家里的事,千万不能让他知道,一点声色都不能露呵。否则,他会觉得自己转业,走对了道。

袁翰没找到罗怀牧,却碰到吴晓义。

"他呀,忙啊。"吴晓义笑着,"往那儿走,仓库左边,对对,就那个门,进去呀。"他光用手指点,身体不动一步。

袁翰推开门就脸热了,罗怀牧在用连队的木板做箱子。报话班长入伍前学过木匠手艺,此刻正在板上打线。罗怀牧点上一支烟,淡淡地问:"有事?"

"我想和你研究一下训练计划。"袁翰觉得不是自己的声音。

如果换个场合,罗怀牧会高兴的:自己要走了还被人重视,有求必应。但此刻却不很愉快,推托地说:"没时间!"

"就一会儿。"袁翰坚持着。

"大一点,再大一点。"罗怀牧指示报话班长,根本不看袁翰。

"连长,罗连长就要走了。当了那么多年兵,什么东西都没有啊。"报话班长在为罗怀牧说情,解释。

"说那些干吗,干我的私活。"罗怀牧大声道。

袁翰关门走开。再不走,他们非吵起来不可。吴晓义还在连部廊道口站着,见袁翰独自归来,他意味深长地笑了一下,既表示理解又显得神妙,是发现别人并不比自己更强时、无论如何都隐忍不住的一笑。他没说话,进了自己房间。

管不管呵?木板是连队留作军训用具的。战士们知道后会怎样想象干部?噢,你们是大口大舌大道理,首先自己就不相信;你们的觉悟是有时间性的,管我们时比我们高,一脱下军装就和我们一样了,甚至还不如我们呐……不行,得管哪,就是战士不知道也得管。瞧副连长见我的软弱时那张笑脸吧！真叫人受不了。可怎么管，老罗是连长我也只是连长。退伍转业的军人最难对付，天老大他老二，就是师长军长，他们也敢笑嘻嘻顶撞几句。再说，老罗当了十年兵，除了一身绿，屁都没有……要管，但不能吵！一吵起来，他即使不带走箱子，也会把箱子砸给你看，让全连战士目瞪口呆，那局面就难收拾了。

傍晚，罗怀牧从小屋走出来，碰到袁翰便冷冷走过，一言不发，也没给袁翰说话的机会。

晚上，罗怀牧又进那间屋子。袁翰两次经过屋门，都没有进去。他想起老罗明天一早就要离连，以后一辈子难相见，心就软了。他承认自己的失败。

第二天一早，罗怀牧很早就起来，吃了炊事班长特意做的荷包蛋肉丝面，提起通信员为他收拾好的零星物品，他不想再惊动别人，悄悄走出房门。可走到外边一看，全连在炮场上列成四排，在寒风里等待跟他告别。他不由有些心酸。

袁翰想了一夜，做了最后决定：箱子你拿走吧，我们不好责怪你，但你一定要认识到这样做不对。大家向你敬礼告别的时候，你的怨恨会消失，友情会抬头，想起美好的以往……而且，那箱子一部分战士已经看见了，那干脆让大家都看见。不错，老连长是拿走了连队一只箱子，我们没能够阻止他，但我们也没把这事藏掖起来。送走老连长后，召开军人大会，大道理还是要讲几句，主要是和大家谈谈心，谈谈老连长的苦恼和自己的心情，再从自己薪金中扣出钱偿还给连队，但必须明白：这种事在三连是最后一次了，最后一次！

袁翰整队、发令，然后跑步至罗怀牧面前五米处立定，敬礼："报告连长，全连集合完毕，请指示。"

罗怀牧走上去和战士们握手告别，行至一半，那些充满恋意的眼睛就让他走不动了。他喉咙发出压抑的哭声，蹲在地上，双肩颤抖。队伍没有乱，后排的战士还在等待着罗怀牧。

罗怀牧终于站起来，含泪向战士们点点头，算是告别。干部们拥上去送他，他一一把大家推回来，坚持要独自离去。出操时间到了，悬在电柱上的大喇叭，播出醒神的军号声。罗怀牧在炮场边停住，回脸望望，通信员再也忍不住了，跑出队列，追上去夺他手中背包，非要送他走不可。罗怀牧又把他推回来："出操去。快!"

"连长，"吴晓义急道，"咱们怎么能让老罗独自走到营部，营长看见了会怎么想?咱们集合全连跟上去吧。"

袁翰不语。如果他转业，也会独自离开炮场，不愿任何人相送。吴晓义和两个排长快步跟上去了。袁翰望着他们走远，心情复杂……袁翰忽然看到他没拿箱子，那两个行李包和背包，并不比一个退伍战士的东西更多。袁翰唤道："报话班长，出列!"

袁翰来到那间屋子里，箱子完整地放在当中，他不禁叹息了："罗连长为什么不要?"

报话班长道："他说太大了。"

"这不是原因。"

"哦，"报话班长眼睛从墙壁转到袁翰脸上，思索着，猜到了，"可能是你的脚步声让他留下的吧，昨天晚上你在门外来回走……"

屋内残留着隔夜的烟味和许多烟头。

九

袁翰野外训练归来，一进屋，就看见营长和教导员都在屋里，都盯住自己。营长说了句多余的话："回来啦?……"就转脸看教导员，似乎让他接下去说。桌上摆着一封电报，袁翰早已熟悉它的样式，但这封是刚到的，被拆阅过。

袁翰立刻感觉到气短心跳，脚下一股凉气正往上蔓延，他竭力站好："哦，没什么。你们忙去吧，不必安慰我，真的。"

"三连长……"

"让我自己待一会儿。"

两人对望一下，也许是营长更了解袁翰，他起身走开。教导员犹疑地跟出去，在门口停立一会儿，回手关上了门。

袁翰坐下来，朝桌上电报望了几分钟，才走去拿它。这电报已经不是妻子拍来的了，因为上面写着："大女已亡小女仍病危妻尚好速归。"

"妻尚好。"袁翰默语。就是说她还活着，怎样活着的?小女病危，需要她活着。袁翰眼前迷蒙一片，他头顶住坚硬的墙壁站着，深深喘息着。耳鸣就像婴儿细弱的啼声……

营长坐在门口台阶上，两拳支着腮，所有想来宽慰袁翰的干部战士，都让他用猛烈的手势撵了回去。他坐了一个中午，保护门前这块地方的安静。

身后有响动，袁翰出门了，沙声问："营长，你如果有时间的话，我们去练一段精密法准备诸元，行吗？"

"现在？"营长望着袁翰洗过的眼睛。

"是的。"袁翰进屋拿出射击图版箱。

营长现在什么也练不下去，但他不愿违背袁翰的心意，暗想：或许他可以借此获得平静呢。两人并排向营部走去，步伐阔大，一路无语。

十

颜子鹄已经升任了团长，随之也燎动起一个渴望：要到全团每个连、每条路、每个角落去走一遭。以前大都是乘车下来的，脚一落地，便是营部或连部。而战士们踩出来的蜿蜒小路，山洼里的鱼塘猪圈，最偏远的岗哨位置，还并不熟悉。今天，他选择一条能够穿过许多连队的小路，缓缓走过来。陆续遇到的一些战士向他敬礼，他估计一下，大约只认识三分之一，这使他挺懊恼的。

到榴炮营外围，远望去，火炮都脱去了炮衣，身管平衡在水平线上。技师正在进行零位零线检查，这是射击前的火器准备。炮场上的战士，脚步灵快，动作幅度大，不时喊着说话……呵，这是士气。他肩负着近百门大炮、上千名战士的使命，比任何时候都渴望部队能经得住战争的考验。可惜年过五十了，脚步结实但缓慢了，这步子不适于跑，特别适于深思。小路顶头是三连，还离好远，路就变得宽敞平直了。三连的车炮都在库房里，战士们在处理个人事务：写信，看书，洗涮，不像战前反像战后，因为今天是星期日。一路走来不断添积的兴奋感，到这里就消散掉了。颜子鹄不想干涉，各连有各连的特点嘛，他只管在战斗中检验各连。

袁翰正在写信，但一个字也没写。面前有个立功证，他望着它犹豫：要不要把立功的事告诉妻子？半年来的家庭变化涌上心头，想着想着，竟把写信给忘了。

　　营党委会上，大部分委员为他请功，说：半年时间里，三连变化很大，他费尽了心血。袁翰不同意，自己在一连当连长时，也是这样工作，并没有记功嘛。由于三连太差，而太差的连队开始赶队，那步子一时会显得很大，在人们印象中会是个了不起的变化，其实是正常现象。以后还能保持这样的步伐吗？连队能进入高峰线不衰不落吗？他有远虑。再说，全连干部都一样苦干，为什么把他突出起来？他的意见被大家否定了。有人说："袁翰同志刚刚到职，两个女儿就病了，不久，大女儿死去了。他在悲痛中坚持工作，不肯回家。"听到这句话，袁翰惊痛交集："为什么这么说啊？"他窥见了一些同志为他请功的心理，"哦，大女儿死去了……"袁翰愈发觉得不能接受这个功，也受不了这个功。但是营党委通过了，上级党委也批准了，随后发下来立功证。

　　颜子鹄进屋："嗬，在写信。"他想退出去。

　　袁翰赶忙拉住颜子鹄："团长，坐一会儿。"

　　颜子鹄拿过立功证，对着窗户翻着："这东西越印越漂亮了。三等，不嫌小吧？打下厦门岛后，我再没得过它，倒给人家发过不少。哈哈……"他又体会到为下级记功时的快活了，那是领导者自豪的时刻。"怎么，一片空白？"颜子鹄扫了一眼桌上的信纸。

　　"正犯愁呢，不知道要不要把立功的事告诉她。"

　　"告诉了会怎样？"

　　"会伤心，我们失去了一个女儿，"袁翰注意看颜子鹄的反应，"而我立了个三等功。"

　　"告诉她！立功证上是你一个人的名字，但名字后面有你的一家，包括你那才活了时间不长的女儿。她们默默无闻地为你做出了牺牲，也是为我们这支军队做出了牺牲。不管你爱人怎么想，都应该告诉她。我们感激她呀，她承受得太多了。"

　　袁翰连连点头，他忽然开朗了许多。

　　"死去的女儿叫什么名字？"

"还没来得及起名字。"

"起一个吧，好好起一个。"

"团长给起一个。"袁翰笑道。

颜子鹄肃然地缓缓摇头："让母亲起吧。"

这动情的声音，使袁翰为妻子羞愧。大女儿死去后，她很少来信，来信也是电报般的，像应付袁翰的询问。她一定在考虑什么，怨愤、伤感从纸上消失了，或许已经麻木了。

"袁翰同志，准备让你担任团里作训股长，你有什么想法？"

袁翰从颜子鹄眼里，知道了他问的是什么，回答说："想法……我还是想转业。我知道这想法不好，但是又克服不掉……请领导放心，让我干什么工作，我一定全力以赴，让我干多久，我就干多久，我是党员，又是军人。"

"能这样已经不错了。"颜子鹄思索着说，"有人想走，有人愿留，千姿百态啊。"

颜子鹄走后，袁翰找出个小铁箱，倒空里面的零碎东西，从抽屉里拿出三封电报，重读一遍，一一放进去。又拿起立功证看看，也放进去，用弹簧锁锁上，他再也不打开了。

一辆小车驰到连部前刹住，驾驶员探头问袁翰："团长在哪儿，参谋长让我来接他。"

"从小路回团部了。有事吗？"

"不知道。"驾驶员掉转车头返回。吴晓义正从对面走来，小车驶近时，他站在路边，严肃地向车内敬礼，他以为团长坐在里面。驾驶员还他一声喇叭，接受了他的敬礼。

吴晓义走到袁翰跟前："团长走了？"

"走了。"袁翰不多说，他不想让他受窘。

"说些什么？"吴晓义挺紧张。

"调我到作训股工作。"

"当股长？正营职！"吴晓义高兴地（想到自己终于可以升任正连长了，忍不住高兴，争权夺利的嘴脸）推了下袁翰胸膛，"股长同志，我早说了，你在三连干不长，迟早要拔上去。怎样，没错吧。"

袁翰并没听吴晓义说过这话。前一段时间，吴晓义不知从哪儿听说自己可能转业，晚上，他愤愤地闯进袁翰屋里，"走就走，早晚都是个走，我早就知道。"……眼睛也潮红了。袁翰竭力宽解他。那天晚上，吴晓义对袁翰的感情跨进了一大步，（表面上舍不得，或者作出挽留的样子，实则因为他要转业，所以感觉少了一个最大的威胁，这就没有了冲突，于是感情自然亲近了一些）说了好些知心话。

袁翰判断着：为什么突然来车接团长回去？吴晓义却另有所思，眉间浮动淡淡的忧虑。（忧虑自己会不会被提拔为连长）他显然是被袁翰升任股长的消息震动了。从现在起，到下一位连长任职，他的忧虑不会消失的。

文书推开窗喊："连长，电话！"

袁翰对吴晓义道："注意，开始了。"吴晓义这才振作起来。袁翰急步跑到窗前，文书把听筒从窗内递出去。袁翰一边听一边朝吴晓义做个手势，吴晓义飞跑去摇响警报器。营区翻滚一阵巨风，战士们携带装备冲进车炮库，装车挂炮。脚步声，口令声，汽车引擎声，使人感到浑身发热。

袁翰坐在急驰的指挥车驾驶室内，膝盖上铺盖着一张军用地图。开进路线穿进一圈圈密匝匝的山岭，越过两条小河，进入另一张地图。袁翰急忙找出来，大略地拼接上，统观着。这是"战区"了，各色粗的箭头和断裂的弧形线显示：对方的"天狼工程"已经突破了我方大部防线，"战局"十分险恶。下角有许多我方炮阵地和观察所的符号，其中一个，是袁翰他们的。

汽车突然减速，晃动了一下，靠向路边，然后再回到公路中心线，加速行驶。驾驶员抱怨着：

"那个女人有点不正常，走路也不好好走。"

袁翰并未留意，目光回到"战区"地图上。可是，印象中的那位女人垂在肩后的青色羊毛围巾触动了他，他急忙举起望远镜朝右后方望去。啊，是自己的妻子，她抱着孩子，匆匆拐进通往三连方向的小路。小女儿在她肩上伸出一只小手，好像要抓住威武的火炮，也好像要爸爸抱她。看不见妻子的脸，她要是转过来，看看车辆和火炮该多好啊。"她从家乡赶来干什么？哭诉，扔孩子？……"袁翰心内掠过一个个不祥念头，桉树林遮断视线，袁翰放下望远镜，一切都要等回来后才知道。

"亲人哪，为了你们，我才离开你们。"

将军的泪

刘亚洲

一

人们都说，张自忠将军没有泪。

日本人说，他是中国第一位男子汉。

日本人的说法也许是可笑的，然而可以理解，因为他们怕他。

为什么? 喜峰口、卢沟桥、台儿庄、十里长山，他不止一次让大和魂哭泣。就是当他最后死在日本人手中的时候，杀死他的人仍然整整齐齐地列队向他的遗体敬礼，并像护送自己将军的尸体一样护送他离开战场。

战胜的日本军从一个市镇通过，百姓们得知那具蒙着白布的尸体就是张自忠时，不约而同地涌到街道上，跪倒失声痛哭。"将军一去，大树飘零。"

一位被俘的国民党军师长也走在行列中，见状大怒，喝道:

"自忠将军没有泪! 他也不愿意看见眼泪!"

我准备写一部《张自忠传》，这是多好的细节，闪闪发光呢。

去年，我采访了一位曾给张自忠当过副官的老人，把那个细节告诉他。他摇摇头说:

"将军也有泪。"

二

那一阵，天老哭。

它在哭这片被强奸的土地。

通往台儿庄的津浦铁路旁，张自忠的大军在疾进。一场震惊世界的大会战就要在那里拉开帷幕。中、日双方，它将是谁的奥斯特里茨？

大雨如注。被千军万马碾踏过的土地最是泥泞。

突然有令：停止前进。

雨中，全军肃立。张自忠身披黑色大氅，策马来到军前。一阵凄厉的军号声响起来。将士们统统变了脸。那是杀人的号音呀。

两个士兵被五花大绑地推过来。

将军凝视他们，良久，向站在身旁的警卫营营长孙二勇摆摆下巴。

枪声悦耳。马蹄前，横下两具尸体。

张自忠向全军宣布了他们的罪状：昨天，这两人路过一片小店铺时拿了两把伞，不给钱反而打了店老板。

"这种时候，我不得不这样做。"张自忠说，"我要打仗，而且要打胜仗。"他吩咐孙二勇把绑在他们身上的绳子解开，好生掩埋。

尸体被抬走以后，他沉痛地低声说：

"我对不起你们。你们还未杀敌，可我先杀了你们。怨我，怨我平日没教好你们。"

他低下头。

副官心酸了。他以为将军也含泪，可是他错了。将军很快抬起头，眼里没有水，只有火。

"还有比这更坏的事情，"他说，"昨天夜里，我军驻扎在田各庄时，一个弟兄竟摸到民房里去糟蹋人家姑娘。十六岁的黄花闺女呀，日后要嫁人，要当娘，如今全毁了。天快亮时，那家伙跑了，可那姑娘肯定地说，他就是我手下的人！现在，他就在队列中！"

队列凝固了。

张自忠目光如剑。

"男子汉敢做敢当。这事是谁干的？站出来，算你有种！"空气也凝固了。

"站出来吧。你如果有母亲，就想想你母亲；你如果有女儿，就想想你女儿。要对得起她们。站出来，我老张先给你敬个礼。"

他的戴着雪白的手套的右手缓缓举到帽檐边。

风声，雨声，人却没声。

"那好吧。"张自忠笑了，笑得很冷，"我只好不客气了。那姑娘说，她把那个家伙的大腿根给抓伤了。今晚宿营后，以连为单位，全部把裤头脱下来，检查大腿根！全部，一个也不许漏掉，包括我！"

副官说，当时他清楚地看见站在张自忠将军身边的那个人颤抖了一下。

三

宿营后，真相大白了：干下那丑事的人竟是警卫营营长孙二勇。

张自忠大怒：

"我瞎眼了，养了一条狗。抓起来！"

所有的人心里都很亮：孙二勇活到头了。拿走百姓两把伞的人尚且被处以极刑，他做下这种事，够死一千次了。谁不知道张自忠将军眼窝浅，容不得一粒沙子。然而，当军法处长请示张自忠如何处置此事时，将军竟足足沉吟了五分钟，才说出一个字：

"杀。"

他怎能不沉吟？就算孙二勇是一条狗，那他是一条"有功的狗"啊。

二勇，一个勇字还不够，再加一个。他使用这名字是当之无愧的。

他曾是张自忠手下驰名全国的大刀队成员之一，喜峰口的长城上，有十八颗鬼子的头颅像皮球一样在他脚下滚动过。"七七事变"中他率一个半连扼守卢沟桥，与日军一个旅团搏杀。桥不动，他也不动。

尤其是，他是张自忠的救命恩人。一年前，张自忠代理北平市长，是汉奸们眼里的钉子。一夜，张自忠路遇刺客，担任贴身警卫的他奋身扑到前面。他胸膛做了盾牌。三颗子弹竟未打倒他，刺客先自软瘫了半边。

有勇气，又有忠心，一个军人还需要什么别的呢？他衣领上的星星飞快地增加着。

这一回，星星全部陨落了。

四

杀人号又一次在鲁南的旷野里震响。昨天的一幕重演了。不同的是，张自忠没有出现在队列前。他不监斩。

他坐在自己的行辕里喝酒，一杯又一杯，是否要浇去心头的块垒？不，不是块垒，是一座悲哀的山。

军法处长代张自忠昭令全军：孙二勇犯重罪，必死，而有余辜。而后，问将死的人：有何话说？

"我想再见张军长一面。"孙二勇说。

副官把孙二勇的请求禀告将军，将军一跺脚：

"不见。快杀！"

他端起酒盅。副官看得真切，他的手在微微颤抖。酒溢出来。

相同的情形发生在刑场上。杀人的人就是被杀的人的部属——警卫营士兵。他握枪的手在颤抖。

孙二勇圆睁双目喝道：

"抖什么？快开枪！二十年后老子又是一条好汉！"

孙二勇倒下去的同时，张自忠却在行辕里站了起来。他那颗坚强的头颅长时间地垂着。副官又一次觉得他会含泪。

将军的眼神确实是悲哀的，然而并未悲哀到含泪的地步。

将军来到队列前的时候，一切已归于沉寂，相信不沉寂的只有将士们的心。他策马从卧在地上的孙二勇的身边经过，故意望也不望。

他不发一言，胳膊猛烈向前挥动着。地平线上，台儿庄苍灰色的轮廓隐隐在望。有强风，他的大氅使劲掠向后面，线条极其有力。他的战马高扬起前蹄，连连打着响鼻。这情景，令人想起滑铁卢战役最后一分钟时的惠灵顿。

他的近卫军开始蠕蠕移动。

当晚，前锋接敌。

<h1 style="text-align:center">五</h1>

只要这场战争在中国的历史教科书上被讲述过，台儿庄就被讲述着。它诞生了也许有千百年，却如同死着一般默默无闻，这场战争使它永远活着。

从1938年3月28日开始以后的一个多月里，台儿庄成了死亡世界。地球上两个最相同的民族为着最不相同的目标相互屠杀着。谁都相信自己会胜利。但胜利总是吝啬地到最后一分钟才降临，而在那以前，是胶着的苦缠苦斗。

一天晚上，张自忠正在灯下读《春秋》，忽然传令兵跌跌撞撞地跑进来。

"报，报告军长……他……他，他回来了。"那小兵一脸惶恐的颜色。

"谁回来了？"

"孙，孙营长。"

"什么？"

那个人，二十天前他走了，若回来，需要二十年，如何仅二十天？

门开了，走进来的果然是警卫营营长孙二勇。他像从另一个世界归来，面容枯槁，头发蓬乱，军衣几乎烂成破布条。他向张自忠敬了一个礼，未说话，眼圈先红了。

"你活着？"

"我没死。"

原来，那天行刑的士兵心慌慌的，连着两枪都没打中要害。他在荒野里躺了一天，被百姓发现，抬回家去。伤口快痊愈时，百姓劝他逃跑，他却执意来找部队。自始至终，张自忠的脸沉着。他连续下了三道命令。一、"给他换衣服。"二、"搞饭。炒几个好点的菜。"最后一道："关起来，听候处置！"

处置？还能怎么处置？他已经被处置过了呀，而且是最高一级的处置。副官觉得事情就这么解决了：既执了法，又活了人，真像当年曹孟德割须代头，皆大欢喜。他送孙二勇去军法处，甚至这样对他说：

"你这小子，命真大。"

回到张自忠身边后，他小心翼翼地试探着问了一句：

"还让二勇去警卫营呀？"

张自忠厉声反问：

"你还想让他当营长？"

副官窃喜。这话泄露了将军的心机——没有杀意。孙二勇的性命在他自己的贴身口袋里装着呢。

谁知，仅隔一夜，形势急转直下。次日清晨，副官刚刚推开张自忠的门，一下惊黄了脸：整个房间充满了浓浓的烟雾。失火了？惊骇稍定，才看清张自忠坐在桌前，烟蒂埋住了他的脚。他抽了一夜烟。桌上摊着一张纸。副官偷偷送去一瞥，那上面写着：二勇、二勇、二勇……无数。

他的心蓦然一惊：要坏事。

早饭后，张自忠召集全体高级将领开会。

六

会议做出的决定像一声炸雷，把副官打蒙了：将孙二勇再次枪毙。事后副官才知道这主意是张自忠将军提出来的。他只有一个理由：

"我要一支铁军。"

尤其在此时，面对铁一样的敌军，自个儿也得是铁。

全体高级将领都认为张自忠的决定是正确的，又全体为这个决定流下了眼泪。

部队正在喋血，申明军纪绝对必要，可对于这样一个战功累累的军官，甚至在死过一次后又来找部队要求杀敌，做出这个决定是痛苦的，残酷的。

唯有张自忠没有掉泪。他忽然把话题扯开好远：

"昨天，李长官（李宗仁）召集我们到他的行营开会，部署向日军发动最后进攻的事。在那里，我遇见了我的好朋友邵军长。分手时，我问他，何时再来？他说，快则两天，晚则一星期，或许……或许再也不来了！"将军顿了顿，"留着眼泪吧，大家都是看惯了死亡的人，又都准备去死，犯不着为这样一个要死的人伤心。"

七

天擦黑的时候，军法处长拿着张自忠的手令走进关押孙二勇的小屋。孙二勇站起来。

军法处长宣读手令。他心情激动，最后几句几乎是哽咽着念完的，倒是孙二勇显得令人意外的平静，立正、挺胸，动也不动，像尊雕塑。在他的戎马生涯中，他无数次这样受命。不会再有下一次了。

军法处长问：

"你有什么话要说？"

孙二勇毫不犹豫地：

"服从命令。"

"那么随我来吧，去见军长。"

"做什么？"

"他请你吃晚饭。"

张自忠的屋里摆了一张圆桌，大碗菜，大碗酒，满腾腾一桌。张自忠把几个高级将领都请来作陪。

这是名副其实的"最后的晚餐"。面对着比平时不知要好多少倍的菜肴，谁有胃口！饮酒吧，不如说是饮料。

所有的人都默默地向孙二勇劝酒，他来者不拒。看他那架势，大有把全世界的酒都喝光的意思。

他微醉了。

天下没有不散的筵席。菜盘和酒碗都要见底了，一位师长又提出那个问题：

"有什么话要留下来？"

孙二勇站起来，脸红红的，头晃着，呆滞的目光久久地停在张自忠身上。突然，他一把扯开了自己的衣服。

哎呀，他的裸露的胸膛叫人看了后是怎样惊心动魄呵。伤痕斑斑，每一道伤痕，都有着一个流血的故事。每一个故事，都清楚地记录着他冲锋陷阵时的英勇和无畏。这些伤痕是为张自忠留下的，大多是间接的，但至少有三块是直接的。

众人都低下了头。不忍看，真的不忍看，那残缺的胸膛在喊在泣。

只有张自忠不为所动，表情冷漠得近似冷酷。他端坐着，像座难以撼动的山。他用手指着身边的一个师长：

"站起来，解开衣服。"

又一具爬满伤疤的胸膛。

张自忠又指指另一位师长：

"挽起你的衣袖！"

两道深深的刀痕。

张自忠又指向第三个人：

"把你的衣服脱下来。"

肩头，弹痕累累。

军人面前，极目一片刀丛剑树，怎能不带伤。

最后，张自忠哗啦一下撕开自己的军装。他的胸膛上也有几处伤痕。他那男性味十足的胸膛因为这些伤疤而显得不完美，又因为这些伤疤而显得更完美。

这些伤疤是为中国留下的。

八

夜深了。

副官正要就寝，忽然传令兵进来告诉他，军长叫他去。

张自忠披着大氅站在门口，清清的月光给他全身镀了一层银。他仰脸向天，隐约可见他表情凄凄的。

"军长，有何吩咐？"

张自忠低声说：

"你知道这附近可有窑子？"

副官大惊。张自忠将军满身正气，多得要溢出来，如何能问出这种龌龊的话。准是没听清楚。

张自忠又问了一遍。

自己的耳朵没有毛病，是将军的心里有毛病了吗？思春？这里一片杀人场，哪有春？

张自忠显然察觉了副官的心情，说：

"我想替二勇找个女人。他只有这一夜好活了。"

副官鼻子一酸，泪水止不住涌上眼眶。将军，我还真以为你是铁做的呢，原来不。你那铁铸的躯体内含着一颗棉花般的心。你杀了他，为的是一个女人，可你在杀他之前又要把一个女人给他。你是要让他带着欢乐与满足离开这个世界。你一片苦心可鉴。最后的欢乐也许是最好的。

"据我所知，这一带没有窑子。"副官说完这话，恨死自己了。为什么没有？应该有。他恨不得自己开一个，如果可能的话。他周身的热血沸腾着，好像自己是当事人一般。窑子，这名字是从垃圾堆里捡起来的，可为什么今天竟给人以美感和温馨感？说出它时，他觉得满心的慷慨和壮烈。窑姐儿也变成极美的极好的了，与平日有本质的不同。

张自忠叹了口气，片刻后，又说：

"我这儿有一本从日本人手中缴获的春宫画册，你拿给二勇，明早再还回来。"

副官又一次落泪了。将军执意要让那将死的人得到快乐。没有真女人，就用假女人代替吧。只要是女人。他会快乐，会满足。总是流不尽的水，走不完的山，看不够的女人。

副官拿着春宫画册转身要走时，张自忠又叫住他：

"对二勇说……"他声音里带着明显的颤抖，"不要怨我……"

九

日出了。台儿庄的太阳好红好大，天边染着血。

死刑在清晨执行。

这也许是世界上最奇怪的死刑执行仪式了：在一个预先挖好的大坑边，战友们依次同二勇握手告别。张自忠也走过来与孙二勇握手，说："放心走吧，我会替你多杀几个鬼子！"

孙二勇向坑里走去。一具棺材在那儿等着他。他在棺材里躺下，闭上眼睛。

远处，有部队在列队，风儿送过来一阵歌声。

> 哥哥爸爸真伟大
> 名誉照我家
> 为国去打仗
> 当兵笑哈哈
> ……

枪响了。这一枪是准确无误的。二勇的脸霎时间变得红彤彤的。

张自忠大步离开刑场。副官紧跟着他。将军的步履有些踉跄。歌声又响起来了：

> 走吧，走吧
> 哥哥爸爸
> 家里不用你牵挂
> 只要我长大
> 只要我长大

张自忠突然用手捂住面孔。副官看见，泪水从他指缝里涌出来。

十

两天后，台儿庄会战结束了，国军大胜。

雪国热闹镇

刘兆林

一

热闹镇出了乱子，史无前例的大乱子啊，谁听了都得吓一跳——大风雪之夜，驻军逃走了十分之一，居民陡增了百分之五十。发生这两件大事的时候，镇长居然在千里之外一点消息也不知道，可把驻军最高首长杜林急蒙了。这等于热闹镇这边天塌了一角，他怎么支撑得了哇，必须立即向上级汇报。但是，不知大风刮的还是什么人捣的鬼，电话线路不通了，杜林琢磨了足有半小时，最后决定带上个最能干的老兵，连夜出发，亲自去向领导报告情况。

两盏摇曳不定的马灯，似挂在夜海颠簸的小船上的尾灯，从热闹镇游动出来。清冷的灯光照着灯前的一条狗和灯后的两个人。狗是黑的，人是绿的，灯是黄的，灯光照见的雪是白的。灯光不及之处，山、河、田野、国内、国外浑然一体，世界成了无边无界无墙无路的黑色雪国，原来的路都深深钻到雪下面躲风去了，而雪原简直成了沼泽地，一条狗和两个人呈三角形在这雪的沼泽地里顶风跋涉着，一步一陷，步步没膝，而一个个陷阱般的脚窝很快就被扫帚似的大风扫平了。杜林又急又恼的思绪连绵不断：熊兵，好好的，生生作出个热闹镇……

二

热闹镇！哎，怎么说好呢？从地理位置讲，热闹镇要算太阳最先照到的镇了，自豪点说，可以叫它祖国东方第一镇——再往东一点就是外国的村镇了，离本国的村镇却很远，最近的也有四十五华里。

从自然风光讲，热闹镇称得上全国最美的镇。这不是吹，哪个镇出门就是江——两国共有的大江！鲑鱼是全世界稀有之物，而这里秋天一网就能打上十几条，其他鱼更不在话下了。夏天的江汊子边上并着插两根棍儿，不出半天保证就能夹住一条。镇子就在大江和江汊合拢成的柳叶形小岛上。岛后水边的柳荫下有成对的鸳鸯和野鸭子，岛上的树林里还能采蘑菇、木耳，花儿可海了，到处都是。离岛不远有山，獐、狍、鹿、熊都有。到了冬天，壮观的雪景则更是无与伦比。

从军民比例情况讲，热闹镇大概是全国驻军比例最大的镇了——全镇每个居民竟平均有五个士兵保卫，军港之镇旅顺也没这么高的比例。

如果从居民人数讲，热闹镇恐怕是全国最小的镇子，不然镇长女儿的诞生怎么会使全镇人口增长了百分之五十呢。

要是从热闹这个角度讲，热闹镇肯定是全世界最不热闹的镇，每年除了县水产公司渔业队和鲑鱼加工厂的人驻镇捕鲑鱼加工鲑鱼罐头的时候能热闹一阵之外，"热闹"之名纯属徒有。不通铁路，不通公路，夏天靠江上走船，冬天靠雪地跑爬犁，很少有人出去，也很少有人进来。有电视也白搭，一收就是外国的，看不懂，军民关系倒挺密切，但太单调，风光绝美的热闹镇就是不热闹。

说明白点吧，热闹镇驻军最高首长杜林的职务只是个班长。大概谁也想象不到，全镇除了包括杜林在内的十个兵外，只一家居民，两口人，不仅"热闹"二字纯属徒有，"镇"字也是滑天下之大稽。所谓镇长，当然就是寂寞透顶的战士们对那一家之主张荣庆的戏称了。所谓驻军逃走十分之一，其实就是一个入伍不到一年的新兵牛犇突然失踪，热闹镇这档子事就是他闹出来的。

三

扫帚似的大风不停地划拉着杜林、老兵和大黑狗踏出的脚窝,三角形的队伍仍在艰难地跋涉。

"老兵,你说,牛犇他除了带枪,会不会还带了别的?"

"你不是说他偷了你的人参烟和龙泉酒吗?"

"我是说他会不会还描了地图什么的?他脑瓜比谁都活,除了偷我烟酒,准还描了地图!"

"真这样,可就更毁了。"

"哼,当初他一来我就觉着不是好事。"

"指导员还表扬他思想活跃,知识面宽。"

"哼,我算看透了,脑瓜越活,知道得越多越不可靠。"

老兵不吱声了,还怎么吱声啊,事实胜于雄辩……

八〇年十一月底,牛犇分到岛上来那天正下雪。他独自到哨所门前的瞭望架下一站,捧着一本书,面对茫茫雪野放声唱起来:"好————派——北——国——风光——昂——昂——昂——"

杜林在高高的瞭望架上用望远镜往下一瞧,是新兵,噔噔噔跑下来,问:"你喜欢样板戏?"

"谈不上喜欢,这句唱词和眼前景色挺吻合,随便借用一下。"个头不高,眼睛雪亮的新兵无所谓地又翻他手中的书,他是对照着眼前的雪景看书上描写得是否像。

"手里是本啥书?"

"《雪国》。"

"雪国?好,应该热爱我们这个雪国!是部队作家写的不?"

"川端康成写的,日本人,诺贝尔文学奖获得者。"

一个新兵蛋子,胡扯些什么?牛皮烘烘的,不煞煞威风往后不好管。杜林挺挺胸:"好啦,好啦,往后乱七八糟的书少看点,叫什么名?"

"牛犇。"辽南口音,海蛎子味很浓,"犇"字听来有点像"笨"。

"牛笨?"心想,挺灵巧的小伙起个"笨"名,真要笨点还好管,看那眼神,不是个好剃的脑袋。

"不是笨,是'犇',三个牛字放一堆!"他在雪地上用手指划出了"犇"字。

姓牛就够受了,又加上三个牛,一身牛气。四个牛字的新兵给杜林的印象不太好。"别一高兴就乱喊,不是在家,对面是外国人!"杜林说得很严肃。

"我家那边外国人有的是,他们常听我唱。"

"吹!"杜林从不肯轻易说出个牛字来,"家哪儿的?"

"大连,海员俱乐部旁边,去过吗?"

"我个当兵的,去那地方见鬼?"

"见世面,外国人挺活泼!"

"好啦,部队强调严肃、守纪律。父亲干什么的?"

"没了。"

杜林心想,怪不得少教育。"原来干什么?"

"教外国文学,五七年成了右派,'文革'中死的。"

"母亲呢?"

"还在。"

"我问她干什么工作!"

"码头上当工人。"

"工人好。她对你有什么嘱咐吗?"

"嘱咐我好好干,争取当干部。我不想当干部,听说这儿当兵的也得学对面那国话,我就来了,寻思退伍后考外语学院。"

"入伍动机要端正,光想退伍不行。"

"听说干部都要军校毕业生,不想退伍也得退伍哪!"

"当兵期间就要想怎么把兵当好。你敢向领导暴露思想,这很好。要好好干,提干不行争取解决组织问题。去吧。"

牛犇走不几步,发现哨所西边二百米处的小屋前有个瘸子,这是牛犇在岛上看见的唯一的老百姓,很觉稀奇,就过去唠扯上了:"老乡,您贵姓?"

"免贵姓张,叫张荣庆。哨所的人我都熟,你是新分来的吧?"

牛犇也不客气，说了几句便大呼呼地进屋。进了屋看见有台电视，顺手就打开了。老张有点讨厌他，说："外国话，听不明白！"偏巧牛犇自学的就是这国语，一知半解还真能听明白些。当时电视正播一个故事片，他一看，是根据一部著名长篇小说改编的。这部小说他在家时看过，便给老张连翻译带讲解地吹开了："这玩意儿写的，真绝！"

老张从打买电视机，只能看看体育、杂技等不用语言的节目，见新来了一个能看懂外国电视的，不得不另眼相看了，忙烧水、炒瓜子，叫牛犇边吃边喝边讲解。片子演到一个恋爱场面时，牛犇忽然里外看了看，问老张："家里大嫂呢？"

这可问到要害处了，老张尴尬地苦笑笑："啊，就我一个人。"

"一直没找？"

"不是没找，不好找哇！"老张拍拍自己的腿，他十多岁就没了父母，到结婚年龄时正赶上"文化大革命"，富农子弟和瘸腿这两个不利条件，使他一直没说上媳妇。三十二岁了，光棍一人，无亲无故，落实政策以后，他才被县水产公司雇来看管打鱼队的宿舍和鲑鱼罐头加工厂的厂房，在岛上安家长住了。老张为人厚道，加上腿瘸，战士们对他格外照顾，凡是瘸子干不了的活全帮他干了。他从未受过这般厚遇，总觉得怎么也报答不完，有空就帮班里弄鱼，还特意买了台电视机，请战士们看节目，他的事班里有求必应，就是找对象这事，他鼓了好大勇气悄悄求杜林班长帮一忙，"这事就得依靠你们了！"杜林答应了，可过了半年他一直没再提这件事儿，老张也不好意思再问。

电视上，主人公正送他的未婚妻出村。

"生活对人真不公平。"牛犇对老张深表同情。

"喝水，吃瓜子。吃……"老张很感激。

不久，老张套了挂马爬犁来找杜林："杜班长，这几天你们替我照看一下，我上趟县里，见见面去。"

"见什么面？"

"一个寡妇，岁数挺好的。"

"这……我怎么一点不知道哇，谁介绍的？"

"小牛。他姥姥家那地方的，他认识，说给问问，我寻思说着玩，哪想他当事办了！"

"一个新兵，胡……"发觉是当着老张的面，杜林把"来"字咽下去了。一个新兵，还不到二十，自己没对象竟敢私下给瘸子保媒！胆大包天！胡来！

这边杜林批评牛犇胡来，那边老张已经看妥了，就手在县里办了结婚登记，双双回来向杜林和牛犇道谢。办喜事那天，老张请杜林带全班过去热闹热闹。这婚事杜林不赞成归不赞成，他还是带全班去了。巴黎公社起义前马克思还不赞成呢，起义发生后不也支持了吗？婚礼使杜林很生气，牛犇带头开出了节目。真不像话，牛犇竟要瘸老张陪他跳舞。一个瘸子，只在"文化大革命"中跟大伙跳了回忠字舞，还被指责为别有用心，这回硬被牛犇拉着又跳了一回，逗得大家笑出了眼泪。牛犇又要求新娘出节目，杜林气得想把全班带走，赶巧行政公署副专员视察路过这遇上了，进屋表示祝贺："小岛史无前例有了居民，这是部队帮我们新建了个镇呐！"

杜林尽管在生气，还是没忘了当即请副专员给这个镇起名（以前这儿没名，地图上只标一号哨所）。副专员问杜林这儿最缺什么，杜林一再说什么也不缺，样样都好。跳出了汗的牛犇插嘴说："怎么不缺？这儿太寂寞了，缺热闹。"

"好，就叫'热闹镇'。祝热闹镇早日热闹起来！"

四

大黑狗突然发现了什么，噌噌蹿进灯光照不见的夜幕里，三角队形变成两盏马灯连成的一条横线。杜林的灯掉在雪里，眨眼间他已拉动了枪栓，同时命令老兵迅速用帽子罩住马灯。

大黑狗回来了，后面跟着一头灰驴。

杜林叫老兵把灯罩移开，自己的枪也关了保险。大黑狗领来的驴是连部派出的。这头驴忠实、记道，黑天、白天、雨天、雪天都能照走不误，不用人管。连队到哨所来回九十华里，一般不属保密的东西就派它送。今晚电话不通，只好又劳驾了这个任劳任怨的驴。杜林从驴脖子上挂的口袋里掏出一张纸条，凑近马灯看清了，是指导员写给他的：

"张荣庆已回，他惦记老婆，着急回热闹镇。连部这边忙于训练考核，抽不出人送他，请明早即派两人来接，顺道检查一下线路故障。"

"阿弥陀佛，镇长老爷可回来了，咋不早回来一天哪！"杜林调转驴头，"出了这大乱子，明早出发还了得？"他率队继续急急向连部跋涉。

瘸老张娶来的媳妇是个哑巴，但聪明活泼，一点也不丑，两条辫子梳得紧紧的，总爱比比画画逗笑话。她的到来，使牛犄和战士们都感到热闹多了，"镇长"瘸老张更不用说。唯独杜林不踏实，老觉得会发生什么事。有回他看牛犄去老张家半小时没回来，突然闯进去，撞见牛犄和哑女对面站着，脸几乎贴到一块了。"劈柴眯了眼，快给我吹吹，班长。"牛犄眼睛红红的。

当天的班务会上杜林讲道："过去咱们这里，三大纪律八项注意只需要注意七项，现在第八项也得注意啦！一个哑巴，丁点事比画半天也弄不明白，别闹出什么误会。"这话主要是冲牛犄说的。一个新兵蛋子，眼睛贼亮，发展下去不定干出啥事来呢。

听班长口气这么严肃，大家连帮老张干活也不敢去了。好在哑女轻活重活都能干，没人帮忙也行。五六个月后不行了，怀了孕的哑女挑水劈柴相当困难。杜林只好重新解释了一下自己的话："注意归注意，活还是应该帮干的，别单个去嘛，去时找个伴！"

牛犄去时也请假，也找伴，但每次干完活总要单独留下多待一会儿，他说看电视学外语。

"有人就好跑单帮，这不是好现象。"杜林常在班务会上这样敲打，牛犄好长时间没敢到哑巴家去。有个星期六晚上，他又偷着去了："老张你看，瘸腿能治。"他拿一张报纸给老张看，"治瘸腿这医院就在我家旁边。"这消息简直比娶媳妇还使老张高兴，他拉住牛犄不让走："坐会儿，我叫她炒几盘菜，咱们商量商量！"

哑女明白瘸子能治后，比老张还乐，她哇啦哇啦直表示让老张去治。老张有点犯难："我走了她咋办，都六七个月了！""去就趁早去，过了这村就没那个店了。家里的事我们帮你照看，不过你得跟班长打个招呼，可千万别说是我帮你联系的。"

酒没喝完，杜林找牛犄来了："出来也不请假，回去学习！"离开老张家，杜林又严厉地说了几句："你个新兵不像话，吃吃喝喝，拉拉扯扯，什么作风?!我早在会上说了，自觉点！"

牛犄点头称是，认错态度从未这么虚心，杜林为此高兴了两天。当老张揣着牛犄写的家信和画得明明白白的交通图跟杜林打招呼时，杜林脸阴沉了，他明白了牛犄在老张家喝酒的目的，他不相信瘸腿能治好，他怀疑牛犄搞名堂。无奈老张非常坚决。他只好嘱咐老张：治好治不好都快点回来。

<h1 style="text-align:center">五</h1>

三角形的队伍变成了菱形，狗在前，人居中，驴断后，灯火减弱了，因为杜林那盏灯掉在雪里时炸破了玻璃罩，就再也点不起来。他索性把坏灯扔掉，闭着眼跟着驴走。

老张走后，杜林把正副班长之外的八个兵编成四组，每组一天轮流帮哑女干活，哑女每逢有事却总是直接找牛犄。最近一次，杜林瞧见哑女交给牛犄一张纸，牛犄悄没声地把纸揣进兜里。趁牛犄把棉袄脱在床上到外屋洗脸的工夫，杜林摸出那张纸一看，不禁大怒。纸上画着三幅画：第一幅是哑女在想心思，头上升出一个烟圈，圈里是张男人的脸；第二幅是张拾元的钱；第三幅是一对丰满的乳房。杜林在当晚的班务会上点了牛犄的名："从明天开始，牛犄不许到老张家去了，帮哑女干活的四个小组变成三个，不论谁，不准单独和她接触。"

"为什么单不许我去？"牛犄当场质问。

"怕出事！"

"出什么事？"

"你自己明白！"

"我不明白。"

"装糊涂！"

"杜——"牛犄差点没直呼出杜林的名字，"班长，你把最后这话再说一遍。"

"再说一遍有什么了不起？"杜林不屑再说一遍，怎么能受牛犄的指挥？！"不是跟你摆资格，外逃犯怎么样，一撅尾巴也能看出他拉几个粪蛋，亲手抓过一个，二等功立了，不叫提干冻结，恐怕不会以现在的身份跟你说话了！"

"混蛋一个！"牛犇怒不可遏撸起了袖子，被老兵们拉住了。

"我不跟你吵，有你后悔的时候！"

牛犇不吵了，眼里闪着不可思议的火苗，鼻孔歙动，嘴唇紧闭，那形象使杜林暗暗产生了恐惧之感，他趁机结束了班务会。

刮了一天的大风雪故意凑热闹似的嗷嗷叫，杜林和牛犇谁也睡不着。深夜，杜林刚入睡，哨兵惊慌地跑进来："班长，哑女突然喊了一阵便没声了！"

杜林惊出一身冷汗，布置哨兵立即归哨，连忙又叫老兵和他一块赶到哑女家。

哑女家灯亮着，杜林敲了一阵门没人应。他不敢贸然进女人的屋，用草棍把窗纸扎了个小眼往里看，冷不丁抽了口凉气：哑女早产了，母子俩还连在一起，不知死活。

杜林立刻就不敢看了，这种事比让他抓越境犯难多了。他站在窗外搓手、打转，等老兵进去给母子俩盖上被子才进去。他像抓特务那样心突突跳着，摸了摸哑女的胸口，像触电一般赶紧抽回了手："还活着！"他不知该怎么办，只觉得屋子冷，便点火烧炉子。屋子暖了，婴儿哇的一声啼哭，把连在一起的母亲叫醒过来。

哑女蓬头垢面，身带血污，一脸痛苦，瞧见两个手足无措的兵，慌得连忙把他们撵到屋外，一应事情她自己很快处理完了。婴儿一声接一声不停地哭啼着，哑女朝外屋的杜林比比画画、拍胸摇头、张嘴瞪眼，哇啦一阵之后做了个咽气的动作。杜林猜不出全部意思，只断定一点，婴儿需要吃奶，不快点弄来奶就会饿死。他派老兵回班叫炊事员给婴儿做点能吃的东西。炊事员琢磨了半天，做了碗稀面糊糊。端来一试，婴儿不吃，还是不住声地哭。哑女又哇啦哇啦叫起来。

远离村庄，大风雪之夜哪儿去找奶哟。急迫中杜林忽然想起牛犇让家里寄过奶粉，兴许还有剩的，他一想自己曾为此事批评他资产阶级生活方式，今晚班务会上又差点动手，怕牛犇不给面子，便叫李老兵回去问。

李老兵回去一看，牛犇不见了。问遍全班，谁也不知道哪儿去了。厕所、岗楼、瞭望架找遍了，都没有。

"牛——犇——!"李老兵站在院子里呼叫,叫声被大风雪吞没了。

"牛——犇——!"杜林把全班都叫起来齐声叫喊。还是得不到回音。

不祥的预感袭上杜林的心头,他带领全班在尖啸的风雪中四处查找牛犇,最后发现一行脚印奔江边而去,但走着走着,好不容易才发现的脚印被风雪扫没了。马灯、手电照了又照,也没发现往回走的脚印。东南西北,天上地下,到处风雪弥蒙,分不清哪是国境线。从纵深距离判断,已经到了主航道中心线,甚至过了一点。从迹象看,牛犇是奔外国那个镇子去了。迷路是不可能的,他,外逃了?

杜林慌忙带人跑回哨所。一查东西,牛犇的冲锋枪和子弹都不在了;小仓库也被翻个乱七八糟,杜林发现自己提包里的一条人参烟和两瓶龙泉酒也没了。"牛犇外逃了!"平时老练得像个政委一样的杜林,立时像遭五雷击顶似的,呆若木鸡。

六

菱形队伍变成了一路纵队。马灯挂在驴脖子上,老兵扯着驴尾巴,杜林在老兵后面跟着,狗依然在前引路。

后半夜了。如果是白天,各自的狼狈相一定会让他们相互吃惊的。帽子、眉毛、鬓角上都是霜,汗把棉衣湿透又结成冻甲,大头鞋也变成了冰疙瘩,冰凉冰凉,力气和热量都快消耗光了。杜林全然没有想这些,他既像处于忘我的状态,又下意识地自悔着,他觉得这都是自己应得的惩罚。要是当初就对牛犇看紧点,毫不手软,岛上也就没有什么哑女,没什么热闹镇和今天的天大的"热闹"了。追查责任的话,除了牛犇的内因外,不都在于自己对牛犇的一再姑息、迁就,以至后来不得法的批评吗?不久,连、营、团、军分区的联合调查组就将来到哨所,查根源、找教训、发通报……这是免不了的了,但根源到底是什么啊……

一点思想准备都没有,杜林"呼"地下沉到一个坑里,雪没了胸口。他奇怪,前边又是狗又是驴,还有李老兵都过去了,怎么偏自己掉进了雪坑?仔细看看,原来他偏了半步。李老兵拉他爬出雪坑,他忽然发觉,爬比走轻快些。反正全身是雪了,干脆爬吧。他在后面爬着……

根源究竟是什么呢?

今年夏天杜林的对象千里迢迢到哨所来了。杜林怕影响不好,住两天就撺女的走。女的走了他也不送送,牛犇却代他给送了十多里。女的走后牛犇收到一封信,字体很像杜林对象的。杜林觉得这信有问题,私自给拆开了。一看,却是牛犇一个男同学写的,信里说,《圣经》一时买不到,我有个同志的父亲在资料馆工作,托他借到后给你寄去。虽然没发现和自己对象有什么关系,托人借《圣经》也够严重了。他找牛犇谈话:"你为什么要借《圣经》?"

"我……你怎么知道我要借《圣经》?"

"白纸黑字,信上写着!"

"拆信犯法。"

"先谈《圣经》问题。"

"我拒绝谈,我要上告指导员!"

"好,你告就省得我告了。"

指导员反而跟杜林说牛犇思想活跃、知识面宽是好事,建议让他当班里的理论学习辅导员。天高皇帝远,指导员走后杜林没让牛犇当。

驴脖子上的马灯烧干了油,熄灭了。四周一片昏黑,杜林他们像在墨海底下慢慢潜游。

七

翌日早晨,爆炸性的消息震慑了全连,全村。

腿还没拆除夹板的张荣庆拄着拐又转磨,又跺脚,他后悔自己不该心血来潮去治这条该死腿。他还怨自己啥也不明白,给小孩用的东西啥都买了,就是没买点奶粉。连部住在赫哲屯,那边家家打鱼,没有养奶牛的。连里现动员了个生孩子刚满月的赫哲族妇女去热闹镇给奶几天婴儿。指导员怕热闹镇那边再出什么意外,带着医助蹬滑雪板先走了。两匹白马拉的爬犁上坐着杜林、李老兵、张荣庆和赫哲族妇女,大黑狗跑前跑后跟着。

璀璨的雪原金光银光闪闪烁烁,地球显得比太阳辉煌耀眼,照得爬犁上的人眼花缭乱，一个个眉毛、皮帽耳上的霜花也都亮闪闪的。天空像用雪擦过的玻璃，透明、蔚蓝，没有一丝云迹，空气中细细的雪尘在阳光下也像银粉一般熠熠闪光。四野遍披银甲，只有树林里偶尔露出几束红色或黄色的树叶，像铺盖大地的白绢上划着了几根火柴。跟昨夜相比，简直像从十八层地狱的苦海来到童话般的天堂。野鸡、山鹰也到阳光下晒羽翅，时而还有傻狍子出来奔跑。

白马爬犁顺江边走着。昨夜新下的雪还不结实，尽管赶爬犁的战士一再挥鞭打马，还是跑不起来。爬犁上的人默默无语，各自想着心事。

心情最复杂的是张荣庆。他眼前出现的一会儿是牛犇帮哑女干活，一会儿是哑女抱着孩子在哭叫的叠影，心中既有对牛犇的怀念又有对他的不解和怨怒，同时还掺着深深的后悔，而后悔是最强烈的。

李老兵主要是难过，他对牛犇的印象并不坏，甚至有点喜欢。他想起八月十五晚上牛犇和他在江边放河灯——这是赫哲人的风俗，把一盏盏纸灯放在江上，让它顺流漂得很远很远，意思是照亮江里的水路，好让最名贵的大马哈以及重唇、哲罗、红鲤、白鳔、鳌花……能在亮堂堂的江里游来，供他们捕捉。牛犇的灯是用墨水瓶做的，装了满满的煤油，安放在一块桦木板上，灯罩是用红纸糊成的五角星。红红的五星灯顺着黑幽幽的江流漂走了，牛犇说，让这灯代他看看沿江的风光，并向两岸的男女老少以及山水草木问个好。李老兵嘲笑他浪漫，捡起一块片石打了个长长的水漂。水漂消逝了，牛犇外逃了，李老兵心里有点怅然若失又有点疑惑莫解的感觉。

去为哑女生的婴儿送奶、生来没上过县城的赫哲女人，用最大的想象力猜度着哑女的音容笑貌和言谈举止。她偷瞅张荣庆朴实的脸，想哑女一定很俊。要不，那外逃兵怎能老帮她干活呢？

杜林内心经过昨夜那番狂风暴雨般的剧烈折磨，疲劳了，麻木了，同疲劳酸麻的身体一样不愿活动。此时他唯一担心的是那婴儿是否还活着。

"鹿！鹿！"赶爬犁的战士惊呼。

"不是鹿，是狍子！"赫哲女人纠正说。

张荣庆和老兵无心辨认是鹿还是狍子。

杜林微微睁开眼，看见一只狍子从江对岸往这边跑，瞅见爬犁后又调头跑回去了。

太阳西斜的时候，马爬犁才进入热闹镇。两缕白白的炊烟分别从红砖房的哨所和泥坯屋的哑女家浓浓地升着。一缕口琴吹奏的乐声也在静静的小岛上缭绕着，是从哨所的红砖房里飘出来的。

"乱弹琴，还有这闲心！先去老张家！"杜林振作一下站起来，带着爬犁来到张荣庆家。

张荣庆顾不得让客人了，急不可待先进了屋，其他人急切地跟进。

屋里出现的是与一爬犁人想象都不同的场面：医助在收拾屋子，指导员在做饭，哑女坐在炕上对镜梳头，婴儿安详地在射进来的温暖日光下睡着了，小嘴不时咂动着，枕边放着一缸鲜牛奶，窗台上一个大盆子满满装的也是鲜牛奶。进屋的人都愣住了。

先是哑女朝丈夫比画起来。

张荣庆伏在炕边看女儿的小脸。

赫哲女人的眼光在哑女身上转来转去。

杜林的眼睛像被牛奶吸住了。

大黑狗摇着尾巴在屋里窜来窜去。

指导员从外屋端进开水，反客为主招待起主人和客人来。

"怎么回事，指导员？"杜林问。

"去问牛犇，叫他说。"

"牛犇？他在哪？"

"在班里休息。"

"他……他没有……"

"去问问就知道了！"

杜林奔回班里，见牛犇坐倚在床上吹口琴。"回来了，班长？"眼睛雪亮的牛犇坐起来，善意地望着杜林。

"你……你哪儿去了？"

"到对面走一趟，怕你不同意，就没请假。"

"你去偷人家的牛奶？！"

"不是偷，悄悄换的！"

"换？"

"真的。那边家家养奶牛，我们在瞭望架上看得清清楚楚，也没驻兵。我摸过去，钻进一家牛棚，弄了两暖水袋加两行军壶奶。走时把你的烟和酒放那儿了，待会儿给你钱！"

"钱是小事，丢中国人的脸！"

"这怎么丢脸？烟和酒二十多元，十多斤牛奶也就三四块钱呗，他们上哪儿卖这好价钱？"

"边境政策你不懂吗？"

"懂啊，国家不是开放了边境小额贸易了吗？再说，总不能眼看着我们热闹镇上的小居民饿死呀。所以我才去了，出了事我一个人担呗！"

"纯粹开国际玩笑——你的枪呢？"

"我心里急，临走时发觉自己还背了枪，就取下来藏在哑女家的空屋里了。"

"反省吧，等着处分！"

"好吧。班长，看见哑女画的一张纸没有？"

杜林从兜里掏出昨晚那张画纸，已经揉搓坏了。

"看弄的，这是哑女叫我给老张邮的信，还得叫她重画！"

"重画什么？老张和我们一起回来了。"

八

几天后，团政治处来了一位干事，说军事检察部门作了调查研究，决定对牛犇免予起诉。军分区指示，对牛犇要进行法制和边防政策纪律的补课，教育可由团政治处直接进行。地点放在团农场，让牛犇边劳动边接受教育。

走那天，全班都出来送他。哑女不顾产后怕见风，也和丈夫一块出来了，老张给牛犇拿了一大瓶马哈鱼子酱，牛犇不肯拿："现在你和你老婆正需要营养，留着吧。"

杜林把一个新笔记本递给牛犇："拿着用吧。这三个月要好好改造思想，别不当回事！"

牛犇接过笔记本："谢谢班长！"然后推着大伙不让送："回屋吧，挺冷的。"

牛犇坐上了团里干事带的爬犁，走了。

刚走上江沿，他回头招了招手，高声喊："喂！千万保密，别让我妈知道哇！"

这声音在雪国的低空回旋："……别让——我妈——知道哇……"

他在拂晓前死去

张廷竹

炮火已经将山头剥光了，剥得像一个赤条条的和尚。曳光弹照亮山坡时，横躺竖卧的尸体犹如一堆堆被赶上了沙滩的橡皮鱼。凝固的血是黑色的，映着惨白的皮肤分外触目惊心。月亮不肯露出她的脸。她害怕。人死了并不可怕；可怕的是那些支离破碎的肢体。你仿佛能看到他们的眼睛依然睁着，悲哀地望着黑暗的苍穹。汗臭，血腥，屎溺的气味，顺着热风一阵阵地扑来；于是，你呕吐了。拿衣袖拼命地捂住鼻子和嘴巴，心在膨胀着。在环形的堑壕里，活着的、能够用食指扣动扳机的人还有多少？你不敢去数。你只是凝望着眼前一株默默摇曳的灯盏花出神，它还残存在小小的无名高地上，这简直就是一个奇迹。

一

你不数，有人数。

"长庚，宋长庚！"有人在轻轻地呼唤。宋长庚蓦然惊醒，应了一声："到。"

指导员刘正摸索着走了过来。宋长庚有这样一种感觉，他的双腿已经变得僵硬，好像插在地上的木桩。不过，这木桩还在艰难地移动着，朝着需要他关心的方向。宋长庚的牙齿咬住了嘴唇。对敌人的报仇心理压下去了，升起来一股对自己人的痛恨。这个家伙，到这种地步了还在惦挂着他的"神圣职责"！难道非要老子没法子回答了才能放心么，好去向政委交差？

宋长庚打了个寒噤。

冷。他扯了扯撕破刮烂的衣袖。风凉了，暗蓝的天穹上，游云跟潮湿的夜雾混沌一片，整个的自然界都好像穿着丧服。为什么不进攻了？宋长庚站起来，想大声地问一下山下那些孬蛋。还说是在三十多年前就打出了威风的部队呢，从前半夜打到后半夜了依然打不下我这个小小的无名高地！那么多的冲锋枪子弹，那么多的无后坐力炮弹，居然没有损伤我姓宋的一根毫毛！

一看到刘正，宋长庚就想到死。当然，是死在阵地上，脸朝着进攻的方向。他早就盼望着这样的归宿了。这是他最最合适的去处。这样他就能得到一块镌着红字的墓碑。这块碑会洗净人们吐在他身上的唾沫。说不定，刘正也会添上一汪清泪的。烈士毕竟是烈士，你听到过追悼会上有人还敢向死者吐唾沫的事么？

"没有挂彩吧，你？"刘正终于摸到了他的身边。

"没有。"宋长庚冷冷地吐出两个字。不是吐出来的，而是从牙缝里挤出来的。他很想再挤出几个什么字来，哪怕骂一声"他妈的"也好。但是一缕从云缝里泻下来的灰色微光照在刘正包着绷带的脸上，绷带上有渗出来的血；因此，宋长庚将舌头抵住下颚，不响了。他毕竟是一条汉子，一个军人，对负了伤的同类，他得客气一点。

他将脸转了过去，他讨厌面前这张脸。

虽然穿着四个兜的军装，眼下宋长庚的身份却是个一撸到底的战士。他知道这是刘正的杰作，事情是他发现的。他还知道，在连队党支部向上报告的需要重点注意的人里，他的名字是刘正加上去的。同情老排长的连队文书悄悄将这事告诉他时，宋长庚不动声色地接受了。他说，换了别的指导员也只能这样做。然而转身以后，他就从枕头下摸出笔记本，把一张照片给拿出来撕碎了。那是他和刘正在军校时的合影。上阵之前，驻地在中原，站在山坡上可以看到滚滚东去的黄河。他将手一扬，照片的碎片就随着风飘向黄河，他觉得那些美丽的字眼：信任、友谊、同情，也跟着波涛一起走了，埋葬在了心灵的河底。

他鄙夷不讲义气的男人。

五年前从军校里一起出来，分到同一个连队。性格豪爽不羁的宋长庚就知道自己不是个当官的材料。大专毕业又报考军校，唯一的原因是他的祖父曾经是一个将军。虽然，他从来也没有见过他。他客死异邦。加拿大东面有个叫作哈利法克斯的海滨城市。芳草如茵，良港天然，好几位被革命旋风刮出了中国大陆的国民党将领都在那里默默地撰写自己的回忆录。宋长庚的父亲，一个中学物理教师，是个被"臭老九"的帽子压得弯腰曲背，吃粉笔灰又吃得肺部出现了两个大洞洞的人，临死前拉着儿子的手说："你爷爷也是放牛娃的出身，从奴隶到将军的啊。打过昆仑关和台儿庄。当年他叫我当兵我不干，我没错。要当了他那个兵还不是骨灰都葬在台湾！但是你呢——三中全会开过了，听说现在解放军也要咱们的后代了，是不是？"

父亲死了，宋长庚穿上了国防绿。他发誓要干出个人样儿来，为祖国增添光彩。世界上很多好事是从谬误中派生出来的，而真理向前"多跨一步就会变成谬误"也是真理。听了父亲的话后，他感到自己受了历史的嘲弄。当年，中学里，他从来不敢去看样板戏。胡传魁和南霸天就是他的根。这样的祖宗未免太可怕了，像猪圈里钻出来的天蓬大元帅一样可怕。但哪里知道，历史上还有一个昆仑关，还有一个台儿庄呢？一个同学的姐姐在政协资料室工作。她帮他找根。北伐、抗战，从黄浦打到华北，又从华北开赴东南亚，他的祖父一直是个豪杰。但是，世界发生了变化，内战开始了。突然间，全副美式装备起来的军队在小米加步枪面前全线崩溃。当老头子愕然惊醒，重新审视从奴隶到将军的道路时，才发现他已经成了一个无根的白华。在关键的道路上他迈错了步伐。宋长庚看到他在并未定稿便溘然长逝的回忆录中这样写道："余数代单传，吾儿一介文弱书生而已。余曾希冀子承父业，未能如望，闻孙儿呱呱落地，不胜欣慰。卫国保家，皆仗军人，倘后代能悉心研究余所著兵法，又避免余愚忠于一人之悲剧，则大慰也。"

月黑、风高。小伙子拎着一瓶洋河大曲，走一步，喝一口。路坎坷不平，脚步一高一低。要打仗了，他激动得不得了。"老山"，在军机关当参谋的一个同学向他悄悄吐出这两个字。不用查地图，宋长庚就能说出这座山的位置来。滇东南。文山州麻栗坡县。距四十年前他爷爷打过日本人的滇西南并不远，都是云山雾海，都有密密的原始森林和熏人的亚热带风。同一条野战公路从昆明出发，到开远才各自东西。他噙着热泪想起了十年前的一场噩梦：爹站在操场的大太阳底下，眼镜被打碎了，一只有镜片，一只没有镜片。脸色惨白，鼻尖上沁出了懦怯的汗珠。"我有罪，我该死！"他说，"我怎么可以骂那个学生没出息呢。我没想到，他外公是延安出来的老八路啊……"

宋长庚笑了。逝者如斯。黄河之水天上来，滔滔东去不复还。他是幸运的，历史给他创造了一个机会来证实他无愧于祖国。他将举着冲锋枪向全世界宣告，老八路的外孙和他完全平等；同是军人，爷爷和他也不一样——他不会在关键的道路上有愧于江东父老。他将为此而奋战。

一颗泪，却从他的笑脸上滚落下来。他突然有一种不祥的预感：他会捐躯。他没有兄弟姐妹，家里只有一个过早衰老了的妈妈。他心慌了，铁马金戈中鲜血成河，谁没有一个妈妈呢？但是他的妈妈和别人不一样。他的妈妈只有他一个亲人。五七年嫁给他爸爸时，娘家的人全翻了脸。嫁给一个逃跑海外的国民党将军的儿子，她的家庭不能容忍。虽然那个家庭一点也称不上高贵，爹是布店里跑街的出身，娘摆个水果摊儿。他们已经死了，说不定档案上还写着这么一条：困难时期做过投机倒把生意。

宋家门里没有别的后代了。

那天晚上他喝醉了。他犯了一个错误，为了这个错误他差一点上不了战场。那样的话，他将不死不活地过一辈子。

他有一个女朋友。跟他妈妈年轻时的遭遇一样，她的父母也反对她跟一个落魄将军的孙子交往。他们的反对比布店跑街的要有道理得多，也强硬得多。

他们跟宋长庚的爷爷打过仗，打败了他。他们曾在金碧辉煌的剧场里看过《罗密欧与朱丽叶》。皱眉蹙首地看完了，眼眶有点潮润，但是他们末了这样对孩子说："虎女焉嫁犬子！"

那天，熄灯号早已吹过了，他们两人还站在门诊所走廊的窗前。窗外风很大，而手术室磨砂玻璃上的黄色电灯光叫人感到暖烘烘的。护士的宿舍里有模模糊糊的歌声，"有位年轻的姑娘，送战士去打仗，他们黑夜里告别，在那台阶前……"歌声撩起人的万千思绪，一片愁情。他们走到树荫下去，姑娘的眉毛扬得高高的，额头上出现了人生的第一道皱纹。为了不掉眼泪，她也笑了："你会胜利回来的，带着一枚军功章。那时，我爸爸妈妈就会喜欢你了。"翻来覆去的，她讲着这两句话，她的全部希望也寄托在小伙子的出征上了。鼻子里酸酸的，长庚把她两只凉滋滋的小手握在手里暖着。她身上有一股来苏水的气味，闻惯了能使人陶醉。姑娘漂亮。细高挑儿，白嫩皮肤，像军营里的一朵鲜花。花儿已经盛开了……

慢慢地，长庚有些头晕，酒精使他的血管膨胀了。他喘着粗气。"你喝得太多了，一股酒气。"姑娘责怪地说，踮起了她的高跟儿鞋。长庚冲口而出："我们家不能绝后。"

姑娘一惊。松开了抱着他脑袋的手，她仔细地望望宋长庚的脸，她的心狂跳了。这句话是冲口而出，但又非偶尔的冲动。她知道他的家史，读过他爷爷的回忆录。她甚至还听他讲过这样的话："我偏要娶你。我们会有这样一个孩子：他的曾祖父和外公都是将军。"姑娘的眼泪再也忍不住了，鲜红的像没成熟的樱桃汁一样的热血也在她身上沸腾起来。心里升起一阵甜丝丝的痛楚，她又扑进小伙子怀里，她说："后天上午出发？"

"嗯。"

"明天晚上，十点，我，等你。"

红晕变得苍白，他们不敢互相对视。林荫道上有谁咳嗽了一声，长庚赶紧将手松开。姑娘没有察觉，她太专注了。跟崔莺莺一样。待月西厢下，迎风户半开，隔墙花影动，疑是玉人来。她要做这个玉人。"一个人的名誉，在于自己怎么想，不在于别人怎么说。"这是雨果的话。少女读过《悲惨世界》。她现在也面临着一个悲惨的世界，在这个生死难卜的世界里，希望与绝望共存。一旦希望的光焰熄灭，黑暗就会变成永恒。她不能让自己后悔一辈子。她将她的房门钥匙塞到了长庚的手里。

钥匙现在还在宋长庚胸前的口袋里，如果第二天晚上不是刘正拦住了他的话，这枚钥匙会带他走进一个神秘的梦境。他确实渴望着这个灼人的梦境。他跟许多年轻人的观点一致：没有做过那样的梦，人生是不够完满的。

但是，那晚上咳嗽的是他的朋友，朋友是他的上级。五年了，长庚还是个"老排"，党外人士；他却已是连队党支部书记了。他要他交出钥匙，他不交，"杀了头也不交"。于是，朋友成了反目的仇人。

长庚成了刘正心里一个沉重的影子，刘正也成了长庚心里阴沉的影子。

二

敌人又开始进攻了。

人们呻吟着从掩体里站起来，听着飞来的第一颗迫击炮弹。没有气浪，没有射击声，只有这颗孤零零的迫击炮弹的呼啸声在耳畔丝丝地叫。

"长庚，注意隐蔽！"刘正喊了一声。话音刚落，炮弹爆炸了，布满天空的乌云被它掀起的风扯开。宋长庚瞟一眼摇曳的灯盏花，它仍然屹立着。

"望远镜！"长庚叫道。

通信员就蹲在刘正的近旁。一个腼腆的年轻人，家在富春江畔。但是现在怎么看也不像十八岁了。胡子拉碴、挂满灰尘的脸黑黢黢的，眍睽进去的眼睛四周围着一圈青色，颧骨凸起。他犹豫了一下，朝刘正看看，刘正说："给他。"

又是一颗曳光弹升起，映出了宋长庚愤怒的面庞。他夺过望远镜，骂了一句："你忘了老子好歹当过五年'老排'！"

他顺着堑壕的拐弯处走过去。这里是指挥员的位置，可以看见正面敌情。他的心在呻吟着，多么一本正经的兵啊，他想，还当老子忘了眼下的身份？他知道，有一半士兵为他惋惜，有一半士兵幸灾乐祸。通信员肯定是飞短流长的当然解说员。士兵们没有浪漫的权利，有的人就嫉妒有这种权利的人，这种心情不难理解。但是这会儿再想这些就太王八蛋不是？连长就躺在他们的脚旁边呢。三十二岁的连长全副武装，弹袋空了，钢盔歪在一边，好像在睡觉。蜡黄的太行山人的脸上没有一丝血色，一只微微眯起的眼睛已经失去了光泽。光秃秃的脑袋上落满了土。这个头是长庚给理的，一边理一边听着连长的数落。他说："老子真想割掉你姓宋的××！你知道副连长的位置为什么一直空着？那是给你留的！你这头公猪。"

我不是公猪，我是一头雄狮，连长。

既然准备死在这里了，宋长庚的心情便轻松起来。无情未必真豪杰，他有他的精神胜利法。一半为了战斗需要指挥员——他毕竟是陆军学校出身的；一半为了让刘正难堪——你罢得了我的官罢不了我的威严，他才伸出手去要望远镜。在这个硝烟弥漫的舞台上，它是一个特殊的道具：权力的象征。

他有一种临危受命的庄重感。

两肘倚在沙土的胸墙上，他观察着前面的进攻性场面。战斗实在太残酷了，堑壕里只剩下不到二十名战士。干部只有一个半——他将自己算成半个。其实，加起来只有一个了，因为刘正已挂了重彩。这意味着需要极紧密的配合。可惜，他做不到这一点。

他板着面孔向刘正高喊："请你注意侧翼，行吗？"

什么叫"请"，什么叫"行吗"？这能是战场上的语言吗？指挥员只能是一个人。用一个人的嘴巴说话。下命令。

炮弹又爆炸了。现在已是集中火力猛轰，像骤然卷起的狂飙横扫峰顶。重武器组成辐射火力网，掩护着进攻的士兵。烟云尘柱腾上半空，遮挡着宋长庚的视线。大地发出沉闷的哼哼声。宋长庚甩出去两颗手雷，又操起机枪一阵横扫。有两个人影儿在几十米远的地方倒了下去。"好，就这样打！"他狂叫。但是从山坡上，从黑黝黝的小树林的烧焦的树墩子后面，从上下起伏的沙土斜坡后面，密集的枪声依然在追着它的士兵往高地逼近，火光震动着天地，向天空冲去，在空中飘动。

哒哒哒。长庚倒在了地上。

一阵剧咳，咳出了带血丝的浓痰。硝烟和气浪野兽似的扑来，他将手扶住壕壁，站不起来。怎么搞的，子弹打进了胸膛？

一瞬间，宋长庚又想起了她。他的手伸到胸口，摸到了那枚钥匙。太冤枉啊，他想。我死了没关系，叫她怎么做人？

刘正对他的做法也许无可非议，但他不该将事情向政委汇报。那天，宋长庚向他作了保证：晚上不去她那儿了。白天也不去了。但是，他一定要他交出钥匙来。他不放心。怎么能把这枚钥匙交出去呢？这是爱情，一个男人的信誉——一切美好的东西，一颗最珍贵的心的象征啊。别说交出去，给别人看一眼都是亵渎。我不害怕你们用那样的眼光看我：像看一头春情发动期的野兽，我有自己的荣誉观。我爱她，你们懂吗，白璧无瑕的爱！罗密欧与朱丽叶有什么罪？布店跑街和水果摊的老板娘不懂，难道你们也不懂?!

天气不好。下着雨，雨点凄凉地敲打着连部的窗子。硬板床上放着打好了的背包，军人们已经整装待发。刘正倒背着手，在不到二十平方米的房间里走过来又走回去。他的面色是如此苍白，心情又是如此恶劣，真让人感到他是不是突然患了腮腺炎。连长躲出去了。他头疼。宋长庚被叫到连部来时，他朝他狠狠地瞪了一眼，然后，砰的一声碰上了门。

长庚已经反省了整整一夜，反省的结果是情愿受处分也不交出那件致命的物证。他惨然地笑着，不明白刘正究竟是怎么回事：他和她并没有妨碍任何人，任何人却有权来妨碍他们？生活真是一件怪事，居然制造出这样一些人来：老是替别人忧心忡忡，自以为有责任拯救全世界。

没有当指导员前，刘正只晓得长庚是知识分子家庭的出身，并不晓得他还有个爷爷死在哈利法克斯。后来知道了，他便去查地图，找资料，他跟长庚说："那个地方三面环海，被大西洋包围，接近北极，气候寒冷，而且是座小城，并不发达的，大概远不如杭州、上海！"

这是什么意思呢？长庚困惑地朝他看。他将脸转了开去。长庚仿佛看到了他的眼睛后面还有一双眼睛，身上突然感到一阵寒意。

"你不交，说明你没有认识错误。我只好请示政委了。"

满心惨恻，长庚闭上了眼睛：交出去还不是照样报告上级！你会直接去找她么？跟她说"长庚让我还给你的，今后要注意一些"？你不敢。她会用怀疑的眼光朝你看，向听壁脚的小人发出刺刀一样的冷笑。逼急了，她会咬掉你的一只耳朵。你看过《安娜·卡列尼娜》和《伐妮娜·伐尼尼》么，在她长大的那个圈子里，姑娘们也喜欢轰轰烈烈的死。咬你一口，她会说，我只是想看看血是不是绿色的。

"报告吧，我接受任何处分。唯一的要求是别让我上不了前线。"

他本来想再提一个请求的：别去找她，别让她痛苦难堪。他忍住了。只要他迎着敌人的炮火冲过去了，她还有什么难堪？

他终于又站了起来。

太阳穴铅一般沉重，疼痛难当，心脏不规矩了，拼着命往上蹿，尖尖地刺着喉咙。还好，他想，没有击中要害。在腋窝旁边，他摸到黏糊糊的液体。眼前有金星迸射，金星中闪耀着红色的光辉。但是，一个情景使他周身的血凝住了，在他的周围，起码有五六个战士再也起不来了。他们成了一堆残缺不全的躯体，就像被雷电击中了一样。回眸，更觉愕然，那位被他夺走望远镜的通信员面颊被子弹贯穿，舌头已断，荡悠在冒着鲜血的嘴边。他的身子侧向宋长庚，仿佛还在招呼他似的。

"指导员！"宋长庚大叫。

没有回音？

愕然的情绪驱使宋长庚奔过去，他的眼睛红了。顷刻间，他忘了对刘正的恨。眼珠子像块灼热的石头马上就要裂开，他寻觅刘正的身影。一曲粗犷、原始的战歌，如一支潜流，和着战争沉重的脉搏，从他身上流过。他害怕了，毕竟他不是一个真正的指挥员，而这里绝对不能没有指挥员！

刘正躺在地上，垂着头，婴儿一样无力。一颗照明弹落在他的脚旁，燃烧着。他的整个身子都佝偻了。怕冷似的弯着腿，双手捂肚子。额上的绷带不知何时脱落了，血污狰狞可怕。然而，他的肩膀、眉毛和整个污黑的面孔还在扭动着，好像有一种内心的痛苦在啃噬着他。宋长庚听清楚了他的话：

"请你接替我指挥。"

宋长庚痛苦地点点头。

"高地不能失守……"

他无言。

刘正突然抬起了脑袋，他居然还有力气喝问："为什么不回答！"

宋长庚真想即刻死去。

我的可爱的指导员啊，你以为是在操练场上吗？你说一声"这是光荣艰巨的任务"，战士们便一齐高呼"坚决完成任务"？你听惯了这样的回答。它是一帖良药。电影里都是这样的，看多了，你就成了一个忘我的角色。但眼下的现实不是电影，只有几个能战斗的人了，还能守住高地？

进攻的战旗正在疯狂地摇摆，就像一块疯狂的尸布。烟海中传来狂乱嘈杂的喊叫声，敌人起码有两个加强连！

"长庚！"刘正又叫了他一声，声音凄凉极了，"我，宣布，恢复你的职务，不，任命你为代理连长……"

长庚默然。

近旁有两个战士抬起了头，他们听不见指导员的话。但是，他们又显然明白宋长庚已经临危受命。他们的眼睛盯着代理指挥员。刺刀咔嚓一下打开了，脸色铁青。侧翼，手榴弹已经投入堑壕，升起团团烟雾。冷兵器相搏！宋长庚的心颤抖了。这是战斗到最残酷、最艰险的一步。流尽最后一滴血倒无所谓，然而这几个人死了以后呢，于最后的胜利有何益处?!

想到这，长庚觉得自己已被埋进了土中。好一个代理连长啊，不到十个人的"连长"，却要你挑起山一样重的担子！你想痛痛快快地死去，他却不让你死了。你没有权利顾自己死了，你要对这些人，对这块高地，对他，对她，对江东父老、列祖列宗负责了！

战士们已经将脚踩上胸墙，只等一声令下，便跃出堑壕。他们在看着他，目光逼人。

你还犹豫什么?

长庚站了起来，一瞬间，他的脸苍白得像一块冰。他知道，这句话一出口，山崩地裂。但他不得不说，横竖总是那么一回事了，地球炸掉又有何妨？只要心底坦白，无愧于世。"不在于别人怎么说，在于自己怎么想。"

他斩钉截铁地说："好，我现在命令：撤！进坑道里去，等待增援部队上来一起反冲锋！"他所指的坑道，实际上是挖得比较深的猫耳洞。

不由分说，他将刘正抱了起来，踉踉跄跄地往后跑。猫耳洞离堑壕有几十米远，非常隐蔽。他跑不动。刘正在他怀里挣扎。先是惊呆了，接着，愤怒之极的指导员破口大骂，声嘶力竭："我撤你的职，你这个狗东西！"他的声音犹如受了伤的野兽怒吼。吼吧，朋友，任何人到了这一步都会吼的。现在无法跟你解释。你不是一个真正的军事指挥员。什么叫作胆小鬼，我胆小还是你胆小？你怕回去见不了政委，我怕死了对不起一山的壮士！

人不是为了死才战斗的，人为了胜利而战，为了胜利而死。谁的格言？我的。宋长庚的，在要死未死之后产生的灵感。可惜，来不及写到哪一本书上去了。

突然，他的腿上一麻，摔倒了。他倒吸了一口冷气；血从一个小窟窿里涌出来。他翻了一个身，又去抱刘正。他傻了眼，刘正手里拿着一柄鲜血染红的匕首！

"我先把你杀了！"刘正气喘吁吁地说。

多么深的敌意啊。

沉默。

天空一瞬间变得无比黑暗，长庚被推进了地狱。

他在地狱里放声大笑，笑得地动山摇！

"滚你的蛋，你这个机器人，只晓得按程序过日子！"当疯狂的笑声迅速从唇际消失时，长庚的五官扭曲成了一团。两眼喷出愤怒的火焰，他拖着那条被匕首扎伤的腿扑了过去。他的语声嘶哑，好像泪水在胸中沸腾，而心，在那中间煮。他说："难怪你在军校总考 60 分，你懂个屁！团预备队再过一小时就能上来了，正好接应他们。什么叫作失守？这块高地上没有一个人了才叫失守，你能活到拂晓，就能知道那时高地在谁的手里！！……"

他又把刘正抱在怀里，他看到，这家伙已经昏死过去。

三

猫耳洞是狭小的，又是宽敞的，像一条地下室甬道似的好像没有尽头。进去以后，宋长庚立刻命令那个向他透露过消息的文书掀落几锹土，封住洞口，只留下观察和出气的孔眼。瞬时，洞里潮热极了。闭塞的、霉烂的、酸腐的气味，使人胸口闷得透不过气。为了让刘正得到空气，还有一点安全感，长庚将他驮在身上。他的一双脚陷进烂泥里去，硬是找到一个支点，胳膊向前，身体折成两半，慢慢地，牲口一样爬到通向另一个坑道的掩蔽口去。如雨的汗水从他身上滴下，全身冒气，眼睛被溅盲了。从脊背到臀部，泥泞和血污已经将他浸透。终于，他看到了灰白色的亮点，他贪婪地呼吸了一下来自洞外的新鲜空气，然后将刘正推到那上面去，让他尽快地苏醒过来。

"还有几个囫囵的?"他说。

他哆嗦起来，怎么也不敢相信这是真的：连他自己在内，只有七张被炮火熏得发黑的面孔在昏暗中闪烁着光亮。表情有点木然，犹如出土的兵马俑。一张张娃娃脸早已变得瘦削而且僵硬。没有眼泪，没有呻吟，文书的右手捂着左臂，血从指缝中渗出来。宋长庚问他：

"你还有什么文件材料没有销毁的?"

"连队能有什么了不起的东西?"文书苦涩地一笑，"全在营里和团里呢，包括每个人的档案。"

是的。在营里和团里，宋长庚知道。刘正是个仔细的人，一丝不苟的，还会把重要的东西带到堑壕里来吗？那么，哈利法克斯也永远留在某一只写着宋长庚名字的牛皮纸袋里了，包括战前下达的挂职当战士命令？多少年后，它会不会被什么人从尘垢中翻出来，重见天日呢？就像几十年后人们会挖掘这座小山，播种和平的种子一样。雨水从发脆的锁骨和肋骨上冲掉泥沙时，人们会想到那里曾有肺叶翕张，心脏跳动；人们是否也会想到不该在那些纸上过于匆忙地打上句号?

"就是给我妈妈的一封信，没来得及寄走。"文书郁悒地说。

他从口袋里掏出一封皱了巴叽的信，手上的血污沾湿了信封。他的手在颤抖。长庚的心和它一起颤抖。有人打亮了两支手电筒，光线阴森惨淡。敌人已经冲上阵地了，一股发疯似的欢呼声传进洞里，大有恍如隔世之感。泥墙微微颤动，像有无数只蹄在头顶上舞蹈，一刹那间，信笺飘落到了地上，文书和战士们的眼睛都停滞不转了，成了面具上空洞的窟窿。

为了不看这些窟窿，长庚伛倒了身子去捡那信纸。

"妈妈，我活着，一切很好。"就这么几个字。

他抬起头，他的牙齿紧紧地咬住了嘴唇。妈妈，呵，多么残酷的称呼。这个时候提到您的存在，您在哪里?

那天，她跟他说："你妈妈太苦了，我要去看她。今年探亲假二十天，十天时间去你家。"

长庚说："她会喜欢你的，她也会害怕你。她是一个挺可怜的小商店的会计，一辈子与世无争。"

"但是她不是嫁给了你爸爸吗，怎么叫'与世无争'？看来你不太了解你妈妈，不了解女人。"

当时，他有点儿不以为然，没结过婚的姑娘谈什么母爱，什么女性？现在，他的心呻吟起来了。他感到了刀割一样的内疚：从出征开始，对姑娘的负疚感和担忧几乎占据了他的全部思想，居然将母亲挤到了角落里去。

母亲，那个在七十二家房客居住的大杂院里，弯腰曲背，见了芝麻大的官儿都要点头，都要送上一个微笑的母亲啊！

清晨的阳光暖融融的，妈妈在井边洗他的衬衫。两鬓已经挂满银丝，脸上有些浮肿。"妈，我将志愿全部填了军校。"儿子不好意思地说。然后是一阵短暂的沉默。长庚早就准备了几句颇为动人的话，希望打通妈妈的思想。然而，妈妈相当平静，她将衬衫晾到绳子上去，一边抖衣服一边说："好吧，但愿你能录取，也好了却你爷爷、你爸一桩心事。"

录取了，大红的入伍通知书送到家里。长庚从床上蹦起来，对未来生活的兴奋和憧憬一瞬间压倒了他对家庭的所有眷恋。拉着同学的手，兴冲冲上酒店去干一杯。妈妈递给他一张拾元大票，棕黄色的脸上忽然洒满泪珠，她说："我高兴。"

仅仅是高兴吗？

有几秒钟，抑或是几分钟的时间，战士们和宋长庚一样，面对着文书的信和坑道外敌人的喧嚣，都陷入了痛苦的沉思之中。这是难以描绘的时刻，大师的笔也写不出来。祖国不是一幅地图。祖国是有具体形象的，这个形象就是妈妈。他们为妈妈而战。长庚比他的战士们还要多一个形象：她。两个她成了一个复数；让这个复数在所有人面前抬起脑袋走路吧，他的墓碑才是一个真正的句号。有这样的句号，你们就是绝对的两代天骄！

倘若不是刘正终于醒过来了的话，长庚和士兵们可能会长时间沉溺在定格的画面中。刘正惶惑不解地朝他们看了一会儿，抬起一只手擦了擦额头。伤口由长庚重新包扎过了，绷带很厚。刘正突然露出了困兽一般的神情，他伸出一只青筋毕露的手去摸枪，没有摸到。他的半边脸孔被憎恶的感情所扭歪了，他坐起来，一把揪住身边的一个战士：

"站起来，我命令！……冲出去跟敌人作殊死的斗争！先把宋长庚的枪缴了！他无权指挥你们！……他是软蛋，异己分子！……"

"指导员！"文书用变了音的嗓子叫起来，"你这是干什么？"

捂住左臂的手一下子松开，文书端起了冲锋枪。他激动得满身发抖，冲到长庚面前，挡住了他的身子。"啊……干吗要这样？神经出了毛病吗？……谁敢动排长，我先把他毙了！没看见是谁把他背进洞里来的?!"

背部的皮肤好像与肌肉剥离了，一阵阵寒战如蚂蚁般从身上爬过。宋长庚热泪盈眶。他推推文书的肩膀，文书岿然不动。长庚只好将脸侧过去一点，望着刘正的面孔。好陌生好陌生的脸啊，他想。比城市大马路上的任何一张面孔都要陌生。他怎么会跟他曾经在一个镜头前合影？都说人是多面体的，你怎么只有一个面呢？哪一根线短路了，你动不动就迸出歇斯底里的火花?!

宋长庚猛地拨开文书的枪口。为了让自己站得稳些，他叉开了双腿。一只手，扶住战友的肩膀。他环顾左右，无语凝噎。

他的心热了，除了刘正——他手里没有武器，其余的枪口都朝着天。

他失败了，朋友。你不是法官。你向前多跨了一步，因此真理就不再属于你了。看看这些士兵吧，他们才是真正的好汉，知道怎样去恨，如何去爱。记得吗，那天晚上看完《牧马人》回到宿舍，你感触万千地说，母亲错打了儿子，儿子怎能因此而责怪妈妈？这句话当然对。但是我要问你，母亲什么时候没完没了地打过儿子？打人的至多是兄弟罢了，假借母亲的名义。

他没有说出口来。说这些又有什么意思呢，在此刻。人最可怕的是不被任何人信赖，他没有走到这一步。他不愿意再朝刘正看了——他已经耗尽了力气，孤零零地坐着，白得宛如一具大理石雕像。现在，把一支枪塞到他手里，恐怕他也扣不动扳机了。宋长庚想跟战士们说一句感激的话：谢谢你们的理解。但是，喉头哽塞。好不容易说出来了，却是对文书的呵责：

"枪口朝谁？还不放下！大家都检查一下武器，包扎好伤口，随时准备出击！……"

一道闪光，照亮了一个个气孔。宇宙骤然炸开两半。宋长庚扑到洞口，看到了渔网般交织的曳光弹。好几顶帆布盔帽在眼前慌乱摇晃，一五五榴炮正向远处延伸。宋长庚用力将嘴张了几张，吐出一口淤积在口腔里的血痰。他去摸胸前的望远镜，一愕，接着，嘶哑地怒吼起来，"他们知道我们还活着，炮火不敢打到阵地上！真是见了鬼了，快打信号弹，请求打到近处！"

终于，雷鸣电闪，弹雨倾盆，火流激荡，昏睡的苍穹被扯开了一道白亮的大缝隙。

四

他是在团预备队冲到堑壕前时牺牲的。一个凶狠剽悍的少尉在他吃了一枪之后，扑了上来。他自己也受伤了，但是仍将整个身子压在这个穿军官服的中国军人身上，照准他的脖子，一刀捅下去，刺穿了那条缚在下巴下面的钢盔皮带。这是一柄军用匕首。

宋长庚的眼珠顿时在眼窝里陷下去了。他的鲜血喷满了少尉的面孔。长庚摊开四肢，僵硬了。双眸凝望着灰色的天空。猩红的、布满着泡沫的嘴唇最后嚅动一下，冷却了溢出眼眶的两汪血泪。

文书刚把一个敌人打倒。他从血泊中回眸，大叫。冲锋枪口喷出一串火光，子弹全都穿透敌军少尉胸腔。

预备队跃入堑壕。东方已经发亮，大地打了一个寒噤，晨曦跃上山岗。堑壕边，那株残剩的灯盏花依然默默摇曳。

担架先抬伤员。政委来了，气喘吁吁地跑到刘正面前，温柔的、颤抖的手放到刘正肩膀上去，政委怜爱地望着他部下那张凝冻的面孔，抹去了他唇际几缕黑色的血丝。

刘正睁开了眼睛。

"我要下去。"他说。

"干什么？伤员和烈士都会抬下去的，你放心。"

刘正没有回答，他将两只手抓住担架的边缘，支撑着，他要爬起来，爬出担架。政委不得不让人把担架放到地上，放到离几位烈士很近的地方去。参谋干事们的眼睛都红了，迟疑地朝政委看。刘正推开他们，缓慢地向前爬去。他的一只手向前伸出，宛如要抓住一个逝去的生命。一步，又一步，他终于爬到了宋长庚的身边。

他坐起来，垂下头。

完全是下意识般的，他的手碰到了那株灯盏花，于是，他将它抓到了手里，掐断了，掐得粉碎。

空气凝冻了，没有一个人说话。良久，政委跑过去，去扶住他那坐不住的躯体。政委有些骇然。他觉得，这张活着的脸比死人还要可怕，铅青色的。

"上担架吧，刘正同志。"政委轻声细气地说，"我们会将他作烈士对待的，还要，"他想了想，"撤销对他的处分。"

他无语。

足足有半分钟。

突然，他伸出手去解宋长庚胸前的口袋。手指头儿抖得那样，如何解得开？政委蹲下身来帮忙，他却将政委的手推开，推得远远的。

终于，解开了。他摸出一件东西来，紧紧地攥在了手心。

"是他的家书，还是遗嘱？"政委问道。本来，他想说是不是入党申请书的。他忍住了。他觉得，还是等他拿出来看看再说。

刘正摇摇头，欲说又止。他的手松开了，随即又捏成一个拳头。

政委好生奇怪：刘正同志从来不向领导隐瞒任何事情的呀，受了什么刺激？

他重新被抱上了担架。

太阳出来了。太阳落在壮士们的身后。山风凛冽，天空深邃无边。太阳有黑子。黑子落下阴影。担架颤悠悠地往山下走去，幽暗的阴影使担架上垂下来的手显得格外惨白。当政委忙着去招呼别的伤员时，那只石膏一样的手终于松开了，悄没声响的，一件东西掉到了草丛里。

这是一枚涂满了褐血的钥匙。

它将永远留在这无名高地上，这枚经受了血的洗礼的钥匙。在一场夏雨之后，这里该会萌生出一朵灯盏花吧。

昆仑殇

毕淑敏

二十世纪七十年代第一个冬天，发射有军事卫星的国家，自高空所摄我国昆仑山地区的照片中，发现了一条奇异的曲线。

这是什么？

新式武器试验场？国防设施的伪装？中国人修筑的马其诺防线？抑或又一条长城？情报人员陷入忙乱之中。待到高精度分辨仪器，经过连续动态观察，电脑显示出最终结论之后，他们愕然了。

海拔五千公尺以上的高原永冻地带，零下摄氏四十度的严寒，这些徒步行进的中国军人们，究竟要干什么？

他们等待着它的消失，或者是凝固在那里。然而，曲线顽强地向前延伸，延伸……

一

昆仑防区作战室里的会议，已经开了整整一天了。

摆在铺着墨绿色军毯会议桌上的所有菜碟，都盛满了烟蒂，像富足好客的乡下人端上来的菜。散落在地面上的烟灰，薄白细腻，看得出都是些上等货色。

丢下第一支烟蒂的人，此刻却睡着了。

他很矮小，缺陷增加了他的威严，作为昆仑防区最高军事指挥官，他的名字被"一号"所代替。一个除了零以外最小的数字，又是一切天文数字的开始。谁能逾越过"一"呢！

他也实在太累了。急电之下，以一个连的兵力清雪开道，将业已封山的道路打开；两个司机轮番开车，昼夜兼程，才得以赶到军区，领受了总部关于进行冬季长途野营拉练的最新指令。之后，飞驰上山，赶到这座赭红色花岗岩造的石屋里，就这样也已经晚了。内地部队，闻风而动，为摘掉"老爷兵"的帽子早已离开温暖的营房，"拉"到野外"练"去了。唯有高原部队因拉练一项尚无先例，还在举棋不定。副统帅提出必须做到"四会"：会吃饭——必须自带生粮野炊；会宿营——意味着甩开帐篷，露宿在冰天雪地；会走路——摒弃不多的现代化运输工具，徒步负重行军；唯有最后一条容易：会做群众工作——防区内几乎没有老百姓，尤其是冬季。但前三条已经足够了，严酷的自然条件加上苛刻的人为要求，昆仑将士以血肉之躯和昆仑相撞，后果将难以设想。

空中，弥漫着烟雾。起初，它们是柔弱的，若有若无地积聚在房屋的最高处，随着时间的推移，它无声无息地卷曲重叠增厚，一寸寸蚕食着清朗的空间。然而一股又一股粗重的气流，依旧汹涌喷出。烟雾像帐幔一般使得所有军官的面目都变得朦胧了。但，他们的意见仍大相径庭。会议陷入了僵持。

记录者可以休息一下了。作战参谋郑伟良迅速浏览了一下自己的会议记录簿，随手改正了几个错别字。还好，纸面清楚整洁。语句有的地方不很连贯，个别处简直前言不搭后语。可这不是他的过失，发言者水平如此。记录唯其原始，才有价值。但他不能否认，自己对赞同拉练的意见，记得简略些，对主张灵活变通的意见，则详尽条理些。记录时不觉察，现在通篇观来，倾向性就明显了。他有点儿惶然，作为一个参谋，他是无权在这种场合留下自己存在的痕迹的。

司令员醒了。反常的寂静惊醒了他。他从略显宽大的座椅里站了起来，舒适地打了一个哈欠，又伸了一个懒腰，接着，他深深地吸了一口气。从烟雾里，他嗅到了迟疑、悲哀、痛苦，以至怯懦。这一切，都在他的意料之中。他的下属们所经历的心理历程，他在军区的会议桌旁，全都经历过了。

他清楚地记得自己在听到"四会"的一刹那，倏地火了。"四会"，"四会"，这么说，我们现在是"四不会"了！我们守在昆仑山上，是一伙吃军饷、拿烧火棍的饭桶喽！哈！连饭桶都算不上，饭桶好歹还会吃，可我们连吃——都不会！真是岂有此理！这念头像闪电一样划过脑海，跟着传来闷哑的雷声——他被自己的想法吓坏了，禁不住用余光睃了一下四周。惊惧中他忘了，多年的戎马倥偬，到了他这一级的军人，脸色已不再能显示心绪的变化。

震惊过后，他表示服从，并竭力使思绪纳入指示的轨道。这是军人的本能，也是形势的要求。自从"天下大乱"以后，军队格外要求服从。

如果不服从会怎么样？撤职？回老家种地去？昆仑防区将换上一位新的司令员？昆仑部队依然得去拉练？……这些十分可能，但他没有想过。要是他对每一道自己感情上不能接受的命令都想那么多的话，别说当"一号"，他连排长都当不上。别以为只有士兵才需要服从，其实军官具有更强烈的服从意识。因为他们是从最优秀的士兵提上来的，而最优秀士兵的最要紧的素质就是服从。新兵身上的服从像一株小草。老兵身上的服从像一棵大树。

一号如今面对不同意见如同面对着一片杂芜的丛林。他从郑伟良处要过记录，很快扫了一遍，鹰隼似的目光，又从到会者脸上缓缓掠过。他要将所有的林木从根上砍掉，露出白森森的茬口，然后，树立起统一的意志来。

"同志们！"他的声音十分暗哑，这使刚才怀疑他是否佯睡的人，相信他确实是睡熟了。其实呢，包括这场睡眠都是他预先计划好的。既然有人想不通，就得给个说话的机会。他何不借此养养神呢！

"地图。"他头也不回地说。依旧嘶哑。他没有咳嗽清清嗓子的习惯，再暗哑的命令，也是命令。

郑伟良揿动机关，石墙的岩缝自中央裂开，无声地滑向两侧。一幅顶天立地的防区军事地图，满布蛛网似的符号和数字，呈现在人们面前。

"我要的是全国地图。"一号略有不快。最优秀的参谋，应该听到指挥员没有说出来的话。

很快，一张全国地形图挂在合拢了的高墙上。图太小，显得有点儿局促。郑伟良递上一根木棍，一号接在手里，却不再理会地图，随便聊天似的开了头："在座的同志们，当然首先是我喽，荣幸得很，都有两套档案，一套在军区干部部，记载着你何时入党，何时做官，官至几品，受过什么嘉奖立过什么功等等。也许呢，还揣着你的处分决定，记录着你犯过不想要乡下老婆之类的错误。"很可笑，然而无人笑。

"还有一套，在那边。"一号用细木棍点了点窗户。这不是命令，人们却不由自主地把头摆了过去。想到暗中有对手的两只眼睛在评价着自己，不禁有些惴惴然。

"这也是荣誉喽！别说一般人享受不到，离了昆仑山，你的官再大些，也没这待遇。那上面写点儿什么，我们将来总会知道的。有一天仗打起来，到时候翻出来一看，吓，某某稀泥软蛋，带兵最差劲，他防守的地带最易攻破。你就是战死在疆场，只怕做鬼都不光彩！"一号的口气，并不严厉，听的人却为之一震。

"别人的记录，咱们暂且看不上。郑参谋的记录，我数了数，共有三十次提到缺氧，二十四次提到零下几十度，至于海拔高多少米，简直是无人不谈，我也懒得数了。说这些有什么用？是你们不知道，还是我不知道?！我命令，从现在起，谁也不许扯这些没用的数字！说那么多，无非是昆仑山苦。不苦，要我们这些人干吗?！我问你们，在座的，谁能用两匹不带鞍子的光背马，倒替着骑，换马不换人，马歇人不歇，能骑着马睡觉，在高原上一跑几天？"有几个想回答，一看势头，又忙像大家一样低下了头。

"我再问你们，谁能怀揣一条生羊腿，鲜血淋淋，不烧，不烤，不煮，不炖，充饥解渴全靠它，三五天粒米不进，枪一响，照样打仗？"无人回答。

"我们的对手能做到。"一号沉重地叹了一口气，白色烟雾剧烈地抖动了一下。

"我们原来也是能做到的。"一号有资格讲这个话，他是当年进军昆仑的先遣部队成员。"不知道从什么时候起，我们变得娇了，阔了，蠢了！住要帐篷，吃要高压锅，走路得坐汽车，一副老爷兵的派头。皮大衣皮帽子皮鞋皮裤皮手套，一群羊剥了皮也装备不出我们一个班。这个样子，还怎么打仗！我当司令员的，耻辱啊！"一号的目光流露着真正的悲哀。

哀兵必胜，哀帅的力量就更大。军人们被感动了。

不过也有例外。那个年轻轻的郑伟良就觉察到一号的描述并不准确。茹毛饮血骚扰国境的，并不是对手，而是被他们收买利用的土著边民。是有意疏漏，还是……未及郑伟良分辨，一号索性自己点透："当然啦，他们也不乏少爷兵，我就碰见过一位。边境会晤，他穿了套挺漂亮的粗呢子军装，满身香气，很年轻，官阶可是和我相当的……"一号突然一顿，连最敏感的郑伟良也没有察觉到这其中的酸味，一号就很快接了下去，"他对我说：'请问阁下，你们那里出产些什么？'我一愣，出产什么？出产石头和大风！只是这话是不能说的。我不知如何回答，翻译点拨了我一句：'反问他。'我赶紧照办了。"

一号停下来，等着人们发出的轻微笑声。殊不知，当时的情况是一号并未经翻译提醒，旋即反问了对方。为了缓和过于严峻的气氛，一号撒了个小小的谎。

"他倒挺痛快，毫不掩饰地回答我：'很抱歉，阁下。我们这边什么都不长，没有任何值得留恋的东西。我想，上帝是公平的，你们那边也是这样，对吗？'尽管是对手，我还是很欣赏他的坦率。于是，我点了点头。心里可怪不是滋味，好像把什么国家机密给出卖了。他倒没一点儿家丑不可外扬的意思，凑近我说：'我真不明白，为什么国家与国家之间，竟然为了仅仅几平方英里如此贫瘠的土地，要彼此扑上去紧紧扼住对方的咽喉？'这一次，我可没迟疑，面对着他那双漂亮的蓝眼睛，我告诉他：'先生，在我们这块土地上，出产一种最宝贵的东西，它的名字叫作尊严！'"

说到这里，一号严肃起来，他用手中的小棍在地图上棕黄斑驳夹杂白晕的区域，勾勒了一个不规则的圆："这里，就是我们的防区。"小棍在地图上轻轻敲击着，凝聚住了所有人的目光。

寂静无声。只有屋内的烟雾呼地抬高了尺许，下缘颤动着，久久沉降不下。

一号再没有说什么。缓缓地、缓缓地将细细的木棍轻轻移开了。

以后的事情，就变得十分简单和自然。进行拉练的决议一致通过。作战室里的空气热得要燃烧，一号反倒淡淡地说："刚开始有些同志谈了些不同意见，我看很好。怎么吃，怎么走，怎么住，你们不知道我也不知道。高原拉练没有现成经验。我带着部队先走一步，摸索成功了再全面铺开。你们看呢？"

没有人反对。争挑重担也需职务相当。政委因病到内地休养去了，大家尊崇地望着这位瘦小的老人。

紧闭的门一打开，烟像爆炸似的散了出来。郑伟良挟着会议记录簿，怅怅地离开了作战室。

二

会议一结束，柴油发电机就停止了转动。整个营区堕入黑暗之中，过了一会儿，星星点点的烛光亮了。

确信不在任何人的视野之内，一号放松了对身体各部分的控制，顿时，他几乎瘫倒在地。骨和关节的每一个接触面，都又涩又糙，渴望着一种温暖柔滑的液体滋润。每走一步，他都能清楚地感觉到骨茬间的摩擦，好像还带着轻微的声响。并不很疼，却令人恐惧——不定哪一下会突然闭锁住，以至关节永远不能打开，如果这结局一定要出现，最好等到拉练后。他知道自己的身体已经不会允许他在山上待太长的时间了，这最后一次，他要干得漂亮些。

脚不争气，得歇一歇才能走。他把身子倚在一扇窗户旁。昏黄的烛光透过双层玻璃上的冰霜，变幻出大小不等的圆环。

"话说那畜牲张开血盆大口，一对眼睛吊得铜铃样大，山似的压了过来……"屋内有人绘声绘色地讲故事。

"难道还有人不知道武松吗？"一号想着，靠得近些，脸上挂着慈和的笑。

"一枪响过，嗨！那可真叫绝了，对穿了那畜牲的双眼，登时成了两个血盅，砰的一声，倒下了。他提着短刀走过去，打算先割下点儿好肉带回去给大伙充饥。不承想那畜牲并未断气，呼地腾起，挟着冰雪铺天盖地而来。正在这时，斜里冲出一人，手握利刃，连胳膊带刀直捣进那畜牲的口中，在喉咙口连搅三下，那畜牲临死前将双牙一铡，便把那人半个肩膀扯了下来………"一号感到微微的战栗。

民间的故事，是爷爷传给孙子，几代才增删一次，军人的传说，是老兵讲给新兵，几年就相当于一代。先遣部队的事情，已经变得这样富于传奇色彩了。那故事主人公就是他自己。英勇救人的烈士却至今不知是何姓名。

屋里另外一人又说："听说一号将那白牦牛的尾巴割了下来，请组织上寻找烈士的家人。说起那尾巴，更叫神了，根根如银似铁，中间都是空心的，吹口气，哨似的响……"

这话前半属实，后半就不确了。那白牦牛固然神奇，尾巴丝却是实心的。只是，不知它现在何处。腿已经好些了，一号还想听听下级们聊些什么。即使是再大的官，你也不能禁止下属们聊天，特别是杜绝随心所欲地议论自己。一号有点儿心虚，却又舍不得走。"不要紧，即使有人发觉，他们本人会比我还要尴尬哩！"一号给自己壮着胆。

窗内换了一个嗓音，颇有点儿权威地说道："有一年，从运送给养的卡车驾驶楼里跳下一个极漂亮的女军医……""有肖玉莲漂亮吗？"有人打断了问。

"别打岔呀！当然有了！不过，肖玉莲也是真叫漂亮……这么着吧，一样美，总行了吧！"

这些小伙子，又在谈女人！一号有点儿恼火。肖玉莲是什么人？大概是女医生护士之类的。他早说过，昆仑山上不能要女人，偏就有人不信。自从三年前调上一批，至今扰得军无宁日！他拔腿想走，屋内的话语又把他钉到地上。

"女医生说她找人，随口叫出一个名字。听的人吓了一跳，这名字又熟又不熟，昆仑山上谁都知道，可谁都没敢叫过。你猜来人是谁？她是一号的老婆！当天夜里，流动哨围着一号的宿舍，轻手轻脚地转了一圈又一圈……"

"听到什么了？"几乎是异口同声。

他妈的！一号在心里骂了一句，可又无可奈何。除非他立刻闯进去，否则，什么变故也打断不了这饶有兴趣的话题。昆仑山上最末一号的士兵在这一刻，也找到了自己同一号相同的地方：大家都是男人吆！

"当然听到了。一号对他老婆说：'谁叫你来的？'没人吭声。一号又说：'你马上给我回去！'女医生还是不吭声。'你倒是说话呀！光哭算怎么回事！'敢情女医生用枕巾捂着嘴哭呢。半天，才听她开了腔：'我是军人，我是医生，我来看看你，犯了你哪条法？报告我都打好了，过几天批下来，我就正式调这儿来！'一号立时火了：'你想来？昆仑防区我说了算，我不点头，没人敢要你！''你……你……'女医生气得说不出话。一号又劝她：'你也不想想，全防区都是光棍汉，就我一个人带着老婆。走到哪不管说什么大家都会想到我有夜夜搂着老婆睡觉的福分，我还能当司令员吗？昆仑山上什么都需要，就是不需要这些婆婆妈妈的事情，你赶紧给我走吧。'女医生还想说什么，只听一号讲：'告诉你，流动哨在这周围已经绕了三个圈，现在就在窗外站着听呢！'"众人吸了一口凉气，紧接着问："后来呢？"

"哪还有什么后来！后来流动哨就走了吧。女医生没几天也走了。听说是苏州人呢。"

一号缓缓地踱开了。清冷的月光洒在他的身上。朦胧的山，朦胧的夜。他的心被一股宁静安谧的气氛包裹着。关节仿佛不那么僵硬了。估计拉练没问题。

想到拉练，他立刻又紧张起来。这样的暗夜，正好考虑决策。需要成立一个"拉练指挥部"。具体人选需要亲自定。精干为原则。副职要不要呢？他思忖着。副职的作用有点儿像女人，小事尽可以由他们去操办，细致牢靠，比你自己还周到。但大事就得正职拿主意了。正职相当于男子汉，天塌下来，你得顶着，是祸是福，你永远独挑一份。但话又说回来，副职多了，如果意见相左，你的意志便会被干扰。想到这里，一号决定"拉指"不配副职。由他一个人说了算，去揭开昆仑防区历史上新的一页。

嚓，嚓，前面传来有节奏的脚步声。又是流动哨。一号抖擞精神，他立即由蹒跚的老人变为威严的指挥官了。一号房间的门虚掩着。

"老的要走，新的乍到，就这样疏忽！"尽管房内并没有太多的秘密，如此门户开放，毕竟是警卫人员不可原谅的过失。一号生气地想。推开房门，眼前的景象出人意料。

文件柜敞开着，抽屉被整个拉了出来，倾斜得像架滑梯。文件散失各处，扉页上的"秘密"字样，像一双双恐怖的红眼睛。一个彪形大汉伏在桌上，以手电照明，正在紧张地抄写着。

"什么人?!"一号迅速闪在门侧，厉声喝问道。右手下意识地摸向腰间，虽然那里并没有手枪。

抄写人被断喝吓得一抖，手中的笔失落地上，大张着嘴转过身来。手电筒的雪白光柱，自下而上斜着照亮了他的半边脸。"噢，是你。这么晚了，来干什么?"一号平和地问。大汉嗫嚅着，说不出成句的话。

看来得让他做点儿事情，稳定一下情绪再说。"把灯点上吧!"一号吩咐道。

大汉手脚伶俐地拨开灯罩，擦着火柴，点燃马灯，将灯芯拧得不大不小。金红色的烛焰均匀地照亮了四周。趁放回火柴的空当，他把抄满字的白纸团在手心，然后开始收拾房间。

一号利用这个机会，进行了一次真正的预先没有估计到的小憩。待到一切整理完毕，他也恰好睁开眼睛。高大的汉子垂手肃立在一边等候指示。他就是明天要调离的一号的警卫员——金喜蹦。"你要找的东西，找到了吗?"一号温和地说。金喜蹦又开始发抖。

看着这么魁梧的躯体抖成一团，一号真是不忍。不知是哪个小子往军区写信告了黑状，使金喜蹦原本被一号压下的"反动事件"又重新提起来。无奈，只得写了报告，请示上级如何处理。处于这种情况之下，金喜蹦显然已不宜再待在一号身边，一号随他挑个单位，他要求去炊事班，明天就得去做饭了。作为贴身侍卫，金喜蹦有无数机会接触一号的一切物品，是什么吸引他非到临走前的深夜来寻找呢?

浅得像碗凉水似的战士给一号出了个谜。搞清并不困难，但目前得先止住这筛糠似的抖。一号真有点儿抓瞎，劝不得，哄不得。突然，他灵机一动，提了一口气，屈尊当起了"班长"，点名道："金喜蹦!"

"到!"金喜蹦立时像被灌了水银，坠在地上，纹丝不动。

"好极了!"一号得意起来。五分钟后，他发布了"稍息"令。金喜蹦恢复了常态，满脸愧悔之色："一号，俺犯纪律了，俺在找你的文件看……"

一号轻"唔"了一声，不动声色。最机密的文件都封存在保密室里。

"俺没坏心，只是想从文件上知道多会儿能打起仗来。找了几遍了，哪个本上都说要打，可都没个准日子……"金喜蹦失望地说。

"打仗? 和谁打?"一号有点儿摸不着头脑。边情平稳，并无战争征兆。

"不管和谁打都行啊！美帝、苏修……单个打，伙着干都行啊！打得越大越好，甩了原子弹就更棒了！只要一打起来，啥事都好办了。"金喜蹦一扫片刻前的沮丧模样，紫檀色的椭圆大脸，泛着亮光："堵枪眼，炸碉堡，滚地雷，哪桩我都抢着干。若是这会儿半空里有颗手榴弹炸了，俺一下就扑到你身上，保管遮挡得严严实实……不是俺吹牛，只要打起仗来，俺一定能立个大功。一号，你刚打军区开会回来，这仗，近日里能打起来吗？"他焦渴地盯着一号。

一号知道金喜蹦对战争如此渴求的背后是什么，不禁在心里暗下决心：非他妈找出那个打黑报告的小子，把他赶出昆仑防区！可那都是后话，眼下，如何答复这个如此爱好战争的汉子呢？一号破例地拍了拍金喜蹦的胳膊："眼下就要进行的冬季长途野营拉练，将在最大程度上模拟实战，同样是非常艰苦的，小伙子，好好干，照样能立功！到那时，我去炊事班把你接回来！只怕你不愿意再侍候我这个老头子啦。"

金喜蹦不知道说什么好，嘿嘿乐着，低下肩膀，希望一号能再拍他两下。

一号催促金喜蹦去休息，并装作漫不经心地问道："你兜里的那张纸，让我看看行吗？"

金喜蹦愣了一下，还是把纸团掏了出来。这回，轮到一号发窘了。

金喜蹦倒缓过神来，说道："俺觉着好，寻思不是啥秘密，就抄下来了。首长若不乐意，我这就……"说着要撕。

"留着吧。"一号摆手止住他，"不过，这多少也算个小秘密吧。"

"是！"高大的警卫员向矮小的司令员行了最后一个军礼，倒退着出了房间。

三

一个秀美的姑娘，五指托腮，凭窗而立。柳眉弯弯，睫毛密长，周正的鼻梁，小巧的嘴唇，两颊由于激动，泛出浅浅的桃红色，雪白的颈项之侧，是两页鲜红的领章。这就是女卫生员肖玉莲。

窗外，贴着新刷出来的动员拉练的标语。

还用动员吗？肖玉莲做梦都想有这样一个机会。听说拉练很苦，但她不怕苦，她只怕无休无止的传闻。

在昆仑防区，肖玉莲工作负责，态度和气，是最受好评的卫生员。可她就是入不了党。她填过两次入党志愿书，两次一到支部大会就被卡住。因为她出众的美丽和温柔，年轻的军人们难免不想入非非。一线哨卡上，为了看看她而来看病就医的人，绝不止一个两个。于是，围绕着她就有了数不尽的传闻。党组织是负责的，传闻需要核实，核实需要时间，时间又产生出新的传闻……她被压得喘不过气来。"从此，对年轻的没结过婚的男军人，绝不给一个好脸！"她无数次地下决心，可一走到病房就忘了自己的誓言。现在，机会来了。参加拉练，火线入党！这念头激动着她，使她兴奋和不安。可是，怎样才能确保自己能参加拉练呢？要不，就哭吧。她——一个偏远山区农民的独女，能当上万里挑一的女兵，就是哭出来的。那一年招兵的来了，她跑去要当女兵。早已不是红色娘子军那会儿了，当女兵哪有那么容易！况且当地根本没有招收女兵的名额。没等接兵的说完，她就放声痛哭起来。接兵的劝不住，只得赶紧从乡下找来她的父母，好把她接走。没想到，衣衫褴褛的老夫妇，一进门就给接兵的长跪不起，恳求他们把肖玉莲带走。接兵的又要解释，老夫妇竟也悲悲切切地哭起了。一时间，三口人哭成一团。情况蹊跷，接兵的一查访，原来当地一个造反派头头，不知怎么看到了肖玉莲，硬要娶她为妻。明白说了是妾。还说若不是看她年轻貌美，才不花气力搞什么明媒正娶，抢回去玩玩就算了。接兵的军人们义愤填膺，用白床单为她在闷罐子车厢里隔出一个单间，将她带回了部队。负责接兵的头为擅作主张而背了个处分。肖玉莲几次险些被退回，每次她都哭得泪人一般模样，使经办的人为之黯然。事情便一拖再拖。后来，内部征兵的风愈刮愈烈，多一个少一个女兵也就不那么严格。费尽周折，她才算当上了一名真正的战士。眼泪曾帮她化险为夷，百战百胜。

"喂，想什么呢？是不是想给锁在抽屉里的哪一位回封信？"肖玉莲感到耳边一痒，回头一看，是甘蜜蜜，这个滚圆脸蛋的胖姑娘正瞪着滚圆的眼睛。肖玉莲有个抽屉，挂着把沉甸甸的"将军不下马"，几乎从未见她开启。过每逢收到笔迹陌生的信件，肖玉莲看也不看，就从抽屉缝轻轻塞入，拍打两下确保落底。抽屉空了满，满了空，肖玉莲总是趁没人的时候自己到山上去烧。同屋的女伴们先是惊异，是嫉妒，再以后是见怪不怪，待到都入了党，提了干，自己也或多或少地收到过这种信，也就不大注意这只抽屉了。唯有甘蜜蜜这位高干之女，相貌不扬，脾性又劣，昆仑勇士们不敢高攀，从未收到过一封可称为情书的信件，因此至今对肖玉莲的抽屉充满好奇。肖玉莲苦笑了一下："还回信呢，他们害得我好苦！"

"那些信里都写了点啥？拿出来，咱们奇文共欣赏一下嘛。"甘蜜蜜装作开玩笑地说，心却有点儿咚咚跳。

"嗨，都差不多。"肖玉莲有些脸红。但大家平日对她的这些事讳莫如深。今天甘蜜蜜能直截了当问，她倒觉得挺知心的，于是就慢慢说下去，"一般开头写一段毛主席语录，多半是'我们都是来自五湖四海'……"

"哈哈……"甘蜜蜜虽说很想听下文，可是忍不住大笑起来，"那还有什么可保密的，拿到大会上念都可以，真是活学活用啊！"肖玉莲有点儿生气了，闭上了嘴巴。

甘蜜蜜笑够了，扳着肖玉莲的肩头又说："别生气呀！我帮你报仇！""报仇？怎么报？"

"把他们召集起来，臭骂一顿！"

"骂?！我可不会。我只愿下辈子托生一个最丑最丑的女子，便是福分了。"肖玉莲想到自己的身世，睫毛湿了，拼命扑闪着，不愿把泪坠下来。

甘蜜蜜真动了侠义心肠，拍着胸脯说："我来帮你骂！骂完了，把他们的信往桌子上一倒，喏，失物招领，谁的谁领回去，再写，就抄成大字报贴出去！"甘蜜蜜为自己的设想正眉飞色舞，忽又脸色一沉，"只怕你这个'失物招领处'最后得剩下一封！""为什么？"

"因为这里也有'他'的。你才不忍心把他叫来挨骂呢。我说的对不对？"

"不对。"肖玉莲沉静地反驳，"他才没有给我写过这种信呢！"让青春少女隐藏爱情，实在是很困难的事。

"哎，这抽屉里的信，你让他看过吗?"甘蜜蜜今天是存心要从肖玉莲那儿探讨点恋爱经验。

"没有。我想他看了会生气的。"

"你真傻！才要叫他好好看看呢……"

"不说这个了。参加首批拉练，你有什么好办法吗？"

"我还用想办法？"甘蜜蜜故意夸张地扬起淡得看不见的眉毛，"告诉你吧，没谁也不能没我！""那为什么呀？"

"这还用问？因为我有一个好爸爸呀！诸位领导把我看成眼中钉，成天嫌我懒呀馋呀，这样是优越感啦，那样是特殊化啦，现在有这样一个整治我的上好机会，还能饶过我？"甘蜜蜜说着说着，自己把自己给感动了，索性像个男孩子似的，双手抱拳，南不南北不北地冲着一处，那儿大概是她父亲所统辖的军区所在，拜了几拜说道，"老爹呀老爹！想当年，您老人家在家，何不规规矩矩地给地主扛长工，偏要去当什么红军。当就当呗，当个马夫火头军的什么不行，偏又要去做什么官。做就做了吧。当到团长也就足矣，偏还要没完没了地'进步'，这倒好，您那里步步高升，我这里不停倒霉。张口一个'干部子女'，闭口一个'锻炼改造'，快跟地富子女差不多的待遇了。我早就把履历表出身一栏里的'革命军人'改成'雇农'了，可领导还对我另眼看待……"甘蜜蜜越说越伤心，眼里也难得地泛起了水花。

肖玉莲一见，忙说："蜜蜜，别难过。要真的有你没我，那咱俩换换好吗？"

"这叫什么话！"甘蜜蜜脸色陡地一变，退后几步，好像怕肖玉莲上来抢似的，冷冷说道："你也这么小看人！告诉你，我也是将门之女，真要打起仗来，绝不会落在任何人后头。这小小的拉练算什么！"说着，双手叉腰，英姿勃勃地挺着胸，像一颗饱满的豆子。

庄户人家的独养女瞅着大军区副司令员家的贵千金，说不出是什么滋味的泪水噗噗地滚落下来。

"别哭，别哭，不就是想去拉练吗？听我的，保险你能去。"甘蜜蜜转眼间拿来刀剪、纱布，叮当扔在桌上。"你敢不敢？""干什么？"

"写血书呀！我爸爸说过，打仗那会儿，谁都想立功，炸碉堡时让谁上不让谁上啊？谁先写了血书，谁就准能有份。灵极了。只是他们那会儿是用上下牙把手指头尖咬开的。"甘蜜蜜说着，不由得甩了甩手，好像手指头尖已经疼起来。

肖玉莲没答话，拿起了手术刀。刀柄沉甸甸的，清冷的刀锋映出她秀丽的面庞。她像捏绣花针似的轻轻一挑，左手中指纤长的指尖立即豁开一道深沟。雪白的肌肤向两边绽着，殷红的血珠愣了一下，才大滴大滴地涌出。

"你……还没消毒呢！"甘蜜蜜先是吸了一口凉气，接着又忙不迭地朝伤口上吹，手忙脚乱地用纱布去堵。

"蜜蜜，别帮倒忙啊，血止住了，你叫我用什么来写血书呀？"

四

干涸的血字，使纸皱得厉害。面对转交"拉指"的一摞血书，郑伟良写完了拉练方案的最后一个字，他丢下沉重的笔。

四周无人。他抽出肖玉莲的血书，把它贴在脸上。每个字都像火似的烧着他。

起风了。等待中的机会来了。他用电话通知各单位司号员前来集合。

还有短暂的余暇。他看看表，打开半导体调出中央人民广播电台。听到一句"朔风吹"，他就拧了过去。然后戴上耳机，调到另一个波段。

"取金羊毛的英雄们，为了抵御西连岛上怪鸟们极富诱惑力的歌声，弹起了自己的基法拉琴。他们歌唱不畏风浪的航海家们，歌唱正在等待他们胜利返航的家乡。'阿尔戈'号终于驶过了危险的西连岛……"

希腊神话连播，郑伟良正在收听怪鸟们的歌唱——外台的对华广播。

在看完了昆仑山上能找得到的书籍之后，他开始从太空中捕捉知识。这是一件十分危险的事情，一旦被人发现，后果不堪设想。他做得很周密，收听时有人进来，他会以极快的速度将旋钮调到中央台，并且能立刻讲出正在播放的内容。例如现在，大概到了杨子荣的"穿林海，跨雪原"了。

尽管没出过一次纰漏，他心里还是很痛苦。中国军人为什么要从外国人那里学习知识？

时间差不多了。他走出门外，大风立时把他推了个趔趄。好，越大越好。他这样想着，来到列队的号兵面前。

这些平日里稀拉惯了的连队"八大员"之一，今天倒是少见的规矩。每人都是斜背着号袋，站得笔直，透出老兵才有的那种机警干练的神采，要知道，能够入选"拉指"，成为众号之长，是件很荣耀的事情。郑伟良一言不发，绕着队列转了一圈，对末尾的一名说："你可以回去了。"

那个兵个子很矮，军装邋遢，尤其是两页领章，早已失了鲜红，成为一种污紫色，靠近脖子的地方几乎是黑的。"报告，我能问一下为什么吗？这样连里领导问起来，也好有个交代。"那兵乜斜着眼睛说。

郑伟良感到了在不卑不亢后面的敌意。对方是一个很老的兵了。年轻的军官们最怕碰上和自己军龄一般长短的老兵，他们既没有新兵的谦恭，也没有更老的军人的平和，对比自己多两个兜的同龄人，他们有一种天生的敌意。

郑伟良受命于一号，挑选号长，他的话就是命令。对于命令，是不能问为什么的。但郑伟良感觉到了自己的武断，他回答道："你的号袋太脏了。"

老兵从黑皮子似的布袋里掏出了军号。虽说前来应选的号兵们都精心擦拭过自己的军号，还是为这把号赞叹不已。它金光灿烂，仿佛是纯金打制的。这绝非一般擦拭可就。

"牙膏擦的。"他漫不经心地说，眼睛始终盯着郑伟良。

郑伟良不由得看了一眼他的牙。焦黄污垢，却极齐整。号兵是必须有一口好牙的，于是，他当着众人修改了自己的命令。

"你叫什么名字？""李铁。"

"你带队，爬那座山。"

老兵并不受宠若惊，待大家都动身了，才慢吞吞地往山脚走去。然而第一个到达山顶的却是他。

山顶上风很大。一股股迅猛的山风，像轮番进攻的拳击手，又准又狠地朝人的口鼻砸来。

"开始拔音。"不待号兵们喘过气来，郑伟良下达了第二道命令。

号兵们手握军号，迎风站成一排，各自深吸了一口气，从最低的"1"开始拔起，浑厚凝重的号音，与灌进号碗的冷风较量着，终于迸出略带沉郁的声响。

"1"完了是"3"，"3"完了是"5"。号兵们用号，与大风展开了顽强的搏斗，在音高的阶梯上艰难地跋涉着。每一音阶上最先停止的号兵，被淘汰下去。最后，剩下了包括李铁在内的几个人。

"现在，你们每人吹三遍'E团参谋长跑步前来'的号令。"郑伟良又命令道。

号音依次响了。连着三遍如此长程的号令，都嘹亮高亢，难分伯仲。号兵们头上腾起了水气。

轮到李铁了。他突然拔腿就跑，数分钟后，号音自几百米外传来，清亮从容，没有一丝气喘的断续，显然，他是技高一筹。

"你为什么要跑出去那么远？"技艺出众固然不错，哗众取宠却并不可取。有了上次的教训，郑伟良谨慎地问道。

"还记得你口述的命令吗？"语调虽不恭敬，李铁的神色还是认真的。

"当然。"郑伟良点点头。

"那就对了。既然是号传团参谋长，这里就必定设有一个团以上的指挥机构。如果我就地吹号，岂不暴露了目标？"郑伟良当即宣布：李铁为"拉指"号长。

五

参谋干事们为拉练忙得晕头转向，一号倒清闲地披着军大衣，四处闲转。

一个指挥员，应该抓两头。最大的和最小的。大到决策，小到细节。决策是在军区会议上做出的，从那时到现在不过几天，他却仿佛走过了漫长的道路。

他永远不会向部属们透露，昆仑防区的冬季长途野营拉练任务，是他在三秒钟的怀疑之后主动向军区请求来的。高寒缺氧，使得军区领导在部署拉练任务时，将昆仑防区搁置在一旁。这种搁置，应该说是意味深长的，可以理解为照顾，也可以理解为遗忘。在历次会议上都颇受重视的一号，感到一种被忽略的苦涩。

世上单知道文人相轻，可知道还有更厉害的武人相轻吗?! 会师、拥抱、欢呼，把战友举起抛到天上去……这都是真的，曾一百次，一千次地发生过。可是别忘了，那是在战争中! 长期的和平环境，模糊了假想中敌人的影子，日常工作中诸多竞争的对手，就是身边的战友! 如果说这种微妙心理，在普通士兵身上会演变成口角，那么在相当一级的指挥员身上，则要深沉得多。

在选择试点部队时，一号眼睁睁地看着军区领导的目光，滑过自己的头顶，缓缓地落在身旁另外一人的呢军帽上，心底感到一种败将之辱。

呢军帽是军区一支野战部队的司令员。一号总感到呢军帽身上有一股毫不掩饰的骄矜之气。神气什么? 倘我在昆仑山上进行一次艰苦卓绝的拉练，其壮举可以震慑十个呢军帽。就是军区领导也将为他们今日对昆仑防区的漠视而羞愧。

正是想到这里，一号缓缓地从他的位置上站了起来。他感到头醺醺地有点儿晕，好像喝醉了酒。氧中毒，久居高原的人，会被平原过多的氧气灌醉的。这种特殊感受反倒使一号更增强了信心：他属于高原，属于昆仑山。他一生的业绩起步于那里，辉煌于那里，最后的巅峰也必定在那里!

呢军帽被压制下去了，一号重新成为会议的热点，军区领导被昆仑防区司令员决绝而新奇的建议所吸引：在海拔五千公尺以上的高原永冻地带，进行冬季长途野营拉练，一切从难从严，比照最高统帅批示的经验，决不偏差毫厘!

一号在防区内走动着。"我是被自己逼上了梁山。"他反反复复地这样想着。

一号抽出一支烟。过滤嘴中华。烟盒上，淡黄色的华表在暗红的底色中显得十分威武。真正的华表远比这高大。一号去北京等候毛泽东主席接见时仔细观察过。他觉得自己有点像没见过世面的老农，在华表前走了一圈又一圈，直到他确信不远处穿黑皮鞋的卫兵——他当兵时那卫兵肯定还没出世呢，已经在佯作不动声色地注视他了。他记得自己忽然气馁起来，觉得自己在昆仑山上至高无上的威严一下子丧失了。他感到了自己的渺小。只有当他站在昆仑山上的时候，他才是高大的。军人有两种，做京官和戍边的。他和他的战士们，自然是属于后一种。熏黑的肤色，粗糙的面皮，翻翘的指甲，使得他们在衣冠楚楚的城里兵面前，狼狈不堪。而实际上，正是他们用自己的胸膛，抵御了边境的风沙。想到城镇驻军拉练时的窘态，一号竟感到了一种恶意的快乐。这次，看我们的吧。

他啪的一下按动了打火机。银白色的机身上有七颗闪闪的金星，这是当年边境自卫反击战时缴获的战利品，国际上有名的"七星打火机"。

打火机竟毫无反应。他按了一下，又按了一下……二十下，三十下过去，气候太寒冷了，向来不惧缺氧的名牌打火机，此刻也不灵了。

近旁的警卫员把手窝成弧形，划燃了粗大的防风火柴，日光下看不清光焰，只闻到刺鼻的硫黄味。

一号毫不理会，依旧很有耐心地扳动着机头，一下比一下顽强。终于，随着第五十下清脆的声响，一股幽蓝色的火苗噗地飞腾起来。一号静静地看着火焰。然后先将烟扔在地上，随即把还在燃烧的打火机也丢弃在地上。他不能容忍这种不称手的工具存在。

一号紧了紧大衣，加快了脚步。严寒透过抗美援朝部队回国后移交给高原部队的皮大衣，使他不由得有些颤抖。他更感到了拉练的严峻性。趁此刻尚未出征，他要以一个昆仑老兵的身份，将战士们可能遇到的危险和困难，缩减到最低程度。

一道又一道缜密的命令，随着他的脚步发出：自炊时用以代锅煮饭的罐头盒，开盖时必须用锉刀将焊锡磨开，以保证做饭时密闭严紧；每个单兵都要预备好马尾或牦牛尾，用开水消毒，以备脚掌打泡时穿刺引流；支帐篷的雨布纽扣必须用双线重新加固缝牢，以防夜半风大把纽扣扯脱……用心之周到，使郑伟良等参谋自愧弗如。还有什么要交代的？似乎没有了。他信步走到马厩。

一匹白色牡马咴咴叫起来。这是他的坐骑。马的外观并不非常出众，只是四蹄格外矫健颀长。这是一匹混血马。真正的军马——伊吾马、蒙古马，是无法在高原上生活的，它们像人一样会得上各种各样的高山病，又没有人那样的坚忍和意志，于是多半在忧郁中死去。防区不可能没马，便一批批运上来，一批批死亡。这其中偶尔有强壮的骒马在野外遛马时，与野马相配，就产下一种异常骁勇慓悍的马驹。这种儿马是不可驯化的，它们像父辈一样善攀越。几乎能爬陡直的峭壁，却绝不肯负载一丁点儿重量，天性无羁无绊，以这种马再和运送上来的军马相配，几代之后，才会诞生出一种秉承了最优秀军马的素质，又保有高原野马的长处的混血马。一号的马正是这样一匹昆仑的骄子。

一号拍拍白马的额头，诡谲地朝它眨眨眼睛，白马乖乖地从槽上抬起了头。

一号瞧瞧四周无人，从大衣口袋里掏出一个红皮鸡蛋，轻轻在槽沿上磕开，把蛋黄和蛋清窝在手心里，送到白马唇边。

白马没见过这东西。昆仑山上的鸡蛋要从数千里地以外运来，一号平日从不舍得吃，都让小灶转给伤病员了。今天破例拿来一个。

白马信任地看着一号，用丝绒一般的嘴唇在一号手心蹭了蹭，一下将鸡蛋吸了进去。

一号心满意足地看着白马用舌头舔嘴唇，对它说："老伙计，好好干，拉练回来，我一次给你吃十个！"

六

出征了。

号称万山之父的昆仑山，默默地俯视着这支庞大而渺小的队伍，悲哀地闭上了眼睛。公平地说，在其后的一些日子里，它的气候如常。

天气晴朗，能见度很好。一号走在队伍的最前列。当然，在更远的地方，有执行搜索侦察任务的尖兵。不过人们看不见他们，看到的是一号迈着刚健的步伐，亲自引导部队匀速前进。

在目所能及的范围之内，可以说是一马平川。山，并不都是坎坷沟壑，那是小家子气的山。真正雄奇壮伟的山，局部往往是很平坦的。唯有平坦，才能承其高大，才能在自己的背脊之上再肩负起另一座巨峰。昆仑山就是这样形成的，山压着山，峰叠着峰，层层叠叠，沉重艰辛。每一块石头，都有它的历史和功绩。

一号以超乎常人的目力，看到了昆仑是有生命的，是大智若愚的。

二十年前，一号作为挺进昆仑先遣部队的一员，曾第一次领教过昆仑的神威。他的战友十分之九牺牲在这块荒漠的山野。缺氧和严寒像一把张开的剪刀，悬在人们的头顶，不定在哪个瞬间，就永远刈去一条生命。在吃光了骆驼背上拉的给养，又吃光了拉给养的骆驼之后，整个部队陷入绝境。一号所以能奇迹般地活下来，唯一的原因也许是因为他的瘦小。在一个亲如手足的群体中，最先倒下的往往是最强壮的人。如今，他们在哪里？烈士陵园里有他们的合冢，但里面没有骨殖，连衣冠都没有。他们融进了昆仑山的沙砾之中，使威严的山脉因此而增高。二十年后的今天，昆仑山更加巍峨了。

走在这块冰冷而又滚烫的土地上的一号，觉得自己消失了，升华了。作为一个艰难困苦中的幸存者，他本人的生命已无足轻重。作为一种精神的维系，他要使昆仑部队光辉的业绩，发扬光大、永世流传。一号头一次感到拉练的宗旨是那样神圣，那样英明。

他侧移了一步，示意郑伟良带队前行，又摆头叫新换的警卫员牵马离开他。现在，他孤零零地站在队伍之外，看着绿色的长蛇，从他面前逶迤而过。

这是他的部队。他的！见首不见尾，斜置在苍茫的大地上，像一条功勋的绶带。

功勋！每当想到这两个字，一号的全身，就会翻卷起一股不可遏制的冲动。

从什么时候起，我们的将帅耻谈功名？只有士兵才能堂而皇之地谈立功。带兵的人早失去了这神圣的权利。官至连长，最多当到营长，再以上的军人们就对功名讳莫如深。自欺欺人哪！江河可以倒淌，星辰能够逆行，世上却绝无淡泊功名的军人！在这一点上，我们比不上老祖宗坦率。三十功名尘与土，八千里路云和月。这是谁说的？唔，是"精忠报国"的岳飞。了却君王天下事，赢得生前身后名！这又是谁？是辛弃疾。还有……脑子怎么不好用了？腿又开始疼……我不是个文人，但老婆那本《宋词选》让我记住了许多好汉对功名事业如痴如狂的追求！唔，想起来了：自许封侯在万里，鬓虽残，心未死，白首为功名！白首？陆游老了。我也老了……全身都在疼，没有人发现这些，我成功地掩饰了这一切。但我不可能永远掩饰，我将一分钟比一分钟衰老下去……老头，咬紧牙关坚持住，我要用我的部队，在这座无比险恶的舞台上收获荣誉和功勋！

恰在这时，按照预定计划，急行军号响了。几十只军号同声吹响，声浪洪波迭起，澎湃汹涌。平稳行进中的长蛇开始疯狂地蹿向前去。

当世界上的军队普遍采用步话机联络的时代，我们还在靠"鼓角相闻"传达号令。不过切莫小看这种古老的方式，迄今没有任何一种通讯手段，能在如此短暂的时间内，将指挥员的意志，贯穿到军阵中的每一个细胞。它不仅传达命令，而且传达了火一般的勇气和力量。

高速行军对于缺乏军事训练的女兵来说，不啻一场灾难。不多时，甘蜜蜜便脸色煞白，嘴唇乌紫，鼻尖墨黑。前两样是因为缺氧，因为素质差，她比一般人更重。后一条则是因为她跟在炊事员金喜蹦之后。每次突然停顿，她的头都得撞在金喜蹦背后的大铁锅上。鼻子是制高点，近墨者黑。

长途行进中，先头部队虽一直保持匀速，但只要有人掉下一步，这种和谐的韵律就会被打破，后面的人就要依次停顿一下。停顿得多了，后续部队干脆出现原地踏步的局面。如果哪个傻瓜以为正可借此机会喘口气，休息休息，就大错特错了，每一秒钟的停顿，都必须用惨痛的代价偿还。接踵而来的必是令人精疲力竭的迅疾奔跑，唯其如此才能弥补上刚才被迫滞留所遗下的巨大空隙。跑跑停停，停停跑跑，像寒热病打摆子，极大地消耗着人们的精力和体力。以至积数次这样痛苦的经验之后，每一次停顿，都伴随着不可抑制的恐惧感。同样的行程，队伍后半部的人员，要比尖兵付出更多的艰辛。

按照惯例，后勤人员均在队尾殿后。甘蜜蜜紧跟金大个，两眼直视脚下。依脚印前行。金喜蹦步幅几近一米，矮胖的甘蜜蜜哪里跟得上。然而人的双腿机械地重复无数次的摆动，不由自主地会亦步亦趋，循着先行者的足迹前进。况且地面多积雪坑洼，倘每一步都自寻落脚点，不知要平添多少风险。无奈中甘蜜蜜只有拉大步幅，扭腰送髋，勉力支撑。猛然间金喜蹦一个留步，甘蜜蜜当的一声，与大铁锅的尖底又撞个正着，鼻子几乎挤扁，额头登时肿起一包。

"往后传：'跟上！'"金喜蹦头也不回地丢过一句口令。紧接着，又是一次长久的停顿开始了。

半天身后毫无动静。金喜蹦以为是声小没听见，转过身去，瞅着甘蜜蜜，大吼了一声："往后传，跟上！"

甘蜜蜜狠狠地翻了金喜蹦一眼："传什么传！就不传！传有什么用？这会儿挤成一窝蜂，一颗手榴弹能炸死一个连！待会儿跑得人能吐血！跟上，跟上，前面的人为什么不跟上？不传！就是不传！"她一边用手心揉着脑门，一边把一肚子火气，劈头盖脑地朝金喜蹦撒去。

这么厉害的妇女！还是个姑娘！敢冲男人发这么大的脾气！就是一号，也从没这样对待过他。金喜蹦一下子没了主张，愣愣地站着。甘蜜蜜身后的肖玉莲，已经听清了口令朝后传了过去。

这一次的停顿来得格外长久，平静中孕育着令人战栗的不安。金喜蹦耷拉着大脑袋，开始想自己的心事。他的未婚妻叫妞妞，俊着哩。妞妞爸是村里的书记，立场最坚定，好事都尽着旁人，家里穷得叮当响，偏偏妞妞妈又总害病。前几天，妞妞来信说她妈又病了，急等着用钱。一个战士，一个月能有几块钱？金喜蹦是个孤儿，平日又极俭省，但攒的钱早都寄给妞妞妈治病了，这会儿，哪还有？想啊想啊，终于叫他想出了一招：卖东西！他可富着呢，当兵几年，逢年过节发的糖，他一块没动过，原本想留着当喜糖的，这会儿，顾不上了，卖！每月按人发的水果罐头，他一筒没吃过，原也想背回去，和妞妞成亲时让乡亲们开开眼，山沟里的人，要不咋知道世上还有菠萝、荔枝这号吃食。这会儿，也卖！还真不错，卖出百十来块钱，抵过一年的津贴了。怎么样，我金喜蹦还是有主意，吃了的没见长肉，我这钱可能救急，救命哩。将来回去上门到妞妞家，爹、娘、老婆一下子全有了，日子美气着呢。他快活地想着，眼前像出现了一幅和和美美的画。突然画像泡在冰水里，一切都模糊晃动起来。他是有罪的！倘不能将功折罪，他有何脸面见家乡父老，有何脸面带累妞妞一家！都是因为一句话，一句话啊！金喜蹦悔恨地用蒜钵似的拳头，捶打着自己的头。

"哎，我说你轻着点！万一打出个脑震荡来，还不是给我们添麻烦！"冷眼旁观了半天的甘蜜蜜，忍不住说道。头上的青包已经散开，她忘了刚才的事。

金喜蹦从冥思中转来，半天才弄明白这个小胖子女兵是在跟自己说话。他梗过脖子，不予理睬。

嘿！还不理人。金喜蹦的强硬，使甘蜜蜜越发来了兴趣："我问你，你在炊事班，尽给自己做什么好吃的，才长出这么高的个子？"

金喜蹦不由得回过头来,他看到一双清澈的眼睛。她还不知道?她迟早会知道的。到那时,她还会这样看我吗?

一直侧着耳朵倾听动静的肖玉莲,扯了一下甘蜜蜜:"别聊了。准备跑吧。"

果然,前面传来轻微的武器碰撞声。远方腾起雪雾黄尘,脚下的大地又开始了痉挛般的震颤。

跑……跑……半步也不能落下,被群体甩出的士兵,就会变成孤雁,用不着弓箭,就会自行坠落在荒郊。你只有像水蛭一样,死死吸附着前进中的队伍,一同向前。

甘蜜蜜不停地给自己打着气,拼命加快双臂的摆动。不争气的腿脚却无法随之协调,失去平衡的身体跟跟跄跄,每一步都像要扑跌在地,永远爬不起来。背包像泰山压顶似的倒扣过来,咽喉一阵阵发咸发紧,好像一秒钟后就会有鲜血狂喷。

"蜜……跟……上。"自幼在农村劳动的肖玉莲,体质上略胜一筹,但与男性同等速度的急行军,她自顾尚且不暇,无法帮忙。

甘蜜蜜觉得自己马上就要昏死过去了。突然间,背上猛地一松,一大股空气涌入胸腔,整个身体陡地飘浮起来。脚下还在用着同样大的力量,竟像踩了弹簧似的腾起老高,一步蹽出多远。原来,金喜蹦侧身一旁,待甘蜜蜜经过时,双手一托,便将她的背包连同干粮袋一并褪下,放到了自己身上。

算上大铁锅,金喜蹦背的已经超过一百斤。甘蜜蜜于心不忍,但她除了喘息奔跑外,连一个"不"字都说不出来了。

七

宿营了。

李铁端着罐头盒,朝冒热气的地方走去。各单位分别起灶,饭不可能同时熟,号兵们不必统一吹吃饭号了。

背风的山坡上,金喜蹦用勺子敲着锅沿,"当当"的声音顺风刮得老远。

"大个子，多来点儿。"李铁将盒伸到锅中央，"勺把掌稳着点，别哆嗦。"

金喜蹦不为他的饶舌所动，眼皮都不抬，先给一个满勺，又给一个半勺，然后勺子插进锅里，等着后边的人来打饭。锅内翻滚着黄绿相间的糊糊，吃力地鼓着泡。这是今天晚上全部队的统一食谱——忆苦饭。

金喜蹦严格掌握着数量。忆苦饭是按人投的料，每人半斤，通融不得的。在昆仑山上做顿忆苦饭可不容易，没有原料。桃叶、柳叶、婆婆丁、苦苦菜，一样不长。昆仑山上历来大米白面管够，即使在自然灾害最严重的年头，边防一线也没吃过什么瓜菜代，然而精米白面无论怎样粗制滥造，也跟忆苦饭沾不上边。一号命令从军马所调拨马料加上后勤仓库里已经报废的陈年脱水菜。

尽管如此，忆苦饭的质量还是超标，只有严格控制数量，才能达到忆苦的目的。

李铁个头虽小，饭量却大。眼见金喜蹦六亲不认，全不顾他俩的交情，只得离去。边走边吸溜，嘴巴沿盒边抿了两圈，盒就见了底。他抓把雪将盒抹净，擦擦嘴，又出现在大铁锅旁。

一勺，半勺；一勺，半勺……金喜蹦原本顾不上一一审视来者，不想因为是头一天野餐，用来当碗的罐头盒都是亮闪闪的，突然伸过来一个黏黏糊糊的盒，金喜蹦抬头一看，气得大脸紫黑。

李铁平日里稀拉惯了，再说混点忆苦饭吃，谅也算不得什么罪过，脸上依旧笑嘻嘻的。

"你……好没出息……想想吧，旧社会，红军，世界上，还有三分之二……"金喜蹦气得直结巴。

"哪有什么三分之二，"李铁装糊涂，"也就剩几个还没吃。喏！锅里还剩这么多，怎么样，咱帮你克服克服。"说着就要搅勺把。金喜蹦紧攥着铁勺，毫无通融之意。

李铁一看软的不成，也换了一副恶面孔："我还告诉你，金喜蹦同志，饱吹饿唱，这谁不知道？要是把我饿坏了，提起号来吹不成调，把紧急集合吹得跟出殡似的，追究起来，一号可拿你是问！"

这一回李铁没算计准。金喜蹦给一号当过那么长时间警卫员，拿这个唬不住他。

李铁百般无奈，只得死了这条心。刚想回去，忽然看到一号来了，就又停在一边看。

战士们默默地看着一号。

一号从士兵的眼光中感到了潜藏着的轻微不满。是的，质量很差、数量不足的忆苦饭，是一号亲自规定的。用句通俗的话讲，这是一号特意制造的下马威，从第一天起就让大家做好吃大苦的准备。他知道战士们会有想法，但他自信有能力驾驭这种波动。为此，他一直拖到最后才来打饭。

他走得很慢，几乎所有在场的人都看清了：司令员拿着一个同大家一模一样的空罐头盒。他走近大铁锅，金喜蹦突然迟疑起来，该给老首长打多少菜糊糊？多一点？还是少一点？

一号没有递过罐头盒，却把手伸了过来，示意金喜蹦把勺子递给他。金喜蹦赶紧照办了。

一号拿起勺子，平平地盛了一个满勺，又盛了一个半勺，不多不少不溢不洒地倾进自己的盒里，然后很香甜地吸溜了一大口，缓步朝回踱去。

李铁只好用筷子敲着盒子往回走。"号长，等等，我的分给你一半。"

他回头一看，两个女兵朝他走来。前面那个极漂亮的，正在招呼他。

他认得这位搅得无数青年军官心猿意马的肖玉莲。知道即使在如此艰苦的行军中，她周围也少不了眼睛。自己眼下的境遇，不知能叫多少人眼红呢。只可惜，我李铁还不稀罕这个。他装作没听见，格外神气地走自己的路。

"你聋了吗？要不要也得说个话呀！"甘蜜蜜气不过，竟抢上来，挡住了李铁的路。

倒也是，不管别人怎么看，肖玉莲是好心。李铁停住脚，稍有敬意地说："不要。我饱着呢。"

"没想到号长除了会吹号，还会吹牛。不要，我可就倒了。"甘蜜蜜说着，就要扣罐头盒。

李铁斜着眼，并不去拦。甘蜜蜜呢，也终于没舍得扣。斗气归斗气，半盒菜糊糊，此时此地实在宝贵。

"我要了。"李铁忽然变得干脆起来。表面已经结了薄冰的黄绿色液体蠕动着，霉味好像淡薄了些。

"谁叫你喊他的，瞧他那傲慢样，好像我们跟他要饭似的。"甘蜜蜜埋怨着。

"你没挨过饿，不知道那滋味。"肖玉莲怔怔地说，不由自主地想起了遥远的双亲。

"他也够讨厌的，多给打点不就完了。忆苦饭也不是什么好东西！"甘蜜蜜又开始对金喜蹦忿忿然。"他其实才可怜哪。有一回开会讨论副统帅的指示，他一慌，把'枪杆子，笔杆子，干革命就靠两杆子'，给说错了。""说成什么了？"甘蜜蜜着急地问。

"说成，说成……"肖玉莲迟疑了一下，"他把'两'说成'二'了。他们家乡话里就没'两'这个音，平时把'两天'都说成'二天'的。"甘蜜蜜在心里把整句话连起来重复了一遍，不禁打了一个寒噤。

夜色深了。肖玉莲要把自己的糊糊分一半给甘蜜蜜，没想到早已冻实了，根本倒不出来。

"吃这个吧。"甘蜜蜜解开干粮袋，在里面摸索起来。

肖玉莲不解。此次拉练，因为要求"会吃饭"，除了各单位统一起火外，每个单兵还要背负三天生粮，在规定时间内自炊。罐头盒就是预备届时当锅用的。她们俩一人背米，一人背面，但这会儿总不能吃生的呀。

一阵窸窸窣窣地响，甘蜜蜜手里出现了一把奶油糖，花花绿绿的玻璃纸，虽说揉搓得有点儿破碎，可仍显得喜庆而富贵。"妈妈寄来的。吃吧！"

糖纸飘落在地上，糖却许久没有塞进嘴里。

八

夜幕降临。

亘古荒原上突兀出现了一座帐篷城。漫山遍野的简易帐篷，像庞大的兽群蜷缩着，瑟瑟发抖。

露营时三人为一帐。两把行军锹挖坑自埋，支在地上作柱；两块军用雨布，扣袢互相系好，拼成一块大篷挑在军锹之上，一座人字形帐篷便宣告竣工。剩下的那块雨布，半铺半挂，可遮一面穿堂的凉风，可垫一块阴湿的雪地。下榻时，三人拥枪而卧，像个挤紧了的"川"字。两侧的人，几乎彻夜不得入睡。何时极度的困乏超过了寒冷，才可昏睡片刻。但一待神经稍事休息，恢复了最基本的感觉，人立时就又冻醒了。唯有中间，人最享福，像个婴儿似的缩成团，蜷于两位男同胞胸腹之间，能安稳睡一程。所以一般夜里得换两次"岗"，使外侧半僵之人，轮流做个真正的梦。

郑伟良和李铁的帐篷里，连这点福气都没有。一号的警卫员因首长身体不好，留在一号身边。少了一个人的体温，今晚上的觉大概睡不成了。

两人打通腿。李铁个矮，一双臭烘烘的脚，正抵在郑伟良胸口。郑伟良用胸口给他焐着，还挺暖和。反正睡不着，聊天吧。

"郑参谋，跟你借一样东西。"李铁说完，故意打住，等郑伟良来问。

郑伟良没搭茬。

李铁见卖关子无效，干脆动真格的。他坐起身，把手伸到郑伟良头边，一把把紫红色皮套的手枪揽了过去。

"借枪?!"郑伟良一惊。军官们对自己的手枪视若珍宝，有道是：老婆能借枪不借。他悄无声息地一舒臂膀，食指拇指扼住李铁持枪的虎口，轻轻一拧，李铁就不由自主地松了手。

"你是老兵了。这枪，是能借的吗?"郑伟良正色道。

李铁哭丧着脸揉手："我哪敢借枪，我借的是包装!"说着，麻利地打开了枪套。一支乌亮的五四式手枪裸露出来，泛着幽蓝的冷光。

李铁愣了：包枪的红绸子不见了。

郑伟良解释道："出来拉练，什么意外的情况都可能发生，枪支应保持随时能够击发的状态，多余的饰物一概不能要。"

"既然你现在不用，那更好说了。借给我吧。"李铁的口气里带着恳求。

郑伟良硬着心肠撒了个谎："没带出来。"他的脸红了，幸好天黑。

"真的？那我可得搜搜。我怎么听你说这话的底气不足啊?"李铁不屈不挠地诈道。

郑伟良慌了，口气软了下来："你要红绸子干吗?"

李铁答道："我本想第一件求成了，再求第二件。实话说吧，红绸子是系在号上的。我知道你带着照相机，无论如何得给咱'聂'一张吹号的相片，特别要把这红绸子'聂'上。"

大概全中国的军人都把摄影读作"聂"影。哪个年轻士兵不想穿着军装多"聂"上几张！只是昆仑防区的战士，连这点愿望也满足不了。军区高原服务队的摄影师们，刚过雪线就躺倒了，要不及时抢救，带的摄影机就有可能给给自己"聂"了遗像。郑伟良带着相机，是为拍拉练的资料，为某个战士单独"聂"影，又是件为难的事。他沉吟着。

李铁觉察到这点，忙说："这张相片，你是照也得照，不照也得照。""此话怎讲？"

"很简单。我把它写进遗书里去了。""说清楚点。你把谁写进遗书了？"

"把相片呀。拉练前，不是每人发了纸和信封，叫把自己需要向家里交代的事写清楚吗？我是什么都没写，就注了一行字：请将郑伟良参谋处保存的相片，寄给我家。怎么样，可以照一张了吧。"

郑伟良的思绪瞬间飞得很远，又沉重地陨落在地上。他也填写了同样的信纸信封，现在，它们都封存在保险柜里。拉练结束后，并不是每个人都能由自己去拆开它……

想到这里，他郑重地把手伸进怀里，摸出一个小包。李铁忙凑过去。"那是什么？一团头发？"郑伟良没有回答，细心地拨开发丝，一块红绸露了出来。李铁喜不自禁地拿在手里，比量着，摆着假想中的姿势。

"你怎么知道我有一块红绸？"精细的作战参谋确实想不起怎么露的"富"。

"你忘了？那天送罐头？"

哦！拉练前一天晚上，李铁没敲门就挤进郑伟良宿舍，身上背着个用皮大衣挽成的大包袱，看起来极为沉重。他二话不说，把袖筒一解，扑扑通通，几十筒水果罐头滚了一地。

"卖给你。价钱你看着办。最好高点儿。"

"这是谁的？东西我可以要，事情得搞清楚。""我的。"

"不可能。除非你去仓库偷。像你这种人，是存不住这些罐头的。"

"行，有你的！罐头是金喜蹦的，他急等着用钱，找他老乡卖自个攒的这点玩意儿，叫我碰上了。糖他老乡要了，罐头可找不着主。一是贵，两块钱一筒，谁买得起？再说，就是买下了，除了金大个，也没人能背上万儿八千带回家。更甭提有一半已经没法吃了。"他用脚尖踢踢一筒，发出空空洞洞的声响。

郑伟良从抽屉里取出两个月工资，刚想放在桌上，想到像李铁这样的老兵最忌讳青年军官一掷千金的派头，忙装作认真地点了点数，递到李铁手上："我买了。只是罐头还得请你帮助处理掉。"李铁脸色一变："钱，算我借的。罐头不卖了！"说着要走。郑伟良忙拦住："我这儿实在没地方放。再说，你们不帮忙，我也吃不完哪。"

李铁一瞅，四周都是书，真是没地方可放，才转过脸来："那就还搁金喜蹦那儿，等咱们拉练回来，用它庆功。"走了几步，又扭头添了一句，"你算想不出金喜蹦把这堆宝贝放哪儿了。别看他傻大黑粗，藏的地方任谁也找不到，他藏在一号的屋子里！真正的游击队对付日本鬼子的办法，藏到敌人眼皮底下去了。"

李铁弓着腰，背着包袱走远了，像个圣诞老人。郑伟良这样想着，又接着擦枪，他把红绸子放在枕头边。

李铁睡着了，郑伟良还在辗转反侧。通过两块雨衣的接缝，他看见一条宝蓝色的天空。一颗流星划过，拖着金黄明亮的尾巴，像一发信号弹。牛郎星和它挑着的两颗小星，排成一路纵队，像行进中的单兵。

高原上一个难得的晴朗的冬夜。越是晴朗的夜晚越是寒冷。

九

冷。痛彻心脾地冷。

每日近百里的行军速度，加上冬季白昼苦短，为了留出天黑前安营扎寨的时间，部队天天绝早就得出发。

在万古不化的寒冰上僵卧了一夜，内脏都几乎冻成冰坨了。幸而炊事班烧开一锅热汤，才算将脏腑融开，但行军一开始，这点儿热气会被零下四十度的严寒迅速夺走。人体的外露部分，经过极短暂的烧灼样疼痛后，旋即失去知觉。随后肌肉逐渐僵直。神经开始迟钝，只剩下冰冷的血液还在艰涩地流动。再往后，人便进入一种梦幻般的世界：四肢百骸均已消失，只剩下一个孤零零的大脑，浮游于冰血之中，它已经不会思考，苍白的脑屏幕上，留下了一个连自己也弄不懂含义的字体——"走"。

走！此时此刻，它不但是命令，而且是人类生存本能的呼唤。血液会在停下脚步的一瞬间，凝结成块。

已经连续行军三小时没有休息了，队伍像一列摇摇晃晃的醉汉。一号传令"暂停"。暂停不是休息，战士们必须保持原地活动。甘蜜蜜咚的一声栽倒在雪原上。"走"字被擦掉了，大脑里剩下一片空白。

肖玉莲跪在地上，抱起甘蜜蜜的头。她眉睫口鼻均被冰霜封严，像戴着一副冰雪的头盔。

"快！点火！给我热水！"肖玉莲拨开甘蜜蜜的眼皮，惊恐地喊道。那两颗唯一没有感觉寒冷的神经的眼球，也被严寒固定住了。火，热水，多么令人温暖的字眼。围拢过来的人一动不动。"金喜蹦呢？金喜蹦！快找金喜蹦！"一向腼腆的肖玉莲，声嘶力竭地呼唤着。

金喜蹦从人群后面挤过来。

"你身上有汽油，快，泼在地上，把火点起来！"文静的姑娘命令着铁塔般的汉子。

"不行，汽油，引火成，做饭用的！取暖不成。"金喜蹦护着他腰上的小桶。

"你胡说！这不是取暖，是救命！救命！"纤弱的肖玉莲，扑上去要抢，双眼圆睁，像一头暴烈的母狮子。

金喜蹦不由后退了一步，下意识地解下了小油桶。

火，呼地燃烧起来。沿着汽油在地上泼洒的区域，燃成一条奇形怪状的火带。火舌快活地翻卷着，舔着人们的军衣下摆，像一只忠实的红毛狗。

肖玉莲扯下斜挂着的水壶，撕开毡制保温套，剥出冻实的水壶，掷进熊熊火焰之中。水壶发出轻微的爆裂声，墨绿色的漆皮一块块剥落着。肖玉莲用脚踢着水壶，追赶着火焰燃烧最猛烈的地方。毛皮鞋冒出一股股青烟，却并不烧起来，它的表面温度极低，片刻之间烈焰拿它也不会怎么样。

终于，油燃尽了。火苗悬空绽出几朵淡蓝色的小花，哆嗦着，熄灭了。

肖玉莲戴着皮手套，迫不及待地抓起水壶，用力荡了几下，窸窸窣窣的水声清晰地传了出来。有热水了！

肖玉莲扶起甘蜜蜜的头，拧开壶盖，壶嘴处的坚冰，融开了一个细小的孔，一股极细的涓流，滴了出来，渗进甘蜜蜜紧咬的牙关。

严寒迅速地封闭着出水孔，肖玉莲脱下手套，不时用手指捅去刚刚凝住的薄冰。

一小桶汽油，把亿万年前某一丛绿色植物从太阳那里得到的热量，奉献出来，挽救了一条年轻的生命。甘蜜蜜醒转过来。"你……救了我？"她无神的眼睛直视着肖玉莲。

肖玉莲没有回答，看了一眼小油桶。没有热水，谁也救不了她。甘蜜蜜把僵直的目光转向金喜蹦。小油桶已被他吊在腰间。金喜蹦愧悔地低下了头。

甘蜜蜜又把目光指向众人。大家无声地散开了。

"谁让你们救我！我恨你们！你们让我死了吧！"甘蜜蜜突然歇斯底里地喊叫起来，声音凄厉而悲惨。

肖玉莲急忙用手指去掐她的"人中"穴，甘蜜蜜好不容易才安静下来。这胖姑娘呜咽着："你们不该救我……不该……死一点儿都不难受……受这样的罪，不如死了……我是为拉练而死的，也算个烈士……跟我爸爸妈妈也能有个交代了……活着我没能给他们争光，这样死了，也就对得起他们……呜呜……"号音响了。

甘蜜蜜躺着不动。无论肖玉莲怎样劝，她只是哭泣。

金喜蹦走过来，把甘蜜蜜的背包、干粮袋、十字包、手枪，连同空罐头盒，都背到自己身上，默默地向前走去。看不见他的身影，只见一大堆物品在疾速移动。

甘蜜蜜噤住了声。她爬起来，木偶似的向前走去。

由于一号确实规定过：在任何情况下不得用汽油取暖。有的士兵跌倒之后，就再也没有爬起来。

十

进入山地了。

这是一座奇异的山，它又高又陡，山顶很小很平。这类山有一个形象的名字，叫作"桌山"，它是局部地壳水平上升的产物。山顶是一层完整的极坚硬的岩石板，其边缘则像墙壁一样陡峭。

队伍在山脚下进行短暂的休整，爬山的具体路线还未确定。地图上的箭头是直揳过这座"桌山"的。山体不算太大，如果从山腰绕过去，安全费时，如果从山顶直越，时间会缩短一半，但危险大得多。白牡马身旁，一号在抉择。

郑伟良见状，从地上拣起一块石头，稍加敲打，无声地放在一号面前。这石头酷似"桌山"，顶平壁陡，甚至连颜色都一模一样，真是一块天然的沙盘模型。

一号难得地露出一闪而过的笑容。郑伟良受到鼓舞，指着石块中部说："从这里斜插过去，比较安全。"

一号何尝不知道这是最稳妥的过山路线。但是，时间呢？时间要长得多。在战场上，时间就是胜利。拉练的宗旨是什么？不就是模拟实战、自找苦吃吗?! 倘若单是为了安全，他尽可以在军区的会议上保持沉默，尽可以装装样子走走过场。然而他不是这号人。别人逼迫，哪怕是上级逼迫，你怎么都可以想出偷懒耍滑的对策，但自己逼自己，你就不可能有丝毫喘息的机会。一号既然是"自己把自己逼上梁山的"，他既然代表防区主动领来了拉练任务，既然在出发动员时对战士们讲了这就是打仗，他就不能姑息原谅任何一种避重就轻的方案。拉练就是打仗，他必须使他的部队每时每刻都记住这个血的前提。"山头上有什么?"他几乎不带任何表情地说。

有什么？几架望远镜同时对准"桌山"，那上面确实什么也没有，连岩缝都难得见一条，尽管没有任何参照物，但可以判断出光洁的山顶上一定经常受狂风袭击。

"那上面有敌人。"一号不理睬身边军官们的脸上都演出了些什么样的神色，自顾伸出右手，将食指用力按在石块顶部。开始登山了。

　　生与死的分界，再没有比登山时更分明的了。向上是生，向下是死；头上是生，脚下是死。每一下举手投足，每一次吞吐呼吸，无不经历生死循环。这一分钟不知道下一分钟、甚至下一秒钟的事。一切如此简单，又如此复杂。

　　这一刻，你生命的丝线，系在你的左手上。那儿有一道岩缝，可做攀援支点，只是里面有些细碎的沙石，务必把它们抠干净，直到触及粗糙的潮湿的阴冷的山的肌肤。你把左手五指揳进岩缝，尽量揳深一点儿，不要管指尖已经出血，指甲已经翻凸。在这一瞬间，你的肌肤要硬过山的肌肤，直到手指上的"簸箕"和"斗"同山石的每一道纹路紧密嵌合，像一套严丝合缝的螺钉螺母拧在一起，锈成一坨，任何力量都无法使之分开，你就胜利了！在这极短暂的时间内，你可以拥抱阳光，拥抱生命，拥抱世界上一切美好的事物，拥抱你已经享有和将要享有的一切幸福。因为，山承认了你，它是你的朋友，你们达成了血肉相依、生死与共的默契。然而，一秒钟后，又一轮回开始，你又重新与死亡较量。在你的右脚上方有一块石头，椭圆形，褐红色，像一张烙过了头的薄饼。如果它是坚实的，毫无疑问，将是天造地设的一处落脚点，踏上去，透过厚重的鞋底，你都能感觉到它的平滑和熨帖。如果它是……思考的浪花溅湿了你的额头，阴冷黏滞，像某种劣质的润滑油，关键取决于它的面积。质地是可以估计出来的，判断它夹在山体之中目所不及处的面积是十分困难的。它可能大得像一张桌面，一个足球场，果真那样，褐岩决不会计较一个士兵和他的着装的分量。但也完全可能是另一种情况，褐岩只有那么大，肉眼看不到的地方不过将将能够维持自身的平衡。褐岩沉默着，等待你的抉择，上面的战友已经走远，下面的战友已经迫近，你必须当机立断。最紧急的是左手五指已经麻木，急需右足的支援。随着时间的推移，万一的可能性迅速增大。你果断地将脚探了过去。先用足尖点地，正确地讲，是用大足趾的一个极小区域轻触褐岩，左右试探，像在水面滑行。还好，纹丝不动。你谨慎地放下整个足趾，等了片刻，这片刻像一年那样长。终于一切如常。再精心地摆下第二个、第三个……足趾，还好，还好，平安无事。你喘了一口气，抑制住咚咚的心跳，有什么意外，现在还来得及。褐岩平静得没有丝毫异样征兆。可以移动身体的重心了。你屏住气，一钱一钱、一两一两、一斤一斤地向褐岩靠去。半个体重、四分之三个体重、十分之九个体重……终于胜利了！你从心底欢呼起来，一个多么忠诚的朋友啊，褐岩……啊！褐岩！褐岩突然从岩缝中脱出，轻捷潇洒地飘然下落！右脚蹬空，身体悬在半空，仅靠两只手拴在峭壁之上，左腿胡乱地蹬擦着，企图找到一处延缓坠落的支点……耳朵听不见了，眼睛看不到了，突来的危厄闭锁了与生命相关的一切器官，呼吸停止了，心脏也不跳了，所有的能量都积聚到你的十个指尖。这就是你生命所在的地方！颜面紧紧地贴在粗粝的岩石上，利用摩擦增加着下滑的阻力。十条血红的小溪，顺着石缝，蜿蜒而下……是你的血，不！是山的血，流了出来。最后，你打败了山，战胜了褐岩最无耻的阴谋，一个引体向上，左脚找到了新的支点，终于重新与山凝结在一起。

起风了。山助风势，风假山威，使攀登更为困难。甘蜜蜜已将十字包和手枪等从金喜蹦处要了回来。此时精疲力竭，只觉得左右交叉的两根细皮带，像钢丝一样勒进皮肉，坠得她直往后仰。她又一次想到了死。装作失手跌下山崖，谁也不会发觉的。可是，是松开这只脚还是放开那只手呢？她几次尝试着去做，手和脚都不服从指挥，反而更牢靠地攀紧了岩石。她抬头望望，高不见天，金喜蹦和他巨大的背负物，像一座小山在移动。她看到了自己的背包，看到了横绑在背包上方的干粮袋，干粮袋的一端，有着许多方方正正的小凸块……那是妈妈寄来的糖。她鼻子一酸，打消了寻死的念头，循着金喜蹦的足迹，爬啊，爬啊……

突然，眼前一亮，一片澄青的藏蓝出现在头顶，肃穆而辽阔。整整一天，盘桓于人们视野的赭岩和冰雪，消失了！登顶成功了。山顶风势很大，面积极小，空气更为稀薄。但它仍给人一种难以名状的狂喜。群山匍匐在你脚下，蓝天盘旋在你四周，生命属于你自己！大地托举着你，天空抚摸着你，你为自己所攀越的高度而震惊和自豪，你是屹立于天地之间的骄子。无论多么软弱的人，在这一刹那，都会感到人类自身所拥有的伟大力量。

金喜蹦迎风站在山顶，为甘蜜蜜抵挡着风沙。他愿为她多做一点儿事，以弥补自己的过错。

他们停留在山顶。上山容易下山难，前面又堵住了。

太阳将最后的金辉洒向山巅，给金喜蹦全身镀上一层亮色。大铁锅像是纯金打造的，亮闪闪的。生活是美好的，甘蜜蜜决心不再想到死了。她真挚地对金喜蹦说："你真好。我以后一定要找一个像你这样的大个子……"话未说完，一股飓风横扫过来，卷起甘蜜蜜，就朝旁边的深谷摔去。甘蜜蜜身子歪着双手绝望地在虚空中挥舞，打着旋地向深渊滚动……金喜蹦见状，一切牵拉都来不及了。他抢先扑到崖边，用自己强壮的身体，阻挡住甘蜜蜜的下跌，但他自己却横着坠下了悬崖……坠落！坠落！

最初的一瞬，疾速的下跌，使金喜蹦失去了庞大的体重，他感到巨大的恐惧。旋即，由于人体自身比例和他的负载，他变成头往下倒栽。人是以头的方向为上的，此刻，高速的坠落，使他感到自己是在笔直地飞腾，他轻渺得像一片羽毛，沉重的大铁锅，像黑色的羽翼，托举着他更快地飞翔。他感到从未有过的轻松和欢欣。什么都没有，什么都不存在，到处都是耀眼的银白色。咦？那是谁？那是妞妞！啊，他奋力飞腾，掀开了妞妞的红盖头，红的脸，红的花，鲜艳的红色弥漫了整个世界……金喜蹦看到了自己的头颅，碰撞在谷底雪地上迸溅起的血光。

十一

郑伟良向一号报告了拉练部队的伤亡数字，同时注意观察着一号的脸色。

一号深邃而平和的面容，看不出一丝波澜。要奋斗就会有牺牲。演习没有不死人的。他自己就不怕死。作为一个军人，死在战场或练兵场上，比老死在自家炕上更为合情理。郑伟良失望了。

一号只是口授了夜间紧急集合的命令。

郑伟良在传达给极少数必须知情的人以外，又将消息透露给了一些老弱病残聚集的单位。

凌晨二时，凄厉的军号声和炫目的信号弹，同时撕破漆墨的夜空。拉练部队像一只受伤的野兽，刚刚歇息又受到猎人的追逐，倏地跃起，顾不得舔舔伤口，就重新潜入冰冷的夜色之中。

黑得出奇。阴霾遮蔽了星光，隔绝了昆仑山上唯一的光源。每人左臂缠绕的白毛巾，完全起不到作用，只有凭借声响，摸索前进。黎明前的黑暗来临了。

一支烛光，可以照射到八十公里以外的地方。在我们这个人满为患的世界上，方圆八十公里以内，没有蜡烛，没有火柴，没有萤火虫，甚至连磷火都没有的地方，除了南北两极，只有昆仑山。在人们侈谈黑暗的地方，充其量不过是"暗"，而绝不是"黑"！黑是看不到，也制造不出来的。它不是色彩，而是一种状态，撕不破，扯不烂，揉不碎，砍不断。人工无法模拟这种深远浩瀚的混沌，它比我们这个星球还要古老。它用自己无边无际的翅膀，遮挡了人们企图认识它的视线。

拉练部队行进在黑暗中。走了几个小时了，却好像一步也没有移动。感官在黑的面前被麻醉了，人们只能靠一种灵魂的信息联系着，黑用利齿吞噬着这种联系，在黎明即将到来的时候，黑暗胜利了。人们精神上的防线开始崩溃。前面是黑，后面是黑，向前与向后哪有什么区别！行走是黑，停顿是黑，到底是在走，还是在停？也许根本就没有走，走就是停，停就是走……眼睛是睁着还是闭着的？睁着闭上都是一样……有人闭上了眼睛，也停止了脚步。

这时，一阵惊心动魄的号声自队首传来。激荡高亢的号音，像一针强心剂，使人们的精神陡地一振，随即恢复了生机。一号，英明的一号！他命令李铁吹响了紧急行军号。对行将溃散的军队，不是让它休整，而是令它冲锋！号音召唤着人们，人们积聚起最后的力量，冲破黑暗，向前方狂奔。

突然，号声垂头丧气地渐渐消失了。

人们在倾听，期望那波涛澎湃的声浪排山倒海地再来，一分钟过去了，五分钟过去了，回答人们的，仍旧是死一样的寂静。

严寒冻木了号兵的脸颊，导热极快的铜号一沾嘴唇，就粘结在上面，嘴唇闭不拢，口腔像漏气的风箱，吐不出又匀又细又硬的高压气流，号便执拗地沉默着。偶尔发出难听的"扑扑"声，也全不成调。

号长孤零零的号音，也拖着长长的尾声消失了，它留给人们的不再是振奋，而是令人战栗的不安。无边的暗夜，隔绝了人与人的联系，也封闭着各自的软弱。每个人只知道自己是软弱的，但整体是坚强的。一个人可能倒下，队伍将永远前进。现在，美好的愿望被孤独的号声打得粉碎，人们突然意识到大自然的威力，如此不可抗拒。指挥中枢瘫痪了！队伍变得张皇失措，发出咒骂。骚乱像瘟疫一样蔓延，行进的长蛇被斩作数段，各以其不同的频率扭曲着，痉挛着。

一号透过黑暗，感受到了这严峻的形势。黑暗夺去了他的千军万马，他能指挥的只有面前这一个号兵。一号沉思着，极端地冷静。作为号长，李铁已经出色地完成了任务，但号令并没有传出。"李铁。"他招呼着，声音平缓。

李铁走近来。不是命令的呼唤，使他感到亲切，又有些莫名的紧张。"现在，你的号音，就是昆仑山上的一号了。"司令员轻松地说。眼前涣散的军情，好像与他毫无干系。

受命于危难之际。李铁觉得泰山一样的分量坠于小小的军号之上。他的手，无力地垂下了。作为一个久经风雪的号兵，他知道自己将要做到的一切意味着什么。

"郑参谋，借一样东西。"他仍旧带着几分揶揄的口气。

郑伟良没有回答，走近了他。军情如此危急，借脑袋都得给。"把白毛巾解下来，撒上尿，给我。一定要快！"温热的液体排出后，郑伟良冻得双牙打架。

李铁把热乎乎的毛巾捂在嘴上，使劲揉搓着，直到满嘴火辣辣的。他的口齿异常灵活，他很想说点儿什么，一时间却想不出来。"郑参谋……"他想说说相片的事，又噎住了。男子汉，这么一件小事，还不放心。话到嘴边变成："你告诉他们，擦号光用牙膏不行，还得讲究水，冬用雪水夏用雨水，水太硬了，号会生锈……"一号隐忍着。

好了，再没有什么可牵挂的了。李铁看了看四周，其实什么也看不到。他迎着队伍走去。

号声响了。激昂嘹亮，像要撕破黑暗，唤来朝阳。它没有间歇，不再停顿，挟带着火焰般的力量，像岩浆样喷薄而出。李铁逆行而动，不停地变换着位置。疾速地奔跑，不歇气地吹。这在高原上，无异于自杀。

跌倒了，哪儿在流血，痒酥酥的，却一点儿不疼。他一摸，军号还在，腿站不起来，索性跪在地上吹。号谱烂熟于心，他的思维有了一点儿转动的时间：号音传播是"日行八百，夜行一千"，不行！一千米，后续部队还没有听到，还得……跑！他挣扎着往起爬，腿却不存在了。它到哪去了？它化成烟气，从号嘴里飞走了！躯干还在吗？还在！那就好，我可以在地上滚……

他又开始了奔跑。这已经不能算作跑，而实在是跌撞、滚翻。号音又响了。

号嘴周围发甜。铜是甜的吗？噢，是血。血还在流！李铁一阵狂喜，我，还活着，我还能跑，我还能吹……心在猛烈地跳动，像要从号嘴飞出。心可千万别飞，飞走了，就吹不成号了。李铁又一次扑倒在地。

他已经感觉不到心的跳动了。一缕倦意袭来，他觉得自己轻松极了，轻松极了，就要从号嘴飘出去，化作一个最轻最轻的音符……他不知道，二十几年前父精母血所孕育，二十多年来五谷杂粮所维系的一缕真气，此中已经像一枚青果似的，含在他的嘴里了。他只觉得异常清醒，面临着一个抉择：闭上嘴呢？还是继续吹？简单极了，也严峻极了。有一遍号已接近尾声，后一遍号正应该开始。也许……也许最后一个战友已经听到了号声？他迟疑了一下，号音出现了一个小小的顿挫。忽然，一种极轻微的颤动拂过他的腮边。啊，红绸子！顿时，一个号兵，不，一个号长的全部尊严与骄傲，回到了濒死的李铁身上：我现在是昆仑山上的一号哪！他拼尽全力翻过身来，天空透出一抹神奇的黑紫色，他好像听到云际里响起凯旋时吹奏的小鼓号，那是号兵们最心爱的曲子。他已经听不到自己的号音了，但他知道新的一遍紧急行军号正该吹起，他毫不犹豫地将最后一缕真气，幽幽地吐进号嘴……一号！郑参谋！亲爱的战友们！你们听到了吗？听到了吗……袅袅的号音，在冰峰中回旋。

重新集结起来的部队，沉默坚韧地前进着。

高远的天穹，缓缓地变幻着紫色。先是乌紫，继而是绛紫，然后依次为马莲紫，苜蓿紫，铃兰紫，藤萝紫，最后，成为艳丽夺目的玫瑰紫。紫，是红与黑的女儿，比她的哥哥——染出碧海青天的湛蓝，更为纯净。这有色光谱中最小的骄子，只姗姗出现于极高的天际。除了昆仑山，只有宇航员可以一睹它的风采。由于高原上空气极为稀薄，所有因空气折射而形成的日出前的征兆，一概不复存在，紫色的天幕猛地拉开，一轮巨大的红色球体，横空出世了。

昆仑日出，是我们这个星球上最壮丽的景象之一。它不是一轮朝日，而是一轮午日！雪山巨大的阴影，企图遮挡它的光辉；狂暴的飓风，想把它埋葬在深渊；尖利的岩石，刺得它遍体鳞伤。浴血的太阳，经过漫长艰苦的攀登，现在，终于升起来了。它庄严地、冷静地俯瞰着广袤的大地，以自己无际的火焰。将夜与昼，刀剁斧劈般地分开，宣告了高原上新的一天开始。

如丝如缕的号音，好像还在飘荡。李铁静静地平卧于沙砾之上，嘴角处殷红的血迹，凝成两条不流的小溪，弯弯曲曲直到颏下。

一号脱下军帽，垂下花白的头颅。孩子，你不该来我这儿当兵，你不该把号吹得这样好。你本来可以拒绝我……许久，他终于想到了解脱的办法："给他立功。二等功……不，一等功！"说过之后，他的心情渐渐平静下来。

郑伟良打开照相机，迎着太阳，给李铁"聂"了一张相，然后走过去，将他僵直的手指掰开，取出军号。又把红绸子解下——这是肖玉莲送给他的信物，轻轻地覆盖在李铁脸上。

晨风拂来，红绸飘飘。好像年青的号长，又用青春的气息将它吹动。

急行军后的军事学习开始了。为模拟实战，"拉指"要求——当然是一号的意见——冲锋时一律轻装：摘下皮手套，用解放鞋换下毛皮鞋。

因而，许多士兵的手脚被严重冻伤。

十二

郑伟良又一次将伤亡数字统计表递过来。气候酷寒，钢笔水冻住了，圆珠笔也不下油，字是用铅笔写的。

郑伟良垂着眼睑站在旁边，其实却在很仔细地观察着一号的表情。凭着对一号的了解，他自信只要一号神色稍有异样，他就能摸到一号思绪的脉络。然而一号头也不抬地挥了挥手，示意说离开。一号需要一个人和这些数字待在一起。作为一个老兵，他太知道它们的分量了。而且，说到底这还不是打仗！牺牲的不算，还有那么多冻伤的肢体，严重的需要截趾截肢……一号只觉得那些不祥的黑色数字，像没头苍蝇似的围着他乱转。

他烦躁地踯躅在帐篷城内，想借寒冷清醒一下头脑。大出一号料想的是，他的部队四处都是低低的呻吟声。冻伤在最初的麻木缓解之后，便会刻骨铭心地疼痛。起初，军人们咬紧牙关隐忍着，不知谁先哼出了声，于是多数人的鼻腔便打开了。呻吟是富有传染性的。

一号大为恼火，刚才仅有的一点儿体恤之情，此刻也跑得精光。这像什么样子！轻伤不哭，重伤不下火线，这个光荣传统，如今被丢到九霄云外去了。要是有个敌特潜伏在暗处听了去，整个昆仑防区的脸都将被丢尽！他气哼哼地刚想传令任何人不得再哼出声来，忽然听到一处帐篷里传出严厉的训斥："都给我闭上嘴！共产党员，共青团员们，你们要带头咬紧牙关！想想红军！"

好样的！一号暗自赞赏。以那声音为轴心的一大片区域，呻吟之声果真停止了。一号的心情稍为好转，不想呻吟之声复又响起。正确地说，这一次是一种深重的喘气和叹息之声。它们较之明明白白发出的呻吟，更有一种催人泪下的效果。一号真恨不得堵起耳朵。这声音比那些数字更令人不安。

必须制止它！这种声波是一种销蚀剂。如何制止呢？强行命令显然行不通。思忖片刻，一号有办法了。呻吟的士兵无非是丧失了自己的自尊心，现在索性让他们把自尊心丧失殆尽吧。一号传令：凡是疼得受不了的，都可以哼哼，共产党员、共青团员也可以哼哼，各级指挥官，要到呻吟最重的帐篷里表示慰问。

命令收到了预期的效果。所有的声音都噎住了。痛苦中的士兵记起了自己的尊严，整个营地进入了死一样的假寐之中。

一号从这种寂静中感到了自己的力量。他终于下定决心，不理睬那些黑色的数字。事至如今，他只有义无反顾地将拉练进行下去，而绝无其他选择。牺牲对于胜利来讲，永远是一个指头和九个指头的关系。胜利，唯有胜利，唯有辉煌的胜利，才会像正午使人不敢正视的阳光一样，将牺牲压榨得匍匐在脚底使人不会去注意它。而失败，是夕阳，是扫帚星，它会把牺牲的阴影拉得长长的，永远横亘在指挥者走过的道路上。死了的不能复生，冻残的不能复原，但胜利是可以争取的。昆仑部队已经付出了惨重的代价，就此收兵，牺牲的价值将化为乌有，前功将统统付之流水。即使在战争年代，死于胜仗的烈士们，也比在败仗中阵亡的人，享有更高的荣誉，尽管他们同样英勇。此刻，拉练的成败与否，不仅关乎一号，关乎昆仑部队的声誉，也关乎牺牲将士的荣辱。想到这里，一号觉得自己肩负的使命庄严而神圣，为了活着的和死去的，我必须将拉练进行下去！一种近乎悲壮的情感辖制了他。

在下了这样的决心之后，一号又审慎地开始部署下一步的行动。

首先，他向军区发报，如实汇报了伤亡的数字，然后表示了自己的决心。一号永远问心无愧。没有隐瞒，没有欺骗，没有文过饰非，没有报喜不报忧。不过在对军区的态度有百分之九十九的把握的同时，他还是为自己留下了那百分之一可能的退路。如果军区令他撤回，他将服从。一号是服从的楷模。

他的估计是正确的，军区发来了鼓励电，对所报数字未置一词。

此后，一号的心情像秋水般平静，一切都简单明了，以军区电报为界，所有的伤亡都被勾销掉了。要奋斗就会有牺牲，任何胜利都将付出代价。像所有的物品都可能损耗一样，那些铅笔所写的黑色数字，也是铅笔的一种损耗。

这一时期，军报上连篇累牍地登出拉练的新经验、新介绍，未被填补的空白像夏日的冰雪一样消融着，到现在只剩下高海拔地区拉练这样一条窄窄的边缘地带了。军区的电报中透露出焦灼和期望，一号敏锐地觉察到，呢军帽不行了。现在，他身上不但维系着昆仑部队的威望，也关乎军区的荣誉。

但是，高原并不是昆仑山所独有，此时，焉知全军有多少部队在高海拔区跋涉着。

要超过他们！昆仑防区必须创造出独特的、英勇的、足以震慑全军的光辉业绩来。

道路只有一条。其实一号早就想到了这一点，只是他没有勇气下这个决心。现在，他无路可走，无法可想，只有破釜沉舟，背水一战了。这就是——穿越无人区！

无人区，的确是昆仑防区所独有的。那是一个极端狰狞而残忍的地方。没有植物，也没有动物，甚至没有死亡，因为那里从未存在过生命。从最低等的苔藓小球藻，到最富有牺牲精神的探险家，都不曾在这里留下丝毫痕迹。它沉睡了亿万万年，至今保留着我们这个星球凝结为固体时的风貌，人世间的世道轮回，自然界的沧桑变化，都远远避开了这块神秘的荒原。人们对它几乎一无所知，只有一点确定无疑：无人区内无水。正确地讲，是无冰。这个季节的昆仑山，是不会存在一滴液态水的。没有水，自然就没有了一切生命。

一号看着军用地图。无人区内是一片空白，边缘处仅有的几处符号，还与其他标记不同。这表明数据系航测所得，结果仅供参考。

谁知道无人区里潜伏着什么样的厄运！一号用一只拳头狠狠地砸着另一只手掌，两只手都感到疼。

"一号，军区的电报。"机要员又来送报了。

这份长达数百字，不惜冒失密风险的电报，送来的是"大革命"中的又一次特大喜讯。一号匆匆扫过一眼，电波挟着人所不知的密码，穿越辽阔的疆域，将军区的压力，将最高统帅部的压力，将一个大时代的压力，将还有他说不清是恐惧还是狂热、是憎恶还是渴求的自我意识统统压在他的头上。

一号决绝地拿起红铅笔，在无人区上划了一条弧线。很细，几乎看不清，但这毕竟是无人区上第一次以人工留下的痕迹。像一个家无长物的破落子弟，他曾珍藏着家传的一件宝物，如今万般无奈中，他只得把它抛了出来。然而一旦抛出来，一号的思想就在飞快地起着变化：这是全部的希望所在，孤注一掷才可能得到巨大成功。

他用红笔用力描了描，一条鲜艳粗重的红线，将无人区剖开了。

一号在作出最大胆决定的时候，也是慎重的。他开始在部队进行更深入更广泛的动员。并将一部分重伤员就近折向公路，要留守部队速来接应及时治疗。剔除了老弱病残之后的精悍部分，拟用两天时间，掠过无人区。

无人区内有无生物，对于匆匆路过的军人们来说，并不具备太大的意义，重要的是，他们在超饱和负载之后，还要背上足够用的冰。另外还得背负融冰化水的燃料。明确无误的目的是达到"会吃饭"的标准。

准备工作开始了，战士们在冰河内砸冰。部队里人才济济，石匠们派上了用场。岸上垒着一道冰墙。淡蓝色的冰砖中间，夹杂着冻结时未及逸出的气泡，晶莹剔透。

更多的人在准备燃料。昆仑山上可供燃烧的东西，委实太少。最高级的燃料要数牦牛粪，质轻易着，但稀少之极。稍多一些的是一种叫"毛刺"的植物。它趴在荒漠上，像一团长刺的毛，或者是长毛的刺。没人知道它属于哪科哪属，甚至连它的名字，也是一种剽窃。真正的毛刺，是一种低海拔沙生植物，要高大得多。欺世盗名的伪毛刺，被连根掘了出来，堆成小丘，又按人头均分下去，成为穿越无人区时的能量来源。

女兵们几乎无事可干，她们享有干燥的牦牛粪和最晶莹的冰砖。战士们用近似怜悯的态度，看顾着和他们一道忍受非人苦难的姑娘们。

"你'倒霉'完了吗？"甘蜜蜜小声问肖玉莲。肖玉莲没做声。

每月一次的生理现象，带给肖玉莲的，岂止是"倒霉"，简直是灾难。绵延不止地出血，使她十分虚弱。

"我看你算了吧！特殊情况特殊对待，我去找领导说。"

肖玉莲迟疑着。前面就是无人区，一片迷蒙的黄色。她打怵了。也许，应该点一下头？那么，不用肩冰负薪，有马匹殿后，有炊事班烧的热汤……因为出血过多，她太想喝一口热汤了。点一下头吧！她哀求着自己。只要点一下头。不点头也行，保持沉默就成。甘蜜蜜已经站起身来，五分钟后，一切都轻松了，她将同老弱病残直抵公路……老弱病残！这称呼像锥子一样刺穿了她的心，却没有血液流出来，她身体里的血液太少了。血……血书……血红封面的入党志愿书……她猛地清醒过来，一把拽住甘蜜蜜："我能走！"

"你这种情况，不能走。"

"谁说不能走？我问你，红军中有没有女兵？她们有没有这种情况？她们不是照样走完了长征吗？她们能，我就能！"

甘蜜蜜愣住了。爸爸讲过许多长征的故事，但从没讲过女兵们的这种事。也许他的队伍里没有女兵？也许女兵们"倒霉"了谁也不知道？也许那时营养极端缺乏，女兵们都不再"倒霉"？也许……甘蜜蜜脑海里走马灯似的闪着种种念头，企图说服肖玉莲。抬头一看，肖玉莲倚着背包，好像已经睡着了。

太阳像一面刚被冰雪擦拭过的镜子，明亮却并不温暖地照在肖玉莲苍白果决的面孔上。

十三

一号终于病倒了。医生小心翼翼地谈了自己的看法：他应当随伤病人员直插公路。

"我应当在我应该在的位置上。"一号冷漠地说道。他难以容忍任何一个下级干涉他的意志，即使是他的医生。"你应该做的只有一件事，"看到医生窘迫的神情，他竭力将口气放和缓些，"采取一切办法，保证我能走过无人区！"

医生诺诺而退，随即派注射技术最高的肖玉莲带来最有效的药物。输液瓶里的液体，均匀地滴落着。

一号好像睡着了。大战前能够安然入睡的指挥员，是军人修炼的极致。可惜一号还未臻圆满，他只是好像睡着了。他知道坐在一旁观察输液情况的肖玉莲十分拘谨。也许说几句话，聊聊家常，会使这个女战士自在起来。但一号做不到这一点，他极少和下属们开玩笑，他把平易近人看成一种不必要的装潢。还是佯睡吧，这样这个小女兵就会自动放松的。

人在似睡非睡的状态中，思绪飘得最远。感官被封闭，思维却异常活跃。眼前一片红色，像遍地血泊……近来只要一号闭上眼睛，就会出现这幅景象，这是为什么？是因为关阖了眼睑，灯火透过皮下的血脉，所以才变得如此鲜红……鲜红的丝绒大幕升起来了……这是在哪里？一号竭力思索着。想起来了，这是军区会议期间观看的一场演出。节目很精彩。台上，少男少女们婆娑起舞，婀娜多姿；台下，前排就座的一号芒刺在背，如坐针毡。现代化的交通工具缩短了赴会的时间，却加大了两地的强烈反差。一想到他的战士们，他恨不能一个箭步返回昆仑。突然，台上灯光变换，出现了与他的防区对峙的异国装束。一时间，他愣住了。紧跟着，他的血液向头颅冲去。剧情跳跃地发展着，异国美丽的公主丢失了缀满钻石的项链，盛装的宫女们秉烛弄影，在菩提树下仔细地寻觅着。观众席上发出由衷赞美的叹息……够了！一号暴怒地站起身来，粗率的动作碰落了邻座者托在手心的呢制军帽。他毫无察觉，踩着别人锃亮的皮鞋尖，也一点儿不知。一号像个在有辱国格情形下愤然退席的外交官，笔挺着腰杆向场外走去。

跳舞的小子、小丫头们！我的战士比你们还要年轻。后来他们在昆仑山上用自己的胸膛和快要冻成冰坨的血给你们换来的温暖太多了，才使你们昏头昏脑地表演我们警惕地注视的异邦的舞蹈！

出了剧场，冰冷的夜风抽打着滚烫的前额，一号迅速地冷静下来。为什么要如此大动肝火？演员是无辜的。

即使在下意识中一号也不会承认自己大发雷霆的真正原因。其实，只要入场券上的座号更动一个数字，这一切就可能不会发生。单号和双号隔着老远呢！

真正的导火索，是一号身边的"呢军帽"。

他俩并排坐着。在高大、整洁、仪表堂堂的同僚面前，一号感到了自己的龌龊。

这是两颗恒星的相会。在军区的星空中，他俩同样璀璨，各自率领着庞大的星群在运行。多年来，他们难分伯仲，最近，风传军区将由他俩之中提升一名任要职，彼此间的关系就更为复杂了。

他们历来是客气而光明正大的。上午的会议上，一号以崭新的高原拉练方案，使得对方黯然失色。没想到在晚会上，"呢军帽"竟能以这样的方式报复一号：他对一号所面对的异国舞蹈报以会心的微笑和响亮的赞叹！一号愤然离去，他感到自己受了侮辱。至今仍耿耿于怀……

郑伟良在一号的帐篷外久久徘徊着。若他不是"拉指"成员，流动哨早就过来盘问他了。他犹豫着：进去，不容易；出来，就更不容易。他有点儿胆怯。要与一号谈论的问题是如此重大，他时时感觉到自己力量不够。他又一次摸摸胸前，透过厚厚的棉衣，他感到里面涌动着火炭般的热力。"要不，先向一号提起自己的父亲？在一种充满人情味的气氛下交谈也许效果会……"这个念头刚一冒，就被他否定了。他相信真理在自己手里。

郑伟良挑开帐篷帘，不由得呆住了。地铺上睡着一位憔悴的老人，斑白的头颅无力地后仰着，青筋隆起的手臂上扎着粗大的针头。一旁是面容惨白的肖玉莲。

他立刻明白一号病了。真想立即退出。让这病弱的老人安静一会儿吧。可理智告诉他，离天亮只有几小时了，前面就是无人区，再不谈，就没有时间了！

"有事？说吧。"一号淡淡地说，眼睛依旧微合着。

"我想……我想以一个共产党员的身份同您谈谈。"郑伟良很困难地说出口。

一号睁开眼，注意地看了他的参谋一眼。"是党员吗？"他问肖玉莲。

肖玉莲窘得满脸通红："填了表，还没通过。"一号明白过来，部队里压了一批相当数量的党表，要根据本人在拉练中的表现来决定批否。他说道："能够经历如此艰苦的考验而不当逃兵，我看可以算是好样的共产党员了。"他转向郑伟良，"怎么样？这里没有外人了，我看你这个共产党员就开始说吧？"郑伟良似乎还没有运足足够的勇气，一时沉默着。

肖玉莲的手微微发抖。她想将动胶管，驱赶药液加速输入，但想到一号心脏恐怕难以承受，又无措地缩回手指。

郑伟良知道他心爱的姑娘此时出于各种因素正急于逃跑，他充满歉意。真希望肖玉莲能抬起头看他一眼。那样，尽管在一号眼皮底下，他也要给她一个微笑，一个示意。肖玉莲的头垂得更低了。

一号也不催促。他把自己的姿势调整了一下，躺得更为舒适。为了不使即将开始的话题把心上人吓坏了，郑伟良顽强地等待着。肖玉莲离去的脚步消失了。

"一号，您是否取消穿越无人区的决定，迅速率队向公路靠拢，在最短的时间内撤回驻地？"郑伟良把萦绕心头许久的想法和盘端出。他立刻觉得轻松了不少，已经没有了退路，剩下的只是说服对方而已。

果真是这个来意！一个如此机警的小伙子，怎么这样不知高低！一号直起身，略带嘲弄地说："还有什么想法，都一块说出来吧。"他鹰隼似的目光射在郑伟良脸上。

在强大的威慑力下，郑伟良习惯地低下了头。但这仅仅是一瞬间。他闪电般地意识到自己的怯懦，勇敢地抬起头来，回敬着一号的目光："我绝非心血来潮，也不是异想天开，而是考虑了许久才下决心找您开诚布公地谈谈。您可以骂我胆小鬼、可怜虫，但请您听我把话讲完。"

一号觉得有点儿出乎意料。他心里想的，恰被这个年轻人言中，他有些窃喜地高看了一点儿对手。谁人不知，一号喜欢坦率，喜欢料事如神？他迅速收敛了一些目光中的威严。

这微小的变化，被郑伟良捕捉到了。他增强了信心，侃侃而谈道："这次拉练的模式，是我军自创建以来所有最严酷训练的总和。不错，我们曾凭借这些战斗，打败过凶恶的敌人。它们在战史上大放光辉。但是，它们是否在今天还值得我们连一个细节都不更改地去重复它？作为一种精神它们不会过时，但具体实施却必须随着时间、地点、条件而变化。世界上没有僵死不变的事物，战争更是错综复杂瞬息万变的组合。硬要将战争纳入一种早已过时的模式中去，这本身就违背了战争的规律……"

开口闭口"战争"，你到底打过几仗？一号忍不住打断郑伟良的话："解放那年，你几岁？"

郑伟良语塞了。但他并不示弱，迅速调整了自己思辨的锋芒，他要用铁的事实，论证自己的观点："红军爬雪山的时候，光着脚穿草鞋；朝鲜战场，志愿军穿着单鞋追击敌人；六二年自卫反击战，冲锋时也的确穿的是解放鞋，但是否就应从中得出结论：打仗时鞋穿得越少越好，穿毛皮鞋，就得打败仗?! 为了追求形似过去，在拉练中，有的战士牺牲了，有的战士残废了。拼命驱赶战士们投入人为的苦难之中，绝非治军的上策。军人不惧怕牺牲，但不能据此漠视军人的生命！一号，部队里伤员众多，疲惫不堪，在强大的政治鼓动之下，没有一个人愿意加入老弱病残的行列。潜伏巨大危机的部队一旦进入无人区，势必出现更为危难的局面。一号，我请求你收回成命！"郑伟良悲愤异常。他很想把意思表达得委婉一些，但牺牲者的影子在眼前晃动，他无法控制自己的感情。

平心静气地说，这个参谋的讲法不无可取之处，但作为拉练部队最高指挥员，绝不能容忍这种蛊惑人心的语言。箭在弦上，不得不发，拉练必须按计划干到底。不要去思索为什么这样做，只要去考虑怎样做得更好。

一号思索着。新输进去的药物，发挥作用了，他觉得头脑清醒而灵活："穿越无人区，难道也是模式吗？如果是，还叫什么无人区，人来人往，叫大马路好了！"他为自己的幽默感到得意，"正因为驾驭战争，没有规律可循，我们才需要练兵啊。在各种情况、各种地形练兵。你怎么知道，将来战争不会在无人区里爆发？记住！我们不是敌人的参谋长！"

郑伟良冷笑了一声。这也许很不该，但他忍不住。"不是敌人的参谋长！"多时髦的一句话：为什么要当敌人的参谋长？同样，敌人也不是我们的参谋长！总有一天，我会成为一个参谋长，用自己的智慧与胆略击败敌人……郑伟良的思绪在一时间滑得很远，他赶紧收束住，尽量平和地说："未来的战争可能在地球上的任何角落爆发，我们没有必要、同时也不可能在所有的地方进行事先演练。"

一号的脸色阴沉起来。穿越无人区，是他的创举。郑伟良竟将矛头直指这里。如果说部队有伤亡，还可以引起他的踌躇；指责他决策上的失误，则是不能容忍的。

郑伟良已经闸不住了，思路如江河直下："况且，像这种肩冰衔草式的原始行军方式，自身的供给尚无法保障，又能有多少战斗力呢？它只能模糊人们对现代化战争的认识，以为有了精神就能打胜仗。其实，战争的物质性是异常直接的。吃苦不是目的，只是一种达到胜利的手段。我敢说，如果红军有毛皮鞋，他们绝不会穿草鞋去翻越夹金山。抛却了这个实质，反而津津乐道于复制苦难本身，不正违背了先辈们的意愿吗？红军正是为了让子孙后代不再受苦，自身才去忍受非人的磨砺的。从这个意义上讲，单纯追求苦难而忽略军人生命的价值，正是对传统的背叛。"

"你住嘴！"一号终于怒喝出声了，"照你这么说，一将功成万骨枯，我是用战士的血，在染自己的红顶子了？郑伟良同志，我可以告诉你，别看我是一号，需要的时候，我照样脱下毛皮鞋，换上解放鞋，解放鞋总要比毛皮鞋轻快，战场上时间就是胜利！我们的战士，正是这样想这样做的，你说的，只是你个人的心理失态。整个部队，到处在嗷嗷叫！"

郑伟良曾想到一号可能命令他退出帐篷，却没有想到一号会这样据实驳斥他。他一时有些无言以对。部队确实被一种近似狂热的献身感笼罩着。但正因如此，事情才愈加可悲。郑伟良的目光重新闪出勃勃英气："您说得很对，一号。我们的战士太可爱了。他们忠诚地去执行每一道命令，从未怀疑过命令本身。军人的忠诚无可指责，作为有权发布命令的指挥员，面对这种无与伦比的信任，难道不该三思而后行吗？至于您个人的品质，那是另外一个问题，我相信，并已经看到您完全能够身先士卒。可我还是恳求您，一个士兵手里只有他一条生命，而您手里却执掌着千百条生命，为了已经牺牲和将要牺牲的战士们，再考虑一下吧！"

一号并不为之所动，语调中饱含着压抑不住的恼怒："决定不是我个人做出的，集体讨论，上级批准，任何人不得更改！不错，你知道得不少，会夸夸其谈，引经据典，一套又一套的。你以为你是个合格的军人了，告诉你，我早看透了，你骨子里怕苦！怕死！说这么一大篇冠冕堂皇的话，无非是叫我撤兵，好掩饰你心里的恐惧。其实，想逃避这些容易得很，你不必当共产党的兵，尽可以去喝外国人的洋奶！"

火山终于爆发了。一号到底不适应一个共产党员和一个共产党员说话的方式。司令就是司令，参谋就是参谋。他痛快淋漓地吼叫，不惜使用些恶毒的言词。

一九六二年边境自卫反击战，在缴获的军需物品中，有一种罐头，包装相当考究，战士们一看，"呸呸"吐着口水，整箱整箱罐头抛入了界河。罐头上印有一个浓妆艳抹的女人，裸着乳房正在飞吻。这便是极富刺激性的搞军物品——人奶罐头。多少年过去了，沉入界河的罐头早已被冲刷得不知去向，昆仑山上却留下了一句最恶毒的咒骂。郑伟良不记得自己是如何退出一号的帐篷的。大滴大滴男子汉的泪水，溅落在石头上。昆仑山默默地承受着。

传说每个人在天上都有一颗星。在高原上每个人也一定都有自己的一座峰。伟大的人高耸入云，平庸的人低矮匍匐。哪一座山属于父亲？郑伟良的目光停留在一片隆起的大地上。这也许就是父亲的化身，平坦到几乎没有起伏，但就在它的上面，承担着昆仑主峰的一部分。哪一座山属于他自己？也许在雪山深处，有一座小小的火山。它喷发了，冒出滚烫的熔岩，可顷刻之间就被冰雪封死了。为了这次喷发，又积蓄了多少力量和时间！现在，这一切都过去。群山静籁，它们甚至不知道曾有过这样一次猛烈的喷发。

不，一切并没有过去。郑伟良快步走回自己的帐篷，拧亮袖珍手电，呵呵手，写下一行行字迹。

十四

进入无人区了。一眼看去，它并不像想象中那样恐怖，只是极为荒凉。什么都没有，连高原上无处不在的石头都没有。也许几亿年前曾经有过，风用巨掌揉碎了它们。无人区简直就是由土黄色沙砾组成的一片死海。

甩掉老弱病残的队伍，还是极快地衰竭下去。马匹抽去运送伤员，所剩无几，剩下的因为过度负载，比人还疲乏。只有一号的马，还算强健。一号蹒跚着，喝令警卫员离开自己，去救护更困难的人。白牡马垂头站在路边，如果把人的脚印称作路的话。"拉住。"警卫员把马尾巴递给肖玉莲。

肖玉莲甚至不知道递过来的是什么东西，就拉住了它。马的力量使她向前。节省下来的体力使她的神志刚刚略为清明了一点儿，她立刻像握着蛇一样，把马尾巴松开了。

"咋？怕踢？这会儿它连自个儿的命都顾不上，哪有力气尥蹶子。"

"不……我能……走。"

警卫员又牵着马立在路边。他一次次向人们走去，一次次退回原地。路过的人连看都不看他一眼，仿佛他是个不祥之物。

冰砖潮润了。时值正午，传令做饭。不过，需统一检查合格后才许下肚。

甘蜜蜜先在地上扒了个浅槽，安顿肖玉莲半卧着休息，然后开始做两个人的饭。

先得支灶。甘蜜蜜好不容易捣出两个浅坑，四周垫一圈粗沙，灶坑勉强塞得进一片干牛粪。

该破冰了。要恰到好处地凿下一块也不容易。甘蜜蜜索性将两块冰砖对砸。乒乓一阵后，冰裂成数块，填满两罐头盒后，开始点火。

牦牛粪燃起雪白笔直的烟缕，古烽火台上报警的狼烟大概就是这个样子。其他的人，就没有这样的好运了。粗大的防风火柴扔了满地，阴沉的伪毛刺，滚着浓黑辛辣的烟，就是不肯燎起火苗把自己含辛茹苦积聚的热量奉献出来。

亘古荒原上第一次升起了炊烟。无数道烟尘，使人想起钻木取火或减灶增兵之类的故事。

歇了一会儿，肖玉莲有了点力气，她要爬起来帮忙，被甘蜜蜜死死按住。她焦渴异常，真想把罐里刚开始融化的冰水一口气喝光。想起不经检查不能吃饭的禁令，她只好舔舔手指，把散在沙地上的冰晶蘸捡起来吃。裹在沙粒里的小冰块噙在嘴里，像冰糖一样。

水，发出极轻微的嘶嘶声。甘蜜蜜把干粮袋里的米倒进去，顿时没了声响。她只好趴在地上吹起火来。

旁边有位医生，正端着盒子往肚里吸溜面糊糊，见状走过来，帮着吹火。"下面糊糊要快得多。"他说。

甘蜜蜜没答话，盛面的干粮袋已随金喜蹦坠下了山崖。"你不等着检查了。"她问那个医生。

"若等检查的来，我的糊糊早冻成冰块倒不出来了。谁要愿意查，"他指了指胃的部位，"到这儿来查吧。"

人们都半生不熟地吃上了。甘蜜蜜一人顾两摊，哪摊也没熟，她一急，抓起一大块干粪就往灶坑里塞，小小的灶坑先是落沙，紧跟着四周一松，咕噜一声，一盒稀饭倒扣过来，白生生的大米粒正好捂在粪火上，火，熄灭了。

甘蜜蜜一屁股坐在地上，捂着嘴巴肆无忌惮地哭起来。哭声惊动了四周的人们。部队快要出发了，补做肯定来不及，一个又一个罐头盒凑过来，里面盛着或多或少的面糊和米汤。

"别哭别哭，你要是早点儿扣就好了，大家剩得还多些……"医生开着玩笑。

甘蜜蜜不理会，眼泪顺颊涌流。

"蜜蜜，眼泪也是水啊，"肖玉莲说，"我不吃了。你快把那盒喝了吧！"

甘蜜蜜不听她的，将另一盘夹生的稀饭分作两份，把多一点儿的捧给肖玉莲。

肖玉莲不再推辞，一口气将上面的稀汤喝完，把盒放在沙地上，淡淡地说道："我实在是吃不了。你倒了算了。"然后，合拢了眼皮睡觉，任凭甘蜜蜜说什么，她都再不开腔。直到集合号响，甘蜜蜜才将剩余部分喝了。

无人区在短暂的惊愕之后，开始了疯狂的报复。飓风挟着漫天黄沙滚滚而来。沙石填平了人的耳轮、眼窝、头发的每一根缝隙、皮肤上的每一条纹路。肺腑里都塞满了沙尘。行进中的军人，像一排排沙柱。倒下的人像一座座沙丘。风沙极大地迟滞了部队的速度，原定两天走出无人区的计划彻底破灭。

已经是第四天了，最快也得到傍晚才能走出这片死亡地带。这是一支逐渐干枯的队伍。全军涓滴皆无。带冰时虽已留足余地，但冰砖分割时多有遗失。狂风又加速了水分的蒸发，一部分冰直接由固态气化了。当然最主要的，是行军时间拖延了一倍。

已经远远地望得见雪山了。银白色的冰雪，闪烁着诱人的光彩，非但不能解渴，反倒更使人感到难以忍耐。曾经诞生了无数条江河的昆仑山，此刻冷酷地看着这支部队走向死亡。"杀马。"一号向他的白牡马走去。

白马驮着几个背包，它那曾笔直而富于弹性的四蹄，如今无力地屈曲着，曾像白缎子一样闪亮的皮毛被干结的汗水和泥污粘结成缕，肮脏地垂在那里。它充满信任地盯着一号，相信主人总有一天会把它领到一片丰美的草原上，恢复它往日的神威。

一号取下它的负载，伏在它的耳边说了句什么，白马顺从地卧下了。冰凉的沙地使它打了一个寒战。

一号拿过一条背包带，将它的后腿绑在一起，又用一条背包带，将它的前腿绑在一起。

白马似乎意识到了某种危险，惊恐地看着一号，但它仍一动未动。

一号又用一根粗壮的绳子绕在马颈上，把两头递给几个高大的战士，交代道："如果它不动，就不要……勒。"最后一个字说得十分困难。

一号伸出手，像往日赞赏白马时一样，拍拍它那有着一块菱形黑色图案的脑门，然后，用手指轻轻合上白马美丽的有着长长睫毛的眼睛。

白马无声地躺在那里。除了它的腹部像风箱似的紧张起伏外，安静得像失去了知觉。

郑伟良拿起匕首要上，一号拦住了他。自己用手触摸到动脉搏动最明显的地方，猛地将匕首刺了进去。白马剧烈地痉挛了一下，痛苦地抽搐着，但它硬是没有动。大家都看呆了。

酱色的黏稠得像膏脂一样的马血喷涌出来，顺着污秽的皮毛流进早已准备好的桶内。

"快！趁血还没凝，赶快分给最困难的战士。"一号眼望别处，下着命令。警卫员递过一罐头盒滚烫的马血。"拿开！快给我拿开！"一号几乎咆哮起来。

马血已经放不出来了。白马的躯体还在不规则地抖动着，必须趁热将血淋淋的马肉分下去，其中残存的湿气也可以救命。一号拔出手枪，对准白马额心，扣响了扳机。

白牡马不动了。一号走过去，轻轻抚摸着它那柔软的逐渐凉下去的耳朵。白马突然睁开眼睛，澄清的眼珠善良地毫无幽怨地望着他，但不久便涣散下去，暗淡下去，最后终于像两个瓷球似的固定住了。

一颗巨大的混浊的泪，从一号土黄苍灰的颊上滚落下来……"传达下去，凡是杀马，都要用这种杀法，才能放出更多的血。不到万不得已，不许用枪。"话刚说完，一号猛然一晕，险些栽在地上。警卫员忙扶住他，赶快递过一块马肉。一号用力推开了："去！去接一碗别的马血来。"

他得活下去，活着走出无人区。

他不畏惧死，但他不能死，生命不属于他自己，他必须走在队伍的最前列，带领部队走出无人区。

时至今日，一切争论都没有意义了。向前，唯有向前，才是生路。

傍晚到了。这是原定走出无人区的时间，雪山仍像最初看到时那样遥远。幸好风停了。湛蓝的天，苍黄的地，像两页色彩瑰丽的贝壳；而嵌着的夕阳如同一颗血球般的珍珠。

肖玉莲像片枯叶，突然扑倒在地，就再也爬不起来了。事情似乎发生得毫无征兆，在这之前，她一直紧跟队伍，寸步不落。

"我就要坚持下来了！"她欣喜地自语着。当她分辨出自己是躺在甘蜜蜜怀里时，反倒弄不明白是怎么回事，"走啊！这是干什么？"她不解地问。甘蜜蜜试探着松了手，她立刻倾在地上，又昏厥了过去。再次醒来后，肖玉莲变得宁静了。"帮我擦擦脸吧。"她轻声请求。

甘蜜蜜用衣袖将她脸上的浮尘拭去。"你……"她露出乞求的神色。

甘蜜蜜急忙俯下身。肖玉莲艰难地说道："你告诉他，别生我的气……"甘蜜蜜使劲点着头，表示自己知道这个"他"是谁，"还有……帮我把抽屉里的信……烧了……别看……他们也不是恶意……"她努力想做出一个笑容，已经来不及了。

"把我留在这里吧……"最后几个字她越说越低，甘蜜蜜也不知自己是否听清了，"早知道……这样……我……"什么都没有意义了。肖玉莲死了。

甘蜜蜜站起身，干涩的眼睛向四处看了看。她对女友的死没有做出更多的表示。

即使肖玉莲不留下遗言，她的尸体也无法运走，这里虽已临近无人区边缘，但每个活着的人也都临近了死亡的边缘。甘蜜蜜只是从身旁医生手里接过行军锹，立在肖玉莲头前，留下一个标志。

从此，这里不能再称作无人区了。一个美丽绝伦的女兵长眠在这里。

十五

当人们再次看到公路时，整个队伍爆发出一种非人的呼啸。拉走了伤员，补充了给养，部队似乎又恢复了生机。一号决定率领部下按原计划攀越雪山，然后班师回营。

机关派来的越野吉普，带来了留守领导草成的新闻稿，送交一号审阅，并请示能否提前发出。全军拉练已进入高潮，报纸上东西南北的典型都有了，唯独还没见高原部队的。再不发稿，就很可能来不及了。一号连夜亲自动笔修改，一大早，派郑伟良携带所摄底片和定稿立即返回机关。翻越雪山一事，虽尚未实施，他也写在其中了。只要那座雪山没有从地球上消失，他相信无论有多少艰难险阻，他的队伍也一定会成功。

坐上小车，松软的坐垫把郑伟良吓了一大跳，半天才适应下来。目视前方的司机抛过来两支烟。

郑伟良点燃一支，猛吸两口，抽得通红，然后便盯着喷出的烟团久久未动。

"带干粮了吗?"开了很长一段路，司机好像是漫不经心地问道。他将胸口伏在方向盘上，以控制车的剧烈晃动。路况险象环生，车弹跳得很厉害。

"怎么？"郑伟良从沉思中被颠醒过来，不再回顾已经消失的拉练部队，他以一个作战参谋的敏感判断出司机并非饿了，而是另有所指。

"车况不好。带点干粮不就有备无患了嘛。"司机佯作轻松地说，"我说检修一下再上路，一号不准。但愿路上不要……"司机没有把话说完，任何行当都有自己的忌讳。郑伟良下意识地紧了紧胸前。吉普车越颠越凶。

拉练部队返回后的第二天，郑伟良和司机的尸体才被找到运回——由于刹车失灵，越野吉普从险峻的山路上急冲而下，最后几十米完全没有辙印，车是飞下山涧的。司机伤在面部，血肉模糊，惨不忍睹。

郑伟良伤在后脑，血和脑浆均从破裂处流光，除面色极为惨白外，形象一如生前，眉宇间蕴含着生气，紧抿的嘴角流露出坚毅和果敢。他很像在沉思中睡着了。

十六

有关拉练的新闻终未见报。一处海拔较低的部队，抢在他们前面，填补了这项空白，再则，报社编辑委婉地指出：昆仑部队的拉练经验中，缺少做群众工作一项。

"扯什么淡！"一号大骂起来，"做京官的，耍的哪门子威风！让他到这里来看看，老子给野牦牛、毛刺堆做群众工作哪？这里是昆仑山！"

带消息来的参谋，吓得呆立一旁。他颀长英俊，很像郑伟良。一号爱用性格、品貌与前任相似的人员。

意识到自己的失态，一号很快镇静下来，问道："还有什么事？"
"正在处理拉练牺牲烈士们的后事。有这样几件需向您请示。"

自当年先遣部队进疆开始，昆仑山传下一条不成文的规矩：凡因公牺牲的人，均被追认为烈士，葬入烈士陵园。生未必是人杰，死一定为鬼雄，这也算是一种崇高的政治待遇吧。参谋递过一沓拆开的白信封，道："这些遗言中所提要求，与惯例不符。是尊重本人意愿，还是按惯例处理？请首长指示。"

一号拿起最上面的一封。"肖玉莲"三个字跳入眼帘。他眼前闪过那个面庞惨白手指微抖的女卫生员。白纸上写着："听说牺牲的士兵，入殓时要穿新衣服。如果真是那样，可否把我的那一份，寄给我的父母亲？他们年纪大了，很怕冷，皮大衣，毛皮鞋，可以代我尽一份孝心。"

一号困难地点了一下头。

打开第二封。写得密密麻麻，还挺长。一号开始找花镜。"我来念吧。"参谋接过去："亲爱的妞妞……"这是一封家信，写得情意缠绵。一号听得心跳，急忙去看信封，果然，是金喜蹦的遗书。

"这封信没有地址，无法转交。再说这很可能是一个小名，在农村找一个名叫妞妞的姑娘，是太容易也太不容易了。"参谋顿了一下，奇怪一号为什么露出有些恍惚的神情，接着说道，"唯一的线索是，金喜蹦文化水平不高，写不出这样通顺连贯还带点儿'小资味'的信。现在，只要找到帮他代拟信稿的人，事情或许有点眉目。"

一号吃力地摆了摆手，截住了参谋的话。信中的大部分内容是他写给妻子而被金喜蹦抄了去的。

"军区关于金喜蹦的处理意见已经转回。敌我矛盾按人民内部矛盾处理，开除军籍，押送回乡。他的信就不必转了。"一号用极快的速度说这几句话的同时心想：金喜蹦幸而死了，不然，这条意见也会置他于死地的。

"郑伟良有什么遗言？"他忽然记起这个很重要的问题。

"没有。他的信封内是一张白纸，一个字都没写。据周围同志讲，他曾说过，他母亲心重，当年他父亲牺牲后曾对着遗物昼夜啼哭，因此，他不愿留下片言只字再惹母亲伤心。如果可能，请组织上将他的遗物全部烧毁。"

"唔。那么，他的遗物内有什么特殊物品？"一号盯住参谋问。"有。"参谋一惊，"正要向您汇报。"他赶紧递过一个小包，"这是从郑伟良前胸贴身处找到的。"一号拿起上面的纸卷。"敬爱的军区党委……"果然不出所料，还是那些观点，不过更系统一些。字迹相当潦草。

"这个……是否也同其他遗物一并烧掉？"参谋试探地问。

"这不是遗物。"一号冷淡地扫了参谋一眼。小伙子，你不如郑伟良！他接着口授道："找人誉清后，发往军区。"一号丝毫不怀疑自己的正确，没有必要销毁反面意见。

他又揭开布包下层。一束银白色的丝露了出来，根根坚硬似铁，因为在指掌间摩擦生电，猛然间直立起来。

白牦牛尾巴！他就是自己苦苦寻找的烈士的儿子！

一号险些站立不住。吃惊、悔恨、夹杂着愤怒。他就在我的眼皮底下，却让我苦苦寻找。他什么都知道，而自己却被蒙在鼓里！然而这一切都流逝过去了。他无法想象一个年老的母亲如何第二次接过父子两代人的遗物，他颤抖着手，上下摸索着。身旁的参谋立刻递上打火机。

火苗燎起来，伴着一股刺鼻的焦烟。一号突然又用手指去掐灭它，仿佛全然不觉得烫。

参谋不知所措地站着。"还有……"他察看着一号的脸色。一号点点头，示意他说下去。"还有号长李铁的遗言中说有一张相片保存在郑伟良处，要求给他家寄去。查遍了郑的遗物，也没找到这张相片。只是在郑伟良带回的胶卷中，有一张是李铁的。郑伟良把胶卷放在胸前，保存完好，相片已经洗出。只是……"参谋迟疑着。

"只是什么?"

"只是那是一张遗像。"

"废话！这个也要来问我！要你们这些人有什么用?！给一个战士的亲人寄去一张遗像，亏你们想得出！"一号暴怒起来。不知何时，参谋退了出去。一号呆坐着，感觉非常疲劳。"一号，有人要见您。"高大的警卫员无声地走了进来，用蚊子样的小声说，"是……"

"不管是谁，不见！"一号粗暴地打断了他的话。"是。"

一会儿，门又开了。

一号并不回头，静等着警卫员再次开口时，将他痛骂一顿。"您就要离开这里了。为什么不肯见见你的士兵?"一个女孩子的声音。

"谁说我要离开这里?"一号已接到升任军区要职的命令，但他一直扣着未作传达，昆仑部队内无人知晓。这小姑娘手眼通天。他判断出她就是甘蜜蜜。

"我妈妈呀!"甘蜜蜜并不回避。她自幼在军营长大，比一号更大的首长也不知见过多少，她毫不打怵地说，"昆仑部队拉练伤亡不少，我妈生怕我也死了，赶紧给我打了个电话，顺便告知我这个军事秘密。"

一号不由得笑了。他突然渴望和她谈点什么。他太寂寞了。在昆仑防区，他永远只扮演一种角色，发号施令；他只有一个很小的谈话圈子，这个圈子里还都是他的下级。此刻，牺牲将士的亡灵纠缠着他，使他心神不宁。他很想谈点轻松的事情。

"你妈妈和你说了些什么，能不能告诉我呀？"他慈祥地问道。

"哎，这正是我今天要找你谈的三件事中的第一件！"

"噢，有三件？"三件事，不知我能否帮她办到？离任之前，一号愿意为更多的人做一点儿好事。他笑笑，鼓励甘蜜蜜说下去。

"第一件，我妈妈正在活动将我调出昆仑防区。我希望你能阻止这件事。我不想离开昆仑山。"甘蜜蜜表情郑重严肃。一号收敛起笑容。他不再把眼前这姑娘当作小孩子了，这是一个真正的战士，血管里和他一样涌动着军人的血液，他庄重地点了点头。

"第二件事，请求您将郑伟良和肖玉莲的陵墓靠在一起。他们相爱已经很久了。"

一号"噢"了一声。停了一会儿，他小心地问道："那么肖玉莲，是干部吗？"

"不是。"甘蜜蜜敏锐地感觉到这问话的含意，急急辩解着，"她是因为入不了党，才提不成干的。现在，追认她为党员了，可干部没有追认的呀。"

"第三件呢？"一号不愿当面伤这小姑娘的心，另起了一个话题。

甘蜜蜜还想说什么，可这第三件事，更加牵动她的心神："您可一定要答应我！"她的眼圈红了，"请把金喜蹦安葬在烈士陵园吧！只是一座象征性的衣冠冢，他的尸体至今还没有找回来，我刚才又到灵堂里去了一趟……一号，他是为了救我，才牺牲的……"甘蜜蜜掉泪了。

一号缓缓地说："军区关于金喜蹦的处理意见已经到了……""我知道！我知道！"甘蜜蜜急急忙忙打断了一号的话。她不能听人再复述一遍那些令人悲愤的言辞，"但金喜蹦牺牲在前，意见是刚刚才到的！"

"不！"一号沉重地说，"我核对过时间了。军区签发的日期在前，只是由于路途遥远，刚转到这里。这样，金喜蹦坠崖的时候，就已经被开除军籍了。像这种情况，是不能进烈士陵园的。你说的最后两件事情，我都没有办法。"

"不！你有办法！有办法！"甘蜜蜜绝望地呼喊起来，"是你让我们去拉练，他们才死的！想不到，他们连临死前最后一点心愿都不能满足。你是胆小鬼！你害怕了，怕军区、怕丢官，连死人你都害怕！怕他们会在陵园里谈恋爱，怕他们进了棺材还当反革命！他们的血已经流尽了，尸体都找不到了，难道还不足以洗刷他们蒙受的冤屈吗?! 一号，你敢到灵堂内去吗？面对一具又一具那样年轻的尸体，你不觉得有愧吗?!"这简直是一尊复仇女神的化身。一号想喝令她出去，像他在这块土地上曾无数次行使权力时一样。调令虽已来了，但他仍是昆仑防区至高无上的主宰，什么人都不能如此放肆！可他终于什么也没说，缓缓地站起身来，走出了自己的房间。

远处，有一座灯火通明的独立大屋，那就是灵堂。两个持枪的哨兵，钢打铁铸般地守卫在门口，仿佛已和脚下的土地凝为一体。他确实还没有去过。没去那大屋。

一号在昆仑防区下的最后一道命令，是将肖玉莲和郑伟良的陵墓，安置于陵园两角，拉开能够拉开的最大距离。条例规定：战士不准谈恋爱。死去的战士也是战士。

他把自己的调令一直压着。直到军区再三催促，他才在一个晚上离开了昆仑防区。

越野吉普无声地滑行在下山的路上。天气渐暖，已经开始有零星车队往山上送给养了。白天逆着车流下山，会车时十分麻烦，司机很感谢一号选择了夜里行车。

他稳稳地坐在司机旁的座位上，并不回头，任凭昆仑防区在他的身后越来越远。调令按照他的安排明天早晨将向防区宣布，那时，他的车已经驶出了这块土地。

随着车轮的滚动，一号的心逐渐空荡起来，像是一团丝，被车轮越抽越细，越抽越长……

"停车！"他突然叫道。司机一脚踩死刹车，他披着大衣走了下来。警卫员不知何事，也赶紧跳下车。

"你在车上待着吧，我想自己走走。"黑暗遮没了一号的面容，单听声音，像一个慈爱的父亲在劝说随行的儿女。

警卫员退了回去。他已经看清，这里是烈士陵园。

一号缓缓地走动着。暗夜中的陵园显得分外宁静肃穆。一排排半凸于地表的水泥长方体，排列得极为齐整，像一支匍匐于地下的军队，正随时准备出击。位于正中的高大墓碑直指星天，好似一把折断了锋刃的宝剑。当年进军昆仑先遣部队的英魂就安息在这里。一号记得很清楚，合冢时他把一块无法分辨的骨片，也掩埋了进去。那是他在曾行过军的路上捡的。他宁可让一匹野马或是野羊的骨殖在此享受后人的瞻仰，也不愿有一块烈士的遗骨曝在旷野。面对这些老兵们，他是问心无愧的。作为一个幸存者，他自信已把他们的业绩和传统交了下去，墓碑周围按牺牲年月呈放射状排列的墓穴，是一部凝固的历史，功过都由历史去评说了。当一号的目光扫到墓群的最外侧时，他倏地僵立在那里。

一圈新挖的墓穴还没有落棺，巨大深邃周正的墓坑像一只只睁着的眼睛，从四面八方注视着他，严冬季节，短时间内在永冻土层挖掘出这些墓坑，单凭人力是很困难的，这是出动了挖掘机的结果。在拉练的全过程中，这也是唯一的一次使用机械。

墓坑，就是——那些数字！它们从指挥员的统计表上走下来，在这暗淡的黑夜变得如此狰狞可怖，张着巨大的口将吞噬掉那些年轻的生命。

一号孤零零地站在墓地，感到难以自制的悲哀。不要登报，不要升迁，不要和呢军帽比高低，只求这高耸的土丘填回去，填回坑去，让地面重新冻结得钢铁一样坚硬……

一刹时，一号想驱车驶回防区，打电报请求上级将调令收回。我哪儿也不走，我至死留在昆仑山上。

他把一大块冻土踢进墓穴，发出空空洞洞的回响。这声音震动着他的耳鼓，使他清醒过来。一号蹒跚着向陵园外走去。烈士陵园的门前，留下了深深的辙印。

十七

清明到了。

烈士陵园一夜开满了人世间所有的鲜花。细钢丝拧成的花蒂，在钢筋绑成的花圈架子上难以绑紧，每一朵花都沉重地垂着头。在烈士陵园两角，安放着两个纯白色的小花圈，玉洁冰清，纤尘不染。其上各有一只雪白的蝴蝶，被柔软的钢丝托举着，凌空欲飞。

默哀完毕，漫山遍野的花圈被同时点燃了。最初的一瞬间，花朵笼罩在火海之中，神奇地保持着各自的姿态，只是颜色一律变为金红。火苗放浪地舒卷着，像遍地滚动着赤云。炽烈的热流升腾起来了，烟波浩渺地浮动着，花朵仿佛置身于波光粼粼的水中，火舌欢快地舐着蓝天，花瓣皱缩又怒放开来，褪去金红的色彩，变成一种钢灰色，驾着拔地而起的热风，轻捷地飞上了长天。不久之后，它们缠绵地旋转着，旋转着，纷纷扬扬地飘落下来。那对小小的白蝴蝶，化成银灰色，从烈火中比翼飞出，眷恋地依傍着，在云中翱翔……火光熄灭了。在一片焦黑的土地上，站着一列年轻的士兵。纸灰无声地洒落在他们崭新的军装上，像一块块自天而降的黑纱。他们是拉练中牺牲将士的子弟，其中有李铁的弟弟——一个身材健壮的小伙子；肖玉莲的堂妹——一个并不漂亮的姑娘。

队尾有一个满面稚气的小战士，登记表上注明是郑伟良的弟弟。在这个士兵贴身的口袋里，揣着一束烧去半截的白色牦牛尾巴。只有很少几个人知道，他，其实是一号唯一的儿子。

圣父、圣母、圣灵般的昆仑山上出现了一行新鲜的脚印。

父亲是个兵

邓一光

父亲不是兵已经很久了。

1992年父亲和一大批老兵一起摘掉了帽徽领章，彻底告别了职业军人生涯，成了一名普通得和大街上那些踽踽而行的退休工人没有什么两样的老百姓。父亲因此和所有像他一样的老兵一起，得到军委三总部颁发的一枚勋章。那枚勋章，据说含金量极高。

60年代末期，那时候父亲五十多岁，身强力壮，思维敏捷，刚从南京军事学院高级指挥学习班毕业。父亲的各科目成绩非常优秀，他为这个得意万分，他说他过去在部队里扫盲时学习成绩就特别出色，他说他就算一天书也没读过又怎么样？他说那些知识分子算个啥？不知道是弄错了还是根本就没弄错，父亲在拿到毕业证书后没有几天就接到了离职休养的命令。一个月后，父亲带着他的妻子和五个孩子搬进了雾城重庆市一位彭姓买办留下的一座幽静的花园，从此再也没有走进过军营。

父亲的身体很健康，直到三十年后的今天，他的身体状况依然良好。

父亲断断续续不戴领章帽徽的时间至少有十五年。十五年的时间绝对不算短。虽然父亲摘掉领章帽徽之后仍然穿着军装，那个样子却有点不伦不类。我一直认为军装的威风神气，完全是领章帽徽的功劳。如果没有了领章帽徽，那身国防绿实在呆板得很。

父亲永远穿着军装，风纪扣扣得一丝不苟，在最热的季节里，他也从不解开扣子，一任黑水白汗浸透军装。父亲也不是没有便服。70年代后期母亲为父亲做过两套中山装，买的是最好的呢料，请的是最好的裁缝，衣服做好后，我见父亲试过，样子很呆板，一点也不像父亲。好在父亲并不常穿。或者说他根本就不穿。那两套质量不错的中山装，后来基本上成为虫子和樟脑球的战场了。

父亲脱去了军装，已经不是兵了。但是时不时地还有是兵的叔叔伯伯到家里来看望他。他们大多来自很远的地方，匆匆地来，匆匆地走。那些年纪或大或小的兵临走时都对送出大门的我说，你的父亲，他是真正的兵。

父亲脱去军装的那一天，他把自己一个人关在屋里待了很久。那一天，广州军区一位少将来干休所颁发勋章。那枚勋章家里人谁也没有看到过，仿佛它在一开始就被父亲埋葬了。父亲这一生得到过许多的奖章，其中他最看重的是红星勋章、独立自由勋章和八一勋章。这三枚勋章分别放在三只小盒里，小盒里铺着枣红色的金丝绒，许多年之后，它们已失去了新鲜的光泽。父亲一直闭口不提他最后得到的那枚勋章。母亲曾经问过这件事。母亲说："老头，你是不是领了一块金牌?"母亲之所以这么问，并没有别的什么意思。母亲在很多方面和老式的家庭主妇没有什么两样，对鸡毛蒜皮的小事爱咋咋呼呼，而对严肃的话题却漫不经心，何况院子里都在传说，那枚勋章和以往的勋章不一样，是用纯金铸的，很值些钱。母亲对金子谈不上什么爱好。母亲年轻的时候热衷于工作，上了年纪以后迷上了老年迪斯科，另外还有国画。母亲的葡萄画得炉火纯青，可见在大器晚成方面齐白石并非是唯一的奇迹。对于那枚勋章，母亲只是普通的好奇罢了。

母亲这么问，当时父亲说了一句很粗鲁的话。准确地说，那是一句骂人的话。母亲听了很生气。母亲仅仅是生气，也不能把父亲怎么样。这件事说到底本来就不关她什么事，她就是想吵架也没有理由。母亲是四十年代的中专生，四十年代的中专生属于知识分子，知识分子吵架是要有理由的。

父亲那一天一直把自己关在屋里，他待在屋里一声不吭。出来吃过一顿饭，什么话也不说，也不怎么向他一向喜欢的红烧肘子伸筷子，吃过饭之后又回自己的房间去了，把门咣当一声碰上。但也没有发生别的什么事。

那天母亲去老年大学上课，回来晚了，回来以后就忙着做疙瘩汤。我对母亲说："爸爸今天脱军装，咱们是不是买点菜回来，家里庆贺一下？"母亲诧异地看了我一眼，说："那是为什么？又不是逢年过节。"我想解释一下。我想说，对于父亲，今天比一百个年加起来还重要，比一千个节加起来还要重要。但是我最终还是没有说。在母亲看来，父亲穿什么都是一回事，除了军装洗起来比较容易一些，别的没有什么损失。至少在母亲眼里，父亲脱军装算不上什么节日。

那天的天气差不多是一年中最好的，暖洋洋的。太阳在很长一段时间里都挂在那里一动不动。有点小北风，但也只能把院子里的干葡萄叶子吹到水沟里去，仅此而已。

父亲扛枪当兵这件事不是偶然，可以说它是顺理成章的。那个年头贫瘠的鄂东大别山区成了贫困农民的天下，有好几种政治力量都派出火种手到千里大别山来煽风点火，使庄稼不景气的乡下呈现出另外一种欣欣向荣的朝气。

父亲那时还是个半大的孩子，多半是为了聚众的习性，父亲参加了少年赤卫军，为成年人的武装组织做一些打杂跑腿的事，这些事和种田无关，带有一些打破常规的刺激，因此让父亲喜欢。父亲那个时候没有参加白枪会、红枪会、保安团或者别的什么组织同样是必然，因为父亲的大哥是"苏维埃政权"的村主席，父亲少小年纪，自然不会也不敢和自己的大哥对着干。

父亲在赤卫队里站岗放哨送信只是业余的，更多的时候父亲是在为一个比较富裕的远房亲戚喂牛，另外在农忙时节还得为主人打短工，年薪一石糙米。父亲喂两头牛，他承认那个活并不重，喂两头牛而且能挣得一石糙米使得父亲在家中有一种不吃白饭的自信和自得。

促使父亲最终成为造反者的原因并非是赤贫，而是自尊心。那个富裕的远房亲戚对雇工们十分祥和，冬天的时候他们一块儿蹲在太阳下笑眯眯地抽着旱烟袋说话，说女人的邪话，吃吃地笑，那幅情景是很让人心暖的。那个富裕的远房亲戚和雇工们一起干活，而且他总是抢重活干。富裕的远房亲戚生了四个儿子，全都能干牛马活，又和人合开了一片粉房，生产白而细的绿豆粉丝，这才是他致富的原因。对于这种原因没有人会觉得不应该。

那一年的阳光十分充足，十几把锋快的镰刀昼夜不歇地刈麦也没能抵挡住见天熟透的谷粒一片片地撒落在泥里。主人十分焦急，赶着一家老小和十几个雇工没日没夜地忙活在地里。人们疯了似的用钢镰割倒稻秸，把它们东一堆西一堆扛进晒坝。那些天晒坝里黄尘滚滚，灰蒙蒙不见天日。人们大颗大颗淌着汗水，不停地咳嗽，朝粮食堆里吐痰，并且把粮食粒儿扬到天上，再装进布袋里。主人站在地垄边大声地吆喝着："伙计们，尽力割呀！今晚有烧酒蒸肉犒劳！"主人说话算话，当晚果然就有烧酒蒸肉端上饭桌来。醇香的烧酒里掺了不少水，喝起来甜丝丝的，像浸泡过麦芽，让人止不住地一边喝一边打喷嚏。雇工们都说酒是好酒。酒是好酒，可是主人却不该让大伙儿吃蒸肉。不是大伙儿不想吃，相反的，大家非常想吃，简直想吃极了。并不是一年到头都可以吃到蒸肉的，也不是每一家都可以端出蒸肉这道菜的。但是主人确实不该把那样的蒸肉端出来给雇工们吃。蒸肉一块块足有四指厚的膘，白花花颤巍巍卧在喷香的霉干菜上，让喝酒的人眼珠子一个个几乎掉了出来。雇工们整齐地咳嗽起来，把嘴里的烧酒喷得像下雨一样。主人热情地说："吃吧，快吃吧。"大伙儿就迫不及待地伸出筷子。慌乱中好几双筷子在空中碰到一起，弄得吱里咔嚓一阵乱响。主人的两个儿媳妇在一旁看了，躲到一旁哧哧地笑。父亲在忙乱之中夹到了一筷子干巴巴的霉干菜，这使他十分沮丧。父亲的第二筷子准确多了。父亲当时想，他的速度比大人们慢了一拍，等到他吃完第一块肉，别人就该吃第二块肉了。这个念头让父亲显得灰心失望。可是父亲并没有在吃第二块肉的时候赶上大家。父亲并没有吃第二块肉。父亲连第一块肉也没能吃下。并非父亲一个人，所有的雇工都没能对付了他们夹进自己嘴里的那块肉。那碗样子十分诱人的蒸肉根本就没有蒸熟，它只不过是被主人象征性地放进蒸笼里蒸了一下，完全还是生猪肉。主人笑眯眯地站在一旁招呼说："吃呀，怎么不吃了？都愣着做什么，都吃。这足足一碗肉，够你们撑的。"雇工中打头的脸上带着尴尬的笑，代表大家对主人说："七爹，不是我们不吃。我们想吃。我们想吃但没法吃。肉没烂呢。"主人听了很生气。主人说："这是什么话？你这是什么话？肉当然没有烂。肉当然不能烂。肉怎么能烂呢？要烂了，你们这些馋鬼，你们寻思一下也是不会的，叼住就滑溜进肚里了，哪里会知道肉是什么味道呢？"

父亲从来没有说过那块嚼不烂的生猪肉是促使他造反的原因，这只不过是我的猜测。1932年秋天被还乡团通缉追杀的不只是我父亲一家人，还有不少人的名字在名单上。这些名单中间的一些人并没有逃走，他们在别的什么地方躲上几天，到来年开春的时候陆陆续续地回去了。他们中间有些人至今还好好地活着。父亲跑出家去参加红军，肯定有着类似自尊心受到了强烈伤害的原因。事过五十年之后，我随父亲回到顺河老家，父亲带着我去拜访过一位老人。老人是我家一位亲戚，论辈分我该叫七爷。七爷的绰号叫"地主"，因为他在五十多年前曾经当过红四军经营处的军需主任，管过整箩整箩的银洋和烟土，大家就这么叫他。1932年秋天七爷随撤退的队伍走出了几百里地，他放心不下将要临产的妻子，心里惦念着妻子给他生儿子还是生丫头，又跑了回来。七爷并没有被杀死，以后就守着老婆孩子种地过日子，一过就是五十年。我随父亲去看七爷的时候七爷正蹲在屋檐下挖鼻屎，涎水长线似的糊了一身。一个五十岁左右猥琐的汉子抱着一只鸡婆在捉鸡虱子，看见我们走来就傻乎乎地冲我们笑。我想他大概就是七爷当年放心不下的那个宝贝儿子吧。

　　在我们那个家族中，父亲是加入闹红队伍中年纪最小的。他只是看到他的两个哥哥，几个叔伯堂兄和他的七叔都这么忙碌着，他们在腰里扎着子弹袋的样子十分威武。父亲作为一个正在长大的男人是十分羡慕这份威武的。

　　我的大伯是东冲村的村苏维埃主席，三次反围剿的时候带着村赤卫队参加了红军，成为一名红军营长。我的二伯是麻城县独立团的敌工干事，专干铲奸肃反的事。他万万没有想到两年后自己也成了肃反的对象，做了自己同志的刀下之鬼。

　　大伯随着红四军撤离了鄂豫皖苏区，同时离家出走的还有那几位堂伯堂叔。二伯的独立团此时正急急地躲进杨真山中，他们日后几乎再也没有从大山里出来。乘顺区满是穿着狗屎黄军装的皖系十七师的兵，还有头上缠着红布条的河南光山杨大山的三枪会会众。十七师的兵和三枪会的人在进入乘顺的当天就大开杀戒，到次年开春时整个乘顺地区有十几万人被杀掉。被杀掉的人有时候没有人收尸，就被抛入举水河中喂了鱼，有人亲眼看见举水河中跃出足有小牛犊大的鱼来，那是鱼儿吃人吃出来的结果。

一位亲戚从镇上看女儿回到村里，带回了对东冲村三十八名"红匪"通缉的消息，我的大伯是头一个，二伯和父亲都在其中，悬赏的价码足以让任何一个种田人动心。父亲当天夜里离开了家乡，想投奔他的大哥。他第八天在河南境内追上了红四军，成为军部手枪队的一名战士。父亲却最终没有见到他的大哥，1933年3月，在巴中保卫战中，大伯奉命带一个营驰援，死在战场上了。

父亲也没有再见到我的爷爷。1950年当父亲怀里揣着银圆坐着一只小船渡过举水河踏上家乡的小路时，我爷爷的坟头已经开过一茬白色的苦艾花了。

父亲的倔犟脾气使我们一家人都吃尽了苦头，尤其是他褊狭的恋乡情结，几乎毁了我的整个前途。

父亲在他休息后的第十五个年头开始念叨他的"归去来兮"经。在这之前，他一直没有放弃过重新工作的期望。他一直以为那一纸休息的命令只是暂时的，他还有复出的希望。他就那么等待着，苦苦而又痴心不改地等待着。他等那份根本没有出现的命令等了整整十五年。父亲在重新工作无望后决定回到他出生的地方，他想要回到他的麻城老家去，做农民或者做"寓公"。这个念头十分强大地统治了我们家十年，直到父亲的预谋得以实现。

父亲在休息之前一直做军事指挥员，没有搞过政工，虽然在1945年国共和谈破裂以后父亲曾在极短的时间里当过几天参谋长，但这并不能说明他就懂得谋略。父亲的谋略才能是在他休息之后才被挖掘出来的。他那时有了大量的时间和精力来总结自己，同时也有大量未曾释放的欲念需要疏导，这就促使父亲由一位勇士痛苦地变成了一位智者。

父亲当然并不仅仅是自己回家乡，他还要把全家都弄回老家去。父亲甚至希望他的孩子中有一个能和他一道回到老家那根本就不怎么长草的土地上去种庄稼。在我的其他几位兄弟姊妹都当了兵之后，父亲把希望的目光对准了我。我在中学毕业后成了一名知识青年这件事使父亲的希望有了实现的可能。父亲怂恿我回老家当知青。父亲说："当农民哪儿不能当？你守在四川这个穷地方干什么？"我说："四川怎么是穷地方，四川是天府之国。"父亲不屑地反驳我说："天府在哪儿？之国在哪儿？你拿出来我看看。连个鱼也吃不上，还什么天府之国！回家乡去，家乡的鱼吃得你哭！"父亲这么说，他不但说，还付诸考察，为此他专门带着我回了一趟麻城。

我发现一踏上回家乡的路，父亲的忧郁心情就一扫而光。小船载着我们渡过举水河的时候，父亲敞开大衣双手叉腰昂首挺胸站在船头上。他心情极好地指点着告诉我，他在哪个沙丘上偷吃过四婶地里种的花生，被爷爷打过屁股；他在哪个深潭里摸过鱼虾，差点没淹死。父亲敞开肺腑大口地呼吸着河面上腥潮的空气。父亲快乐地说："妈的，这儿一点也没变，还是老样子。"父亲眨巴眨巴眼睛小声对我说："小子，回家第一件事就是让你饱饱地吃一顿鲜鱼。不是一条鱼是一顿吃它几十条。"父亲从称呼他"三爹"的摇船后生的鱼篓中拎出一大挂鱼，对小伙子说："剖干净，洗一洗，回头给我送去。"我看着那些一寸来长的柳条鱼，哈哈大笑起来。我觉得父亲他实在是一个懂得幽默的人。

在爷爷留下的那栋干打垒小院外面，父亲被一个小石子绊了一下，差一点跌倒。父亲把他的皮大衣往我怀里一塞，跌跌撞撞往里走，一边大声叫道："嫂子！嫂子！我回来了！"我的瞎了一双老眼的大婶战战兢兢地扶着门框走出，什么也看不见地说："是三毛？是三毛吗？三毛你回来了？"父亲冲进院子，抢前一步挽住了大婶，父亲就在二月的阳光下，在老邓家遍地麦秸和鸡屎的老宅的屋檐下，扑通一声给大婶跪下了。大婶说："三毛快起来，三毛你快起来。"父亲说："不！"父亲他眼眶里涌满了泪水。父亲他就这么跪着，说什么也不肯起来。

我被那个场面给镇住了。热血一股股地往我脸上涌。我的父亲一生硬骨，他打了数百次仗，负过多次伤，至今他的颅顶还残留着一粒黄豆大的弹片，腿肚子里还有一粒子弹。1934年万源保卫战中，父亲中了三发子弹，三次被打倒在地，三次都爬了起来，血人似的在火海中跌撞冲杀，成为红四军中传颂一时的美谈。我的父亲他从来没对人说过软话，他直到八十岁的时候仍然大跨步地走路，腰板挺得笔直。

大婶是大伯离开家乡前娶进门的。大婶那年十七岁，是东冲村最俊气的妹子。大伯离开家乡的时候并不知道大婶已经有了身孕。在这之后的几十年时间里，大婶始终盼望着大伯有一天能回到家里来看一眼他的骨肉。在邓氏家族三个虎背熊腰的年轻后生亡命他乡之后，一个十七岁的小媳妇就脱下红色的新嫁衣，一声不响地走出她的新房，默默地操持起一家老小的苦日子。这个十七岁的小媳妇起早贪黑，没日没夜地劳作，地里的活屋里的活全靠她一个人。她有的时候累得晕倒在地里，但她从来不对自己的公婆说。她毫无怨言地为邓家养小送老，把大伯的父母一个个安葬了，又把大伯的儿子一口口喂大了，然后为他娶来了媳妇，再安静地守在哔剥作响的油灯前，等待儿媳妇生产下大伯的孙子。这个当年十七岁的小媳妇偶尔也在黄昏的时候悄悄独自到村头的河边去等着，用她那双美丽的眼睛默默遥望着通往北边的那条大道。大伯当年就是沿着那条大道离开家乡的，他并不知道他的十七岁的女人在日后无数的黄昏来临时用怎样美丽而忧伤的目光期待着他的归来。她就那么地把一双眼睛一天天地盼瞎了。但是大伯始终没有回来，连他的遗骨也葬在不知晓的异乡了。

父亲说，你的大婶她是咱们老邓家的功臣。

回到邓家老宅使父亲一直压抑着的情感得以释放。在许多场合，父亲都表现得像一个孩子。父亲在长久地给大婶下跪过后站起来，对站在院子里怯怯地望着他的侄儿媳妇大声说："明珍，给我杀鸡！给我杀最肥的鸡！"我的堂嫂那年五十多岁了，看起来，她比我的母亲还要显老。我的堂嫂恐慌地看着父亲的目光在搜寻着院子里那几只茫然无知的鸡婆，连忙小声说："都是生蛋的鸡呢。"父亲说："吃就吃生蛋的鸡，不生蛋的鸡谁吃？"父亲说完顽皮地看着大婶笑，一副很得意的样子。我很同情堂嫂，在父亲去爷爷奶奶坟地的时候，我给了堂嫂五块钱，让她去别家买两只鸡来。但这种阴谋没有得逞。父亲在喝过第一勺滚烫的鸡汤之后狐疑地皱了皱眉头，抬起眼盯着堂嫂说："味道不对。这不是老邓家的鸡！"堂嫂吓得满脸惊恐，差一点打翻了汤碗。以后有好几天，堂嫂都躲着父亲，她一看见父亲就忍不住要全身发抖。

父亲回到家乡后一共办了三件事。头一件是给爷爷奶奶上坟。父亲去上坟，没有带我去。这是一件至今仍然令我疑惑不解的事。无论于情于理，我从千里之外回到祖籍，我是邓家的一个子孙，说什么都该去给祖宗烧炷香，磕个头的。可是父亲却不叫我去。父亲换下了军装，带着一把长柄锄，他在走出大门的时候深深地吸了一口气。父亲在二月的阳光下给我的大婶下跪，他在他这一生中只给这么一个女人下过跪，这个意义当然是非同寻常的。他是在替爷爷奶奶，替他的大哥，替他的二哥，替老邓家所有的男人下跪。父亲在邓家的老宅满是麦秸和鸡屎的屋檐下倾金山倒玉柱扑通一声跪下去，无论是祖坟里还是异乡别土里的邓氏亡魂都长长地叹了一口气，从此安宁。父亲走出院子，独自一人去了祖坟，在那里整整待了一天。父亲在那里做了一些什么没有人知道。我不相信父亲在爷爷奶奶坟前只是做一些拔草培土的事情。这不是他。我总觉得，父亲和邓家祖坟之间，一定还有一些别的什么秘密被隐藏着，而那些秘密，父亲是打算恪守到最后的，甚至连他曾一度信赖且寄托过重望的我，他也不打算告诉。

父亲回到家乡做的第二件事是召集了邓氏家族中最亲近的人开了一个会。会是在夜里开的，这样就显得有点神秘。父亲要我来主持这个家族会议。这是父亲带我回乡阴谋中的主体部分。父亲对邓家的颓败和自甘堕落十分痛心，他处心积虑地要让邓家的威风重新得到发扬。他固执地认为，一切的不尽人意都是由于邓家人缺乏一个有胆有识并且有文化的组织者。这是一个至关重要的人物。而这个人物的最佳人选就是他的第二个儿子——我。父亲的阴谋在他强大和刚愎自负的自我中一步步得以实现。如果不是因为一个偶然场合中我得知父亲准备在家乡为我找一个身体结实的媳妇，让我因为有了那个身体结实的女人而在家乡死心塌地安家落户，那么他的一整套计划早就实现了。父亲差一点毁了我。他让我回到家乡来组织和发动那些一点也不争气的邓家的农民们。他斩钉截铁地说："农民和你想象的不一样。农民什么也不是，他就是农民。"按照父亲的战略意图，我的文化知识和无牵无挂足以造成一种新的势力，它能为愚昧、自私自利并且目光短浅的邓家人提供一个新的家族核心。这很像几十年前发生在家乡的那场轰轰烈烈的大革命，它是需要有狂热想法的人来充当火种手的。父亲肯定地认为，如果不出差错，他的二儿子将在他的有生之年中夺取大队支部书记或者大队长的位置，如果这样，拿他的话来说："邓家人就有救了。"

父亲回乡时满怀着再度闹革命的强烈念头，他甚至为新一代造反者们带去了他们的领袖。父亲正是怀着这样的复杂心情大声叱骂他的那些堂兄弟和叔伯侄儿们，挨个儿指着鼻子把他们骂得狗血淋头。父亲血压升高，心跳加剧，有一个时候他差一点因为激动倒了下去。而我的那些堂叔堂兄们则一边点头哈腰，一边唯恐落后地一支接一支吸着父亲带回去的"红牡丹"牌香烟，直到把它们全都吸光。我的直觉告诉我，他们谁也没有认真去听父亲骂了一些什么，他们也不管父亲他为什么要骂，他们只不过是喜欢集体坐在那里罢了，但即使这样，因为有了"红牡丹"牌香烟，他们是很喜欢听父亲训话的。

父亲干的第三件事最具有传奇色彩，它让我再度看到了父亲身上被岁月尘土掩埋了很久的光辉，令我不由得肃然起敬。我吃惊地发现，父亲他作为一名职业军人的全部良好素质并没有消磨掉，它们只不过是在悄悄地潜伏着，等待着一切可能充分发挥的机会。

一百吨日本尿素在运往管理区的途中被一大群手执扁担打杵的东冲村人劫住了。司机从驾驶台里钻出来大声喊道："你们要干什么？你们疯啦?!"没有人听他的，东冲村的男男女女老老少少举着扁担挑着箩筐没命地往前拥，从车上拖下成袋的化肥再把它们运走。在整个事件中指挥者只有一人，那就是我的父亲。

老区永远是贫困潦倒的，否则革命的火种就无法最早在老区燃烧起来。老区在老区人成为理论上的主人之后仍然顽固地保持着它的贫困潦倒，贞洁似的守护着这一份荣誉。老区对于源源不断地送到的各种救济物资采取了一种心安理得的接纳方式。整整两代人，几十万人的生命轰然倒下，把它们烧成灰，撒进土地里，土地也是可以变得肥沃起来。但这并不是父亲指挥那次抢劫化肥车的理论依据。父亲没有理论，他只有几十年屡试不爽的经验，那就是革命靠自觉。父亲从心底深处痛恨家乡人那种与前辈完全不同的逆来顺受和心平气和。打仗死掉了几十万人，难道造反的骨气也死掉了吗？既然管理区的那些土皇帝不把化肥指标分给东冲村，那就抢嘛！

几百名脸上涂了锅底黑的农民突然之间出现在公路两旁，令司机和押送化肥的管理区技术员大惊失色。他们怎么也不会相信，打死也不会相信，在共产党领导着的地方会出现这种揭竿而起拦路行剪的暴民行为。父亲完全像指挥一场战斗一样向大队干部布置了这场"化肥劫案"。一辆牛车歪倒在公路当中，赶牛车的小伙子躺在车上呼呼大睡，长长一溜化肥车只能停在公路上。司机目瞪口呆地看着疯了似的农民一拥而上，身手矫健地攀上汽车，踢死猪娃似的往车下踢化肥袋。车下的人则配合默契，肩扛箩挑，迅速将战利品运下公路，顺着羊肠子一般的田埂消失掉。空气中弥漫着浓烈刺鼻的尿素味，同时弥漫的还有老区久违了的同仇敌忾精神。司机如果对历史稍微有点兴趣，他就会发现，这个场面和五十年前发生在这一带的众多事件有着十分相似的共同之处；他还会领悟一个道理，农民一旦被组织起来，就会发挥出最大的积极性和创造性。遗憾的是司机根本没能领悟这一点，除了节油标兵之外，他在哪一方面都表现平平，他只会一个劲地在那里喊："你们这是干什么？你们疯啦?!"没有人理会他，人们全都处在一种极端的兴奋和突然产生的责任感中，唯恐做了群众运动的落后分子。司机并不知道，此刻，在远离公路几百米外的一个高地上，一个指挥过数百场战斗的职业军人正披着一袭英国呢大衣冷静地注视着一切。当两辆八吨装的卡车被卸运一空之后，他在心里对自己说，这场战斗应该结束了。

　　父亲这一辈子杀人无数。

　　在具有远距离杀伤能力的火器替代了刀矛弓箭的捉对厮杀成为战争的主要形式之后，父亲说不清自己到底杀死过多少人看来是合情合理的。父亲从来不对我们提起有关战争的事，虽然这个话题对我们做孩子的十分具有诱惑，但他从来不说。在重庆的那座彭姓买办留下的花园式林园里，我的一个小伙伴总是向我炫耀他的父亲。他得意扬扬地说："我爸杀过人。"他说这话的时候脸上被阳光照耀着，灿烂夺目，是那种标准的骄傲的样子。从小学到中学，这份不曾拥有的荣誉一直刻骨铭心地纠缠着我，使我在许多梦中游弋在尸骨成堆血流成河的战场上，灵魂不得安宁。直到日后我长大成人，从另外的渠道知道了父亲保守那个秘密的原因，我才原谅了父亲。

　　父亲在成为一名职业军人的时候肯定知道自己这一生会杀人的，这毫无疑问。但是父亲绝对没有想到，他渴望要杀掉的第一个人却是他自己的同志。

　　父亲想要杀掉的那个人是手枪队副队长，云南人，名字叫向高。向高在朱培元手下当过连长，性格乖张暴烈，对手下的兵轻则训骂，重则拳打脚踢，手枪队的兵几乎全被他收拾过。我的父亲在向高手下当兵实在是倒了大霉，从河南到通南巴行军途中，父亲至少挨过向高三次揍。有一次父亲牵着的一匹骡子掉进峡谷里了，向高把父亲吊在树上用擦枪条猛抽，抽得父亲皮开肉绽，好几天屁股不敢沾马鞍。父亲那天就暗下发誓，说什么也要杀掉向高。

杀掉向高最好的方式就是打黑枪。

战斗发生的时候，战场上一片混乱。在一望无际的草原地带和骑兵厮杀是最令人心怵的，那些圆臀细腿的骏马驮着它们剽悍的主人风驰电掣地朝着草地上撒豆儿似散开的步兵扑去，而那些步兵真是可怜之极，他们经过了路途漫长的逃亡和被围剿，一个个面黄肌瘦、衣衫褴褛、步履蹒跚、提心吊胆。在没有遭受袭击的时候，他们像断断续续被风吹皱的一条线在一望无际的草原上移动，谁也不说话，从日头出来一直移动到月儿升起，除了荒凉的风吹动茅草的声音，头顶飞过的雁阵偶尔抛落的鸣叫声和千万双脚杂乱踢踏起泥水的声音，这支队伍移动得毫无生气。马队一来，队伍立刻炸了，在经过短促的抵抗之后，便抛下辎重毫无目标地四下逃命。在一览无余毫无屏障的草原上，无论他们是勇敢地迎着马队冲上去还是撒丫子逃开都丝毫没有意义，因为凭着四条疾速的马腿，那些在草原上长大的勇猛的武装土著会轻而易举地抵近他们，用得心应手的柳叶刀从正面或者背后劈倒他们，让他们这些异乡人的鲜血浇灌无人照料的野花野草。

父亲在最初的惊慌过去之后变得兴奋起来。父亲意识到，他杀掉向高的机会来到了。父亲下意识地逃出几步之后站住了，他紧握着他那支奥地利生产的五连珠马枪，根本不管他那几个部下，而是回过头去，在四下溃散的人群中寻找他的目标，寻找向高。枪声在草原上空此起彼落，刀光血影交织成一幅杂乱的画面，不时有人被击中或是被砍倒，发出瘆人的惨叫声，一些失去了骑手的马在人群中四下乱窜，将人撞倒在地再踏成肉泥。父亲躲避着那些马。他的运气不好，在毫无秩序的战场上，他根本无法找到他的仇人。他有很长一段时间不知道向高在什么地方。要做到这一切，父亲必须花很大的工夫。战场上，尤其是短兵相接的白刃之地，敏捷的反应是保全自己消灭敌人的最好武器。要做到敏捷，你的思维中只能保留两个概念，敌人或友人。而父亲在这一点上恰恰不是这样，他的思维十分混乱——自己人——敌人——仇人——向高，这种含混不清自相矛盾的意识妨碍了他，使他在一片混乱之中跌跌撞撞，完全弄不清方向。实际上，直到他被一柄染足了大草原黄昏时娇艳的晚霞的柳叶刀劈倒时，他也没能找到他的仇人向高。

那匹雪青马朝这边奔来。马背上瘦骨嶙峋的青脸汉子受到了父亲高大个子的刺激。青脸汉子根本没有想到，在这场血腥的追逐中，居然还有一位个头高高的少年敌人会迎着马队奔跑，这实在是有些与众不同。青脸汉子受不了这个，他放弃了原先追杀的目标，一提马嚼口，转身朝父亲扑去。那匹英俊的雪青马久经沙场，训练有素，它在迅速追上父亲之后并没有用四只有力的铁蹄踏倒他，而是灵巧地往斜里一晃，把杀戮的快乐留给了它的主人。杀伐的整个过程应该说是相当成功的，但是事情不知在哪个节骨眼上出了点差错，总之，事情的结果并不像推理那么令人满意。按照草原骑手的追杀方式，杀手本应该在超越猎物的那一瞬间回手一刀，从猎物的前颈下手，割掉猎物的头颅。这样干有如下两个好处，第一是能够在结果对手性命的同时看清对手的相貌，做一个明白的胜利者；第二是证明这是一次面对面正大光明的厮杀，以证明追杀者的气节。可是这位青脸汉子在最后的时刻突然有点惊慌失措了。他被父亲的那种不顾一切在人群中寻找的盲目和自我弄得有些慌了神。他的长长的柳叶刀提前地举了起来，劈了出去，锋如纸薄的刀刃不是劈在对手的脖颈上，而是砍在了对手的后背上。

父亲跌倒下去，跌得很重，身上的干粮袋和一块臭烘烘的羊毛毡子被刀砍成两截，散落到地上。血从父亲背上笔直地迸溅而出，因为有羊毛背心的阻止，血在极大的冲力下被粉碎成无数的血雾，肮脏的蜷曲的羊毛立刻被血水染成了粉红色，显出一种惊心动魄的暖意。那一刀造成的伤口至少有两尺长，从父亲的肩头一直延伸到臀部。父亲倒下去的时候，被刀砍开的军装在他身后像两面壮烈的旗帜飘扬开来，跌落在草地上。

青脸汉子在冲出几丈远之后勒住了雪青马的缰口。他回过头来看着倒下去的那个无畏的少年。青脸汉子迟疑一下，同时略显惭愧地咧了咧厚厚的嘴唇。青脸汉子知道自己这次干得并不光明，甚至有些丢脸了。但是仍在草地上挣扎着爬动的父亲使他保持住了最初的热情。青脸汉子回过头来看了看，四下里没有谁注意到他刚才不光彩的行为，大家都在忙着，各有目标。青脸汉子低声地骂了一声，策过马头，轻轻一磕马肚子，重新朝父亲冲来。青脸汉子根本不知道，一个名叫向高的敌人此刻正在朝着这边奔来，并且在奔跑之中举起了他的手枪。青脸汉子在重新接近父亲的时候感到自己的坐骑出了什么问题。云南人向高的枪法极准，头一枪就射中了雪青马的头，将马儿漂亮的头颅击得粉碎。雪青马在继续跑出几步后猝然倒下，将主人重重地摔在草地上。没等青脸汉子爬起来，向高的第二枪就射进了他的胸膛。

父亲背上的伤口好得很快。从马唐到康克喇嘛寺的第五站，父亲已经强撑着从马背上爬下来，硬着一双腿摇摇晃晃地跟在部队后面行走了。十几岁的父亲生命力十分旺盛，轻易是不会死去的。但是父亲心里肯定还是有了一道别人无从知道的伤口，它在那里很长时间都无法愈合。向高是从哪里钻出来的？他一开始会躲在什么地方？他怎么会那么巧地在最后一刻出现，救了想杀死他的父亲？向高在枪声稀落的草原上把父亲从尸首堆中背了下来，父亲那时一直处在迷迷糊糊的状态中，当他稍微清醒一点之后，他甚至企图去夺向高手中的枪，被向高一巴掌打倒在地。向高救了父亲，也救了他自己，这件事情过去之后，父亲心里一定为着再也不能杀死向高而终身遗憾了。

父亲被解除军职之后，开始大量地开荒种地。

我们住的那座彭家花园很大，但地都不曾荒芜，全都种满了花草果木。父亲走向花园，他把那些美丽的花草都挖掉了，将带着根茎的泥土深深地翻过来，改种粮食，还有白菜萝卜。父亲整天都在地里忙碌着，固执地把花园改变成农庄的样子。他并不关心那些粮食和蔬菜生长在这样的花园里合不合适，生长出来派什么用场。粮食的生长和成熟对他来说似乎只是一个过程，他要的只是自己永不终结的行动。有时候我觉得父亲不可思议，他是个行为的强者，却从来不善于思维。

那些粮食和蔬菜生长出来的时候，如果下过一场透雨，样子是非常好看的，在大城市里，居然生长着这么大一片绿色和黄色的庄稼，这本身就是一个奇迹。少年的我和弟弟在放学回家之后，便在这片奇迹的天地里跑来跑去，追逐蝴蝶或者蜻蜓，追得满头大汗脸蛋通红。父亲远远地挑着一担肥料过来，父亲放下担子，站在那里一动不动地看着我和弟弟在奇迹里奔跑，他的目光里常常有一种我们无法读懂的内容。

除了种地，父亲还喂鸭子。彭家花园有两个大池塘，池塘里有鱼，还有荷花。鸭子们成群结队地在荷花中游来游去，那真是一幅动人的田园风光图。父亲喂鸭子同样不考虑目的。他只是喂，只是要在风景美妙的花园里寻找一些事情来做。如果有可能，他甚至可以喂牛或者是羊，把自己变成牛倌或者是羊倌。

当然，父亲并不是从来不考虑目的的。我的一个叔伯侄儿、我父亲的一个侄孙有一年进城来向父亲讨救济，父亲就有目的地建议过他喂鸭子。

老区过去很穷，因为穷，人们才无所顾忌地起来闹红，闹得天翻地覆乾坤颠倒，但是老区在换了一个朝代之后仍然很穷。老区人当然不会再起来闹红了，因为在新的朝廷里，上上下下有不少老区的子弟在做着官，他们不能造自己子弟的反。但是他们有别的办法，最常用的，就是进城（省城或者京城）找自己的子弟讨救济。老区在相当长的时间里心安理得地成为国家的五保户，吃着国家粮库调拨的粮食，穿着国家军队支援的衣服，花着国家银行提供的钞票，从这个意义上说，老区应该算作"共产主义"的试验之地。

1977年我的家乡大旱，连续一百多天没下过一场透雨，地里的庄稼全被日头烤成了赤色。县里的父母官对省里拨下的救灾款数目不满意，便直接去京城找一位在军队掌握实权的将军。将军在他宽大的会客厅里请县里的父母官吃水蜜桃。将军关心地了解家乡的民情。将军听完县里父母官的汇报，难过地流下了眼泪。将军说，政府管不了军队管。将军当下就拨电话。将军哽咽着喉咙对着话筒说：老百姓活成这个样子，那是我们的罪过！不管付出多大代价，必须保住老区土地上的庄稼！县里的父母官听着这话，扑通一声就给将军跪下了。将军见状，丢下电话扑通一声也跪下了。将军热泪纵横地说，你们快起来，要跪该我跪，我给家乡父老跪下！

那年旱季，大量的军队设备源源不断地运到老区，军队从百里之外挖通长江引来水源，几千台大功率抽水机日夜不停地工作。那一年，老区的庄稼终于获得了大丰收。后来县里的一位宣传干部背地里对我说，抗灾用去的款项，是粮食收获的几十倍。我为他不懂得怎样去算老区这笔账而遗憾。我只是委婉地对他说，老区已经学会了怎样对付他们的困境，他们甚至在省城和京城建起了相当气派的办事处来应付这一切，这难道不能算是一种进步？

父亲给了他的侄孙一笔钱，让他回家去喂鸭子。父亲详细地算了一笔账。按照父亲的算法，这笔钱加上侄孙两年的汗水，足以使侄孙一家过上宽裕的日子。但是父亲的侄孙没过多久又写信来讨救济。信上说鸭子倒是喂了，也长得很活泼，特别是它们嬉水的时候，那个样子真是可爱极了。但是鸭子们没有一直活泼下去，也没有一直可爱下去，它们在池塘里嬉水的时候全都被人药死了。侄孙说他打算喂种猪，他不会被灾难所吓倒。侄孙解释说种猪是圈着喂的，不像鸭子，需要在公共场所活动，不会被药死。父亲觉得这个想法是正确的。父亲特别感动的是侄孙不被灾难吓倒的决心。于是父亲又给他的侄孙寄去了一笔钱。父亲在随后寄去的信中叮嘱侄孙多去管理区向技术员讨教，学习科学养猪的方法。父亲守着晨露把那封厚厚实实的信交给了邮递员。实际上这不是父亲写给他侄孙的最后一封信，在那以后他还写过好几封信，信的内容都有所变化。他的那个不成气候的侄孙不断地写信来，诉苦说种猪得了瘟疾，打算盘豆腐房，又写信说豆腐卖不出去，准备改办榨房，接下去是榨房收进了一大批霉料，全亏进去了，想想还是不如开小卖店稳妥，父亲侄孙的理由是，就算小卖店一样东西也卖不出去，东西还是自己的，吃用不到别人头上去。

父亲长期以来一直热衷于遥控他的侄孙或者别的有求于他的亲戚摆脱贫困。父亲在这方面有着百折不挠的精神，不管怎样的困难都无法动摇他。我十分佩服我的那些亲戚，他们一个个都非常善于写信，他们在信上写一些人和事的名字，问父亲还记不记得这些人和事？他们在信上潦草而又言简意赅地写道："三爹（或三爷），此信无它，只是家中困难，"然后他们就"敬祝三爹（或者三爷）身体健康，长命百岁！"他们源源不断地写来那些贴着八分钱脏兮兮邮票的信，用它们来瞄准我的父亲。老实说，它们的成功率通常都比较高，基本上都命中了我的父亲。我的母亲在父亲赋闲之后企图慢慢控制他的经济支出，她对那些"此信无它"的乡下来信充满了厌倦，但是母亲无论怎样做，都不能使父亲屈服。父亲对母亲说："别的钱你可以拿走，但是我的残废金你得给我留下。"这个要求不管用怎样的标准来衡量都是合理的。于是，在长达几十年的时间里，父亲的残废金就月月不断地汇往了家乡，变成了被药死的鸭子瘟死的猪卖不出去的豆腐或者别的什么。

父亲当然并不仅仅满足于遥控，他有的时候还会亲自出马，去为家乡弄些电线柴油之类的东西。父亲在这种时候通常总能表现出他的果断和机智，他想向人们证明，作为一名军人，他并不曾衰老，他仍然具有所向披靡的战斗力。

有一次，父亲带我回家乡。一进县城，父亲就让车子驶进农机厂。父亲和一脸麻子的厂长十分熟稔。父亲一下车就对麻厂长说，麻子，你又偷懒了吧，怎么最近在报纸电台上见不到你的消息了？麻厂长委屈地说，我怎么会偷懒，我累得十盆血都吐掉了七盆，我恨不得累死。父亲漫不经心地说，你没偷懒，你就拿成绩给我看。麻厂长急得一脸通红，说，我当然有成绩，我当然拿给你看，你以为我拿不出来？麻厂长说着就带我们走进大门落锁的仓库，领我们看一辆辆崭新的手扶拖拉机。麻厂长得意地说，怎么样，这算不算成绩？省报刚发了文章表扬我，满世界都知道了，怎么就你不知道？父亲点点头，慢腾腾说，谁说我不知道？我当然知道，正因为我知道，我才来找你麻子。麻厂长明白上当了，说，三爹你饶我，这些都是要交任务的。父亲说，我是想饶你，可我们村不饶你。我们村只要三台，多一台不要。麻厂长说，三爹我都是有计划的，我要完不成计划，县里要罢我的官。父亲硬心肠说，我不管你的计划，我不管你罢不罢官，我只认你这个财主。你是财主，我就打你的土豪分你的田地，不打你打谁去？麻厂长哈哈笑道，三爹真有你的，三爹我就答应了，就给你三台，不过现在不行，得等一段时间。父亲也哈哈笑，说，行，等多久都行，我就在你家住下了，什么时候给我拖拉机，我什么时候走人。我也好侍候，每顿四个凉盘四个热菜，外加半斤五粮液，麻子这不难为你吧？

我们并没有住在麻厂长家，我们当天就拿到了三台拖拉机。

父亲在赋闲之后自己喂鸭子当然不是出于摆脱贫困的考虑。父亲种地也好，喂鸭子也好，所收所获很少进入我们家的菜盘子。父亲总是把蔬菜和鸭蛋一担担地送到邻近的幼儿园，让孩子和老师们改善生活。有时候，有素不相识的人从菜地边路过，父亲也会拉住人家，热情地不由分说地将人家的篮子或衣兜装满,他做着这一切,像个得了便宜的孩子似的。我后来一直认为,父亲把花园变成农庄,是一种新的生存表现。父亲他不愿意受冷落,不愿意人们忘记他。他一直生活在一种被抛弃的痛苦和恐怖之中。

鸭子在那一年突然受到了瘟疫的威胁。瘟疫是一只有着麻色斑点的漂亮母鸭最先兆示出来的。它先是老打瞌睡,然后在每天清晨独自躲在鸭圈中拒不外出。所有的鸭子一改往日快乐地嬉戏和闲游习性,全都待在圈里,守着它们的美人儿。它们窝在一块儿闷闷不乐,眼眶里充满泪水。母亲说这是鸭瘟。母亲说得赶快把鸭子们全都杀了。父亲便开始磨刀。

在院子里的水磨石阶梯下,父亲将磨得锋快的菜刀往地上一丢,便吩咐我和弟弟捉鸭子。父亲杀鸭子的方式是我从不曾见过的。父亲杀鸭子的方法极其简单,每只鸭子,他只用一刀。我和弟弟满鸭圈扑腾去捉鸭子,然后交给父亲。父亲接过鸭子,用力掼在水磨地上,一脚踏住鸭头,手起刀落,将鸭头剁下。鸭子惨遭不虞,美丽的鸭头被踢到一边,水汪汪的眼睛说什么也不肯闭上,无头的丰腴的身子却艰难地撑起来,摇摇晃晃茫无目标地向花草丛中扑去,那真是一个令人震慑的场面。几十只生机盎然的鸭子在几分钟之内全部身首两异,鸭头像一枚枚奇怪的果实滚了一地,全都静大着眼睛,没有了头颅的鸭子一只只醉汉似的在盛开着百合花和满天星的花草中走动,似乎在寻觅着什么。空气中弥漫着浓烈的腥甜味,水磨石地上,落英缤纷似的洒满了桃红色的鸭血,只是风吹来时它们一动不动,让人知道它们不真是桃花瓣。

父亲杀掉最后一只鸭子,立起高大魁梧的身子,手里提着滴着鸭血的菜刀,刀刃卷如锯齿。父亲站在那里,刚毅的脸膛泛着冷冷的红铜色,清瘦如水的秋风从花园深处吹来,在父亲的脸上击打出一阵阵的金属撞击声,也发出自己被撞疼了的呻唤声。我和弟弟站在一旁,被那种肃杀的气氛惊慑得一句话也说不出来。

父亲一生杀过多少人,这显然是个秘密,父亲从来不曾提起。在我们这些后辈人面前,他绝少提及他的戎马岁月。我们喜欢看的战争影片、战争图书,喜欢玩且收藏的根据战争演绎出来的玩具武器,他都视而不见,似乎他对战争,对搏击厮杀性命予夺十分地茫然和淡泊。

只有一次，父亲提到过杀人这个话题，那是因为我小姑姑的儿子。我的这位表弟非常聪明，高中毕业之后到管理处当了一名文书，以后又做了乡里的办公室主任。如果不是因为受贿罪锒铛入狱的话，他也许还能往上升。父亲极喜欢我的这位表弟，当他知道表弟被判了三年徒刑之后痛苦得彻夜难眠。父亲那一次有些显得失态地说："我们邓家杀人太多，这是报应！"

父亲肯定在他的后半生中长久地困惑于年轻时的杀伐经历。他闭口不提那些由飞溅的鲜血和被剥夺了生命权利的尸体组成的往事，一定有着更为深刻的原因。战争直到今天仍然没有摆脱以有效的杀伤生命为手段的初级阶段，但是早已从战场上退役下来的父亲，却在极力回避杀人这个战争无法回避的话题，这令我百思不得其解。

我的困惑，直到很多年以后，从我大舅的一篇回忆录里找到了答案。大舅的那篇回忆录收在黑龙江省党史办编辑的一套丛书中。大舅回忆了他从苏联回国后参加的一场战斗。大舅在他的那篇回忆录中这样写道：

> 1945年6月，我随苏联红军远东方面军马利诺夫斯基元帅的坦克部队从蒙古进入东北，我当时担任一支骑兵部队的上尉联络官。东北解放后，我即转入东北抗日联军合江军区，任骑兵大队大队长，首次战役，就是围剿土匪李西江。李西江是谢文东、李华堂、张黑子、孙荣久四大匪首剿灭后残存在东北的最大一股土匪，有一千四百多人。这股土匪在合江省嚣狂了两年多，虽经多次围剿，成效均不大。特别是在谢文东、李华堂、张黑子、孙荣久四大匪首被剿灭之后，剩余的骨干都归顺了李西江，使这股土匪的实力得到了加强。土匪们熟悉地形和民情，每人备有两匹马，当我们的骑兵眼看要追上他们时，他们就跳上另外一匹精力饱满的备马，眨眼将追兵丢得老远。如果用大兵团进剿，他们就钻进深山老林，在老林子里他们就像在自家炕头上一样自在，和围剿的部队躲迷藏，在大部队的身后打冷枪。这些土匪都是一些枪法极狠的家伙，个个身怀百步穿杨的本事，他们开枪并不把人打死，而是打腿，伤一个战

士，得用四个战士去抬，另外还得有两个战士负责掩护，这种消耗的杀伤战十分有效，能使大部队很快陷入捉襟见肘的尴尬境地。军区首长对此十分恼火，下令不惜一切代价消灭这股土匪。这个任务交给了军区警卫团和三五九旅的两个连来完成，我们骑兵大队则负责配合完成这次剿匪任务……

我的父亲是这次剿匪战役的最高指挥官。

贺晋年司令员在部队出发前把父亲叫了去，两人围着火盆烤火。火盆很旺，父亲烤了一会儿就脱去了皮大衣。贺晋年司令员说："老虎，（这是1946年之后父亲在东北时的绰号）你别脱大衣。你脱大衣干什么？你得穿着。你得给我把李西江捉来。不是他一个人，是十六个。十六个惯匪炮头，你把他们的头都给我提来。"贺司令说着就掏出笔记本，要父亲一一记下十六个人名。贺司令一边说那些名字一边吹着热气吃烤山药。贺司令拍了拍山药上的木炭焦说："第一不准打跑了，第二不准打散了，老虎你记着。"他啃了一口山药，烫得嘴直咧咧，又笑眯眯地俯过身子来小声对父亲说："另外，别忘了带点猴头回来。"

追踪李西江的行动连续进行了十天。有好几次，部队都咬住了绺子们的屁股，狡猾的绺子并不恋战，枪一响，这些血气方刚的汉子就跳上另一匹备马溜之乎也。有一次，部队已经将绺子的马队拦住了，可部队刚刚爬上两个对峙的小山包，架好机枪，绺子的快马就从山包之间的开阔地奔过，扬长而去，留下一片马蹄踏起的雪粉，气得战士们直骂娘。关外的冬天一片雪白，大雪极易留下过往者的痕迹，给猎物和狩猎者造成同样的困难。父亲在那个冬天实在算得上是一个优秀的猎人，他的冷静就像冻土一样，在毫无表情的白色下，黑得沉稳和坚实。父亲知道弹药和粮草都不允许他和棋逢对手的绺子们长时间地耗下去，更为重要的是，如果一直观赏绺子们浑圆的马屁股，那么首先被拖垮的不是绺子们的一万条马腿，而是无所建树的猎手——空手而归对所有的猎手都是极大的耻辱。

父亲决定玩一回逮黑瞎子的游戏。黑瞎子在整个白天都处于亢奋状态，它力大无穷，独游的野猪也怕它，是真正的森林之王。要捉住黑瞎子，在野外是不行的，必须守在它的窝里，黑瞎子一进了窝就充分显示出它笨拙的弱点。战争的生死哲学使出生于南方的父亲不学自会了北方雪原上的狩猎经验。父亲将战士四人一组组成了侦察小分队，父亲派出了十几支这样的小分队。这些小分队不久之后就带回了情报，根据情报，李西江将于某日在集贤镇的徐家屯子夜宿，他们在徐家屯子预先派了一千四百人和两千八百匹马的粮草。

部队在当天下午进入徐家屯子，将屯子包围得水泄不通，屯子里的人只许进，不许出。屯子中央有一个很大的围子，是伪满时期警察署的驯马场，足有几亩地。部队在围子当中埋好了几十堆炸药和手榴弹，再在上面架好篝火。部队全部左臂缠上白毛巾，两个连的人匿身于四下的马厩和厢房里，更多的部队则守在屯子四周的要道口，伺机行动。部队守株待兔。

天黑时分，绺子们人喊马嘶地进屯了。绺子们兴高采烈，在马背上嗷嗷地叫唤着。烈性酒和猪肉炖粉条的火热憧憬使他们一个个热血沸腾，他们就像回家的孩子或者丈夫一样高兴。徐家屯子的维持会长和装扮成村民的侦察员殷勤地把绺子们引进围子里，并且立刻点上了篝火。熊熊的篝火迅速驱走了亡命者的寒意和劳顿，绺子们抵挡不住干牛粪烤热后散发出的芬芳，拴上马匹，像见了女人似的奔向火堆。马匹大声地打着喷嚏，吐出一股股热气，晶亮的汗珠子随着它们不停踢踏的马蹄滴落到雪地里，砸出一个个灰白色的小坑。冬天的傍晚，焰火能制造一切奇迹，绺子们很快被篝火征服，一个个敞开他们的熊皮袄子，让火焰直接烤烫他们年轻结实的胸膛。除了少数游动哨之外，一千四百名绺子全都进入了围子。趴在马槽下的父亲看得真切，他像一头嗜血的老虎似的喘着粗气，他跳了起来，兴奋地咆哮了一声：打！身边的参谋长应声打出了三发信号弹。

关外冬天的寒夜是一个奇怪的景象。天上没有星月，地上白茫茫一片，白山黑水上下，天比地更显得深沉，世间万物，仿佛全被零下四十度的气温冻结得失去了生命。突然之间，几十团巨大的火柱在黑沉沉的大地上升腾而起，震耳的爆炸声将几里外农舍房檐下的冰柱都齐齐震断了。炸药巨大的威力将整个土围子抬了起来，使一个好端端的冬夜完全变了形。越升越高的火焰之中，手榴弹像烤煳的苞米棒在空中翻飞起舞，不断地爆炸。人的身体的局部、撕裂成数片的马鞍子、断裂的枪支和点着了的皮大衣像一些奇怪的符号在火光中不断地升腾降落。篝火下事先埋着的炸药和手榴弹释放出大量的死亡能量，这些能量在追逐着毫无防范的猎物的同时又引爆了他们身上的弹药，将已被炸死的人进一步炸得粉碎。一个英俊而壮实的机枪射手被第一声轰鸣抬上了半空，他的敞开怀的胸膛上所有的软组织都被炸光了，只剩下一副干干净净的腹腔；紧接着，火焰又燎着了他身上缠着的机枪子弹，那些本来预备给他敌人的子弹此刻却转过头来向他复仇，接二连三的爆炸将他切割成了至少上百块残缺不齐的碎肉，当他全部落到地上的时候，已面目全非。爆炸无疑是死亡形式中最为壮观的一种，火药和人的身体在顷刻之间便完全融为一体了，任何方式也无法将它们再度分别开来。爆炸持续了足足有五分钟，几十堆篝火在这五分钟里有足够的时间分解成更多的火堆，因为有那么多人的脂肪和马油，这些火堆完全不会担心在短时间内熄灭掉。接下来的密集扫射较之爆炸冷静得多。四下的马厩和厢房里，二十几挺日式歪把子机枪和苏式转盘机枪一齐吐出死亡的火舌，它们构成了一张密不透风的火力网，将围子当中那些四下奔命的绺子严严实实地罩住。子弹在空中毫不费劲地追逐着人的身体和马匹，把他们撩粮食包似的撂倒，不少子弹在半空中互相撞击后，发出刺耳的尖啸声钻进雪地里。父亲差不多是第一个冲出马厩，他的手中紧紧握着一杆上了刺刀的三八式步枪。父亲在一冲出马厩时就被什么东西绊倒了，三八式步枪的刺刀划破了他自己的下颌。绊倒他的是一个被齐颈炸断的马头，马还睁着眼睛，嘴里吐着白色的泡沫。警卫员和马夫抢上来扶父亲，父亲咒骂着一把将他们推开，大步杀入混战之中。三八式刺刀的制造者对钢火和工艺的挑剔是举世闻名的，但这也不能阻止它的弯曲和变形。父亲在结果了第四个绺子之后气喘吁吁，他的刺刀被血烫弯了，再也无法使用；他左臂上的白毛巾也在肉搏之中掉到了地上，这就使他踩住了死亡的门槛。三五九旅的一位连长酷爱肉搏，在整个肉搏战中，他至少结果了八条绺子的性命，自己也伤痕累累。在混战之中，连长看见一个左臂上没有白毛巾的大个子，便一句话不说，挺枪朝那个大个子刺去，而那个大个子正是我的父亲。马夫眼明手快，一把推开我的父亲，冲连长吼道："我日你姥姥！这是首长！"连长也不答话，回转身挺着枪又朝人堆里扑去。父亲在这个时候看见了十几个绺子正在朝土围子的一处断裂口爬去，他们打算从那里逃出去。父亲两个耳孔和鼻孔不断地流淌着鲜血，那是被剧烈的爆炸震出来的。父亲吼道："拦住他们！别让他们跑掉了！"可是没有人理会父亲，所有的人都在忘我地厮杀。父亲扑进火堆中，捡起一挺被主人遗落了的机枪，踉跄着朝土围子断茬处奔去。父亲死死地扣动扳机，子弹将那十几个绺子打得在雪地里跳舞，一个个东倒西歪地躺下再也爬不起来，剩余的子弹则将深雪撒白面似的扬起，深雪下的冻土立刻呈现出不规则的蜂窝状。父亲直到打光弹匣里的所有子弹才住手，他回过头来，抹了一把脸上的血，朝土围子里看去。土围子里，火焰和鲜血四下里飞蹿，雪水被烤化了，变成一洼又一洼五颜六色的泥浆子，泥泞之中，到处是人和马匹的肢体和五脏六腑。人们在泥泞中追爬滚打，杀人的人和被杀的人全都紧闭着嘴一声不吭，他们是连叫都不会了。

战斗持续了半个时辰，枪声在一刹那间戛然而止。一千四百具绺子的尸首和两千八百匹马的尸首堆满了整个土围子，血腥味直冲斗牛。血水在围子里四处流淌，火焰渐渐熄灭之后，血水结成了半尺厚的黑色冰层，人走在上面不断地打滑。胜利者毫不顾忌地坐在尸首堆中喘着粗气，他们累坏了，他们连包扎自己伤口的力气也没有了。然后他们慢腾腾地站起来，开始打扫战场。直到第二天凌晨，尸首堆成的小山还在轻微地蠕动，不时发出冰层脆裂的声音。战士们在尸首堆中逐一辨认，有十四个头颅属于名单上的，它们很快被分别包进几床被单中，驮上了马背。掩埋尸首的工作很繁重，它们被交给应召而来的保安团。部队在凄厉的军号声响过之后离开了徐家屯子，有一些老人和孩子站在远处看着部队撤离，他们把手袖在怀里，目光呆滞，菜色的脸上挂着不经意流淌出的清涕。无论是老百姓还是部队全都一言不发。

三十三年之后，我们家住的那个大院里有五个子弟作为新一代军人参加了南方的另一场战争。这是一场民族与民族之间的战争。中国年轻一代军人在这场战争中以自己的鲜血和生命捍卫了自己民族的尊严。战争时间之短促出乎所有人意料，但不管怎么说，战争的结束总是让人高兴的事。我们院子里参战的五个子弟回来了三个，其中一个被炮弹片切断了脊梁，成了终身瘫痪，另一个被步兵的压发式地雷炸飞了一条腿，极不协调地坐在轮椅之中。他们是我的昔日伙伴，我们经常在扫得干干净净的篮球场上打球，我们曾经把司令部球队赢得半个月没脸和我们打照面。可是现在，他们中间的四个人永远与球场无缘了，这使我很难受，有好长一段时间，我都因为我们不复存在的球队而闷闷不乐。

当三位光荣的子弟在鲜花和掌声中被人抬着推着回到院子里时，我发现父亲的情绪突然变坏了。父亲提前离开了英雄事迹汇报会，在那一天闭门不出。父亲的脸色阴沉得可怕，而且总是找碴儿和我的母亲吵架。父亲把母亲刚种下的月季花连根拔掉，说月季开花时会有满院子残血似的花瓣，让人看着心烦。父亲这个样子，十足像一个坏脾气的孩子。父亲在晚饭的时候把自己关在房间里，拒绝出来吃饭。我们轮流去叫过他，他就是不开门。父亲在房间里高声说："我不吃！我说了不吃！我说了不吃就是不吃！你们为什么非要我吃？你们究竟要干什么?!"父亲在房间里摔打着东西说："我就不信，我看你们要把我怎么样!"我们心平气和地坐在饭厅里吃饭，我们几个孩子和母亲，谁也没有答理父亲，我们都把父亲当作一个正发着脾气的坏孩子。我们吃蹄冻和东坡肘子，这是两道父亲平时喜欢吃的菜。我们还喝啤酒，让胃在冻冰的泡沫中痛快地淹没。说实话，我们谁也没有想过要把父亲怎么样。按照我的想法，想把父亲怎么样的人当然有，但那不是别的什么人，而是父亲自己。

那天吃过晚饭后我在厨房里帮着母亲收拾碗筷。我干得很利索。我干活的样子很像一个训练有素的家庭妇女。母亲夸奖我说："你比你爸强百倍，你会洗碗，你爸连筷子也不会捡。"但是过了一会儿母亲又补充了一句："你爸会打仗，还会骑马，这方面，你爸比你强一千倍。"我说："爸爸他怎么啦?"母亲不明白地问："你说什么？什么怎么啦?"我说："他怎么不出来吃饭？他应该出来和我们一起吃饭。难道是我们做错了什么？或者是妈妈你做错了什么?"母亲用力刷着锅。母亲说："我做错了什么？我什么错也没有做。我能做错什么呢?"母亲说："要怪只能怪他自己。他就是这样。他就是这个脾气。他犟。你们的父亲，他就是这样。"

1945年东北的战争态势呈现出捉摸不定的变化，不可一世的关东军在是年夏秋季节遇到了他们的克星，苏军马利诺夫斯基元帅率领着他的贝加尔方面军在坦克军团的引导下冲入关东军的永久性工事，将大和民族的骄子碾成畜粉肉酱，让曾经骄横一时的太阳旗颓然坠落。数日之内，东北绝大部分大中城市落入苏军之手，少部分为抗日联军占领。但这并不是最后的终局，楚汉两界开始频繁易动主帅，新的军事势力开始迅速果断地渗透东北。东北是什么？东北是中国最大的重工业基地，钢铁产量占全国90%，煤炭产量占60%，发电量占40%，同时还拥有全国最大的产粮区和军事工业。如此肥沃的黑土地，势必成为国共两党两军全力争夺的肥肉。1945年秋天，状似鸡头的东北便因为一时的权力真空变得热闹非凡起来。

1945年11月，冀东八路军七师十九旅和国民党第十三军火力接触，国共双方终于为争夺东北拉开了战争的帷幕。

11月7日，我的父亲怀里揣着十九旅代旅长兼山海关卫戍司令的委任状，带着几名参谋警卫星夜赶往山海关。在他们身后，相隔一天时间，父亲的老四十八团也以急行军的速度赶往山海关。与此同时，国民党十三军石觉的部队在美式道奇十轮卡车的运载下，已抵近山海关。石觉坐在黑色吉普车上，用马鞭轻轻敲着锃亮的马靴，他似有所思地偏过头来问自己的参谋长："听说山海关上有一座寺庙，庙里的签灵得很，有这事吗？"参谋长说："慧觉和尚的签解得倒是特别灵，只是连年战乱，不知和尚今安在？"石觉听罢点点头，说："命令部队加快速度，12日必须抵达山海关。"

父亲他们在秦榆公路上遇到了梁兴初进占东北的一支部队，经过交涉，弄到了一辆日式吉普车，这就使父亲他们的进度加快了一步。正是这一步，使父亲在不知不觉中接近了他命运链条中最为关键的一环。父亲并不知道，他心急火燎地坐在吉普车上，不断地摊开1:1,500,000的军用地图来看，吉普车不停地颠簸使他眉头紧锁，老是忍不住要骂娘。那辆吉普车开出半天后就熄了火，父亲和他的部下不得不弃车再度爬上马背，这使父亲很是恼火。因为长期骑马，马鞍已将裆里磨得皮开肉绽，疼痛难挡，父亲在更多的时间里只好半伏在马背上。接着，父亲他们又在沙河西岸的一个村庄附近与国民党八十九师的尖兵相遇，双方在仓促中胡乱开火，各有伤亡。父亲仗着马快，带着手下的人突出对方的包围落荒而走。那一场小小的遭遇战，父亲丢掉了他的通讯参谋和一个警卫员，自己的左腿也被一发子弹击中。好在是贯通伤，子弹没有伤着骨头，仅仅用止血带匆匆地包扎了一下，父亲就重新骑上马背，带着他剩余的轻便指挥部马不停蹄地朝山海关奔去。

如果仅仅是上述这些小麻烦，父亲无论如何不会犯下他此生最大的一次错误。马鞍磨破了鸟也好，丢掉了几个部下也好，在战争时期，这都是极正常的事，没有一个职业军人会为这一类小事皱一下眉头。问题的关键并不在这里。问题的关键是，就在父亲星夜赶往山海关接受他的最高军事指挥权力的时候，山海关的军事局势已发生了根本的变化。国民党东北保安司令杜聿明将军亲自指挥石觉的十三军，意欲拿下山海关这个进入东北的门户，继而攻克绥中、兴城、锦西，然后占领锦州这个东北的咽喉重镇。解放军山海关守军仅八千，面对全副美式装备的三万国民党优势兵力，无异于以卵击石。守军请求避免正面作战，东北人民自治军总部经过权衡，同意放弃山海关，并电告部队在 11 月 14 日开始实施撤退。

所有这一切决定父亲都不知道。他只是心急火燎快马加鞭地往山海关赶。对整个战争局势的发展，他完全摸不着头脑，他根本就没想到，在他赶往山海关的同时，他奉命要去指挥的那支部队正在不顾一切地往下撤。

父亲碰到第一支大逃亡的部队时简直惊呆了。父亲让参谋拦住一位骑马的营长。父亲问：你们是哪支部队？营长喘着气抹一把汗说：十九旅四十六团×营的。父亲说：谁让你们撤下来的？营长说：还能是谁，当官的呗。父亲说：现在我命令你停止撤退，原地待命！营长说：你是谁？你凭什么命令我？父亲说：我是十九旅代旅长。营长不在乎地看了父亲一眼，说：代旅长怎么啦，代旅长也管不了我，我只听我们团长的。营长说完，跳上马背，朝马屁股上猛抽一鞭，快步去追自己的队伍。父亲怒气冲天，钢发乍立，一把拽出警卫员胯下的盒子枪，对准营长的坐骑就是一枪。马应声倒下，马背上的营长摔了个"老王抢瓜"。营长从地上爬起来，糊里糊涂地看着父亲和他手中冒着青烟的盒子枪。父亲吼道：让你的人立刻停下来！再走一步，我打烂你的头！

就这样，父亲在人生历程中走出了他最致命的一步。如果不是这样，如果父亲在这个时候根本不去做他自己的判断和决定，而是像任何一个听话的军人那样以服从命令为天职，那么他就不会在山海关战役后被指认为建制独立思想，受到行政撤职的处理，从此一蹶不振。实际上，父亲在命令部队停止撤退后不久就知道了摆在他面前的严酷局势，并且拿到了总部同意放弃山海关的电报，他完全可以要参谋长通知部队按原撤退方案进行，然后调转马头，轻轻磕一下马肚子，轻松地离开那个造成他人生误区的是非之地。这样做没有人会指责他。究竟是什么动机使父亲放弃了这个机会，反而做出了坚守山海关的决定？这是一个无人知晓的谜。若干年后，我曾苦苦寻找过这个答案，但我一无所获。父亲肯定不是因为水肿糜烂的阴部的疼痛或者是在前往山海关的途中丢掉了两名部下的耻辱而做出这个决定的。父亲一定不会这么肤浅。企图以八千之卒抗击三万大军的进攻（实际上，此后仅相隔两天，国民党三十二军的另三万主力也随后赶到一片火海的山海关），这也不该是已经拥有无数次成功或者失败了的指挥经历的父亲所为。从我日后收集到的所有资料来看，就父亲个人的军人生涯而言，他所指挥的战斗胜多败少，他属于那种素质和运气都不算差的军人。那么，究竟是什么驱使父亲做出了那个以卵击石的决定呢？在万般寻觅而又不得其解的情况下，我只能把它归结于男人的英雄主义和军人的荣誉感。除此最为简单的解释，我无法明白父亲的那种近似于自杀的行为。

11月15日上午，十三军在飞机大炮的掩护下进攻山海关，总指挥是名将杜聿明。

战斗进行得极其残酷。在飞机大炮的狂轰滥炸之后，十三军以整团的兵力实施强攻，潮起潮落，云卷云舒。十三军廿四团团长胡非成在两次进攻被打退后亲自上阵，率领一批青年军官抱着机枪冲在最前面。胡非成是东北人，他一面拼命向山头上狂射一面扯着喉咙高声喊道："弟兄们！拿下山海关，打回老家去！"廿四团的士兵潮水般地跟着他们的团长没命地往山头冲。

守军则苦多了。十九旅没有太多的重武器，这支部队一出关便奉命坚守山海关，大捞日军洋捞的好处半分也没得到，部队使用的基本上仍是抗战八年使用的老式装备。旅里的山炮营只有四门日式山炮，全部炮弹两辆驴车就能拉走。各团有几门八十二毫米迫击炮，炮弹则少得可怜。连里才有重机枪，因为制式不一样，子弹无法通用。战斗一开始十九旅就用上了全部兵力，八千男儿，各据一隅，顽强抵抗。在十三军潮水般连续不断的进攻下，父亲根本没有可能留下一兵一卒的后备队。从上午一直到夜里，十三军一共发动了八次大规模的进攻，美丽宁静的山海关被飞机炸弹、一百二十毫米榴弹炮和八十二毫米坦克炮弹整整翻了一个个儿。

入夜时，进攻停止了。父亲命令部队抓紧时间清点伤亡人数、清理弹药和抢修工事。父亲也许在这个时候还抱有一线幻想，他派出了一个连的兵力下山去袭击十三军的一个野炮阵地，企图扰乱敌方的阵脚。这个连一下山就撞上了对方的戒严线，慌乱之中又钻进了对方一个主力团营地，双方拼死搏杀，到半夜时分，这个连全军覆没。父亲没有等回那个派出去的连队，山脚下密集的枪声疏落之后，父亲知道，再不会有什么奇迹出现了。

16日凌晨，父亲离开了他的指挥所，上了阵地。父亲提着一支卡宾枪，跛着一条伤腿，从这条战壕跳到那条战壕。旅指挥所所有的人包括机要员警卫员全都充实到阵地上去了，父亲只要了一个俱乐部的宣传员跟着他。进攻比前一天更为猛烈，好几次阵地都被撕开了几条口子，靠着拼死反击才将失去的阵地夺了回来，伤亡由此而不断剧增。据守前沿几个高地的部队整排整连地打光，部队原有的建制已经失去，完全靠着前线指挥员临时协调才勉强拼凑出兵力。非常时期，中下级指挥员总是战斗在最前沿，伤亡也最大，这个时候，有谁站出来振臂高呼一声："我是共产党员！现在听我指挥！"那他就成为那个被烈火吞没的阵地的实际指挥官。旅指挥所几乎失去了存在的意义。父亲带着那个脸无血色的宣传员来往奔跑于各个阵地。父亲能够说的只有一句话："不惜一切代价死守阵地！"父亲实际上已经成为一名战斗员。

我不知道父亲在1945年11月16日那天有着怎样的想法。事过半世纪后，我已经知道了，就在父亲和他的八千兄弟顽强坚守山海关时，在他们身后不远的绥中守军已经开始撤退，绥中实际上已经变成一座空城。不仅如此，兴城、锦西、葫芦岛乃至锦州的守军也都放弃了抵抗至最后关头的信念，准备或者已经开始了他们的撤退。而延安此刻也在考虑"让开大路，占领两厢"的战略方针。这一切，父亲并不知道，他唯一知道的只是用他军人的荣誉、信念和十九旅八千兄弟的血肉之躯死死守住他自己的阵地。俱乐部宣传员被一排机枪子弹击倒之后，父亲在马夫的搀扶下，拖着他那条肿亮的伤腿在战壕里移动。父亲在每一个战死或战伤的战士面前停下来，目光深沉地看着他们。父亲在一位十几岁的小战士身边停了下来，他蹲下身子，默默地为小战士缠紧被机枪子弹打断了的双腿，然后拾起被火焰燎糊的军帽，弹了弹泥土，为小战士端端正正戴上。父亲浑身浸透了鲜血，每走一步，血水就顺着脚踝流淌进露出脚趾的胶皮鞋里。他想过什么我不得而知，实际上，守军在整整两天的拼死抵抗中已经把自己和阵地融为一体了，任何思想在那个时候都变得十分虚弱。父亲在红得像血的夕阳之中缓慢地穿过整个阵地。阵地上，到处都是十九旅士兵安静的尸体。

撤退的命令在太阳落山的时候送到父亲手中。四边的枪声此刻已经稀落，远处的山头用力支撑着一大片令人心怵的铁青色积雨云，天空是那种摇摇欲坠的样子，部队这个时候正在抓紧空隙补充弹药、掩埋尸体。父亲从电文纸上抬起目光，看了看面前被打废了的山海关，良久，才沙哑着喉咙对身后的参谋长吐出两个字："执行！"

17日凌晨1时，山海关守军留下两千余具遗体，在夜幕的掩护下悄然撤离阵地。

十个小时后，十三军军长石觉在一大群参谋人员和马弁的簇拥下登上了山海关主阵地。石觉站在主阵地上，回过头来朝来时的路上望去，他看见的是遍地躺着的十三军士兵的尸体。石觉不知意味着什么地皱了皱眉头。他的参谋长站在他旁边，心里想，这个时候，也许没必要提醒军长关于慧觉和尚的事了。

随着父亲的日益老去，父亲的性格变得越发古怪，使人无法理喻。父亲是矛盾的。作为一名职业军人，一方面，他对军队有着痴迷的信赖和依存，他以自己的戎马生涯而自豪。父亲不止一次对我们说过，他当了几十年兵，打了几十年仗，从没投过敌，从没被俘过，从没掉过队。一句话，没有一天离开过军队，无论是组织上还是思想上，都是地地道道的忠诚者。他说这话时，脸上充满了骄傲的神色。父亲十分迷恋供给制的那些日子，那种吃穿用住行一切都由部队提供的日子使他每时每刻都能找到自己的感觉。父亲宁肯将自己的薪水寄去老家，或者资助亲戚和战友的孩子念书就业，也不愿用来添置一件不属于部队的家当。1974年我的母亲托人买了一部黑白电视机，这件事让父亲十分不满，在很长一段时间里他拒绝看电视，宁肯守着组织发的那部老式红灯牌收音机度过一个又一个漫长的黄昏。可另一方面，父亲又时常表现出对军队和军队历史的不屑。他时常用一些十分粗鲁的语言来评价有关军队的事情。在我小的时候，有一次大院组织观看一部著名的大型历史歌舞片，父亲看了一半就甩手而去。父亲离去时说了一声"扯鸡巴淡！"父亲在他的如此评价中甚至没有丝毫顾忌。父亲对根据历史演绎出来的所有形式的文化都不感兴趣，他不看电影和戏剧，不读小说和回忆录，也不参加座谈会报告会一类的活动。"文革"期间，从我们家抄走的东西全是父亲的，其中有不少证章、信件，还有一支王树声大将送给父亲的二号加拿大橹子。"文革"之后，母亲多次催父亲去要回那些私人纪念品，父亲却毫无兴趣。父亲说："要那些破东西有什么用？有用吗？真是扯淡！"父亲明显对那些属于历史的纪念物无牵无挂（等我参加工作之后，父亲便交给我一项任务，要我为他收集各类战史。父亲整天整天地读那些由集体创作组整理出的书籍和图例，读得非常起劲，因此而荒芜了他的菜地。读战史的父亲几乎没有什么表情，既不张狂欣喜，也不感慨叹气，到吃饭的时候，他就出来吃饭，坐到饭桌前二话不说操起筷子大口嚼红烧肘子。父亲一辈子没忌过嘴，他喜欢吃肥肉，喜欢吃动物下水，在肉食凭票供应的年代他享受部队提供的每月二十斤猪肉或牛羊肉，此外他还有办法从偷偷摸摸的小贩手中弄来变了味的蹄髈和猪耳朵，他丝毫不顾忌地把它们全部吃掉，对此十分满意）。父亲读完那些战史之后便把它们统统交给小阿姨去生火。有一次，我从炉子旁边捡起一本由军事学院写作组编写的《红四方面军战史简编》。我看见书上全是父亲用红蓝铅笔粗粗画出的勾勾和叉叉，笔画恣肆汪洋，淋漓尽致。我尴尬地站在那里，不知道该把手中的书丢回炉子边还是怎么办，心里充满了为那些浸透编写者心血和思想的著作被如此不恭地毁掉而产生的遗憾。

父亲自己这样，还影响他的子女们。他坚决反对他的孩子们当兵，在这方面，他丝毫没有子承父业的传统观念。在父亲失去了他的军职之后，他在家庭中的统治地位渐渐瓦解，我的哥哥、姐姐和弟弟们都在顽强突破父亲的铁幕统治后穿上了军装,远走高飞。这一度让父亲心神烦乱。父亲在那之后改变了自己的策略,他开始关心他当兵的孩子,比如入党、提干以及在部队的各种表现,但真正关心的实质是最后一项——他们的转业。父亲采取了各种手段来达到他的目的。先是以身边无人照顾为由将在成都当兵的姐姐弄回了家,很快让姐姐转业到了地方;接着"绑架"了两岁的大孙子,再以此要挟逼迫我的大哥在天津脱去了军装,回家来当了一名技术员;最后一个是我在新疆当兵的弟弟,父亲干脆地说,弟弟根本就不是一块当兵的料,如果他只知道一个劲地写信向家里诉苦的话,他还不如干脆回家来做他的老小。父亲就是这样完成了他的整个计划。他使他的子女们在满腔热情地穿上军装之后并没有成为无所牵挂的军人。他用他自己强大的思维制约着他们。他设计了一个个圈套,然后从容不迫地引诱他们一步一步地钻进了他的圈套。他向他们证明了,无论他们怎样聪明和有文化,在他面前,他们永远都是嫩得像能掐出水来的新兵蛋子。他坐在他那间全部由部队营具布置出的房间里,深邃的目光坚定地穿透砖墙投向看不见的遥远之处,显得沉着而冷静,直到他最后一个孩子穿着摘掉了领章帽徽的军装背着行李推门而入时,他便告诉自己,这个战役结束了。

对于父亲如此作为,我的母亲非常有意见。母亲是蒙古族人,大漠草原的骁勇血统使我的母亲一直认定好男儿应该志在四方,只有挽弓挽缰驰骋疆场的汉子才算得上真汉子。母亲当然是因为组织上的决定才嫁给了父亲,成为我母亲的,但这并不说明一开始她没有被伟岸的父亲骑在高头骏马上的威风所诱惑得怦然心动。花烛之夜父亲橐橐而至的脚步声肯定使母亲满面红霞,激动得喘不过气来。母亲嫁给了一个职业军人,她的大哥是军人,小弟是军人,她自己也曾经是一名军人,她把军队看得无上崇高便是十分合理的事情了。母亲希望她的孩子中能成长出几个好军人来。母亲坚信"龙生龙,凤生凤"的不朽理论。母亲关于好军人的概念十分简单,那就是当大干部指挥大队伍的军人。可是母亲的美好愿望没有能够实现,这不能不让她伤心难过。母亲也曾竭力反对过父亲对子弟兵的策反,但作为成吉思汗后裔的母亲却最终没能战胜由农民而军人的父亲。母亲在希望彻底破灭之后大声地对父亲说:"你要怎么样呢?你自己已经这个样子了,你不求进步,难道还不让孩子们求进步吗?!"

我知道,母亲的这句话肯定是重重地刺伤了我的父亲。它像一柄钝而沉的矛,直接刺中了父亲伤痕累累的心中最不该被触动的那一部分。我的父亲的心在那一刻肯定是在流淌着鲜血,并且疼痛得止不住地痉挛。但是父亲却什么也没有说。他转身回到他自己的房间里,关上了门。

父亲在接到休息命令后不久就和母亲分室而居了。

山海关战役之后父亲被行政撤职,调去合江省和土匪们打交道,这也许是最有讽刺意味的事情了。父亲继续被作为强有力的杀手,带领一个加强团在冰天雪地中到处游荡。从虎林的阿察河到西克林的库尔滨河,所有派系的土匪一听到我父亲的名字就闻风丧胆,不寒而栗。他们对父亲和他的剿匪部队咬牙切齿,视为眼刺。他们之中不乏绿林高手,在东北长达数十年的战乱中,无论是老毛子、张府二帅、关东军还是鲜人敢死队都不曾把他们怎么样,管你天上飘着什么颜色的旗,他们腰里插着一水新的喷子,胯下骑着膘肥体壮的压脚子,身上穿着暖乎乎的山神爷毛叶子,进屯就嚷嚷着搬姜子(喝酒)、飘洋子(饺子),酒醉饭饱后还要去玩上一个俊俏的海台子(暗娼),要多快乐有多快乐,可他们最终还是栽在了父亲残酷无情的剿杀之中。

父亲率领他的剿匪队伍在北满的深山老林里长途跋涉着,所有的马匹都大汗淋漓,大口大口吐着白色的热气,时刻不安地蹾动着挂满冰凌的四蹄。父亲的胡子乍立如矛,目光凶狠,脸色铁青,身上长满了虱子。父亲大口啃着冻得嘎巴脆的猴头菇和肥腴的大马哈鱼,将带血的狍子肉整块整块地填进他的胃里。父亲灌凉白开似的大口灌着劣性老白干,然后摘下熊皮帽子,硕大的头颅上开锅似的冒起大片热气。两支装满弹匣的大镜面匣枪挂在马鞍两旁,父亲就那么晃荡着双枪策马疾奔。大雪纷纷扬扬,部队在雪原中就像一捧滚动着的雪粒子,除了马匹偶尔发出的响嚏和脚步踩出的嘎嘎吱吱的雪响,没有人说一句话。父亲带着他的剿匪部队就这么没日没夜地往前走,固执地追逐着每一股土匪,恶狠狠地咬住他们,然后眼不眨心不跳地把他们变成冰冷的尸首。

熊熊的篝火在日本军用帐篷外哗剥地燃烧着,松脂能使篝火彻夜不熄,父亲在帐篷里紧裹着虎皮大衣酣然大睡,身下冰雪悄然无息。一头丢失了崽子的黑瞎子气鼓鼓地从林子里走出来,与一群觅食的野猪擦肩而过。黑瞎子茫然无措地看了看篝火，摇摇头，笨拙地离去。它不知道，亮如白昼的黑夜中，至少有两个流动暗哨都曾将顶上了火的枪口瞄准过它毛茸茸的心口。黑瞎子离去之后大雪仍然纷纷扬扬，在接近篝火之前化成了水珠，给火焰带来了一些快乐和兴奋。高大的塔松支撑不住，轰然坍塌下一堆积雪，将帐篷砸得一晃悠。父亲鼾声依旧。

浓睡中的父亲从来不做噩梦。

赋闲之后的父亲为自己谋得的最后一个领地是一间唯独属于他自己的房间。

光阴荏苒，母亲早已习惯了随军飘移和颠沛的生活。自从1948年母亲在东北嫁给了父亲之后，她就开始不断重复搬家这一类事情。早些时候没有什么家当，父亲将调令往兜里一揣，叫警卫员拎上唯一的皮箱，带上母亲就出发了。慢慢就有了些负担。从东北入关的时候母亲怀里抱着我吃奶的大哥。调离南京的时候母亲怀里换成了大姐，大哥则由父亲的秘书牵着。进入湖南后我的二姐降生了，这使调动的队伍变得臃肿起来。1956年，父亲调往四川时，我母亲怀我已足月，调动却并不因此而受阻。在长沙站，列车长知道母亲将要临产时说什么也不允许母亲挺着大肚子上车，他当然有足够的理由阻止我的母亲把婴儿生在隆隆开动的火车上。父亲在火车启动时开始大动肝火，他指挥警卫员把我的母亲硬从车窗口塞了进去，在列车员打算再一次把母亲抬下车时警卫员拔出了手枪，警卫员怒不可遏地用瓦蓝的枪口指住列车员的鼻子说："你想活不想活?!"这样，我母亲和我才一路无虞地被"运"到了四川。

母亲像大部分随军家属一样很快学会了搬家，她甚至能奇迹般地将十几口巨大的泡菜坛子无一损坏地托运到千里之外的新家。搬家使母亲从父亲的家属一跃而成为行动的总指挥，怎样将父亲几十套各个年代配发的军装打包，怎样将一家人的棉絮装进八二迫击炮箱里，带上什么丢掉什么，这都是母亲的事，父亲从来不管。父亲关心的只是每到一个新的宿营地，便自己挑选一间单独的卧室。父亲长久地坐在他那间紧闭房门的屋里，默不做声。有时候家里没有别的人，有外人在院子里叫门，他任凭来人在院子外面叫，却一声不应。他的目光中再也没有了昔日的骁悍，花白的鬓角和松弛的两颊使他显出莫名其妙的慈祥，一双被火药燎灼得面目全非的大手安静地搁在老式藤椅的扶手上。只有他的腰，不管在任何场合任何时候都挺得笔直，即使他坐在那里，也从不塌陷下去。父亲守着他的房间，就像守着他的阵地，不允许任何人随意进入，有时候连小阿姨进去叠被子拖地板他也要大发脾气。

母亲对我们说："你们的父亲简直太不像话了。他自己不求上进，他还要怎样呢？"母亲这么说，但母亲仅仅是说说而已，她并不是要我们真的附庸她。如果我们不懂事，把母亲的意思弄拧了，表现出对父亲怪异性格的不满，那我们可就自讨没趣。母亲会瞪着惊诧的眼睛盯着我们，仿佛她弄不明白她和我们的父亲怎么会生下我们这一群不肖的犊子。母亲斥责我们的口气比她说父亲的更激烈。母亲大声说："你们有什么资格批评你们的父亲？你们难道有吗？嘿，别看你们一个个长得骡高马大的，也只有这点你们才多少有点像你们的父亲，别的任何地方，你们半点不如！你们配吗？你还自以为什么似的，你们，连他的一个小拇指也够不上！"母亲这样说。母亲双手叉腰，高高地扬着下颏。母亲在这种时候绝对像极了一头护卫自己伴侣的骄傲的母豹，她的瞳仁闪闪发光，她站在那里训斥我们的样子美丽动人。

1967年秋天的时候，记不清是哪一天了，那天父亲匆匆地从外面回来，回来之后便去翻箱倒柜。父亲把十几套充满樟脑味的军装扔得满床都是，黄色和绿色的军装立刻就使父亲呆板的房间充满了生动。父亲在那一大堆压了多年箱底的军装中翻找着，像个小学生一样拿不定主意。他的举动使母亲感到蹊跷，母亲弄不清父亲在干什么。有很长一段时间，父亲都是早出晚归，整天待在由花园开垦出的菜地里，种白菜或者萝卜，父亲挑着晃晃荡荡的粪桶在菜畦里穿过，往手心里吐唾沫，然后捏紧锄柄用力锄地。他仍然穿着军装，那是用结实的咔叽布做成的，上面满是黄泥、汗渍和粪水。锁在衣柜里的军装他原本是用不上的。母亲不明白，母亲便问。父亲抓着一件军装怔怔地盯着母亲，仿佛没有明白母亲问的是什么。好半天父亲才哈哈大笑起来，把军装往母亲怀里一塞，洪亮着嗓门说："什么事？还能有什么事？大喜事！告诉你老婆子，我要进北京去见毛主席了！"

1967年秋天真是一个美好的季节，毛主席突然想着要接见中国人民解放军全体军以上干部，这对休息了多年的父亲无疑是一件突如其来的喜事。毛主席是军队的统帅，统帅要接见他的兵了，父亲在如此巨大的喜讯面前无法抑止他内心的喜悦。父亲也许还下意识地揣测过这次接见的重大意义，是毛主席要重新整顿军队了？是什么地方又要打仗了？是和苏联或者印度干还是要收复台湾？不管怎么样，不管和谁打，新兵蛋子总没有老兵好使唤。父亲激动得要命。他拿不定主意穿什么样的军装去朝见最高统帅。他吩咐母亲为他找出一副崭新的领章帽徽。他对母亲的针线活不满意得近似挑剔，直到母亲用尺子量好位置屏住呼吸缝好领章帽徽，他又满脸严肃地认真检了三四遍方才过关。

在那以后有了很长一段时间的不眠之夜，让父亲食不安睡不宁。他连一天也不愿等待，恨不得拔腿就去北京。好在晋京之前还有许多的事要做。有关部门组织老干部学习各种文件，大家畅谈对统帅的崇敬之情和幸福感受，回忆当年在统帅的亲自指挥下不断打胜仗的革命历程；被服厂的老师傅来为每位晋京人员量尺寸统一制装；军医带着脸蛋红扑扑的小护士来为首长们检查身体，热情而又严格地写下诊断书；宣传队的男女文艺兵们送来一台台文艺节目，让首长们大饱眼福。院子里那些日子就像过节一般充满了喜庆的欢乐，同时呈现着一种让人揣度的神秘感。

父亲在那段日子里变化极大。他开始荒芜菜地，在更多的时间里待在家中。他开始关心报纸上的事情，报纸一送来，他就抢在手中，从一版开始一个字不落地看到四版，然后锁紧眉头自言自语道："台湾风平浪静哪？一个字也没提，会不会是计？要不真是北边？真是和老毛子干？"他变得爱说话了，大声地像个饶舌的孩子，即便在饭桌上也喋喋不休，和送报纸的小干事也聊个没完没了。阳光在那个秋天出奇地温暖和漫长，蛋黄色的太阳在整个下午都耐心地悬在空中，风从安谧的院子通过，抚动开始泛黄的葡萄叶，沙沙作响的声音让人联想起密集的红高粱和挺拔的白桦林前仆后拥的情景。父亲送走了送报纸的小干事，回到他自己房里，不一会儿，房间里便传出父亲响亮的歌声：

走上前去，
曙光在前途。

同志们奋斗！
用我们的刀和枪开自己的路，
勇敢向前冲！
……
同志们赶快起来，
赶快起来同我们一起建立劳动共和国！
战斗的工人农友，少年先锋队，
是世界上的主人翁，
人类才能大同。
……

　　母亲坐在院子里，母亲为父亲缝着衬衣上的扣子。母亲偷偷地抿着嘴笑。父亲在窗户里看见了。父亲越发大声地唱起一支小调：

青年你想去，
妇女来拥护。
参加红军要吃苦，
然后享幸福。
青年你走了，
吃苦又耐劳。
行起军来日夜跑，
红军士气高。
红军莫想家，
马上到黄麻。
占领地盘再请假，
请假看爹妈。
群众应关心，
要代家属耕。
他在前方把命拼，
为的是穷人。

父亲大声地唱着，他的嗓门直直的，丝毫未加修饰，但这并不妨碍他唱下去。父亲的心境就像没有一丝云彩的蔚蓝色天空，他像孩子一样只有纯净的盼望和期待，在那片蔚蓝色的期待下，父亲似乎又有了一次生命的注入。

晋京的那一天终于来到了。老干部们一个个容光焕发，身穿崭新的军装，脚蹬锃亮的皮鞋，手拎一式黑色皮箱，依次登上披红挂彩的军用交通车。年轻的士兵们在车下拼命地擂动锣鼓，锣鼓声振聋发聩。而老干部们则全都像新兵入伍一样兴奋，已经不再年轻的脸上带着一丝羞赧的微笑。人们在他们每个人胸前都戴上了一朵大红花，就像当年他们打了胜仗参加庆功会一样，红花映红了他们的脸庞，使他们显得格外地英姿勃发。

也许还有另外一个疑问，这个疑问就是，如果父亲真的去了北京，如果父亲参加了那次统帅对军队干部的接见，如果统帅和蔼可亲地告诉他的兵，天下大治，形势大好，没有什么仗需要你们打了，你们的任务就是好好休息。如果这样，父亲会怎么样？父亲会感到强烈的失望吗？

我之所以这样设想，纯属是一种好奇，是我对没有发生的事件的一种了解欲望的使然，它仅仅是一个设想，因为父亲并没有得到上述那个答案，因为最高统帅根本就没有对他的老兵们说这些话。实际上，父亲他没有去成北京，事情在最后关头发生了意想不到的变化。

事件的肇事者是休息干部老王。

老王是1932年参加革命的，有过爬雪山过草地的经历。延安时期，老王在中央警卫团干过三年，在站岗放哨的时候经常能看见繁忙工作之余出来遛腿的中央首长。据老王说，毛主席当年还和他拉过家常。老王在解放以后戍守祖国的西大门，中印反击战的时候，老王上前线指挥战斗，被印军的一发炮弹从吉普车里炸了出来，丢了一只胳膊，从那以后他就离职养伤了。老王休息后并没有歇着，仍然时不常地被机关工矿学校请去作报告，报告的题目是他自己起的，叫作《我为伟大领袖站岗放哨》，说的是他在延安当兵的那三年经历，为此他被好几所学校聘为校外辅导员。毛主席要接见军队干部的消息传出后，老王激动万分，逢人就说："毛主席还记得我呢！毛主席要接见我了！"人们要是说，中国革命任重道远，世界革命方兴未艾，毛主席那么忙，怎么会记得你？他就急，一本正经说："你以为毛主席是什么？他老人家心中装着全世界，怎么会不记得我！"院里的领导看老王那份喜悦的样子，不忍心告诉他，毛主席这回要见的是军以上干部，作为师职休息的老王不在名单上。老王被蒙在鼓里，一点不知道，整天喜气洋洋，巴心巴肝地盼着去北京见毛主席的那一天。直到出发上京的前一天晚上，院里的领导才去老王家里通知了他。院里的领导懂得委婉，说主席很忙，那么多人一下子见不过来，这拨见了还有下拨，首长你就耐心一点，等。老王立时就蒙了，话都说不出来，等到能说话了，反反复复只有一句：我要去见毛主席。我要去见毛主席。院里的领导怎么解释也没用，后来急了，说，首长你怎么这样？我又不是毛主席，我就答应你又管什么用？管用吗？老王听了这话，明白是绝望了，以后再不说什么。等院里领导离去，老王就站到客厅的毛主席绣像前，六十岁的人，竟呜呜地哭出声来。

载着晋京人们的军用大交通车驶过院里的大白楼，交通车在人们的一声惊呼中猛地刹住，车上的人都探出头去看，十几层高的白楼顶上，摇摇晃晃地站着一个人，那人是老王。

人们猛抽一口冷气，都屏住了呼吸。

老王迎风站在顶楼平台边上。他穿着50年代部队发的蓝色观礼服，戴着大檐帽，胸前佩满了大大小小的战功章。强劲的风将他礼服的下摆掀起来，胸前的战功章不停地发出悦耳的撞击声。老王像一个梦游者，目光望着遥远的北方，凄楚的呼喊声随风而至：

"毛主席呀毛主席，你的老兵想见你……"

父亲原来是坐在座位上的，崭新的皮鞋和皮箱都发出悦目的光泽。父亲脸上的红晕突然消失了，他转过头来冲送行的院领导喊："快去把老王弄下来！没看出他要干什么吗？让他和我们一起进京！"院领导脸都吓白了。但是脸都吓白了的院领导仍然知道什么是原则。院领导说："这是不可能的。老王他没有资格进京。这是规定，我说也不管用。"父亲的声音都变了形。父亲喊道："什么他妈的不可能！打仗的时候也没订这么多破杠杠！"院领导说："首长，你的心情我理解，可是这没有用！"父亲像一头狮子似的从座位上扑出去，一把揪住院领导，声嘶力竭地喊道："你眼瞎了?！他说跳就跳了！"话音刚落，站在十几层楼高处的老王伸出没有断掉的那只独臂，像是要扑进谁的怀抱里似的扑向空中，在人们的一声惊呼里，如同一片枯尽了的叶子晃晃悠悠地飘落下来，片刻之后水泥地上传来一记浊闷的响声。

车上的人全都惊呆了。在他们即将进京去朝见他们崇敬的统帅的时候，他们当中的一个人却死了，是自杀而死的，因为他没有资格见他想见的统帅，这似乎是一场白日梦。这些经历过太多死亡的老兵，此刻都默不做声。

父亲在那个时候是怎么想的？不远处变成肉泥静静躺在那里的老王让他感受到了什么？在长久的寂静之后父亲推开院领导，他像喝醉了酒似的摇摇晃晃走到车门边，一脚踹开车门，跳下了车。父亲他一把拽下胸前的红花，仰头朝天吼道："我见谁？我他妈谁也不见了！"

父亲回到他一度荒芜了的菜地里。父亲换下了新军装，依然穿上旧军装，即便如此，他的风纪扣仍然扣得严严密密。父亲挑着满当当的粪水穿过菜畦，放下粪桶，操起粪勺，将粪水泼出一片片均匀的水扇。菜地好些日子无人料理，已经生长出一些杂草了。父亲冲手心里吐一口唾沫，然后捏紧锄柄用力地锄地。秋天最后的时刻，大自然总是消瘦得厉害，青天红地，给人一种被大肆掠夺过的感觉。父亲在秋天最后的阳光里一声不响地埋头劳作，旧军装很快就被汗水浸透了。

父亲把他的菜地收拾得十分出色，有路过的人看了，会不由自主地停下脚步来，和那个种菜的老兵闲呱几句，说上一些夸奖的话，然后走开。

父亲的菜地确实经营得不错。

但是父亲的脸上就是没有笑容。

父亲十六岁时个头就长得很高了，而且父亲的胆子大，富有冒险精神，精力充沛得老是待不下来，很多人都愿意在农忙的季节雇他去做短工。村里人有时候和我爷爷闲聊，就说，这娃要是不当兵，那就亏了。我的爷爷不喜欢听这种话，他对怂恿别人的儿子去当兵这种事情很反感。我的爷爷已经有两个儿子在红军里当了兵了，他才不情愿再多一个儿子去舞枪弄棒呢。但是父亲并没有听爷爷的，他还是当了兵。我的爷爷为此一定伤透了心，所以他决定不等到父亲这个逆子衣锦还乡就先奔黄泉路而去。

很多年之后，父亲休息了，他带着一身的伤痕住进了干休所，做了一名穿军装的寓公。又过了很多年，父亲和干休所的所有老兵一起脱掉军装，成为地地道道的老百姓。父亲整日在菜地里劳作，他从农民来，又还原成农民，事情就这么简单。还剩下一些什么让父亲固守着呢？父亲在那片菜地里究竟能种出些什么来呢？据我所知，在父亲那口从不开启的老式樟木箱里，还整整齐齐地叠放着一套领章帽徽俱齐的新军装，军装是加大号的，不曾下过水，散发出染剂和樟脑的芬芳，这套从没下过水的军装，它和父亲种出的萝卜白菜，有着什么样的必然联系吗？

父亲已经不是兵了，对我们家来说，这并没有什么，他仍然是丈夫、父亲、爷爷和姥爷，任何时候都没有人能够取消他的这个资格。父亲有一次对家人说：我要死在家乡。我哪里也不死，要死就死在家乡。父亲说了这话之后就带着我们全家迁居回了湖北。搬家那天，院子里有很多人来送行，前来送行的大多是和父亲一样的休息老头，还有父亲的亲家以及吃过父亲种出的那些蔬菜的人们，他们都和母亲握手，说："恭喜乔迁。"有的粗鲁老头还说："妈的，你们倒是回去了。回去等死呀？"父亲没有加入那个依依难舍的告别，他关在自己的房间里没有出来。我私下里猜测，不知父亲是不是在躲避什么。我还想，这大概是我们在父亲意志下最后的一次搬迁了。

父亲习惯性地走出新居，到四周荒野去寻找和开垦他的菜地。在阳光明媚的日子里，父亲把地里的石头瓦片拣出来，把茂盛的野花野草深深地埋入地下，然后种上白菜萝卜。新鲜的泥土气息弥漫在空气里，蚯蚓在阳光的反射下闪着银光，这一切都使父亲有一种归来的真实感。只是父亲再也挑不动粪桶了，骨头老化和静脉曲张使他再不能健步如飞地从菜畦中穿过，更多的时候，父亲只能拄着长锄，站在菜地旁，忧心忡忡地看着菜叶渐渐黄去，心里充满了悲怆。有时候有几只黄嘴麻雀从远方飞来，它们在泛黄的菜叶旁边休息、吵架或者奇怪地打量一番身旁那个呆呆站立着的老人，当它们发现这块正在荒芜下去的土地上并没有什么值得它们留恋之处时，它们便一起飞走了。总之它们一点也用不着害怕那个像稻草人一样的老人。

不管父亲过去曾经怎样过，他如今已经无法阻止地衰老了。

今年夏天的时候，我带着儿子过江南去父亲家度周末。黄昏时分，我和大哥陪母亲在院子里的葡萄架下一边乘凉，一边说一些关于工资物价方面的事。我的四岁的儿子先是趴在一丛蕙兰边津津有味地观看一队红蚂蚁搬家，另一队黄蚂蚁列队从旁边走过的时候，他就试图挑动两队蚂蚁打仗。蚂蚁被他用小竹棍拨赶到一起，互相用触须嗅了嗅，又迅速分开，安宁地各行其道。儿子对两队蚂蚁表现出的怯懦大为不满，跑进屋里取出他的电动冲锋枪，对着阵脚大乱的蚂蚁群猛烈扫射，其状英勇无比。母亲对我儿子的行为十分欣赏。母亲抛开我们去问儿子。母亲说："笑笑长大以后干什么？"儿子收了枪，毫不犹豫地说："当兵呗！"我们都笑了。我们都觉得这个回答很妙。我们都觉得老邓家下一代再出一个当兵的也不是什么坏事。这个时候，我们突然都停止了笑声。我们突然都停止了说话。母亲、大哥、我、我的儿子，我们听到屋里传来父亲苍老但情有独钟的歌声：

走上前去，
曙光在前途。
同志们奋斗！
用我们的刀和枪开自己的路，
勇敢向前冲！
……
同志们赶快起来，
赶快起来同我们一起建立劳动共和国！
战斗的工人农友，少年先锋队，
是世界上的主人翁，
人类才能大同。
……

父亲在唱。他的嗓子直直的，丝毫没有修饰。父亲真的在唱，他唱的是那支六十年前许多人都在唱着的歌。在炎烈夏季的黄昏，父亲的歌声一直持续着传出很远。

我们愣在那里。我们就愣在那里。过了很久很久，当过兵的大哥才轻轻地说："今天是八一建军节。"

　　我没有转过头去。是什么东西使我无法转过头去。但是我知道，那个兵就站在他的卧室里。他是站在那里，挺着胸，目光如炬，风纪扣扣得严严实实，他就那么情有独钟地唱着那支歌。

　　父亲原名邓声连，1912年农历五月廿七日出生于湖北省黄麻县东冲村。十六岁那年他在河南省光山县参加工农红军，入伍后作战多次，负伤数次，二等甲级残疾。曾受红军随营学校、抗日军政大学、党校整风等训练。1945年12月因反抗上级闹独立性，受行政撤职处分一次。1992年在湖北脱去军装，时年八十岁。

沉默的中士

王　凯

　　十年前，我二十六岁，未婚无女友，在一个雷达团担任汽车连指导员。我们部队驻在一个名叫水青的地方。水青这名字很有诱惑力，容易让人想到青山不改绿水长流，可实际上这个比帽徽大不了多少的县城就孤零零地待在巴丹吉林沙漠南缘的戈壁滩上，低头可以看到漫无边际的、零星点缀着骆驼刺芨芨草和羊粪蛋的灰黄色戈壁，抬头就可以望见祁连山脉终年不化的皑皑雪峰。

　　那时我的军衔是中尉——你要是懂点军队的话，就知道中尉是种比较可爱的军衔，它让人显得年轻却又不那么幼稚，就像一粗两细三条杠的中士军衔一样可爱，可惜，这种军衔你已经见不到了，它只是在一九八八至一九九九年间的中国军队使用过。我现在还收藏着从列兵到上士的一整套崭新肩章，都是我利用职务之便从司务长那里要来的。那几年我喜欢收藏这类东西，还喜欢听窦唯和张楚的歌（我常常在早晨起床哨响过后打开连队的音响，请窦唯或张楚把那帮赖床的士兵震出温暖的被窝），看影碟，用出操后早饭前的十分钟时间背一首唐诗或宋词，安慰或训斥手下的士兵，间或也给散落在大江南北长城内外的同学打打免费的军线电话。除了总是刮风之外，我没什么不满，没什么负担，也没什么想法。怎么说呢？我觉得挺愉快，不因为什么，就是那种没心没肺的愉快。

　　那时我烟抽得比较厉害，一天差不多两包。门牙是黑的，右手食指

第二关节处是黄的，我自己都能闻到自己嘴里的臭味儿，早操跑步时，我甚至能听到自己的肺泡一个接一个爆裂时发出的声响。我曾试图戒掉它，但始终都停留在企图的阶段。大概是我一直认为人总得有个把恶习，不管是明的暗的，总归要有，要是一点也没有，那就有点不是人。比如我们司务长不抽烟也不喝酒，可是他除了喜欢虚报发票之外，还喜欢把灶上的鸡和鱼拿回家，给他处在哺乳期的老婆清炖了吃。他经常劝我说，指导员，你得少抽点烟，你这样抽下去会夭折的。你还不如喝酒呢，听说少量饮酒可以预防心血管疾病。

你知道个屁，我对他向来没好气，我为什么要喝酒，我讨厌头脑不清醒的感觉。

这话一般是在温暖的季节里说的，在漫长寒冷的冬季，我也不反对喝点酒，因为这是水青。《汉书·地理志》里讲，水青秦为月氏地，汉初属匈奴，后由骠骑将军霍去病收复，为张掖郡所辖。这样说来，水青的胡人基因正契合了我对于它的印象：粗犷剽悍，外加一丝狡黠。这地方我没见过不会喝酒的男人，每年冬天都会有大批的醉汉像幽灵一样在县城的街道上出没。所以在漫长的冬季里，每日晚点名的时候我和连长都要强调司机出车时务必注意这帮失去理智的家伙，免得造成交通事故或者军民纠纷。气候和民风从站着双岗的大门渗进营院，因此连里从军官到士兵每个人多少都能喝一点，在我们的语系中，"不会喝"表示能喝一点，"能喝一点"表示能喝不少，如果什么也不说的话，那基本上就是酒坛高手了。在我看来，喝酒最好是在那些大雪纷飞的晚上（雪后次日一般都不出车），几个军官——有时连部的文书和老点的军士也受邀参加，这被认为是一种礼遇——在暖气烧得很足的连部，把两张茶几拼起来，让去县城接子女下晚自习回家的班车司机顺路带回来一大份羊肉面卷，然后喝点用祁连山的雪水和水青的青稞酿制的五十二度"草原风情"，这种时候常常会让我觉得——幸福。

有一天，自然，还是十年前的一天，大概在年底吧，一个下着大雪的晚上。熄灯后不久，我们几个军官外加连队的文书聚在连部准备喝酒（估计是因为受到表扬之类的事，现在死活想不起来了）。茶几上的一次性塑料杯里已经倒好了酒，但还不能开喝，因为我们在等班车司机老贾把羊肉面卷带回来。羊肉面卷是种质朴而优秀的食物，至今我也只在水青见过，据说很早以前它是水青农家的一种家常面食，后来才出现在饭馆里，类似早年跑龙套的演员，默默奋斗了很久才有了登堂入室的机会。它的做法不复杂：把极薄的面饼抹上一层油，撒上细细的葱花，然后卷成手榴弹木柄粗细的卷，再切成手枪弹壳那么长的段，同半熟的羊肉块和少量的水一起放在高压锅里压。出锅后，每个面卷都变得金黄柔韧，嚼起来有种奇异的感受，而羊肉也更加鲜嫩肥美。我真是爱死了这种食物。那天晚上，我们一边聊天一边等着吃羊肉面卷，心情兴奋而焦急，仿佛在等待心爱姑娘的到来。聊了一会儿，我看时间还早，便拿起手电出了连部，沿着长长的走廊去班里查铺。

　　我们连队单独驻在距团部大院以西两公里远的戈壁滩上，编有两个排，六个班，六名军官和五十二名士兵。汽车连的司机经常出车，所以比其他连队的兵显得更活跃开朗，更见多识广，当然，也更屌一些。军官们必须明察秋毫智勇双全才能收拾住这帮屁股长刺精力过剩的家伙。我和连长上任以来，每天晚上都坚持按照《内务条令》第一百五十六条之规定查两次铺。后来，我们又增加了对车库的检查，原因是某天半夜，小车班的三个军士排除万难不知疲倦地把政委的桑塔纳从车库推到离连队三百米以外的路上，确信我们听不到动静了才打着开走。如果不是半路上被查夜的副参谋长当场擒获的话，我们可能至今还蒙在鼓里。为了避免此类事件再度发生，除了加强检查外，我还会经常不打招呼就搬进某个班的宿舍去住一两个晚上，让个别有所企图的士兵无从下手。除了敲山震虎的效果之外，还有一个附带的重要收获，那就是我自此把谁睡在哪张床上，谁晚上磨牙放屁打呼噜都深深地刻在了脑子里。我之所以认为它重要，是因为我想我必须尽可能多地了解我的士兵，不然我永远都不知道他们会干出些什么惊天泣鬼的事来。

　　查铺结束后，我回到连部，通过总机要车场值班室的电话。车场位于连队以西一公里处，也是单独一个院子，用来停放载重车和装备车，修理间也在那里，连队院里只停放小车。多年来，士兵们轮流在那里值班，每人每次一个月。这个月值班的是油车班的李二明，一个来自四川、外号唤作"锤子"的矮个子下士。其实我好几次点名的时候都警告大家不要给战友起这种比较操蛋的绰号，没想到越描越黑，他们在我背后更加起劲地管李二明叫"锤子"，加上李二明本人对此事的态度也比较暧昧，我也就不好意思再去强奸民意了。

既然提到了李二明，我就多说两句。我一直认为李二明是个奇怪的家伙，他最大的爱好就是和他见到的所有姑娘聊天，不管这姑娘是卖菜的还是端盘子的，而且越是这些姑娘越能让他来劲。他操着一口麻辣普通话，能够随时随地充满激情地跟职业和造型各异的姑娘寻找着共同的话题，这种特别的才能总是令我寝食难安。我记得有一次他把八吨的油罐车停在路边，同一个扛着铁锹身材丰满脸蛋红润的村姑亲切交谈，我开车经过时，他正满脸堆笑地把一罐可乐递给那姑娘，根本没注意我的到来。我只好停车摇下车窗，大声命令他立刻滚回连里去。我本来不赞成让他去车场值班，因为让他自己管自己就好比让西门庆去扫黄打非一样不可靠。但连长说，连里没人愿意去值班，因为值班就意味着整整一个月无法外出。要是表现不好就不用值班，那大家一定会争先恐后地往坏里表现。这个观点底盘很稳，我想不出推翻它的理由，所以李二明还是住进了车场值班室。

我拿着电话等了一会儿，李二明的声音出来了。我在呢指导员，车场一切正常，他说，你就放心吧。

刚挂了电话，就听门外车响，班车回场了。很快，连部的门被推开，老贾两只手插在竖着领子的大衣口袋里，斜叼着烟进来了。老贾是个老专业军士，年龄和军龄都比我长好几年，技术也是全连最好的，最重要的是他张弛有度举止有节，所以我们也就默许了他的随便。

东西呢？连长问。

老贾向后努努嘴，马上到。

话音刚落，老贾后面就出现了一个瘦小的列兵。他穿着一身显得过于肥大的涤卡冬装，只戴着大檐帽，鼻头和耳朵冻得通红，捧着搪瓷盆的双手也是红肿的。他直挺挺地站在进门的地方，眼睛看着地面，让我想起上次在车场套住的那只可怜的兔子。

你个新兵蛋子顶着门干啥，热气都被你散出去了。老贾凶恶地说。

新兵赶紧往前挪了两步，用肩膀关上门，然后把手里的盆放在茶几上，冲我们敬了个礼，又立正站好了。

我刚在团部碰到军务股的张参谋，他说这娃是今年给咱们连分的修理工，刚从东北坐火车过来。老贾介绍道。

你叫什么？连长问。

张建军。

哪里人？

陕西。

陕西什么地方？

韩城。

噢，还是司马迁的老乡呢。连长冲我笑笑，又转头问，知道司马迁不？

这个叫张建军的新兵摇摇头。

你懂不懂规矩，连首长问你话要马上回答！我们的中士文书训斥道。

不知道。张建军赶紧回答。

今年多大了？我问。

十九。

学什么专业？

电路。

你怎么穿这么少，你的大衣呢？我看到他在发抖，也许是因为冷，也许是因为紧张。棉帽呢？

在车上。

那赶快拿回来。我说，收拾一下。

拿啥呀，在火车上呢。老贾笑道，这娃瓷得跟砖一样，到水青站了还在睡大觉，送兵干部不叫他他就睡到库尔勒去了。等他醒过来叫列车员开门，车门又冻住了打不开，最后要发车了才从窗户里翻下来。他叫车上的新兵给他递东西，人家也不知道哪些东西是他的，还没商量完车就走了，他就这么光着来了。

你的供给关系呢？也丢了？我问。

在。张建军在军装口袋里摸出几张纸递给我。

我翻了翻，递给了司务长。

算你命大，关系没丢。我冲张建军扬扬下巴，桌上有酒，你拿一杯喝了，暖和暖和。

张建军看看我，再看看酒，没动。

喝了吧，喝完叫你们排长领你去找个铺先睡下。新兵总是比较老实，不管是装的还是真的，所以我又说了一遍。

张建军又看看我和酒，还是没动。

靠，新兵蛋子，指导员让你喝酒你都敢不喝，不想在这里混啦？文书端着酒站起来走到张建军面前，拿上，喝掉！

张建军脸涨得通红，把手背到后面，使劲地摇着头。在场的人都"哧哧"地笑，我也忍不住笑。

行了行了，别吓唬这孩子了。我问司务长，库房里还有多余的大衣和大头帽没？

司务长回答说没有。

那先把我的大衣拿去用吧，大头帽我那有一顶旧的，你先戴着。还有盒冻疮膏在我桌上，你也拿去吧，记得每天在手上抹一点。我对张建军说，缺什么东西明天给班长报告，我们想办法帮你解决。现在去睡觉吧。

是。张建军敬个礼，走了。

那天喝完酒已经快一点了，文书在连部收拾桌子，我又给车场打电话。这周我值班，我至少得保证我值班期间不要出什么问题。拿着电话等了一会儿，总机告诉我没人接。不用说，李二明肯定是自作聪明地认为大雪天我不会第二次查铺，便不假外出了。这简直是对我智慧和领导才能的蔑视，绝对不能容忍。我立刻抓起手电出了门，开着连里那辆没牌照的破吉普去了车场。外面雪下得很大，车里冷得要命，我有点后悔把大衣给张建军了。到车场门口我开始按喇叭，但五分钟过去，亮着灯的值班室仍没人出来开门。仔细一看，大门朝外面锁着。我气得要命，但眼下也没办法，只能掉头回去。回去的路上我忽然开始担心起来，我希望这个见鬼的"锤子"下士别他妈的出什么事。按说我应该派人出去找他或者给军务股报告，但这样的天气，我又能上哪里去找他呢？报告也不行，汽车连是我带的连队，而我的连队永远都不能自取其辱。我唯一能做的，就是掉头回去。

但这种事让我睡不安稳，夜里三点又给车场打电话，还是没人接。第二天起床后再打，这次李二明的声音很快出来了。

我限你十分钟之内滚到连部来。我说。

我看着表，七分钟后，李二明气喘吁吁地出现在连部门口。打报告进来后，他在我办公桌对面站定。

昨天晚上去哪儿了？

水青。李二明倒也不隐瞒。

半夜三更下着大雪，你羊肉吃多了跑膘吗？去水青干什么？

没干啥。他梗着脖子，看着别处说。

我没再问下去。李二明是个服役满三年的老兵了，而一个老兵想保有他的秘密，那谁也无法让他说出来。我不再追问是因为得到一个虚构的回答对我而言并无意义。

如果再有下次，我们只好上报团里，建议把你除名。我不指望你给连里长脸，我也绝不允许你给连里丢人。

李二明没吭声。

你心里骂我没关系，但你要影响到连队，我肯定你不会有好日子过。

我没骂你。李二明看我一眼，说。

骂也没事。你走吧，十点之前搬回连里，从今天开始禁假一个月。

李二明扭头就走。

滚回来！你几年兵白当了，不知道怎么走吗？

李二明转了回来，面无表情地给我敬了个礼，走了。

算起来，这已经是我第三次禁他的假了。要是战时，我想，我十有八九会毙了他。

可是车场不能没人值班，于是我想到了张建军。

我完全不了解张建军，所以在让他去车场值班前，我把他叫到房间聊了一会儿。和昨晚不同，这时的他看上去已经恢复了常态，除了依然拘谨之外，身上的军装似乎也比昨晚合身了，一切都很正常。而且，我发现他的面孔其实很秀气，有一双尼古拉斯·凯奇式的眼睛。依据常理，我不能派一个毫无经验的新兵去值班，因为他不具备处理任何突发事件的能力。这跟在战场上刚补充的新兵总是最容易伤亡一个道理。附近村子里的年轻人经常翻进车场偷窃能够拿走的一切东西——铁丝、油桶、废轮胎、干粉灭火器甚至垃圾桶，而有经验的老兵在时，发生这种事的几率就小得多，他们知道如何对付那些兼职的窃贼。但老兵刚刚复员，新兵尚未补入，正是用人之际。相比之下，张建军过去一年都在后勤学兵队学习，不久将被授予上等兵军衔，所以从军龄上讲，他也不算是一个完全意义上的新兵了。我与连长商量了一下后，最后决定派张建军先担任一个月的车场值班员。

有什么问题吗？我交代了注意事项后问。

张建军摇摇头。他显然不爱说话。

我问你话的时候，你应该回答我有或者没有。我注视着他。

没有，指导员。张建军答道。

那行，你去吧。我点点头说。

张建军敬完礼刚要走，又停住了。

指导员，你的大衣还给你。

怎么，你找到大衣了？

没，我不怕冷。

我笑起来，我都怕冷，你凭什么不怕？拿到车场吧，车场生炉子，后半夜冷。等天暖和了你再还我好了。

张建军的嘴唇轻微地开合了一下，说是。

那段时间我每天都开车去车场检查，或上午或下午或傍晚或午夜。我去并不是因为我有多强的责任心，现在也不是战争时期，我认为连队的一切都在我和连长的控制之内。我这么做，只是想让我的士兵们能尽可能平安地度过四年服役期，不要出什么问题，好好地来，然后好好地回去。套用一句比较恶俗的广告词就是"他们好，我也好"。

每次去车场，只要鸣一声喇叭，张建军就会立刻跑出来开门。值班室有一台十八英寸的老式日立电视机，但我没见他看过。他喜欢一个人坐在窗前或是大门口沉思，也许是在发呆，反正就是长时间保持一个固定的姿势不动。他应该是在想家或是感到寂寞，他毕竟只是个新兵，周围的一切对他来说都是完全陌生的。连里他并不认识谁，所以他只能一个人待在值班室或在车场周围转转，吃饭也是由文书开车给他送去。

一个月后，新兵下连了，我对连长说把张建军换回来，但连长又不愿意了。

他挺适合值班的，不吭声，也不乱跑。连长说，再说新兵马上要去学车，司机们出车也忙，修理工也没一个省心的，不如让这小子一直值班得了。

一个人单独待久了不利于心理健康。我说，这对他不公平。

张建军接班的第三十一天上午，我又去了车场。在值班室门口，我向张建军宣布了参谋长签署的晋衔命令，并替他换上了一副崭新的上等兵肩章。

你准备回连里吧。我拍拍他的肩膀说，你干得不错。

他腼腆地笑了一下，我想这是我头一次看到他笑。

你把东西收拾一下，要是下午有时间的话，我叫人来替你。

不用了指导员。张建军突然说。

为什么？

我也不知道。他想了一会儿说，我愿意值班，再说，干活也方便。

你不觉得闷吗？我怕时间长会把你待坏的。

不会的。他说，有指导员来看我。

我沉吟片刻，同意了。

不过，我补充道，你要是觉得待着难受，就马上向我报告，我会换人来接替你。

是。

说完后，我走进值班室看了看。和往常一样，车辆出入场情况登记得很齐全，字虽然写得不怎么样，但从那一笔一画上可以看出他很认真。内务整得很上档次，地面和窗户一尘不染，床下的鞋按胶、布、拖的顺序整齐排开，脸盆架上的毛巾雪白，牙缸和肥皂盒的摆放也一丝不乱。桌子右上角的电话旁边，齐整整地放着一摞书。我拿起来一看，是套盗版武侠，名字叫作《玉面小飞龙》，作者竟然是金庸。

金庸什么时候写过这书？我笑着问。

全庸。张建军提醒我。

我仔细一看，果然。

这书哪来的？

贾班长帮我租的。

老贾的眼光也太次了。我笑道，你喜欢看武侠？

是。

这书你看完了？

是。

讲了点什么？

我……忘了。张建军愣了一下，好一会儿才说。

主人公是谁总记得吧？

记不得了。

我忍不住笑出了声，那你看了半天看到什么了？

我胡看呢。张建军不好意思地搔搔脑袋。

从值班室出来，我在张建军的陪同下对车场进行了一番视察。

这段时间没发现有外人进来吧？我一边走一边问。

没发现。张建军说，我每天夜里都起来看。

墙太矮了，我说，连只羊都能跳进来。

养狗好些。张建军说。

没用。养过好几回了，都活不过半年，我说，全被别人下药毒死了。

狗要教呢。张建军说，听话的狗就不乱吃东西。

你对狗还比较了解？

我爸在家专门养狗的，肉狗。

肉狗看不了门。

我可以教它。

张建军的话让我觉得很好笑，我说那行，我去年正好发了套棉衣，反正我也不穿，你拿到村里换狗去好了。我再给炊事班说说，要是有肉骨头的话给狗留点。不过有两点要求：第一，要保证你不被狗咬了；第二，要保证连队的其他人也不被狗咬了。

是。张建军说。

头天说完，第三天我又去车场，狗已经抱回来了。可是张建军并没来找我拿棉衣。这是条黑色的四眼小狗，看上去很漂亮。它被张建军拴在车场值班室门口，一见我就"汪汪"叫个不停，声音很嫩，架势倒是一丝不苟。

谁让你乱叫的。张建军跑了出来，先给我敬个礼，转头就开始教育狗。他捧着小狗的脑袋，强迫它看着我，看到这是谁了吗？这是我的指导员，以后见到指导员要有礼貌，不许乱叫，听见没？

小狗无辜地望着我，我忍不住大笑起来。

它还小呢，等长大点就认人了。张建军说。

希望它能活过半年。我叮嘱张建军要加强对它的经常性管理教育工作，明天我弄点肉骨头来跟它增进一下感情。

是。

它叫什么？

还没想好。指导员给起一个吧。

我想想，有好名字再告诉你。

没过几天，连队都知道车场又养了条狗。我本来给狗准备了"汤姆"（我喜欢汤姆·汉克斯，其实叫布拉德·皮特也凑合）的名字。那天下午我跟着李二明的油车去车场，正准备把新名字告诉张建军，没想到一进院子，李二明就从工具箱里取出一个塑料袋递给迎出来的张建军。

中午在水青吃饭，给副场长留了点骨头。李二明说。

谢谢李班长。张建军笑眯眯地接了过去。

看来我动作慢了，小狗已经有了新名字。大家都管这条狗叫"副场长"，因为他们戏称张建军为车场"场长"，就像管连部文书叫"汽车连办公室主任"一样。这帮家伙真是有着无限丰富的想象力，有时我自诩高明，有时却也不得不服他们。连队生活本身是单调并枯燥的，好在他们能够从中寻找快乐，只要有那么一点点，就能滋润整个生活。我懂得这一点。何况，"副场长"这个名字起得真是不赖。

天气慢慢转暖，到四月底，院里的杨树泛出了新绿，漠风也活跃起来，每天吃过午饭就准时开刮，一直到太阳落山才能消停。连里工作也忙起来，我必须经常去团里开会，然后写各种教育方案，填写各种表格，迎接各种检查，处理各种鸡毛蒜皮的琐事，去车场的次数明显少了下来。不过，无论我什么时候去，车场总是干干净净，登记总是清清爽爽，"副场长"进步也很大，据张建军介绍说，"副场长"不仅能够认出连队所有的官兵，而且具有根据肩章分辨职务高低的能力，比如我到了车场，它就会跑上来围着我转圈，嘴里"呜呜"地叫着，而要是李二明来了，它就不那么热情了，只是站在那里看，除非李二明给它带点好吃的，它才会高兴地舔舔李二明的手。特别值得一提的是，"副场长"只认军装，但凡是穿着便装的人，它都会龇牙咧嘴地扑上去。要不是有链子拴着，我想它会立刻咬断人家的喉管。张建军对"副场长"很上心，常常把饭盒里的肉挑给它吃。有一回被老贾看到了，回来对我说，张建军这娃是个好娃，就是有点瓜，再怎么说它也是个副职，哪有场长吃素副场长吃肉的？没搞清楚隶属关系嘛！

我把这话转述给张建军，他只是嘿嘿笑。

"五一"晚上，我让士兵们把电视、VCD和音箱搬到院子里开卡拉OK晚会，大家唱得很开心，我也即兴演唱了一首《孤独的人是可耻的》，唱到"孤独的人，他们想像鲜花一样美丽"时，突然想起张建军一个人还在车场，心里觉得不大自在，赶紧扔了话筒，拉上老贾，带了些水果去车场看张建军。到了车场，"副场长"跑来在我的腿上蹭来蹭去，但不见张建军。

这娃有长进。老贾笑道，知道往外跑了。

不应该。我说。我不大相信张建军会乱跑。没有理由支持这种信任，只是我的感觉。我们从值班室出来，四处张望。

充电间好像有人。老贾指着车场的西北角说。

充电间的门关着，但有灯光从门缝里挤出来。我们的到来让正蹲在地上给电瓶加电解液的张建军吃了一惊。他身子一震，猛地转过身来，迅捷得像一只豹子。

你看，我说的对吧？我得意地对老贾说。

老贾像是没听见似的，仔细地看着地上放着的几十对电瓶，突然指着其中一对问张建军，这是谁车上的？

大老刘的。张建军的脸红了，小声回答道。

噢，怪不得。我就说这电瓶我好像没见过。老贾说。这个全连最老的兵真不是浪得虚名，要我的话，无论如何也无法从这么多电瓶中看出什么不同。

大老刘让你帮他充电的？我问。

是。

连里的人都认识大老刘。他是附近村里的运输个体户，当过三年汽车兵，参加过一九七九年南线作战。一次往前线送弹药时，他所在的车队遭到伏击。大老刘的班长中弹牺牲，还是新兵的他拼命把班长推下车，接过方向盘狂奔二十公里，到了目的地才发现一颗子弹从他的小腿肚上穿了过去。简单包扎一下后，他又开着车原路返回，在路边的草丛中找到班长的遗体，痛哭一场后，搬上车运回了驻地。轮战结束，他寸功未立，带着右腿上的贯通伤复员回了水青。我刚当指导员的时候，就听老贾说过他，后来还专程登门请他给连队作报告，可是遭到了他的拒绝。

没啥好说的，就那么点子事。再说，我也不应该把我师傅推下车去。我师傅是广西人，对我好得很，就是说话我听不懂。那会子他趴在方向盘上，咋叫都不应，我手在他肚子上一摸，日他妈全是血，我吓坏了。我不知道他死没死，说不定还活着。实话，我到现在也搞不清。大老刘边喝酒边对我说，你知道那阵子我想的啥不知道？我想的，再不把他挪开，我们全是个死。

最后这报告也没作成。不过大老刘是个"车神"，连里的车有啥毛病，只要请他过来看绝对手到病除，完了请他喝顿酒，他就很高兴。所以张建军说是给大老刘的车充电，我也觉得这是件应该的事。

"副场长"也是大老刘帮你换的吧？老贾突然没头没尾地问。

是。

我真是嫉妒老贾，他为什么就能有从电瓶与狗之间找出共同点的本事？我要当司机，肯定不如他；而他要当指导员，没准会比我强。

虽然去车场的次数少了，不过关于张建军的好评倒是多了起来。

张建军受到好评主要因为两点。一是他勤快。原来我担心他一个人长期待在车场会无法融入连队，后来才发现这种担心的多余。每次大车回场后，张建军总会在第一时间跑来开门，并乐意为老兵们做些诸如端茶倒水、检查车辆之类的事，很快就同连里的军士们混熟了。这一点很重要，如果你在连队很孤立，那么你待着就会非常难受。军队是个讲等级的地方，如果一个上等兵跟军士们混得很熟，那么说明这个上等兵绝对有其过人之处。特别是老贾很喜欢张建军，并有点后悔第一次带张建军来连队时他过于凶恶了。可能是为了补偿张建军的精神损失，老贾出车时常常帮张建军租书，有时甚至不要张建军付钱，这就显得很难得。我知道老贾对现在的新兵很是不满，常常抱怨现在的新兵是"他妈的一代不如一代"，能得到老贾表扬的新兵往往比得到军官的表扬更兴奋。因为在士兵的系统中，他们有其独特的价值评判标准，这是条令之外生活之中的客观存在。第二就是有礼貌。几乎所有的老兵都向我夸过张建军的礼貌。这一点我清楚，有人的礼貌只是礼貌，不掺杂感情；有人的礼貌只是需要礼貌，不得不礼貌；有人的礼貌则是伪装的，越憎恶越礼貌。而老兵们说，张建军的礼貌绝对不是装出来的，而是发自内心对他们的尊重，这让军士们感到很开心。

我听到这些评论也很高兴。一个义务兵正常服役，也就是四年时间（当然，现在只有两年了），他们能够尽到义务已经是件不容易的事。真正受过良好教育的人，比如高校学生，至今仍是缓征而非应征对象，比如我手下的士兵绝大多数都来自农村，高中毕业生寥寥无几，他们不知道窦唯或张楚，也不爱唐诗宋词，或许连羊肉面卷也不是很喜欢。他们每个人身上都有若干让人恼火的习气和毛病，但我依然喜欢同他们待在一起。事实上，我跟士兵们在一起总是感到愉快，即使十年后的现在，我回想起同他们一起拥有的时光，仍觉得幸运。所以你应该可以理解，当他们夸奖张建军时，我为什么同他们一样感到开心。

当然，老兵们对张建军也有两点意见。首先是张建军不爱说话，这的确是事实，但我想老兵们并没有意识到，他们坐在车场值班室里大聊其天时，只有默默为他们倒水的张建军才是真正忠实的听众。如果换一个爱说的人，他们肯定又会有其他一番议论。从这个角度来说，老兵们都是些永不满足的人。其次是不肯喝酒。有的周末，老兵们会把车场值班室当成酒吧，买些酒肉回来去那里喝，怎么大吵大闹都不会有人听到，因为声音和酒气出了窗户便消散在茫茫戈壁中了。等他们闹够了离开车场后，满屋子的烟头、酒瓶、鸡骨头和破塑料袋都留给了张建军，这可真是个省事的办法。对张建军从不喝酒的说法我可以作证，因我有时也受邀参加士兵们的聚会，但我从未见过张建军喝哪怕是一滴酒。即使是在气氛最热烈的情况下，他也只是喝茶或饮料。最初我也让他喝一点，但他还是婉言谢绝了，这让老兵们觉得有些不满意。换作别人，他们十有八九会把他摁在床上硬往嘴里灌，但对张建军却下不去手。我听说几个班长私下里打赌，如果谁能让张建军喝掉一小杯白酒，那么当月每人十五块钱的班长津贴就全归这个人，可是谁也没能赢到这笔钱。

七月一个普通的凌晨，闹钟照例叫醒了我。我困得要命，可还是挣扎着起来查了一圈铺。重新躺下后，反倒睡不着了，于是决定去车场看看。半夜开车动静太大，我便拿着手电步行去车场。戈壁六月的夜晚很美，空气清新凉爽，可以听到猫头鹰的笑声，夜空中横亘着灿烂无比的星河，几乎触手可及。就像我在水青之前和之后都再没吃过那样美味的羊肉一样，我在水青之前和之后都没有再见过那样美丽的星空。

车场大门紧锁，我刚走到门边，"副场长"就叫着冲我跑了过来，把黑油油的鼻子从铁栅栏里伸出来嗅我的裤腿。

我摸摸它的脑袋，开始摁门铃。我本不想吵醒张建军的好梦，但我都起来了，他又有什么理由不起来？当了一年多的指导员，我开始习惯于这种思维了。真有点好笑。我蹲下来，一边逗着"副场长"，一边等着开门。可十分钟过去了，什么动静都没有。

我恼火起来。我不相信张建军会和李二明一样不假外出，如果真是这样，那么张建军让我恼火的程度会更严重。毕竟李二明借助的是大雪，而张建军借助的则是我的信任，这更不能令人忍受。我又使劲地摁了几下门铃，依然没有反应。

我后悔来车场了，还不如打个电话省事。真是吃饱了撑的。我正想往回走，忽然听到值班室方向有响动。"副场长"显然也听到了，掉头便往值班室跑去。我拿着手电照去，看到值班室的门开了，却不见人。我不知发生了什么，紧张地思索了一下，我紧了紧腰带，从大门上翻了进去。

跑到值班室门口，我才看到手电光柱中的张建军正躺在门口的地上，双手捂着肚子，本来就很瘦小的身体缩作一团，身上全是土。我上前一摸，烫得吓人。

你怎么跑到地上来了？我赶紧把他扶起来。

开门。他脸色蜡黄，还没忘了把手里的大门钥匙递给我。

你怎么了？肚子疼？

是。他用微弱的声音回答。

我立刻想起去年秋天李二明得急性阑尾炎时，也是这副样子。当时也是我开车送他去县医院。但当时的李二明似乎也没现在的张建军看上去这么严重。我冲进值班室给文书打电话，让他马上派车到车场，然后抱起张建军就往大门跑。这一突发事件让"副场长"很是困惑，它跟在我后面不停地叫着，不知道它顶头上司的上司要把它的顶头上司抱到哪里去。

指导员，我自己能走。张建军在我怀里挣扎着。

别乱动！我喝道。

他不动了。但他又问，谁来顶班？

我会安排的。我说，你不要说话，车马上就到。

我跑了快一里路，车才赶来。我把张建军放在后座上时，他嘴里又嘟囔了一句。

你说什么？

谁喂"副场长"？他重复了一遍。我靠，他竟然还惦记着狗！

你少他妈废话，拿钱不多管事倒不少，躺好了！我本想安慰他，可不知为什么却骂了他。

到了卫生队，值班医生同我们一起把他送到了水青县医院。我在手术单上家属签名栏里写下自己的名字时，忽然担心张建军会在今晚死掉。回到病房，年轻的女护士正在给他备皮，弄得他满脸通红。

张建军，干脆连包皮一块割了得了，正好一块住院。文书一边看一边坏笑。

张建军红着脸闭上了眼睛。

等把他推进手术室，我从内裤到军装都湿透了。坐在医院的走廊里，我觉得自己连睁眼的劲都没了，脑子却无比清醒。闻着来苏水的味道，我觉得内疚，甚至有些伤感。不知道为什么。

张建军在医院住了一星期，这七天里共有二十六人次请假去医院探望。其他出车时顺路探望的不在其列。战友们相互关心在我看来是件再好没有的事了。因此哪怕工作日不该放人外出，哪怕有的兵请假只是借机去水青玩，找我请假去医院的我仍然一律批准。

这天上午，李二明也来找我请假，说想趁着中午去看看张建军。

你也去看？我阴阳怪气地问他。虽然比他老许多的老贾也请过假，可那不是一回事——对李二明，我从来也不放心。

看看，这小伙不错。李二明的理由很简单。

噢，我说，也行，咱们一起去。

李二明愣了一下，旋即说好。

我和李二明一路无语。我平时总是训他，所以单独同他在一起而他又没犯错的时候反倒不知该说什么。走在水青县医院住院部三楼安静的楼道时，一个端着饭盒的短发女孩与我们擦肩而过。这时我注意到李二明同她对视了一眼，李二明甚至微笑了一下。

对视和微笑都没错，我没有理由指责李二明什么。可是走了几步，我还是忍不住问他，她是谁？

你不认识？李二明反问道。

我怎么会认识。我有点奇怪。

大老刘的侄女嘛，连里都认识。李二明说。

她干啥的？

在自由市场学裁缝。

噢。我应了一声，回转头再看，女孩已经不见了。

姑娘长得还可以。李二明补充道。这句画蛇添足的评论招致了我的不满，我狠狠地瞪了他一眼。

失去了阑尾的张建军看上去极其虚弱，我想让他好好休息，只坐了十分钟就走了。离开病房时，张建军挣扎着起来要送我，李二明按住他笑道，搞这么客气干啥，又不是你老丈人来了。

这小子从来都是三句话不离本行。别胡鸡巴扯了，赶紧走！我粗鲁地催促道。

张建军住了一星期院后，回到连队继续休养。做手术伤了元气，那段时间张建军的脸总是苍白的，不过同刚来时相比，他的笑容更多了。本来我是不想再让他回车场，可是七月份左右是连里最忙的时候，新司机学车还没回来，老兵们也是早出晚归，连去炊事班帮厨都抽不出人来。无奈，只得又让他回了车场。张建军倒像是很愿意在车场待着，没事的时候继续看他的武侠小说，看完了依然记不得书名和作者，更不用说人物和情节了。有一次我拿了些《鲁滨孙漂流记》之类的小说给他，可是他根本看不下去。我也只能作罢。再往后，我们都习惯于这一切了，仿佛张建军天生就是为车场而存在，或者说车场就是为张建军而存在的一样，再也没有人提出让张建军离开车场，包括我。想想也是，有的兵从入伍到复员都在喂猪，有的做饭，有的开车，有的站岗，有的干总机，有的学报务，那么张建军在车场值班，自然也天经地义无可厚非了。

那年十一月，也就是张建军到连队将满一年的时候，连里出了大事。出事的是李二明。从前我总觉得李二明这小子迟早会出事，因为他太喜欢和女人交往了，我和连长一致认为李二明肯定要在女人身上出事，虽然谁也没有抓住过他越轨的把柄，但我们都认为李二明不是缺少把柄，而是缺少被抓住的机会。虽然老贾并不同意我们的看法，他总对我说李二明没那么操蛋，但我一直认为那不过是因为李二明是老贾带出来的徒弟，而师傅总是喜欢护着徒弟的。我是指导员，士兵们在驻地乱拉关系被认为是思想政治工作不到位所造成的，尤其在军队这个男女比例失调社会生态极不平衡的武装集团中，男女关系总是极为敏感的事件，一点小事就会被放大一百倍，然后以光速传遍营区每一个角落，绝不会有被遗忘的地方。如果李二明出了这方面的事，那我肯定难逃干系。对我来说，李二明简直就是一枚危险的炸弹或是一场噩梦。这也是为什么他总是孜孜不倦百折不挠地向我递交入党申请书而我从来也没打算让他入党的根本原因。在连长那方面，也不愿让他当班长或副班长。与他同年入伍的，全部都入了党，除了一个中士以外，其他四人全都成了上士。唯有李二明，到快复员的时候，依然是个下士。

李二明出事那天是一号，十一月一号。这对我来说是个值得铭记的日子。油运股的出车命令上午九点送达，让我们出三台油车去六十公里外的油库运油料回来。当时李二明还有二十来天就要复员，点火开关钥匙和行车证都已上交，就等着回家了。可是那天我拿到出车命令的时候，手上只有油车班的两个司机，我只好把李二明叫到连部。

今天要去油库拉油，人不够，我想让你也去。有问题吗？

那有啥子问题，去就去嘛。李二明表情很淡，看不出他高兴还是不快。

上午检查车辆，午饭后出发。油运股的马助理带车，连里没有军官去。所以三台油车离开车场后的一切，都只是耳闻而非目睹了。我记得最后一幕是张建军从车场值班室出来，手里挥舞着一双白线手套跑到车前递给李二明，而李二明则坐在驾驶室笑着拍了拍张建军的脑袋，那种老兵特有的居高临下的自如之感看上去令人相当舒服，以后的时光中，我脑海中总会时常闪过这动人的一幕，尽管这没有任何理由。

马助理的说法是：去的路上，包括在油库装载油料都一切正常，准备返回的时候是在下午四点半。原计划是返回团里再吃晚饭，但李二明要求在油库所在的市里吃，理由是他以后不大会有在这块地方吃饭的机会了。李二明是个就要复员的老兵，而这时候的老兵一般没人会去招惹他们，哪怕是一个军官。这点我感同身受。我记得自己当排长时，连里快复员的几个老兵某天晚饭前突然提出要吃爆炒猪肝，但炊事班来不及买，老兵们自然没吃成。第二天早上，炊事员就发现两口大铁锅里各扔着一块砖头，锅全被砸裂了。害得气哭了的司务长四处狂奔，去战勤连借馒头，去警卫连借稀饭，去干部灶借小菜，等应付过那顿早餐后，又马不停蹄地去水青买锅。当然，他也没忘了把该死的猪肝买回来安抚那帮无法无天的老兵。连里每个兵都知道锅是谁砸的，但不会有人举报，也不会有人作证，大家反倒觉得很有趣。对这种事，我的态度始终比较暧昧，理智上我知道这么做不对，感情上却觉得可以理解。四年是段不短的时光，四年里，他们都在默不作声地服从着任何命令，只有最后几天是他们为所欲为的时候。四年里有喜有悲得有失有乐有痛，他们需要在临走时做一次集中的表达。他们一生中最美好的时光都留在了连队，他们需要做点什么作为纪念，或许，他们怕自己被遗忘，虽然他们明知自己终将被一茬茬从懵懂到成熟的士兵所遗忘。这种表达似乎也是当年连队的传统——那种自然生成不可复制的传统。现在这样的情况基本没有了，因为要把现在这些服役满两年就退役的士兵放在十年前，他们只不过是不那么新的兵罢了，就像刚刚做完热身运动却没能参加比赛的运动员一样。你刚从他们身上闻到点兵味儿，他们就回家了——几年后，已是四级士官的老贾给我打电话的时候如是说。

于是，李二明的要求立刻得到了满足。他开着头车来到市郊一家新开的重庆火锅店。这个"锤子"的乡土观念很强，就好这一口。就在他们等待火锅沸腾的时候，忽然听到外面有人在拼命地喊叫。

我还没搞清楚咋回事，李二明就冲出去了。马助理说，等我跑出去的时候，李二明的车已经开出几十码以外，车屁股上一大团火。也就是几十秒一分钟，"咣"的一声，再就是一股黑烟。当时我就想，××，彻底熄火个球了。

"熄火"这个专业词汇在汽车连被发展成了形容词，专指某一事物或某一进程消亡或中止的状态，简单说就是完蛋的意思。李二明熄火了。他没吃上火锅，自己却变成了一团焦黑的失去形状的物体，如果他不是被放在彩条布上，打死我我也不相信那就是早上还表情丰富呼吸自由的李二明。当天傍晚，我和连长赶到时，警察——交警和刑警都来了，最初这被认为是一起危害公共安全的刑事案件，但由于缺乏证据，最终当作交通事故处理了——正在离火锅店两百米外的公路桥下仔细地勘查现场。公路桥一侧的栏杆被撞出一个十二点六米长的缺口，很明显，这是李二明向右猛打方向造成的。车跌入桥下十五米深的坚硬河床上，摔得支离破碎。我注意到公路桥的两端不远处都有民居和商店，而桥上随时都有行人和车辆，所以把车开下桥，应该是李二明最好的选择，或者说，是下士李二明最好的选择。桥和河床都被大火熏出大片黑色，我脑子则是一片空白。我蹲在仍冒着黑烟的车头旁边，神经质地用双手在地上乱摸，直到我的手指触到了一个滚烫而坚硬的物体，我抓起来放在手心，我认出那是一枚烧黑了的铜质军装纽扣，上面的八一军徽仍清晰可辨。

我没有经历过战争，也是头一次旁观死亡。那一幕情景被蚀刻在我的大脑皮层，看样子我得带着它走过一生直至进入坟墓。李二明还没有办理复员手续，所以还是一个士兵，死后的一切依然按照军队的程序进行。工作组来了一拨又一拨，因为当天是我派的车，所以每次我都要被叫去问话，我一遍一遍地重复着那天上午派车的过程，说得我浑身麻木。调查结论是：李二明违反规定把油车停在市区，虽然采取了措施避免伤亡，但主要责任仍在他，可惜人已不在，对他的处理也就此终结。我原本以为至少会因为冒死把车开走而给李二明一个说法，没想到结果会是这样。为了这事，我满怀悲愤地闯入政委办公室，打算与他理论。我记得自己当时很激动，结结巴巴地说了一大堆，试图让领导收回成命，但政委一句话就把我击溃了。

谁让你派他出车的，嗯？政委问我。

我无言以对。呆立半晌后，我敬礼退了出去。

我写了申请，自请处分。出了这种事，撤职是免不了的。请不请求处分都没什么意义，我只是需要一种渠道来缓解我的悔恨。我没想到的是，连长也要求在申请上署名，尽管那天他并不在场。我们平时有些矛盾，曾为了经费使用、骨干调整之类的事在支委会上不止一次吵过架，最严重的一次冲突曾导致我们半个月没讲话。出了这事，我想他会很高兴地看到我倒霉，看来我错了。人这个东西很怪，你所看到的听到的和想到的是一回事，而事实往往又是另一回事。那几天，我除了被叫去盘问之外，就是在宿舍里收拾自己的东西，随时准备离开汽车连。一天中午，连队都在午休，我心情坏透了，就独自踏雪去了车场。张建军这次没看武侠，我进去的时候，他正坐在桌前发呆。我敲了敲门，他像被电击了似的，以极快的速度从椅子上跳起来，看到是我，身体才松弛下来。

干吗呢你？我问他。

没干啥。

我走近一看，桌上放着一本摊开的影集，里面都是士兵们在值班室喝酒时照的相片，其中有李二明，也有我。

他是个好兵。我说。

是。张建军说。

我可能快要离开连队了。沉默了一阵我说，以后咱们怕是不能经常见了。

张建军用他那双尼古拉斯·凯奇式的眼睛定定地望着我，像是反应不过来似的。

你要想回连队，我走之前就让你回去。你已经值了一年班，足够了。

你不会走的。张建军看着我，竟然微笑了一下。

李二明的后事处理完后，开始处理有关责任人。油运股马助理被降职降衔，职务从正连降为副连，军衔从上尉降到中尉，贬至沙漠北部全团条件最艰苦的一个雷达站任副站长；我受记过处分，但并没有调走，而是继续留任；连长受严重警告处分，同样继续留任。这让我始料未及。过了很久以后我才知道，士兵们联名起草了一封给团长和政委的信，请求允许我和连长戴罪立功，连队当时在家的四十七名士兵都在上面签了名，按了手指印。几年后一个偶然的机会，我在组织股见到了这封信，我立刻认出那是张建军的笔迹，也是他第一个签名。我看信的时候，签过字的士兵基本上都复员回家了，他们散落在这个国家的各个角落，这一生都不可能再次重聚，只有这封信表明，我们曾经在一起度过了不算太短的一段时光。那封信，硬是看湿了我的眼睛。

同样出人意料的是，这个时候我们才知道，李二明在当兵前就已经结婚，儿子今年刚好四岁。此前谁都没朝这个方面想，因为已婚男子并不属于被征召入伍的范围。我们所有的人都认为他未婚，不然，他为什么总是不停地和姑娘们来往？更令我费解的是，他为什么要来当兵？我见过他妻子，一个小巧贤惠的四川女人，当我看到她哭肿的眼睛时，计划中所有用来安慰的话语都找不着了。我把在李二明出事现场找到的那枚纽扣装在一个红色丝绒的小盒子里，交给了她。那是距离李二明最近的东西，还残存着他的体温。

　　接下来，我们继续生活。李二明的死对我而言是一次重创，因为如果我不派他去运油的话，这一切就不会发生，他现在会在老家过着闲适的生活，可以逗逗孩子、跑跑运输或是喝喝酒钓钓鱼打打麻将什么的，但就因为我一句话，一切就都改变了。这让我明白，生活看上去有许多种可能性，但实际上它只有一种可能，那就是我们所经历并即将经历的这一种。那段时间我情绪灰暗，早上起床时觉得一切都他妈的没有意义，也懒得再在早晨去放窦唯或张楚的歌。我知道生活就是不停地向前，但我真的不知道它为什么向前。我经常把自己关在房间里面壁思过，有时会不由自主地打自己两记耳光，我觉得这么做可以缓解悔恨造成的痛苦。这种情绪持续了大概半年左右，我渐渐地又恢复了正常。

　　张建军已经被晋升为下士，而那时我也刚被晋升为上尉。命令仍然是我在车场向他宣布的，下士肩章也仍然是我替他更换的。此外，我觉得他完全够条件入党了，但他迟迟没有向我递交申请书。我曾含蓄地提醒过他，但他没什么反应，所以我也就不再说什么。

　　据我的经验，兵当到第三年以后，就步入了一个成熟期，知道自己该干什么或不该干什么，就像现在的张建军。在我眼里，他就像一株杨树，我看着他被植入戈壁，也看着他渐渐成长，这是种微妙而令人欣悦的感觉。新司机到车场时，也会尊称他为"班长"，一切都在不经意中改变了。

　　一天傍晚，我吃得发撑，便一个人去炊事班转了转，找了两块肉骨头装在塑料袋里，提着去了车场。这个时候的戈壁比较温柔，漠风宛如女人的长发轻轻拂过脸颊，让人觉得愉快。我回想起军校毕业刚刚分到水青时，对这里的一切都充满了厌恶，唯一的念头就是赶快逃离此地，以免把自己年轻的水汪汪的生命在这个荒凉干燥的地方蒸发掉。然而水青后来教会了我查找与搜索快乐的能力，让我在这里找到了一个又一个美丽可爱的事物，比如夏夜晚风，比如雪后天空，比如羊肉面卷，也比如我的士兵。这感觉如同一场包办婚姻，起初我被迫与戈壁生活在一起，然后，我成功地爱上了她。

到车场门口，我把肉给了"副场长"。它现在变得高大而英俊，而且见到我也不像小时候那样淘气，倒像是一位彬彬有礼的绅士。张建军的管理教育工作卓有成效，除了连里的弟兄，它不吃任何人提供的任何食物，这种对诱惑的抵抗力令人心存敬意。我让它舔了舔我的手，那感觉真是很惬意。

我就是带着那种没来由的愉快推开了值班室的门。不幸的是，我看到了一些不该看到的东西。我看到张建军面朝墙站着——他面朝哪里其实都无关紧要，哪怕他倒立我也不奇怪，问题的关键在于——身后有个女孩用双臂环抱着他的腰，年轻的脸蛋靠在他的背上。我认出那是大老刘的侄女。

这可能是爱情。在脑袋变大前的那一秒，我想。

士兵有权享受爱情，是的，我同意。然而，车场值班室不是爱情的温床，张建军和大老刘的侄女也不是合适的男女主人公。士兵不允许在驻地谈恋爱，就连我也认为这是怪异的军规，可是作为连队主官，我不得不全力执行并维护这条军规。张建军和大老刘的侄女在错误的时间错误的地点进行着错误的行为，尽管我只看到了其中的一个镜头，但这个镜头对我来说已经够了。

张建军脸涨得通红，和大老刘侄女的脸一样红。我想我的脸也涨红了。我一时间不知说什么好。我可以训斥张建军，但我无权训斥这个女孩，她不在我的管辖范围之内。

你滚吧。张建军的喉结动了动，对刚才还抱着他的女孩说。

女孩呆呆地望着张建军，眼中充满了泪水。

我叫你滚你听见没？滚！滚！张建军突然间像一只瘦削而暴怒的狮子，冲着女孩怒吼道。

女孩哇的一声，哭着跑出了值班室。我听到"副场长"在院子里认真负责地狂叫着，叫了很久。

苦肉计。我说，这招不好使。

张建军低着头，一言不发。

她是谁？

张建军依然沉默。

说话。

刘霞。

哪的人？

刘庄。

多大了？

十九。

干什么的？

裁缝。

怎么认识的？

大老刘……的侄女。

狗也是她给你的？

是。

上次住院她去看过你？

是。

认识多久了？

一年四个月。

你记得倒清楚。我好半天才想起来应该冷笑，你们什么关系？

没关系。

放屁！

是。

你喜欢她？

我不知道。

她喜欢你？

是……不是！我不知道。

你想娶她？

不。

她想嫁你？

我不知道。

她来过这里几次？

三次。

多少次？

三次。

你们上过床了？问这个问题时我心大幅度地跳了一下，妈的，我还是个处男呢。

张建军猛地抬起头，吃惊地看我一眼，只是一眼。没有。他惊慌失措地答道。

你还准备和她怎么发展？

不。

你应该继续让她来车场。

不。

她长得不错，我看她对你很有意思，你复员的时候干脆把她带回家得了。

不。

干吗不？

不。

你知道你在干什么吗？

知道。

你刚才为什么对她那么粗暴？

我不知道。

好吧，我没什么可说的了。说完这句话，我拉开门走了出去。进这道门之前，我愉快，出了这道门之后，我愤怒。

指导员！张建军追了出来，紧紧跟在我屁股后面，指导员我错了，你处分我吧！

我看都懒得看他，径直走了。

从车场回来的路上，我唯一的想法就是马上把张建军从车场调回来，可是回到连队后，这种想法又消失了。李二明在的时候，我没有抓住过任何确凿的把柄，却毫不犹豫地让他搬了回来；现在我目睹了张建军的爱情片段，却下不了让他搬回连里的决心。人是奇怪的动物，自己都搞不清自己。我在宿舍里坐了很久，最终决定让这件事到我这里为止。我不想让其他人知道，虽然其他人或许早已知道，可我不会让这件事从我嘴里说出去。我一直信任张建军，现在我得为这种盲目的信任付出代价。

两天后的上午，文书从团部取报纸和信件回来后，给我送来一封信。

女性笔迹，水青邮戳。文书说，符合条件的就这一封，张建军的。

我点点头，扔给文书一根烟，他笑嘻嘻地接过去点上。张建军的事给了我一个教训，所以我让文书注意每天的信件，如果是"女性笔迹、水青邮戳"的信都拿给我看后再发下去。我从来也不与爱情作对，我自己甚至也渴望遭遇爱情，但对我来说，爱情的地位永远次于军规。军规不允许受到任何玷污和挑战，至少在我这里不允许。

信很薄，落款是"内详"。这种欲盖弥彰毫无创意的伎俩真是幼稚。我拿着信看了好一阵。我不知道那个刘霞写了些什么，问题是，我想知道。我举起信，对着阳光仔细观察，但什么也看不到。我不想侵犯公民通信自由也不想窥探他人隐私，我只是想知道这他妈的到底是怎么回事。

你知道怎么在不损坏信封的前提下把信打开吗？我问文书。

简单。文书说，放在开水壶嘴上，用蒸汽把封口的胶水化开，看完再粘上就对了。

这么专业，你不会是经常偷看别人的信吧？

我哪里敢。就是上高中的时候偷看过一次。文书嘿嘿地笑，我看上我们班的"班花"了，她的信放在传达室窗户上，我就取来打开看。看完了粘好就还回去了。就一次，不骗你。

里面写什么了？

也没啥，我们县城一个著名的混子写给她的，交流两人上床后的体会。文书说，看得我跟吃了一把苍蝇一样，恶心坏了。我以前一直以为她特纯洁。早知道不看，到现在我还后悔呢。

后来呢？我有些好奇。

后来那个混子吸毒死了。她没考上大学，不知道干啥去了。她长得真是不错。文书叹了口气，妈的，狗男女。

行了，别那么骂人家。我一边笑一边把信扔给了文书，让他给张建军送去。奇怪的是，午饭后，文书又拿着那封信回来了。

张建军发神经，死活不收信，非要让我拿回来，说请你亲自打开看。文书说。

是神经了，我看他的信干吗。我愣了一会儿说，那先放这儿吧。

我认为张建军此举是在向我表明态度，但这有什么用呢？我已经无法信任他了，感觉真是易碎品。我也不可能真去拆看他的信，那不是我的风格。下午想看会书，但脑子里总晃着那封见鬼的信，最后实在坐不住，开车去了车场。

我远远看见张建军坐在值班室门口。车还没停稳，他已跑上前来给我开门。

怎么个意思？我没下车，从仪表盘上拿起那封信冲他晃晃。

我错了。他始终不敢看我，目光四处躲闪，我不看她的信，请你看。

好吧，我现在批准你看这封信。

不。

拿着！我说，现在就看。

张建军迟疑了一下，撕开了信封。我看到那只是薄薄的一页纸。我还看到他的脸色不大好，手在抖。

你看。十秒钟后，他把信递给我。

我看？我为什么要看？跟我有什么关系？我转回头关上车门，打着了车。

我跟她真的没啥，你就看看吧！张建军突然伸手抓住车门，带着一丝哭腔央求道。

我冲着方向盘猛击一掌，叹口气拿过了那封信。信纸上印着可爱的Hello Kitty，没有称呼，没有落款，只写着两行字：我知道你喜欢我，可你为什么总是拒绝我！我爱你！我恨你！有多爱就有多恨！无情的人！你会后悔的！

我发现自己是在自找没趣。我他妈的在和谁较劲？爱就让他们爱去吧，哪怕是我的士兵和这个准女裁缝。我能管得了爱？这封檄文般的信表明，张建军总是在拒绝人家，或许这就是为什么我所见到的拥抱场景中，张建军是背对着镜头的，而且，头发一根也没乱，衣服一件也没少。我该为沉冤昭雪的张建军高兴吗？或者为他依然可以被信任而高兴？表扬他？安慰他？靠！我的脑子像堆在一起的伪装网，乱得找不到一丝头绪。我把信塞回张建军的手里，用最快的速度驶离了车场。那是我平生头一次意识到，我永远也无法真正了解任何人，包括我自己。

自从看过张建军的信，我有将近一个月的时间没去车场。轮到我值班时，我只是让排长去车场检查。我是个军官，没理由被一个下士搞得心烦意乱，可是我依然不能坦然地面对张建军。

可他依然是我的士兵，我不能在精神上抛弃我手下的任何一个士兵。我常常觉得李二明活着的时候，常常处在被我抛弃的状态，这让我后悔莫及，我不能再犯下这样的错误。

那天刚吹过熄灯哨，修理排长向我报告说马小磊不见了。而晚点名的时候，他分明还在连里，可现在没人知道他去了哪里。马小磊，一个刚从司训队回来的新司机，一个平时挺听话的江苏籍列兵，一个眉清目秀到十二月八号才满十七周岁的小男孩，他有什么理由和胆量不假外出？

他可能正蹲在厕所的某个坑上。我说。

没有，我看了。没人在拉屎。排长说，我怀疑这小子跑了。

不会，要跑在新兵连就跑了，不会等到现在。我说，问问车场。

两分钟后，排长向我汇报说，真在车场，不过他好像喝酒了，不肯回来。

我本想让排长去车场把他带回来，可是话被舌头和牙齿篡改了。我说我正好去车场看看，你去休息吧。

深秋戈壁的夜晚已经很凉，月亮倒是很明亮。值班室的桌子上放着些花生、榨菜和火腿肠，还有两瓶"草原风情"，一瓶已经打开。马小磊坐在床上，手里端着个一次性塑料杯，里面有半杯酒。张建军则像平时那样坐在桌前，拍着马小磊的肩膀。见我进来，两人都站了起来。

怎么回事？

心里不痛快，想喝点酒。马小磊红着脸，一股酒气向我冲过来。

他父母离婚了，他想不通。张建军在边上向我解释，事情过去很久了，他还是不敢看我。

指导员，你来得正好，张班长不喝，我跟你喝。马小磊举着杯子，他们离婚啦，没人要我，我就想喝酒庆祝一下。

我从没见过一个新兵敢这么跟我讲话。怪不得上战场总得喝喝壮行酒，这种液体真是可以壮胆。我应该接盆凉水兜头浇下去让他清醒清醒，不然他搞不清自己是谁。可是我看到这个列兵红肿的眼睛时，心软了。

屁话，谁说没人要你了？连队要你，我们要你，面子够大了吧？我坐了下来，来，把酒倒上。

马小磊给我倒了半杯白酒，我和他碰了碰杯，一饮而尽。等我放下空杯，发现马小磊只喝了一半。

我喝完了，你才喝一半？我说，你还能认出我是谁吗？

你是指导员。

那还不赶紧给我喝掉！

马小磊吓了一跳，赶紧把杯子里的酒喝光。

喝掉大半瓶以后，我略有点头晕，而马小磊则躺在床上开始傻笑，笑了一会儿，又开始抽泣，最后发出了细细的鼾声。我想明天早上他醒来时，应该会好一点，那时我再跟他谈谈。

指导员。我听见张建军叫我。刚才他一直低头坐着，默然不语。

嗯？

马小磊高了，我陪你喝吧。他抬起头，注视着我。

你？我愣了一下，你也会喝酒？

是。

我没见你喝过，我已经有点晕了。我说，再说，你没必要跟我喝。

有。张建军说着，给自己倒了满满一杯。

我喝完，指导员你随意。他向我举了举杯。

我还没来得及说什么，张建军已经把杯子喝干了。

我嘴笨，不知道说啥。张建军打开第二瓶酒，又给自己倒满一杯，指导员，我感谢你。

谢我什么？

我不知道。就是觉得你是个好领导，觉得你跟我们很亲。

我举起杯跟他碰了碰，我只喝了一口，而他跟喝凉水似的，又喝下去一满杯。

好了，你不要再喝。我说，今天到此为止吧。

最后一杯，我敬你。我从来没给你敬过酒，今天补上。

我想阻止他，但是晚了。三杯酒至少有八两，但我看不出张建军的脸有多大变化。

指导员，你没事吧。他问我。

没事。我说，你比我能喝多了。

我也有点晕。他说，我四年没喝酒了。

李二明在的时候，你应该跟他喝喝酒。我说，他对你不错。

是。

可是再没机会了。我说，他在的时候，我对他是不是太坏了？

不。李班长在的时候老给我说，连里他就愿意听你的。

别蒙我了。我苦笑一下，我天天训他，禁他的假，他会喜欢听我的？

真的。张建军说，他说你对我们好。

我无言。我被我的士兵表扬了，我从未想到自己竟然如此在乎他们的表扬。过了好一会儿，我问张建军，你呢，怎么看我？

我一辈子也忘不了你。

其实我一直认为你是个好兵，我也希望你一直做一个好兵。

我不是。张建军看着我说。

算了，其实那也不是什么大不了的事。我说，你还跟那个刘霞联系吗？

不联系了。

有些事是没办法的，我希望你明白。

我明白。张建军吃力地说。

很久后的一天下午，我在车场值班室同张建军聊天。同往常一样，还是我讲他听，因为他的确是一个百年不遇的杰出听众。正说着，外面传来铁器的撞击声，走出去一看，大门外围了十几个农民，一见到我们，立刻用本地方言破口大骂起来。

我不知出了什么事，感觉紧张。群情激奋的村民们拿铁锹奋力拍打着大门，发出"咣咣"的声响，在这种重金属的伴奏下，他们七嘴八舌高声嚷嚷，并痛斥我为"狗官"。我正试图解释，一团东西飞过来打在我的军装上，定睛一看，竟是一只沾着血污的羊蹄子。

这时候，又有一些村民跑来看热闹，把我们两人团团围住。车场的历史上，大概从来没有这么热闹过，今后怕也不会这么热闹。从他们愤怒的指责中我听出他们怀疑我们杀了他们的羊，并把羊头和羊蹄等残肢埋在了车场附近的戈壁中，刚才飞来的羊蹄无疑就是最直接的血证。我拼命喊着让他们听我说话，但毫无效果。群众的眼睛是否雪亮我说不好，但群众的情绪令人恐怖则是千真万确的。他们拒绝与我对话，并且从最初的一边倒的指责转变为肢体冲突，局势很快失控。我的军装被撕扯得乱七八糟，可我始终没有还手，首先是寡不敌众，其次是不想火上浇油。我竭力想护住瘦小的张建军，而他看上去也想替我抵挡些拳头。然而我们最终还是被分开了，四周都是黑压压的人头，我脸上肚子和后背挨了许多拳脚，腮帮子火辣辣地疼，嘴唇也肿了。就在我担心自己即将窝囊地死去时，周围的人却像是听到口令一样，突然全部散开并且安静了下来。

我捂着脸，看到五六米以外，鼻孔淌血的张建军一手抓着刚才领头中年男人的头发，另一只手则紧握着一柄寒光闪闪的匕首，而刀锋正架在那人的脖子上。张建军的胸膛剧烈起伏，两只发红的眼珠瞪得几乎要爆出来，"头发上指，目眦尽裂"，我都认不出这是张建军了。

退后！他吼道，全部退后！

周围的人慢慢往后挪动着步子，所有的眼睛都盯在匕首上。

告诉你，我们没杀你的羊。张建军凑在男人的耳朵边叫道，你他妈的听到没？听到没?!

我朝张建军走过去，我现在不担心被别人干掉，反倒开始担心我们会干掉别人。我还没走到他跟前，张建军突然移开匕首，用刀柄冲着那男人的脸猛击一下，对方的鼻血顿时喷溅出来。

我再说一遍，你们找错人了，我们没见过你们的羊。张建军说着，把手里的匕首递给对方，你要是不信，那你现在就捅死我。来，刀给你。拿着呀！捅呀！

在场的人都呆若木鸡，包括我。几秒钟后，一个声音在后面喊，哎呀，算了算了，就是一个羊嘛，我们找他们领导赔去，不跟这些兵娃子说了。

人群渐渐地散开了，走远了，消失了。张建军走过来问我，你没事吧指导员？

我没事，你呢？

没事。他脸上都是血，但他却笑了笑。

我没发现你这么厉害。我说，我都觉得不是你了。

我打点水，你洗洗脸吧。张建军说。

这事咱们知道就行了，不要说出去。往值班室走时我说。

是。

还有，这把匕首是哪来的？我忽然想起了这个问题。士兵没有理由私藏刀具。

李班长的。他去内蒙古出车的时候买的，复员以前怕连里要点验，就让我帮他先拿着，结果他……

把它给我。我说，刚才你的动作太危险了，以后决不能再这样干，明白吗？

是。张建军说。他们要不动你，我也不会这样。

我拍拍他的脑袋。嘴巴很疼，但我还是笑了。

后来经过查证，偷羊的事是干部灶的几个兵干的。他们把肉留下，把剩下的头角蹄子之类拉到车场附近的戈壁滩上埋了，于是客观上造成了嫁祸于我们的事实。团里扣发了几个小子当月的津贴作为赔偿费用，给领头的上士一个警告处分了事。团里没人知道一只羊差点酿成一起严重的军民纠纷。被张建军扣作人质的那家伙还不错，专程骑着摩托车来连里向我道歉，并请我和张建军去他家里喝酒。起初我谢绝了，可这厮很偏，但凡在路上遇到他，必定会遭到他的邀请。事情都过去几个月了，有天我去团部开会回来时，又在路上遇到了他。

你们不去我心里咋也过不去，今天你们非去一下不行。他强调说，非去不行。

我同意了。那天是十一月一号，李二明的忌日。或许正是这个原因，我接受了他的邀请。

那天我是开车去的，本来不打算喝酒，而且我发现他老婆做的羊肉面卷比饭馆里卖的好吃多了，我得腾出空间多装点这东西回去。但没想到在聊天的时候，女主人竟然说起了李二明。

你们那个姓李的小伙子不错，还给我们的摩托加过油呢。女主人说，最近咋不见他，是不是回家去了？

对。我停止了咀嚼，好一阵才回答。

他一直叫我给他兄弟找个对象。他说他兄弟腿不太好，小儿麻痹症还是啥，在家说不上对象，叫我在水青给他说一个。水青的女子都不想嫁到那么远的四川去，说那地方到处都是山，不如我们水青好，我到现在还没找上合适的呢。

女主人说完这句话，我端起杯喝了那晚的第一杯酒。

张建军依然滴酒不沾，人家最后都喊他"老哥"了，他仍然坚持着不肯端起面前的酒杯。

离开村子已经是晚上十点多，我和张建军回去的时候，谁也没说话。我把车开得飞快，转弯时差点掉进沟里。酒精可以消毒止痒去伪存真把沉在心底的东西都泡出来，泡得我心里火辣辣地疼。我大声跟着录音机里的许巍唱《我的秋天》，唱得我皮肤发冷眼睛发热，只想找个人大打一架。张建军则坐在旁边忧虑地看着我，右手放在胸前，像一个悲天悯人的牧师。

我刚干指导员的时候，觉得四年的时光漫长得像四个世纪；当我知道自己即将离开的时候，觉得四年短暂得像四秒钟。这是感觉的相对论。军队的职务晋升人事安排永远都是热门的话题，所以在正式任命以前，我就已经知道自己将去政治处任保卫股长。这听上去是件令人高兴的事，然而我没有任何兴奋的感觉。连队是个奇异的组合，一张张命令把一群素不相识的人集合在一起，你必须要接受他们，适应他们，融入他们，然后学会爱他们。我觉得我接受了，适应了，融入了，也爱了，可是，就像我必须到来一样，现在，我必须离开。

那几天，我又轮流在每个班里睡了一晚。我也想去车场睡一晚，但车场只有一张床，只好作罢。住在班里的那几个晚上，我和士兵们躺在床上，小声地聊着天，这是我四年任期内唯一一次允许并参与他们熄灯后的谈话，放在以前，熄灯后讲话的宿舍会被我猛地推开，然后被我训斥。

不想睡了是吧？不想睡现在就起来去打扫猪圈！老兵们告诉我，这是我在发现他们熄灯后讲话时最爱说的一句话。听到他们惟妙惟肖的模仿，我们都不禁在黑暗中轻笑起来。

我听说军士们正在暗中策划我的欢送仪式，这让我觉得不安。因为我觉得自己四年的连队生活有太多缺憾，最主要的是，我还没有尽我所能地关心爱护他们，尽管他们都是些不求回报的棒小伙，而且我似乎也赢得了他们的爱戴，但我并不能就此认为自己已经出色地完成了任务。比如李二明。然而，这一切已然无法弥补了。

虽然没去车场睡一晚，但我还是专程去车场同张建军告别。现在的张建军已经戴上了漂亮的中士军衔，并获得了汽修班副班长的任命。虽然他是连里住得离我最远的一个兵，但我一直很喜欢这小子。

这次我真的要走了。我看着窗外湛蓝的天，对张建军说。

张建军没说话。

我没想到一直让你值了两年多的班，我不相信你真的愿意在这里值班。我说，来汽车连以后，你去过几次水青？

张建军依然沉默。

我好像告诉过你，我问你话的时候你应该回答。

我说着，又转回身看他。这时我才发现，张建军的眼睛红红的。

两次。他一说话，眼泪立刻涌了出来。我的心变得像戈壁上空的云一样柔软，从前我一直觉得他是我手下的兵，而现在，我觉得他更像是我的兄弟。

别那么没出息。我说。

是。他赶快擦掉了泪。

如果让你选择，你想干什么？

我？张建军沉默了一会儿，要是有仗打就好了，我想去打仗。我想跟着你出生入死，在最危险的时候，我要替你挡住一发子弹。我老是这么想，我觉得我最想死在战场上。我谁也没告诉过。

我想笑，可是没笑出来。我头一回听见张建军一口气说这么长一句话，也是头一回在我的士兵口中听到这样书面的语言，而且是语无伦次的答非所问的场合不适的无头无尾的书面语言。我觉得奇怪，也有点别扭。这他妈的不像是真话，但我却没有任何理由否认这就是真话。

以后没事可以给我打电话。我说。

是。

你干得不错，我希望你继续好好干。

是。

还有什么事吗？

你的大衣还在我这里。

拿来。我说。

我在大衣衬里写上我的名字，把它送给了张建军。

离开连队那天，士兵们披挂整齐，在三月初寒冷的漠风中列队，请我作告别讲话。那会儿我脑袋木木的，这可能跟我前一天晚上喝得太多有关。炊事班为我的告别会餐精心准备了极好的菜肴，可我只吃了几个花生，胃里的空间全被啤酒填满了，说不定我的血管都被灌进了啤酒。我跟连里每个人至少喝了一杯，活了快三十年没喝过那么多酒，最后喝得大醉，不知道怎么回去的。早饭时，连长笑说你挺能装，这几年我一直以为你没我能喝呢。我说我本来就没你能喝。连长说还装，昨晚喝那么多酒回来还在连部跟大家聊了一个多小时，还酸不溜秋地引用了一些大家都听不懂的唐诗宋词。我说扯淡，昨晚我什么都不记得了。

时光宛如一架磨床，把长久以来堆积的附着层全部磨掉，剩下的只是记忆这种材质本身闪亮的光泽。连长请我在队列前作告别讲话，事实上，我在前几天也认真地准备了一篇自觉文字优美感情充沛催人泪下的演说稿，可当我站在我的弟兄们面前，望着这些无比熟悉无比亲切的面孔时，什么也想不起来了。我记得当时我张了张嘴巴，没吐出一个字，眼泪却很不体面地流淌下来。我觉得比较丢人，可是，靠！我真的忍不住。那是我四年任期内第一次，也是最后一次流泪，对我来说，这无疑是个值得纪念的细节。我张着嘴巴在队列前站了半天，最后敬个礼走开了，什么也没说出来。

老贾作为连队资深的专业军士，在队列前代表全连弟兄发言。他高度赞扬了我的英明神武丰功伟绩和高尚情操，听上去感觉即使没有上善若水最起码也准备厚德载物，搞得我几乎人将不人。最后，老贾真诚祝愿我早点找个善良美丽温柔贤惠喜爱做饭会生孩子的姑娘结婚，因为弟兄们都在同情我至今赤贫的爱情——真他妈的让人受不了。讲完后，他赠给我一本纪念册。里面有全连所有弟兄的照片和留言，遗憾的是，李二明加了黑框的照片下面是空白。队伍解散后，司机们把大大小小所有的车都开了出来，组成了一个庞大的车队送我。

我走了你们是不是很高兴啊？我说，跟他妈送瘟神似的。

我们要让你一辈子记住今天。老贾说。配合他的，是士兵们"嗷嗷"的起哄声。

他们成功地阻止了我的阻止。我坐在由连长驾驶的切诺基里，走在车队最前面。长长的车队以五公里的时速缓慢开进，先绕着连队营院转了一圈，又驶向车场，在围着车场绕行一周后，开往团部大院。经过车场时，我看到张建军以标准的军姿站在大门口，向车队敬礼。他的右手一直举在帽檐边，直到他的身影消失在切诺基的后视镜里。此起彼伏的喇叭声震碎了戈壁宁静的空气，所有的车载录音机反复播放着许巍的《在别处》，他们知道这是我喜欢的唱片，可我不知道他们中的谁想出的点子。车队经过时，三三两两的路人驻足观看，那感觉仿佛是一场婚庆，抑或是一次葬礼。其实是什么都无关紧要，重要的是，这已成为我此生最为荣耀的一次出行。

离开连队，我正式开始了另一种生活。对我来讲，机关与连队的不同或许就在于：它不再需要我怕谁会在夜里跑出去，不再需要我担心晚归司机的安全而无法入眠，不再需要我每天午夜起来去查铺查哨，不再需要我惦记着给"副场长"带点肉骨头，不再需要我常常安慰或是训斥我的士兵……妈的，我不再需要一天到晚地去为谁操心了。我轻松，轻松得有些沉重。

一个月后的四月四日，星期六的早晨，我正在睡觉，电话响了。主任通知我立刻到会议室开会。我急匆匆地赶到时，会议室已经坐了好几位领导，居中的上校我见过一次，是军政治部保卫处长，他旁边的少校则是保卫处刑侦干事。此外，还有两个穿便装的陌生人。

王股长，政委问我，你是汽车连出来的，知道有个叫张建军的兵吗？

知道。我莫名地紧张起来。

是这个人吗？一个穿便装的陌生人递给我一张一寸黑白照片。照片上的年轻人头发很长，穿着件领口松垮垮的T恤，嘴角挂着幼稚的冷笑。

是他吗，是张建军吗？处长焦急地追问。

是。

那就没问题了。他们相互交换眼色，处长说。

这个兵……妈的，他根本不能算是兵……平时表现怎么样？政委问我。

很好。我说。我想起不久前自己亲手给他换上中士肩章时，他浮现出的腼腆笑容。

这小子一九九四年涉嫌在北京参与了一起抢劫杀人案。杀死一个出租车司机，抢了两百块钱。之前没有前科，作案以后他就回了老家。其他人继续待在北京。同案犯前段时间入室盗窃被捕，把他供了出来。

我张了张嘴，却说不出话来。这时我才知道那两个穿便装的陌生人，是北京某公安分局的刑警。然后，大家开始研究抓捕方案，而我的脑子却乱成了一锅粥，晃的全是张建军那双尼古拉斯·凯奇式的眼睛。

听听王股长的，他带的兵。他们商议着诸如拒捕、自杀、脱逃等可能出现的情况，众口纷纭莫衷一是，最后政委又点我的名。

我不知道说什么。似乎过了好久，我才开口。我说，不用那么多人，我一个人就够了。

扯淡！你是零零七？出了这事，团长必定觉得很没面子，言语间火气很大。

让这个小伙子说完。处长摆摆手制止了团长。

他一个人住在车场，你们把车停到门口，我一个人进去就行了，他即使要跑，也跑不了，而且，我相信他不会跑，也不会拒捕。

你凭什么这么认为？处长问。

他是我带的兵。

让他跑他也跑不了，刑侦干事说，戈壁滩没地方跑，再说我们还带着枪。

对，如果要跑，就先打腿。副政委补充道。

我默默地听着，心中充满了厌恶。对他们来说，张建军不过是一本卷宗一个名字或者一张照片，还他妈不是彩色的。而对我来说，他却是我的士兵，我的兄弟，是我一天天把他从列兵带到中士的。他们不明白这一切。

那就这样。王股长，你马上给连里值班干部打电话，就说军里来人突击检查节假日情况，让他们全部待在连里，任何人不允许外出。处长看着我说道，打电话的时候一定要自然，明白吗？

是。

接电话的是新任指导员。当我说到务必让张建军待在车场准备迎接检查时，他却问我，张建军是谁？

你们的车场值班员。我说，那个瘦瘦的兵。

噢，好像是有这么个人。他嘻嘻地笑着，我认人认得慢，现在光能叫得上几个干部的名字。

挂了电话，我又直接给车场打了过去，这次用的是免提。张建军听到我的声音显得很兴奋。

你什么时候来连里啊。张建军说，这么久不见你，我真不习惯。

马上。我说。

当张建军问我要不要准备纸杯和茶叶时，会议室里所有的人都紧张地盯着我，我觉得自己快窒息了。

不用，你准备报告就行了。说完这句话，我立刻挂了电话。我明白，处长赞成我的想法是因为他不想把动静搞得太大，最好在没有任何人知道的情况下，把张建军带走。而我这么做是为什么？也许，是因为我对面的几个人正在检查武器并把锃亮的子弹压进弹匣。张建军来连队的时候是完好无损的，他走的时候，也应该完好无损。

你有把握吗？处长问。

我点点头。

还有什么问题吗？处长问。

他是不是会判得很重？我问。

什么意思？你心软了？处长逼视着我，这不是心软的时候。你要觉得不行，就换别人。

没有。我冷冷地说，我只是想知道他能判多重。

这个不好说，看法官了。处长缓和了口气，这种情况我们还没有遇到过，他是入伍前作的案，所以应该移交地方司法机关处理。不过他作案的时候不满十八周岁，不适用死刑。所以枪……处决肯定是不会的。处长看着我说。

五分钟之后，我开车到了车场。张建军果然很听话地待在值班室里。我推门进去的时候，他立刻起立，立正，敬礼。

上尉同志，雷达团汽车连副班长张建军正在值班，请指示！报告完毕，他咧开嘴笑道，指导员，我这么报告可以吧？

我默默地注视着他，无法回答。

你怎么了指导员，脸色这么难看，身体不舒服吗？他吃惊地问，仍称呼着我从前的职务。

你在北京打过工吗？我死死地盯着他，问道。

刹那间，张建军眼中的光亮熄灭了。他瘦削的脸变得像纸一样苍白，看上去像秋天的树叶一样伤感。他已经预感到自己的凋落。

短时间的沉默后，我从裤兜里摸出了手铐。张建军呆呆地望着我，嘴唇不停地颤抖着。那一刻，我突然涌起了一种强烈的愿望。我希望他像上次一样拿出匕首架在我的脖子上，或者，干脆就刺入我的心脏。然而，什么也没发生。我只是看着他慢慢地向我伸出双手，那双冻疮尚未痊愈的手。

最后，我摘下了他的领花和肩章，这是我替他戴上去的，我不想它被别人狠狠地撕掉。这个过程如同一个缓慢摇动的镜头，在我的记忆里显得漫长而忧伤。张建军一声不吭一动不动地站着，眼泪流得满脸都是。我正想对他说点什么，门开了，张建军被带了出去。

我呆立在车场值班室，这小小的房间在一瞬间变得辽阔而空旷，我能够清楚地听到自己的心跳在苍茫的戈壁中回响。

死亡重奏　西元

前　奏

你把苦难强加于我，

我把苦难变成武器……

序章　一个连的高地

在一米的距离上凝视着一颗105毫米榴弹炮炮弹爆炸，你会看到比太阳还耀眼的光芒，听到巨大以至于无声的轰响。一瞬间里，密集的弹片和冲击波像轻风吹过柳枝一样打断你的脊梁骨，撕碎你的肉身，还有你的耳鼓、视网膜、舌头、手指等等你与这个世界产生联系的感觉器官，却没有一丝疼痛。从此，没有时间、空间，周遭一片黑暗和寂静，这就是——死亡。

你一个人站在高高的悬崖上，环顾四周，同生共死的战友，血脉相连的亲人正与你渐行渐远。此时，无人可以交谈，可以倾诉，你只能默默倾听自己的心声。时间无多，每个人都必须从这悬崖上纵身一跃，或激昂，或悲壮，或恐惧，或怯懦。耳边满是呼呼的风声，看着高冷的夜空离你越来越远，而黑沉沉的大地正逼近你的后脑，随时会有重重的一击。在有限的时间里，焦躁达到了顶点，就像在阎王殿前的油锅里一样。煎熬过后，是无边的清凉。在脊背触到大地的那一刻，你突然满心坦然，尽管不知为什么，你发现自己可以安息了。然后，你的血肉之躯碎裂成无数块，与大地融为一体，四季轮回，共枯共荣。直到有一天，你发现，一个新的你重生了。

十四岁的二斗伢子觉得自己的头，被连长魏大骡子树根一样粗硬的手使劲向下压，一时间只看得见战壕壁上的冻土。接着，大地震撼，白光一闪，整个世界像是被滚烫的开水洗过一般。什么也听不见，来不及害怕，来不及惊慌，二斗伢子浑身麻木，一股黏热的血浆顺着额头，越过眉毛，流进眼睛，流过鼻尖，流进嘴巴。那只手还在头顶，二斗伢子壮着胆子，将其拿下来。它五指张开，保持着使劲用力的姿态，手腕被弹片打断，两根发白发黄的骨头支棱在外面，显得很锋利，几根粗大血管汩汩地向外冒血，好像它还活着一样。

二斗伢子战战兢兢地侧过头，看见连长的下半身跌坐在手榴弹木箱上，血肉中露出几节又红又白的脊梁骨，肠子像一捆胡乱缠在一起的粗麻绳，摊在腰上、腿上，有一节垂到了雪地上，某个器官似乎还未完全死去，慢慢地，顽强地蠕动着，每动一下，便有一大股血冒出来，一波接着一波，顺着破烂的军裤，流到冻得硬邦邦的地上，渐渐失去热力，结成一层又一层的红冰。连长身后的战壕壁上，挂着密密麻麻的碎肉、牙齿、半块耳朵、几缕头发，还有布头、铜扣子、军衔，啪的一声，一只乒乓球大小的白色眼珠子，从布满血浆的战壕壁上落下来，发出清脆的一声响。

片刻死寂之后，是漫漫无涯的地动山摇。二斗伢子匍匐在战壕底部，像婴儿在摇篮里一样，向前慢慢爬行。不时，有几块冰碴儿从头顶飞下，打在脸上，有几片血肉不知从哪里落到离眼前几寸远的地方，在严冬里，还冒着热气，抑或有块火红的弹片，掉在身旁薄薄的积雪上，发出嗞嗞啦啦的声音，然后，渐渐变暗，最后变成冷冷的黑色。

到处是尸体，有的冻得硬硬的，有的还很软，二斗伢子作为新兵，刚刚补充到这个高地上，谁也不认识。爬过几条战壕，竟没发现一个活着的人。二斗伢子小心地抬起头，战壕顶上伸出一条腿，垂在半空。他看到一只美式靴子，于是微微探起身，奋力将那条腿拽了下来，一具僵硬的美国人的尸体便轰地落在了身边。二斗伢子将两只靴子扯下来，套在脚上，虽然很大，但很暖和，他感到特别欣慰。战壕的另一头，蜷缩着一个美军俘虏，衣领裹着脸，头埋在膝盖里，一动不动，看不出活着还是死了。二斗伢子顾不上管他，继续向前爬，身下的血水和着泥浆，又黏又滑，自己仿佛一条在淤泥里钻行的泥鳅一样。

又是一片寂静。二斗伢子明白，炮击过后，美军步兵便要冲上高地。但是此时，战壕里已经全是死尸，没有人站起来，没有人端起枪。二斗伢子从一个美军尸体腰带上扯下一枚手雷，握在手里。他站起身，向战壕外面望去，白茫茫的一片，被炮弹炸过的雪地露出一大块、一大块黑色。二斗伢子觉得特别孤单，没有一个战友可以和自己分享此刻的恐惧和悲伤。他捡起一面沾满血水，此时已经冻成铁片一般的红旗，插在弹药箱上，打开手雷的保险拉环，闭上眼睛，等待美国人的军用皮靴踩在眼前的雪地上。

闭目许久，没有一声枪响，也没有皮靴踩在雪地上发出的窸窸窣窣声。二斗伢子困惑地睁开眼，向夜色中望去。美军的坦克正在远去，发动机在空旷的山谷里发出嗵嗵的声音，像是有人在敲一面巨大的皮鼓。二斗伢子筋疲力尽，昏昏欲睡。严寒像一张巨大的棉被，铺天盖地，让人渐渐失去知觉。不知过了多久，二斗伢子从梦中惊醒，万道阳光从高空刺入双眼。他觉得浑身硬邦邦的，像一块磨盘石，无法动弹。高地下的公路上，正经过一支队伍，土黄色的军装，红色的旗子。一个穿着黄军装的男人离开队伍跑上高地，站在雪地上高喊，还有活着的人吗？还有活着的人吗？没有人回答他。二斗伢子想高喊，可是胸腔和嘴却像冻住了一样，发不出一丝声音。此时，他既焦急，又委屈，还有一丝莫名其妙的幸福感。情急之下，他用尽最后的力气，一把抓住旁边的红旗，微微摇动了几下，便什么也记不得了。

魏大骡子

魏大骡子！

到!

你过来!

嘿嘿,团长,什么事?

这表你拿去,从一个打死的美军中校手腕上扒下来的,我戴了几天,还挺准。

有什么任务你直说,这表太金贵,我不要。

操,非得有任务才送你东西吗?

嘿嘿,那好,没事我先走了。

你他妈给我站住!

什么事?

过来!到地图这边来。7号高地看清楚没有?它下边有条公路看清楚没有?美军一个集团军和南朝鲜十来个师被我们围住了,正使出吃奶的劲儿往南逃,这条公路就是他们唯一的活路。九兵团一二三师正在打穿插,在他们到位之前,你们连必须守住7号高地。

守多长时间?

五天、七天,说不好,一二三师什么时候到,你们什么时候可以下来。

人打光了怎么办?

没了多少给你补多少。

我也没了怎么办?

那就再上一个连,只要我活着,年年给你烧纸。

明白了,我这就回连里边去。

大骡子,等等……真想咱俩换一换。

换个屁啊!该谁的就是谁的。团长,你他妈的能不能不哭丧着脸?

连长魏大骡子一看到这个高地,就知道自己怕是活着回不去了。干硬的土地上满是枯草,四面八方吹来严冬的冷风,发出呜呜的鸣叫,显得这世界格外空旷。他想,这是个埋人的好地方,视线开阔,天高地远,死在这里,无牵无挂,就像扔在田头的一块牛粪,来年春天,野花遍地,又是一派生机勃勃。

黑沉沉的乌云在头顶不远处飘过,又湿又冷,冻得耳朵针扎一样痛。魏大骡子用一把美军的十字镐刨战壕。地冻得实了心,一镐下去,只刨出碗口大的一捧土。这让他想起十几岁的时候，给娘刨坟的情景。那年冬天，娘到江边扒鱼皮，一颗冷枪子弹打过来，娘就一头栽进了江面上凿出的冰洞里。等爹去找她的时候，娘已经像冻在江面上的一条破船，任凭镐头刨、铁锹铲、开水烫，也无法将她弄回来。江边厚厚的冰层里充满了细细的气泡，魏大骡子看到冰面上露着一只男人的脚，脚上有只布鞋。他站在这只脚旁边，朝冰面下望去，里面倒悬着一个穿长衫的白胡子老人，瞪大眼睛望着自己。魏大骡子想起来了，这是镇子东头的老秀才，柳公权的楷书写得非常好，日本人几次叫他到镇政府当官，都被他拒绝了。几个月前的某个半夜里，他家院子传来狗叫，有日本人汽车响。从此，人们便再也没见过他，传说是被日本人请到哈尔滨皇宫里当参议员去了。

魏大骡子跟在爹的身后向山里走，找个向阳的坡，把娘埋了。雪有尺把厚，每走一步，又硬又冷的雪壳就会顶到他的裤裆，又是一阵火辣辣的疼。爹越走越累，一言不发，只见得从脸的一侧冒出浓浓的白雾，还有粗重的喘息。过了许久，手和脚尖也冻得失去了知觉，然后是一阵又一阵尖锐的疼痛。再后来，魏大骡子与爹的距离越拉越远，但爹没有回头看他一眼，他也不敢喊爹停一停，因为这样冷的天，谁也不能停下来。两个人默默地走着，命悬一线。走到一个向阳坡时，雪面白得刺眼，像涨了潮的江水一样。山风刮起雪末子，打在脸上仿佛扒开层皮一样疼。爹指着不远处的两个雪包，道，给爷爷奶奶磕个头。

镐头尖在魏大骡子手中摇摇晃晃，落在冻得硬邦邦的地上，只有一个白点，让他非常绝望。满耳风声，震耳欲聋，他不能乞求别人的帮助。他倔强地一次又一次举起镐头，看着地上出现一个白点，又一个白点，直到越来越多的白点。等地面上勉强出现一个人形的浅浅小坑时，魏大骡子和爹快累瘫了。再挖下去，就没力气走回村子里。爹说，就这样吧，先用雪盖着，开春了再深挖挖。

魏大骡子跟在爹身后向回走，晕晕欲睡。他仿佛看见爹挑着扁挑，筐里坐着两岁的妹妹，从山东逃荒到东北。爹对魏大骡子说，死死抓住箩筐绳子，别松手，松手了谁也管不了你。魏大骡子那年才四五岁，他真的不敢松手了，鞋子掉了也不吭一声，不瞅一眼，手磨烂了，淌血了，也不觉得疼。他死死盯着爹干瘦的屁股，脑袋被大人们的胯骨、包裹撞得生疼、发晕，也努力坚持着，唯恐掉了队，落在混乱的逃荒人群里，无依无靠。有一天，他发现筐子里的妹妹不见了。他也不敢问，生怕自己也像她一样，突然就消失了。长大以后，有次听娘说，妹妹是饿死的。两岁大的孩子，既没奶喝，脾胃又细弱，最不好活了。

后来，爹站在一大片土地前，用手抓起一捧大酱一样的泥土，看着浓黑的浆汁从指缝间缓缓冒出，道，这里的地养人，撒下种子就能长出粮食，咱们不走了。直到这时，魏大骡子的小黑手才敢松开箩筐的绳子，小心翼翼地走到这片黑土地里，像走进夏天又温暖又柔和，如丝绸般的湖水里一样。这土又松软，又潮湿，仿佛有油脂，不用说一颗种子，就是一个人在这里活得久了，也一定是高高大大，健健壮壮的。魏大骡子在爹垒的土坑上睡着了，睡得一头一脸的汗，一口气睡了三天三夜，每根骨头都像发了酵的面一样，轻飘飘的，疯狂地吸吮着泥土的气味，嘎嘎有声地生长着。魏大骡子激动得在梦中流泪，庆幸黑土地给予他的一切恩赐，凶年的噩梦渐渐远去，隐隐的生机正在复苏……

王大心

指导员，你来讲两句。

我只讲两句话。第一，大家都是老兵，我看遗书就不必写了。你们存在我那里的遗书都塞了满满一挎包，再写怕是也写不出什么新东西。第二，人在阵地在！这句话的意思就是，无论在什么情况下，我绝不允许一个人逃跑，绝不允许一个人投降！我王大心和大家一样，死亡面前，人人平等。我可以最后一个死，但我不会在大家都死了之后，我一个人还活着。我这样要求九连的每一个人，我也这样要求自己。如果我没做到，每一个看到我的人，都可以第一个枪毙我。

指导员，你别说了，大家有眼睛，看得见，炊事班做的炒面你没多吃一口，缴获的美军肉罐头你没留下一个，现在还穿着单衣，这些话，我们信你的！

第二章　奏鸣·炮击

没有人能拒绝死亡，就像没有人能不恐惧一样。一枚炮弹在你的身边无遮无拦地爆炸了，这是你没想过的事情，因为你第一次遇到它，也可能是最后一次遇到。你辛苦一整天挖出的战壕在一瞬间就变成了圆坑，刚才还活生生的战友被抛上了天，落下来的时候变成了一只手、一只脚或一只器官，你被埋在不那么深的战壕里，黄土下一片黑暗，无法呼吸。那比世上最响的声音还要巨大的炮弹爆炸声像硝酸一样，洗去你所有的记忆，所有的誓言，所有的崇高，所有的忠诚。此刻，你的肉身被震得麻木无力，脑子一片昏昏沉沉，耳朵里满是杂乱无章的鸣叫，所有与性命无关的东西都变成了子虚乌有。你趴在土地上，土地便是你生命的摇篮，你站起来，天空就是死亡的海洋。

极度的窒息，使得绝对的黑暗变成狂躁的浓红。某一块不那么有力的弹片，穿过黄土，轻轻地咬在了你的肉身上。你不敢回头，焦黑的浓雾散尽，你觉得自己被牛头马面牢牢抓住腿脚，身下是一口巨大的铜锅，黄金一般的浓油闪着贪婪的热光，每一个溅起的油花都像是一只渴血的舌头。你挣扎着想远离这口铜锅，但你不能拒绝，你绝望地向翻滚的油水里望去，一张黑色的面孔在油水下面狂笑。它手舞足蹈，兴高采烈，翠绿色的眼珠子里有一颗紫色的瞳仁，那瞳仁兴奋地一张一缩，一股脓血一般的稠黄色液体从眼角流出来，像仁慈的眼泪，又像是饥渴的口水。

黑色的面孔在油水下移动，渐渐游出锅底，升到你的眼前。紫色的瞳仁紧盯着你，仿佛早已把你的心底看穿。面孔上厚厚的嘴唇如同铜锣一样扇动着，发出沉重的嗡嗡声。尽管你听不懂任何一句话，但你却不可思议地一下子就明白了其中的意思。一只毛茸茸的黑色手臂从面孔后面伸出来，细长的手指上长着几寸长的绿色指甲，上面滴滴答答地落着血珠子。那指甲尖上轻轻地夹着一枚碎裂的三角形炮弹片，滚烫烧红，边缘锋利，仿佛刚刚爆炸过后，飞在半空中，被这只黑手捉住一样。细长的手指张开，这只弹片顺着铜锅的边沿滑进油底，拉出一道道如同彩带一样的血迹。两片厚嘴唇瓮声瓮气地说，你若能亲手拾起这枚弹片，就可回世间走一遭，若无胆量，便须在地狱再等上五百年，何去何从，你自己选择。

那只翠绿色的眼珠子看着你，出其不意地眨了一下，发出一声清脆的响声。那一刻，你的心彻底沉静下来，像大海边的礁石一样。你发现，那张黑色的面孔其实并不代表着恐惧，当然也不代表着仁慈，它超越于这之上，当你越过绝对的恐惧这道门槛的时候，你便再也不会害怕面对这张脸。你伸出手，探向翻滚的油锅。你看见躺在锅底的那枚弹片，上面刮痕累累，也许刚刚击碎一块黄土下的石头，也许刚刚打断一根战友的脊梁骨，也许刚刚掀开一颗头颅，边缘翘起的锋口里或许还夹带着黄土、血肉、脑浆等等东西。你下定决心，必须亲手将这枚负载着累累恐惧、仇恨、留恋、宽恕、希望、懊恼、剧痛，以及一切一切人间苦难的弹片，从油锅里捞起来。

手指碰到沸腾的油水的那一刻，你感到的不是钻心的热烫，而是彻骨的寒冷，油水仿佛一瞬间凝固，将你的手指冻在了铜锅里。同时，油水急速下沉，拽着你下落，好似落进了一个没有尽头的隧道。你很惊异，这是你从未体验过的感觉，好像从此脱胎换骨。你本应害怕，却不可思议地有些幸福感，仿佛有人告诉你绝不会有事。速度越来越快，一块白色的东西迎面向你撞过来，转眼间就到了跟前，足以使你粉身碎骨，你想大喊，却叫不出声。突然，你的脑子里一片空白……

坑道底部，堆了厚厚的黄土。每一发炮弹在周围爆炸，便有一层黄土从天而降，哗的一下子铺了满地。一下接一下的颤动，从大地深处传来，使一切生灵越发觉得自己的渺小。突然，万籁俱寂，只有太阳灰白的光线晒在干冷的空气中发出嘎嘎的脆响声。高地下面，传来坦克履带和美军步兵皮靴底子压在雪面上的咔咔声音。

战壕里的黄土微微动了一下，接着，又是一片寂静。停歇了片刻，黄土又轻轻动了一下，并鼓出了一个小包。这个小包不断壮大，一些黄土屑从小包的顶部快速滑落。然后，一颗带血的指甲露了出来，再然后，是一根又黑又粗的手指。指甲龟裂乌黑，手指满是伤疤，这只手努力地向上举，仿佛要找什么。后来，整个一只手掌也露了出来，五指如钩，好似如若抓住什么东西，就会像鹰爪抓住一只老鼠那样绝不松开。

接着是一只手臂，啪的一声，拍在了战壕壁上，指甲深深嵌进冻硬的黄土中，向下用力，留下了深深的沟壑。许久，这只手臂似乎在积蓄着力量，又似乎在寻找着什么。

猛然间，一个浑身烧伤的战士从黄土下站了起来，军装碎烂，几缕布条在风中飘荡，铺天盖地的沙尘从头上，从身上洒落。他满脸血红，脸颊上几片白肉翻卷着，像一只熟透的白茄子，裂开一道深达颧骨的缝隙。他怒叫着，瞪着垂死挣扎的公牛一般的红眼珠，推开战友的尸体，操起了一挺重机枪⋯⋯

上官富贵和他的一条线

连长，我得守多大的一块地呀？

富贵，你是个老兵了，这屌事儿还要问我吗？

你还是给我划道线吧，没这道线，我心里就是不踏实，没办法呀！

好，好，好，我用脚尖给你划道线，你这个富贵啊，榆木脑袋。

嘿，嘿，嘿，你划了这道线，我心里就亮堂了。你放心，我不会让鬼子越过去半步，这一亩三分地儿，就交给我了。

二十年前，上官富贵他爹把自家那一亩九分地的地契攥出了血，狠狠心，卖了个女儿，换回了十斗粮，使全家活过了荒年。十六年前，河南大旱，上官富贵他爹饿死在了炕头，枕头下面还压着这张地契。十年前，全村男子与邻村发生了械斗，死伤数百人，就为了能给自家的地里多浇几桶水。八年前，黄河决口，上官富贵家的地成了一片汪洋，颗粒无收，全家九口逃往陕西，但仅他一人活了下来。彼时，上官富贵浑身上下没有一颗粮食，只在裤裆里缝了一张地契。

天空蓝得让人发慌，太阳肆无忌惮地暴晒着大地，让满世界都矮了许多。人间仿佛静止了，不向前，也不向后，你暂时还站在地上，却能闻到死亡的气息。上官富贵爹佝偻着身子，往一棵瘦瘦的青苗上撒了一股焦黄的尿。裂开很大一条缝的黄土像烤焦了似的，冒出一股青烟，还没一袋烟的工夫，那尿水就蒸发得无影无踪。一排排青苗稀稀疏疏的，黄土地上的裂纹从脚下延伸到天边，仿佛是生了牛皮癣的头皮上癞癞巴巴地长着几缕头发。

爹背着一只木桶，踩了踩地头的界石，对身后的上官富贵说，记住，有地就有命，没地就没命。上官富贵和爹趴在坚硬的土地上，尖利的硬土块刺伤了膝盖，流了血，但两个人都不觉得疼。爹用木勺一口一口给青苗喂水，上官富贵看到那水就像泥鳅一样，钻进土里便无影无踪了，但爹仍然像一条忠心不二的老狗，死心塌地地浇着水。一只瘦得皮包骨样的田鼠咬断了一根青苗，爹发了疯似的跳了起来，举起木棍向它打去。田鼠钻进了土洞，爹跪在土洞前，一下一下把洞掘开，越掘越深，越掘越恨，红了眼似的。掘了几尺深，那只大田鼠护着一窝没睁开眼的粉嫩的小鼠，吱吱叫着。爹用尖头木棍一下子将大田鼠戳穿，甩在地上，又一下接一下地戳去，直到它成了一摊血泥。爹又将小田鼠捉出来，一只一只摔死在地上，又高高抬起腿，一脚接一脚，结结实实地碾上去，使干燥的黄土地上多了几摊血色。

爹蹲在界石上，眯起眼，瞄着地上那条并不存在的交界线。他站起来，用脚把这条线踩了出来，一步一步，认认真真地使这条线清晰起来。交界线那边的地荒着，邻家人放弃了坚持下去的决心，逃荒去了。他们家的地干裂不堪，连杂草枯死了，像压在坟头的黄纸一样。而界线这边，地上留着一小窝一小窝湿土，每块湿土上颤巍巍地活着一棵青苗，若不是旁边站着两个人，你会觉得这千里赤地上的一抹绿色简直就是神迹。爹的手又黑又裂，像烧火棍子的尖部，关节粗大，皮子皱裂，指甲沟里挤满了泥。这手不知疲倦地抓起一块土疙瘩，使劲捏碎，或者像犁子一样，插进干硬的土壳下面，把一棵稗草的长根挖出来。爹手拄着腰，拄着脊背，嘎巴嘎巴地站起来，扛起木桶，说，看，咱们还有救！

上官富贵和爹已经一天没吃东西了，觉得金黄色的天空里隐隐有一层焦黑色，很吓人。爹弯着腰，后背上驮着半桶黄泥水，下巴快要蹭到枯硬的土地，黄泥水不时溅出，打湿了爹的脊梁，又顺着他的鼻尖流到了地上，发出嗞嗞声。爹沉默不语，半桶黄泥水在十里土路上慢慢行进。上官富贵说，爹，我饿。爹说，大家都饿，没死就是福。上官富贵又说，爹你停会儿，我看见你的腿在抖呢。爹说，不能停，停下就再走不动了。这时，一声脆响传来，爹一头摔在了地上。

爹是在自家炕头死的，临死前让娘把地契垫在了头下边。十几个村里人抬着爹，走在焦干的土路上，战战兢兢，有气无力。路边倒着两具黝黑的尸首，鼓鼓胀大的圆肚子，仿佛终于吃上了一顿饱饭。肚子上下，连着两条细胳膊细腿，一点肉也没有，只剩下一层脆硬的黄皮。尸首的嘴唇厚厚的，向外翻，仿佛在笑，两只眼睛突出着，又大又白。只听砰的一声，尸体的肚子破了，飞溅出密集的绿色汁水，崩得送葬的人一身一脸，同时一股浓烈的恶臭袭来，招引来一群哇哇大叫的乌鸦。

村里人草草地挖了个坑，浅浅地埋了爹，坟包底下还露出爹的脚趾。娘哭着求大家再挖一点，但男人们头也不回，匆匆走掉了，谁能知道下一个躺在路边的会不会是自己呢？娘抹了把泪，在爹的脚趾盖了几把干土，使得坟上又多了个小包。上官富贵和娘往回走，路过自家地时，发现村里人正蹲在地上，一把一把撸下青苗上未成熟的谷粒，不管不顾地往嘴里塞。娘号叫着把一个男人推倒在地，那男人歉疚地看了娘一眼，眼睛里闪着乌蓝色的光，爬起来，躲得远一点，又蹲下来，贴着地面，露出长牙，像蝗虫一样啃起青苗。娘有点害怕了，她知道不会过多久，吃人也不是什么新鲜事。娘掉了几滴泪，对上官富贵说，你也在这儿吃吧，往死里吃，娘先回趟家。娘回来的时候，带了地契和一张黄草纸。说也奇怪，这地契就像张降妖符一般，每个吃了青苗，面色青黑的男人一见这东西，都乖乖地咬破手指画了押。有一天，娘说，看来，村子里是待不下去了，咱们也得逃荒。临走时，娘把地契和草纸塞进陶罐子，埋在了老屋门前的院子里。多年以后，吃过上官富贵家青苗，并且经过无数次洪水饥荒还活着的男人们恢复了礼义廉耻，无数倍地偿还了他们欠下的粮债。他们只有一个要求，就是把自己多年前画过的押从草纸上彻底抹去。而此时，这片土地上已经没有地契这种物件了。

肉　搏

无数颗炮弹，像犁子一样，把高地深深地挖了个遍，就像用五指梳理一小块沙地，你觉得这沙地里不可能再有什么生命了，可是，炮击停止的时候，仍然有数不清的战士，像遗落在土里的黄豆粒一样，从雪地下钻出来。

上官富贵晕晕乎乎地坐起来，拍了拍头发里的土，摸了摸浑身上下，没少一个物件。他既不庆幸也不后怕，就像当年他只身逃到陕西的时候，拿到一块当地人给他的饼子，一屁股坐在地头上大嚼起来那样。这一刻，没有眼泪，没有语言，没有笑容，生生死死之类的东西早已经淡了。他像拿起一根锄头一样拿起落在身边的大杆步枪，趴在地上，好似一只精明世故的大马猴子，从容不迫地向冲上来的美军士兵瞄准射击。

一枪一个。上官富贵有些不能理解，这些美国大兵冲锋时干啥还要大喊大叫，还要慌慌张张地胡乱打冲锋枪，这些东西完全没必要嘛！一个经历无数天灾人祸，并且捡了条命回来的河南农民，对这些个东西是很麻木的。每打中一个美国大兵，上官富贵都有种很可惜的感觉，不是因为打死了一个生命，而是觉得那些个大兵长得如此健康强壮，身上的装备如此精良丰富，只用一颗子弹就给报销了，真是有点可惜。上官富贵看到一个美国大兵被打中了脖子，瞬间喷出一股血浆。他捂住脖子，摔倒在地，痛苦地望着天空，浑身扭动着，高声号叫着，表情异常丰富。身边有人继续向前，他伸出手臂，向别人求救，可无人能帮助他。他绝望地在胸前画着十字，一遍一遍地画，直到最后没了一丝力气，双手猛地垂在地上，死掉了。上官富贵有点不能理解，他觉得这些身高马大的外国人对死亡的表达真是太夸张了，岂止是夸张，简直就是奢侈。大灾之年，人死了，不过是路边一具破了肚皮的尸首，捡了条命的，就继续赶路。娘死的时候，不过说了句，富贵，娘走不动了，你继续赶路吧。说完，她把半块玉米饼塞在上官富贵手里，又推了他一把，慢慢躺在土路边，便闭上了眼。像他们这样大哭大叫，又何必呢？

才打了三五发子弹，美国人就冲到了魏大骡子给他划的那道线跟前，眼看就要踏过去。上官富贵这才有点急了，他用和爹一样黑粗、皲裂的长手，握住刺刀，猫起腰，向跑在最前面的那个美国人冲去。美国人蓝眼睛，长胡子，样子很陌生，又很凶神恶煞，他狂叫着外国话，似乎想吓唬眼前这个瘦弱的河南农民。他一手拿着刺刀，另一只手里握着把手枪，枪管对准上官富贵。可是美国人并不知道，这个河南农民的眼睛并没看他，对那只黑洞洞的枪口也很漠然。河南农民不过是低着头，死死盯着那条划在地上的线，心头总是想着爹临死前说过的那句话，有地就有命，没地就没命。而且在这个河南农民眼里，美国人实在是太虚张声势了，他倒要看看，是谁的刺刀先要了对方的命。一颗子弹穿过上官富贵的胳膊，扯开了一缕布条，可他竟然没什么知觉。又是一颗子弹穿过他的肚子，上官富贵低头看了看，觉得自己既然能活着逃到陕西，就一定能再冲上几步。美国人到死也没看清楚，这个瘦得像野狗，衣着破烂得像叫花子一样的人是怎样冲到自己跟前，又是怎样从斜下方，用刺刀戳穿了自己的脖子的。

上官富贵感到一双似乎比自己的腰还粗壮的手臂，从后面把他抱住。他很困惑美国人为什么这么愚笨，把一次生的机会留给了他。因为他觉得此时此刻，美国大兵应该拿起一把工兵铲，照着自己的后脑勺来上一下才对。在生与死的选择上，难道还有什么可迟疑犹豫的么？上官富贵像一条浑身湿滑的瘦鱼，从美国人手臂中间转了一个身，张开大口，露出焦黄的牙齿，一下子咬在了那只白生生的耳朵上，一口咬下了半截，又一口连根咬下。上官富贵没给美国大兵大喊大叫的机会，略一低头，咬住了他的脖子，嚼碎了皮肉和一条动脉血管，直到鲜血糊住了眼睛，直到美国人不再挣扎，上官富贵才松开了牙齿。

一个没戴钢盔的美国人坐在战友的身上，巨大的双手使劲扼住战友的喉管，眼看战友的面色青紫，渐渐失去抵抗的能力。上官富贵抓起一枚手榴弹，照着那个覆盖着金黄头发的美国人后脑勺砸去，一下子便在那个美丽优雅的头颅上砸出一个深坑。那个美国人没有倒下，双手依然放在战友的喉咙处。上官富贵就一直麻木地用手榴弹向那个红白相间，有些豆腐脑一般的膏状物冒出来的脑壳砸过去，一下，两下，五下，八下，直到这个高大强壮的肉身完全屈服倒下。此刻，上官富贵脑子里浮现的，是爹用木棍戳死咬断青苗的田鼠的画面，谈不上残忍，也谈不上怜悯。上官富贵觉得自己身体里的血也在流尽，他特别疲劳，好像自己走在逃荒的路上，两天三夜没吃过东西，喝了几口雪水，啃过几块树皮，生与死如一缕游丝，进一步是生，退一步是死，看到路边的死尸也不痛不欲生，别人给了他半块饼子也不欣喜若狂。

恻 隐

不知过了多久，美国人撤退了，留下了几十具尸体。上官富贵晃晃悠悠地走在破败不堪的高地上，看到一个美国大兵仰躺在地上，腿断了，睁着眼睛，还活着。他走过去，美国人伸出双手，仿佛是投降，也仿佛是向他求救。上官富贵木然地望着地上的俘虏，仔细打量着美国人的眼睛。良久，上官富贵似乎从这双眼睛里看到一丝软弱，一丝无助，最重要的是看到一丝歉疚，如同当年村子里的男人抢吃他家青苗时的眼神。上官富贵心想，饿慌了的人吃几口你家的粮食，那不是他的错，再怎么说，活人比死人重要。于是，他叹了口气，走上去，小心翼翼地用脚尖将俘虏身边的冲锋枪踢得远一些，弯下腰，拽住他的一只手，用尽力气将他拖进了战壕里。

天黑了，严寒来了。上官富贵一屁股坐在俘虏对面，慢慢闭上眼睛。半夜里，魏大骡子过来推了他一把，发现这个经历过大灾大难九死一生穿着破烂军装的河南农民，死了。

皲黑的手脚

清晨，远处山坳里透出一股橙红色的光，但这光却没带来丝毫温暖，战壕仿佛是一条冰冻的河床。高地下面，一小队美军士兵用竹竿挑着块白布，没带枪支，小心翼翼地向阵地深处走。魏大骡子向下望了望，用拳头砸了砸冰块一样的脚，吐了口唾沫，道，收尸的，让他们上来吧。他一瘸一拐地沿着坑道转，看到谁还低着头坐在地上，他就使劲推谁一把，如果那人抬起头，他就大吼，别坐着，小心冻死！如果那人一声不吭，僵硬地翻倒在地上，保持着原来的姿势，他就抹一把泪，道，抬到那边坑道里去吧，放在这儿碍手碍脚。

阵地上的美国士兵发现尸体上的皮靴子、棉手套，还有军大衣、棉帽子都不见了，死去的战友就这么没尊严地穿着衬衣内裤，有的还是赤裸着，躺在冰天雪地里。一个大个子美国人愤怒地向高地顶上伸出一根粗大的中指，吼叫着，法——克——油！魏大骡子伸长脖子望了望，不屑地说道，你们他妈的是饱汉子不知饿汉子饥啊！说完，他也向天空举起胳膊，学着美国人的样子，竖起一根中指，大叫道，法——克——油！他不知道这话是什么意思，但肯定这是句骂人话。

愣了一会儿，魏大骡子转身，道，趁着这工夫，咱们也把自己人埋了吧，虽然死了，到底还是在土里安生些。活着的人七手八脚把十几具尸体抬到了一处已经没人守卫的战壕里，战壕很浅，几乎被炮弹削平了。大家把魏大骡子找过去，吃不准是应该让尸首坐着埋在土里，还是躺着埋在土里，因为尸首全部是蜷着身体，冻得硬邦邦的。魏大骡子想了想，道，还是躺着吧，人都死了，应该歇息歇息了。这样，冻成一坨的战友们，被四脚朝天地并排摆在了浅浅的坑道里。然后，大家给他们盖上雪与土混合冻成的硬块，慢慢地，坑道被填平，成了一个个黑白相间的小包，只是这些小包上还露出半只脚或半只手。

魏大骡子阴沉沉地望着这些小包，说道，把他们的皮靴还有棉手套扒下来，还穿着单鞋子的，你们套上。大家犹豫着不想动手，魏大骡子看看自己脚上的单鞋子，第一个扒下了一只靴子，套在脚上，咧着嘴道，真他妈暖和！你们怎么还不动手？人活着比什么都重要！你们指望死人来守高地吗？快，动手扒！

活着的人有了皮靴和皮手套，回到了各自的战壕里。一阵阵干硬的寒风吹动着那些孤零零的小包，把一层层未盖严的雪土吹走。渐渐地，一只只脚和一只只手露了出来。这些手脚早已冻得发青发黑，有的已经腐烂，乌黑中透着红色的血肉，有的露出青白的骨头，后脚跟上的厚皮老茧如墙，一下子干裂到了红肉，像大旱时龟裂的田地。有的脚趾又长又弯，关节粗大，扭曲在一起，在长期行军中严重地变了形状。有的五指空握着，似乎生前抓着枪杆或手榴弹……

第三章　咏叹·饥寒

美国人远远地停下来，不再进攻，把高地上的人留给更可怕的敌人。他们缺衣少穿，却把每一次战斗变成一次收获，从对手那里获得物资。美国人看清了这一点，他们在想，高地上的那些人会从严寒里获得什么呢？严寒是绝对的，它只有对生命的否定，而没有一丝一毫给予。

天顶吹来的风像一把扫帚，一遍又一遍地拂动着钢针一样的雪与土，填满一道道裂隙、沟壑、伤痕，无声无息、轻描淡写，仿佛死亡是从未发生过的事一样。一个战士睁着眼，仰靠在战壕边，望着天空。雪粉哗哗地落在他的眼睛上、嘴上，以及裸露的伤口上。起初，雪片被热气消融，聚结在眼珠里，越凝越满，又慢慢流下来，好似泪珠一样。寒风继续吹动，雪土无边无际，任何生命都不能与之争锋。一阵风，又一阵风，雪片不再融化，渐渐将战士的身体覆盖，慢慢变成一个人形雪堆，最后连一个鼓包也不见了。

文书王尽美猛然间从梦中惊醒，脚尖上剧烈的疼痛不见了，感觉又麻木又舒服，仿佛脚尖那里是一片虚空。他艰难地翻了个身，浑身每个关节都仿佛冻住了，嘎巴嘎巴直响。他拼尽力量踹了几脚战壕墙壁，直到一丝一丝刺痛传来，才觉得这个世界真实起来。他知道，疼痛意味着生存，香甜预示着死亡。

手像柴火棒一样，明明想用力弯曲，却一点知觉也没有，好像不是自己的。王尽美把一只手伸到雪壳下面，扒出一只铁皮罐头盒。这牛肉罐头是前几天从美军尸体上找来的，早就吃完了，盒子底部还剩下一层薄薄的油脂。王尽美把口袋里最后一块玉米面窝头搓碎，放罐头盒里，小心地把油脂蹭下来。最后，他得到一颗核桃大小的玉米球。在他把玉米球拿出来时，罐头盒边缘锋利的刃口将手指划出一道很深的口子，可离奇的是，浑身的血液像凝固一样，竟然一滴也未流出来，自然也感觉不到疼痛。

他饿吗？一点也不。胃就像屠宰过后的牲口内脏，给扔在了冬天里的石板上，冻得结结实实，又酸又苦，还有长久的、迟钝的疼痛，多一点吃食，少一点吃食都没法缓解它。浑身无力，懒懒的不想动弹，周身慢慢被一种甜丝丝的感觉所浸染。死亡可怕吗？无非是无所顾忌地沉浸在这种感觉中，不去管它罢了。高地如果是最后的墓场，也没有什么可痛苦的，只是在它还没有成为墓地之前，就必须待在这里。无处可去，也无家可归，也许过不了多久，就可以安然地离去了。

玉米球像一颗蜡油味的药丸，吃下去，就可以多活一会儿，无所谓享受，也无所谓难忍。王尽美久久地打量了它一眼，小心地咬下半块，用牙床努力地嚼碎它，可它像沙子一样，一粒粒地粘在嗓子眼，粘在牙齿上，无法下咽。他又抓起一把雪，塞进嘴里，一时间满嘴麻木，待雪水慢慢融化，又几经用力，终于将这一口又冷又硬的玉米团咽进胃里，于是，腹部又传来一阵又沉又闷的疼痛。

不远处传来咔咔的响声。王尽美困惑地转过头，看到远处埋尸体的战壕里，一条瘦得皮包骨样的野狗正歪着头，咧出焦黄的牙齿，卖力地啃着露在外面的手指和脚掌。他不禁对这条顽强生存的野狗心生敬意，惺惺相惜地看着它。片刻，他抬起枪，瞄准了它。野狗咧着嘴，一边啃着骨头，一边警惕地盯着这边。王尽美的手一直在发抖，准星在野狗的周围乱晃。终于，野狗停了下来，机警地想了想，腰身一扭，瞬间便消失得无影无踪。

王尽美把枪放在一边，努力把背靠在战壕边，漠然地望着风雪中的灰色太阳。它在半空中，仿佛在纱一样的幕布上抖动。时间像把锯子，慢慢地，一下一下锯着骨头。它一动不动，仿佛只有永恒的寒冷。渐渐地，太阳在变暗，变成铜色，又变成铁灰色，最后变成黑色，像黑洞洞的枪口。王尽美闭上眼睛，世界的深处传来一声沉重的巨响。

幽　香

一九三七年秋天，刚下过一场薄雨，南京城里潮湿而又阴冷。王尽美十三岁，他蹲在一棵梧桐树下，看着一只蚂蚁把一粒米搬进洞里。梧桐树翘起一片又一片很大的树皮，王尽美把它瓣下来，放在鼻尖闻了闻，有股好闻的雨水的味道。接着，这雨水的味道之中又渗透出清淡的花香，好像一支刚从树枝上摘下来的花朵。他扭过头，看见一只小巧的红色皮鞋，一只笋一样的脚踝，然后是白色的绣着大牡丹花的厚旗袍，最后，是一张笑吟吟的脸。一只手伸到王尽美的鼻尖处，有个略带淡紫色，且亮晶晶的声音传来道，小美弟弟，咱们走啦。这是一只微微散发着热气的手，周围又冷又静的空气在指尖穿过时，像一池寂静的水被撩动了一样，然后，又是一阵桂花糖的香甜味抚在脸上。王尽美伸出手，发现上面沾了不少泥，就有点惭形秽。于是，一块叠得方方正正的粉色手绢来到眼前，像一片从天而降的红色枫叶。

秦淮河里的水涨了不少，轻轻地拍在湿淋淋的青石板上，显得又厚又重。天是青灰色的，好像父亲案头那块端溪老水岩砚堂的颜色。空气水濛濛的，扑在脸上、头发上，慢慢结成细小的水滴。王尽美仰起头，望着河对岸一排排水迹斑驳的粉墙，一张张黯淡模糊的木窗，有种浓得化不开的惆怅。这惆怅不是害怕，也不沉重，而是一种抑郁，一种可望而不可即的伤感。隔壁家的姐姐走在他一侧，沉迷地看着前方，手臂轻轻摇摆，指尖微微张开，一股又一股泛着羊脂玉一般的亮色，拨开沉重潮湿的空气，向四周围汹涌而出。

一个东西划过空气，落在水里，发出啪的一声响，有点类似于双手轻拍的声音，只是要比这声音强烈巨大一万倍。河水里激起一道苍白色的水柱，一时间满世界都仿佛落到水中一样，到处是水流、水滴、水花，密不透风，令人窒息。一只柔弱的手焦急地拉住王尽美，跑到河边的小巷子里。两人惊魂未定，背靠在湿漉漉的石墙上。隔壁家姐姐的头发上挂着水滴，几缕黑发贴在前额上，喘着气，关切地打量着王尽美。突然，两个人抱在一起，王尽美把头放在姐姐的胸前，感到她浑身发抖，心脏怦怦地跳。她的身体好似很幽深的泉水，又柔和，又清澈，飘着几片绿叶和花瓣，无声无息地流动，千年万年不变。一时间，王尽美特别伤心，觉得此时此刻的一切，正在落入时间的深渊里，一去不返，再也没有了。这凄美的颜色、柔弱的触觉、温婉的味道，还有水色的声音都将跌入到记忆里，世间再难有。姐姐流了泪，泪珠比河里溅出来的水滴更白更亮，还有些淡粉色的光韵，划过脸颊，滴落在王尽美的额头，流过鼻尖，越过嘴唇，滋润进他的嘴里，慢慢化开。

两人相视许久，直到周围人声骚动，才醒转过来。姐姐打开手中的小皮包，拿出一张不大的照片。相片里姐姐站在一座小石桥上，圆圆白白的脸，一只手搭在肩上，一只手里握着一束梅花，有点害羞地望着远方。王尽美看得呆了，姐姐推了他一把，说，好好留着，照片在，姐姐就在。

上过一个小时的英文课，王尽美和姐姐站在门外。从美国来的神父站在暗红色的木门后，只露出半张脸，抿了抿嘴，道，明天你们就不要来了。姐姐问，您看我们能守住金陵吗？神父漠然道，不知道，主保佑你们，信主的人都将得救。说完，他在胸前画了十字。姐姐也学着他的样子，在胸前画了两下。

王尽美没有画十字，因为他对这个主还没什么感情，他想起了父亲。父亲有一间书房，整整两面墙是黑酸枝做的书架，并且摆满了书。那间屋子有种与众不同的味道，是木头的味道，又夹杂着清凉的香味，有时，案头的青瓷瓶里还会有几枝刚摘下的花朵，比如桂花、茶花、梅花，那房间里就会好几天有淡淡的幽香。

有一天，父亲的案头铺了一大张雪白的纸，纸上放着那块青紫色的石砚。父亲似乎很喜欢它，总将它放在视线之内，也经常用它磨墨。案头很高，王尽美的胸部刚刚与它平齐。这块砚很美，周围是深紫色，砚堂中间是很浓很重的青色，像黎明时的天色一样纯净广阔，而这青色中间，又有一大片淡白色的砚堂，间或一圈一圈的纹路，像水面的波纹。父亲往砚堂中间浇了几滴房檐下收集雨水，拿出一块油亮的描金老墨，轻轻磨起来。一瞬间，一缕锋利的麝香、冰片味道传来，让人为之心头一振。墨块在砚石上慢慢滑动，像刀刃在猪油上游走一样，寂静无声，不急不躁，又稳如磐石。片刻，那几滴清水渐渐变黑发亮，像油一样稠。父亲又加了几滴雨水，心旷神怡地继续磨。

父亲道，墨是个好东西，写在纸上，几千几万年都不会变，前人叫它万古传真。说完，父亲小心翼翼地找来一只香樟木盒，取出一卷散发着浓郁樟脑味的手卷。父亲微笑着说，你看，这是宋人写的字，一千多年了，墨色还是这么栩栩如生，一笔一画纤毫毕现，仿佛昨天才写完一样。

父亲又道，来，你摸一摸这纸，和我们今天用的宣纸不一样！王尽美伸出手，刚才还在墙角挖蛐蛐，于是，那纸上就留下了一个泥黄色的指头印。王尽美以为父亲会生气，但他竟然开心地笑了笑，指着上面密密麻麻的朱红色印章，道，你知道这是些什么人吗？有皇帝，有大儒，有名臣，还有名将，都是历史上赫赫有名的人物，你小小年纪就在上面留下了痕迹，将来，还不知要费掉那些白胡子考据家们多少心血呢？哈哈。

父亲让王尽美坐在木椅子上，道，柳公权的楷书临得如何了？你来写几笔看看。王尽美战战兢兢地写了几个字，手有些抖。父亲看过，说，别看你的字丑，但用笔还真有些古人的味道，别贪玩，好好写下去吧。

父亲仔细地把王尽美的笔扶正，道，柳公权的字讲究一个骨，这骨可不得了，别看只是这么一笔，可它硬如钢铁，坚不可摧，唐代以来，中华民族世世代代习学楷书，这骨也千古相传，多少人为了它宁愿流血杀头也九死不悔。有骨才有中华，无骨便无中华。

红　夜

一只干硬的大手扯住王尽美的衣领，又一只手将他拦腰拎起，扔上了一辆卡车车厢。那人衣领上尖利的金属领花在王尽美的脸上划出一道浅浅的血痕。车厢板上铺满了鞋底掉下来的干土疙瘩，硌得他半天动弹不得。

小子，你过来，让我看看。

你多大了？

十三岁。

不小了，把这套衣服穿上，给我当勤务兵吧。

我不想当兵，我想回家。

日本人要是进了城，哪里还有家？

可是我父亲还不知道呢！

守住了南京，我让你回家见爹娘。记住，你现在是七十二军的人了。

王尽美战战兢兢地把一件衣领袖口油乎乎的草黄色军服套在身上，军服的后背处还有一片干涸的血迹和一根钉子大小的洞眼。几个浑身汗臭味的男人粗鲁地坐在他旁边，随着车子摇摇晃晃，简直要把他的身子骨挤碎了。刚才跟他说话的男人一直盯着他看，满脸灰黑，脸颊处有一道伤痕，显得白亮亮的眼珠子特别大。说也奇怪，王尽美刚才还很怕这个男人，怕他手里那把沾着黄泥的盒子枪，现在，他倒发现这男人眼里有种特别的温情，让你不知不觉地就想跟着他走。猛然间，男人对他笑了笑，眨了下眼，红红的厚嘴唇，白白的眼珠子，让人心里很踏实。

黄昏，长江水拍打着石岸，一片血红。王尽美挨着男人坐在刚挖好的战壕里，男人嘴里衔着一根草棍，望着夕阳，脸红彤彤的。

小子，还想跑吗？

……

我知道你想跑，可是，等炮弹落到你身边，炸死几个人，尿了裤子，你就不想跑了。

为什么?

穿上这身黄皮,肩上有了几颗花,你就会发现,阵地没了,你到哪里都一样,和没了家的狗差不多。

……

想一想,鬼子若是从这里过去了,南京城会是个什么样?

……

小子,给我记住,我活着,你不许跑,要跑我枪毙你。我死了,你马上跑,但不要进城找你爹娘,要往长江里游,游到对岸去,或许能留条命。

……

王尽美的记忆,停止在了第一发炮弹落在不远处的那一刻。似乎有号叫声,似乎有身体断成两截的印象,但都不太清晰。是刺刀刺在大腿上的疼痛把他从无知无觉中唤醒。阵地上到处是尸体,一个日本兵提着刺刀,在每个尸体上戳上一下,如果这个尸体动了,就再往它的腹部、颈部戳上一下、两下、三下,直到这个尸体真的死了。王尽美一动不敢动,尽管大腿剧痛,但他庆幸日本人没有发现他,使得这剧痛简直成了一种喜悦。他眯着眼,看见男人站在不远处,还有几个老兵,由日本兵押着,眼光无神地望着战壕这边。

许久,阵地上每个尸体都被重新杀了一遍,一个日本军官吹了哨子。一小队日本兵押着六个战俘,向城里走。王尽美觉得男人似乎看见了他还活着,并且对他眨了眨眼,像是在向他道别。他突然爬了起来,一瘸一拐地追上了队伍,这下,六个俘虏变成了七个。

日本兵不可理喻地看了他一眼,一挥刺刀,让他站在了队尾。男人转过身,他的一条胳膊给炸断了,他用另一只手给了王尽美一个大耳光,道,我不是让你往对岸游吗?王尽美骄傲地望着男人,说,我要一直跟着你!

路边,有无数个大坑,有人正往坑里填土,里面是一片白花花的尸体。王尽美看见一长溜老百姓被铁丝穿着肩胛骨,有气无力地走在江边,他们前面的江水隐隐已变成浓红色。连王尽美都猜到日本人要干什么,可这些老百姓仍然顺从地向前走,或许他们需要一个谎言以维系侥幸活命的幻想,而日本人适逢其时地给了他们这样的谎言。

俘虏经过中华门时，太阳正在紫金山的山腰，像鸡蛋黄一样浓稠黏软，颤颤巍巍，似乎随时都要破掉，又像一个刚刚剪断脐带的婴儿，浑身是血，脆弱无助。阳光仿佛是某种液体，从山上倾泻下来，把世间的万事万物都染成了血红色，波涛汹涌，响声震天。

王尽美排在俘虏的队尾，走在街中央。街两边的门窗都打开着，像戏台上的包房一样，只是这一回，演员在包房里演戏，看客在舞台上看戏。有个日本兵揪住一个白发长衫老人，把他甩在街边，对着他的后脑来了一枪。一扇木窗被踹开，有个襁褓中的婴儿从二楼被扔了下来，那哭泣声像只红嘴的小鸟，只叫了一下，便悄无声息。接着，一个浑身赤裸的少妇与日本兵扭打着冲到窗前，疯狂地抓破了日本兵的脸。那张脸突然扭曲得像河蚌肉，抓住女人的腰，将她从窗子里推出来。砰的一声，女人摔死在青石板铺的路上，血灌满了一道道石缝。有三五个破衣烂衫的男人战战兢兢地低头走在街边，生怕成为被注意的对象。突然，一个情绪激动的日本兵冲过来，先是开枪打倒了几个人，又嫌拉枪栓的速度太慢，干脆用刺刀将那些人刺死在街头。日本兵得到了极大的满足，哈哈大笑，摇摇摆摆地回到队伍里去。

枪炮声、惨叫声、哈哈大笑声、门窗相撞声、尸体倒地声，细细听去，还有刺刀割破皮肤的声音，血液从高处滴落在青石板上的声音，垂死者呻吟的声音，烈火烧炙房屋的声音，所有人世间很难听到的声音，都在此刻怪诞地一齐响起，扯碎了听众们的神经。

日本兵把刺刀一横，俘虏队伍停了下来。军官拔出手枪，来到王尽美的身后。一支硬硬的枪管点在他的后脑勺上，点了一下，又使劲点了一下。王尽美死死闭着眼睛，等待着一颗子弹撕开他的头盖骨，像勺子一样舀出他的脑浆。谁知，就在他把注意力集中在脑袋上的时候，却又发现两腿之间，以至于大腿以下全都又热又湿。

接着，身后传来哈哈大笑，身边猛然传来枪响，离耳朵如此之近，使得王尽美久久听不见声音。站在旁边的老兵李大个子倒下了，像只装满大米的口袋，既无征兆，又力量巨大，差点把王尽美也带倒在地。他一直闭着眼睛，一声接一声微弱的枪响，穿过嗡嗡作响的耳鼓，传到他的脑子里。不知响了几下，有人使劲推了他一把。王尽美睁开眼，发现日本人每隔一个人开了一枪，现在，只剩下四个俘虏了。

路前方，有二十几个日本兵围成了一圈，兴奋地大叫着，好似看着什么有趣的事情。这情形，有点像赶庙会时，一大群人在看西洋景，也有点像过年时，村子里的小孩们聚在屠户的院子中央，看他杀掉一头白猪。

走了几步路，王尽美听见日本兵围成的圈子里传出女人的哭叫声。那是年轻女人的声音，像隔壁家的姐姐一样。然后，是日本兵一浪高过一浪的叫喊和狂笑声，像是为一个卖力地进行杂耍表演的猴子叫好似的。女人的哭叫变成了喊叫，又变成了尖叫，最后变成了惨叫。后来，就不太像个女人的声音，而像是什么垂死的兽类的声音。

当王尽美走近的时候，嘶叫声戛然而止，兴致勃勃的日本兵一哄而散，像是杂耍演完了，又有点意犹未尽。一个年轻的姐姐仰面躺在泥地里，眼睛像死鱼一样瞪着灰白的天空，撕碎的衣服扔在一边。能看得出，她的身体很白，但由于刚才在地上翻滚，浑身沾满了湿泥。她的两腿之间插着一根烧火棍，一摊暗红色的血慢慢流出来，聚成一洼。

王尽美呆住了。这时，日本军官不耐烦地叫了一声，日本兵又横起了刺刀。于是，剩下的四个人站成了一排。王尽美闭上了眼睛。

第一声枪响了，然后是麻袋落地的声音。第二声，第三声枪响了，又是麻袋落地的声音。王尽美数着，看来，这回日本人不是隔一个开一枪，而是要把四个全都枪毙。一支手枪枪管又一次重重地砸在王尽美的后脑勺上。王尽美听到了手枪扳机撞击的声音，于是，他等着子弹从枪管里飞出来，烧焦他的头发，撞开的脑壳，溅飞他的脑浆，打碎他的脸，彻底结束他的恐惧。但那清脆的声音过后，却什么也没发生，手枪里没子弹了。军官哈哈大笑，拍着王尽美的肩。王尽美回头望了望，后面留了三具尸体。他明白了，杀人是不讲什么规则的。

前面，有一堆尸体叠在一起。日本军官把一颗很冷很重的铁家伙挂在王尽美的后脖领子上，然后重重地推了他一把，用生硬的汉语道，向前走！王尽美听到一个很清晰的金属相撞声，还有火药燃烧的嗞嗞声。他麻木地向前走，等待着那抹去一切的黑暗到来。走过几步，世界似乎更亮了，也更美了，很怪异，有点不可思议，无论什么声响、什么疼痛都没有到来。他又向前走了几步，铁家伙依然撞击着后背，很痛，可世界依然有颜色，有声响。于是，他试着加速跑了几步，周遭依然如常。王尽美下定决心，扔掉后背上的铁家伙，奋力奔跑起来。各种恐怖的景象被抛在后面，也没有鬼怪一样的人来追他，他满心惊喜，两耳是呼呼的风声……

黑　笑

夜半，暗蓝色的天空里挂着一轮血红色的月亮，边沿似乎在凝结着什么浓稠的暗红色汁液，一滴接一滴地从天上滴下来。小巷子里的石板路泛着红光，又湿又滑，一旦跌倒了，就会沾上浑身腐蚀性的黏液，带来剧痛。

王尽美小心翼翼地经过隔壁姐姐家的小院门口，里面有浓绿色的灯光，但悄无声息。月光照耀下的地面是紫色的，靠近门槛的地方，倒着一只小巧的红色皮鞋。王尽美慢慢移动身体，接着看到一只笋白色的脚，然后是光裸的纤细小腿。他慌忙闭上眼，跑向自己家的小院子。

院子里横七竖八地躺着尸体，来不及辨认，到处流动着散发着刺鼻酸味的液体，有一只黑色的猫静静地蹲在窗户上，瞪着红色的眼睛，轻轻地叫了一声。父亲趴在宽大的书桌上，身下边铺了一大张雪白的宣纸，上面流满了鲜红色的血，并且正在慢慢向外洇散，形成一个古怪的形状。那只樟木盒打开着，空空如也，系盒子的金色丝带垂在半空，微微飘动。

此刻，万籁俱寂，王尽美不知该去哪里。他特别害怕，就像从前那样，钻进父亲的书桌下面，从一道道木板缝中窥视着外面的世界。头顶上一滴滴血流下来，砸在眼前的砖地上，一些更细小的血珠溅在他的额上、鼻尖上、眼睛里。

所有的一切，尤其是头顶上父亲的尸体，隔壁家姐姐的尸体，还有院子里各式各样惨死的尸体，都格外清晰，折射着光怪陆离的光线。紫色的月光把院子里老槐树的树枝投射在地上，仿佛一个体态残缺的怪物走进屋子里。王尽美屏住呼吸，胆战心惊地倾听着周围各种细小的声音，有微风正抚过房檐的枯草尖，一张破报纸在门厅里随风翻滚，一只蜘蛛从厨房的角落里慢慢吐丝向下爬，院子里某一具尸体的血似乎还没流净，伤口血管里发出汩汩的声音。

王尽美浑身僵硬，每一根神经都敏锐万分。猛然间，他觉得脸颊上有个毛茸茸的东西轻轻抚了一下。他惊恐地转过眼，有个比黑夜还要浓黑的脸正看着他，离他的鼻尖仅有一寸距离。一双焦黄色的眼珠特别亮，透过琥珀色的晶体，看得见绿色的神经，还有深不见底的瞳孔。突然，一张厚厚的红嘴唇张开，发出类似于打嗝的声音，只是这声音连续不断，特别大，又特别尖厉。然后，这张脸开始剧烈地颤动，露出狂笑的神情，又是寒光一闪，有刀刃相碰的声音传来。这回，十三岁的王尽美的记忆彻底中断了……

道　别

砰的一声枪响，掠过苍茫的雪野，与耀眼的太阳光一道，刺入王尽美的脑海里。他睁开眼，看到周围的战友们趴在战壕上，美国人开始冲锋了。他也挣扎着想站起来，发现腰部以下失去了知觉。于是，他让自己坐得更高一点，尽管看不到高地下面，至少可以看到头顶的一大片天空。趁着美国人还没冲到眼前，他从雪地里拾起几粒子弹，又用双手爬了几米，寻了三五颗手榴弹回来，虽然不多，但也足够。等美国人上来了，你用得上的，可能也就是几粒子弹，拳头，还有牙齿，仅此而已，你的身体就是最后一道屏障。

王尽美抬起枪管，对着天空，头安静地靠在战壕墙上。一个美国兵从头顶上越过，他开了一枪，于是这个美国兵重重地摔了下来，轰的一声倒在他身边。美国兵抽搐着，低声呻吟，王尽美扭头看着他，看见他没有爬起来搏斗的意图，便又安静地头靠战壕墙，费力地拉动枪栓，上了一颗子弹。不远处，有个美国兵正和重机枪手扭在一起，王尽美稍稍偏了偏枪口，一发子弹击穿了美国兵的头盔。王尽美喘了口气，拉动枪栓，发现自己的力气越来越小，似乎很难拉得开它了。

打死了第三个美国兵之后，他觉得自己的死期可能到了，因为按照以往的经验，杀死三个敌人之后自己还能完好无损，这是不可思议的。况且，腰部以下没了知觉，意味着这个皮囊也坏掉了，无论如何是活不成。王尽美打开手榴弹的拉环，套在小手指上，另一只手抬着枪，让枪口对着上方，如果再有一个美国人撞到枪口上，那说明他的运气实在是太糟了。

王尽美出奇的平静，打量着倒在身旁的几具尸体。他发现，他其实并不恨他们。他很熟悉他们的军服，因为美国人的军服和当年保卫南京城的那群男人穿的军服是一样的，自己也穿过，并认为穿着这身军服的人都是可尊敬，可信赖的人。虽然南京城丢了，但那不是他们的错。更何况，在与日本人的战争的最后几年，他还穿着这样一身军服，和美国人并肩战斗过，那群美国军人真是好样的。可是，让美国人的皮靴踩在这座高地上，这是不可想象的事情，如果那样，身后就是另一座南京城。高地就是一切，也在一切一切之中划出了一道界线，没有什么道理可言。

一个美国兵发现了王尽美，一支刺刀同时刺穿了王尽美的胸膛，他也开了枪。原本也没有疼痛与恐惧，此时，便更加没有。在刺刀尖越过薄薄的布片，拨开汗毛，割开脆弱的皮肉，直抵跳动的心脏的时候，王尽美感到一阵沉闷，喘不过气来。恍惚之间，他看见白色的天空里，有一张巨大的黑脸，突然狂笑起来，笑得风起云涌，山川动摇。但这黑笑一瞬即逝，消失得无影无踪。此刻，王尽美感到突然解脱了。他本来就不相信那个神父说的，主能拯救他。想来想去，还是父亲说的更有道理。父亲曾说，中华民族等待的是天命，是四季轮回，苦难过后，苍生终将获得幸福。

王尽美仰望天空，天际越来越透明。他忽然着急地把手伸到胸膛处，摸出一张泛黄的照片。隔壁家的姐姐依然是十七岁的样子，美丽如初。他多么想回到许多年前，在下雨的小巷子里与姐姐拥抱的那一刻。可是，眼睛是世上最大的幕布，黑暗袭来，一切跌进了没有时间、空间，且永恒静止的深渊。

第四章　华彩·子弹穿过肉身

三辆坦克呈楔形，从高地下的公路驶来，缓缓地转了个大弯，炮口对着高地，然后发动机发出更加沉重的声音，后部冒出浓浓的黑烟，向高地上方开进。锈涩的钢铁履带在冬季干冷的空气中笨重地摩擦撕扯，把干燥的地面压成坚硬的凹坑，突出的铁尖深深抓进泥土中，一条条糨糊状的雪泥从履带缝隙中挤出来。

坦克缓慢停止，炮膛发出嘎嘎声，逐渐上仰，又微微地左右转动瞄准。嗵的一声，三辆坦克齐射，在狭小的高地上掀出三个深坑。上面一片寂静，仿佛不曾有过人一样。停歇片刻，坦克稍稍降低炮口，重新加大马力，向后顿了顿，又重新向高地顶部爬行。一百多名美国军人低腰举枪，跟在坦克后面，死死地盯着高地上的战壕，他们不相信那里的中国人都已经死了。高地忍受着炮弹的犁翻，安静如常，就像一个死去的人的尸体，任凭刺刀在上面戳割。在半腰处，坦克放慢了速度，加剧的坡度，使得它的爬行越来越吃力。此时，高地上有子弹飞过来，一粒粒打在坦克装甲钢板上，发出微弱的火花。与钢板相比，子弹像指甲一样，仅能刮掉了上面的绿漆，便如同泥巴一样掉在雪里，冒出一丝青烟，冷却，仿佛铜做的花瓣，铅做的花蕊。

一个仅穿单裤，赤裸着肮脏上身的身躯，从正面向坦克冲去，像一条鱼，拼命冲过即将合拢的黑色闸门。他腰间两束手榴弹冒着滚滚浓烟，预示着死亡的到来。坦克高射机枪慌忙扫射，十点零五毫米机枪子弹，在一股气浪推动下，砰地冲出枪膛。子弹发红发烫，脱离了白雾，钻进寒冷的空气里。流线型的弹身像鲨鱼鳍，强有力地将空气向两边推，在尾部形成一团真空，使得它愈加飞得更快。

子弹的前方，是一块上下晃动的肉色赤裸胸膛，无遮无拦，脆弱无依，仿佛鹰嘴前的鲜肉。转眼间，子弹的尖部撞进松软的皮肉，像插进肥沃土地的犁头。血管、肌肉、骨骼被强大的气流撕开，成了七零八落的碎片，比沙子还要细，四散飞溅，形成一条血色深洞。子弹继续向深处钻，遇到一颗强壮的、跳动的心脏，一股接一股的血流，正从这里被挤压到全身各部。仅一瞬间，红亮的子弹便从一侧心房穿了过去。弹头留下了千钧力量，当它们被锁在铜皮包着的铅丸里时，还只是狰狞的鬼脸，一旦碰见了血肉，便失去了束缚，如同敞开的潘多拉的盒子。它们彻底撕咬扯碎了心脏的筋肉，所到之处，只留下一团粥一样的血浆。

子弹从黑瘦的后背穿出，尾部巨大的真空仿佛强有力的诱惑，使得碗口大的血肉脱离了身躯的约束，发了疯似的涌进了真空地带。这团血肉就像从深海来到海面的鱼，每个细胞都不再承受海水的巨大压强，便在稀薄的空气中炸裂了。躯体的后背上鲜血喷溅，子弹从模糊的血雾中钻出，把死亡的热力留在了躯体里，然后消失得无影无踪。

身躯失掉了向前奔跑的力量，动作僵固着，跌倒在地。接着，响起两声轰天巨响，雪地上留下了大坑，还有散落的雪与土。有关这个躯体的东西被抹得一干二净，没有血迹，没有碎肉，没有牙齿，仿佛这不是一个有温度的血肉生命留下的痕迹。寒风凛冽，世界依然冰冷。

又一个年轻的身躯脱下宝贵的棉衣、棉帽，扔在一边。他拿起两捆手榴弹，对身旁的排长说，如果我活着回来，就重新穿上它，如果回不来，就留给其他的战友穿。

这个半赤裸的消瘦身体从战壕里冲出来。这一回，他没有沿着一条可预测的直线前进，而是如同一只狡猾的野猫，向东蹿一下，又向西蹿一下，坦克上机枪准星总也瞄不准他的身影。

坦克继续笨重地向前，离高地的前沿战壕越来越近。那个年轻身躯的后背上，溅起一枚巨大的血花。他扑倒在地，无声无息。在履带即将碾过肉身的那一刻，年轻人拉响了手榴弹。片刻之后，那只庞大的钢铁怪物仿佛打了一个饱嗝，浑身一颤，履带掉落下来。接着，又是更巨大的一颤，它肚子里的炮弹被引爆，炮塔像一只风筝，瞬间被拉到空中，翻了几个个儿，向山下滚落。一个浑身着火的驾驶员，大叫着，从令人窒息的铁屋子里爬出来，挣扎了几下，死在了雪地上。

巨大的惯性仍旧发挥着作用，坦克又前颠簸了几米，在雪地上留下了两道深深的沟壑。在其中一道沟壑里，是一条压得扁平的土黄色单军裤，嵌进雪地。然后，是一个人形的血肉痕迹，把白雪染红，把黄土染黑。在茫茫雪原上，仿佛一个人趴在那里，看不清面目，辨不清四肢，但你知道那是一个人。

怜　爱

魏大骡子坐在空弹药箱上，一只眼瞎了，扎着绷带，垂着头，久久地盯着地面。他掏出一块巴掌大的玉米饼，用手托着，咬下一大口，又连忙把碎渣倒进嘴里，然后又抓起一把干净的雪，往嘴里塞。还剩下一口的时候，他迟疑了一下，将这小块饼子小心地放回兜里，用手拍了拍。他看了看站在旁边的两个排长，突然大吼起来。

你们怎么能让新兵去炸坦克？你们他妈的是人养的吗？

……

让你们当排长，当班长，不是让你们去当大爷，叫那些狗屁不懂的新兵蛋子去送死。谁规定危险的事来了，连长、排长、班长就可以往一边站了？到了该豁出命的时候，你们要第一个上！副班长没了班长上，班长没了排长上，你们没了，我和指导员上，这个绝不含糊！

……

三排长怎么还不过来？

三排长炸坦克死了。

……

三排一班长代理三排长。

一班长也死了。

……

那二班长代理三排长。

连长，三排现在就剩下兵了。

……

操（抹了把泪），快轮到我了。

……

现在全连还剩下多少人？

上高地时一百五十六人，现在三十八人，其中重伤六人，俘虏一人。

那个美国佬还没死呢？

没死呢，洋人身体壮，扛冻。

把他和重伤员一起照顾着吧，既然还活着，就不能让他死喽。

连长，实在是没有吃的了。

咱们有一口吃的，就得给他一口，你忍心把一个大活人给饿死？

……

高地后面的山间小路上，慢慢走来几十人的小队伍。上了高地，可以看清楚，他们军装整齐，面容干净，神色镇定，每个人的肩上还扛了很重的粮食袋。魏大骡子一瘸一拐地走过去，用独眼一个接一个打量着这些新补充上来的人，眼光恶狠狠的，仿佛要检验一下他们的胆量怎么样。他从队伍头上看到队伍尾巴，发现了一个娃娃。他走上前去，使劲捏了捏娃娃的脸，一言未发，转身回到队伍正前方。

现在，你们最想知道的，就是这个高地还要守多久。说句实话，我也不知道。一二三师一天没到，我们就得守一天，十天没到就守十天，直到翘辫子了为止。所以大家来了，就不要想回去的事。高地还在手里，这就是大家最后的活路，除此之外，我们没有活路！

……

嘿嘿，怎么样，这回大家心里踏实了吗？

……

一排二排各领走一个班，剩下的都给三排。一排长，你那儿还有没有班长？到三排去，把队伍带起来！

……

好了，大家各就各位吧！

对了，队尾那个小不点，你过来！

多大了？

十四岁。

怕死吗？

不怕死。

扯鸡巴淡，是人就没有不怕死的。一会儿啊，你肯定尿裤子。不过没事，没人笑话你，等鬼子跑了，你的裤子也干了。那时，你就不怕了。

小东西，你们怎么还都穿着单衣服啊？

团长也穿着单衣服呢。

穿单衣服能他妈打仗吗？

我们来的时候，军需股长说你们这边有。

我操！哪天让我看见那个什么屌股长，先崩了他。

小东西，你就留在我这吧，给我当通信员，记住，炮弹来了，你就躲在我屁股后边，哪儿也不许去！明白了没有？

明白了。

你把我这件棉大衣穿上吧，还有这钢盔，美国鬼子身上扒下来的，暖和。

　　我不穿。我穿了，你穿啥？

　　你别管我，我到那边埋死人的地方再扒一件回来。实在没有，待会儿打一仗就有了。

独　白

　　几辆毁掉的坦克扔在雪地里，冒着烟，一股股看不见的火苗从钢铁间的缝隙里钻出来，使光线产生了折射，从这里看过去，一切都在飘动，不太真实。太阳像生的鸡蛋黄浆液，颤颤巍巍，稀稀溜溜的，在发黑的硝烟之中落下去。天空与群山之间，是一线寒冷的冰蓝色，像宝石一样纯净、凝重。渐渐地，天空变淡，变乌，最后彻底无光。

　　魏大骡子坐在战壕里，穿着件刚从一个死去的美国人身上脱下来的棉大衣，还有一双棉皮靴，感到很舒服。他把大衣的领子竖起来，裹住脖子还有脸，隐隐闻到一股这件衣服旧主人的味道，有点羊膻味，似乎还有点香味，反正不是中国人的味道。他在想，曾穿着这件衣服的可怜家伙，此刻正赤裸着上身，躺在不远处的雪地里呢。唉，这仗打的，真他娘的不像话。伙计，你别生气，反正你也不会觉得冷，忍一个晚上，明天一早，你的战友就把你接回去了。

　　他把两手插进棉大衣的兜子里，发现里面还有东西。一只口袋里装了半包香烟和一只很漂亮的银壳打火机。另一只口袋里装了只扁铝壶，摇一摇，里面还有液体，肯定是酒。魏大骡子连忙拧开盖子，往嘴里倒了一口。带点松油子味的酒，顺着嗓子流到肚子里，使得胸口一下子暖洋洋的，舌头尖甜甜的。那感觉，真是无法用语言形容，如果非要说点什么，娶十个老婆也不过如此吧。

　　魏大骡子珍惜地把扁铝壶放回口袋，抽出一支香烟，点上，吸了一口，又咳嗽了几声，忿忿不平地往雪地里吐了一口痰。他端详着烟盒上印的那只骆驼，不知这是个什么古怪的动物，背上还长着两个包，也不知它生活在什么鬼地方，那里好像很热的样子。

　　内衣兜里还有东西，一个小本本，还有一只铜壳的折叠小圆镜子。黑皮小本本上全是外国文字，看不懂，封面上烫着一个金色的小十字，魏大骡子把它扔在身边的弹药箱里。他又用指甲撬开小圆镜子，发现它一面是镜子，另一面是张照片。两个大人，一男一女，抱着一个初生的婴儿。这婴儿头发很淡，肯定不是黑色的，脸胖嘟嘟的，圆圆的大眼睛，和中国的小孩子不一样。那个女人很好看，很健壮，像头母马一样健壮，肩宽宽的，胸脯鼓鼓，领口和袖子镶着许多带皱褶的花边，看起来很洋气。

那个男的，想必就是现在躺在雪地里的可怜伙计了。打仗的时候没时间认真看他们，现在仔细瞧一瞧，倒也很俊的样子，宽宽的下巴，一缕淡色的头发垂在前额，分明是个年轻的后生。现在呢，嘴大张着，眼睛瞪着，面孔扭曲，满脸盖着雪末和尘土，炸飞了一条胳膊，肚子上还有个血窟窿，裤腿脏兮兮的，碎成一条一条，比个叫花子还不如。

你说你来这里干什么？你在家里不是过得好好的吗？这里穷乡僻壤，需要你这么个健健康康、白白嫩嫩的小伙儿来送死吗？你们飞机撒的传单我都看过，无非是几个长得妖艳的娘们？可你们不明白，我们现在不需要娘们，就是需要娘们也不需要这样的娘们。你们不懂我们，你们不知道我们想要什么，你们以为有了飞机大炮，有了肉罐头，你们就比我们强，就能打垮我们，就能得了我们的心。你们这回可错了，错得不是一点半点。

你问我们想要什么？肉罐头当然好，可是我们吃不惯，吃多了还恶心。我们吃着自己从地里种出来的谷子，嚼着玉米饼子就觉得很好，吃多少也不伤胃。风骚的娘们当然好，可她们能养得住吗？她们是我们这些穷苦人家的媳妇吗？你们说要给我们带来好生活，这话我爷爷的爷爷那辈儿人就把耳朵听出茧子喽。英国人往中国卖烟土，八国联军火烧皇家园子，日本小鬼子血洗南京城，哪一次不是嘴上挂着蜜一样的话儿？又哪一次不是刺刀见红，老百姓遭了大罪？别再跟我们说这些了，我们听够了，想吐了。我们自己的地，知道该怎么种，要种也是我们自己种。我们自己的女人，知道该怎么养，要养也是我们自己养，你说是不是这个道理呢？

魏大骡子闭上眼，向天空哈了一口酒气，小声道，所以呢，这一仗你们打不赢。

别问我名字

小东西，你过来，跟我唠会儿嗑。

来，喝口这个，洋酒，暖和暖和。呵呵，没喝过酒？

……

我来问你，在这里什么最重要？

不让鬼子上来最重要。

屁话！保住你这条小命最重要！粮食、子弹、手榴弹没了，还可以运过来，命没了，可就什么都没了。什么是老兵？能拿一颗子弹换条命的，咱就不用两颗，能拿子弹换的，咱就不用手榴弹换，能拿手榴弹换的，咱就不拿自己的命来换。这才是老兵！这不叫怕死，咱们要活下来，要想方设法活到最后，懂吗？

……

都是爹妈生的，都是血肉之躯，谁他妈愿意死啊？有时我就在想，拼死拼活守这么一个鸟高地，这么一个兔子不拉屎的地方，到底是为什么？一个连的人都他妈打光了，死得比一只老鼠还容易，如果过几十年我这条贱命还在，让我再来找这个高地，都不一定能找得着，这到底值得吗？

……

什么东西比死还他妈重要啊？是，你可以说我们这是给一二三师打穿插做准备，我们的牺牲，为更大的胜利做了贡献。可凭什么一二三师不来，我们就得死在这儿啊？一二三师我操你八辈祖宗！好吧，我不为一二三师死，那我为谁死？为国家死？对了，都他妈新中国了，人民当家做主了，咱们是为新中国壮烈牺牲。我是个庄稼人，国家在哪儿呢？我随九兵团从海南岛一头扎到北朝鲜，一天好日子没过上，连家都没回过一趟，老娘没看上一眼，就死在这荒郊野岭了，你说我能愿意吗？我他妈可没那么崇高！

……

那你说我为啥？我也没想明白。但你让我投降，这事我不干，刀架在我脖子上我也不干。如果谁想投降，那他就去问问咱们连那些已经死了的人，那些光着身子埋在雪窝子里的人，问问他们干不干？我是连长，他们都没投降，我怎么敢投降？死了之后，我怎么去见他们？

……

所以有时我琢磨啊，不要总想为了什么，不为什么，死和这些东西没什么太大关系。我都这个屌样子了，破衣烂衫像条野狗一样，我有那么怕死么？我用得着讲出个一二三四，才能放心蹬腿儿吗？用不着。我就一个念头，我祖辈上逃荒逃了几代人，饿死冻死没数，今天我魏大骡子不跑了。我站在高地上，那鬼子就别想站在这儿。我倒是要和他们比一比，到底谁的命更硬！

……

小东西，你在听吗？可别闭上眼睛啊！来，再喝一口洋酒。

……

对了，小东西，你叫什么？算了，别说了，反正也记不住。

连长，我发现个事儿。

你说吧。

我发现你从来不问我们的名字，也很少跟我们说话，要么就叫什么不长眼、大脑袋、小东西、穿错鞋……其实我有名字的，我叫……

别说了，我不想听。

为，为什么呀？

这阵地守了七天，像你们这样的新兵补了四茬。今天晚上四五十人上了高地，明天上午一顿轰炸，也就剩下十几个人。有的今晚还是大活人，明早就埋了。刚开始时，我还记着他们的名字，可几茬人一换下来，我就记不住了。其实，我就是能记住，我也不记了，心里不好受啊！

怕吗？

不怕。

所以说呢，你别问我名字，我也不问你名字，省得到时揪心。

……

你别看这雪山雪谷横尸遍地，破破烂烂，要多砢碜，有多砢碜。可是明年春天一来，这坦克周围就会长起一人多高的草，我们这些尸首也都要烂成了浆水，渗进土地。到处开着红红黄黄的野花，谁还会想到这里打过恶仗呢？

……

可我不后悔，坦荡而来，坦荡而去，别人记不记得我，又有什么好挂心的呢？

安　魂

铁钉子，腿还疼吗？

指导员，腿都没了，早不疼了。现在是肚子冷，拔凉拔凉的。

那是饿了，来，我这有炒面，我喂你吃几口。坚持住，一二三师一来，咱们就可以撤了。你千万别闭上眼睛啊，一闭上可再难睁开了。

咳，咳，咳。指导员，别往我嘴里填炒面了，像砂纸一样，锯得嗓子疼啊！有热乎的水吗？喝一口也行！

你别忙，我把水壶给你焐一焐，等会儿咱再喝。要不，咱俩先聊天，有话儿说就不犯困了。

对了，铁钉子，我家是山东的，你知道我们那儿什么最好吃不？

饺子，好吃不过饺子。

饺子当然好吃，可是啊，我觉得，葱花油饼比饺子更好吃。我给你讲讲这葱花油饼是怎么烙出来的啊。山东大葱有手腕粗，咬一口，甜的！你把这葱白切成花儿，要切得细细的，你就能闻到那刀刃上面，有闻香味辣味。然后呢，往小盆里倒上一碗白面，用滚烫的开水烫一下，叫烫面，这样发出来的面才又松又软！

……

这时，锅烧热了，你放上厚厚一层油，猪大油当然最好，烙出来的饼有肉味。油滚了，你撒上葱花，别耽误时间，一闻到葱花味出来了，马上把白面饼放上面。呵呵，白面饼就像打了气一样，鼓出一个一个小泡，过一会儿，小泡瘪了，破了，面香味就出来了。

……

再过上一会儿，葱花给油炸得金黄金黄的，亮亮的，贴在油饼上。油饼呢，稍稍让它烤煳那么一点点，有点糊巴味，那最香了。

指导员，咱歇会儿，让我先好好咽咽口水，好悬呛着了肺管子。我这皮囊啊，现在像只破灯笼，有阵风就能给吹漏喽。

……

你们干啥呢，这口水咽得吸溜吸溜的？

魏连长来了，正好，你给大家讲一讲黑龙江那块儿有什么好吃的。

哈哈，好啊好啊！我老家啊，有一种大黑猪，头头都壮实，二百来斤吧！到过年时，杀一头，再接一盆血，把猪大肠洗干净了，做二十斤血肠。接下来呢，再来十斤五花肉，切成大肥肉片子。这些个东西，就能做白肉氽酸菜，外加大蒜拌血肠！猪头呢，放大锅里一烀，整个的，等熟了之后，猪鼻子、猪耳朵、猪舌头，一样一样切好，码盘子里，蘸蒜酱、韭菜花吃。

……

那边冬天下了雪，把门堵得死死的，推都推不开。推不开咱就不推，往热炕头上这么一坐，一洗脸盆炖酸菜，一洗脸盆杀猪菜，再来一盘子猪头肉，就一斤高粱烧，喝得晕头转向的，那他妈日子过的，让我到哈尔滨当皇帝我都不去！

连长，你喝醉了打老婆不？

老婆？我哪来的老婆啊？再说那边的老娘们是好惹的？一个个比男人都他妈壮，火了敢拿菜刀砍你。

哈哈哈。

……

小东西，你家是四川的，你来讲一讲。

我们家那边到了冬天要熏腊肉，就是用泥巴拢成一个窑，把上好的猪肉切成一大条一大条的，挂在土窑里。有五花肉，有猪排骨，有猪脚、猪尾巴，还可以熏鸡鸭什么的。不用普通的木头熏，要用山上的老松枝，最好是那种带了许多松油的。这样熏过的肉，带着股松香味，晾上几个月就可以吃了。

……

用香葱一炒，加上麻椒，厚厚地撒上一层辣子，香得很呢！

……

停会儿，停会儿，我的口水流到地上了。

我的肚子又开始冒酸水了。

听你这一说，我都睡不着觉了。

……

大家别说了，铁钉子走了。

第五章　柔板·夜空下

午夜时分，你睁开眼，望着清冷的夜空，还有压在头顶上密密麻麻的星河。心中有一丝惶恐，仿佛把你从一切人世间的牵绊中剥离出来。你意识到，此时此刻，只有你自己在这里。

茫茫的夜空里吹来大风，像透明的巨鸟，从东飞到西，又从西飞到东。你看不到它的形迹，但能感到它的翅膀扫过大地时，留下的呼啸声。宇宙太大了，而你又太小，在这呼呼的风声中，你像一片刚刚从某本书上撕下来的纸屑，随风飘摇，不知去向。

于是，你翻了个身，俯卧在大地上，闭上眼睛，那种眩晕的感觉略有好转。一丝枯草的潮湿味道飘进鼻孔，从这味道里，你可以辨别出泥土、树根、青草、河水、游鱼、奔马等等世间万事万物，你可以闻到尸体、血腥、凶残的味道，当然，你也能在这土地之下找到仁慈、宽恕、友爱等等人世间可珍贵的一切一切。你发现，在土地里，所有的东西都可感可知，触手可及，可以作为你依伴的对象，你会恨它，也会爱它，但你须臾不能离开它。你从这里来，也终要回到这里，它就是你，你也就是它。

有一枚生锈的子弹硌到了你的身体，你知道它在那里，但你不想去碰它。冬天离去，春天到来，土地上的万事万物会不停生长，而那枚子弹，会安睡在泥土里，慢慢生出铜锈，流出红色的水，越变越小，最终融化在大地中。但谁又会去想，这枚子弹曾经在某一时刻，以巨大的力量从枪管中飞出，浑身通红，在空气中高速前进，打在岩石上，或打进一个血肉之躯，随后是血肉模糊，扯断了一块筋肉，或撕碎了一个心脏。这枚子弹的弹身上沾满了鲜血，也沾满了仇恨，沾满了人世间的一切苦难。可是，唯有大地可以接纳这枚子弹，可以宽恕它，多年以后，在这枚子弹之上，会长出一朵不那么引人注目的小花。

我们这个民族不是喝风才走到了今天，而是靠吃着从土地里艰难种出来的粮食才幸存了几千年。这块高地上也许永远都不会有块碑，永恒的，只有大地本身，立不住的终将倒下。有一天，你会从这里摘下一朵小花，你会莫名地为这朵花而哭泣，你没有做错，因为这里的确睡着一些可尊敬的亡魂。他们之所以值得我们怀念，是因为他们在这个民族的每一次历史选择面前，没有退缩，没有吝惜自己的生命，而是赴汤蹈火去实现它。他们承载了历史前进当中最最刻骨铭心疼痛的那部分，但他们没有面目，没有声音，也不能为自己辩护，他们一次又一次从土地中站立，又在土地上倒下，你一次又一次看见他们，觉得似曾相识，却一次又一次擦肩而过。他们留下了什么，可是你竟然没有合适的思想，也没有合适的语言去表达。

没有沟通的对话

指导员王大心从衣襟上扯下一块布条，仔细地擦拭枪膛。黑暗中，他伸手到弹药箱里，摸出几粒子弹，用手掌摩挲得发亮发烫，然后压进弹匣。他摸到一本书，巴掌大，黑色的牛皮封面，侧面用红色的液体上了一层薄薄的颜色。他打量封面上烫着的金色十字架，又翻开书页，里面全是洋文，字体非常小，看不懂。但他能发现，做这本书的人一定是怀着很深的感情，而且动足了脑筋，千方百计使得这样一本书显得特别精巧，特别珍贵，即便你不喜欢它的内容，但你肯定也不舍得把它扔掉。

王大心拿起这本书，来到俘虏身边。俘虏坐在坑道里，旁边躺着几个重伤员。他的头深深埋在双腿中，一动不动，不知是死是活。王大心拍了拍他的肩，他困惑而又疲惫地抬起头，像是刚从很沉的睡乡中醒转过来一样。王大心从兜里摸出一团握成球形的玉米饼子，递给俘虏，俘虏瞧了一眼，有那么点抵触，但还是接了过去。王大心又将那本书递了过，俘虏仔细地打量了他一眼，淡蓝色的眼睛里有种说不出来的陌生感。

这是本什么书？

我的名字叫史密斯，是第一骑兵师三团一营F连中士。

……

你的腿怎么样了？

你们在虐待俘虏！我是一个伤员，你们怎么能给伤员吃这东西！你看看，这是什么？你们竟然还在玉米里面掺沙子给我吃！这明明是喂牲口的东西！

……

你是这个地方的指挥官吗？你可真是个凶残的人，你们明明已经没剩下几个战士了，可你还不命令他们投降。你要干什么？你难道要他们都死在这里吗？你没想过他们也有家，也有亲人，也有孩子吗？他们也想活着回去啊！

你别发火嘛，一二三师来了之后，你和我们的伤员就可以到后方医院去了。你这腿呀，我看是轻伤，打上石膏板就没事了。你看看你旁边的那几个伤员，哪个都比你重。因为你是俘虏，如果是我们自己人，这点伤怕是还轮不到躺在这儿休息呢！

……

你们简直就是野蛮人！打仗是为了什么？是为了让你们的人民生活得更好。可是你们的人民生活得好吗？你看看，他们吃的什么？穿的什么？美国是个自由民主的国家，我们的人民很幸福，愿意为了保卫这个国家而战斗。我们有很多值得你们学习的地方，你们应该做的是，放下武器，与美国成为朋友，努力让自己的国家更加富强才对啊！

你们有飞机，有坦克，有重机枪，有喷火枪，而我们呢，连个像样的重火力都没有。说句心里话，如果你们没有这些个重武器，根本不是对手。拼刺刀的事儿，咱们不是没见过，你们美国大兵呀，离了好装备，熊得很呢！一个连能不能打仗，要看他们的战士有没有决心，那决心是不是响当当的！没来朝鲜之前，我心里是没底的。毕竟是美国大兵嘛，听说德国人、日本人都不是你们的对手。但跟你们打了几个小仗以后，觉得你们也就是那么回事，你们的战士缺少那种打到底的精神。大喊大叫有用么？张牙舞爪有用么？别看我们的战士破衣烂衫，但你瞧瞧他们咬着牙的眼神，你就知道，他们可都是一根一根很硬的铁钉子呢！

……

两百年前，美国创造了一个文明，这个文明影响了欧洲，使欧洲变成了文明社会。亚洲也一样，你们别无出路，必须接受这个文明才行。这是历史发展的潮流，谁也无法阻挡。我们来这里，并不想屠杀你们的人民，而是带来福音。耶稣牺牲自己，拯救了人类，我们也一样，我们是带着善意来了啊！

哦，对了，你们的肉罐头可真不错！有股辣不是辣，酸不是酸的味道，那里面到底放了什么，这么好吃？你们美国人每天都能吃上这个东西吗？这肉罐头在你那儿算得上是好东西吗？可是我就不明白，天下这么大，有这么多国家，为什么我们要打上一仗，没有道理啊？要是两个穷国之间，或是两个富国之间打一仗吧，这都好理解，因为他们要争吃的，争穿的，吃穿不愁之后呢，还要争更多的东西。可美国这么远，隔了那么大一个大洋子，你们来北朝鲜干什么呀？这里有什么？

……

唉！真是他妈的太不走运了。我是个参加过诺曼底登陆的老兵，仅仅才过去了六年，我突然发现我有点不能理解打仗是怎么回事了。那时，我们横扫欧洲大陆，把德国人的军队打得落花流水，我是多么为我是一名美国士兵而自豪啊！我以为战争就是美国人的胜利，就是正义的胜利，就是历史发展潮流的胜利，一切专制的，与人民为敌的制度都将失败。可是到了这里，我发现我们面对的是另一种遭遇，我们要给你们的你们不理解，而你们想要什么，我们也不知道。我们越是拼命地要给你们，你们就越是拼死地抵抗，而你们越是拼死地抵抗，我们就越是觉得有必要来一次更大的战争，彻底使你们屈服。也许就在这一点上出了问题，因为你们偏偏不愿意屈服。你们倔强得像头驴子，宁可蛮干，也不肯认输。

你们说志愿军搞人海战术，是这样吗？那是你们还不了解我们。来，我来教教你，志愿军是怎么打仗的。你看那边，看到没，只有六个人，就守住了一个小山头，为什么？那六个人形成了一个铁三角，你大炮一炸，他就躲起来，你们步兵来了，他们再爬上去。下边的那个角最重要，如果有人死了，其他角的人再补上去。这样，很灵活，又很管用。这些看不见的东西，可是我们打了无数次仗才琢磨出来的，怎么实用怎么打。你们看不懂，还说我们搞人海战术，真是笑掉大牙。跟你说，我们人民军队最看重的就是保存实力了。长津湖那一仗，虽然把你们一个集团军打得落花流水，逃了几百公里，可是我们的一个兵团也元气大伤，结果怎么样？那个兵团的司令一句表扬没得到，还狠狠地给骂了。老兄啊，别打输了就气哼哼的，这其中可是有道理的。

……

可是我想，即使这一仗我们美国输掉了，那也不意味着正义就失败了。战争也许根本就解决不了什么，但人民终将选择正义，不信咱们可以打个赌。

现在，我们有了一个新的国家，可真不容易啊！一切都将重新开始，不再有饥饿，不再有逃难，不再有穷人，多好啊！

……

对了，你叫什么？

这本书叫《圣经》，是记录上帝的儿子耶稣拯救人类的故事。

……

真快，天就要亮了，我得走了！也不知能不能活过今天。我这还有块玉米饼子，就留给你吧！希望你能活下来，找到自己的部队。

说了这么多，简直等于白说，你竟然还是这样虐待我！野蛮人！真他妈是野蛮人！

遗　言

指导员，今天是第几天了？

第六天了。

这个驴日的一二三师，去他妈哪儿了？爬也爬到这儿了！

魏大骡子，你数没数过，咱们连还剩多少人了？

刚才点了一下，还剩下三十九个，重伤三人，那个鬼子活着呢。

也不知明天能不能补上来新人？

真他妈急啊，这些个人，撑过明天就不错了。你看看这阵地上，美国人扔下的坦克都七八辆啦！这仗打的，熬心！身边人一个一个都没了，还不如让我死了算了。

死？现在这情况，能一死了之倒也是件痛快事儿呢！

对了，王指导员，咱们俩在一起多长时间了？

快五年了，你当班长，我当副班长，你当一排排长，我当二排排长，你当连长，我当副连长，现在又当了指导员。

生生死死过了五年，咱俩这命可够硬的。

那可不是。不过，话可不能说太早，能扛过这一仗，才真的叫命硬呢！

大心，我问你件事，假如我现在逃跑，嘿嘿，你能一枪崩了我不？

你？你要怕死五年前就跑了，还能等到今天？咱俩都是老黄瓜了，贪生怕死这一关，早就过了。

我是说假如，假如我真的跑了，你能开枪不？

我能开枪，我要是不开枪，我就对不起那些死了的战友。咱俩为什么是生死兄弟？就是因为咱俩一起顶着子弹向前冲，炸弹扔到了头顶上也不眨眼，就因为咱俩一起从死人堆里爬出来，都没想到要后退！如果有一天，咱们两人中间有一个怕了，逃跑了，还怎么做兄弟啊？我敬你一杯酒，你有脸喝吗？

操！说得可真他妈好。

……

大心，过去恶仗硬仗打过不少，可我从来没想到过死。这回不一样，我估摸，十有八九是过不去了。

不是说了吗？仗还没打完，不要想死的事。

过去，你替我写的遗书还在吗？

临来时，都留在营里面了。

你再替我写一封怎么样？我又想到些个事情，心里有点不踏实。

你就别写了，写了给谁看？你老家不是一个亲人都没了吗？这样，你就在这儿说，对着星星说，对着树说，还可以对着那边的山头说，让它们听见。它们活的年头长，一千年，一万年，还是它们。它们要是记得住，比你写在纸上强多了。

那好吧，我就对着这个高地说他娘的几句。咳，咳，我魏大骡子死在这里，一不为荣华富贵，二不为高官厚禄，三不为因果相报，只为了父老乡亲们从此能过上安稳日子，能吃饱穿暖，能食粮满仓，能子孙满堂，能恩恩爱爱……

大骡子，你别哭啊，来，来，来，继续说。

虽然我魏大骡子这辈子，跟这些个东西一样都没沾上边儿，但我不后悔，只要你们能享上这些福，就跟我也享上福一样。下辈子——，妈的，没下辈子了。没下辈子也没事儿，我埋在这儿，就看得见你们。你们有饱饭吃，我在这里就不饿，你们有衣穿，我在这里就不冷，你们有媳妇搂着，我——，我一个死人，要媳妇也没球用。你们只要还记得有个魏大骡子死在这儿，我就心满意足了。不过就算我连个名儿也没落下，没关系，我这心，无牵无挂，天地可鉴，日月可鉴，宇宙可鉴！

……

哈哈哈！这下心踏实了，痛快！痛快！

终章　清唱·赴死

一夜饥寒，像黑色的风，把一些脆弱生命的眼帘合上，从此永远留在深夜。

太阳从浓雾中升起，高地被染上了一层厚厚的粉色。战壕上，一支支步枪横放着，枪栓处结了一坨厚冰。散放在雪土中的紫红色子弹，闪烁着刺眼的光芒，光亮如新，仿佛只要压进弹匣，就能在冰冷的空气中拉开一条有力的弧线。一颗一颗手榴弹冻在地上，要使出很大力气，才能将它们掰下来。无人动弹，仿佛这里是很久远以前的某个战场，与现在的你毫无关联。

你在想，死亡是什么颜色？难道它就是一片绝对的黑色吗？如果你闭上眼，突然在你的世界里闪起一片巨大的光亮，你一下子看到了广阔的天空、无边的草原、浩瀚的星空，你发现世界并未中止，依然蓬勃有力地奔涌向前。雪水融化，慢慢打湿你的头发，将你浸泡在肥沃的泥土中。一只翠绿色的螳螂爬上你的额头，它尖利的钳子扒开你刚刚解冻的眼皮，一下子将你的眼珠刺破，然后，用它小小的嘴，吸吮你瞳仁里的汁水。一条蚯蚓无声无息地盘踞在你的脑袋上，从你的耳孔里钻进去，在你糨糊一样的脑壳里蠕动，悄悄将美味的脑浆吸进肚子里。你的身上，长满了苗壮的长秆青草，它们的根扎在你的脸上，你的胸膛，你的肚子，你的大腿上。根越扎越深，最后牢牢地抓住你的骨骼。

夏天来临，这里的野花格外美艳，格外丰茂，你的血肉又养育了这么多生物，你得到了大地的赐予，现在，又还给了它。此时，你能说你在害怕？你能说你无比懊悔？你能说你太过留恋？一切言语都不准确。此时，你把得到的一切都毫无保留地给予了别人，不求回报。你可以说，我曾经从土地里站立起，勇敢地参与了四季轮回，现在，我重归大地。

……

清晨，美军步兵在三辆坦克的带领下，向高地发起了攻击。小东西一直跟在他的连长魏大骡子的身后。小东西叫二斗伢子，其实叫什么已无意义，连长依然叫他小东西。

连长抱起两捆手榴弹，转身对二斗伢子说，你待在这儿，哪也别去，等我回来。二斗伢子微微把头探出战壕，露出半只眼睛。连长硕大的脚掌蹬出大片的黄土，越跑越远。他撅着又硬又大的屁股，左闪一下，右闪一下，像头筋力十足的蛮牛。他将一束手榴弹塞进坦克履带下，一阵浓烟，坦克颤抖着停下来。

连长一个鱼跃，像扎进水里一样跳进战壕。打了几个滚，他爬起来，笑着对二斗伢子说，又他妈捡条命回来！他用嘴扯下一条军装布料，狠狠地将一只断了的胳膊缠起来。二斗伢子向四处张望，高地上活着的人越来越少，重机枪手趴在战壕上，脑袋旁边一大摊血，零星几支枪伸出坑道向高地下面射击，与坦克发动机的轰隆声相比，显得脆弱无力。

魏大骡子又拿起两捆手榴弹，蹲下来，眼睛湿润，对二斗伢子道，小东西，这下我怕是回不来了。我要是回不来，你不要给我逞能，就给我老老实实地趴在这儿，装死也行，好好等着驴日的一二三师来，听清楚了吗？二斗伢子盯着连长的眼睛，轻轻点点头。

当魏大骡子又一次从战壕里站起来时，二斗伢子看见一辆坦克像黑色的墙一样，立在不远的地方，炮口有洗脸盆大小，抖动着，像面镜子，在这黑色的镜子里，你看得见自己弱小的身躯。一阵绝对的白色从炮口向四面八方蔓延，世界变得异常明亮，又异常黯淡，随后是漫长的死寂无声。接下来，二斗伢子什么也没看见，因为连长在最后一刻，将他的头按在了战壕下面。

连长死了。二斗伢子匍匐在坑道里，向前慢慢地爬，想找点什么。战壕里面积满了血水和泥浆，他像是在春天的浅池塘里游泳一样。爬了好一会儿，浑身血红，却什么也没找到。头顶上枪声逐渐寥落，坦克发动机声嘶力竭的吼叫声也停止了，只有一片又一片硬底皮靴踏在雪壳子上的声音，越来越近。好似蝗虫变成的潮水，慢慢向堤岸涌上来，很快就会漫过坝顶。

沙 雪

躺在雪里，你能听见沿着地面，传来小声的歌唱，很微弱，很柔软，既不伤感，也不激昂。这是谁在唱？还有谁活着？

一片雪花落在弹药箱盖上，大风吹来，它微微颤动了几下，又一次飞起，落到一张苍白的脸上。这张脸和雪一样白，一样冷，眼睛睁着望着天空，眼眶乌黑，深深下陷。雪花滚过冰冷的鼻尖、额头，又一次在风中高高飞起，打了几个空翻，挂在一杆步枪的刺刀刃上。刺刀满是橙红色的铁锈，像石头上生出的苔藓，形状特别，微微隆起。在这铁锈之上，还覆盖着一缕缕干涸的血迹，翘起一层一层硬皮。

又是一阵风吹来，雪花从指着天空的刺刀上飞起，落到一面倒在地上的红色旗子上。这面旗子似乎经过无数磨难，此时已经碎裂成许多条，沾满了血水，冻得像铁片一样。它从前一定是竖在这里的，有一枚弹片拦腰将旗杆打断。它飞上天空，飘扬了片刻，横躺在一只弹药箱上，又零星落上了飞溅过来的沙土。但是已没有活着人将它竖起，只有一些血水，一些雪片飞过来，落在上面。

漫天雪花以雷霆万钧之势，从天空落下。人世间的一切似乎都将被掩埋，一切苦难都将被遗忘。在死亡面前，人似乎有无限多种可能性来逃避它。作为一名老兵，你无数次与死亡擦肩而过，但你明白，尽管人有那么多的可能性，那么多的希望，可是他终将接受死亡，在死亡的怀抱里看到最后的希望。但最后的时刻不是无边的黑暗，而是光明。世界如常，冬天过后，春天就将来临。枪炮无法阻挡四季轮回，就像子弹不能强迫一朵野花不再盛开一样。

英雄们在寒冬大雪中低唱，没有欢笑，没有眼泪，没有悲伤，没有骄傲。他们很坦然，就像终于可以在舞台上谢幕，从此走到幕后小憩一样。

新　生

　　王大心打光了最后几粒子弹，将步枪狠狠砸在地上，断成两截。美国军人也许根本就不稀罕这支破旧的步枪，更不会去用它。但这是一支穷惯了的军队，本来就一无所有，从来只从敌人手中夺来武器，还未把武器留给过敌人。王大心的一条腿断了，肚子被弹片打了个豁口，一阵一阵刀绞一样的疼痛。现在，终于不痛了，他想，这下可能真的要见魏大骡子去了。他把最后两枚手榴弹的后盖扭开，将拉环套在小手指上，默默等待着美国人走到自己跟前，然后就跃起身，抱住敌人，与他同归于尽。

　　这时，远处传来沉重的炮声，公路上有一明一暗的汽车灯火。在黑暗中，王大心看到美国人突然改变了队形，开始无声无息地后退。许久，公路下的坦克也慢慢走远了。天地间一片寂静，仿佛什么都没发生过一样。

　　……

　　天快亮了，一队队穿着土黄色军装的队伍从高地下面的公路经过，步伐很快，快得像跑一样。王大心命若游丝，仿佛刚从梦中醒来。他望着下面，感到一阵欣慰，一二三师终于过去了。同时，又是一阵极度的想念袭来，他侧过头，看着散布在整个高地上的战友的尸体。他在想，如果自己活下来，又该如何度过一个又一个漫长的日日夜夜？他曾说过，死亡面前人人平等，可整整一个连的老战友，还有那些补充进来的新战友，都毫不犹豫地践行了自己的诺言，而独独自己却活了下来。虽然自己不是因为贪生怕死而活着，但这锥心的疼痛却越来越强烈。他在心里呼喊着战友们的名字，却愈加感到自己的孤独和寂寞。

　　一个年轻军官脱离了队伍，向高地上面小跑过来。他惊呆了，看着满地的尸体不知所措。好一会儿，他回过神，在雪野里大喊，还有活着的人吗？还有活着的人吗？

　　王大心看着离他不远的那个自己人，心想，我要求救吗？可是战友们啊，我多么想你们啊！思虑片刻，他默默垂下头，把脸紧紧贴在冰冻的地面上，闭上眼睛，轻轻道，等等我，我找你们来了！一行泪水从眼角滴下，融化了一小块雪土。

不远处，二斗伢子抬起头，可是他的嗓子和身子好像冻住了一样，想喊喊不出，想动动不了。他拼命地伸出手，抓起倒在地上的红色碎烂的旗子，用尽最后的力气，摇了摇。

又过了一会儿，二斗伢子恢复了知觉。他躺在一个人温暖的怀里，那个人急切地看着他，问道，你们是哪个部队的？

二斗伢子摇摇头。

那个人又问，那你们的连长叫什么？

二斗伢子又是摇摇头。

那个人道，小同志，高地上就剩下你一个人了，跟我们走吧！

尾曲　无名

多年以后的一个夏日午后，有个年轻人去采访参加过那场战争的老战士。他进了小院子，在一棵槐树下，坐着个老人，几缕如剑的阳光打在他身上。老人靠着竹椅背，脸仰着，眼睛半闭，嘴唇颤巍巍地合不拢，几滴口水从嘴角流到白背心的襟子上。老人的皮肤像纸一样薄，蚯蚓一样的血管发黑发紫，轻轻抖动，脸上，脖子上布满了褐色的老人斑。看不出老人在看什么，他盯着槐树上的某处角落，也不知他在想什么。这多半是个痴呆的老人，目光散乱，身体羸弱，如同一盏欲灭的油灯。

这是一场异常艰苦的交流，老人的耳朵几乎听不见声音，也说不出连贯的句子。年轻人没有记录下一个完整的地名、人名和时间，只有一个又一个断断续续，如同在梦中的细节。突然，老人放声大哭，浑身剧烈地颤抖，你不能相信这样一个如同枯草般的老皮囊里，还能爆发出如此大的力量。他一个劲儿地说，我对不起他们呀，我连他们叫什么都不知道，我的连长，我的指导员，那么多人啊，都死了！我真该死！我应该找找他们才对呀！

年轻人隐约猜出，老人在讲述着一个没有留下番号的连队。但他有些困惑，因为半个多世纪以后，他似乎无法想象那支无名连。他们是如此壮烈，如此整齐划一地接受了死亡，在今天，要怎样去理解那些无名无姓的人呢？

老人让家人取来一只红色硬壳本子，指着上面的文字，含混不清地说着。突然，从本子中间掉下来一张泛黄的照片。照片上是一个少女，站在小桥上，手握一束梅花，略带羞涩地看着远方。年轻人一时间呆住了，如今，怕是再也见不到如此风韵的女孩子了。他似乎掉进了一个深渊里，隐隐闻到一阵幽香，却一无所获。

老人耗尽了体力，靠在椅背上睡去，一只手垂在扶手上，像风中的树叶。年轻人站起身，恋恋不舍地看了一眼照片上的女孩子，惆怅地转过脸，离去了。